Joachim Roering
Reichels Konto

Joachim Roering

Reichels Konto

Roman

Wichern-Verlag

Frei nach den autobiographischen Aufzeichnungen
des Hans W. Reichel

Die Deutsche Bibliothek – CIP-Einheitsaufnahme

Roering, Joachim:
Reichels Konto: Roman / Joachim Roering. –
Berlin: Wichern-Verl., 2001
ISBN 3-88981-129-9

Titelfoto: Renate Schäfer
Foto hintere Umschlagklappe: Mike Gast
Satz: Schreibservice J. Nagel, Reutlingen
Druck: Gallus Druckerei KG, Berlin
Buchbinderei: Lüderitz & Bauer GmbH, Berlin
ISBN 3-88981-129-9

1992

Ellermann gibt Orgelunterricht in der Johanniskirche. Eine Diele knarzt. Der Kantor blickt sich um.

Ein älterer Mann hat auf der Empore Platz genommen. Er nickt einen freundlichen Gruß herüber und deutet dann mit behutsam gespreizten Fingern an, daß er eigentlich gar nicht da sei und auf keinen Fall stören möchte.

Als der Schüler die Noten in seinen Rucksack schiebt und erleichtert verschwindet, stellt sich der Fremde vor. Hans Reichel, sagt er, Rentner.

Was kann ich für Sie tun?

In anderthalb Jahren werde ich siebzig, sagt der Rentner. Das will ich feiern. Mit vielen Freunden und Verwandten. Und als Überraschung für die Gäste habe ich mir ausgedacht, daß ich etwas dirigiere. Hier in dieser Kirche. Es darf aber zuvor nicht angekündigt werden, damit die alle sprachlos sind, wenn ich den Taktstock in die Hand nehme und einfach loslege.

Ja, sagt der Kantor milde, das verstehe ich. Was möchten Sie denn gerne dirigieren?

Das Requiem. – Das Requiem? – Genau, das Requiem. – Aha, das Requiem. Ja, da gibt es allerdings mehrere ...

Mozart, sagt der Rentner, für mich kommt nur Mozart in Frage. Obwohl ich natürlich weiß, daß es vielleicht gar nicht von ihm ist, sondern von Süßmayr oder zum Teil von Süßmayr, aber wenn man siebzig wird, hat man ganz andere Probleme, da ist das nicht mehr so wichtig.

Verzeihen Sie, ich kenne Sie nicht und habe auch noch nie von Ihnen gehört; haben Sie denn schon öfter dirigiert?

Nein, lacht der Mann, der für seine Größe etwas zu rundlich ist und ganz dunkles Haar hat, ungefärbt – nein, natürlich nicht. Aber das soll ja der Spaß sein, daß ich am Siebzigsten etwas tue, was ich nie zuvor gemacht habe und was mir niemand zutraut. Sonst wäre es ja keine Überraschung.

Der Blick des Kantors wird noch milder, sein Tonfall noch gütiger. Natürlich hat er Verständnis für diesen Wunsch, aber muß es denn gleich in einer Kirche sein und ausgerechnet in seiner und dann auch noch das Requiem? Mit richtigen Musikern? – Ja, mit Solisten, Chor und Orchester, wie es sich gehört.

Sie wissen, was eine Partitur ist? – Das schon, aber damit könnte ich nicht arbeiten, nein nein. – Wie denn? – Auswendig. Ich werde das Requiem auswendig lernen und dann aus dem Gedächtnis dirigieren. Das ist viel Arbeit, aber ich habe dafür immerhin anderthalb Jahre Zeit.

Ellermann schaut auf die Uhr: Verstehe. Und die Musiker, an wen haben Sie da gedacht? – Das muß man sehen. Es ist ja auch eine Kostenfrage.

Ja, sagt der Kantor, und dieses Ja klingt hilflos. Er hat so wenig Talent zur Unhöflichkeit.

Der nächste Schüler erscheint und schwingt sich auf die Orgelbank, also muß man das Gespräch leider beenden. Die Pflicht ruft.

Selbstverständlich, sagt Reichel. Und tröstend fügt er hinzu, was in den Kantorenohren wie eine Drohung klingen muß: Ich werde mir erlauben, demnächst wieder vorbeizuschauen.

Da zwingt sich Ellermann zu verschärfter Deutlichkeit: Vielleicht sollten Sie das Ganze noch einmal in Ruhe bedenken. Denn wenn Sie zum Siebzigsten unbedingt etwas Musikalisches wollen, warum dann nicht etwas Heiteres, Gelassenes, meinetwegen auch Strahlend-Triumphales? Muß es denn ausgerechnet eine Totenmesse sein?

Ja, sagt Hans, ich glaube, ja. Aber das ist eine sehr gute Frage, ich werde darüber nachdenken.

Bedächtig steigt er von der Empore hinab, eine Hand am Geländer. Die Holztreppe ist ein wenig steil für seine Knie. Noch schweigt die Orgel, und er spürt des Kantors Blick im Nacken. Da weiß er, daß es nicht ganz leicht sein wird, Ellermann zu überzeugen.

Warum ausgerechnet das Requiem?

Komisch, in der Tat. Oder komisch eigentlich nicht, aber seltsam ist es schon. Der Mann hat ja recht.

*

Zu Hause blättert er in alten Papieren. Auch in Marthas Tagebuch: Goldschnitt, gebunden in imitiertes Krokoleder und geschützt durch ein vergoldetes Blechschloß. Zwanziger Jahre.

Martha gibt dem Buch auf der ersten Seite einen Namen, Hans. Ihr Tagebuch soll Hans heißen, so tauft sie es. Sie schreibt also Gedanken und Gefühle eigentlich nicht auf Papier, sondern in einen Menschen, den es leibhaftig gibt. Mit der Tinte, die vom Herzen kommt.

Oh diese Liebe, die himmelhochjauchzend, zu Tode betrübend die Seele durchzieht, sie hält mich in ihren Banden, und ich werde die Gedanken an Dich nicht mehr los. Ach, was habe ich um Dich zu leiden, Hans! Warum hast Du Dich in mein Herz gestohlen. Und jetzt vermag ich Dich nicht mehr auszurotten. Wie soll das noch enden. Am Sonntag habe ich mit Herrn H. ein Fußballmatch besucht.

Wenn Madame das elektrische Licht ausknipst, muß sie bei Kerzenschein weiter schreiben. Denn Martha ist als Dienstmädchen in Stellung, und ihre spärliche Freizeit verbringt sie so tugendhaft wie möglich.

Was gleicht mein Herz doch einem Meer, bald ruhig wie eine laue Sommernacht, dann wieder ein brausender Sturm, der kaum zu bemeistern ist.

Ich habe einen Herrn kennengelernt, zu dem ich plötzlich wilde leidenschaftliche Liebe fühle. Ich kann es zwar nicht Liebe nennen, nein nein, Liebe ist anders, es ist eine Schwärmerei, mein Temperament will einfach mit mir durchbrennen. Mir bangt, er ist so wild, so heiß, mein Gott – ich will stark bleiben, nicht ihm gebe ich meine Unschuld (denn ich habe gefühlt, daß er meinen Leib begehrt), er ist zuviel Lebemensch, es würde mir ein dauerhafter Ekel hängen bleiben..

Hans, Hans, warum kommst du nicht mich zu Dir empor zu ziehen? Ich liege zu Deinen Füßen, trete mich tot oder hebe mich auf, ich dürste nach Deiner Liebe. Beides würde mir Erlösung bringen.

Dann tröstet sie sich ein bißchen mit dem noch schlimmeren Liebesleid ihrer Freundin, und schon kämpft sie wieder tapfer am Klavier um ihre Unschuld:

Ich war aber auch, ohne mir schmeicheln zu wollen, bezaubernd schön heute Abend. All das Schöne, was ich heute erlebt, spiegelte sich auf meinem Gesicht. Die Wangen waren zartrosa, wie hingehaucht die Lippen – ein wenig fieberrot, die Augen dunkel, glücklichst strahlend, das Haar vom Winde ein wenig zerzaust.

So saß ich am Klavier und spielte langsam träumerisch, und neben mir ein junger liebesglühender Mann und flüsterte mir wilde leidenschaftliche, dann wieder zärtliche Liebesworte ins Ohr.

Es kommt mir vor wie ein Traum, ist es möglich!? Ich war mit Willy auf seinem Zimmer, und ich bin so rein und keusch wieder hinaus wie ich hinein bin.

Wochen danach vermerkt sie in kleiner, spitzer Schrift:

Ich soll nach Aussagen schlechter und gemeiner Leute von Kreuzlingen aus dem Grund in Genf weilen, um ein Kind von H.B. zu gebären. Entsetzlich.

Zwei Jahre später geschieht das Entsetzliche. Nicht in Genf. Und der Vater heißt auch nicht H.B., sondern höchstwahrscheinlich F.R.

1924 – 1936

Es geschieht in St. Gallen. Da arbeitet Martha jetzt als Näherin in einer kleinen Fabrik, und am 16. November 1924 wird sie von einem gesunden Knaben entbunden. Die Geburt findet im Hause der Hebamme statt, nachts um 2 Uhr 30. Ein Sonntagskind mit braunen Augen.

Die Mutter will den Kleinen nicht mitnehmen; sie wirkt überfordert, kann das Kind wirklich nicht gebrauchen, aber sie hinterläßt bei der Hebamme einen Namenswunsch: Hans soll der Knabe heißen, wie ihr unerreichbarer Geliebter und wie ihr altes Tagebuch. Die Hebamme zeigt die Geburt beim Zivilstandsamt an.

Nun leben in der Schweiz zum Glück menschenfreundliche und hilfsbereite Bürger. Achthundert notleidende Kinder aus Ungarn sind gerade in St. Gallen eingetroffen, zum Aufpäppeln und zur Erholung.

Da ist es fast selbstverständlich, daß auch das neugeborene Sonntagskind liebevoll und pfleglich behandelt wird.

*

Zunächst wird der Säugling evangelisch getauft. Er heißt nun Hans Walter Reichel und kommt ins Kinderheim Tempelacker.

Zwei Lichtbilder belegen, daß der kleine Bub zu einem niedlichen Bengel heranwächst, an den die erste Kinderheim-Mama, die ihn da im Arm hält, auch Jahre später noch gerne denkt. Steht als Widmung auf dem Foto.

Hans dagegen erinnert sich aus dieser Zeit an heftige Schläge: Eine fremde Frau soll er mit Schnee beworfen haben. Und dann sieht er sich auf einem Fenstersims stehen, hoch oben, und tief unten die Großen, die entsetzt und besorgt zu ihm aufschauen, und er schreit und trommelt mit den Fäusten gegen die Glasscheiben. Man will das Hansli da herunterholen, hat aber Angst, der Junge könne dabei abstürzen. Denn er gebärdet sich wie wild. Als ihm die Luft ausgeht, schaut er hinab in die offenen Münder und die großen Augen, die allesamt auf ihn gerichtet sind. Da genießt er zum ersten Male die ungeteilte Aufmerksamkeit eines Publikums.

Sehr angenehm, ein schönes Gefühl.

*

Für die Großen wird er ein schwieriges Kind. Seine Altersgenossen sind längst adoptiert oder in Pflegefamilien untergebracht, aber das Hansli ist offenbar nicht zu vermitteln. Martha hat sich nicht wieder blicken lassen, ihr Sohn weiß noch nicht einmal, daß es sie gibt. Die Zeit drängt, das Heim kann ihn nicht länger aufbewahren. Was soll ein Sechsjähriger auch zwischen Säuglingen und Kleinkindern.

Eine Beamtenfamilie hilft: Herr und Frau Güggeli nehmen den Jungen zu sich und zu ihrem wenig älteren Sohn Robert, und für Hans beginnt in St. Gallen eine wundervolle Zeit. Eine Zeit voller Wunder.

Frau Güggeli ist Tagesmutter, Nachtschwester, Köchin und Heimleiterin in einer Person, sogar die Wäsche macht sie. Sie ist immer da, hat immer Zeit, immer kann er sie fragen, und immer fragt sie ihn: „Möchtest du ... willst du, hast du – oder möchtest du lieber stattdessen ..."

Frau Güggeli kann ganz anderes Essen kochen als die Tante Charlotte im Heim, und selber Kuchen backen kann sie, und sie kümmert sich um alles. Sie hilft ihm auch über die größte Schwierigkeit in seinem neuen Leben hinweg: Er muß nämlich alleine schlafen. In einer eigenen Kammer. Ganz allein. Wenn man die Kammertüre zumachen würde, wäre niemand mehr da. Aber Frau Güggeli läßt sie immer ein bißchen offen, dafür liebt er sie besonders. Von ihr lernt er auch, daß die Papierrolle neben dem Klo nicht nur zum Spielen da ist, sondern etwa so benutzt werden muß wie im Heim die zugeteilten Blättchen.

Güggelis leben mit mehreren anderen Familien in der Langgasse in einem hohen Haus, das eigentlich wie ein Schloß aussieht. An allen Wohnungstüren hat es kleine silbrige Flügelgriffe, die wie ein Fahrrad klingeln, wenn man an ihnen dreht. Das ist für Hans eine große Verlockung, aber Frau Güggeli entschuldigt sich für ihn bei den Nachbarn, und alles bleibt gut.

Die Türklinken in der Wohnung glänzen golden, und wenn sie geputzt werden, riecht es scharf: Salmiak heißt das. Von den Zimmerdecken hängen keine weißen Glaskugeln oder offene Glühbirnen wie im Heim, sondern Lampen mit ausladenden Armen und stoffbespannten Schirmen. Linoleum gibt es nur in der Küche und im Badezimmer, sonst ist der Fußboden aus Holz, und in der guten Stube liegt darauf ein großer bunter Teppich. Stundenlang kann man mit dem Finger die Linien nachzeichnen, die um die einzelnen Farben gezogen sind. Der Teppich stammt aus dem Morgenlande, und das kennt Hans bereits von den Heiligen Drei Königen. Und der Teppich hat auch etwas Königliches an sich. An zwei Seiten hat er Fransen. Die richtet Frau Güggeli mit einem Kamm, der nur für den Teppich verwendet wird. Nie für die Haare auf dem Kopf. So kostbar ist der Teppich.

Herr Güggeli pinselt sich jeden Morgen Seifenschaum ins Gesicht. Dann läßt er ein blitzendes Klappmesser sausend über einen Lederriemen gleiten – sorum, andersrum, sorum, andersrum – ganz schnell geht das, so schnell, daß man gar nicht erkennen kann, wo die Klinge gerade ist. Danach bläht er die Backen auf und macht sich den Schaum im Gesicht mit dem Messer wieder weg. Er reinigt die Klinge an einem Stück Papier und legt das Messer hoch oben auf ein Bord, wo die beiden Buben es nicht erreichen können. Denn für Kinder ist es gefährlich! – Aha.

Und Hans lernt: Mit einem Seifenlappen waschen sich morgens nur Kinder und Frauen, Männer dagegen dürfen sich rasieren. Er will auch ein Mann werden, so schnell es geht.

Herr Güggeli trägt über seiner Hose immer zwei Jacken: erst eine ohne Ärmel, dann eine mit Ärmeln. Sein Hemd hat ein kleines Stehbörtchen am Hals, und vorne ist daran ein goldener Knopf, den man umklappen kann. Daran befestigt er jeden Morgen nach dem Frühstück einen ganz frischen steifen Kragen, so fest und glatt wie eine weiße Pappe, um den bindet er die Krawatte. Dann setzt er den Hut auf und geht in die Stadtverwaltung. Mittags kommt er zum Essen und zum Schläfchen nach Hause, danach geht er wieder weg. Herr Güggeli arbeitet, und Hans will eines Tages auch arbeiten, wenn er groß ist.

Für das Mittagsschläfchen nimmt Herr Güggeli den steifen Kragen übrigens ab und hängt ihn samt Krawatte über eine Stuhllehne.

Manchmal, wenn auf der Stadtverwaltung Briefe angekommen sind, bringt Herr Güggeli die Couverts mit. Die Marken darauf sind für Robert. Im Wasser werden sie abgelöst, auf Zeitungspapier getrocknet, und dann muß man sie sortieren. Meist sind es Schweizer Marken, manchmal aber auch italienische oder welche aus Frankreich, Deutschland und wie das Ausland sonst noch heißt. Es gibt einfache und doppelte Marken, und von den doppelten kriegt Hans einige geschenkt.

Robert streitet nicht und läßt Hans sogar mit seinen Sachen spielen. Ob aus Zuneigung oder aus Gehorsam gegenüber den Eltern – für Hans ist das egal: Robert wird sein erster Freund und die Briefmarken sind sein erster Besitz, sein erstes Eigentum, sein ganzer Stolz. Auch wenn manche von ihnen etwas schlechtere Zähne haben als die von Robert. Hans sammelt sie in einem Heft, das nimmt er mit ins Bett, und wenn er morgens zu früh aufwacht, dann betrachtet er seine Sammlung und träumt davon, wie groß sie eines Tages sein soll: Alle Marken der Welt will er haben, sogar welche aus Amerika oder von noch weiter weg.

*

Auf Ostern wird er eingeschult und festlich gekleidet mit seinem Schulranzen fotografiert. Da schaut er stolz, aber skeptisch in die Welt. Ein Hans im Glück, aber einer, der dem Glück noch nicht ganz traut.

Sein Glück besteht vor allem darin, daß es in der ganzen Zeit bei Güggelis nicht eine einzige Strafe gibt. Monatelang.

Hans lernt auch, daß Mann und Frau, wenn sie ein Kind haben, Eltern heißen. Und er gewöhnt sich daran, daß Roberts Eltern auch seine Eltern sind und bleiben werden. Aber inzwischen hat sich eine Familie gefunden, die den Jungen als Pflegling aufnehmen will. Für immer.

Zum Abschied schenkt Frau Güggeli unserem Hansli lederne Hosenträger, genau solche, wie Robert sie sonntags anlegt. Die haben vor der Brust einen breiten Steg, da ist die Abbildung eines Hirschen eingepreßt, mit großem Geweih und offenem Maul. Und hinter dem Steg ist eine kleine Tasche eingenäht, ein Geheimfach, wie Robert sagt. Da kann man ein Steinchen drin verschwinden lassen oder eine Münze oder sogar den Schlüssel vom Sparschwein. Wenn man eines hat.

*

Oberhalb von St. Gallen liegt die Gemeinde Geiswil, und oberhalb von Geiswil liegt die Gastwirtschaft ZUR FRÖHLICHEN AUSSICHT. Von dort aus hat man wirklich einen schönen Blick auf Geiswil, mehr allerdings auch nicht. Denn von St. Gallen aus betrachtet, liegt die Fröhliche Aussicht hinter den Bergen am Ende der Welt, aber für den naturliebenden Wanderer mag das durchaus reizvoll sein.

1931 ist die Fröhliche Aussicht ein Wirtshaus, in dem sich vor allem an Wochenenden und Feiertagen Spaziergänger beköstigen lassen, und in den Ferienmonaten gibt es auch Mitglieder der Alpenvereine, die auf ihren Wanderungen hier eine Rast einlegen. Aber von denen allein könnte der Inhaber nicht leben. Deshalb betreibt er auch noch Landwirtschaft mit Obstanbau, es hat hier Schweine, Kühe und das obligate Federvieh.

Herr und Frau Zerberer sind schon etwas älter, sie bewirtschaften die Fröhliche Aussicht jetzt ohne ihre beiden Töchter, die in die Stadt gegangen sind, in Stellung, und nun wünschen sie sich einen Buben. Denn im Hause fallen viele kleine und leichte Arbeiten an, die ein aufgewecktes und williges Kerlchen durchaus erledigen könnte. Außerdem zahlt der Kanton für die Unterbringung des Jungen ein Pflegegeld. Von dem leisten sich die Zerberers als erstes ein Telefonabonnement, was wegen der Abgelegenheit der Wirtschaft viele Vorteile hat. Außerdem bringt es mehr Gäste, wenn man an die Eingangstür schreiben kann: *Telefonapparat im Hause.*

Hans zieht also in die Fröhliche Aussicht, wieder in eine eigene Kammer hinten im Bauernhaus. Aber hier gibt es keinen Robert und keine Güggelis und niemanden, der Zeit hätte, ihm etwas zu erklären. Auch nicht das Wirken der Geister.

An manchen Abenden nämlich, wenn er nicht einschlafen kann, oder morgens, wenn er zu früh erwacht, dann sieht er ihre Schatten auf den Wänden und er hört ihr Rascheln und ihr Ächzen – ganz unregelmäßig, willkürlich. Und immer wenn er nach längeren Pausen denkt, nun wären sie endlich weg, dann sind sie schon wieder da, unberechenbar und unerklärlich, und ihm bleibt nur die Flucht unter die Bettdecke. Da hält er sich die Ohren zu und malt sich aus, wie sie wohl aussehen mögen, die Gespenster.

Er schiebt die Briefmarkensammlung unters Kopfkissen, damit die Geister sie nicht wegnehmen können, und auch als er weiß, daß es nur der Wind ist, der vor seinem Fenster die Äste der Linde biegt und mit ihren Schatten spielt, da bleibt die Angst dennoch.

Dann denkt er mit aller Kraft an das süße Mittagessen, das es einmal in der Woche gibt, Reis mit Zimt, Klöße mit Backobst, Fettgebackenes und vor allem Öhrli. Wenn er sich auf die konzentriert, dann haben die Geister keine Macht mehr über ihn.

Öhrli sind eigentlich Fastnachtskrapfen aus leichtem Teig, die kann Frau Zerberer besonders gut backen, und deshalb ist in der Fröhlichen Aussicht das ganze Jahr über Fastnacht. Manche Gäste kommen nur wegen dieses Backwerks herauf, und wenn sie bei schönem Wetter an den Tischen draußen vor dem Hause sitzen, dann darf Hans sogar beim Servieren helfen. Es tut ihm zwar leid um jedes Öhrli, das er weggeben muß, aber mancher Gast steckt dem Buben dafür einen Rappen zu oder zwei – für das Sparheft.

Wenn den Wanderern nach derberer Kost gelüstet, dann muß Hans hinunter nach Geiswil, um Würste und Semmeli oder Bürli zu holen. Frau Zerberer gibt ihm die Fränkli und Räppli dafür abgezählt in den Korb, und er freut sich über die Abwechslung und auf die Menschen im Ort.

Die sind nämlich ganz freundlich zu ihm, die Metzgerin und vor allem die Bäckerin, die lächelt ihn geradezu liebevoll an, wenn er mit seinen graumelierten Kinderfingern die Münzen in den Zahlteller legt.

Beide Frauen in ihren weißen Kittelschürzen sagen Dankche vielmal, wenn er mit den gekauften Sachen durch die bimmelnde Ladentür abzieht, und daß er bald wiederkommen solle und die Frau Zerberer grüßen. Und für den Heimweg hat er ein Stück Schleckwerk und einen Wurstzipfel als Zehrung. Er beißt von dem einen ab und von dem anderen, und eigentlich schmeckt ihm die Mischung gar nicht, aber er kaut sie sich schön.

Dabei dämmert ihm auch die Einsicht, daß Geld wohl mehr wert ist als das, was man dafür kriegt. Geld macht freundlich, auch Herr Zerberer buckelt zum Dank, wenn die Gäste bezahlt haben. Und dabei ist das doch eigentlich nur brav und recht. Man muß im Leben für alles bezahlen, hat ihm Herr Güggeli beigebracht, und daß es für alles ein Konto gibt: für das, was einem gehört, für das, was man anderen schuldet, für gute und schlechte Taten, für die Freundlichkeit und das Bösesein. Und wenn man etwas Schlimmes tut, dann steht das auf der einen Seite vom Konto, und wenn man etwas Gutes tut, dann steht das auf der anderen Seite. Und wenn das Gute mehr gut ist als das Schlimme schlimm war, dann kann man doch ein guter Mensch sein, auch wenn man Schlimmes gemacht hat. Alles hat seinen Preis. Oder so ähnlich.

Er hilft übrigens nicht nur beim Füttern der Gäste, auch Kühe und Schweine wollen schließlich versorgt werden. Die Ställe muß man ausmisten, es muß gesät und gemäht werden, und wenn die Arme für die Sense auch noch zu kurz sind, für die kleine Sichel und zum Binden der Heuballen reichen sie allemal. Im Herbst wird die Obsternte vermostet, teils mit den Füßen gestampft, teils durch die Presse gedreht. Und wenn Frau Zerberer anmahnt, man solle sich die Füße waschen, bevor man in den Kelterbottich steige, dann sagt ihr Mann tröstend, der Press-Apparat wäre auch nicht sauberer, und der Moscht würde sowieso alles von selber paschteurisieren.

Hans besucht jetzt die Primarschule in Geiswil, seine Ordnungsliebe und Reinlichkeit werden im Zeugnis mit Befriedigend beurteilt, und fürs Betragen bekommt er sogar ein Gut. Der Lehrer gefällt ihm, mit den Schulkameraden allerdings kommt er nicht so recht in Kontakt. Die meisten wohnen mitten im Dorf und sehen ihn als einen von draußen an. Nur Walter und Anna nicht, die wohnen nämlich noch weiter weg, eine halbe Stunde hinter der Fröhlichen Aussicht am Hang zum Nachbartal auf einem Bauernhof. Hans besucht sie, wenn Frau Zerberer es erlaubt.

Dort unten gibt es zwar auch nichts Schöneres zum Spielen als droben in der Fröhlichen Aussicht, aber man redet miteinander, erzählt sich Geschichten und sinniert über wichtige Dinge.

Eines Tages auch über Männer und Frauen, zum Beispiel. Und das Walterli vertritt die These, die Mädchen hätten unten etwas wie ein Semmeli, was Hans bestreitet, denn von Semmeln versteht er etwas.

Walter bleibt bei seiner Behauptung, und da die Anna bei ihnen ist, wird sie als Zeugin angerufen. Anna verweigert die Aussage.

Walter wird persönlich: Auch die Anna habe unten ein Semmeli, und daraus würde sie pinkeln wie eine Kuh.

Kühe pinkeln aber hinten unter dem Schwanz weg! Und die Anna hat doch gar keinen, sagt Hans, denn von Kühen versteht er auch etwas.

Da bittet Walter seine Schwester, sie solle doch einfach mal zeigen, wie es wirklich aussieht. Nicht weil er es möchte, sondern für den Gast bittet er, für das Hansli. Das ist schließlich ein Pflegling, und der hat nicht einmal eine eigene Schwester.

Anna geht lange mit sich zu Rate und bietet dann einen Kompromiß an: Sie würde es tun, aber nur, wenn die Jungen zuvor ihre Schnäbi zeigen.

Das wollen die nicht. – Dann will Anna auch nicht.

Schließlich überwältigt der Forscherdrang jedoch die männliche Scham; die Jungen beschließen, es beide gleichzeitig zu machen, auf Abzählen.

Walter kommandiert wie beim Wettrennen: Achtung – eins, zwei, drei!

Da sagt die Anna unvermittelt: Es steigt wieder hoch, oder?

Beide Buben blicken von ihren Hosenställen auf, Anna schaut fasziniert in den Himmel: Ein riesiges Etwas wie eine Zigarre schwebt über dem Wald im Norden, silbern glänzend, und mit der Spitze stößt es gegen eine große Wolke und Buchstaben und Zahlen stehen darauf und ganz langsam dreht es sich.

Hans steht mit offenem Munde da, und aus Respekt vor so viel erhabener Größe rutscht ihm das Schnäbi zurück in die Hose. Und ob Anna wirklich ein Semmeli oder ein Bürli unter dem Kleid hat, ist ihm jetzt einerlei.

Wer hat es dorthin gemacht, in die Luft? – Keiner hat es gemacht, es fliegt von alleine. – Es hat aber keine Flügel, wie ein Vogel oder wie ein Flieger! Oder? Das ist kein Flieger!

Ein Zeppeli, sagt das Walterli. Das fliegt mit Gas, das Zeppeli, das ist das Größte in der Luft! Und unter dem Bauch vom Zeppeli, siehst du, wo es da unten so glitzert, da sitzen ganz kleine Menschen drin. Alles Schwaben.

Schwab! schimpfen die Zerberers, wenn Hans etwas falsch macht oder wenn er zu langsam ist oder ungezogen oder lügt und sich dabei erwischen läßt. Schwab klingt für ihn wie eine Drohung, Schwoaaab!!! Kann es sein, daß man in so ein Zeppeli gesperrt wird, wenn man die Melkeimer nicht richtig auswäscht? Oder nicht richtig genug?

Und wie kommt das hierher, das Zeppeli?

Walter hält sein Schnäbi noch immer in der einen Hand und winkt mit der anderen ab: Es ist gar nicht hier, das täuscht nur so. Weil es fliegt über dem Bodensee drüber und lugt nur zu uns her, es ist nämlich von Deutschland.

Das kennt Hans von den Briefmarken, Deutschland, da gibt es sehr schöne. Aber warum fällt es nicht herunter? Es ist doch aus Eisen, Eisen fällt doch herunter, oder?

Mein Vater sagt, es ist aus Gas, und Gas fliegt von alleine, sagt Anna.

Ja, und nur wenn es ganz viele Männer an langen Stricken anbinden, dann bleibt es am Boden, sagt das Walterli, und weil das Schnäbi vom Hans wieder weg ist, läßt er seines auch verschwinden.

Gas, denkt Hans, und er erinnert sich: Frau Güggeli hat mit Gas gekocht. Es kam durch einen roten Schlauch von einem Rohr an der Wand, und wie der einmal abgegangen ist vom Herd, da hat es sehr komisch gerochen in der Wohnung, und dann haben sie schnell alle Fenster ganz weit aufgemacht. Und als Hans verwundert war über die Aufregung, da hat ihm Herr Güggeli erklärt: Mit Gas kann man ganz leicht in die Luft fliegen.

Stimmt, sagt Hans zu Walter und Anna, Herr Güggeli kann das auch mit Gas. Er ist nämlich in St.Gallen ein Bureaulist bei der Stadtverwaltung. Und Robert ist mein Freund.

*

Wenn Hans sich einsam fühlt, dann geht er auf die Weide oder in den Stall zu den Kühen. Er mag sie alle, die Kälber, die Färsen und ganz besonders die Liese, die schon ein wenig älter ist. Weil sie schaut so ähnlich drein wie die Bäckersfrau in Geiswil, und sie ist dazu noch sehr zärtlich und lieb. Er ist gewarnt worden vor den scharfen Zungen der Rinder; wenn die ein Kind anschlecken, so kann die ganze Haut vom Arm abgehen und man muß vielleicht sogar zum Doktor und einen Verband bekommen. Aber die Liese ist ganz behutsam mit ihrer Zunge, und ihre Lippen fühlen sich weich an. Und wenn sie ihm zublinzelt, dann singt er ihr leise ein Lied vor. So leise, daß die anderen Kühe es nicht hören können. Auch die Färsen und Kälber nicht.

An anderen Tagen, wenn er traurig aufwacht, dann nimmt er sein Sparsäuli, eine alte Blech-Schachtel, mit auf den Schulweg. Vor oder nach dem Unterricht kauft er sich dann bei der schönen Bäckerin, die der Liese so ähnlich sieht, etwas Süßes.

Aber leider wiederholt sich immer wieder dasselbe Spiel: Was er im Schaufenster sieht, was ihn begeistert und begierig macht – dafür reichen die paar Räppli nicht, die ihm die Gäste geschenkt haben. Zwar bekommt er stets etwas Süßes für sein Geld, aber wenn er damit den Laden verläßt, dann steht das eigentliche Objekt seiner Begierde – der Schokoladenmann, das Riesen-Baiser oder der vergoldete Maikäfer auf der rotsamtenen Bonbonniere – noch immer im Fenster und wartet auf einen zahlungsfähigeren Kunden. Auf einen Jungen, dem die Gäste mehr schenken als ihm.

*

Zu den leichteren Arbeiten, die Zerberers ihrem Pflegling anvertrauen, gehört das Kurzhalten der Feldmäuse, die in der Fröhlichen Aussicht offenbar noch lieber einkehren als die Spaziergänger. Herr Zerberer lehrt den Knaben, in den Anfang des Mausegangs eine Klemmfalle einzugraben und mit einem kleinen Holzstecken so zu verbinden, daß der Stab seine Position verändern muß, sobald die Falle zuschnappt. Dann hat Hans die Falle herauszuziehen und die Maus in einen Korb zu werfen, sofern sie tot ist. Falls sie sich aber noch bewegt, soll er sie zuvor in einem Wassereimer ertränken. Das tut er auch gewissenhaft. Wenn die Maus nicht mehr zappelt, sondern nur noch zuckt, dann ist mit ihr sowieso nichts mehr los. Wenn sie aber so glücklich getroffen ist, daß sie sich vielleicht doch wieder erholen könnte, dann spielt er den gütigen Mäusegott und läßt das Tierchen laufen.

Bis er eines Tages bei solcher Gelegenheit einen fürchterlichen Schlag im Genick verspürt und mit dem Kopf im Mäuseeimer landet. Und als er sich daraus befreit hat und gegen den aufkommenden Brechreiz ankämpft, da wird er von Herrn Zerberer nicht nur als Schwab, sondern sogar als Cheib-Schwab angebrüllt, was etwas ziemlich Schlimmes ist. Ab jetzt kann er sich Gnade leider nicht mehr leisten.

Aber er wird sich das merken. Auf einem Konto in seinem Kopf. Extra für Herrn Zerberer.

*

Frau Zerberer putzt manchmal gründlich, das ganze Haus und auch die Küche. Alles Geschirr und alles Gerät wird dann auf den Mitteltisch geräumt, damit die Schränke innen blitzblank gewaschen werden können. Dabei entdeckt das Hansli ein Bündel Postkarten, das im Spind verwahrt war, mit Grüßen von Verwandten und Gästen. Manche der Karten haben vorne ein Bild drauf, andere sind beidseitig beschrieben, aber über jeder Adresse klebt eine Briefmarke. Und die meisten von denen kennt er noch nicht.

Hans wartet, bis Frau Zerberer tief unten im Chuchichäschtli wischt, so daß nur noch ihr Hintern in die Küche ragt, dann läßt er eine Postkarte hinter seinem Hosenbund verschwinden. Eine große Marke ist darauf, ein Mann mit Hut und wallendem Bart.

Er reißt die Ecke von der Karte vorsichtig ab, weicht die Marke von dem Karton, trocknet sie und tut sie in sein Heft. BAYERN steht auf der Marke. Interessant, wo mag das sein? Er überlegt, wie und wen er unauffällig danach fragen könnte, ohne sich zu verraten. Lange kann er nicht einschlafen, zumal er den Verdacht hat, diese Marke könnte wegen ihrer Größe besonders wertvoll sein.

Das Fensterbrett in seinem Zimmer ist nicht mehr fest vernagelt, man kann es auf einer Seite anheben. Und noch in dieser Nacht verlagert er die Sammlung aus seinem Bett unter das lockere Fensterbrett in ein Geheimversteck. Nicht einmal ein Verbrecher könnte das finden. Spät, aber bereichert und erleichtert schläft er ein.

Mit einem Handfeger weckt ihn Frau Zerberer am nächsten Morgen. Sie hat die demolierte Ansichtskarte aus München entdeckt, von Hans achtlos beiseite geworfen. Sie prügelt mit Maßen, wenn auch ausdauernd, kündigt aber als Vorstufe zum Jüngsten Gericht an: Wenn ich das meinem Mann erzähle, dann haut er dich zu Schlagrahm! Nach der Briefmarkensammlung fragt sie zum Glück nicht, denn für höhere Werte hat sie in ihrem Kopf sowieso keinen Sinn.

*

Hans muß abwägen: Einerseits will er Rache, andererseits wäre es wohl klüger, an Vater Zerberer ein Signal des guten Willens zu übermitteln, um sein Versagen als Mäusetöter auszubügeln. Da paßt es gut, daß eine Sau geschlachtet werden soll.

Zerberer läßt derartige Hinrichtungen mit Hilfe eines Stammgastes vollziehen, der sich allmorgendlich als erster im Schankraum einfindet, zum Frühstück ein paar Biere und Pflümli zu sich nimmt und sich dann in die Büsche der Fröhlichen Aussicht schlägt, um sein Vormittagsschläfchen zu halten, bei jedem Wetter übrigens, auch Dauerregen kann ihn nicht davon abhalten, dann schnarcht er nur ein wenig feuchter. Daß dieser Schlufi, wie er genannt wird, eine ruhige Hand hat, liegt auf derselben.

Zerberer hat vor physischer Gewalt einen Ekel, deshalb konzentriert er sich bei der Schlachtung auf die Arretierung des Tiers, während Schlufi die Axt führt zum Zwecke der örtlichen Betäubung, die dem Abstechen und Brühen aus humanitären Gründen vorauszugehen hat. Aber Schweine haben manchmal untrügliche Vorahnungen und können erbärmlich schreien und säuisch zappeln. Und als das passiert, springt Hans hinzu und hilft seinem Pflegevater unaufgefordert bei der Unterwerfung der sich aufbäumenden Kreatur. Ein dankbarer Blick streift ihn.

Leider hat Schlufi keinen guten Tag. Sein erster Schlag mit dem stumpfen Ende der Axt reißt nur ein Ohr ab, der zweite trifft auf die Schnauze, und wohin der Dritte geht, kann Hans nicht mehr erkennen, denn ein satter Schwall warmen Schweineblutes trifft ihn ins Gesicht und löst den Brechreiz aus, den er beim Mäusetöten gerade noch unterdrücken konnte. Jetzt kotzt er Herrn Zerberer voll aufs Hemde, wird nach endlich geglückter Tötung dafür anständig vermöbelt und lernt daraus, daß es nicht genügt, das Beste nur zu wollen – es darf einem bei der guten Tat auch nicht schlecht werden.

Das Hansli schreibt den Zerberers eine Null mehr aufs Rachekonto, eine Null links vom Komma.

*

Frau Zerberer hat eine ältere Schwester, die entweder besonders lieb ist oder ein wenig verwirrt oder reichlich wunderlich, das mag Hans nicht entscheiden. Die Tante Marie lebt jedenfalls in St. Gallen im Heim Rosengarten, und wenn er sie in Begleitung seiner Pflegemutter besucht, dann hat sie ein diebisches Vergnügen daran, ihm heimlich Süßigkeiten zuzustecken. Marie ist eine Frau, von der Hans sich richtig verstanden fühlt, wenn er auch ihre Zuneigung in keiner Weise erwidert. Aber deshalb kann er die Bonbons und Fondants doch nicht zurückweisen.

Die Strecke von Geiswil hinunter nach St. Gallen wird bei jedem Wetter zu Fuß bewältigt, für den Rückweg allerdings benutzt man die Geisbahn. Das ist ein Zug, der sich oben an einem dicken Draht den Berg hinaufzieht und ganz elektrisch betrieben wird, wie eine Lampe, und die Räder laufen manchmal auf Schienen und manchmal in Rillen. Schade, denkt Hans, wenn er vorne neben dem Kondukteur steht und beobachtet, wie der die Kurbel dreht, schade! Wenn er mit Gas fahren würde, könnten wir nach Geiswil fliegen.

*

Wann immer sich eine Gelegenheit bietet, sucht er jetzt nach den Postkarten, aber in der Küche sind sie nicht mehr, Frau Zerberer hat sie wohl anderswo versteckt. Dafür erspäht er etwas Seltsames: Bei der Wasserkanne am Spültrog, unter der Dose mit dem Soda neben Seife und Scheuersand, ist in dem blechernen Wandregal eine kleine kreisförmige Vertiefung, und darin liegt etwas Glänzendes – ein richtiges Fünffrankenstück, ein Fünfliber! Er nimmt es vorsichtig in die Hand, betrachtet es ehrfürchtig von allen Seiten, dann legt er es behutsam zurück. Erklären kann er sich diesen Fund nicht, aber ein inneres Stimmchen rät ihm, die Zerberers besser nicht danach zu fragen: Erstens hatte er unter der Sodadose gar nichts zu suchen, und zweitens hat er wohl etwas Unerlaubtes entdeckt – einen geheimen Schatz.

Den Postkartenpacken findet er in einer Lade wieder – zwischen Frau Zerberers Leibwäsche, Wochen später. Die Situation ist günstig, er kann alle Marken in Ruhe betrachten: Viele schöne Stücke sind darunter, und haben möchte er eigentlich alle. Aber das geht natürlich nicht. Eine Marke fasziniert ihn besonders, sie hat eine rosa-ähnliche Farbe, stammt aus Deutschland, *Deutsches Reich* steht darauf, *200 Mark*, und darüber ist schwarz aufgedruckt: *2 Millionen*!

In der Schule interessiert er sich in den nächsten Tagen ungewöhnlich heftig für das Mathematische. Die Klasse übt brav das Zuzählen, Abziehen, Malnehmen und Teilen bis tausend, und ausgerechnet das Hansli möchte unbedingt wissen, was eigentlich Millionen sind und wie viele es davon gibt. Lehrer Knoll reagiert unwirsch bis ironisch, aber schließlich kann sich Hans aus seinen Reaktionen zusammenreimen, daß eine Million tausendmal mehr als tausend ist und daß zwei Millionen Mark ein riesig großes Vermögen sind, das man sich gar nicht vorstellen kann. Und das hat Frau Zerberer unter ihren Hemden!

Deshalb heißt Deutschland wohl auch Deutsches Reich, weil es eben so reich ist, und daher ist das Zeppeli auch so groß. Das kann man ja deutlich sehen, oder?

*

Die Weihnacht naht, und diesmal scheint sie ein besonderes Ereignis zu werden, denn beide großen Töchter des Hauses sind gekommen, um die Festtage mit den Eltern zu verbringen.

Frau Zerberer backt Plätzli und Chüechli, Hans darf rühren und Schüsseln mit dem Finger ausputzen, am Heiligabend wird ein Bäumchen geschmückt, man geht nachmittags hinunter zur Kirche und dann folgt die Bescherung. Auch Hans bekommt Geschenke: Socken, einen Pullover, Schuhe und zwei Bleistifte für die Schule.

Dann tuscheln die beiden Mädchen, die wie junge Damen gekleidet sind. Sie kichern ein wenig und bringen als besondere Überraschung für das Hansli ein recht großes Paket herein – von seinen Eltern. Zehn Jahre ist er inzwischen, und nun das erste Lebenszeichen! Und gleich ein Paket?

Die gute Stube in der Fröhlichen Aussicht verschwimmt, das Gewisper in seiner Nähe rückt in unwirkliche Ferne, alle seine Sinne sind auf das Paket gerichtet, und wie in Trance öffnet er den Knoten der Schnur. Unter dem äußeren Packbogen weitere Lagen Papier, dann ein Karton, nochmals zugebunden. Er will die Schnur zerschneiden, aber die Trudi sagt ihm, er müsse sie vorsichtig aufknüpfen, sie sei schließlich von seinen Eltern. Es dauert endlos, bis er alle Knoten entschlungen hat: Deckel auf!

Im Karton wieder Papier in mehreren Lagen, nun ein anderer, kleinerer Karton, darin wieder Papierschichten, Bindfäden, und so weiter. Durch zwanzig Kartons glaubt er sich hindurchgewühlt zu haben – in Wahrheit waren es fünf, und dann findet er schließlich eine Streichholzschachtel, in der sind Kartoffelschalen.

Aus weiter Ferne hört er die Familie Zerberer fröhlich lachen, das wäre doch spaßig, sagen sie, lustig, das heißt Julklapp, und Klara nimmt das Hansli in den Arm und sagt, das wäre jetzt modern, Julklapp, und sie habe es von einer Freundin aus Genf, und das würde in den feinsten Familien so gespielt und jedes Jahr wäre ein anderer damit dran und man dürfe sich nicht ärgern darüber, sonst wäre man ein Spielverderber.

Hans sagt laut und ganz langsam: Wo sind meine Eltern?

Diese Frage findet Herr Zerberer nun absolut unpassend für den Heiligen Abend: Im Ausland, immer noch, das habe ich dir doch schon tausendmal gesagt. Und wenn sie zurückkommen, dann wirst du es schon merken. – Da geht das Hansli nach draußen.

Später, als es Zeit zum Essen ist, muß Herr Zerberer Haus und Hof nach ihm absuchen; er findet den Jungen im Kuhstall, wo er in seinem guten Anzug neben der Liese sitzt und ihr Weihnachtslieder vorsingt. Liese lauscht, die anderen Rinder kauen blöde wieder.

Ein Bild, das Herrn Zerberer gefühlsmäßig anrührt. Armer Bub, denkt er. Und statt der verdienten Tracht Prügel kriegt Hans nur eine einzige Ohrfeige, denn schließlich ist heute der Heiland geboren.

Beim Nachtessen erscheint vor Hanslis innerem Auge das Rachekonto der Familie Zerberer, und er erkennt, daß es sprunghaft angeschwollen ist. Links vom Komma stehen jetzt zwei Millionen.

*

Wenn in der Schule getauscht wird, gibt man normalerweise Marken gegen Marken – da kann Hans nicht mithalten. Denn was bei Zerberers an Couverts im Brennholzkasten landet, ist bitter wenig. Und die Marken, die er daraus erbeutet, die haben seine Schulkameraden längst. Nachschub kommt gelegentlich von Tante Marie aus dem Rosengarten, die unter ihren Mitbewohnern für ihn sammelt, und von manchen Gästen. Aber die muß er ganz behutsam fragen, denn Zerberer hat ihm bei Schwerststrafe verboten, um Marken zu betteln.

Also bietet er in der Schule Mausefallen an, Bierfilze, Flaschenetiketten und vor allem Zigarrenreste, mit denen manche Gäste recht großzügig umgehen. Für ein halbes Stümpli hat er schon drei italienische gekriegt, und für eine kaum angerauchte Brissago sogar zwei italienische, eine russische, eine französische, und eine, worauf man gar nichts lesen kann: China oder Finnland, ungefähr aus dieser Gegend.

Und immer wieder hört er, der arme Pflegling von der Aussicht, philatelistische Fachgespräche. So lernt er, wie man eine Marke ablösen kann, ohne die Postkarte zu zerstören, indem man nämlich nur die betreffende Ecke in Wasser tunkt oder anfeuchtet, ein Weilchen wartet, und die Marke dann vorsichtig abzieht, bevor der Klebstoff wieder antrocknet. Auf dem Teil der Postkarte, den das Wasser benetzt, darf aber keine Tintenschrift sein, sonst löst sich nämlich die Tinte auf und färbt die Marke blau, und dann ist sie wertlos.

Gut. Sein Plan sieht so aus: Bei nächster Gelegenheit wird er die Zwei-Millionen-Postkarte aus Frau Zerberers Wäschefach herausnehmen, die Marke in der beschriebenen Weise ablösen und eine andere, natürlich billige Briefmarke an deren Stelle aufkleben – mit Wasserglas, das ist das Zeug, worin man frische Eier einlegt, die man nicht sofort verwenden kann. Dann wird er die umfrankierte Postkarte unter Frau Zerberers Hemden zurückschmuggeln – als Ersatzmarke hat er eine grüne Fünfpfennig-Germania in Bereitschaft, die stammt schließlich auch aus Deutschland.

Mehrmals versucht er diesen Plan umzusetzen, aber Frau Zerberer scheint mißtrauisch geworden zu sein, das Schlafzimmer ist immer abgeschlossen. Gottseidank erleidet Tante Marie einen Schlaganfall, den ersten und letzten ihres Lebens übrigens, während Hans in der Schule weilt. Beide Zerberers stürzen hinab nach St. Gallen, um erbrechtliches Unheil zu verhindern, und Hans findet bei seiner Heimkehr statt der fröhlichen eine leere Aussicht vor, nichts ist abgeschlossen in der Eile, er vereinnahmt die Zwei-Millionen-Marke wie geplant und schiebt die Fälschung wieder unter die Damenwäsche. Und als er erfährt, wem er das alles zu verdanken hat, beschließt er, Tante Marie sehr liebgehabt zu haben, wenn auch nachträglich. Das Rachekonto der Zerberers stellt er großzügig auf null.

*

Man lebt vor sich hin und neben sich her. Eine echte Freude für die Zerberers wird das Hansli nicht. Sie hatten mehr Dankbarkeit erwartet von einem Mensch, das sie sozusagen aus der Gosse geholt haben.

Das Hansli dagegen ist oft neidig auf seine Schulkameraden: alle sind in Familien großgeworden. Haben Geschwister und Eltern und Onkel und Tanten und Großeltern – manche haben die sogar doppelt, zwei Großväter und zwei Großmütter. Sie leben unten im Dorf, sind sich Freund oder Feind, aber sie sind nicht so weit weg wie er. Mit dem Walterli und der Anna soll er auch nicht mehr zusammensein, weil die erzählt haben, er hätte ihnen sein Schnäbi gezeigt.

Er lebt bei den Zerberers, aber er hat nichts von ihnen. Und seit Tante Marie tot ist, hat er eigentlich niemanden mehr, nur noch die Liese.

Und die überfrißt sich eines Tages auf der Weide am Grünzeug, sie bläht sich auf und kriegt Koliken.

Der Schlufi ist wachgeworden von ihrem Geschrei, er alarmiert Herrn Zerberer. Der rast mit dem Stecheisen auf die Wiese, mit diesem röhrenförmigen Dolch, den er bei derartigen Anfällen seinen Rindern in den Leib zu stechen pflegt, damit die Luft aus ihrem Inneren entweichen kann, laut pfeifend und fürchterlich stinkend. Das sieht zwar brutal aus, aber danach sind die Viecher wieder glücklich.

Das Hansli kommt aus der Schule und wird Augenzeuge einer Tragödie, die auch Zerberer so noch nicht erlebt hat: Er sticht in die Liese, mehrmals und jedes Mal erfolglos. Ein bißchen Luft zischt ab, aber nicht genug, die Kuh geht zu Boden und wälzt sich, springt wieder auf. Zerberer sticht abermals zu. Die Liese greift ihn an.

Frau Zerberer telefoniert mit dem Veterinär, der ist gerade bei einem Fohlen und läßt sie auf den nächsten Tag vertrösten.

Der Schlufi steht leicht schräg am Weidezaun und macht fahrige Handbewegungen, als wolle er sagen: Na, ob das man gut geht! Hans will zu seiner Liese, Zerberer unterbricht diesen Vorsatz durch einen fürsorglichen Genickschlag.

Frau Zerberer telefoniert mit dem Metzger, der sagt Hilfe zu und will kommen. Der Schlufi kriegt die Axt in die Hand gedrückt, die Zerberers legen das andere Gerät bereit, und Liese wird auf der Weide fürsorglich erst einmal notgeschlachtet.

Das Hansli greift sich ein Kalb und heult ihm ins Fell. Eine Weile lang läßt sich das Tier diesen Mißbrauch gefallen, dann geht es zum Trinken an seine Mutter. Das Hansli geht mit und heult immer noch. Er kann das Augenwasser einfach nicht halten.

Und das will ein Junge sein, sagt Zerberer zu seiner Frau.

Doch immerhin, einen Tag lang respektieren die beiden Hanslis Trauer. Er darf sich im Bett verkriechen. Aber am nächsten Morgen muß die Normalität wiederhergestellt werden.

Auch Hans ist bereit, zur Schule zu gehen. Frau Zerberer steht draußen an der Treppe und streicht ihm mit der Hand übers Haar, als er sich auf den Weg machen will. Da rennt er noch einmal ins Haus zurück, in die Küche, nimmt das Fünffrankenstück unter der Sodabüchse heraus, und dann erst schreitet er gelassenen Schritts zu Tal. Frau Zerberer blickt ihm nach, ohne Arg und Argwohn.

*

Hans geht nicht zur Schule, sondern zur Bäckerei. Die Türglocke bimmelt, aber niemand kommt. Er wartet, dann öffnet und schließt er die Tür ein zweites Mal.

Da endlich erscheint sie, die schöne Bäckerin. Mit sanften Augen – wie Liese, groß und feucht. Die Nase wie Liese, die Lippen, der Hals, auch die Art, ihren Kopf zu wenden und zu nicken – alles wie Liese. Und wieder spürt er den Druck des Augenwassers.

Stumm legt er das Fünffrankenstück auf den Zahlteller und zeigt auf Kuchenstücke und Süßigkeiten – das, und das da, das ...

Die schöne Bäckerin unterbricht ihn, als er für zwei Franken Ware ausgewählt hat – genug für einen mittleren Kindergeburtstag ...

Er schaut sie an, die schönste aller Kühe, und er sieht, wie Zerberer ihr den Röhrendolch in den Leib rammt, wie sie sich im Gras wälzt, ihn angreift, und dann kommt der Schlufi, dieser Tschumpel, und haut mit der Axt daneben, daneben, daneben ...

Er kann ihr nicht mehr in die schönen Augen sehen, aber er bestellt weiter, auch Pralinen, Marzipan, Zeltli und Nidelzeltli, bis die fünf Franken verbraucht sind. Nur Bärendreck verschmäht er. Zu scharf: Salmiak. Wie die goldenen Türfallen bei Güggelis nach dem Putzen.

Von der Dorfstraße ein wenig abgelegen, hinter der Stellmacherei stehen schadhafte Pferde- und Ochsenwagen, allerlei Gerümpel liegt in der Sonne. Hier legt er ausgeblichene Bretter zu einem Sitz zurecht, davor baut er ein kleines Tischchen. Dann hält er ein Leidmahl für Liese. Er ißt langsam und bedächtig, hiervon und davon, nicht das ganze Kuchenstück auf einmal, sondern zwischendurch auch mal eine Praline oder ein Zeltli. Mit der Zeit wird ihm ein wenig übel, aber dadurch läßt er sich nicht abschrecken.

Als er platschvoll ist, deponiert er die Reste hinter einem zerborstenen Kutschbock. Im Schatten, wegen der Kühlung.

Auf dem Weg zum Schulhaus beschließt er, sein Leben zu ändern. Er will ab sofort nicht mehr lügen. Er will sich auch keine Entschuldigung für die – inzwischen recht erhebliche – Verspätung ausdenken, sondern er wird dem Lehrer fest in die Augen sehen und die Wahrheit sagen: Ich habe getrauert. Es tut mir leid. Ich nehme die Strafe auf mich. Es ist eine Frage des Todes.

Knoll steht seitlich neben der Tür des Schulzimmers, und der erste Hieb trifft Hans schon schräg von hinten, als er sich noch suchend nach dem Lehrer umschaut.

Knoll hat einen kurzen, pädagogischen Schlag, er drischt nicht so, als solle das Rohr die Haut zerteilen und in den Kinderkörper eindringen, nein, ganz kurz vor dem Auftreffen bremst er den Stockschwung ab – die reine Oberflächenreizung der Haut reicht ihm zur Charakterprägung aus. Außerdem weiß er, daß man auf diese federnde Art länger schlagen kann, ohne unschöne Striemen zu hinterlassen, die auch rechtschaffene Eltern gelegentlich an Spießrutenspuren erinnern.

Dabei schreit Knoll Hans alles entgegen, was er verbrochen hat. Das Telefon, natürlich. Die schöne Bäckerin hat ihn verraten, Lieses Ebenbild.

Es wird ihm verboten, auf die Toilette zu gehen. Er sagt, ihm sei trotzdem sehr schlecht. Wenigstens diese Wahrheit kann er an den Mann bringen. Knoll wippt auf den Schuhsohlen: Schlecht?? Weil du alles auf einmal gefressen hast bei deiner krankhaften Schlecksucht! – Nein, es ist noch etwas übrig. – Wo? – Draußen im Schatten. – Und woher die fünf Franken? – Durch Zufall gefunden. – Auch draußen im Schatten, oder? – Und abermals zischt der Rohrstock.

Die Wahrheit zu sagen, das ist gar nicht so schwer. Aber wie muß man sie sagen, daß sie auch geglaubt wird?

Knoll läßt auch die anderen Kinder unter seiner Wut leiden. Alle brüllt er an, allen schlägt er bei dem geringsten Anlaß mindestens auf die Finger. Hans spürt, wie sie ihm die Schuld dafür anlasten. Bösartige Kälte umgibt ihn. Wen er auch anschaut – alle sehen weg oder ins Heft oder an die Tafel. Keiner von denen wird ihm für einen halben Stumpen noch einmal Briefmarken geben.

Auf dem Heimweg kann er sich endlich erleichtern. Danach holt er den Rest der Beute vom Stellmacher und schiebt das Päckli unter seinen Pullover.

Vor der Fröhlichen Aussicht steht breitbeinig Zerberer, die Arme hat er gekreuzt. Auch hier das Telefon, natürlich: die Bäckerin oder Knoll, wahrscheinlich beide. Frau Zerberer wartet oberhalb der Treppe in der Haustür.

Hans geht demütig auf den Pflegevater zu, in sein Schicksal ergeben. Aber wenige Meter vor ihm, dicht neben dem großen Holzschopf, wirft er den Schulsack beiseite und läuft den Wiesenhang hinab. Der alte Pflaumenbaum breitet die Äste aus wie Arme. Hans springt hinein und hat sich schon in Sicherheit gehangelt, bevor der brüllende Zerberer unten anlangt. Hans klettert weiter, bis die Zweige abzuknicken drohen, dann setzt er sich zur Ruhe, schwankend, aber unerreichbar.

Der zur Weißglut gereizte Erziehungsberechtigte äußert sich nun widersprüchlich. Einerseits verlangt er von dem Flüchtigen, sofort, unmittelbar und auf der Stelle solle er herunterkommen, um sich seine Tracht abzuholen, sonst könne er was erleben. Ins Gefängnis werde er kommen, bei Wasser und Brot ins Gefängnis! Dann wiederum soll Hans nur ja oben bleiben, er, Zerberer, würde ihn nie mehr herunterlassen, auch bei Regen und Schnee nicht, verhungern könne er da oben, er habe Zeit bis Weihnachten, aber dann würde Hans eine Bescherung erleben, an die er denken werde bis zu seinem Tode.

Nun, mit Weihnachtsbescherungen hat der bereits seine Erfahrungen, aber die Hungerdrohung beeindruckt ihn schon, und nachdem er auf höchst unbequeme Weise die Kuchen- und Pralinenreste in luftiger Höhe verzehrt hat, läßt er die schöne Bäckerin im Geiste sterben, genau wie Liese, und das Einwickelpapier zu Boden flattern, was Frau Zerberer zusätzlich empört. Dann beginnt er den Abstieg.

Schlufi, durch die Brüllerei aus dem Mittagsschlaf geschreckt, kommt unter seinem Gebüsch hervor und hält sich die Augen zu, als Herr Zerberer das Hansli am Fuße des Pflaumenbaums in Empfang nimmt. Bevor ihm die Puste auszugehen droht, ruft seine Gattin schon: Ich auch, laß mich mal, ich will auch mal! – Und sie nimmt ihm den Knüppel aus der Hand.

Ihre Schläge sind weniger kraftvoll und in der Linienführung etwas taumeliger als die ihres Mannes, aber Hans kompensiert die geringere Heftigkeit durch lauteres Schreien, so daß seine Pflegemutter das Gefühl haben kann, sie habe dem Knaben auch ein wenig auf den rechten Weg zurückgeholfen.

Irgendwann wird Hans mit einem alten Putzkessel in sein Zimmer eingeschlossen, wo er sich in Ruhe übergeben und mitanhören kann, wie nun zwischen den beiden Zerberers ein Streit ausbricht. Offenbar geht es um die Frage, woher denn eigentlich die fünf Franken stammten, die Frau Zerberer da unter der Sodadose deponiert hatte und warum Herr Zerberer nichts davon wußte.

Hans hört erst sie zetern, dann ihn brüllen, und schließlich sie weinen. Hoffentlich schlägt er sie auch. Wenn Hans dabei sein könnte, würde er sagen: Laß mich auch mal!

Aber ihre Schreie sind vor allem Tröstung: Auch wenn das Leben ihn heute menschlich enttäuscht hat – ein kleines bißchen Gerechtigkeit hält es doch bereit. Selbst im tiefsten Unrecht.

*

Die folgenden Wochen und Monate kann man ohne Übertreibung als höchst unerquicklich bezeichnen. Das Verhältnis zu Zerberers ist total abgekaltet und bleibt auch so. Wenn im Hause Rindfleisch gesiedet wird, für die Gäste oder für den Eigenbedarf, verweist Herr Zerberer regelmäßig darauf, daß die arme Liese am Ende trotz ihrer Krankheit doch noch zu einem schmackhaften Familienmitglied geworden sei. An Sonn- und Feiertagen bezieht er sie sogar in das Tischgebet mit ein: Komm, Herr Jesus, sei unser Gascht, und dankcheschön, daß du uns die Liese bescheret huscht!

Daß das Hansli dabei würgen muß, entgeht seiner Aufmerksamkeit. Regelmäßig.

Jeder Tag in der Schule ist eine Tortur, die Benotungen werden miserabel. Alle Antworten, die Hans gibt, sofern er überhaupt noch gefragt wird, sind falsch. Und wenn er im Rechnen zu denselben Ergebnissen kommt wie Adam Riese oder seine Klassenkameraden, dann hat er die Zahlen entweder falsch ausgesprochen oder unleserlich geschrieben.

Mit den Schulkameraden geht es so: Größere hauen ihm eine runter, die gleichalten spucken ihn an und die kleineren laufen vor ihm weg.

Mehrmals muß er gar nicht in die Schule, dann muß er sich für gut anziehen und mit Frau Zerberer hinunter nach St. Gallen, zu Ämtern und Behörden, auch mal in ein Krankenhaus und in eine Pfarrei. Dort wird er betrachtet, einvernommen und vor allem dauernd aus dem Zimmer geschickt, während Frau Zerberer drinnen mit den Herren spricht.

Einmal, als er wieder auf dem Flur hocken muß, sieht er in einiger Entfernung Herrn Güggeli mit einem anderen Mann aus einem Bureau gehen. Er ruft und winkt und will zu ihm laufen, aber die Sekretärin, die auf ihn aufpaßt, hält ihn fest.

Das ist nicht Herr Güggeli, sagt sie, und vielleicht hat sie ja recht. Aber tief unten drin, auf seinem persönlichen Wahrheitskonto, da weiß er: Es war doch Herr Güggeli. Und der hätte mich eigentlich sehen müssen. Aber vielleicht hat er mich nicht mehr erkannt.

Eines Abends muß Hans seine guten Schuhe gründlich mit Fett einreiben und blitzeblank wichsen, dann schneidet ihm Zerberer die Haare besonders kurz und sagt: Damit auch jeder sieht, daß wir uns nichts zu Schulden kommen lassen!

Alle seine Kleidungsstücke, die noch nicht geflickt sind, werden in einen Karton gepackt, Bücher und Hefte muß er in seinem Schulsack verstauen. Sobald das Licht gelöscht ist, geht er zum Fensterversteck und holt auch seine Briefmarkensammlung, die er zwischen die Hefte schiebt. Die Zwei-Millionen-Marke aber deponiert er gesondert im Geheimfach seines Lederhosenträgers, unter dem röhrenden Hirschen. Er weiß nicht warum, er hat wohl eine Vorahnung.

Dann überlegt er, ob er nicht lieber ausreißen sollte, einfach durchs Fenster davonspringen. Den Weg nach St. Gallen würde er auch im Dunkeln finden, aber er weiß nicht mehr, wo Güggelis wohnen, wo die Straße ist, auch wie sie heißt, hat er vergessen. Die Schule, in der er damals war, die würde er vielleicht wiederfinden ... und darüber schläft er ein.

*

Am nächsten Morgen ist Herr Zerberer nicht zu sehen, obwohl es sehr früh und fast noch dunkel ist, aber auf dem Küchentisch steht eine große Portion Öhrli, von denen Hans so viele in sich hineinstopfen darf, bis es nicht mehr geht. Den Rest füllt Frau Zerberer in eine Tüte.

Dann geht sie mit dem Jungen hinunter nach St. Gallen. Er trägt den Karton, sie den Schulsack und die Tüte mit dem Gebäck. Er wagt nicht zu fragen, ob es jetzt so weit ist mit dem Gefängnis. Aus Angst davor, daß sie ja sagt.

Am Bahnhof wartet ein Mann, der einen grünen Aktenordner in der Hand hält. Er sagt, er heißt Herr Gestentner.

Frau Zerberer übergibt ihm die Öhrli und den Ranzen und will dem Hansli noch einmal über den Kopf streichen, aber die Geste mißrät in der Erregung zu einer Art Maulschelle. Dann schreit sie einmal kurz auf, wendet sich abrupt ab und läuft schluchzend aus der Bahnhofshalle.

Herr Gestentner liest aus der grünen Mappe vor, daß der Hans der Hans sei, geboren am ... in ..., bisher wohnhaft in ... und so weiter. Hans nickt jeweils ernst und so überzeugend, daß an seiner Zustimmung zu den personalen Vorhaltungen keinerlei Zweifel aufkommen kann. Er kämpft mit höflicher Beflissenheit um mildernde Umstände.

Herr Gestentner läßt nicht erkennen, ob der Delinquent durch dieses Bemühen um gute Führung seine Zukunftschancen positiv beeinflußt hat. Er geht mit Hans zum Perron.

*

Rechts Schweiz, links Schweiz.

Hans hüpft von einer Seite zur anderen, er kann sich gar nicht satt sehen. Das ist schon etwas anderes als die Geisbahn, oder?

Sie sitzen in einem Abteil 3. Klasse, und wenn der Zug durch eine Kurve fährt und Hans sich ein wenig aus dem Fenster lehnt, dann kann er vorne die eigene Lokomotive sehen und am Zugende den Postwagen! Und die Telegrafenmasten sind so nahe, daß er sie mit den Fingerspitzen berühren könnte, wenn nur sein Arm ein bißchen länger wäre. Schade, daß er nicht mehr in die Schule darf, sonst könnte er davon erzählen und alle würden sie gucken, in Geiswil.

Die Angst ist fast vergessen, und es stört ihn auch nicht, daß Herr Gestentner hinter ihm die restlichen Öhrli verspeist, sorgsam darauf bedacht, den grünen Aktenordner vor Fettflecken zu bewahren. Er hat das Sakko abgelegt, und Hans bewundert die gestreiften Gummibänder an den Ärmeln seines Hemdes über den Ellenbogen.

Hub, Goldach, Rorschach – längerer Aufenthalt. Die Angst kommt wieder, ärger als zuvor. Jetzt fragt Hans, wohin Herr Gestentner ihn bringen wird. Der zeigt nur nach vorne, wo die Lokomotive ist: Zur Grenze. Und dann wirst du überstellt nach Dresden.

Ist Dresden das Gefängnis? – Nein, Dresden ist in Deutschland. – Aber Deutschland ist ausländisch, von der Schweiz her, oder? – Du wirst jetzt nach Deutschland verbracht, hat man dir das nicht gesagt?

– Nein.

Und er versteht es auch nicht, er kann das nicht verstehen: Wieso kommt einer, der ins Gefängnis muß, nach Deutschland? Und was ist das überhaupt für eine Grenze? – Da wo die Schweiz aufhört, das ist die Grenze.

Er versucht zu begreifen, schaut aus dem Fenster und sieht nichts mehr, weder die Berge auf der einen Seite noch den See auf der anderen, nicht einmal die Grenzstation.

*

Sie steigen aus und gehen in ein Büro. Herr Gestentner zeigt die grüne Mappe einem Gendarmen in Uniform, der nimmt sich ein Blatt heraus und läßt es von Herrn Gestentner unterschreiben, auf ein anderes macht er mehrere Stempel.

Dann kommt ein zweiter Gendarm in einer anderen Uniform und fragt, ob Hans Wertsachen mit sich führe. Hans weiß nicht, was das ist. Nein, sagt Herr Gestentner, hat nichts, Abschiebung.

Der Beamte findet im Schulsack das Heft mit den Briefmarken. Er blättert darin, aber nicht eine einzige Marke scheint ihm zu gefallen. Devisen, sagt er, eventuell Devisen, nicht gestattet.

Er schreibt etwas auf einen Zettel und legt ihn in die grüne Mappe, die Briefmarkensammlung schiebt er in einen braunen Umschlag, und den schließt er in einen Schrank.

Hans hat ein Gefühl, als würde ihm ein Stück aus dem Bauch geschnitten. Wo, weiß er nicht, aber es sticht und tut ganz weh an den Rippen und das Augenwasser steigt ihm fast bis nach oben. Aber er hält es zurück und wischt sich mit der Handwurzel zweimal über die Nase und sagt nichts.

Er tut, als würde er aus dem Fenster gucken, und da – ein Zeichen des Himmels am Himmel: Da ist es wieder, das Zeppeli! In der Ferne zieht es langsam vorbei, genauso groß und machtvoll, wie er es von Geiswil aus gesehen hat. Am hinteren Ende hat es zwei rote Flächen aufgemalt, darin sind weiße Kreise und in den Kreisen schwarze Kreuze mit Zacken dran, das sieht sehr schön aus, wenn die Sonne darauf scheint: sauber und silbern am blauen Himmel mit den weißen Wolken. So ein schönes Zeppeli dort droben und zwei Millionen auf der Marke, das ist Deutschland!

Er denkt an Zerberers, die für immer in Geiswil bleiben müssen, an alle Klassenkameraden und an Herrn Knoll und an die Bäckerin und an alle, die mal ein Konto bei ihm hatten, keiner von denen darf jetzt mitgehen. Und als er das gedacht hat, da hat er zwar immer noch Bauchweh, aber es läßt schon nach. Und außerdem hat niemand seinen Hosenträger kontrolliert, er legt die Hand darauf und auf sein Vermögen.

Auch Herr Gestentner darf nicht mit über die Grenze, er übergibt die grüne Mappe einem freundlichen Mann, der Knickerbockerhosen anhat und sehr schöne Kniestrümpfe mit einem Zopfmuster wie die Leute vom Alpenverein, sein Kopf glänzt ohne Haare, eine Brille hat er auf mit goldenem Rand, im Mund hat er sogar zwei echt goldene Zähne, und er redet eine Sprache, die dem Deutschen zwar ähnlich ist, aber doch ganz anders klingt mit ihrem fröhlichen Singsang. Hans muß sich mit Karton und Schulsack neben ihn stellen, und er soll Herr Dippchen zu ihm sagen.

Nun sagt Herr Gestentner: Also dann, Ade mit'nand!

Und Herr Dippchen antwortet: Auf Wiedersehen!

Er hebt den rechten Arm und reckt ihn Herr Gestentner entgegen, dann schlägt er Hans freundschaftlich auf die Schulter. Jetzt kommst du endlich nach Hause, mein Junge, heim ins Reich. Und nun kannst du endlich werden, was du schon immer werden wolltest: ein guter deutscher Junge, nicht wahr?

*

An der Grenze fängt Deutschland aber gar nicht an, sondern hier heißt es Österreich, und erst nach der nächsten Grenze geht es richtig los.

Heil Hitler! sagt Herr Dippchen nun zu dem deutschen Zollbeamten, später zu dem Polizisten, zu dem Mann am Fahrkartenschalter und zu dem Knipser, der ihre Fahrkarten mit einer Zange locht, immer Heil Hitler!

Auf dem Bahnsteig werden kleine weiße Fähnchen eingesammelt, die an den Dachpfosten befestigt waren und auf denen fünf farbige Ringe zu sehen sind, blau, gelb, schwarz, grün, rot. Hans findet sie lustig. Das sind die Olympiafahnen, weißt du das nicht? – Nein. – Vor zwei Tagen ist in Berlin die Olympiade zu Ende gegangen, das ganz ganz große Sportfest. Da war die Jugend von überall aus der Welt dabei, auch aus der Schweiz sind welche gekommen. Und die deutschen Sportler haben fast alles gewonnen, in Berlin. Daß Berlin die deutsche Hauptstadt ist, das weißt du doch! – Ja, man schreibt es so wie Bern, nur länger. Oder? – So ähnlich.

Er zeigt auf ein buntes Plakat. Da ist ein Mann drauf mit kleinem Bart und schönen Haaren. Der hält auch einen Arm hoch und schaut sehr geradeaus. Mit einem pickelharten Blick.

Das ist der deutsche Führer Adolf Hitler. In Berlin haben ihm die Sportler zugejubelt, aus aller Welt. Es war die schönste und größte Olympiade aller Zeiten überhaupt. Hast du Hunger?

Und da der Zug noch auf sich warten läßt, reicht Herr Dippchen ihm eine Klappschnitte, frisch aus dem Butterbrotpapier gewickelt, die ist groß und fühlt sich fest an und sieht sehr grau aus. Hansli zweifelt, Herr Dippchen lächelt gütig: Das ist eine Kommißbemme, davon kriegt man schöne Zähne – beiß nur hinein.

Hans schaut auf Dippchens Gebiß und läßt sich vom Glanz der Goldzähne überzeugen. Tapfer ißt er das härteste Brot seines jungen Lebens und denkt kaum noch an die letzten zarten Öhrli, die jetzt in Herrn Gestentner drin sind.

Deutschland! Die Aufregung macht ihm zu schaffen, es grummelt im Bauch.

*

Hans steht im Schnellzug-Hüsli vor dem Klobecken und schaut fasziniert in den Trichter: durch das offene Rohr auf die Schwellen und Schottersteine, die mit atemberaubender Geschwindigkeit unter ihm dahinrasen. Viel schneller, als wenn man aus dem Fenster schaut. Erst als der Zug langsamer wird, ruckelnd ein paar Weichen passiert und mit quietschenden Bremsen und scheppernden Puffern schließlich zum Stehen kommt, kann Hans die Bahngleise genau erkennen. Welch eine Kraft sie hier haben, Reichsbahn und Geisbahn – überhaupt gar kein Vergleich, lächerlich, oder?

Ein Stationsname wird ausgerufen, hallige Stimmen und Schritte auf dem Bahnsteig, Rufe und Lachen. Unmittelbar vor der gelblichen Milchglasscheibe der Umriß eines Bahnbeamten, er erklärt einer Frau, wie sie am besten irgend wohin kommt, da fällt Hanslis Blick auf ein Schild: Während des Aufenthalts auf Bahnhöfen ist die Benutzung des Aborts strengstens verboten, Zuwiderhandlungen werden bestraft. Zu spät.

Inzwischen hockt er nämlich schon auf der schmalen Holzbrille und die Erleichterung ist in vollem Gange, selbst mit größter Anstrengung ließe sich nichts mehr abbrechen geschweige denn rückgängig machen, doch der Text auf dem Schild gibt ihm schwer zu denken. Ob das auch für ihn gilt, was da steht: Gleich am ersten Tag in Deutschland eine Zuwiderhandlung, oder? Und draußen der Beamte direkt vor dem Fenster, wenn der unter den Wagen schaut und dann bei Herrn Dippchen eine Meldung macht? Muß das Hansli dann vielleicht wieder zurück in die Schweiz? Nur gut, daß die Tür auf *Besetzt* verriegelt ist.

Als der Zug endlich anrollt, schaut er lange nach unten aufs Gleis, bis die Schwellen wieder mit Höchstgeschwindigkeit am Klorohr vorbeifliegen, dann erst geht er zum Abteil zurück.

Herr Dippchen unterhält sich höflich mit einem zugestiegenen Fahrgast. Aber Hans bleibt vorsichtig; er denkt an das, was jetzt auf einem deutschen Bahnhof liegt und sein Konto belastet, und zur Wiedergutmachung sagt er ein erstes Heil-Hitler-miteinand!

Es klingt noch reichlich guttural, doch Herr Dippchen hört's mit Wohlgefallen. Jetzt mußt du dazu noch die Hand heben ... nicht die linke, sondern die schöne Hand, so! Der deutsche Gruß ist nämlich ein rechter Gruß!

Der Mann gegenüber ist eingeschlafen, er schnarcht mit offenem Munde. Wenn er einatmet, wird seine Krawatte straff, wenn er ausatmet, entspannt sich der Schlips und wölbt sich zu einer Beule über der Weste.

Am Kragen seiner Jacke steckt etwas Rundes, so groß wie ein Geldstück: außen ein roter Ring, dann ein weißer Kreis und darin ein schwarzes Zackenkreuz.

Herr Dippchen hat ein wenig in der grünen Mappe geblättert, aber ohne großes Interesse, jetzt hat er den kahlen Kopf in die Hand gestützt und läßt die Sonne in seiner Brille vor sich hin blinzeln. Je schneller die Landschaft vorbeirauscht, desto tiefer sinken seine Augenlider.

Hans stößt ihn an: Da!! Das Zeppeli schon wieder! Oder?

Herr Dippchen blickt auf, das in der Ferne dahinschwebende Luftschiff macht ihn munter. Eine gute Gelegenheit, den welschen Knaben aufzuklären über sein neues Vaterland.

Deutschland – weltweit führend in der Luftschiffindustrie, an vorderster Front, Zebbelin mit N hinten, nicht Zebbeli, sondern Zebbelin, gigantisch, genialer Erfinder, bahnbrechend, Gas, Kraf – Kraf von Zebbelin, mit G vorne, Friedrichshafen, größte Luftschiffwerft der Welt. Und der andere Kraf heißt Luckner, auch ein Dresdner, der hat im Weltkrieg das Geheimschiff SEEADLER kommandiert, Engländer versenkt noch und noch, der kann mit bloßen Händen ganze Telefonbücher zerreißen, mittendurch. Und kein Volk der Welt hatte jemals einen solchen König wie Friedrich den Kroßen, von Hindenburg ganz zu schweigen, und Bismarck liegt in Friedrichsruh, nicht zu verwechseln mit Friedrichshafen, denn da wird der Zebbelin gebaut, mit N hinten und mit Gas.

Ja, sagt Hans, wie Herr Güggeli, der ist bei der Stadtverwaltung und der kann das auch mit dem Gas, und Robert ist mein Freund.

Der Mann gegenüber beißt jetzt beim Schnarchen in die Luft, als wolle er sich ganz schnell das schönste Stück davon wegschnappen. Hans zeigt auf das Abzeichen an seinem Revers und dann auf das Luftschiff: Er ist auch von diesem Zeppeli, oder?

Und als Herr Dippchen ihn nicht sogleich versteht, begründet er: Er hat dasselbe an der Jacke wie das Zeppeli am Schwanz, dieses Zackenkreuz.

Hakenkreuz, nicht Zackenkreuz! Das ist das Parteiabzeichen mit dem Hakenkreuz, mit dem Zeichen des Führers! – Ach, fährt der Führer den Zeppeli?

Jetzt ist Herr Dippchen wieder hellwach. Und er erzählt dem kleinen Zuwanderer die völkische Geschichte der vergangenen siebzehn Jahre:

Als Deutschland nämlich den Weltkrieg eigentlich schon gewonnen hatte, tief in Frankreich, im Felde unbesiegt, da ist es in der Heimat verraten worden. Und einer dieser verratenen Soldaten, die ihr Blut vergossen und den Kopf hingehalten haben, einer von denen war der Führer Adolf Hitler, der hat als kleiner Gefreiter immer Meldungen ganz nach vorne an die Front gebracht, und alle Franzosen haben auf ihn geschossen, mit Kanonen und mit Gas. Und was ist ihm dabei wohl passiert?

Hans ahnt es: In die Luft geflogen, oder?

Blind geworden ist er, mit beiden Augen, und dafür hat ihm der Kaiser das EK I verliehen, das Eiserne Kreuz 1. Klasse, und das Verwundetenabzeichen, und als er wieder gucken konnte, da hat er ganz Deutschland gerettet von dem Schandvertrag von Versallch. Und da hat er seine Partei gegründet, die NSDAP, die Nationalsozialistische Deutsche Arbeiterpartei, und nur wer dadrinne ist, der ist Parteigenosse des Führers und darf so ein Abzeichen an der Jacke tragen.

Hans schaut auf Dippchens Jacke. Da gibt es ein anderes rundes Ding mit einem wirren Krakel darauf. Das ist das NSV-Abzeichen, sagt Dippchen, das ist genauso wie das Parteiabzeichen, nur ein bißchen anders, denn er selbst ist in der Nationalsozialistischen Volkswohlfahrt, da kann er in seiner freien Zeit anderen Menschen helfen, ehrenamtlich, damit es ihnen besser geht, im Sinne des Führers. Denn in Deutschland – und das sagt er dem Jungen mit erhobenem Zeigefinger – soll es jetzt keine Armen und keine Schmarotzer mehr geben: Jetzt sind die Menschen alle Volksgenossen, Arbeiter der Faust und Arbeiter der Stirn, jeder Arbeiter ist gleich. Nur die Juden nicht, die sind Verbrecher und an allem Schlimmen schuld. – Jugend?

Juden! Die sehen von weitem fast so aus wie andere Menschen, aber sie waschen sich nie, stinken nach Zwiebeln und haben hängende Unterlippen und ganz krumme Nasen im Gesicht, die nennt man Synagogenschlüssel, diese Judennasen, und manche von ihnen haben deutsche Kinder in ihre Geschäfte gelockt und dann heimlich ermordet.

Andächtig hört das Hansli zu und nickt verständnisvoll, der Haufen drückt ihm aufs Gemüt, und ganz wohl ist ihm mit der Briefmarke auch nicht. Er wird sie verkaufen und Frau Zerberer dann von dem Geld etwas schicken, die Hälfte? Nein, dafür hat sie zuviel auf dem Konto, aber ein Viertel vielleicht, oder ... also auf jeden Fall die fünf Franken, die er genommen hat.

Und als er nun von den neuen deutschen Tugenden erfährt, von der Hitler-Jugend und ihrer Reinheit und Ehrlichkeit und Aufrichtigkeit, da beschleicht ihn das schlechte Gewissen noch stärker, da redet der Bub Herrn Dippchen ein bißchen nach dem Munde: Jaja, in der Schweiz gäbe es auch manchmal solche Juden, und die wären ganz böse, die würden sogar Zuwiderhandlungen begehen. In St. Gallen habe einer direkt auf den Bahnhof geschissen.

Herr Dippchen verbittet sich mit mildem Tadel dieses häßliche Wort, in Deutschland herrscht eine saubere Sprache, und wie der Mensch spricht, so denkt er auch. Aber sie haben viel Schlimmeres getan in der Schweiz, die Juden, sie haben Wilhelm Gustloff ermordet, das weißt du doch! – Noch nie gehört. – Wilhelm Gustloff, den Freund des Führers, den höchsten schweizerischen Nationalsozialisten, den haben sie in Davos ermordet, die Juden! Alle Juden überall auf der Welt sind Mörder und Betrüger, und dagegen kämpft der Führer Adolf Hitler und mit ihm das ganze deutsche Volk!

Nun ist Herr Dippchen bei den Zielen des Nationalsozialismus, gründlich und lange. Hans will ihm zuhören und sich alles merken, aber Herrn Dippchens Gesicht wird auf einmal so verschwommen und taumelig und seine Stimme klingt wie von ganz weit weg – da sieht Hans unter sich die Juden mit den Messern. Er sitzt oben im Pflaumenbaum, und sie drohen von unten. Einer von ihnen sieht aus wie Herr Zerberer, der schreit besonders nach ihm. Aber dann kommt ein Engel mit Knickerbockerhosen und da laufen sie alle weg.

Spät am Abend endet die Reise in Dresden-Neustadt. Und Hans traut seinen Augen nicht, als er in der Bahnhofshalle steht: Der Zug, der sie hierhergebracht hat, steht tatsächlich oben in der ersten Etage hinter großen Glasfenstern, und Dresden liegt unten, eine Treppe tiefer. Und der Bahnhof selbst sieht so schön und so prächtig aus wie ein Schloß im Märchen. Das würde ihm in Geiswil schon wieder keiner glauben. Oder?

Langer Fußmarsch mit weichen Knien, dann stehen sie vor einem großen Gittertor. Hans darf am Griff ziehen, irgendwo läutet die Nachtglocke. Ein Licht geht an, und ein älterer Mann kommt schlurfend und schlüsselklappernd zur Pforte herunter, um den Buben einzulassen.

Herr Dippchen sagt zum Abschied: Und nu freue dich, mei' Junge, hier wer'n se'n vollwert'chen Menschen aus dir machen, 'n deutschen Mann. Klück haste, Hans, ein Hans im Klück biste!

Ja, sagt Hans.

Und wie hieß der Mann, den sie in der Schweiz ermordet haben? – Wilhelm Gustav. – Nein: -loff, Gust-loff! Und sein Freund, unser Führer, wie heißt der? – Gustav Hitler. – Adolf, Adolf Hitler!

1936 – 1937

Das Zimmer ist klein. Nachttopf, Waschschüssel auf einem Dreibein, Wasserkanne, Eimer, Glas und Handtuch. Vor dem Fenster ein Gitter.

Er schläft in seiner Kleidung auf der wachstuchbespannten Liege unter einer Wolldecke. Die Linke über der Zwei-Millionen-Marke.

Am Morgen quietscht das Türschloß, und herein kommt eine Frau in Schwesterntracht, ohne Haube. Haare kurz, fast wie ein Mann gekämmt.

Er muß aufstehen und seinen Namen sagen. Laut und deutlich. Noch lauter!

Sie heißt Schwester Kräte. – Kräte? – Nein, Kräte, mit G vorne.

Vom Flur her Kinderstimmen und männliche Kommandos. Trappelnde Schritte, ein Kind jault auf. Es riecht nach angebrannter Milch.

Ausziehen, Waschen, Zähneputzen.

Zähne? Die hat er seit Güggelis eigentlich nicht mehr gebürstet, aber er rubbelt die Schneidezähne wenigstens mit dem Handtuch.

Die Schwester schaut inzwischen sein Gepäck durch und sortiert, was Frau Zerberer eingepackt hat. Kommentarlos. Dann schaut sie ihm in den Mund – aaah, Zunge raus, Augen, Ohren, Nase, Arme hoch, umdrehen, und schließlich stochert sie mit einem Bleistift in seinen Haaren.

Wieder anziehen und Sachen mitnehmen.

*

Die anderen Kinder haben schon gefrühstückt und sind jetzt beim Unterricht im Schulgebäude. Hans sitzt alleine in dem riesigen Speisesaal und verspeist eine Marmeladenbemme mit Milch.

Dann mit Schwester Kräte über leere Flure und Treppen zum Büro. Ein langer Weg. Vom Hof her laute Kommandos.

Durch das Fenster sieht er da unten Jungen, die sich plötzlich hinhocken oder auf den Boden werfen. Dann springen sie schnell wieder auf und stellen sich in eine Reihe. Ein älterer Mann schreit dazu.

Das sind unsere Schwererziehbaren, sagt Schwester Kräte, die werden gerade geschliffen.

Geschliffen? Ein spezielles Wort, schleifen. In Geiswil schleift man Scheren und Messer, daß sie scharf werden zum Schlachten. Aber Jungen?

Die werden schon wissen, warum. Laß dich hier lieber nicht erwischen, mit nischte! Sonst biste ooch dran.

Ein freundlicher Klaps an den Hinterkopf und weiter.

*

Direktor Nitsch hat einen Mittelscheitel und leitet das Stadtkinderheim. In der grünen Mappe, die Herr Dippchen mitgebracht hat, blättert gerade ein anderer Herr. Der sitzt neben dem Direktor und ist vom Jugendamt. – Vom Judenamt? – Nicht Juden, sondern Jugend. – Aha.

Hans schaut fasziniert auf diesen Herrn: Glitzernde randlose Augengläser schweben von ganz alleine vor seinen Augen, ohne Brille. Daß sie nicht herunterfallen – ein Wunder, oder?

Die beiden Beamten sind gekleidet wie früher Herr Güggeli, graue Anzüge, weiße Hemden und goldene Uhrketten über den Bäuchen. Sie sprechen genauso lieblich singend wie Herr Dippchen und sind freundlich zu dem Neuzugang, der sie schwer versteht und den sie auch kaum verstehen mit seinem Appenzellerdeutsch. Immerhin der erste Knabe aus der Schweiz, der ihnen überstellt wird.

Der mit den Wundergläsern nickt beim Vorlesen, als habe er alles, was da steht, schon immer gewußt: Ursache der Aufnahme – laut Aktenlage – Obdachlosigkeit, drohende Verwahrlosung. Zur Person: 32,1 Kilo, 128 cm, mittelkräftig, innere Organe o.B., Rachen o.B. Geistiger und sittlicher Zustand: viel umhergeworfen, aus St. Gallen zugeführt. In letzter guter Stelle schwer erziehbar, lügt, stiehlt und betrügt, schreibt unsittliche Zettel in der Schule, ungehorsam, verlogen. Etwas dreist in seinem Wesen, neugierig, heiter, halt- und wurzellos. – Naja.

Ja, sagt Hans, aber gestohlen haben die auch, sie haben mir alle meine Briefmarken genommen. Er legt die Hand aufs Herz, also auf den Hosenträger, schildert den Vorgang genau und sagt, daß er das auf dem Konto registriert habe und auch nie wieder in die Schweiz zurück möchte und lieber deutsch werden will, für immer.

Der vom Jugendamt zeigt Herrn Nitsch die Einzugsbestätigung des Schweizer Zöllners und runzelt die Stirne.

Aber du bist doch Deutscher, wußtest du das nicht? – Nein, ich war ja in Geiswil, und das ist mit der Geisbahn noch über St. Gallen!

Seine Großeltern, erfährt er, stammten aus Dresden, sie seien vor ganz vielen Jahren in die Schweiz gegangen. Dort sei dann seine Mutter geboren worden, in Zürich, aber als Deutsche, also sei auch er von Anfang an Deutscher gewesen und deshalb habe man ihn jetzt auch zurückgebracht. Wir werden deiner Mutter einen Brief schreiben, wann hast du sie zum letzten Mal gesehen?

Da schluckt er, als würde ihn die tote Liese anschauen. Das letzte Mal, sagt er, das war noch nie. Seine Eltern würden ganz weit weg leben in einem fernen Ausland und sie hätten ihm immer sogar zu Weihnachten fast ein Paket geschickt, aber nur so zum Spaß. Aber er sorgt sich sehr, sie könnten plötzlich aus der Ferne heimkommen und ihn in der Schweiz überall suchen, und dann wäre er auf einmal nicht mehr dort. Und ob die Herren das vielleicht auch in den Brief hineinschreiben könnten, daß er nun in Deutschland weilt?

Wir werden das mitteilen, sagt der Herr vom Jugendamt und räuspert sich seltsam. Dann nimmt er die brillenlose Brille ab, und Hans erkennt die roten Druckstellen links und rechts an seiner Nase – fast blutig gezwickt. Der Herr tut ihm leid, es muß sehr weh tun.

Was hast du in der Schule denn auf die besagten Zettel geschrieben? fragt Direktor Nitsch.

Geschrieben gar nichts, manchmal habe er etwas gezeichnet, so mit dem Stift. Ein Zeppeli meistens. Das geht mit Gas wie der Herd von Güggelis. Und an der Grenze gestern war auch eins!

Er bekommt einen Zettel und einen Bleistift, damit zeichnet er ein Luftschiff. So gut er kann. Und tatsächlich sieht es ziemlich speziell aus, das Luftschiff, wenn man sich etwas Schlechtes dabei denkt. Ans Heck zeichnet er eckige Krakel: Das sind die Zackenkreuze, Heil Hitler! Aber Großeltern habe ich leider keine – das hätte mir Herr Güggeli doch ganz bestimmt gesagt, oder?

Der vom Jugendamt nickt ihm freundlich zu und sagt zu Direktor Nitsch: Versuchen wir's mal mit dem Pflegeheim.

*

Eine geschlossene Anstalt. Sehr geschlossen.

Das Heim ist im großen Gebäude untergebracht, da wohnen an die hundert Jungen in verschiedenen Gruppen. Für jede gibt es einen Haupterzieher mit mehreren Gehilfen.

Ein zweites Haus dient als Erziehungsanstalt für die schweren Fälle. Die müssen unter sich bleiben und dürfen mit den Pfleglingen nicht einmal reden. Auch nicht im Schulgebäude, wo alle unterrichtet werden.

Das Grundstück gehörte früher zu einem Weinberg, es ist groß und gut umzäunt, die Kinder kommen nur selten nach draußen.

Dresden liegt weit weg. Irgendwo hinter den Bäumen könnte man es sehen. Wenn die nicht da wären, die Bäume.

Nebenan ein schöner Friedhof, dahinter die Artillerie-Kasernen und dahinter ein großes Waldgebiet, die Dresdner Heide.

*

Hans empfängt Zahnbürste, Kamm, Handtuch, ein gestreiftes Nachthemd und die Utensilien, die er für den Schulunterricht braucht, dazu eine grüne Schürze. Ein Spind wird ihm zugewiesen und ein Bett im großen Schlafsaal.

Eigentümlich. Da riecht es eigentümlich, auch nach Tagen hat er sich noch nicht daran gewöhnt.

Im Heim in St. Gallen hatten die Betten Klappgitter an den Seiten. Damit die Kinder nicht herausfallen konnten. Hier sind die Betten offen, in vier Reihen stehen sie frei im Raum. Die Wände sind schräg, das Licht kommt durch kleine Giebelfenster. Zwischen den Betten Hocker.

Unter den Laken rote Gummitücher. Dennoch Flecken auf den Matratzen, gelbbraune überall und schwarzrote an den Kopfenden. Die kommen vom Bluten beim Popeln, wie das Nasegrübeln hier heißt. Deshalb ist es genauso verboten wie Einseichen.

*

Nur die Jungen sagen „einseichen“, die Erzieher sagen dazu „es“. Hast du *es* getan? Hast du *es* schon wieder getan? Wenn du *es* noch einmal tust ...

Zwei Sorten von Einseichern gibt es: Die einen merken erst am nächsten Morgen, daß es ihnen passiert ist. Die anderen spüren es schon, wenn die Schiffe kalt wird. Dann rutschen sie zur Seite und liegen wach und haben Angst bis zum Wecken. Das dauert manchmal verdammt lange.

Denn wer es getan hat und erwischt wird, der wird stubenrein gemacht. Wie ein junger Hund. Gleich beim Aufstehen wird er mit der Nase auf die Schandtat gestoßen, und dann saust der Rohrstock auf den nackten Hintern. Und wehe, wenn der Junge dabei noch einmal lospinkelt! Aus Angst, oder weil es wehtut.

Manche Jungen lassen sich aber auch verhauen, als ob es sie gar nichts angeht. Die nennt man dickfellig.

Den Erziehern macht das Zuschlagen übrigens gar keinen Spaß. Einer sagt mal zu Schwester Kräte, daß er es nur aus Pflicht tut, damit aus den Bengels etwas wird. Und sie dadurch ein schöneres Leben kriegen. Und die Schwester seufzt: Ja, später werden sie dafür dankbar sein.

*

Die grüne Schürze ist eine Art Uniform. Man trägt sie den ganzen Tag lang über der eigentlichen Kleidung, zu den Mahlzeiten, beim Unterricht, bei den Schularbeiten und während der Mittagsruhe.

Die findet im Gemeinschaftsraum an den Arbeitstischen statt. Jeder Pflegling sitzt an seinem Platz, verschränkt die Unterarme vor sich auf der Tischplatte und legt darauf den Kopf, den er zuvor mit dem Unterteil seiner grünen Schürze verhüllt hat. Dann herrscht Ruhe und es wird im Sitzen geschlafen. Zack-zack!

Ruhe und Ordnung, so lernt das Hansli, herrschen nur dann, wenn die Ruhe auch streng nach der Vorschrift stattfindet, also Ruhe als Ruhe in Ordnung.

Sobald er versucht, unter dem grünen Tuch hervorzulugen, steht der Erzieher neben ihm, und schon gibt es einen Eintrag ins Strafbuch. Dabei sieht es so lustig aus: Wie grüne Kugeln liegen die Köpfe auf den Tischen. Bleibt man regungslos unter dem Tuch, so kann es sein, daß der Erzieher mit dem Lineal eine Schürzenfalte neben dem Kopf ganz vorsichtig anhebt. Und wenn man dann die Augen nicht zu hat, sondern blinzelt, dann gibt es den nächsten Eintrag.

*

Einträge gibt es auch für alle anderen Sachen, die den Erziehern nicht gefallen, für schlecht geputzte Schuhe, liederliche Kleidung, ungekämmte Haare, Tintenkleckse auf der Tischplatte oder an den Fingern, Eselsohren im Schreibheft, schlecht abgegessene Teller und für fast alles, was Spaß macht, für Lautsein, Herumtoben und Lügen. Was in der Schweiz ein Konto ist, ist hier das Strafbuch.

Die Punkte werden einmal wöchentlich mit Schlägen abgegolten, immer am Sonntag nach dem Schrankappell. Mit dem Rohrstock.

Aber auf die Unterhose, das brennt nicht ganz so sehr. Manchmal bekommt man auch einen Strafdienst für die nächste Woche aufgebrummt, meist irgendwas mit Putzen.

Dann wird noch ein Lied gesungen, Lobe den Herren zum Beispiel, danach gibt es Frühstück und Kindergottesdienst.

*

Die meisten Jungen stammen aus Sachsen, die lachen viel über Hans und seine Sprache. Über diesen Dialekt, bei dem die Worte so kantig sind, so brockig und schartig weit hinten im Rachen geformt werden und sich manchmal dagegen wehren, aus dem Mund herauszukommen. Das Sächsische dagegen ist wie ein weicher Brei, den man bei abgesenktem Unterkiefer seimig über die Lippen strömen lassen kann. Nur leichte Hebungen und Senkungen in der Melodie verhindern, daß der ganze Wortmatsch auf einmal ins Freie platscht.

Als Hans wieder einmal wegen seiner Sprache gehänselt wird, verweist er darauf, daß die Schweiz aber die höchsten Berge von der ganzen Welt hat, besonders das Matterhorn und die Dufourspitze.

Der höchste Berg ist der Brocken und die Zugspitze, du Affe!

Aber in ganz Appenzell, St. Gallen, Geiswil und Umgebung würden alle Leute so reden wie er, das sei die Sprache der Schweizer.

Schweizer, Schweizer Käse, stinkt der nicht wie alte Socken? – Nein, das ist der beste.

Sie lachen und zeigen mit dem Finger auf ihn: Käse – Schweizer Käse – Stinkekäse!

Er will sich wehren, einer gegen mehrere, also muß er schlagen, treten und kratzen. Das gefällt den anderen gar nicht, und am Ende muß er flüchten.

Der Vorfall wird herumerzählt, ein Erzieher befragt erst die echten, dann den Schweizer Sachsen, und als der sagt, wie es war, ziemlich genau sogar, da behaupten die anderen, er habe gepetzt. Petzen ist schlimmer als Lügen, denn es macht die Ehre kaputt.

Keine Eintragung ins Strafbuch, aber mündliche Verwarnung, und am nächsten Morgen, kurz vor dem Wecken, liegt der Stinkekäse in einem nassen Bett.

Er kann sich das gar nicht erklären, beteuert seine Unschuld, er habe *es* doch noch nie getan, aber das nützt ihm nichts: Er wird standrechtlich verdroschen, auf den nackten Hintern, und nun findet er Deutschland gar nicht mehr so schön und groß und prächtig. Und daß der Erzieher beim Schlagen selbst gelitten hat, das tröstet ihn nur wenig.

*

Ein andermal kommt er dazu, wie zwei Jungen den schiefen Kurt fertigmachen. Einer hat ihn im Schwitzkasten, der zweite tritt ihm in den Hintern und droht, ihn gleich abzueiern. Was eine absolute Gemeinheit wäre und richtig schmerzhaft dazu. Der schiefe Kurt strampelt und wehrt sich zäh, aber mit seinem steifen Bein kann er gegen die beiden nicht viel ausrichten.

Hans denkt nicht nach, irgendwas explodiert in ihm. Er hört seine Zähne knirschen und haut dazwischen. Und mehr aus Überraschung als aus Überzeugung gehen die beiden anderen stiften.

Jetzt hat Hans einen Freund. Einen, den er eigentlich gar nicht wollte. Ein großer starker wäre ihm lieber gewesen.

*

Kurtel stammt aus Chemnitz, von ihm lernt Hans die neue Muttersprache. Als erstes die Redensart Nu ähm!

Nu ähm paßt fast überall, ist leicht überheblich, leicht auszusprechen und bedeutet soviel wie Na also! – Na klar! – Siehste! – Hab ich doch gleich gesagt!

Und als Kurtel noch zutraulicher geworden ist, erzählt er ein Geheimnis: Er hat nämlich beobachtet, wer neulich an dem bewußten Morgen in Hansens Bett geseicht hat. Mit eigenen Augen hat er es selbst beobachtet, früh beim Hellwerden. Der Hermann war's. Aber der ist stark, der Hermann. Was willst'n machen?

Einfach zurückschiffen, dazu ist sich Hans zu fein. Aber irgendeine Rache braucht er für das Konto.

Im Heim, wo Kurtel vorher war, da haben sie mal einen Trick gemacht, der ging so: Wenn einer schläft und läßt einen Arm aus dem Bett hängen und man tunkt ihm die runterbaumelnde Hand in lauwarmes Wasser, dann passiert es ihm im Schlaf. Automatisch, ob er will oder nicht. Von Natur aus.

Und wie kriegt man das Wasser an seine Hand dran? – Man muß es in einer Schüssel haben, das Wasser. – Nu ähm. Und wo kriegt man 'ne Schüssel her? – Die muß man sich besorgen. – Nu ähm.

*

Wochen vergehen. Es nachtet schon früher ein, die Blätter werden gelb. Da endlich dürfen Willi und Hans nach Dresden! Zum Fotografieren. Vorher Haarschneiden.

Der Hausmeister benutzt eine handbetriebene Maschine mit Kneifzangengriff, die riecht nach altem Öl und ziept, wenn man nicht stille hält. Wenn man stille hält, ziept sie auch, aber weniger. Die Seiten werden kurz geschoren und sehen danach ganz weiß aus, der Hauptschopf wird mit der Schere gekürzt, Wasser drauf, fertig. Auch wenn der Wirbel hochsteht wie ein Entenbürzel.

Willi will den Scheitel lieber links.

Quatsch nich, das is e Führer-Tolle, der trägt'n ooch rechts.

Jeder Junge muß seine abgeschnittenen Haare selbst zusammenfegen. Es piekt im Hemdkragen. Egal.

*

Willi war schon öfter in der Stadt, für Hans ist es das erste Mal. Dresden, Deutschland!

Herr Rehse muß sie begleiten, er macht im Heim kleine Reparaturen und alles mögliche.

Erst zu Fuß bis zur Haltestelle, dann mit der Straßenbahn in die Innenstadt. In eine Märchenstadt: Kirchen, Paläste, Schlösser, Autos, Denkmäler, Brücken und riesengroße Schiffe auf dem Fluß.

Könige hätten sie früher auch gehabt in den Schlössern, sagt Herr Rehse, aber jetzt nicht mehr. Der Fluß heißt die Elbe. Und fließt in die Nordsee. Willi weiß das alles schon.

*

Das Fotografieren geht hier ganz anders als vor der Fröhlichen Aussicht. Da haben die Gäste sich gegenseitig geknipst, mit Wanderstöcken oder Gläsern in der Hand, und wenn alle gleichzeitig aufs Bild wollten, dann haben sie den Apparat vorher eingestellt, lachende Gesichter gemacht, und Hans mußte auf den Drahtauslöser drücken ohne zu wackeln. Das konnte er sehr gut.

Der Stuhl, auf den er sich hier setzen muß, hat eine Kopfstütze und eiserne Hebel an den Seiten. Der Fotograf schaltet zwei Lampen ein und verschwindet unter einem schwarzen Tuch hinter der großen Holzkamera. Ob sie Halunken wären oder verlauste Artisten, fragt er.

Diesmal keine Schwererziehbaren, sagt Herr Rehse, die hier sollen vermittelt werden.

Nach dem ersten Klick dreht sich der Stuhl plötzlich von alleine zur Seite, und Hans soll gar nicht mehr zur Kamera schauen, sondern auf ein weißes Kreuz an der Wand. Dann kommt schon Willi dran.

Währenddessen macht der Fotograf lustige Sprüche, daß sie lachen müssen, und am Ende holt er aus der Tasche seines grauen Kittels eine braune Tüte mit Malzbonbons, Mohler sagt er dazu. Jeder darf sich zwei herausnehmen, für jede Backentasche einen. Herr Rehse auch. Dann bringt er sie an die Tür: So, und nun laßt euch hier nie wieder blicken, ich möchte euch nicht noch einmal abnehmen müssen!

Draußen, vor dem grauen Gebäude, erzählt Herr Rehse, was der Mann damit gemeint hat. Er ist nämlich ein Amtsfotograf, der muß auch Verbrecher knipsen – für die Polizei und für das Gefängnis. Und er wollte sagen, die Jungen sollten ehrlich und anständig werden und im Leben nicht auf die schiefe Bahn geraten.

Und wofür sind unsere Bilder? – Damit ihr eine Pflegestelle kriegt, bei netten Leuten in der Stadt. Damit die euch vorher schön begucken können, darum.

*

Herr Rehse geht mit den Jungen am Albertinum entlang über die Brühlsche Terrasse. Hans möchte stehen bleiben und alles in Ruhe anschauen. Geht nicht, keine Zeit, macht hin! Runter und über die Augustusbrücke. Unten die Elbe, schnell einmal reinspucken, und drüben das goldene Reiterstandbild von August dem Starken. Der schaut lässig über den Fluß, während sein Pferd auf den Hinterbeinen steht.

Der berühmteste König von Sachsen. Der konnte seine Feinde am gestreckten Arm aus dem Fenster halten, so stark war der. – Na?

Hans schaut skeptisch: Aber gut reiten konnte er nicht, oder?

Der macht doch ein Kunststück, Mensch! sagt Willi.

Aber ein Pferd darf nicht steigen, das ist gefährlich. In Geiswil ist eins dabei auf den Molkeristen gestürzt, daß er schwer verunfallt wurde und daran gestorben ist. Vis-a-vis von der Schule.

Neben der Haltestelle eine Litfaßsäule.

Willi zeigt auf ein Plakat mit sechs Schimmeln nebeneinander, die stehen alle auf ihren Hinterbeinen und haben rote Puschel auf den Köpfen. Guckemal da!

Jetzt ist Hans fasziniert. Aber von dem Plakat daneben. Das zeigt ein Luftschiff über einer Stadtsilhouette, und darauf steht: *ODOL – der Zahnhygiene Weltsymbol.*

Hans will das laut lesen, aber die Wörter sind zu speziell für ihn.

Zahnpasta ist das: Oudoul!

Nein, sagt Hans, das ist ein Zeppeli. Nur hinten fehlt ihm das Zackenkreuz.

Außerdem lernt er von der Säule, daß Persil Persil bleibt und daß eine alte Frau mit Silberlocken und Fransenhut darauf – daß die Friedrich der Große heißt. Willi kann das auch nicht erklären, und Herr Rehse meint, die Dame wäre ein König, aber nicht von Sachsen und schon früher.

Auf der anderen Straßenseite viele größere Jungen. Sie gehen auf der Fahrbahn, immer drei nebeneinander und dann hintereinander, wie Soldaten. Immer alle mit demselben Fuß zugleich.

Die marschieren zackig, sagt Willi.

Sie tragen schwarze Hosen und braune Hemden und an den Ärmeln weißrote Binden mit Zackenkreuzen drauf. – Mit Hakenkreuzen, Mensch! Das ist Hitlerjugend. – Hitlerjuden?

Die Bahn kommt.

*

An diesem Abend kann er lange nicht einschlafen. Der Fotograf mit dem Verbrecherstuhl, die vielen reichen Menschen, Kinder mit Tretrollern, Dreirädern, Puppenwagen. Fahrräder, Motorräder, Autos, die Jungen in den Uniformen. Die steigenden Pferde, die Könige und das Zeppeli ...

In diesem Dresden wohnen, bei den Dampfern und den Schlössern und den Brücken ... hoffentlich ist das Foto schön geworden, damit es solchen gefällt, die einen Jungen suchen. Er würde dafür sogar die Millionen-Marke hergeben, wenn es helfen würde.

Oder wenn seine Mutter dadurch käme, dann auch. Dann würde er die Marke auch opfern.

Der Zaun um das Kinderheim ist an diesem Nachmittag für ihn ein Stück höher geworden.

*

Das erste Buch, das er sich im Lesezimmer ausleiht, heißt Auerbachs Kinderkalender.

Da stehen Geschichten drin für alle Jahreszeiten. Vom Schneemann und vom Rodelschlitten wird erzählt, von sogenannten Zugvögeln, die aus fernen Ländern heimkommen, von Küken und Osterhasen, vom Baden am See und vom Angeln am Fluß, von buntem Herbstlaub und von Nebel und Hagel und von der Adventszeit.

Gedichte sind darin, Liedertexte, Rätsel und viele Bilder. Besonders gut gefällt Hans das Witz-Gespräch mit einem alten Onkel, der alles falsch versteht. Statt Rose Hose, statt Haselnuß Apfelmus, statt lachen krachen. Und zwar liegt es daran, daß der Onkel es an den Ohren hat und mit seinem Hörrohr alles durcheinander bringt.

Eigentlich ist Hans zu alt für so ein Buch. Doch in diesem Kalender wimmelt es von Müttern, Vätern, Großvätern, Großmüttern, Brüdern, Schwestern, Onkeln und Tanten. Das gefällt ihm, und bei Güggelis und bei Zerberers hat er ja selbst gesehen, was sie im Buch immer „Familie" nennen. Aber die Geschichten, die ihm am besten gefallen, tun ihm irgendwie auch ein bißchen weh.

Auch Zugvögel fliegen in ferne Länder, aber sie kommen in jedem Frühling wieder. Aus den fernen Ländern. Und ganz plötzlich reicht es ihm. Er wird wütend und haut das Buch einem anderen Jungen an den Kopf.

Es trifft Hermann, dummerweise. Der haut zurück.

Hans muß sich bei Schwester Kräte ein Pflaster holen. Ein ganz kleines kriegt er. Eigentlich bräuchte er überhaupt keins, sagt sie, für so eine kleine Brüsche.

*

Der Referendar ist kein Erwachsener wie die anderen. Er ist jung, blond, lächelt freundlich und trägt zum offenen Hemd einen Pullover. Auf seiner Brust sind zwei Hirsche eingestrickt, die sich gegenüberstehen.

Hans faßt an seinen Hosenträger mit dem einen Hirsch: Die Marke ist noch da.

Der Referendar blättert in der grünen Mappe aus der Schweiz.

Als erstes ein frisches Blatt. Links oben darauf mit Heftklammern festgemacht das neue Foto. Hans schöpft schon Hoffnung.

Aber der Referendar will ihn nicht in Pflege nehmen, er kommt vom Jugendamt und will ein paar Fragen stellen. Ein paar Aufgaben mit ihm lösen, und dann will er mal zusehen, daß er jemanden findet.

Sie sitzen im Besucherraum, der gleich neben dem Arbeitszimmer von Herrn Nitsch liegt.

Der Referendar stellt ihm Rechenaufgaben, läßt ihn Sätze vorlesen und Gedichtzeilen nachsprechen. Hans muß Bilder malen, einen Draht biegen und aus Buchstabensteinen ganz schnell Wörter zusammenfügen.

Auf einem Bild sind zwei gleich große Gartenzäune. Der eine ist aber größer als der andere, obwohl man's gar nicht sieht. Und Hans muß herauskriegen, welcher das ist.

Dann muß er Tinte auf ein weißes Blatt tropfen lassen, mit einem anderen Blatt breit drücken und sich ausdenken, was diese Kleckse für Tiere sein könnten. Hans findet einen Fisch, einen Hasen und einen kaputten Fußball, den der Referendar aber als Tier nicht anerkennt.

Nun erzählt er eine Geschichte, und Hans muß die Lügen darin finden. Eine arme Witwe lebt am Waldrand in einer kleinen Hütte mit zwanzig Hunden und zwanzig Katzen, und jeden Mittag, wenn sie aus dem Hause geht, um ihrem Mann das Essen in die Fabrik zu bringen ...

Halt! Eine arme Witwe hat doch keinen Mann mehr, oder? – Bravo.

Jetzt soll Hans von sich berichten, ein besonders lustiges oder ein besonders trauriges Erlebnis.

Er erzählt von seinen Briefmarken. Wie Robert Güggeli ihm die ersten geschenkt hat, über die Tauscherei in Geiswil und über die Beschlagnahme. Da schaut auch der Referendar traurig drein.

Sind Sie auch in der Partei von Adolf Hitler? – Im Studentenbund bin ich, das ist fast wie in der Partei, Hauptsache, man ist in der nationalsozialistischen Bewegung. – Eine Bewegung? – Das sind alle guten Deutschen, die dem Führer helfen wollen, die sind die Bewegung.

Und zum Abschied zeigt er Hans, wie man den deutschen Gruß üben kann, damit er ganz korrekt aussieht: mit dem Rücken an die Wand, flach anlehnen, damit du gerade stehst. Brust raus, Hacken zusammen, Fußspitzen auseinander, linke Hand vorne auf die Hose, wo der Schlitz ist, Daumen hintern Hosenbund. Rechte auf Augenhöhe anheben, Daumen anlegen. Dann schaut man den zu Grüßenden an und sagt wie?

Heil Hitler!

Hans übt fleißig, bald geht es schon ganz gut. Aber die Hand auf dem Hosenschlitz – was mag sich der Führer dabei gedacht haben? Und das mit der Bewegung, das hat er auch nicht verstanden.

*

Man hört sie oft, und bei schönem Wetter sieht man sie auch ganz nahe über den Weinbergen, wenn sie aufsteigen, ihre Kurven ziehen oder zur Landung ansetzen: die Focke-Wulfs, die Dorniers, Heinkels, Junkers – die Jungen kennen alle Typen auswendig; denn Klotzsche liegt nur fünf Kilometer weit weg. Das ist der sächsische Großflughafen. Für zweiundzwanzig Reichsmark kann man von da aus bis nach Berlin fliegen. Sagt Schwester Kräte.

Hans lernt, die Maschinen nach Motorenzahl, Silhouette, Flügel- und Leitwerksform zu unterscheiden. Spezialisten behaupten, sie könnten jeden Typ am Motorengeräusch erkennen, noch bevor das Flugzeug zu sehen ist, aber das ist meistens Angeberei.

Wenn eine dreimotorige JU 52 oder eine zweimotorige JU 86 silbernglänzend näherkommt und zur Landung ansetzt, dann wissen die Experten sogar, wer da höchstwahrscheinlich drinsitzt: Hitler oder Göring oder Goebbels. Oder zwei von ihnen oder alle drei. Denn die fliegen immer mit der JU.

Wenn Hans Führer wäre, würde er allerdings ein Zeppeli benutzen. Das wäre noch feierlicher. Auch wenn ODOL draußen dransteht.

*

Hitler-Göring-Goebbels ist im Deutschen Reich die dreieinige Spitze der Bewegung. Hitler ist Gott, Göring ist wie Jesus, nur etwas rundlicher, und Goebbels ist der Heilige Geist.

Oder anders herum: Hitler ist natürlich der Oberste, der Führer, der alles kann und alles macht. Göring ist dicker als Hitler, hat aber die schöneren Uniformen an und einen Pullemerit am Hals, er schießt auf Hirsche und strahlt Macht und Pracht aus. Und Goebbels – ja, der gehört einfach dazu und ist der Freund von den beiden anderen. Kurtel liebt ihn besonders, denn Goebbels hat auch was am Bein. Angeblich.

Hitler ißt nur Gemüse, hat keine Frau, trinkt kein Bier und lebt ganz bescheiden. Oft hat er nur ein braunes Hemd an und keine Jacke darüber. Und manchmal nimmt er auch eine Schaufel in die Hand und hilft mit bei der Autobahn. Aber immer mit roter Armbinde und Hakenkreuz, wie Hans inzwischen gelernt hat. Wenn er die Rechte zum Gruß erhebt, dann hat er die Linke wirklich immer vor dem Bauch. Willi sagt, daß Hitler bei schlechtem Wetter einen Regenmantel anhat, weil er mit einem Schirm in der Hand den Arm nicht richtig hochkriegt. Und außerdem wäre ein Mann mit Schirm nicht zackig.

Und dann gibt es Streit darüber, was Hitler wohl sagt, wenn er grüßt. Auch Heil Hitler? Oder Heil Deutschland oder Heil Volk? Heil Hitler – heißt das, daß er immer heil bleiben soll? Oder daß er noch gesund werden muß von der Kriegskrankheit, wo er doch so blind war von diesem Gas, wie Herr Dippchen erzählt hat.

Bruno meint, daß Heil was mit Heiland zu tun hat. Also paßt das mit dem Göring als Jesus doch nicht.

*

Alle Jungen finden Hitler-Göring-Goebbels zackig und prima. Nur Hermann nicht. Er reckt manchmal eine Faust hoch, wenn eine JU vorbeifliegt. Dabei schiebt er die Unterzähne ganz nach vorne und rollt die Lippe ein.

Hermann seicht nämlich nicht nur in fremde Betten, sein Vater ist auch ein Verbrecher. Ein Kommenist, sagt Freddi. Hermanns Mutter ist schon als Säugling gestorben und sein Vater sitzt im Gefängnis. Und Hermann redet manchmal auch ganz gemein über Hitler-Göring-Goebbels. Hans merkt sich das für sein Konto.

Ist Kommenist denn schlimm? – Genauso schlimm wie Jude.

Hans verachtet Hermann nun für seinen Vater. Als vorläufige Rache. Erstmal.

Dann entdeckt Kurtel in der Besenkammer eine große Blechdose. O-Cedar-Mop-Öl steht darauf. Die wollen sie als Schüssel verwenden, um Hermann zum Einseichen zu bringen. Sie wissen nur noch nicht, wie sie die Dose mit dem Wasser in den Schlafsaal kriegen ohne aufzufallen.

*

Hinten im Klassenzimmer sitzen manchmal fremde Erwachsene und hören dem Unterricht zu. Dann werden Hans und Willi und noch ein paar andere besonders oft aufgerufen.

In dieser Zeit wird Hans auch mehrmals in das Zimmer des Heimleiters bestellt, alleine oder mit anderen Jungen. Dann hat Direktor Nitsch Besuch von Frauen oder Männern, die sich die Jungen anschauen und ein bißchen mit ihnen reden. Aber nie viel.

Eine Frau sagt, sie würde vielleicht noch einmal wiederkommen. Dabei zwinkert sie Hans aufmunternd zu.

*

Banane heißt das, Banane.

Sie zeigt ihm, wie man sie abpellt, und dann soll er sie essen. Fragender Blick und vorsichtiger Biß.

Aber das Ding schmeckt wirklich gut. Er ißt immer schneller. Banane, das will er sich merken.

Die Frau von neulich ist also wirklich wiedergekommen. Sie riecht stark. Nicht so würzig wie Frau Zerberer, so nicht. Nein, eher wie die Bäckersfrau, wenn die sich über die Süßigkeiten beugt. Oder wie die Süßigkeiten selbst, denn genau genommen hat er die Bäckersfrau ja nie aus der Nähe gerochen. Also wie Süßigkeiten riecht die Frau. Wie frische Süßigkeiten. Und wie der Seifenladen in St. Gallen, wo sie manchmal Mottenkugeln gekauft haben und Fliegenfänger und sowas.

Die Frau hat Sonntagssachen an. Ein Kostüm, die Jacke hängt über der Stuhllehne. Sie tritt mit Hans ans Fenster des Besucherzimmers und er soll ihr zeigen, wo er draußen immer spielt.

Vor dem Nebenhaus werden wieder Schwererziehbare geschliffen. Die Frau legt ihren Arm um seine Schulter. Streicht ihm übers Haar, über den Hals, ganz zufällig aus Versehen zieht sie seinen Kopf dabei an ihren Busen.

Der ist weich und groß. Sehr groß und sehr weich. Und riecht besonders schön.

Irgendwie geniert sich Hans am Anfang, aber die Frau bemerkt das gar nicht. Oder vielleicht gefällt es ihr sogar, wenn er seine Haare ganz vorsichtig an ihrer seidigen Bluse reibt, so wie er sich früher im Fell von der Liese geräkelt hat.

Er soll ihr von der Schweiz erzählen und will erst über Geiswil reden. Aber dann denkt sie vielleicht noch, er möchte gerne in die Landwirtschaft. Nur das nicht! Also erinnert er sich besser an Güggelis.

Ein großes Haus in St. Gallen bewohnen die, überall Teppiche und Tapeten und Bilder an den Wänden und Herr Güggeli ist so was ähnliches wie der Bürgermeister mit ganz goldenen Zähnen, und die Frau zieht ihn immer fester an sich und streichelt sein Ohr. Und Robert hatte einen Tretroller und Herr Güggeli hatte ein Auto und geflogen sind sie einmal in einem Zeppeli ...

Seine Rede wird stockend, etwas Seltsames geschieht an seinem Bauch, unten mit seinem Schnäbi ist irgend etwas anders, plötzlich. Nicht unangenehm, aber ...

Da dreht sich die Frau herum. Sie läßt ihn los und zupft ihre Bluse zurecht.

Zum Abschied schenkt sie ihm noch eine Banane und sagt, daß sie ihm gerne auch fünfzig Pfennige geben würde, aber das sei leider verboten. Auf Wiedersehen.

Hans sagt Heil Hitler.

*

Zwei Tage später ist die Frau wieder da. Diesmal mit ihrem Mann. Sie nimmt Hans bei der Hand und stellt ihn vor.

Soll er jetzt einfach so stehen bleiben, Heil Hitler sagen oder lieber gleich mit dem Kopf an den weichen Busen? Sie riecht wie neulich. Sein Schnäbi rührt sich schon wieder.

Aber diesmal hat sie einen kratzigen Mantel an, und außerdem sieht Hans, wie der Mann ganz leicht mit dem Kopf schüttelt und seine Frau dabei anschaut.

Drei Bananen kriegt er geschenkt, und der Mann gibt ihm eine Mark, obwohl es verboten ist. Dann gehen die beiden.

Auf dem Flur schaut sich die Frau noch einmal um und lächelt säuerlich. Ihr Mann ist etwas kleiner als sie und geht ziemlich schief. Unter seinem feinen Mantel trägt er so etwas Ähnliches wie einen Rucksack.

Hans schiebt die Mark zur Marke in den Hosenträger.

*

Am zweiten Sonntag im November gibt es eine Überraschung. Nach dem Abendessen bringt Herr Rehse einen Radioapparat in den Speisesaal, den stöpselt er an die Steckdose und dann zieht er einen langen Draht von einer Hängelampe zur anderen. Der Apparat heißt Volksempfänger, und den Draht nennt man Antenne. Die soll den Führer einfangen, wenn er gleich in München eine Rede hält.

Direktor Nitsch erklärt, worum es geht, nämlich: Alle deutschen Volksgenossen – auch wir alle hier im Speisesaal – sind heute stolz und traurig! Weil mehrere Helden der Bewegung feige ermordet wurden. Vor dreizehn Jahren in München. Seitdem marschieren sie als Geister mit. Mit Adolf Hitler, der war beim Ermorden auch dabei, nur daß die Kugeln ganz knapp an seinem Ohr vorbeigeflogen sind. Aber seine Kameraden sind getroffen worden, die sind gefallen. Und nun sind sie tot, wie gesagt. Aber sie haben doch gesiegt.

Hans versteht das nicht. Wie oft ist er selbst schon gefallen, davon wird man doch nicht tot! Und dann noch mitmarschieren und trotzdem siegen?

Willi weiß auch nicht genau, wie das geht, aber vielleicht erzählt es ja gleich der Führer. Nur wer gemordet hat, ist klar: die Juden und die Kommenisten. – Am Nebentisch tut Hermann so, als ob ihn das alles gar nichts angeht. Na warte.

Jetzt müssen alle ganz stille sein, mucksmäuschenstille. Nicht wegen der Toten, sondern weil der Direktor und Herr Rehse beide in den Volksempfänger horchen und an den Knöpfen drehen. Mal piept es, mal gibt es einen singenden Pfeifton, mal ein prasselndes Rauschen, einmal kurz Musik und dann gar nichts mehr.

Naja, sagt Herr Rehse, München liegt ja auch ziemlich weit entfernt. Von uns aus gesehen.

Also, dann alle aufstehen und das Deutschlandlied singen! Danach wickelt Herr Rehse die Antenne wieder zusammen und die Jungen müssen ohne Führer ins Bett.

Ich glaube, die hätten den Radio erden müssen, sagt Kurtel, als sie nebeneinander an der langen Waschrinne stehen. Aber ob mit „erden" richtige Erde gemeint ist oder sonstwas, das kann er auch nicht sagen. Angeblich soll die Erde ein Draht sein.

Einen Draht als Erde und eine Bewegung, bei der man fallen, sterben und trotzdem siegen kann! In Geiswil, denkt Hans beim Einschlafen, war es zwar nicht so schön, aber irgendwie war alles übersichtlicher ...

*

Auch der Schulunterricht in Deutschland geht schneller als in der Schweiz. Wenn man aufgerufen wird, muß man sofort aufspringen und eine Antwort sagen. Ist sie falsch, ist es schlimm. Ist sie richtig und kommt zu langsam, ist es auch nicht gut.

Alle Jungen sind vorher in verschiedene Schulen gegangen, manche auch gar nicht. Da fällt Hans nicht besonders auf mit seinen Wissenslücken.

Nur beim Vorlesen quält er sich manchmal, aber langsam geht es besser. Wenn die anderen jedoch lachen, dann kriegt er einen Rappel und schimpft um sich. Und danach fängt er sich Ohrfeigen ein, vom Lehrer.

Blöde findet er beim Rechnen die eingekleideten Aufgaben, weil da immer Eltern drin vorkommen. Die Mutter kauft ein, was man zusammenzählen soll, oder sie schneidet vom Kuchen etwas ab, und dann muß man den Rest berechnen. Der Vater gräbt den Garten um und braucht für eine Furche zwölf Minuten, wann ist er fertig? Dann kann Hans seine Gedanken nicht zusammenhalten, er macht ganz dumme Fehler und wird fuchtig und schimpft und stampft mit dem Fuß auf.

Prompt kriegt er was übergezogen. Oder er muß für den Rest der Stunde in der Ecke stehen und darf sich nicht umdrehen. Da weiß er dann viele Antworten besser als die, die drankommen, aber nun kann er sie nicht sagen. Das macht ihn schon wieder wütend.

Öfter kommen neue Lehrer. Manche auch nur als Vertretung, die sind meistens netter. Und wenn sie über Adolf Hitler erzählen, über den Weltkrieg und die deutschen Kaiser, dann gefällt ihm die Schule gar nicht so schlecht.

Besonders gerne singt er. Aber ohne großen Erfolg.

*

Kino. Davon hatten schon die Zerberer-Töchter in Geiswil erzählt.

Könige kommen darin vor, und richtige Kutschen fahren durch das Theater, und es brennt und wird geschossen. Aber es gibt auch ganz reiche Leute im Kino. Die sind sehr vornehm und haben wunderschöne Kleider an.

Alle sind sie zwar nur fotografiert, aber sie können dort genauso reden, als wären sie lebendig. Und dazu spielt sogar noch Musik ohne Kapelle.

Der Film, der im Oktober an einem trüben Sonntagnachmittag im Jugendheim vorgeführt wird, kann noch nicht sprechen. Dafür kommt immer eine schwarze Tafel mit den Wörtern, die gerade gesagt werden.

Also wenn das Kind in den Fluß fällt, schreit es auf der Tafel: *Hilfe, ich ertrinke!!! Holt meinen Opa!*

Der alte Mann kommt dann ganz schnell mit seinem weißen Bart, drückt einem Spaziergänger Krückstock und Zigarre in die Hand und rettet sein Enkelkind. Allerdings muß er bis an den Bauch ins Wasser und hat nun nasse Hosen.

Verhütet Unfälle! heißt der Film.

Zum Beispiel beim Spielen. Der Ball rollt auf die Straße, ein Pferdefuhrwerk nähert sich mit stummem Getrappel. Ein Junge will den Ball im letzten Augenblick noch aufheben, da steigt das Pferd und verletzt den Jungen.

Hans wirft Willi einen wissenden Blick zu. Da, wie in Geiswil! Von wegen Kunststück ...

Waldbrände können entstehen, wenn Kinder im Sommer mit Streichhölzern spielen. Im Winter machen sich Jungen auf dem Gehweg eine Eisrutschbahn, die spiegelglatt ist. Da kommt eine alte Frau vom Einkaufen, schlägt lang hin und aus ihrer Kanne läuft die ganze Milch aus.

Je länger der Film dauert, desto schlimmer werden die Unfälle, und zum Schluß geht es um einen Jungen, der in einem großen Mietshaus wohnt. Fünf Treppen hoch. Ganz oben gleich neben dem Dachboden. Gerade brät seine Mutter Bratkartoffeln zum Abendbrot. Sie schneidet die Scheiben einzeln in die Pfanne, in der schon Speck und Zwiebeln brutzeln. Da wird der Junge durch das offene Fenster gerufen.

Drei Freunde stehen unten auf dem Hof mit einem neuen Drachen, den wollen sie zeigen. – Darf ich runter?

Aber nur fünf Minuten, spricht die Mutter auf der schwarzen Tafel, gleich ist das Essen fertig.

Da rennt der Junge los, und damit er eher unten ist, nimmt er nicht die Treppenstufen. Er schwingt sich statt dessen auf das Geländer und rutscht im Reitersitz abwärts, von Kurve zu Kurve schneller und schneller werdend, und im dritten Stock geschieht dann, was Hans von Anfang an befürchtet hat: Der Junge verliert das Gleichgewicht auf dem Treppengeländer und stürzt durch den Mittelschacht abwärts. Was man steil von oben wie auch steil von unten sehr genau erkennen kann. Nur wie er unten aufplumpst, neben dem Fahrrad und dem Kinderwagen im Hausflur, das sieht man nicht.

Schließlich liegt er mit verdrehten Beinen da, seine Freunde stehen mit dem Drachen um ihn herum und seine Mutter ist ganz schnell hinterhergelaufen. Sie weint sehr, streichelt ihm die Haare und küßt ihn. Immer und immer wieder küßt sie ihn. Wo er doch tot ist. Aber das stört sie gar nicht: Sie küßt ihn bis *Ende* kommt, auf der schwarzen Tafel.

Im Saal ist es mucksmäuschenstill. Das Licht geht wieder an.

Das war's, sagt der Vorführer. Nun muß er den Film zurücklaufen lassen, weil er zu faul ist, ihn von Hand umzuspulen. Irgendeiner knipst das Deckenlicht schnell wieder aus, und schon sehen die Jungen den Film in doppelter Geschwindigkeit noch einmal.

Nach dem Ende küßt und heult die Mutter, dann fliegt der Junge von unten in den dritten Stock, rutscht die nächsten zwei Etagen vorwärts das Geländer empor und schon steht die Mutter wieder am Herd und die Kartoffelscheiben hüpfen ihr aus der Bratpfanne in die Hand – da legt sich die Beklommenheit im Saal, die Trauer läßt nach, und alle müssen lachen. Bis ein Erzieher dazukommt, die Deckenlampen abermals anknipst und die Jungen aus dem Saal jagt.

Natürlich hat Hans schon viel vom Küssen gehört, aber nun hat er es zum ersten Mal gesehen. Bei Güggelis wurde nicht geküßt, und bei Zerberers erst recht nicht.

Was muß das für ein Gefühl sein, wenn eine Mutter ihren Sohn küßt – auf die Backen, auf die Stirn, auf die Augen, zweimal sogar auf den Mund. Wenn auch kurz.

Er steht an einem Fenster, schaut in die Dämmerung. Im Hof werden wieder mal Schwererziehbare geschliffen, trotz des Regens.

Er küßt sich selbst auf den Handrücken. Probiert alles Mögliche mit Lippen, Zunge und Zähnen. Und dann versucht er, die Spucke in Fäden zu ziehen.

Ein Katzenkopf landet an seinem Ohr. Daran merkt er, daß der Erzieher ihn beobachtet hat.

*

Ein großer Adventskranz vor dem Speisesaal, in dem kleinen Vorraum. Mit Lametta, aber ohne Kerzen. Wegen der Brandgefahr, sagt der Hausmeister. Weil es hier so zieht.

Im Speisesaal an einer Fensterscheibe der Adventskalender, wohl schon seit Jahren in Gebrauch. Die Türchen schließen nicht mehr richtig, einige sind auch schon abgerissen. Die Doppeltür für den Vierundzwanzigsten ist mit einem Stückchen Pflaster verklebt. So bleibt wenigstens der Heiligabend eine große Überraschung.

Zu den üblichen Gerichten – Kartoffeln, Gemüse, Schrot-, Erbsen-, Bohnen-, Graupensuppe, Grießbrei und Haferflocken, sonntags Gulasch oder Milchreis mit Apfelmus – gibt es nun vorweihnachtliche Delikatessen: mal einen Apfel, einen Pfefferkuchen, ein Stück Fondantzucker, eine Scheibe Rosinenbrot. Das muß alles am Tisch aufgegessen werden, keine Schmiererei in den übrigen Räumen!

Bei einem Pfefferkuchenherzchen mit Kakaoüberzug kann Hans nicht widerstehen. Er schummelt es mit in den Schlafsaal, um es ganz mit Genuß vor dem Einschlafen im Munde zergehen zu lassen, als Bettmümpfeli. Ausgerechnet an diesem Abend patrouilliert der diensthabende Erzieher immer wieder mit der Taschenlampe.

Als Hans am nächsten Morgen erwacht, spürt er im Rücken die Krümel und einen Schmierfleck von der Couverture. Der diensthabende Erzieher bewertet die Schweinerei schwerer als *es*. Wer mit Essen rumspielt, der näßt nicht nur das Bett, der versündigt sich an den Gaben Gottes.

Also wird Hans nicht sofort bestraft, sondern erst am dritten Advent. Dafür aber mit einer dreifachen Tracht.

*

Für den Nachmittag dieses Tages ist ein großes Ereignis angekündigt: Die NS-Volkswohlfahrt kommt mit einer Kleiderspende, und für alle Jungen sollen zu Weihnachten neue Sachen herausgesucht werden.

Vor dem Wäscheraum im Kellergang sind lange Tische aufgestellt, auf denen liegen die gespendeten Kleidungsstücke, nach Größen ungefähr geordnet. Helferinnen sind da, Erzieher und Schwester Kräte.

Direktor Nitsch unterhält sich im Hintergrund mit einem Herrn, den Hans sofort als Herrn Dippchen erkennt. Da will er doch ganz schnell einmal hingehen und Heil Hitler sagen.

Aber Herr Nitsch winkt ihn dreimal wieder fort, damit er nicht stört. Und dann ist Herr Dippchen weg.

Hans hat inzwischen Schuhe bekommen, mehrere Paar Strümpfe gut gestopft, Leibchen, Hemden, Unterhosen, alles sauber gewaschen. Vor Strick- und Wirkwaren der Firmen Bleyle und Kübler ist er gewarnt worden, die kratzen auf der Haut. Auch die Matrosenanzüge werden nicht gerne genommen. Aus demselben Grunde. Außerdem wird Hans nächsten Winter schon dreizehn.

Da entdeckt er ein Braunhemd, wie es die Pimpfe tragen. Auf dem einen Ärmel das Sieg-Zeichen, der weiße Blitz auf rotem Grund, auf dem anderen das Gebiets-Dreieck, aber es fehlen zwei Knöpfe. Dieses Hemd würde er gerne haben, und die rundliche Helferin von der NS-Frauenschaft findet auch, daß es ihm gut steht. Er schwillt vor Stolz und Freude.

Bis Schwester Kräte vorbeikommt und es ihm wieder abnimmt. Bruno könne das besser gebrauchen, der wäre jetzt im Jungvolk und habe überhaupt noch nichts für seine Uniform.

Am Heiligabend sitzt Hans dann doch in einem kratzenden Bleyleanzug vor seinem bunten Teller. Er singt die Lieder wehmütig und denkt an Geiswil.

Sein erstes Weihnachten ohne Kühe. Sein zweites ohne Liese, die fehlt ihm besonders. Und bitte keinen Julklapp – lieber gar kein Paket!

Dieser Weihnachtswunsch wird ihm erfüllt ...

*

Sein erstes deutsches Zeugnis.

Biblische Geschichte und Sittenlehre; Sprache unterteilt in Lesen und Memorieren, Ausdruck, Rechtschreiben; Rechnen, Raumlehre, Geographie, Geschichte, Naturkunde, Schreiben, Zeichnen, Turnen, Gesang, Handfertigkeit: Noten zwischen 2 und 4, Durchschnitt 3,0.

Hans ist körperlich leidlich kräftig, aber langsam und wenig geschickt. Geistig ist er mittel begabt, aber nicht immer aufmerksam und beständig. Seine wechselnde Stimmung und Reizbarkeit bereiten ihm im Gemeinschaftsleben mancherlei Schwierigkeiten.

Vor allem Deutsch hat er gelernt. Er sagt nicht mehr Hahnenwasser zum Leitungswasser, nicht mehr einnachten, sondern dunkel werden, und wenn er etwas speziell findet, dann nennt er das Spezielle jetzt sonderbar. Mit gutturalem Sächsisch besiegt er das Schwyzerdütsch. Nu ähm.

Kalle ist ein Neuzugang, so groß wie Hans. Sie sagen Icke zu ihm, weil er das schwere Berlinisch des Weddings spricht, mit den harten Umlauten: ihr läuft statt ihr lauft, ihr säuft statt ihr sauft, icke – dette – kiekemal, Oogen, Fleesch und Beene. Schwer zu verstehen. Fast wie ausländisch.

Ick bin Deutscha, jenau wie ia! sagt der Bursche aus der Reichshauptstadt etwas kläglich.

Sie lachen ihn aus, und Hans steht vorne.

Der Berliner will ihn zur Seite schieben und berührt dabei den Mittelsteg des Hosenträgers mit der Mark und der Marke im Geheimfach. Da explodiert der Schweizer Sachse und schlägt noch heftiger zu, als er eigentlich wollte.

Ickes Nase blutet sofort, Hans kriegt seine Prügel erst am nächsten Sonntag.

Icke kann Hermann auch nicht leiden. Wenn er ihn ärgern will, sagt er Hermann Göring zu ihm. Dann wird der so wild, daß er Tränen in die Augen kriegt. Vor Wut.

Das wiederum gefällt Hans, also werden sie Freunde, er und Icke.

Ickes Mutter ist auch in Dresden. Leida ins Jefängnis. Weil se is anschaffen jejang'n, vaschtehste?

Achso, sagt Hans mit einem wissenden Blick. Frau Zerberer hat auch immer etwas angeschafft, wenn sie Geld dafür hatte.

So doch nich, Mensch! Det Jeld hat se anjeschafft. Wie die Weiba det so machen.

Nu ähm, sagt Hans und tut, als ob er wenigstens das kapieren würde. Nach ein paar Wochen spricht auch Icke sächsisch.

Kurtel hat inzwischen die Blechdose unauffällig bis in den Waschraum geholt, in die Abseite, wo die Reinigungsmittel stehen. Zwischen IMI, ATA und Scheuersand fällt sie nicht auf.

Sie weihen Icke ein, der will mitmachen. Aber bevor sie ihren Racheplan in die Tat umsetzen können, ist Hermann plötzlich weg. Von einem Tag auf den anderen. Verschwunden in irgendeiner Familie. Und Hans ärgert sich über das Konto, das er bei ihm hinterlassen hat.

Kurtel ist als nächster dran. Er soll in ein anderes Heim. Alles Bekloppte, da. Aber was bleibt ihm weiter übrig. Er heult.

Icke kommt zu einem Bäcker. Da muß er so früh aufstehen, daß es fast noch in der Nacht ist. Und ganz genau waschen muß er sich – Gesicht, Hals und Ohren. Und dann in einer weißen Jacke mit einem kleinen Schiebewagen Brötchen ausfahren, jeden Morgen vor der Schule. Sonntags auch. Aber er kriegt natürlich reichlich altbackenen Kuchen – von gestern, und die mit Recht so beliebte Eierschecke.

Jetzt hält sich Hans vor allem an Pilzbacke. Der war schon zweimal vermittelt und ist wieder zurückgekommen, weil er nicht schön aussieht. Er hat als kleiner Junge mal an einem Strohhalm gekaut, so aus Spaß. Und davon hat er einen Strahlenpilz im Mund bekommen. Mußte operiert werden. Daher diese rote Narbe vom Kinn bis hinters Ohr, sein Mund ist schief und die Lippen gehen an der einen Seite nicht ganz zu.

*

Die Mark hat Hans immer noch, genauso wie die Marke. Mit beiden kann er nichts anfangen, denn er kommt ja nicht mehr nach draußen, seit er fotografiert ist. Außer sonntags die paar Meter zum Kindergottesdienst in die Kirche.

Nur einmal werden sie alle ohne Mittagsruhe nach Neustadt geführt, in Dreierreihen. Mehrere Erzieher gehen mit und Schwester Kräte auch. An der Straße nach Klotzsche sollen sie einen Italiener begrüßen, der vom Flughafen kommt: Mussolini.

Pilzbacke kennt den schon. Das ist der dickste Freund von Adolf Hitler. Der hat sein Volk auch gerettet. Der italienische Hitler, kann man sagen, oder der Duce. Das heißt bei den Italienern Führer.

In der Straße warten schon viele Menschen, auch Mütter mit ihren Kindern. Und Kinderwagen. Die Kleinsten haben sie auf dem Arm. An den Türen der Läden und an den Wohnungsfenstern wehen Hakenkreuzfahnen. Alles für den Italiener.

Die Jungen aus dem Heim werden bei Kaisers Kaffee aufgestellt, direkt am Bordstein. Pilzbacke steht vor Hans. Das ändert Schwester Kräte noch einmal: lieber Hans nach vorne und Pilzbacke hinter ihm. Wegen der Narbe, damit der Duce keinen Schreck kriegt.

Neben den Jungen steht eine Gruppe von Großvätern in schwarzen Anzügen mit weißen Bärten und einer Fahne. Kyffhäuserbund, sagt Pilzbacke. Alte Krieger von früher. Manche gehen schon am Stock. Einer hat den rechten Arm ab. Sein leerer Ärmel steckt in der Jackentasche, mit einer Sicherheitsnadel festgemacht. Der darf auch mit links grüßen, sagt Pilzbacke.

Dann stehen noch Pimpfe vom Jungvolk da, die bilden eine Kette, und Jungmädel auch. Die meisten haben ihre Haare geflochten zu dicken Zöpfen, an denen sie dauernd rumfummeln. Besonders, wenn sie nach den Jungen gucken. Eine schielt und lächelt. Bei der weiß man nicht, wen sie mit dem Lächeln meint.

Ein Mann in schwarzer Uniform verteilt kleine Hakenkreuzfahnen aus Papier. Auch an die Heimjungen, damit sie besser winken können.

Schwarz ist SS, sagt Pilzbacke. Braun mit kleinen Mützen ist SA. Und hellbraun mit großen Mützen ist Partei.

Auf einmal heißt es bei den alten Kriegern, daß sie gar nicht auf Mussolini warten, sondern auf Graf Ciano. Das ist aber ein Onkel von Mussolini oder ein Verwandter oder sowas. Macht nichts.

Dann fangen Leute an, die Straße hinaufzuschauen und mit ihren Fähnchen loszuwinken: Ein Motorrad kommt, der Fahrer winkt zurück und der Mann im Beiwagen ruft etwas Längeres. Dahinter kommen mehrere große Personenautos. Leer. Die Erwachsenen reden durcheinander.

Doch nicht Ciano oder Mussolini, sagt ein alter Krieger. Rudolf Hess sollte kommen, der Stellvertreter vom Führer. Aber er konnte nicht, weil er plötzlich nach Berlin mußte, da hat sein Flugzeug abgedreht. Aber vielleicht war es auch nur eine Übung?

Die Kyffhäuser rollen ihre Fahne wieder um den Stiel. Schwester Kräte ruft: Alles zurück ins Heim!

Aber schön war es trotzdem. Jeder Junge hat jetzt eine eigene Fahne. Hans auch. Die dürfen sie nämlich behalten. Zur Erinnerung an den Duce, sagt der SS-Mann.

Bei Kaisers Kaffee liegen Sahnebonbons im Schaufenster, die Tüte für zwanzig Pfennig. Nidelzeltli wie in Geiswil.

Eine Mark geteilt durch zwanzig, rechnet Hans, das sind fünfzig Tüten. Denn jede Mark hat ja hundert Pfennige.

*

Der Referendar ist wieder im Heim und bestellt Hans ins Besucherzimmer. Noch immer keine Pflegestelle – das tut ihm leid. Aber daran kann er auch nichts ändern. Wird schon noch werden.

Er unterhält sich mit Hans über Schule, Heim und Freunde, dann rückt er mit einer großen Überraschung heraus: Einen dicken Umschlag voller Briefmarken hat er mitgebracht. Für Hans, ein Geschenk. Damit der eine neue Sammlung anfangen kann.

Hans ist sprachlos. Darf die Marken auf den Tisch schütten, die meisten müssen noch abgeweicht werden. Auch ein paar ungebrauchte sind dabei, nicht abgestempelt und hinten ist der Klebstoff noch dran. Fast alles deutsche. Viel Germania, viel Hindenburg. Eine Sechs-Pfennig-Olympiamarke grün mit einem Fußballer, und der Ball ist auch noch drauf, fliegt aber gerade weg. Leider fehlt eine Ecke. Und Adolf Hitler? – Den gibt's nicht auf Briefmarken, dafür ist der Führer zu bescheiden. – Schade. Adolf Hitler beim Fußballspielen ... da stockt sein Blick und es wird ihm schwummerig: Vier Stück von seiner Zwei-Millionen-Marke sind da. Ungebraucht, eine hängt an der anderen.

Der Referendar bemerkt seinen Blick, überlegt kurz und lächelt dann: Die sind nichts wert, leider.

Oh doch, die sind sehr wert, sagt Hans mit bröckeliger Stimme. Hier steht es drauf.

Aber das gilt nicht, das sind Marken aus der Inflationszeit. – Wenn 2 Millionen draufsteht ? – Schau, auf dieser hier steht 200 Millionen drauf, und die ist genauso wertlos.

Inflation, erklärt der Referendar, das ist, wenn alle Menschen sehr viel Geld haben und sich trotzdem kein Brot dafür kaufen können, weil die Brotpreise noch höher sind als das viele Geld, das die Leute haben. Verstehst du? – Nein.

Er erklärt und erklärt mit immer gewagteren Beispielen, und erst bei der Schuldfrage wird er wieder verstanden.

Die Juden? – Die Juden und die Plutokraten und die Sozialisten. – Die Juden haben in der Schweiz auch Wilhelm Gustloff umgebracht. – Na siehst du. – Und diese Marken sind gar nichts wert? – Nein, man muß sie aber trotzdem haben, damit die Sammlung vollständig ist, komplett.

Der Referendar ist angerührt. Er hält das Feuchte in den Augen des Knaben für Tränen der Dankbarkeit: Schon gut, mein Junge. Heil Hitler!

Später, auf dem Klo, holt Hans seine alte Zwei-Millionen-Marke aus dem Geheimfach. Sie sieht gar nicht mehr schön aus, denn das Markstück hat sie ziemlich zerrieben.

Wenn er sie jetzt zurückschicken würde nach Geiswil, dann wäre sein Konto mit Frau Zerberer eigentlich wieder in Ordnung. Aber, sagt er sich, dann weiß sie noch etwas Schlimmes von mir. Und wenn die Marke sowieso nichts wert ist ?

Er läßt sie ins Klo fallen und sinnt auf Rache für die allergrößte Enttäuschung seines Lebens.

Plutokraten und Sozialisten hat er sich nicht gemerkt, in der Aufregung. Aber daß die Juden auch wieder dabei waren, bei der Inflation, das wird er ihnen nie vergessen.

*

Ein Tier liegt in seinem Mund, riesengroß und pelzig. Das beißt in seinen Rachen. Er kriegt kaum noch Luft. Aber er kann es nicht herauswürgen. Davon wird er wach.

Das Tier ist seine Zunge. Im Hals brennt es, und zwei dünne Stränge links und rechts schmerzen stechend, sobald er schlucken muß. Also versucht er, möglichst nicht zu schlucken. Das Bett ist naß. Naßgeschwitzt, diesmal. Er meldet sich, als der diensthabende Erzieher zum Wecken kommt.

Erstmal Zähneputzen und Waschen, dann gibt sich das.

Es gibt sich nicht. Die Gelenke tun ihm weh, Arme und Hände, aber: Ein gutes Frühstück wirkt Wunder!

Den Haferbrei kann er nicht schlucken, die Bemme schon gar nicht.

Dann mußt du eben länger hierbleiben, aber aufgegessen wird! Gerade Kranke brauchen anständige Nahrung. Und außerdem: Ein deutscher Junge jammert nicht.

Zum Spindappell kommt er deshalb zu spät. Eintragung ins Strafbuch. Dabei schaut ihn der Erzieher noch einmal an, zaudert und schickt ihn vorsichtshalber doch zu Schwester Kräte.

Ein Blick von ihr genügt. Hemd aufknöpfen, Brust zeigen. Mund auf! Sie leuchtet mit der Taschenlampe hinein. Warum bist du nicht eher gekommen?

Sie faßt ihn nicht an, er soll nichts anfassen, und er soll sich auch nicht hinsetzen.

Seit dem Aufstehen habe er gewollt, aber nicht gedurft.

Sie rennt auf den Flur, ruft nach einem Krankenwagen, schreit etwas von der Diphteriewelle und schimpft auf den Erzieher. Sehr heftig. So etwas hat Hans noch nicht gehört: Eine Erwachsene spricht über einen anderen Erwachsenen, als wäre er noch ein Kind. Ob der jetzt auch Prügel kriegt?

Eigentlich müßte er. So, wie sie schreit.

*

Die Fahrt zum Krankenhaus wird eine Enttäuschung. Die Fenster des Wagens sind aus Milchglas. Schon wieder kein Dresden.

Neben der Liege sitzt ein Sanitäter und paßt auf, daß Hans nicht stirbt. Der Mann schaukelt hin und her, in den Kurven nach links oder rechts, beim Bremsen und Anfahren vor und zurück. Mühsam fummelt er mit einer kleinen Blechdose herum. Darin liegen feuchte schwarze Würstchen, die aussehen wie Vogelscheiße zur Holunderzeit. Umständlich schneidet sich der Mann mit dem Taschenmesser ein Zentimeterstück ab, das er sich mit der Messerspitze in den Mund schiebt: Kautabak, Priem. Bärendreck für Erwachsene. Im Heim sagen sie zu Bärendreck übrigens Lagritze, mit K.

Der Sanitäter gnatscht auf diesem Zeug herum mit seinen gelben Zähnen, im Mundwinkel bräunliche Spucke, die er mit der Zunge wieder einfängt.

Pilzbacke könnte das nicht, denkt Hans.

Auf dem Dosendeckel steht: *HANEWACKER, der berühmte Nordhäuser Stift.* Ein Sanitäter darf im Dienst nicht rauchen, deshalb muß er priemen, sagt der Mann. Er läßt Hans an den Priemstücken schnuppern.

Gemeinsam mit der Milch fliegt sofort der Haferbrei aus ihm heraus, dann Brotstückchen, und schließlich kommen noch Reste vom Abendbrot. Unglaubliche Schmerzen im Hals, als ob jemand die Rachenwände aufreißen will. Tränen.

Bei klarem Blick sieht das Innere des Wagens jetzt genauso schlimm aus wie der Sanitäter. Wird nun gleich geprügelt oder erst am Sonntag?

Weder noch. Der Sani putzt den Jungen und sich selber ab, so gut es geht. Er schimpft mit keinem Wort. Im Gegenteil, er redet Hans gut zu.

Im Krankenhaus zunächst zwei Schwestern, die ihn vom Gröbsten reinigen. Dann eine Schwester mit dem Thermometer und ein Doktor, der ihn anguckt und abhört. Noch'ne Schwester. Noch'n Doktor, der mit dem ersten spricht. Sechs Weißkittel um ihn herum, alle freundlich, lächelnd zu ihm, ernsthaft untereinander. Und es werden noch mehr. Aber alle sind für ihn da, nur für ihn. Ganz alleine. Für Hans Reichel aus Geiswil, obdach- und pflegelos, zur Zeit im Jugendheim Trachau, Marienbergstraße 4.

Hans glaubt ein Strahlen zu sehen, das von den Kitteln ausgeht, von den Trachten, von den weißen Hauben der Frauen, von den roten Kreuzen auf ihren Broschen. Er ist der Mittelpunkt, alles dreht sich um ihn. Wenn der Lehrer Knoll ihn so sehen könnte und die Bäckerin und Zerberers und alle in Geiswil! Er ist der Patient. Es ist ganz ganz wunderbar.

Dann wird er durch hohe weiße Flure gefahren. In einen lichten Raum mit weißen Vorhängen, die auf bewegliche Rahmen gespannt sind.

Es piekt. Eine silberne Spritze in den Arm, kristallglänzend, und dann ein wunderschönes Pflaster auf die Stelle. Groß und reichlich.

Mit der nächsten Spritze zielt der Doktor nach oben und drückt erstmal einen Probestrahl in die Luft. Hans muß lachen. Drei Piekse in den Hintern. Na und?

Er wird ausgezogen und im Bett gewaschen. Mit einem weichen Lappen. Nichts muß er selber machen. Das Wasser ist angenehm warm, die Seife riecht sauber. Sie rollen ihn auf die Seite, um den Rücken zu schrubben. Da fällt ihm sein Schnäbi ein, das ja jetzt ... aber sie sehen das gar nicht. Sie waschen ihm Po und Beine so, als hätte er keins.

Dann kommen Tropfen, die er vorsichtig nehmen muß, und ein scharf duftendes Tuch wird auf die Brust gelegt. Sein Kopf wird gestreichelt, gestreichelt, gestreichelt ...

Der Sanitäter hält ihm wieder die Priemdose unter die Nase. Sie duftet jetzt nach Pfefferminz oder sowas, scharf aber schön. Und er schläft und schläft und schläft.

Irgendwann wacht er auf, hat weniger Schmerzen, dafür aber Hunger.

Das Essen wird ihm ans Bett gebracht. Trinken aus einer Tasse, die an der Seite einen Schnabel hat. Lustig. Nicht einmal zum Pinkeln muß er aufstehen, sie legen ihm dafür eine Blechflasche ins Bett, die nennen sie Ente.

In eine Ente rein, das müßte er Walter und Anna zeigen! Oder den anderen hier im Jugendheim. Im Bett pinkeln ohne Schläge hinterher!

Wieder wird er gewaschen, gekämmt, und beim Zähneputzen darf er in eine halbrunde Schale spucken, die die Schwester ihm unters Kinn hält. Dabei muß er das Thermometer fest unter die Achsel klemmen, damit es nicht herausrutscht. Eine Kurve kommt an sein Bett, rot und blau wird da alles eingetragen, oben drüber steht sein Name.

Sie bauen auch sein Bett und stellen das Kopfteil hoch, wenn er genug geschlafen hat. Und wenn sie etwas Schönes für ihn getan haben, dann streichen sie auch noch über die Bettdecke oder geben ihm einen Klaps auf die Hände. Aber es gibt keine Schläge.

Seine Finger waren immer ein bißchen grau gewesen. Jetzt sind sie schon fast weiß. Die Nägel schneidet ihm eine Lernschwester ab. Und die Doktoren sind auch sehr nett. Einer nicht, aber der kommt selten.

*

Seit es ihm etwas besser geht, geht es ihm nicht mehr ganz so gut. Er liegt nun in einem Krankensaal mit größeren Jungen und Erwachsenen. Da ist er der Jüngste. Doch Schwestern und Doktoren behandeln ihn jetzt geschäftsmäßiger. Das Essen kommt noch ans Bett, aber die Ente muß er sich schon selber nehmen. Und das Blutabzapfen, die Abstriche und die Spritzen – alles nicht mehr so liebevoll wie am Anfang.

Manche Patienten können Karten spielen. Skat, Sechsundsechzig, Siebzehn und Vier. Aber das muß ganz vorsichtig vonstatten gehen, weil es verboten ist. An Karten sitzen oft noch alte Bazillen, da kann man sich leicht wieder anstecken.

Es wird auch viel gelesen in dem Krankensaal, Groschenromane, Zeitungen, Illustrierte und Bücher. In einer Ecke liegt ein Stapel Lesestoff, wie Schwester Eugenie sagt. Entlassene Patienten haben den zurückgelassen, wegen der Ansteckungsgefahr für ganz Dresden, und man darf sich davon etwas ausborgen. Leider keine Karlmays dabei, von denen er schon soviel gehört hat.

Er findet ein Olympia-Sonderheft der *Berliner Illustrirten.* Ein blonder Sieger im Turnhemd ist vorne drauf. Hinter ihm ein weißer Frauenkopf mit weißen Augen. Eine griechische Göttin, sagt Schwester Eugenie. Marmor heißt die.

Das riesige Olympiastadion. Der Führer kommt persönlich. Die Fahnen beim Einmarsch. Große Schüssel mit griechischem Feuer angezündet. Gas brennt dadrin! Zu Fuß kam die Fackel nach Berlin, auch durch Dresden wurde sie von einem Läufer getragen. Deutschland hat die schönsten Olympia-Uniformen an und gewinnt die meisten Goldmedaillen. Die Deutschen sind die Besten.

Ein Bettnachbar schaut Hans beim Blättern über die Schulter und zeigt auf eine blonde Olympionikin, die einem edeldeutschen Sportler im weißen Turnhemd einen Lorbeerkranz übers Haupt hält: Die da, die müßte man mal umlegen.

Andere schalten sich ein: Die doch nicht, die kannste mir auf'n Bauch binden. Lieber die hier, auf der Seite gegenüber. – So wie die hocken kann, diese Turnerin, da geht die Pflaume von alleine auf. – Und die Oberarme? Wenn die dir eine langt, dann liegste in der Ecke.

Hans versteht nicht, worum es geht. Noch nicht. Aber er merkt sich viele neue Wörter aus diesen Gesprächen. Er sieht die Zeigefinger seiner Leidensgenossen immer wieder auf den Hakenkreuzen, die die Sportlerinnen auf der Brust tragen. Bis schließlich einer sagt, noch besser wäre keine von Olympia, sondern Anny Ondra, die Schauspielerin. Da werden die anderen böse: Die Frau von Max Schmeling? Du bist wohl verrückt! Laß ja die Finger von der, du Schwein! Max Schmeling ist der größte Boxer der Welt! Fast kommt es zu einem Faustkampf.

Auf einmal verschwinden die Spielkarten unter den Kopfkissen. Alle sind ganz stille und gucken zur Seite oder aus dem Fenster, weil Schwester Eugenie kommt. Mit den Thermometern. Die soll nicht hören, wovon die Rede war.

Aber als sie wieder rausgeht und ihr alle hinterhergucken, da sagt der Blonde aus Blasewitz, die würde ihm auch reichen. – Nee, sagt ein anderer, Schwestern pimpern bloß mit Ärzten, da kommste als Kranker nich ran.

Das ist auch gut so. Denn Hans möchte sie gerne für sich haben. Die Schwester. Und wenn es Eugenie nicht sein kann, dann eine andere.

Besucher dürfen wegen der Quarantäne nicht direkt auf die Station. Hinter einer großen Glasscheibe können sie die Patienten von draußen besichtigen und ihnen zuwinken.

Wieder einmal wird Hans gehänselt. Diesmal, weil er keinen Besuch kriegt, nie ist jemand für ihn an der Scheibe: Keine Familie? Nicht mal 'ne Mutter? – Der ist gar nicht geboren worden, den hat der Esel im Galopp verloren!

Dann renommiert er mit der Schweiz, wo es für Deutsche zu gefährlich ist. Seine Eltern mußten ins Ausland fliehen. Wilhelm

Gustloff ist ja auch ermordet worden. Ein Freund vom Führer. Von einem jugoslawischen Juden.

Oder er überhört die Frotzeleien. Steckt den Kopf lieber in ein Buch, durchstöbert alte Zeitschriften. Die Deutschen, so findet er da, haben das größte Flugzeug der Welt gebaut, die DO-X, die auch als Schiff fahren kann. 12 Motoren, 100 Fahrgäste auf drei Etagen, 240 Stundenkilometer. Gefällt ihm gut. Aber nicht so gut wie ein Zeppelin. Mit N hinten! Es gibt auch einen Schienenzepp, ohne N hinten, der fährt auf Gleisen.

Er findet zu Fetzen gelesene Groschenhefte von Tom Mix, Rolf Torrings, Tom Shark und anderen Helden, deutsche Sagen und griechische, Jung-Siegfried und Odysseus. Der große Weltkrieg mit den Schlachten in Flandern und am Isonzo fasziniert ihn, der rote Baron von Richthofen, der alte Feldmarschall von Hindenburg und die Gräfin von Wunderburg-Eisenstett, die es dauernd mit der Liebe hat und bei Vollmond ins Wasser geht. Tot. Traurig.

Und dann etwas Unglaubliches: Der Führer schenkt jedem Deutschen ein Auto. *Fünf Mark die Woche mußt Du sparen, willst Du im eignen Wagen fahren!* Einfach Marken ins KdF-Sparheft kleben, und wenn das voll ist, gibt's einen Volkswagen! Wie viele Autos hätte er kriegen können, wenn seine Marke echt gewesen wäre! Auf der nächsten Seite sieht man, was entartet ist: eine nackte Negersau, die unten nur Bananen anhat, aber ganz viele! Und die ißt sie nicht, sondern damit tanzt sie auf der Bühne herum in ihrer schwarzen Haut! Und lacht auch noch dabei!

Bald kann er leidlich Skat spielen, und aufgeklärt ist er in jeder Beziehung. Die wichtigsten Dinge könnte er zur Not sogar zeichnen.

Doch nicht alles, was er gelesen hat, paßt zusammen. Und seine Mitpatienten können auch nicht alles erklären. Zum Beispiel: Der stärkste Neger der Welt war Joe Louis. Den hat Max Schmeling zusammengeschlagen. Weil die deutsche Rasse ist der schwarzen überlegen. Der schnellste Neger der Welt ist Jesse Owens. Der hat bei der Olympiade die Deutschen geschlagen. Wieso hat Max Schmeling nicht lieber Jesse Owens umgehauen?

Im Lesestoff gibt's ein Buch mit Negern. Vom Krieg in Südwest. Afrika ist das. Deutsche Kolonien. Da haben die Neger knarrende Tiergebisse, mit denen sie Beine, Gekröse und Eingeweide ungereinigt fressen. Der Priem des Sanitäters fällt ihm ein.

In einem Buch hat jemand ein Stückchen Zeitung liegen lassen, als Lesezeichen vielleicht. Da sind mehrere Anzeigen drauf. Eine lautet:

Knabenerziehungsheim sucht älteren, starken, energischen Mann als Erzieher. Selbiger muß imstande sein, Aufsicht in straffer, energischer Manneszucht zu übernehmen. Ehemaliger Feldwebel oder Schlächter bevorzugt. Ausführliche Angebote mit Bild (Bild zurück) postlagernd Wriezen/Oder.

Kuriert und erholt wird er nach langen Wochen wieder ins Marienheim zurückgeschickt. Ein Brief von seiner Mutter bei Direktor Nitsch? – Nein. Nichts gekommen.

Also das gewohnte Leben wie vorher. Nur die Anzeige aus Wriezen geht ihm nicht aus dem Kopf. Er sieht die Erzieher irgendwie mit anderen Augen. Auch wenn sie im Hof die Schwererziehbaren schleifen. Hans wird frecher, pampiger, manchmal sogar in cholerischer Weise aufsässig.

Von einem Leistenbruch hat er im Krankenhaus übrigens eine neue Form des deutschen Grußes gelernt, die besonders zackig klingt. Heitler! sagt er jetzt.

*

Im Speisesaal gibt es einen Spruch an der Wand. Jedes seiner Worte beginnt mit einem großen Großbuchstaben, und der ist mit Blumen und Ranken ganz altertümlich umkringelt, daß man ihn kaum lesen kann: *Befiehl Dem Herrn Deine Wege!*

An einem Montag, am 19. April 1937 wird unter diesem Spruch Adolf Hitler aufgehängt. In Bunt, denn er hat am nächsten Tag Geburtstag. Achtundvierzig wird er. Auf dem Bild guckt er energisch in die Ferne, durch das Fenster durch direkt auf das Haus mit den Schwererziehbaren. So wie die Erzieher gucken, wenn *es* wieder mal einer gemacht hat, kurz bevor sie losschlagen.

Und hinter Adolf Hitler wird in einem noch größeren Rahmen ein Plakat aufgehängt, das sich alle Jungen ab jetzt zu Herzen nehmen sollen: *Kampf dem Verderb!* steht oben darauf in roter Schrift. Darunter liegt auf dem Boden eine Scheibe Brot, die etwas angebissen aussieht.

Die Jungen sind stolz darauf, daß der Führer nun ständig in ihrer Nähe ist. Diejenigen, die ihm beim Essen den Hinterkopf zuwenden müssen, schauen sich dauernd um, was zu ungeahnten Kleckereien führt.

Hans und Willi unterhalten sich besonders lebhaft über das Plakat. Willi meint, die Bemme habe jemand achtlos fortgeworfen. Hans dagegen ist sicher, daß man die Brotscheibe extra auf den Boden gelegt hat. Mit Absicht, damit man sie fotografieren kann. Oder abmalen.

Sie streiten sich ein bißchen zu laut, jeder kriegt eine Eintragung ins Strafbuch, und der Kampf dem Verderb beginnt am nächsten Sonntagmorgen nach dem Schrankappell mit zweimal drei Schlägen auf die Unterhose. Danach verkloppt Hans den Willi, weil der ihm die Prügel eingebrockt hat.

*

Neuyork ist nicht die Hauptstadt von Amerika, sondern die heißt Waschington und liegt woanders. Neuyork ist aber viel größer als die Hauptstadt und liegt am Hudson. Das ist ein Fluß, der mündet in den atlantischen Ozean. Wie unsere Elbe auch, genau genommen, denn die Nordsee ist ja ein Teil vom Atlantik. Schön.

Bei Neuyork gibt es einen Flughafen Lakehurst, wie es bei uns Klotzsche gibt, dort ist vorgestern eine große Katastrophe passiert, und deshalb erheben wir uns jetzt alle von unseren Plätzen zu einer stummen Gedenkminute für die toten Opfer. Alles ist ganz still und keiner bewegt sich!

Eine Minute kann lange dauern, sehr lange. Vor allem, wenn man nicht weiß warum.

Setzen. – Vorgestern, am Himmelfahrtstag, ist das deutsche Großluftschiff LZ 129 mit dem Namen HINDENBURG bei der Landung in sechzig Meter Höhe explodiert und in wenigen Augenblicken schlugen riesige Flammen aus dem Bauch des Zeppelins und rissen sechsunddreißig Menschen in den Tod.

Nein!!!

Ruhe!!! – Der Lehrer sieht Hans vernichtend an. Dann die Einzelheiten der Katastrophe. – Und was mußtest du dazwischenbrüllen?

Das Gas war es. Bei Güggelis haben sie deshalb ganz weit die Fenster aufgemacht, und der Führer ist davon sogar blind geworden!

Fünf Hiebe auf die ausgestreckten Hände gibt es für vorlautes Verhalten. Doch mehr als der Rohrstock schmerzt ihn der Verlust: Das Zeppeli – die Größe und die Kraft und Pracht am Himmel! Ein Stück von Deutschland wird ihm fehlen.

*

Anfang September bestellt Direktor Nitsch Hans zu sich ins Büro. Der ist sich keiner Straftat bewußt, präsentiert sich aber vorsichtshalber in ausgesuchter Bescheidenheit.

Nitsch ist freundlich, steht auf, geht zum Fenster und zeigt von weitem ein Dokument in Maschinenschrift. Mit einem leichten Lächeln wirbt er um Verständnis dafür, daß er dem Jungen jetzt eine Enttäuschung bereiten muß.

Der Oberbürgermeister habe diesen Brief in die Schweiz geschrieben, aber man könne seine Mutter nicht erreichen: Vielleicht ist ihr im Ausland irgend etwas zugestoßen. Eine Krankheit oder womöglich auch Schlimmeres, man weiß es nicht. Es gibt ja mehrere Jungen im Heim, die ein ähnliches Schicksal haben. Also Kopf hoch! Sobald wir etwas Neues erfahren, bekommst du Bescheid. Und bis dahin überstellen wir dich ans Waisenhaus zum endgültigen Verbleib. Damit du weißt, wo du hingehörst, und damit du auch innerlich mal zur Ruhe kommst.

Also keine Prügel diesmal. Daß der Oberbürgermeister für ihn geschrieben hat, gefällt ihm auch. Der Oberbürgermeister von ganz Dresden. Der im Rathaus wohnt und ein eigenes Auto hat, ob der auch sein Foto kennt?

Der Abschied wird ihm nicht schwerfallen: Willi ist weg, Kurtel ist weg, Pilzbacke auch, nur Hermann ist wieder da. Aber diesmal drüben, bei den Schwererziehbaren. Auf dem Hof wird er gerade geschliffen. Hat zu einem SA-Mann mit erhobener Faust Heil Hitler gesagt. Typisch. Also dann ...

Er reicht Direktor Nitsch die Hand und verabschiedet sich mit einem Diener. Hinterher knallt er die Hacken zusammen, weil er das vorher vergessen hatte. Heitler!

Nitsch heftet mit säuerlichem Aufatmen zwei Zettel in die Akte. Nur für den Dienstgebrauch. Den Brief, den er Hans von weitem gezeigt hat. Und die Antwort darauf, die er lieber nicht erwähnen wollte. Schließlich ist er kein Unmensch.

1937–1939

Im neuen Heim ist vieles anders. Manches auch seltsam, fast ulkig. Und Hans braucht eine ganze Weile, bis er den Laden durchschaut.

Direktor Blaschke ist ein Mann der Liebe. Sagt er selbst. Und ein Mann der inneren Werte und der sogenannten Prinzipien. Ein Prinzip ist, wenn man nicht jedesmal wieder darüber nachdenkt. Das wird so gemacht, egal warum, und damit basta.

Er nimmt sich Zeit für den Neuen und zeigt Hans zum Beispiel die Sprüche, die in seinem Zimmer an der Wand hängen. Ein Freund vom Direktor, ein gewisser Schleiermacher, hat den ersten gemacht, der heißt: *Die Pädagogik ist die Probe auf die Ethik.* Das ist ein Prinzip, sagt Blaschke, aber das wirst du erst begreifen, wenn du es gar nicht mehr brauchst.

Der zweite Spruch stammt von einem alten Thüringer, Herrn Fröbel, der das Spielzeug erfunden hat: *Erziehung ist Beispiel und Liebe, sonst nichts.* Liebe – ist klar, Liebe ist, was Jesus gemacht hat, und Beispiel, sagt Herr Blaschke, ist so zu verstehen: Wenn meine Frau und ich uns dauernd vor euch streiten würden, dann wäre das ein schlechtes Beispiel.

Aber er hat auch noch einen praktischen Spruch, der klemmt an seiner Schreibtischunterlage und stammt aus der Bibel, von einem gewissen Herrn Salomo: *Wer seine Rute schont, der haßt seinen Sohn; wer ihn aber lieb hat, der züchtigt ihn bald.*

Also, wir heben das hier nicht lange auf, sondern bei uns wird schnell durchgegriffen, damit die Sache erledigt und die Luft wieder rein ist.

Die Jungen im Waisenhaus müssen Herr Vater zu ihm sagen und zu seiner Frau Frau Mutter. Sie hat das Wirtschaftliche im Heim unter sich. Für die Tochter Blaschke ist eine familiäre Anrede nicht vorgeschrieben.

Blaschke ist so wenig groß, daß man ihn ohne Übertreibung klein nennen darf. Und korpulent. Er trägt stets ein Jackett und an diesem stets eine kleine Ordensfliege mit dem schwarzweißen Band des EK II im Knopfloch. Erinnerung an 14/18, Zahlmeisteranwärter an vorderster Front.

Anklopfen. Herein. Er sitzt immer hinterm Schreibtisch. Auf einem Drehstuhl mit dickem Kissen: Unpünktlich in der Schule, vorlaut oder frech zum Erzieher, Hausaufgaben verschwitzt oder fehlerhaft, Prügeleien und andere Verstöße gegen die Hausordnung – Blaschke stellt das jeweilige Delikt freundlich in einen größeren Zusammenhang. Er schimpft nicht und er brüllt nicht. Er gibt zu bedenken: Wenn das alle so machen würden wie du, wie sollen die Völker dann in Friede und Freude leben können?

Er ist traurig über ein Fehlverhalten, und seine Traurigkeit ist ansteckend. Du siehst also ein, daß du eine Strafe verdient hast? Natürlich sieht man ein. Jeder tut das. Na also. Blaschke ist erleichtert.

Nun steigt er von seinem Stuhl herab und geht zu dem Schrank, hinter dessen Glastür die Stocksammlung lagert. Welchen willst du heute, mein Sohn?

Die dünnen pfeifen höher und brennen später, die dicken spürt man heftiger, aber der Schmerz klingt eher ab. Jeder Stock hat Vor- und Nachteile. Und die Auswirkungen unterschiedlicher Biegsamkeit lassen sich ebenso schlecht abschätzen wie die von Auftreffpunkt und Aufschlagwinkel. Das Ergebnis der freien Auswahl bleibt also mehr oder weniger Glücksache.

Blaschke ist übrigens mit jedem Stock einverstanden, er bittet den Straffälligen an die Schreibtischecke. Kopf runter, Hose stramm. Ein letzter Rechtfertigungsblick auf den Salomo – und dann ist es auch bald überstanden, wobei er sich niemals verausgabt. Die Strafe ist nicht mehr als die Fortsetzung der Liebe mit anderen Mitteln.

Der Gezüchtigte stellt den Stock eigenhändig in den Schrank zurück. Ordnung muß sein. Dann trennt man sich ohne Arg.

Früher mußte der Bestrafte sich für die Prügel noch bedanken, aber diesen Brauch hat Herr Blaschke inzwischen abgeschafft. Erziehung ist Beispiel und Liebe, sonst nichts. Dankbarkeit ist ein Pflänzlein, das aus dem Herzen wächst; das kann man durch keine Vorschrift herbeizwingen.

*

Das Stadtkinderheim glich einer Kaserne, das Waisenhaus ist eine Villa. Radeberger Straße 2 – eine durchaus akzeptable Adresse. Unweit der Bautzner Straße, die zum Weißen Hirsch führt und an der die teuersten Privatvillen liegen.

Die dreißig Jungen schlafen in zwei Sälen unterm Dach, zu fünft bewohnen sie die Tagesräume. Neben der Küche ein Speisezimmer, im

Parterre die Privatwohnung der Familie Blaschke. Großer Garten mit Obst- und Gemüseanbau, eine kleinerer Teil für Spiel und Sport. An warmen Sommertagen wird auch draußen gegessen.

Bei der Gartenarbeit müssen die Jungen helfen. Wer, wann und von wann bis wann, steht auf dem Gartenplan am Schwarzen Brett. Dazu kommen andere Dienste, die reihum abzuleisten sind.

Ein schönes Heim, das Essen bis auf ein paar Saufraß-Gerichte erträglich. Eine Ahnung von großer Familie kommt auf. Zucht und Ordnung werden mit Maßen, aber konsequent gefordert. Und von den Jungen akzeptiert. Meistens jedenfalls. Die Erzieher lassen mit sich reden.

Das Schönste am Heim aber ist, daß die Schulen ein Stück weiter weg liegen. Hans kommt in eine öffentliche Volksschule in der Tiekstraße. Das bedeutet nun Dresden, endlich Dresden!

Dresden morgens und mittags, an sechs Tagen in der Woche, bei Sonne, Wolken, Regen und Schnee: Straßen, Menschen, Autos, Straßenbahnen, Radfahrer, Schaufenster, Polizisten, Soldaten, Omnibusse, Reklamen, Fahnen, Uniformen, Un- und andere Zwischenfälle – was das Herz begehrt.

Allerdings nur ein paar Minuten lang; denn der Weg ist nicht weit. Gerade mal ein Kilometer Luftlinie, aber wer kann schon durch die Luft zur Schule?

Im Laufe von Jahren haben die Waisenknaben ihren Erziehern behutsam beigebracht, daß man – eine gewisse Sicherheitsreserve eingerechnet – doch etwa fünfundzwanzig Minuten braucht, wenn man zum Unterrichtsbeginn pünktlich anwesend sein will, mit ausgepackten Büchern und Heften. Und bei starkem Verkehr um die Mittagszeit oder wenn eine längere Militärkolonne das Überqueren der Bautzner Straße verhindert, dann kann der Heimweg auch schon mal fünfunddreißig Minuten dauern. Diese Wegezeiten werden im Heim ohne Begründung akzeptiert.

Wer länger braucht, muß sich etwas einfallen lassen. Meist besteht die Ausrede in einer alten Frau, der man die Tasche geschleppt hat. Oder in einer jungen Frau mit Kinderwagen, auf den man aufpassen mußte, während sie in einem Laden war. Oder nach einer Klassenarbeit mußte man dem Lehrer die Hefte nach Hause tragen, zum Korrigieren. Oder Matten in der Turnhalle wegräumen. Zur Selbstkontrolle gibt es Uhren am Diakonischen Krankenhaus, am Kirchturm, beim Optiker und an der Schule selbst.

Der Konfirmandenunterricht findet im Gemeindehaus am Martin-Luther-Platz statt. Zeitverlängerungen entstehen hier meist durch Beerdigungen, von denen der Pastor verspätet zurückkommt.

Bei ihren Besorgungen in der Stadt erspäht Frau Mutter gelegentlich einen Waisen zur falschen Zeit am falschen Ort. Dann zieht sie eine Augenbraue so lange hoch, bis der Junge ihr Befremden mit Sicherheit bemerkt hat, bevor sie in eine andere Richtung schaut. Sie petzt nie. Deshalb ist die Zuneigung, die ihr die Knaben entgegenbringen, eine tief empfundene. Fast ein bißchen Liebe, manchmal. Gepaart mit Dankbarkeit aus dem Herzen, wie ihr Gatte das auch wünscht.

Ein Klassenkamerad von Hans lebt bei seinen Großeltern, alle anderen kommen aus heilen Familien. Meist mit mehreren Kindern. Die aus den wohlhabenden Elternhäusern gehen auf die Oberrealschule oder aufs Gymnasium. Für teures Schulgeld. In der Volksschule bleiben die Kinder aus den einfacheren Verhältnissen unter sich. Hans beneidet sie alle.

Er muß aber hören, daß Eltern, falls man welche hat, ganz schön gemein sein können. Alles können sie einem vermiesen. Besonders das ganze Leben. Nicht alle in der Klasse haben es richtig schlimm erwischt, aber einige schon. Und wer mit seinem Elternhaus ganz zufrieden sein könnte, der mault auf dem Schulhof auch, damit er nicht als Muttersöhnchen gilt.

Daß zu Hause weniger gedroschen wird als im Heim – von wegen! Hast du schon mal den Arsch voll gekriegt, nur weil du eine alte Tante nicht geküßt hast? Mit Warzen und Borsten im Gesicht? Nee? Du hast es gut!

Wilfried ist als kleiner Junge von seiner großen Schwester mal erwischt worden, wie er sich die langen Strümpfe heimlich abgeknöpft und zu Kniestrümpfen heruntergerollt hat – windelweich gehauen! Später hat er sie dann erwischt, wie sie mit einem von der HJ hinterm Schuppen war. Wieder Dresche. Diesmal von dem Hitlerjungen.

Geschwister sind am besten, wenn man keine hat. Weihnachten den ganzen bunten Teller leergefressen, der kleine Bruder! Eine gedachtelt – Taschengeld weg! Oder aus Versehen zu Hause Kacke gesagt: Badeverbot für die ganzen Sommerferien, mein Lieber!

Große Brüder sind besonders scheiße, weil man von denen das ganze Gelumpe auftragen muß: Hemden, Pullover, Hosen, Schuhe, alles geflickt und gestopft, und die Großen kriegen immer was Neues.

Und dann streiten sich die Eltern, daß die Fetzen fliegen, und dann findet der Vater im Küchenschrank die schwarze Haushaltskasse und die Mutter weint und der Opa versteht Bahnhof – sei bloß froh, daß du im Heim bist!

Das tut wohl, und Hans wird warm ums Herz. Eigentlich doch Glück gehabt.

Wenn es aber um Spielsachen geht, um Sommerfrische, Schlittschuhe, Zirkusbesuche, Badeanstalt, dann ist er ganz schnell wieder der arme Waise aus dem Heim, der nicht mitreden kann.

Dann muß er von seinem reichen Leben in der Schweiz erzählen, von seinen Eltern im Ausland und von Wilhelm Gustloff, den ein Jude ermordet hat und der ein Freund vom Führer war. Aber viel bringt das auch nicht. Denn keiner seiner Klassenkameraden hat jemals etwas von diesem Gustloff gehört.

*

Ein besonders großzügiger Mensch hat dem Waisenhaus ein Damenfahrrad vermacht, das reihum benutzt werden darf. 29er Rahmen. Hans lernt darauf. Stehend-strampelnd, weil der Sattel zu hoch ist. Das Rad stammt aus England und hat der Frau eines Missionars gehört. Es war schon in Afrika, bei den Negern. Leider hat es noch keinen Freilauf. Und die Handbremse greift nicht. Als Hans einen Hügel hinabfährt und sich dabei mit abgehobenen Füßen auf den Sattel setzt, werden die Pedalarme schneller als Windmühlenflügel. Sie schlagen ihm gegen Schuhe und Waden, und die Radpartie endet mit einem Sturz, den nur das Fahrrad unbeschadet übersteht.

Der Lenker zerreißt ihm beim Überschlag den geliebten, inzwischen allerdings recht brüchigen Lederhosenträger, das Markstück fällt aus dem Geheimfach und ist verschwunden. Nachdem Frau Mutter ihn verbunden und Kopf, Knie und Hand verpflastert hat, kehrt er an den Unfallort zurück und sucht bis zum Abendessen. Vergeblich.

*

Auch für die Bibliothek des Waisenhauses gibt es gelegentlich Spenden. Kinder- und Jugendbücher für die Kleineren, anspruchsvollere für die Älteren. Manche sind so schwer geschrieben, daß Herr Vater selber sie nur mit Mühe versteht.

Ein ganze Truhe voll ist angekommen. Hans und ein Mitwaise helfen beim Sortieren. Mehrere Bücher sind leider undeutsch, obwohl sie in Deutsch geschrieben sind. Die müssen gleich in die Heizung. Auch wenn sie Rücken aus echtem Leder haben – auf den Inhalt kommt es an, weg damit. Die guten kommen in einen Waschkorb.

In jedem dieser Bücher ist vorne immer dasselbe Bildchen eingeklebt: Ein Mädchen mit Blumen auf dem Kopf sitzt im Wald, liest in einem Buch und hat ein durchsichtiges Hemde an. Ein Reh guckt zu und ein Vogel zwitschert. Darunter steht etwas Ausländisches. Lateinisch, sagt Herr Vater. Und dann der Name von der Frau, der die Bücher früher gehörten: Louise Grünstein.

Die beiden Jungen kriegen schwarze Ölkreidestifte und müssen diese Louise damit zumalen, daß man sie nicht mehr lesen kann. Nicht das Mädchen im Hemd. Das ist Kunst. Nur Grünstein muß weg.

Hinterher dürfen sie sich von einem anderen Stapel etwas aussuchen. Als Belohnung. Hans entdeckt Max und Moritz, davon hat er schon öfter gehört.

Eigentlich bist du zu groß dafür, sagt Herr Vater, aber meinetwegen. Nur, nichts davon nachmachen! Verstanden?

*

Wie Max und Moritz bei Witwe Bolte die Hühner aus dem Schornstein angeln oder beim Schneider Böck den Steg ansägen – in Geiswil hätte er das wissen müssen. Wenn Frau Zerberer ihren Mann hätte trockenbügeln müssen, oder das Schießpulver von Lehrer Lempel wäre im Küchenherd beim Knoll explodiert – das hätte einen großen Spaß gegeben, und mit den Maikäfern hätte er im Marienheim auch etwas ausrichten können.

Max und Moritz leben ohne Eltern. Na schön. Nur daß der Müller die Jungen schließlich totmacht für ihre Streiche und dann sogar noch ans Federvieh verfüttert, das versteht Hans nicht. Was ist daran ulkig?

*

Federvieh gibt es nicht im Waisenhaus, aber zwei Schweine werden gehalten. Richtige Schweine, richtig zum Schlachten. Die kriegen ihr Futter auch gespendet, und zwar von der feinsten Dresdner Gaststätte, aus dem Italienischen Dörfchen. Unten an der Elbe liegt das, neben Semper-Oper und Hofkirche direkt über dem Ufer. Das heißt so, weil da früher einmal Handwerker aus Italien drin gewohnt haben, die haben die Stadt damals schöngebaut. Die Kirchen, den Zwinger und die Brühlsche Terrasse.

Zwei Jungen werden regelmäßig losgeschickt mit einem Kullerwagen, auf dem Eimer und Schüsseln stehen. Der Weg ist weit, eine halbe Stunde mindestens, also eine Stunde hin und eine zurück. Man muß fast bis zum Adolf-Hitler-Platz und dann scharf nach rechts.

Zuerst werden Küchenabfälle geladen, also Gemüsereste und Kartoffelschalen, dann Essensreste, die aus dem Restaurant wieder abgetragen wurden, Kampf dem Verderb. Darauf folgt ein hastiges Händewaschen und dann geht es in den Personalraum neben der Küche, wo die Waisen aufs feinste bewirtet werden. Besonders die Nachspeisen haben es ihnen angetan, und sie dürfen sich damit vollpumpen, bis es wirklich nicht mehr geht. Kuchen bekommen sie noch in die Taschen gesteckt – Schlaraffenland am Elbestrand.

Als Hans wieder einmal für diesen begehrten Dienst eingeteilt ist, werden die Jungen vor dem Restaurant von einem Tischler angesprochen. Sein Dreirad-Lieferwagen streikt, aber er muß dringend eine Holzblende zur Oper bringen. Zwanzig Pfennig für jeden, wenn sie ihm das sperrige Stück mit dem Handwagen hinüberfahren. Na klar. Sie machen Platz auf dem Handwagen. Das große Teil schwankt hin und her und muß heftig gestützt werden, aber sie erreichen damit den Bühneneingang, helfen noch beim Hineintragen – und schon ist Hans in der Staatsoper. Nur ein Zipfelchen der ganzen Pracht kriegen die Jungen durch eine halboffene Tür zu sehen, aber das reicht schon für weit aufgerissene Mäuler und ungläubige Augen. Dazu die Musik! Eine Probe, irgendwo um die Ecke muß die Bühne sein – Sänger und Orchester hören sich an wie aus einem großen Bahnhof, und Hans ist sprachlos. Er kann sich weder für die zwanzig Pfennige bedanken noch weiß er am Abend, was es im Dörfchen zu essen gab.

Was ist das, eine Oper? – Wenn den Leuten alles, was sie sagen wollen, als Lied einfällt und sie dauernd singen statt zu sprechen. Auch bei der Liebe oder wenn sie sterben.

Hans übt im Heim. Klo und Waschraum klingen am schönsten.

*

Seit dem Fahrradsturz trauert Hans um die vielen Dinge, auf die er verzichtet hat, obwohl er sie sich hätte leisten können. Erst die Millionen weg, dann die Mark – das soll ihm mit seinem neuen Geld nicht noch einmal passieren!

Frau Mutter achtet darauf, daß alle Jungen ein Pausenbrot mitnehmen. Auch Hans muß nicht hungern. Aber an den Schulweg hat das Schicksal eine kleine Bäckerei postiert. Untere Mittelklasse. Mehr Blechkuchen als Torten in der süßen Abteilung. Mal gucken, mit zwanzig Pfennigen in der Tasche.

Am kleinen Seitenfenster neben der Eingangstür hängt das Plakat einer Artistentruppe: Ein ganz dünnes Seil ist über die Elbwiesen gespannt. Darauf kann ein Mann ganz alleine über den Fluß gehen, in der Mitte einen Stuhl in die Luft stellen, sich darauf setzen, Zeitung lesen und nicht herunterfallen. Ohne Netz. Kinder umsonst. Jugendliche die Hälfte.

Das glaube ich nicht, sagt Hans zu der Bäckerin.

Doch, sagt die, er hält sich ja an der langen Stange fest, die er vor sich trägt. – Und wer hält die Stange fest?

Das weiß sie auch nicht, aber so kommt man in ein Gespräch, das Hans nach kurzer Anstandsfrist sehr geschickt auf Kuchenränder lenkt. Für fünf Pfennige gibt es eine ganz große Tüte voll. – Und eine kleine?

Da lacht die Bäckerin und schenkt ihm eine, die so spitz ist, daß wirklich nicht viel hineinpaßt. Hans dankt wortreich, und da noch immer kein anderer Kunde kommt, plaudert man ein wenig übers Allgemeine, über Waisenhaus, Schule und Schulweg. Seine Sprache gefällt der Bäckerin, ob er wohl aus dem Erzgebirge stammt?

Nein, aus der Schweiz. Herr Güggeli wird zu seinem Onkel befördert und zum Oberbürgermeister von St. Gallen. Nur wegen der Juden hätte er nach Deutschland gemußt. In der Schweiz habe er gerne Öhrli gegessen. Und er beschreibt mit beiden Händen, wie Frau Zerberer die gemacht hat. – Wie unsere Kräppel, oder?

Kennt er nicht. Sie hat auch leider kein Kräppel da, aber sie macht ihm ein Angebot: Vier Brötchenkunden wohnen direkt an seinem Schulweg. Wenn er denen morgens die Semmeln vorbeibringt – vier Tüten hier abholen und nur vor die Türen stellen oder in den Beutel stecken, der an der Klinke hängt, dann kann er Kuchenränder umsonst haben.

Gemacht. Und wenn die Zeit es zuläßt, dann klingelt er auch und überreicht die Tüten persönlich. Mal hier ein Fünfer, mal da einer, am Samstag sogar mal einen Groschen und die Kuchenränder dazu – die Sache lohnt sich. Bald hat er sich die verlorene Mark zurückverdient und mehr dazu.

Die Bäckerin gefällt ihm von Tag zu Tag besser, aber an die aus Geiswil reicht sie nicht heran. Mit der Liese hat ihr Gesicht nämlich gar keine Ähnlichkeit. Eher schon mit dem Streuselkuchen, von dem er die Ränder kriegt. Die sind besonders gut, übrigens.

*

Wer in Dresden öfter Straßenbahn fährt, der nimmt gerne eine Sechserkarte. Die muß vom Schaffner jedesmal mit der Zange gelocht werden. Entwerten nennt man das.

Noch billiger fährt man, wenn man so eine Sechserkarte nicht kauft, sondern zufällig findet. Im Papierkorb an der Haltestelle vielleicht, wo ordentliche Leute ihre abgefahrenen Fahrscheine hineinwerfen. Wenn der Schaffner nämlich nicht kräftig zudrückt, dann fällt der herausgestanzte Schnipsel manchmal nicht ganz aus dem Loch, sondern bleibt am Rande hängen. Und mit viel Vorsicht und ein wenig Spucke kann man ihn dann in seine ursprüngliche Lage zurückversetzen. Nicht immer, aber manchmal.

Jetzt braucht man eine Straßenbahn, die gut gefüllt ist, und beim Einsteigen nimmt man die Karte lässig in die Hand, um zu zeigen, daß man eine hat. Ist der Schaffner gerade vorne, steigt man hinten ein und umgekehrt. Nun dauert es meist mehrere Stationen, bevor er zu einem in die Nähe kommt, denn der Mann muß ja bimmeln, die Straßen ausrufen, Einzelfahrscheine verkaufen und Geld wechseln. Kurz bevor er einen erreicht hat, steigt man besser wieder aus. Läßt sich das Fahrscheinzeigen aber nicht vermeiden, sagt man erstmal Heitler und fragt dann nach einer Haltestelle, die an einer anderen Strecke liegt. Das lenkt ab. Und sollte man dennoch erwischt werden, dann muß die alte Oma herhalten, die einem den Fahrschein gerade geschenkt hat. Aus Versehen natürlich. Weil sie so schlecht gucken kann.

Das macht Spaß, man sieht etwas von Dresden, und Max und Moritz hätten es genauso gemacht.

*

Keine Arbeitslosen mehr, keine Inflation, dafür Recht und Ordnung und die Autobahn. Die Saar ist wieder deutsch, das Rheinland und auch Österreich – alle Deutschen sind von Adolf Hitler begeistert. Und von Göring und Goebbels. Eigentlich. Eigentlich alle. Nur ein paar sind nicht ganz zufrieden.

Zum Beispiel Herr Kirchner. Der macht manchmal gewisse Andeutungen. Er gibt Deutsch in der Schule und ist privat ein Sportler, was man aber nicht sagen soll. Sport ist nämlich kein deutsches Wort, sondern englisch und hat was mit Spaß zu tun, mit Vergnügen und Spielerei. Der deutsche Mensch dagegen stählt seinen Körper, wenn er Kniebeugen macht. Im Winter am offenen Fenster. Körperstählen müßte das eigentlich heißen. Oder mindestens Leibesertüchtigung, aber doch nicht Sport! Wenn es nach Herrn Kirchner ginge, müßten alle Turnlehrer Leibeserzieher heißen.

Sein Verband hat deswegen auch schon an Dr. Goebbels geschrieben, daß die deutsche Sprache nur aus reindeutschen Wörtern bestehen sollte, und er findet, daß der Führer da ruhig mal etwas schärfer durchgreifen könnte. Natürlich darf man ihm keine Ratschläge erteilen, aber schließlich haben die deutschen Turner zuerst eine Bewegung gehabt, noch vor der Partei. Die Turner waren das Huhn, und das Ei sind die Nationalsozialisten. Für die sollten wir uns auch lieber einen deutschen Namen ausdenken, Völkisch-Gemeinnützige zum Beispiel. Medizin: Volksheilkunde. Und Juristen heißen auf gut deutsch eigentlich Rechtswahrer.

Textilien sind Spinnstoffe, Babys Kleinkinder, Fotos Lichtbilder, Inspektoren Aufseher, und statt Musik könnte man sehr viel besser Tonkunst sagen. Wehrmacht ist gut, Luftwaffe auch, aber bei Marine denkt man doch an eingelegte Heringe! Meereskämpfer oder Seestreitkräfte statt dessen!

Wenn Herr Kirchner erstmal bei den Beispielen ist, können die Jungen aufatmen. Bis zur Pausenbimmel kommt jetzt niemand mehr dran.

Fallschirmjäger sind zwar deutsch, aber Quatsch, die jagen keine Fallschirme, sondern Feinde! Führer ist gottseidank ein urdeutsches Wort, aber Minister sind eigentlich Diener. Müßten die nicht besser Führer heißen, und der Führer dann Überführer? Dabei kriegt er kleine weiße Dreiecke in den Mundwinkeln, der Herr Kirchner, weiß und feucht mit feinen Bläschen. Propagandaminister Josef Goebbels zum Beispiel, Meinungsverbreitungsdiener? Nein, Volksmeinungsführer!

Als wenig später der Nationalsozialistische Reichsbund für Leibesübungen gegründet wird, ist Herr Kirchner besonders glücklich. Er und sein Verband sind auf dem richtigen Weg. Und das Sächsische ist kein Dialekt, sondern eine Mundart und eine Muttersprache.

*

„Schwäbische Kunde“ ist eines der Gedichte, die Hans für die Schule lernen muß. Auswendig. Von einem gewissen Ludwig Uhland, der schon lange tot ist.

Es handelt von einem Schwaben, der mit Kaiser Rotbart Lobesam ins Heil'ge Land gezogen kam, weil er den Leuten da unten das Christentum überbringen wollte. Und eines Tages, als es seinem Pferd nicht gut ging, da hat ihn ein türkischer Reiter geärgert und seinen krummen Säbel nach ihm geschwungen. Und dann heißt es:

Da wallt dem Deutschen auch sein Blut,
er trifft des Türken Pferd so gut,
er haut ihm ab mit einem Streich
die beiden Vorderfüß' zugleich.
Als er das Tier zu Fall gebracht,
da faßt er erst sein Schwert mit Macht,
er schwingt es auf des Reiters Kopf,
haut durch bis auf den Sattelknopf,
haut auch den Sattel noch zu Stücken
und tief noch in des Pferdes Rücken;
zur Rechten sieht man wie zur Linken
einen halben Türken heruntersinken.

Seine Klassenkameraden finden diese Stelle prima und lachen sehr darüber, aber Hans hat Bedenken: ein Pferd mit abgeschlagenen Beinen? Und dann sogar ein Mensch, der in der Mitte durchgehauen ist, von oben bis unten? Er denkt an die Hälften von Liese und von den anderen Tieren, die bei Zerberers ans Scheunentor gehängt wurden, damit sie auskühlen konnten.

Ach Quatsch, erklärt ihm Freddy, das war doch bloß ein Türke, und Türken sind Heiden, und dann kriegt der von dem Schwaben oben eins auf die Rübe – zack ! – und schon schwabbert er auseinander wie so'n Pudding – das ist doch nur Humor darüber, wie stark wir Deutschen sind!

Achso, sagt Hans und lacht mit. So gut er kann. – Schwab! hat Herr Zerberer immer gesagt, wenn er ihn beschimpfen wollte.

*

Frau von Bindow ist eine sehr großzügige Frau, die unser Heim seit langem unterstützt, sagt Herr Vater. Ich habe euch dreie ausgesucht, weil ich hoffe, daß ihr euch anständig benehmen könnt. Ihr seid also eingeladen.

Sonntagnachmittag. Hans weiß schon, daß da ein älteres Mädchen ist, daß es Kakao und Kuchen gibt und danach Himbeersaft und Gesellschaftsspiele und Vanillepudding. Bis halb sechs, dann ist Schluß.

Frau von Bindow hat eine Tochter, ein junges Menschenkind, sagt Herr Vater. Dann spricht er von Jesus Christus und vom Neuen Testament, und daß manche Menschen nur ins Himmelreich kommen, wenn sie geistig arm sind, und daß Gott sie deshalb noch lieber hat als manche anderen. Was man einem seiner geringsten Brüder antut, das hat man Jesus angetan, und einer der berühmtesten deutschen Maler, Adolf von Menzel, der hatte sogar einen Wasserkopf. Außerdem ist es unhöflich, wenn man Witze macht über Dinge, die man nicht versteht. In jedem Falle aber immer: Bitte, danke, bitte ja, danke nein.

Was meint er damit?

Na was wohl, sagt Gerhard, während sie im Waschraum mit nassen Kämmen ihre Scheitel ziehen. Daß die Tochter bekloppt ist. Aber wir sollen so tun, als ob nicht.

Bautzner Straße, hohe Hausnummer. Wie das Schloß von Dornröschen. Vor lauter Gebüsch kaum zu sehen. Innen ein Teppich über dem anderen, schwarze Möbel noch und noch mit verdrehten Beinen und verdrehten Säulen, dunkelrote Vorhänge. Auch verdreht. Kleine Bäume und Palmen, schon im Vorraum geht das los. Herr von Bindow hängt als Major an der Wand, in Öl, mit seinem Helm unterm Arm. Im Weltkrieg gefallen. Vielleicht auch Gas, wie der Führer.

Das Mädchen ist ein bißchen größer als die Jungen und hat ein hübsches Kleid an. Es lächelt und sagt kaum etwas, auf Heitler gibt es keine Antwort. Aber sonst merkt man ihm nichts an.

Der Kaffeetisch ist kostbar gedeckt. Auf jedem Teller steht ein Platzkärtchen. Hans setzt sich zu Hans, das Mädchen zu Elfi. Aha.

Der Kakao schmeckt gut. Keine Haut drauf. Und während sie den Kuchen mit Löffeln und Gabeln in viel zu großen Stücken reinschieben, erörtern sie das Problem von Haut an sich: auf Kakao, auf Milch und auf Suppe. Gerhard wird immer schlecht davon. Ludwig meint, daß man sie mit Umrühren wieder wegkriegt. – Und wenn dann so ein Lappen vom Löffel runterhängt? Iiih!

Hans zitiert Herrn Güggeli aus der Schweiz, der dort einer der Obersten ist: Wenn es einem nicht schmeckt, sagt er mit zwei vollen Backen und einem Schokoladenstrich bis zu den Ohren, dann muß man ganz schnell an die vielen armen Kinder denken, die jetzt nichts zu essen haben, und schon kriegt man alles runter.

Danach *Mensch Ärgere Dich Nicht.* Die Jungen stoßen sich unterm Tisch mit den Füßen an und schummeln eifrig im Trio. Beim Würfeln, beim Setzen und beim Rausschmeißen. Besonders, wenn es brennt. Nach kurzer Zeit hat Elfi mühelosestens gewonnen und die Jungen ärgern sich ganz toll, wobei Hans sich sogar mit der flachen Hand vor die Stirne schlägt. Was Frau von Bindow für etwas übertrieben hält. Ein richtiger Junge muß auch mal verlieren können! – Jaja, aber dabei wird man sich doch ärgern dürfen!

Nun ein Blumenquartett. Das kapiert Ludwig erst überhaupt nicht, Buschrose, Heckenrose, Kletterrose, was soll der Quatsch? Also schlägt Hans einen kleinen Skat vor. Mit Elfi als Kiebitz, dabei lernt sie das am besten. Aber leider – keine Karten.

Und Schiffe versenken? Da zuckt Elfi ganz komisch, haut mit der Hand auf den Tisch, daß die Würfel hochhopsen. Ihre Mutter führt sie behutsam nach draußen.

Ratlosigkeit. Von der Lampe über dem Tisch hängt ein Seidenquast herunter, in dem ein Klingelschalter verborgen ist. Hier! Hans drückt auf den Knopf. Irgendwo bimmelt's leise. Peinlich. Unbeteiligt tun. Was jetzt?

Nach einer Weile kommt Frau von Bindow alleine zurück. Schnell den Pudding, Himbeersoße drüber, und dann dürfen die Jungen schon wieder zurück ins Heim. Es ist noch vor fünf. Und wo ist Elfi?

Gummizelle, sagt Ludwig. Heißt aber bloß Gummi, das sind in Wahrheit Matratzen. Auf dem Fußboden und an den Wänden.

Scheiße, denkt Hans. Und wenn Frau von Bindow ihre Tochter da drinnen einsperrt, dann sperrt sie eigentlich Jesus ein. Ob sie das weiß?

*

Schon auf der Augustusbrücke Fahnenschmuck und Girlanden. Da muß etwas Besonderes los sein, auf dem Adolf-Hitler-Platz. Polizei, SA, Hitlerjugend, NSKK, Goldfasane – keine Formationen, nicht angetreten, sondern alles durcheinander, auch Rotkreuzschwestern und BDM, sehr geschäftig. Alles ganz wichtig. Aber fröhlich.

Fahnen vor dem Zwinger und an der Semper-Oper. Rechts abbiegen geht nicht, Zugang zum Italienischen Dörfchen gesperrt. Ausgenommen Dienstfahrzeuge. Alles andere andere Richtung, runter zum Terrassenufer und außenrum. Ein HJ-Führer hält sogar die Straßenbahn an und will sie zurückschicken. Nein, sagt ein Polizist, das geht nicht. Die darf weiter.

Auch Jungvolk hilft mit, Pimpfe ziehen einen Handwagen mit Lorbeerbäumchen. – Was ist denn los? – Gauleitung! – Aha.

Hans und Gerhard hängen sich mit ihrem Kullerwagen an den Pimpfenwagen an und tun so, als würden sie dazugehören. Ganz unauffällig in ihrem Räuberzivil mit Eimern und Futterschüsseln. Sie werden erwischt und gestoppt.

Hans baut seinen schönsten deutschen Gruß extrazackig vor einem Mann in Parteiuniform, Hermann-Göring-Figur: Heitler! Der schickt ihn zu einem Jungzugführer. Übergangsuniform hat der an, kurze Hose zu schwarzer Winterbluse, grüne Schnur, geflochten, vom Schulterstück zur Brusttasche. Nicht viel älter als die Waisenknaben, aber einen halben Kopf größer. Er ist schon ein Bestimmer. Wenn er einen Befehl schreit, dann kommen Pimpfe gerannt und knallen vor ihm die Hacken zusammen. Da vorne beim Abladen helfen, aber nicht so lahmarschig! – Jawoll!

Dann reißt er eine Trillerpfeife heraus und läßt ein Signal erschrillen, und drüben vom Schloßplatz pfeift einer zurück. Die weißen Blitze im roten Kreis, die auf ihre Ärmel genäht sind, heißen Sieg-Runen. – Ruinen? – Nein, Runen, germanisch. – Im Jungvolk müßte man sein. Und wenn sie Dienst haben, kriegen sie weniger Schularbeiten auf!

Hans erläutert, daß er im Auftrage des Führers hier sei, wegen dem Kampf dem Verderb. Die beiden Schweine in der Radebergerstraße könnten nämlich von den Abfällen aus dem Heim nicht ausreichend ernährt werden. Und der Führer habe verboten, daß im Italienischen Dörfchen kostbare Nährstoffe weggeschmissen werden, wenn die Jungen sie nicht abholten. Und Hermann Göring auch.

Der Jungzugführer blickt durch die Waisenknaben hindurch und hat nur seine Leute im Auge, für deren Kontrolle er verantwortlich ist. Er spricht etwas kieksig, noch nicht ganz aus dem Stimmbruch: Haut ab, Mensch. Gleich kommt der Gauleiter Mutschmann. Da kann ich mich um eure Schweine nicht auch noch kümmern. Los, verschwindet! – Und schon wieder pfeift er. Ohne zu kieksen.

Leere Eimer, leere Wannen, leere Bäuche. Kein Pudding, kein Kuchen. Und ein großer Umweg über die Carolabrücke.

Drüben in der Neustadt dann eine gute Idee: Unten in den Kellergängen der Mietshäuser stehen überall Sammeltonnen für verwertbare Küchenabfälle, auch Kampf dem Verderb. Einmal in der Woche werden die geleert. Nach dem Geruch kann man sie finden, sogar im Halbdunkel. Es gibt auch NSV-Schilder an den Kellertreppen, die sogenannten Hitler-Schweine. Das sind Hinweistafeln in der Form einer rosigen Sau, wo draufsteht, was alles in die Tonnen reindarf und was nicht. Und die Leute, die den Abfall abholen und zur NSV bringen, die sehen nicht viel anders aus als die beiden Waisenknaben.

Und so kommt es, daß Hans und sein Mitwaise doch noch mit vollen Abfalleimern im Heim eintreffen. Stolz. Allerdings müssen sie sich ein bißchen mehr waschen als sonst.

Aber das Futter aus dem Italienischen Dörfchen hat inzwischen Maßstäbe gesetzt. Die Waisenschweine sind so anspruchsvoll geworden, daß sie kleinbürgerliche Abfälle nicht mehr anrühren. Kleie und hauseigene Kartoffelschalen schlunzen sie mit spitzem Rüssel aus dem Trog, der Rest bleibt liegen. Herr Ehrlich, Gärtner und Schweinepfleger, meldet Herrn Vater pflichtgemäß, daß irgendwas nicht stimmt und rät zum Tierarzt.

Die beiden Jungen werden vernommen, berichten wahrheitsgemäß, und als Herr Vater losbrüllt, fallen sie aus allen Wolken. – Diebstahl??

Jawohl, Diebstahl! Auch ein Abfall kann ein Diebstahl sein, denn der Abfall gehört der NSV und die gehört der Partei und die gehört dem Führer! Den Führer habt ihr bestohlen!

Herr Vater ist so außer sich, daß Frau Mutter ihm Baldrian gibt. Du sollst nicht stehlen. Was ist das? Wir sollen Gott fürchten und lieben, daß wir unseres Nächsten Geld oder Gut nicht nehmen noch mit falscher Ware oder Handel an uns bringen, sondern ihm sein Gut und Nahrung helfen bessern und behüten!

Nahrung helfen bessern – das hätten sie eigentlich gemacht, findet Hans, denn die Schweine dienen ja der Nahrung von uns Nächsten allen.

Anzeigen! Anzeigen müßte Herr Vater sie, anzeigen bei der Polizei und dann ab in die Erziehungsanstalt! Und vorher müßten sie das Futter zurückbringen in die Häuser und wieder in die Eimer füllen und sich bei der NSV entschuldigen!

Besänftigend mahnt Frau Mutter Mäßigung an, die Jungen hätten es sicher nicht so gemeint und außerdem würden sie sicher alles einsehen. Muß sich ja auch nicht herumsprechen, daß das Waisenhaus Futter klaut.

Bei dem Wort Einsehen bedauert Hans, daß er gerade heute kein Schulheft zwischen Hintern und Unterhose hat.

Herr Vater zittert. Er schämt sich für die Jungen, er schämt sich für das Waisenhaus und für die ganze Stadt: Daß so etwas möglich ist! So eine Schande, die sie ihm angetan haben, so eine Schande! Ihm! Aber dafür sollen sie büßen.

Er reckt sich zu unerwarteter, fast biblischer Größe empor. Nicht eine Tracht Prügel, das wäre zu billig. Nein, keine Prügel, zur Strafe keine Prügel, damit sie diesen Tag nie vergessen und die Schuld, die sie auf sich geladen haben, an der Schuld werden sie ein Leben lang tragen, das soll die Strafe sein: die Schuld, Schuld, Schuld! Ein Leben lang!

Die Jungen versprechen es und daß sie zu niemandem drüber reden werden, auch nicht zu Herrn Ehrlich.

*

Der Inder ist sehr genügsam. Bettelnd sitzt er am Ganges und lebt dort von einer Handvoll Reis. Wenn aber der Monsun ausbleibt, gibt es eine schlechte Ernte. Dann fängt der Inder an zu hungern, bis er stirbt. – Erdkunde, Lehrer Neswig.

Indien liegt rechts, ziemlich weit unten. Hinter Hinterindien kommt nur noch Niederländisch Indien und als letztes Australien. Mitten im Meer. Und das wird vom Mond angezogen und abgestoßen wie die Nordsee. Und wer mündet in die Nordsee? Unsere Elbe. So fügt sich eins zum anderen.

In Italien gibt es die Abruzzen. Klingt komisch, Abruzzen. Gefällt den Jungen besonders gut, der Name. Sie verwenden ihn als Spaßwort: Ich geh' jetzt mal abruzzen! Wie man ja auch einen Koffer stehen läßt oder einen toten Vogel in der Tasche hat, wenn man furzt.

Herr Neswig kennt sich in der ganzen Welt aus. Durch den Krieg war er in Frankreich, Rußland, auf dem Balkan und sogar in der Türkei. Seine Leidenschaft ist das Bergsteigen. Zum Klettern fährt er sonntags mit dem roten Postauto ins Elbsandsteingebirge, und die großen Ferien verbringt er in den Alpen, auf Gipfeln, Gletschern und auf Stroh. Denn in den Berghütten geht es zünftig zu.

Seit ein Schweizer in der Klasse ist, hat er einen Zeugen für die Schönheit der Bergwelt und ihre Fährnisse. Stimmt's, Hans? Die Majestät des Sonnenaufgangs über dem ewigen Eis, stimmt's, Hans? Körniger Firn, Schneebrett abgerissen, Lawinen von allen Seiten, stimmt's, Hans? Einmal bringt er seinen Wanderstock mit in die Schule, da sind lauter kleine Blechschildchen drauf genagelt. Die kann man oben auf den Gipfeln kaufen, zur Erinnerung. Aber nur, wenn man oben war. Stimmt's, Hans?

Daß die Berge sehr hoch sind, das kann Hans nur bestätigen. Er war selbst mal auf dem Gipfel von Geiswil, da konnte man von der Schweiz aus sogar nach Deutschland schauen, den Bodensee erkennen und einen Zeppelin oben drüber.

Stimmt, sagt Herr Neswig. Und Hans erzählt noch schnell die Geschichte vom berühmten Bergsteiger Wilhelm Gustloff, der ein Freund des Führers war und von den Juden umgebracht wurde. Weshalb Hans dann Geiswil auch verlassen mußte, weil die Schweiz zu gefährlich ist.

Von Gustloff hat Herr Neswig leider noch nichts gehört, aber da gerade die Pausenglocke bimmelt, wird die Sache wohl stimmen. Die Klassenkameraden allerdings glauben, daß Reichel spinnt.

Wochen später dann große Aufregung in der Erdkunde. Hans muß vortreten und sich neben das Lehrerpult stellen, während Herr Neswig ein Zeitungsblatt entfaltet.

Da steht: In Hamburg hat der Führer das modernste Ferienschiff vom Stapel gelassen. Für die KdF, das heißt Kraft durch Freude und ist die NS-Freizeitorganisation, wo man für fünf Mark auch die Volkswagen kaufen kann. KdF will dem deutschen Arbeiter Urlaub und Erholung vermitteln, in aller Welt. Überall wo's schön ist und wo Palmen stehen! An Bord des neuen Schiffes gibt es nur Musik und Tanz und gute Laune! Es war einmal ein treuer Husar, singen sie, und Kornblumenblau zum Schunkeln! Und auf welchen Namen hat der Adolf Hitler diesen Vergnügungsdampfer wohl getauft?

Hans hat keine Ahnung.

Auf den Namen WILHELM GUSTLOFF hat er es getauft! sagt Herr Neswig. Auf seinen toten Kameraden, den die Juden umgebracht haben in der Schweiz, auf den berühmten Wilhelm Gustloff, von dem uns Hans erst neulich erzählt hat! Stimmt's, Hans?

Der deutsche Arbeiter erholt sich jetzt also auf einem toten Helden der Bewegung, erschossen vom Weltjudentum, gefallen für Führer und Reich, und Hans hat recht bekommen mit seinem Ermordeten, das macht ihn ziemlich stolz. Die Zensuren werden davon zwar nicht besser, aber es hebt das Ansehen.

*

Und wieder eine Einladung, diesmal zum Sonntagsessen bei Herrn Fietze, Fleischermeister. Keine bekloppte Tochter. Sechs Waisen hat er eingeladen. Etwas ältere bitte.

Große Vorfreude auf Schnitzel, Koteletts und Bouletten. Aber bevor es zu Tisch geht, spricht der Meister ein wenig über sich selbst. Nicht ohne Stolz.

Seine Fleischerei liegt nämlich in einer Seitenstraße. Hauptstraße wäre besser, da hat man noch die Laufkundschaft dazu. In einer Seitenstraße muß man sich mehr Mühe geben, kämpfen muß man da, wenn man Erfolg haben will. Richtig kämpfen – mit den Waffen des Handwerks.

Also erstens mit der Qualität, das ist klar. Nur bestes Fleisch in der Seitenstraße, und bei der Wurst ein paar echte Spezialitäten. Seine Thüringer Rote ist berühmt, seine Mettwurst ist eine Delikatesse und sein Preßsack wird besonders in den Ausflugsrestaurants gerne angeboten, weil er so günstig ist. – Bei Preßsack lacht Lude, und Hans tritt ihm vors Schienbein.

Die zweite Waffe ist die Dekoration. Sie soll den Volksgenossen ansprechen, soll ihm Appetit und gute Laune machen. Nur frische Sachen kommen ins Schaufenster, zwei große Blumentöpfe als Seitenschmuck, kein gelbes Blatt daran und keine Blüte hängt nach unten. Ein Schweinekopf aus Pappmaché, weil der appetitlicher aussieht als ein echter, aber jeden Tag mit Petersilie und Radieschen garniert und mit frischen Spitzbeinen umlegt. Ein Schinken, ein Rollbraten und aus den Würsten sind kleine Pyramiden gebaut.

Dritte Waffe Hygiene, Volksgesundheit. Pieksauber alle Fliesen und erbarmungsloser Kampf gegen Insekten und Ungeziefer. Ein fetter Brummer gehört nicht auf das Hackfleisch, sondern an den Fliegenfänger, da kann er sich zu Tode zappeln, wenn er erstmal festklebt. Hygiene! Und bevor die Sonne draufscheint – im Sommer ab elf – wird die Markise heruntergeleiert.

Die Jungen sind beeindruckt. Genau zwischen zwei Fliegenfängern hängt ein Bild, die Vergrößerung einer Fotografie, die Herr Fietze in Nürnberg geknipst hat, mit seiner Agfa-Box: Der Führer stehend im vorbeifahrenden Auto, wie er grüßt. Nicht ganz in der Mitte und ein bißchen verkantet, aber dafür genauso selbstgemacht wie das Griebenschmalz in der großen Bunzlauer Schüssel. Und die Leute auf dem Foto jubeln dem Führer zu, nur vorne etwas unscharf.

Herr Fietze war schon in der Kampfzeit ein Anhänger von Adolf Hitler, da haben die Sozis und die Kommunisten bei ihm natürlich nicht gekauft. Aber inzwischen ist er Blockleiter der NSDAP und für die ganze Gegend verantwortlich. Ehrenamtlich, natürlich. Die Blockwalter und Parteigenossen in seinem Bereich sind ihm unterstellt. Er muß aufpassen, daß alle Leute ihre Wohnungen beflaggen, wenn der Führer Geburtstag hat, daß keine schlechten Gerüchte verbreitet werden und daß überhaupt alles so in Ordnung ist, wie die Partei es möchte. Vor allem Volksschädlinge müssen bekämpft werden, genauso wie die Insekten.

Seitdem er so kämpft, ist sein Geschäft richtig in Schwung gekommen. Jetzt hat er außer dem Lehrling einen Gesellen, und dessen Verlobte hilft im Laden stundenweise aus. So gut geht der. Und neben der Eingangstür flattert immer eine kleine deutsche Hoheits-Flagge. Nur donnerstags hängt dort die Schlachtefahne. Statt Hakenkreuz dann Frische Blut- und Leberwurst.

Die Jungen denken mehr an Schnitzel, Koteletts und Bouletten, sie werden langsam etwas kribbelig. Und nun zu Tisch. Na endlich.

Im Korridor steckt hinterm Spiegel eine Foto-Postkarte, die sie vorher ganz schnell noch betrachten müssen: Ein BDM-Mädchen hält ein Kälbchen fest, das einen schwarzen Kopf mit weißer Stirnlocke hat. Und diese Stirnlocke sieht nun fast genau aus wie ein Hakenkreuz. Darunter steht: *Ein Zeichen der Zeit als Naturwunder.* Na sowas! – Und da muß man mit der Axt draufhauen, wenn man das Tier betäuben will, sagt Hans. Schließlich hat er einschlägige Erfahrungen.

Frau Fietze ist leider kinderlos, hat aber den Eßtisch ausgezogen. Acht Personen haben jetzt daran Platz. Die Wachstuchdecke hat sie aufgelegt, falls einer kleckert. Kann man dann schneller abwischen.

Das Essen, das es heute gibt, hat sich Adolf Hitler ausgedacht. Es heißt Eintopfessen und findet alle vier Wochen statt, am sogenannten Eintopfsonntag. Da essen alle braven Deutschen dasselbe, nämlich etwas Zusammengekochtes, ganz billig. Gemüsesuppe mit Geflügelklein zum Beispiel. Und das Geld, das sie für einen richtigen Sonntagsbraten ausgeben würden, wenn sie es hätten, das spenden sie an das WHW, das Winterhilfswerk für Bedürftige. Auch im Sommer. Also für Arme, für Alte, arme Alte, für arme alte Kranke, für Kinderreiche oder auch für Kinder im Waisenhaus, damit die wenigstens einmal in vier Wochen etwas Anständiges kriegen.

Frau Fietze schöpft Suppe auf die Teller, und Hans muß sie weiterreichen. Kein Schnitzel, kein Kotelett, keine Bouletten.

Es ist ganz stille am Tisch. Alle Jungen denken dasselbe: Weil wir hier Eintopf essen müssen, gibt's heute im Heim mal etwas Anständiges?

Der Führer darf die Hühnerstückchen übrigens rausnehmen aus der Suppe und an den Rand legen, denn er ißt leider überhaupt kein Fleisch, das nennt man Vegetarier, sagt Frau Fietze. Leider.

Naja, meint ihr Mann, der Führer ist ja auch ein Ausnahmemensch, in jeder Beziehung. Ein Übermensch. Dem Hermann Göring dagegen, dem sieht man an, daß er bei einem Eisbein bestimmt nicht Nein sagen kann. Mahlzeit.

*

Ehre und Treue, das braucht man im Jungvolk, wenn man ein guter Pimpf sein will. Und ein Braunhemd mit Dreieckstuch und Knoten, ein Koppel mit Schulterriemen, eine kurze Manchesterhose für den Sommer, Beinlänge eine Handbreit überm Knie, eine lange Überfallhose für den Winter, eine Skimütze mit HJ-Abzeichen und ein Fahrtenmesser, das man am Koppel trägt. In der Neustadt gibt es einen Braunen Laden, ein Spezialgeschäft für alle Partei-Uniformen, da liegt das alles im Schaufenster. Leider ist es nicht billig. Mit Brötchenaustragen kriegt man das nicht zusammen.

Oben in der Dresdner Heide machen sie ihre Geländespiele. Zwei Gruppen Pimpfe bekämpfen sich da wie im richtigen Krieg. Beobachten, tarnen, anschleichen, angreifen. Die einen haben rote Wollfäden um die Ärmel gebunden, die anderen blaue. Rot gegen Blau. Wer sich nicht anständig kloppt, ist feige, und wem der Lebensfaden abgerissen wird, der ist tot, der darf nicht weiter mitkloppen.

Waschlappen oder Muttersöhnchen, die vor jedem Schwinger Schiß haben, reißen sich ihre Lebensfäden heimlich selber ab. Aber wer dabei erwischt wird, der kriegt Kameradenkeile. Schinkenkloppen, wenn er Glück hat, oder alle anderen treten ihm in den Hintern, und vierzig Arschtritte sind eine ganze Menge. Zur Strafe muß er auch noch seinen Knoten abgeben, und sein Fahrtenmesser darf er eine Zeitlang nicht tragen. So lange hat er keine Ehre mehr. Nur noch die Treue.

Hans würde kämpfen wie ein Löwe, aber er darf ja nicht – ohne Uniform. Und ohne Pimpf zu sein. Auch nicht, wenn sie auf große Fahrt gehen. Mehrere Tage sind sie dann unterwegs, waschen sich in Seen und schlafen im Wald in Rundzelten. Lagerfeuer, Mundharmonika und Gulaschkanone, Lieder singen und ganz lange aufbleiben dürfen.

Besonders schön sind die Aufmärsche an den großen Feiertagen. Vorneweg SA und SS und NSDAP-Hoheitsträger, dann NS-Kraftfahrkorps, NS-Fliegerkorps, NS-Reiterkorps, HJ und BDM, Jungvolk und Jungmädel. Spielmannszüge, Landsknechtstrommeln, Fanfaren, Standarten und Fahnen, Fahnen, Fahnen. Pfundig!

Die untersten Führer heißen Hordenführer, und so einer ist Kletsche aus Hans' Klasse. Zweimal sitzengeblieben, aber groß und strohblond. Er darf eine Fähnleinfahne tragen, ein schwarzes Riesending.

Hans sieht, wie vor dem Wehrkreiskommando in der Bautzner Straße unter vielen Volksgenossen auch Lehrer Kirchner steht, und als sein Schüler an ihm vorbeimarschiert, da grüßt er ihn stumm und feierlich mit der erhobenen Rechten. Das ist am Sonntag.

Am Dienstag gibt er Hausaufsätze zurück, als letzten den von Kletsche. Dreiundzwanzig Fehler, zwei Tintenkleckse und einen Fettfleck. Kirchner holt den Fahnenträger nach vorne und versohlt ihm den Hintern, nennt ihn Dämlack und Pachulke!

Kletsche hat die Augen voller Tränen, paßt aber auf, daß keine runterkullert. Ein Pimpf kennt keinen Schmerz, wie ein Indianer. Hans ist fassungslos. Vorgestern noch so, und heute gleich so?

Der hat am Sonntag nicht mich gemeint, sondern die Fahne, sagt Kletsche, die hat er gegrüßt. Es gibt ein Lied von den hellen Fanfaren, vorwärts, vorwärts schmettern die, Jugend kennt keine Gefahren. Und das hört hinten so auf: *Wir marschieren für Hitler durch Nacht und durch Not. Unsre Fahne ist mehr als der Tod.* – Hans begreift, daß manche Dinge schwer zu begreifen sind.

*

Auch mit dem deutschen Gruß ist es so eine Sache.

Eines Morgens hat Hans in der Schule Tafeldienst, da muß er vor der ersten Stunde den Schwamm auswaschen, der stinkt schon ganz muffig. Der Wasserhahn ist im Klo, also kann er bei der Gelegenheit schnell noch pinkeln.

Die Pendeltür schwingt auf, Herr Neswig kommt herein mit dem Hausmeister, der das Abzeichen der Deutschen Arbeitsfront am Arbeitskittel trägt. Er zeigt auf die Schweinereien an der Wand: Mit dem Taschenmesser in die Ölfarbe gekratzt, diese Drecksbengels! – Und falsch geschrieben auch noch. Wenn schon, dann mit F natürlich!

Hans möchte die beiden grüßen, wie es sich gehört, kann aber nicht so schnell abbrechen. Also muß er umgreifen, die nunmehr freie Rechte emporreißen, die Hacken zusammenschlagen, den Oberkörper leicht zur Seite drehen und unten noch in die Rinne treffen: Heitler!

Der Hausmeister nickt verärgert zurück, aber Herr Neswig winkt ab: Dabei nicht. Beim Wasserlassen ist der Hitlergruß nicht üblich. Überleg' mal, was du eben angefaßt hast. Darüber würdest du dich auch nicht freuen, wenn du der Führer wärst. Stimmt's, Hans?

Eine Frage zum Nachdenken. Er schaut an sich herunter: Wenn ich der Führer wäre ...

Es klingelt zur Rechenstunde.

Solche Sauereien wie da drüben hat Hans übrigens noch nie an eine Wand geschrieben. Er zeichnet immer noch Zeppelis. Oder höchstens mal eine Wybert-Pastille mit Mittelscheitel.

*

Und wieder eine Einladung. Diesmal nicht zum Eintopf, sondern zu einem Fest. Zum Erntedankfest.

Und nicht nur sechs Jungen sollen kommen, sondern alle, das ganze Heim, und Herr Vater mit Frau Mutter und die Erzieher. Auf das Gut Wulfenstein, außerhalb der Stadt hinter Heidenau.

Von der Kaserne kommt ein Friseur und schneidet die Jungen. Frau Mutter ordnet jedem ein helles Oberhemd zu. Wer zweie hat, muß eins verleihen. Hansens gute Hose wird sogar chemisch gereinigt. Chemisch! Das ist wie Waschen ohne Wasser, aber mit Flecken raus. Nach dem Frühstück geht die Reise los: bis Kleinsedlitz mit der Straßenbahn, dann noch ein ganzes Ende zu Fuß.

Leider läuft auf dieser Strecke keiner von den großen Hechtwagen, die auf der Linie 11 stromlinienförmig zum Weißen Hirsch fahren. Wäre noch zackiger gewesen. Statt dessen müssen die Jungen während der Fahrt vor Herrn Vater einen Diener üben. Einer nach dem anderen, schön runter mit dem Kopf. Und laut und deutlich den Namen sagen. Aber nur, wenn man euch anspricht. – Und Heil Hitler, vorher oder nachher? – Gar nicht. Höchstens Gudentach sagen. Sonst nichts, und brav die Gosche halten, wenn Erwachsene reden.

Herr Heinitsch heißt der Mann, dem das Gut gehört und der sogar die Straßenbahn bezahlt. Für den Erntedankgottesdienst hat er einen eigenen Pastor. Er ist ein Industriebesitzer mit Werken in Dresden und Deutschland und überall in der Welt, sogar in Amerika und China. Dabei war auch er mal ein Waisenkind. *Meine Wiege stand in der Armutei*, hat er in seinem Buch geschrieben. Erst war er im alten Heim in der Luisenstraße, dann kriegte er eine Schusterfamilie als Pflegeeltern, vier Jahre Schlosserlehre, und widmete sich danach dem Aufbau eines Unternehmens der holzverarbeitenden Industrie und für alles Mögliche. Alles nur mit Fleiß und Tüchtigkeit, sagt der Erntedankfest-Pastor.

Ein riesengroßes Gut, eigentlich ein Schloß, und das ganz alleine geschafft, ohne Vater und Mutter! Aus Dankbarkeit lädt er nicht nur das Waisenhaus ein, sondern auch alle Leute, die für ihn arbeiten. Hunderte sind das, da ist vielleicht was los! Und trotzdem kriegt jeder nach Nun danket alle Gott ein warmes Essen und hinterher Kuchen, Kakao und Himbeersaft. Nichts gegen den Führer mit seinem Eintopf, aber Industrie ist schöner.

Er hat zwei Jungen, der Georg Heinitsch, und sein großer Sohn heißt Georg Junior und ist Diplom-Ingenieur und Betriebsdirektor in dem Unternehmen. Der hat für seinen Vater eine Werksanlage ausgerechnet in St. Gallen errichtet und dabei seine Frau kennengelernt. Hans könnte mit ihr schwyzerdütsch reden, aber er kann es nicht mehr. Nicht mehr richtig gut. So ein Zufall! Natürlich fragt Hans sie sofort nach dem Essen, ob sie in St. Gallen Familie Güggeli kennt. Sie ist sich nicht ganz sicher.

Herr Vater steht neben Heinitsch Senior, beide lächeln.

Georg, den nimmst du! sagt der Alte zu seinem Sohn und zeigt auf Hans. Der Junior schaut seine Frau an und die sagt ja.

Er nimmt mich – wozu? fragt Hans den Herrn Vater, als sie wieder alleine sind.

Als Mündel, er wird dein Vormund. Heut ist ein Glückstag für dich!

*

Der nimmt mich? Glückstag?

Warte ab, du wirst schon sehen, sagt Frau Mutter. So etwas geht übers Jugendamt und dann zum Gericht, das wird noch ein Weilchen dauern, aber dann ... Sie lächelt vielversprechend.

Gericht? Wieso denn? Aber lieber nicht weiter nachfragen, nichts kaputtmachen. Nicht, daß der sich das noch einmal anders überlegt. Bloß nicht daran rühren.

Alles verschwimmt, als ob er träumt: die vielen Menschen, das Gut, das Schloß, der Park, die Terrasse, die Dienstmädchen, die Kellner, das viele Geschirr, die prächtigen Gläser mit dem Himbeersaft, der Duft von Kaffee und Zigarren.

Daß man ohne Eltern so reich werden kann! Ein guter Schüler sein, klar. Fleißig. Sauber. Schlosserlehre. Und wenn man sehr fromm ist, ob das auch hilft?

Daß irgend etwas nicht stimmt mit den Eltern, besonders mit seiner Mutter, das weiß er seit langem. Eigentlich. Innerlich weiß er das. Aber eben nur innerlich. Beweise gibt es keine.

Bei allen ist irgendwas mit den Eltern, bei allen Jungen, mit denen Hans zusammenlebt. Und meistens ist es ziemlich scheiße. Sagt man zwar nicht, ist aber so. Dabei wäre Hans so gerne eine Ausnahme im Heim, ist er aber nicht.

Schön, manche haben tote Eltern. Das ist dann ganz besonders scheiße, weil sich daran nichts mehr ändern läßt. Aber seine Eltern sind nicht tot, die wollen ihn bloß nicht haben, das ist es. Können ihn nicht gebrauchen im Ausland, oder wo sie gerade sind. Vielleicht auch im Gefängnis? Dann wäre es sowieso besser, wenn man es nicht weiß. Oder suchen sie ihn doch noch und können ihn nur nicht finden?

Das alles war ihm nie egal, im Gegenteil, jeden Tag hat er daran denken müssen. Aber jetzt, wo der Heinitsch ihn nimmt, da könnte es ihm doch ein bißchen egaler werden, da wird es vielleicht sogar zum Vorteil. Denn wenn seine Eltern da wären, dann würde der ihn doch niemals nehmen!

Oder die Frau mit der weichen Bluse und ihr Mann mit dem Buckel: Wenn die ihn genommen hätten, dann wäre er auch nie zu Heinitsch gekommen.

Erst war alles ein Pech, und jetzt wird plötzlich ein Glück daraus.

*

Die Jungen betreten und verlassen das Heim durch einen Seiteneingang. Da hängt ein Spiegel. Darunter an einem Dreierhaken Haarbürste, Kleiderbürste und Schuhbürste. Schweine nehmen die Haarbürste für die Schuhe. Hans hat die Dinger nie benutzt, außer wenn zufällig jemand hingeguckt und ihn dazu aufgefordert hat. Jetzt bürstet er sich freiwillig: Haare, Jacke, Schuhe. Nie mehr liederlich!

Die Bäckerin sieht zwar immer noch aus wie ihr schönster Streuselkuchen, geht ihm aber langsam auf die Nerven. Bis die etwas erzählt hat in ihrem sächsischen Singsang. Als ob er ewig Zeit hätte. Und die Kuchenränder in der Tüte sind auch immer die gleichen. Selbst wenn sie ihm ein Kräppel dazu schenkt, das sie extra für ihn aufgehoben hat. Ob es Herrn Heinitsch überhaupt recht ist, daß er Brötchen austrägt?

Im Heim war er immer ein guter Futterer. Bei Kartoffeln: schnell pellen, schnell essen, Nachschlag. Sonntags, wenn manchmal auf Platten angerichtet ist, dient das Tischgebet zur Fleischbeschau: Komm,

Herr Jesus, wo ist das größte Stück – und bei bescheret hast muß man es gefunden haben. Amen. Anfassen, gesegnete Mahlzeit, und wer als erster losläßt, kann als erster zustechen. Mit der Gabel. Daran hat Hans jetzt keinen Spaß mehr. Er wird kiesätsch und muksch. Findet jedes Haar in jeder Suppe, meckert über Portionen und Qualitäten und über die Köchin.

Wenn er in Gedanken ist, träumt er von Gut Wulfenstein. Und wer ihn dabei stört, wird angefaucht oder kriegt eine an den Nischel. Hinterher tut's ihm leid. Aber auf seinem Konto gibt es auch reichlich Ohrfeigen, die er grundlos eingefangen hat. Von denen streicht er dann eine weg.

Schlosserlehre, vier Jahre, und dann Fabrikant? Oder Diplom-Ingenieur wie Heinitsch junior? Das muß man an der TH studieren, und dazu braucht man Abitur und Oberschule. Ins Jungvolk müßte man natürlich auch. Am besten Zugführer werden, mit einer grünen Schnur an der Uniform.

Das Pult seiner Schulbank richtet er schon wie einen Schreibtisch ein. Hefte und Bücher im rechten Winkel zur Tischplatte, Stifte und Federhalter ausgerichtet in die kleine Rinne, Tintenfaß aufgefüllt. Fast wie bei Herrn Vater.

Er beteiligt sich jetzt mehr am Unterricht, was den Lehrern gefällt. Er quatscht aber auch mehr dazwischen, was ihnen nicht so gefällt. Bessere Zensuren kriegt er deshalb nicht.

Wenn er besonders zackig aussehen will, kämmt er sich die Haare naß.

*

Das Kind adelt die Mutter. Steht an der Tafel.

Es gibt in Deutschland einen Tag der Machtergreifung, einen Führergeburtstag, einen Tag der Arbeit, einen Buß- und Bettag, einen Tag der Bewegung, einen Karfreitag, einen Tag der Briefmarke, einen Tag der Wehrmacht, Weihnachten, Ostern, Pfingsten, Totensonntag, Silvester und einen Muttertag.

An dem muß man als Kind seine Mutter besonders liebhaben, ihr den Abwasch abnehmen, Kohlen raufholen und etwas schenken, was man selber gemacht hat. Wenn die Mutter kinderreich ist, kann man ihr mit den ganzen Geschwistern auch das Frühstück ans Bett bringen, ein eingeübtes Lied anstimmen und danach bei den Windeln helfen.

Als Geschenk häkeln die Mädchen gern einen Topflappen mit einem Hakenkreuz in der Mitte, Jungen basteln mit der Laubsäge einen Anhänger für den Kellerschlüssel, der aussieht wie ein Hoheitsadler.

Wenn eine Frau eine gute Mutter sein will, kriegt sie jedes Jahr ein Kind. Dafür bekommt sie vom Führer einen Orden, der ist ein Kreuz, vorne mit Hakenkreuz, und hintendrauf steht: *Das Kind adelt die Mutter.* Allerdings gibt es den Orden nicht fürs erste Kind, nicht fürs zweite oder dritte, sondern erst ab dem vierten in Bronze, ab dem sechsten in Silber, und ab dem achten in Gold. Die frisch geborenen Kinder müssen lebendig und gesund sein, körperlich und geistig gesund, sonst adeln sie leider nicht. Sagt Herr Kirchner.

Also die bekloppte Tochter von Frau von Bindow zählt nicht, auch wenn sie sonst sehr nett ist, und daß Kinder bei der Geburt schon sterben können, ist für Hans eine unangenehme Neuigkeit. Hat er aber Glück gehabt in St. Gallen, bloß nicht daran denken.

Als die Orden das erste Mal am Muttertag verteilt werden sollen, merkt der Führer, daß es über fünf Millionen Frauen gibt, die einen kriegen müßten, und so viele Kreuze hat er noch gar nicht fertig. Also werden erstmal die Mütter über sechzig ausgezeichnet, weil die früher sterben, und die jüngeren müssen noch warten bis zum Erntedankfest. Herr Kirchner sagt, daß das nicht schlimm ist, weil Geburt und Ernte ist eigentlich sowieso dasselbe. Das eine in der Natur, das andere in der Familie.

Nun werden die Frauen aber im Unterschied zum Getreide mit den Frontsoldaten gleichgeschaltet, weil sie beim Kinderkriegen ja auch ihren Körper einsetzen müssen und verwundet werden können. Für Führer, Volk und Vaterland. Davon haben sie viele Vorteile.

Mutterkreuzmütter müssen bei öffentlichen Veranstaltungen daher sofort einen Stuhl kriegen, auch in der Straßenbahn dürfen sie sich immer hinsetzen, an eine Schlange müssen sie sich nicht hinten anstellen, und alle Hitlerjungen grüßen sie mit einer Ehrenbezeugung. Warum das Bezeugung heißt? Das heißt eben so.

Hans denkt nach über Kirchners Erklärung. Ob seine Mutter weiß, daß er sie geadelt hat? Wenn sie das wüßte, würde sie sich vielleicht eher melden. Aber wie soll man's ihr sagen? Oder könnte man sie anlocken, wenn es das Goldene schon fürs Erste geben würde?

Auch im Konfirmandenunterricht wird der Muttertag behandelt. Der Pfarrer sagt, daß es bei den Geschenken nicht so sehr auf die Geschenke ankommt, sondern wie sie gemeint sind. Den Müttern ist am wichtigsten, was die Kinder ausdrücken wollen durch ihre Geschenke. Beispiele?

Fürsorglich und damit doppelt schenkt,
wer an die Gesundheit seiner Lieben denkt.

Das hat Hans von einem ODOL-Plakat. Gefällt dem Pastor schon ganz gut.

Andere sagen, daß man beim Schenken immer das vierte Gebot hochhalten muß. Gefällt dem Pastor noch besser.

Aber Hans hat auch damit Probleme: Vater und Mutter ehren, auf daß dir's wohlgehe und du lange lebest auf Erden ... also lebt man kürzer, wenn man sie nicht ehrt? Wie kann man denn jemand ehren, wenn man ihn gar nicht kennt? Auf Verdacht, sozusagen?

Ein Glück, daß es Jesus Christus gibt und daß der gestorben ist für alles, was die Menschen auf dem Konto haben. Das bringt der damit wieder in Ordnung, bei seinem Herrn Vater. Muß man nach der Konfirmation allerdings gleich zum Abendmahl und ein Schlückchen Wein trinken. Ganz wenig. Alle nacheinander aus demselben Becher. Und der Pfarrer dreht den immer ein bißchen weiter, daß man mit dem Mund nicht an die Spucke vom Vorgänger kommt. Wegen der Ansteckung.

Wenn aber die Vergebung der Sünden nur funktioniert, wenn man die zehn Gebote vorher befolgt hat, und wenn man das vierte nicht einhalten kann, weil man nicht weiß, wen man ehren soll, und wenn man dadurch auch noch früher stirbt und trotzdem ein volles Konto hat? Hans kann nur hoffen, daß Jesus in seinem Fall ein Auge zudrückt. Hat er ja auch früher schon gemacht, im Neuen Testament.

Klassenkameraden sagen das vierte Gebot anders, wenn der Pfarrer nicht dabei ist:

Vater und Mutter sollst du ehren,
und wenn sie dich hauen, dann mußt du dich wehren.

Die haben gut lachen! Und zum Mutterkreuz sagen manche Karnickelorden, das findet Hans schon fast kommenistisch.

Irgendwo steht ein Denkmal für den unbekannten Soldaten. Wenn es eins für die unbekannte Mutter geben würde, dann könnte man da ein paar Blumen hinbringen, um sie zu ehren. Nicht selbstgemachte, aber selbstgepflückte. – Sicherheitshalber.

*

Zäh wie Leder, hart wie Kruppstahl und flink wie die Windhunde! So sollen deutsche Jungen sein. Auch wenn sie Handwagen mit Schweinefutter durch Dresden ziehen. Bei Regen und bei Glatteis. Hans ist gewissenhaft, und Sprüche nimmt er sehr ernst.

Als er unterwegs mal dringend muß, fegt er am Neustädter Markt in ein öffentliches Klo rein. Ein Pfennig liegt da einsam auf der Untertasse, die auf einem kleinen Tischchen steht, der Köder-Pfennig zum Anlocken. Und daneben ein kleines Kuchentablett aus Pappe, mit Kopierstift beschriftet:

Wer Ordnung liebt und Reinlichkeit
der gibt auch gern 'ne Kleinigkeit.
Für die Klofrau.

Das findet Hans vernünftig und gerecht. Sobald er etwas mehr hat, wird er Geld hierher bringen. Fest versprochen.

Juden unerwünscht! steht an einer Gastwirtschaft. In einer Zeitschrift für Erwachsene liest Hans die Warnung:

Trau keinem Fuchs auf grüner Heid
und keinem Jud bei seinem Eid.

Und Werner hat von seiner letzten Jungvolk-Fahrt ein neues Tischgebet mitgebracht. Nicht mehr Komm Herr Jesus, sei unser Gast, sondern: *Der Jude ist ein Schwein, haut rein!* – In den Juden? – Nein, ins Kochgeschirr. Reinhauen heißt kräftig zulangen.

Hans möchte diesen Spruch im Heim einführen, aber Herr Ehrlich winkt ab: Wo Schweine gefüttert und geschlachtet werden, da paßt der nicht.

Gibt es in Dresden eigentlich richtige Juden?

Doch, sagt Werner, da drüben, ein paar Häuser weiter! Er zeigt auf die andere Straßenseite.

Da liegt eine kleine Uhrmacherwerkstatt, drei Stufen unterm Gehweg. Noch nie aufgefallen, wo er doch schon oft daran vorbeigegangen ist, hin und zurück.

Da sitzt einer drin. Den kannste dir ja mal angucken, aber trauste dich nicht. Oder? – Nun muß er.

Im Fenster spiegelt sich die Straße. Hans drückt die Nase fast gegen die Scheibe, das Seitenlicht muß er mit der flachen Hand abdecken: Kein Schaufenster, kein richtiger Laden, mehr eine Werkstatt. Nichts Modernes, Drei-Mark-Taschenuhren, Thiel, dazu passende Staubschutz-Etuis mit Zelluloid-Fenster für Bauern und Arbeiter. Wand- und Kuckucksuhren. Am lustigsten noch die Wetterhäuschen für Sonnenschein und Regen mit Thermometer in der Mitte.

Der Mann am Tisch hat ein kurzes schwarzes Rohr ins rechte Auge geklemmt und fummelt tief gebeugt mit spitzem Messer an irgendwas herum. Plötzlich schaut er auf und Hans direkt ins Gesicht. Das kleine Rohr ist eine Lupe, und einen Wischer lang sieht Hans in ein übergroßes jüdisches Auge, während das andere ganz zusammengekniffen ist. Unheimlich. Hans haut ab.

Angst gehabt? fragt Werner.

Ich doch nicht, er! Er guckt so komisch, ich glaube, er hat Schiß! – Feige ist er. Alle Juden sind feige und stinken nach Knoblauch. – Aha. Und wie stinkt Knoblauch? – Weiß ich auch nicht, das haben nur Juden.

Ein anderer feiger Jude namens Herschel Grünspan schießt am 7. November 38 auf einen Freund von Adolf Hitler in Paris, und damit ist das Maß nun endgültig voll.

Die Jungen im Waisenhaus merken nichts davon, wie SA und SS sich in der Reichskristallnacht austoben. Sie hören nur von brennenden Judenkirchen und vom gerechten Volkszorn, und sie sehen auf dem Schulweg, wie der Uhrmacher vor seinem Laden Scherben zusammenfegt. Seine Frau bringt den Eimer weg und heult.

Kein Mitleid, das hätten sie sich vorher überlegen sollen! Und Hans erinnert an Wilhelm Gustloff in der Schweiz, auf dessen Schiff die Arbeiter jetzt erholt werden, wie der auch von einem Juden ermordet wurde.

Herr Kirchner hat dem Führer zwar keine Vorschriften zu machen, aber bisher war der viel zu gutmütig mit der Mischpoke. Viel zu edelmütig nach allem, was die uns angetan haben. Endlich, endlich wird jetzt mal durchgegriffen. Raus mit dem Pack! Dahin, wo sie hergekommen sind! Ein Volk, das Jesum Christum umgebracht hat!

Jes*um* Christ*um*? – Das ist der Wenfall. Herr Kirchner wollte ursprünglich Gymnasiallehrer werden, aber durch den Weltkrieg und die Inflation hat er wie viele andere Volksgenossen eben Opfer bringen müssen. Und wer hat sich an der Verarmung des deutschen Volkes scham- und hemmungslos bereichert?

Der Jude! brüllt die Klasse.

Mittags auf dem Heimweg sieht Hans, daß die Fenster beim Uhrmacher mit Brettern vernagelt sind. Ein paar Wochen später zieht ein Schuhmacher in den Laden. Ein sogenannter Arier.

Arier sind im Gegensatz zu Juden ganz normale Deutsche mit Sitte und Anstand. Nicht so reich wie die Juden, aber ehrlich. Und stinken nicht.

*

Konfirmandenunterricht, Kleiner Katechismus, viertes Hauptstück, das Sakrament der heiligen Taufe. Zum ersten: Was ist Taufe?

Taufe ist vorbei, sagt Hans leise, daran ist eh nichts mehr zu ändern.

Hast du auch 'ne Eisenbahn? flüstert Hugo zurück. – Nee. – Willste meine mal sehen?

Hugo gehört zu den Konfirmanden, die zur Oberschule gehen. Er kann schon ziemlich viel Englisch, lebt in einer riesengroßen Wohnung mit Balkon, und sein Vater ist Reichsbahnrat. Rat, nicht Rad. Dadurch kann die ganze Familie umsonst verreisen, von der Nordsee bis zu den Alpen, kostet nischt. Seine Schwester war früher mal ganz nett, aber seit sie ihre Titten hat, gibt die nur noch an. Besonders an gewissen Tagen, sagt Hugo, da schreit die rum und denkt, sie ist was Besonderes.

Hugo hat Märklin, Spur O, elektrisch. Vier Loks, zwei Trafos und über zwanzig Wagen. Auf einem Güterwagen ist ein Ziegenbock drauf, der Bier trinkt. Reklame für GAMBRINUS. Ein großer Persilkarton ist voll mit Schienen und Weichen.

Mensch, sagt Hans, mein lieber Mann! – Aber aufbauen geht nicht, da will Hugos Vater immer dabeisein. Na denn nicht.

Die größte Märklin-Bahn in Deutschland hat übrigens Hermann Göring, sagt Hugo. Der rangiert damit immer zwischen dem Regieren. – Hans sagt nichts dazu, aber alles kann man ihm nun auch nicht vorflaxen.

Hugos Mutter hat ein Grammophon, und weil sie gerade nicht zu Hause ist, spielt Hugo ein paar Platten vor, und Hans darf das Ding mit der Kurbel aufziehen.

Erst singt aus dem Trichter ein Herr, daß er immer eine Uhr bei sich hat, wenn er steht oder geht. Dann kommt Lache Bajazzo. Danach macht Hugo eine frische Nadel in den Tonarm und schenkt Hans die alte. Auf der nächsten Platte behauptet ein Tischler, daß das Schicksal wie ein Hobel ist und alle Menschen gleich macht. Am lustigsten singt aber einer mit ganz tiefer Stimme, ein Baß, der unten anfängt und erst später höher wird. Weil er als Büblein-klein schon aus der Mutterbrust getrunken hat, ist das Trinken seine Lust geworden.

Hans singt mit. Hugo muß lachen, weil es so ulkig klingt. Er hebt den Tonarm ab und setzt ihn zurück, immer wieder, und Hans probiert immer wieder von neuem. Bis ein Mädchen in der Türe steht.

Hugos Schwesters Titten sind für Hans eine Enttäuschung. Sie trägt zur BDM-Kluft die braune Affenjacke, und da kann man nichts erkennen. Daß ihr Bruder wieder heimlich am Grammophon rumspielt, will sie abends der Mutter sagen, und Hans scheint für sie Luft zu sein. Worauf der beiläufig wissen läßt, daß er demnächst nach Gut Wulfenstein umzieht, da spielt auf der Terrasse sogar eine lebendige Kapelle.

Hugo haut seiner Schwester die Tür vor der Nase zu, sagt blöde Zicke, räumt aber die Schallplatten sogar noch ordentlicher auf, als sie vorher waren.

*

Ein stiller Gönner ist jemand, der Gutes tut, aber heimlich. Damit man sich nicht mal bedanken kann. Auch wenn man gerne möchte.

Frau Mutter fährt mit den sechs Jungen, die Palmsonntag eingesegnet werden sollen, zum Schneider. Jeder kriegt einen Konfirmandenanzug angemessen. Die ersten langen Hosen mit Bügelfalten.

Anschließend geht's in ein feines Schuhgeschäft, wo man auf einen Durchleuchtungsapparat steigen darf. Wenn man da von oben in eine Blechtüte guckt, kann man auf einem kleinen Bildschirm selber sehen, wie die Füße unten in die neuen Schuhe passen. Knochen, Fußnägel, Sohlenränder und die Ösen für die Schnürsenkel. Nur ob die Füße sauber sind, sieht man nicht. Röntgen, angeblich. Vorne im Schuh muß immer genügend Platz sein, der Junge wächst ja noch. Hans wackelt mit dem rechten großen Onkel, und auf dem Bildschirm wackelt sofort der große Zeh vom Fußgerippe. Also echt, tatsächlich.

Dann noch Oberhemden, und als Zugabe von dem Herrenausstatter für jeden Jungen eine schwarze Fliege umsonst, alles andere bezahlt der stille Gönner.

Herr Heinitsch?

Frau Mutter zuckt ahnungslos die Schultern und lächelt vielsagend. Aha. Hans findet das übertrieben: Warum zahlt sein Vormund auch noch die Sachen für die anderen? Na egal, Hauptsache es klappt.

Als Hans sich einige Tage später bei Herrn Vater ein paar Schläge abholen will, reine Routinesache, bleibt der Stock im Schrank, und Blaschke zeigt strahlend auf einen Brief: Es hat geklappt.

Endlich. Hans grinst, muß schlucken, und weiche Knie hat er auch. Wann?

Wart's ab!

*

Was ist ein Obereunuch in Peking? – Ein Vorgesetzter ohne Eier, sagt Manne leise. Egal. Aber er spricht sehr hoch, der Obereunuch.

Immer nur lächeln, Dein ist mein ganzes Herz, Meine Liebe, deine Liebe – die auf der Bühne singen sich die Seele aus dem Halse, einer schöner als der andere. Wenn Hans eine Melodie kapiert hat, versucht er mitzusingen. Leise, aber beharrlich. Bis ihm von hinten jemand ins Genick haut. Auch egal.

Diese bunten Kostüme! Und die prächtigen Zimmer, wenn der Vorhang aufgeht! Das Stück spielt erst in der Ostmark, als sie noch Österreich hieß, und später ist auf der Bühne der Kaiserpalast von China. Alle mit Schlitzaugen angemalt, im Bademantel, gelbe Rasse. Manche trotzdem ganz nett. Das Land des Lächelns, wie es eben leibt und lebt. Von Apfelblüten einen Kraaa-hanz ...

Die Kapelle spielt unter der Bühne, unsichtbar. Nur den mit dem Taktstock hat man gesehen, wie er ankam. Da hat er einen Diener gemacht und alle haben geklatscht. Außerdem gibt es eine Muschel auf der Bühne. Für Sänger, die nicht richtig gelernt haben. Da sitzt einer drin, der singt ihnen vor.

Die Waisenhausstraße in der Dresdner Innenstadt hat mit dem Waisenhaus in der Radebergerstraße gar nichts zu tun, sie heißt nur so, und ein Waisenhaus gibt es hier schon lange nicht mehr. Dafür das Central-Theater. Und das hat Freikarten ans Waisenhaus in der Radebergerstraße geschickt.

In der Pause gehen alle Leute raus, nur die Waisenknaben bleiben auf ihren Plätzen. Sicher ist sicher.

Am besten fand ich den Gustl. – Den Chinesen fand ich besser. – Lisa aber auch. – Die müßte man mal umlegen, wenn sie so singt, mit ihren Titten. – Am allerbesten war, wie er sie so ganz doll anguckt und sie tut so, als ob sie es gar nicht bemerkt, und dabei hat sie ihn genau gesehen. – Da wird die doch für bezahlt! – Na und?

Herr Ehrlich hat die Jungen begleitet, und nach dem Schlußapplaus bedankt sich Hans bei ihm für dieses schöne Erlebnis. Besonders für die Musik! – Hier im Theater hat sogar schon der berühmte Richard Tauber gesungen, erzählt Herr Ehrlich den Jungen, als wäre er dabei gewesen. Nicht ohne Stolz.

Das hört ein Dicker mit Parteiabzeichen, der gerade vorbeigeht. Richard Tauber?? Das ist ein Judenlümmel, der Tauber, der ist verboten!

Aber er trägt ein Monokel wie ein Offizier! sagt Herr Ehrlich.

Ach nee, jetzt wollen Sie diesen Itzig auch noch in Schutz nehmen, was? Mit einem deutschen Offizier vergleichen? Das wird ja immer schöner!

Herr Ehrlich weiß, daß er etwas falsch gemacht hat, und die Jungen merken, daß er das weiß. Soll er nun antworten oder lieber nicht?

In diese Stille hinein singt Hans leise, aber tröstend: Immer nur lächeln ... Da verpaßt ihm Herr Ehrlich einen Katzenkopf.

Hans spürt ganz deutlich: Eigentlich sollte der Schlag einen anderen treffen. Deshalb nimmt er ihn auch nicht so übel.

Aber danach, auf dem Heimweg, kommen ihm Zweifel. Wenn der Dicke recht haben sollte und dieser Tauber wirklich verboten ist – ob Herr Ehrlich dann die Juden heimlich gut findet? Dann wäre er ja – genau genommen – eigentlich gegen den Führer! Das Tischgebet damals, das wollte er auch nicht haben.

*

Der Palmsonntag ist nicht gerade sonnig, aber wenigstens trocken. Der neue Anzug kann also nicht naß werden auf dem Weg zum Gemeindehaus. Da ist der Treffpunkt. Alle Konfirmanden haben neue, eigene Gesangbücher, meist von ihren Eltern. Die Waisen kriegen sie als Geschenk von der Kirchengemeinde. Oben Goldschnitt.

Die Kirche ist knackevoll. In Zweierreihen schreiten die Konfirmanden hinter dem Pfarrer durch den Mittelgang zum Altarraum, erst die Jungen, dann die Mädchen. Ob Herr Heinitsch Junior auch hier ist mit seiner Frau?

Die Orgel spielt laut, wunderschön, gewaltig, der ganze Raum ist voll Musik. Lustiges Titidelideli über breiten Akkorden mit tief brummenden Bässen, und irgendwie findet das alles doch wieder zusammen zu einem feierlichen Schlußton. Sehr ernst. Der Blasebalg wird elektrisch getreten, und Hans ist ergriffen: So viel Aufwand, und er gehört dazu.

Beim Hinsetzen Bügelfalte hochziehen, sonst gibt es Beulen an den Knien. Dabei fällt das Gesangbuch runter, eine Detsche im Einband, aber es ist der feierlichste Tag, den er bisher erlebt hat. Und der wichtigste. Nie mehr Kind sein, davon hat er genug. Obwohl es manchmal auch ganz schön war, aber jetzt reicht es.

Der Konfirmationsspruch, den ihm der Pfarrer als Motto für den Rest des Lebens ausgesucht hat, steht im Brief an die Römer: *Ist es möglich, so viel an Euch ist, so habt mit allen Menschen Frieden.*

Interessant, er nimmt die Worte sehr ernst. Mit allen Menschen Frieden haben – von ihm aus gerne, was denn sonst. Aber nur, wenn es möglich ist, sagt der Spruch. Und wenn es nicht klappt, dann ist der

Frieden eben leider nicht möglich, Pech. So viel an Euch ist ... das bedeutet, man selber soll versuchen, daß es geht mit dem Frieden. Wenn die anderen Menschen aber ums Verrecken stänkern wollen, dann haben sie die Schuld. Klare Sache, dann kriegt man das auch nicht aufs eigene Konto.

Hans findet, mit seinem Spruch kann man besser leben als mit Hugos: *Alles was Ihr tut, das tut von Herzen, als dem Herren und nicht den Menschen.* Da kann man eigentlich nur noch Pastor mit werden oder Mönch oder am besten gleich Heiliger.

Nach der Einsegnung werden die anderen Jungen vor der Kirche von ihren Eltern beglückwünscht. Die Väter drücken ihnen die Hand und schlagen ihnen auf die Schultern, dann werden sie von den Müttern umarmt, dann die Mütter von ihren Müttern und Tanten und Freundinnen, als wären nicht die Kinder konfirmiert worden, sondern die Mütter. Manche haben Tränen in den Augen vor lauter Rührung, feuchtes Glück. Großes Gemähre, jede kennt jede. Irgendwie blöd.

Mehrere Frauen haben Hüte auf, an denen Schleier dran sind. Die tragen sie vor dem Gesicht und gucken durch die Netze wie die Karnickel im Stall durch den Maschendraht.

Die Waisenknaben stehen dumm herum und zupfen an ihren Anzügen. Die anderen fünfe haben Einladungen zum Essen und für den Nachmittag, von Verwandten oder Bekannten. Hans nicht. Er wartet. Aber seinen Vormund kann er nicht entdecken. Unauffällig schaut er noch einmal in die Kirche – auch nichts. Also zuckelt er mit Herrn Vater und Frau Mutter zurück ins Waisenhaus. Zum Trost soll er nachher in ihre Privatwohnung kommen. Zum Kaffeetrinken.

Blaschkes haben bemerkt, daß Hans etwas falsch verstanden hat, und das will Herr Vater nun schweren Herzens in Ordnung bringen. Er erklärt behutsam den Unterschied zwischen Vormundschaft und Adoption, zwischen Vormund und Adoptivvater. Hans kriegt zwei Kräppel und eine Tasse Malzkaffee. Dazu die Erklärung, daß mit der Vormundschaft zwar die rechtliche Fürsorge, aber keineswegs der Familienanschluß verbunden sei. Die Heinitschs seien jedoch sehr einflußreich in Dresden, und manchmal könnten gerade gute Beziehungen im Leben wichtiger sein als alles andere.

Dann einige dunkle Andeutungen über das Rätselhafte des Schicksals und über die Verschiedenheit der Menschen, die vor Gott natürlich alle gleich seien, im Prinzip, aber eben nur vor Gott, und daß es bei aller Unterschiedlichkeit vor allem auf den guten Kern ankäme, und Hans habe ja einen guten Kern, nur müsse er noch ein bißchen ordentlicher werden, und Herr Heinitsch junior könnte ihm eines Tages vielleicht mehr helfen, als man sich das jetzt vorstellen könne.

Hans kapiert: Also nicht nach Gut Wulfenstein.

Nein, das wäre auch viel zu weit draußen. Das Jugendamt hat für dich eine schöne Lehrstelle ausgesucht, hier in der Stadt. – Eine Lehrstelle? – Ja. Gleich nach der Schule geht's los. – Und dann bleibe ich hier im Waisenhaus? – Nein, dann ziehst du ins Lehrlingsheim.

Das Heilige Abendmahl ist so gelegt, daß es zwischen dem Kaffeetrinken und dem richtigen Abendbrot stattfindet. Sechs Uhr. Also wieder zur Kirche.

Wenig Musik diesmal. Und wenig Leute. Nur die Konfirmanden und ein paar Angehörige. Meistens die Mütter. Die mit Schleier am Hut schlagen ihn hoch, bevor sie an den Altar treten und niederknien.

Hans fühlt sich benommen von allem, was Blaschke ihm gesagt hat. Wie eingeschlafene Füße im Kopf. Dies ist mein Leib. Also der vom Herrn Jesus. Symbolisch. Ein ganz dünner Keks, der nach nichts schmeckt. Er muß an die Liese denken. Die haben sie damals auch aufgefressen. Und geschmeckt hat sie ihm auch nicht. Das Blut des Herrn ist weiß. Rotwein wäre deutlicher gewesen.

Dann ist das mit dem Konto plötzlich klar. Alles vergeben, sagt der Pfarrer, na gut. Eigentlich könnte er jetzt einen Brief an Frau Zerberer schreiben, daß die Sache mit dem Fünffrankenstück erledigt ist. Endlich. Denn gewurmt hat sie ihn immer noch.

Jürgen Schlüter sagt allerdings, daß es beim Abendmahl einen Haken gibt: Es gibt eine Sünde, die kein Pfarrer vergeben kann, auch wenn er's sagt, nämlich die Sünde wider den Heiligen Geist. Was das genau ist, weiß er auch nicht. Aber man merkt es erst beim Jüngsten Gericht, da wird einem das mitgeteilt. Wenn alles zu spät ist.

Na schön, aber mit dem Heiligen Geist hat Hans noch nie was zu tun gehabt. Er glaubt lieber dem Pfarrer, daß es jetzt gut ist, und damit Sense.

*

Und dann der Abschied vom Waisenhaus.

Sechs Jungen verlassen das Heim. Und ohne jede Vorankündigung erhalten sie von Frau Mutter eine Art Aussteuer: Unterwäsche, Oberhemden, Socken, Taschentücher, Pullover handgestrickt, einen Schal und warme Handschuhe. Alles liebevoll verpackt in einer Kiste, einer Truhe, wie sie sagt.

Von Herrn Vater gibt es einen Handschlag für jeden und für Hans dazu noch einen Brief, den sein Vormund geschickt hat. In dem Umschlag ein Zehnmarkschein und eine Briefkarte mit eingedrucktem Absender und guten Wünschen für die Lehre. Sein erstes Taschengeld. Das wird er von jetzt an öfter kriegen. Uff!

Die Truhe kommt ihm übrigens bekannt vor. Sie sieht genau so aus wie die Kiste, in der damals die geschenkten Bücher waren. Und wenn man sie seitlich zum Licht dreht, kann man auch noch einen Namen an der Innenwand lesen, obwohl ihn Herr Ehrlich schwarz überpinselt hat: Louise Grünstein.

1939 – 1942

Das Lehrverhältnis ist ein Erziehungsverhältnis auf der Grundlage gegenseitiger Treue zwischen einem älteren berufstätigen und zur Berufsausbildung befähigten und einem jüngeren lernbegierigen Berufsangehörigen.

Das Lehrverhältnis erhält seinen besonderen Sinn durch die Ausrichtung auf den Berufsstand: Von ihm hat der Lehrherr das Amt der Ausbildung des Nachwuchses, der Lehrling die Aufgabe, sich zu einem tüchtigen deutschen Facharbeiter heranzubilden ...

Die Lehrfirma gewährt dem Lehrling eine ... Erziehungsbeihilfe von wöchentlich RM 3,– im ersten, RM 6,– im zweiten und RM 9,– im dritten Lehrjahr. Die Hälfte dieser Beihilfe ist im Lehrlingsheim für Unterbringung und Verpflegung zu entrichten.

Die Lehrfirma liegt an einer Stelle, wo die Horst-Wessel-Straße ganz komisch riecht. Nr. 46. Kaisers Kaffee wäre ihm lieber gewesen, oder – noch besser – eine Bäckerei, eigentlich. Aber Pflicht ist Pflicht. Die Lehrzeit dauert drei Jahre.

Drinnen riecht es nicht mehr, drinnen stinkt es. Auch in dem Büro, wo er sich melden muß. *Kleiderfärberei u. che. Reinigung* steht im Lehrvertrag. Immerhin eine Aktiengesellschaft. Also etwas Feineres, trotz Gestank. Und viele Leute.

Der ältere berufstätige und zur Berufsausbildung befähigte Berufsangehörige heißt Herr Kutscher. Nach drei Wochen stinkt es nicht mehr, sagt er, da gehört das zur Arbeit dazu. Nur die Frau zu Hause riecht es länger, manche gewöhnt sich nie daran. Aber du hast ja noch keine.

Das ist ein Eimer, das ein Kübel, eine Wanne, ein Bottich, da ist der Wasserhahn. Die Maschinen erklär' ich dir später. Dann Besen und Handfeger, Kehrblech, Aufwischlappen und Schrubber für den Fußboden, für Rohre und Armaturen nehmen wir Putzwolle. Wichtig: In die freie Hand gehört immer Putzwolle. Und wenn du nichts zu tun hast und es kommt ein Vorgesetzter vorbei, dann wird gewischt. Mit Putzwolle. Nicht zu schnell, Hauptsache gründlich. Zu wischen gibt es immer was. Und wenn es eine Türklinke ist oder ein Lichtschalter. Je mehr es stinkt, desto sauberer muß alles sein.

Wenn dir komisch wird oder schwindelig – einfach ans offene Fenster gehen und tief durchatmen. So tief du kannst. Auch wenn du husten mußt. Nichts in die Augen spritzen, auch in den Mund nicht oder in die Nase. Ohren sind nicht so schlimm. Wenn du doch mal was in die Augen kriegst – niemals reiben, auch nicht mit dem Handrücken. Sondern runter zur Zentrale, da ist ein Rot-Kreuz-Schrank, da holst du dir Augenspülung. Vor dem Pinkeln immer die Hände waschen, vor dem Essen auch, und viel Milch trinken. Die gibt es umsonst.

Einmal in der Woche muß Hans nicht zur Arbeit, sondern zur Berufsschule. Nicht sehr aufregend, aber dafür bequemer als Arbeit. Anfangs nur allgemeines Zeug, kennt er schon aus der Volksschule. Später lernt er dazu, wie was geschrieben wird: Deddra heißt richtig Deddraglorgohlenstoff und das mit T statt D und mit K statt G, so ähnlich wie Schwester Kräte im Kinderheim, bloß umgekehrt. Tri heißt Trichloräthylen, und Bär ist offiziell Perchloräthylen.

Was gereinigt werden soll, nennt man Gelumpe. Das lernt er aber nicht in der Schule, sondern von Herrn Kutscher. Der zeigt Hans auch, wie man die Schieber dreht, Maschinen schaltet, belädt und entlädt. Dabei muß man sich anstrengen, das geht in die Arme und in den Rücken: Das dreckige Gelumpe aus dem Korb in die Trommel stopfen, das ist schwer genug. Aber es ist noch viel leichter als das nasse Zeug. Das muß man wieder rauswürgen aus der Trommel, rein in die Wanne, die auf den Schiebewagen, im Elevator nach oben zum Trocknen und Bügeln oder Pressen. Und es stinkt säuisch, die ganze Zeit. Obwohl es jetzt sauber ist.

Herr Kutscher hat eine beeindruckende Stirn. Über der linken Augenbraue ist nämlich eine Delle. Größer als ein Fünffrankenstück. Ein rundes Loch ist da im Knochen und die Haut darüber ist dünn und zieht sich leicht nach innen. Man kann deutlich sehen, wie es in Herrn Kutschers Kopf pulsiert. Wenn er sich anstrengt und die Luft anhält, besonders beim Heben oder Tragen, dann springt eine Beule aus der Stirn, so groß wie eine Pflaume. Und rot wie eine Tomate. Und wenn er die Luft abläßt, dann fällt die Beule zusammen und wird wieder zur Delle. Beim Niesen sieht es besonders gefährlich aus, da kommt die Pflaume herausgeschossen, als würde die Haut gleich wegplatzen.

Hans ist auf so etwas nicht vorbereitet. Herr Güggeli hat ihm ein paar Umgangsformen beigebracht, Herr Zerberer weniger. In den Heimen hat er einiges dazugelernt, in der Schule und im Konfirmandenunterricht: Wenn ein Leichenwagen auf der Straße vorbeikommt, macht man ein ernstes Gesicht. Wenn eine Frau ins Gebüsch pinkelt, guckt man weg, auch wenn der Hintern schön zu sehen wäre. In der Kirche ist man leise. Wenn eine Oma bei Glatteis ausrutscht, lacht man nicht. Und wenn man mit einer Bekloppten Karten spielt, tut man so, als ob sie ganz normal wäre. Aber so eine Beule – sieht man die nun oder nicht?

Von dem Ding geht ein richtiger Guckzwang aus. Dabei immer die Angst, daß gleich was passieren könnte. Muß man dann die Hand drauf drücken, falls was rausläuft? Am besten vorher waschen, die Hand. Aber daß die Delle Herrn Kutscher nicht wehtut, und die Beule auch nicht! Jedenfalls sagt er nie etwas. Und wenn er stöhnt, dann über andere Beschwerden.

Manchmal bleibt die Beule stundenlang Delle. Davon wird Hans ganz unruhig und muß erst recht hingucken, auf die Stirn. Dann sucht er sich eine Arbeit, die für ihn eigentlich zu schwer ist, wuchtet damit herum, laut ächzend, bis ihm Herr Kutscher zu Hilfe kommt, und ...? Ploff, endlich! Immer wieder schrecklich, richtig schön schrecklich. Ekelig. Dabei ist Herr Kutscher sehr nett zu ihm.

Teppiche werden auf dem Fliesenboden ausgerollt, flüssig eingeseift, dann mit Bürsten und Schrubbern bearbeitet. Wenn rote Flecken nicht rausgehen, sind die vom Wein. Buscholäh! Und gelbgrüne stammen von Hundekotze. Manche Flecken werden beim Reinigen noch schlimmer, wenn nämlich der Teppich drumherum sauberer wird. Dann kommt aus der Färberei etwas zum Nachtönen. Bettvorleger riechen oft nach Schlafsaal, das kommt von den Nachttöpfen, wenn die Leute nicht mehr richtig zielen können. Oder wenn sie besoffen sind. Für Teppiche muß man ein Händchen haben, heißt es. Manch einer lernt das nie.

Hans darf schrubben und gereinigte Teppiche spülen. Mit einem Wasserschlauch muß er sie mehrfach scharf abspritzen, kalt, in alle Richtungen. Bis sich überhaupt keine Seifenblase mehr bildet. Das dauert lange, und Hans muß dabei oft an Güggelis denken und an den ersten Teppich seines Lebens. Ein so schönes Muster wie der haben die hier alle nicht.

Die gespülten und vollgesogenen Stücke aus edler Wolle oder bestem Haargarn werden dann im Trockenraum auf Stellagen gehängt, zum Teil mit Flaschenzügen. Um die breiten Dinger hochzuwuchten, müssen manchmal fünf Leute anfassen. Die sind danach fast so naß wie der Teppich. Läufer für Flure und Treppenhäuser können ewig lang sein. Riesenschweinerei.

Herr Kutscher kann manchmal nicht mehr, ganz plötzlich muß er sich hinsetzen, egal wo. Dann pulsiert es ganz heftig in seiner Delle. Und damit Hans nicht merken soll, wie wackelig er sich fühlt, erzählt er aus seinem Leben. Als ob das jetzt wichtiger wäre als die ganze Arbeit.

Vor allem vom Weltkrieg. Wie sie von Dresden aus an die Front gefahren sind. Überall Blümchen an der Uniform! Von den Mädchen und Verwandten, die zum Abschied am Bahnhof waren. Sogar an die Karabiner haben sie kleine Sträußchen gebunden. Fröhlich gesungen haben sie und lustige Sprüche an die Waggontüren geschrieben. *Jeder Schuß ein Russ', jeder Stoß ein Franzos'.* Oder *Westwärts reiten wir auf unsren Pferden, denn Paris muß sächsisch werden!* Unvergeßlich, diese Begeisterung! Und schön, wenn Herrn Kutscher wackelig ist.

Chemikalien wirken auf Hans unterschiedlich. Mit Indanthrenfarben hat er überhaupt keine Probleme, Indanthren ist überhaupt das beste, was es gibt. Auch lichtbeständig bis in alle Ewigkeit. Das sagen alle. Ist ja auch teuer.

Aber andere Mittel spürt er schon. Ein Zeug riecht ähnlich wie Banane. Wenn er das einatmet, dann kratzt es erst, aber dann wird ihm ganz leicht, lustig, fröhlich – dann muß er singen, das Land des Lächelns rauf und runter, bis sie ihn in den Keller schicken zum Aufräumen oder Scheißhausputzen. Hinterher ist ihm kodderig.

Manche Mittel nennt man Substanzen. Die haben keine Namen auf den Flaschen, sondern nur Nummern, geheim. Damit das Ausland die deutschen Patente nicht stehlen kann. Manche davon machen Pickel, aber wie! Andere hingegen machen müde. Als Hans eine gar nicht mal so große Geheimflasche von der Materialausgabe abholt, muß er stolpern. Er knallt hin und die Flasche zerplatzt. Da wird ihm plötzlich sehr mulmig im Kopf, aber die Firma hat für solche Fälle vorgesorgt. Zum Glück.

Hans erwacht in einem kleinen Krankenzimmer. Zwanzig Stunden hat er geschlafen. Doch darüber soll er sich keine Gedanken machen: Das Büro hat gleich im Lehrlingsheim angerufen, die wissen Bescheid. Jetzt Milch trinken, viel Milch. Soviel wie möglich. – Warum Milch? – Die zieht die Chemie wieder raus, aus dem Körper, Milch entgiftet. Und nun nicht so viel fragen!

Das passiert öfter hier, sagt Herr Kutscher. Bis der Körper sich daran gewöhnt hat, das dauert ein Weilchen.

Zum Trost erzählt er, wie er im Weltkrieg verletzt wurde, hat aber gar nicht weh getan: Das merkst du gar nicht, so schnell geht das. Er zeigt auf die Delle: Fällt doch kaum noch auf, oder?

Kurz vor Kriegsende ein Splitter vom Tommy, Schrapnell. Dann ist er in ein Spezial-Lazarett gekommen, oben in Pasewalk, Pommern. Da hatten alle was am Kopf. Und die meisten viel schlimmer als er. Ganze Münder waren weggerissen. Nasen auch, Augen und Ohren. Einer war blind vom Gas. Hat aber wieder sehen gelernt. So ein stiller, ernster Mann war das. Adolf hieß der ... Herr Kutscher druckst ein bißchen herum: Vielleicht war das sogar der Führer. – Welcher Führer? – Adolf Hitler, als er noch Gefreiter war. – Der Führer? Unser Führer? Sie kennen unsern Führer?

Ganz sicher ist sich Herr Kutscher nicht, aber zu achtzig Prozent bestimmt. Er hat nämlich so ausgesehen, der Verwundete. Auch wenn seine Augen verbunden waren, aber der Bart! Ganz genauso! Und er müßte es eigentlich gewesen sein, denn in der Zeitung stand, daß der Führer in Pasewalk tatsächlich im Lazarett gelegen hat. Also wenn es der Adolf, den Herr Kutscher jetzt meint, wenn der es nicht war, dann war es eben ein anderer. Aber daß er mit dem Führer im selben Lazarett gelegen hat, das weiß er hundertprozentig.

Der hatte es auch noch mit der Verdauung, verstehste? Mit dem Magen. Immer aufgestoßen, aber wie! Wie ein schwerer Mörser, so hat der geknallt. Und dabei ganz übel aus dem Hals gerochen. Keiner wollte das Bett neben ihm, und die Schwestern haben sich die Nasen zugehalten, wenn sie an ihn ran mußten. Und das wurde und wurde nicht besser.

Hans nickt höflich, bleibt aber skeptisch. Denn mit so'm Leiden kann man eigentlich kein Führer werden. Wenn der auf dem Reichsparteitag steht, vorne den Arm hoch und dann rülpst der ...

Aber, sagt Herr Kutscher, ähnlich hat er ihm schon gesehen, gewissermaßen: Naja, ich will natürlich nischt gesagt haben. Und wenn er's gewesen sein sollte, dann wird er sich an mich bestimmt nicht mehr erinnern.

Aber vielleicht an Ihre Beule, sagt Hans.

Neenee, das bestimmt nicht. Der war ja so gut wie blind.

*

Menschenskinder, habt Verstand –
nur ins Loch, nie auf den Rand.
Nimm die Bürste unverdrossen
und vertilg die Sommersprossen!
Wenn dem Hahn die Eier jucken,
muß er eine Henne ducken!

Steht alles auf dem Klo im Lehrlingsheim.

Warum wird das nicht übergestrichen, wie in der Schule? Herr Vater wäre wild geworden bei solchen Sprüchen! Auch in den Gesprächen geht es ums Kacken oder ums Ficken. Nicht nur, aber oft. Das nennt man dann Schweinigeln oder Thema Eins: Die Pflaume hat 'n harten Kern – sag das mal auf sächsisch!

Angeblich heißt das Bubordät und muß sein. Machen alle. Wer die größte Sau ist, ist die Nummer Eins beim Thema Eins. Und wer sich zurückhält, mimt den feinen Pinkel. Hält sich für was Besseres. Hans wird ein Opfer der Umstände, und Gut Wulfenstein ist weit weg.

Das Heim liegt in einem Hinterhaus in der Barbarossastraße. Im Vorderhaus wohnt der Leiter, Herr Maler. Um die dreißig Lehrlinge insgesamt, mal mehr, mal weniger, zwei bis fünf pro Stube. Aufseher für die Disziplin, aber lasch. Geregelter Ausgang bei Benutzung des Ausgangsbuches: beantragen, genehmigen, eintragen, abmelden, zurückmelden. Mit dem üblichen Schmuh natürlich: Kannst du mich um Acht zurückmelden? Ich komme dann später durchs Kellerfenster.

Ein Heft mit schweinischen Bildern gibt es auf Stube 3. Wer reingucken will, muß bezahlen. Sechser, Sahnebonbon, Brausepulver, Zigarette – je nachdem: ein Sonderheft über das Haus der Deutschen Kunst in München, von Adolf Hitler ganz persönlich eingeweiht. Mit tollen Weibern, entweder ganz nackt oder auf'm Handtuch am Bach oder eine, die sich die letzte Socke auszieht. Auch auf Betten suhlen sie sich, und eine gewisse Leda hält gerade die Hand über ihre Augen und vögelt mit einem Schwan. Warum? – Weil der Schwan ein Vogel ist, du Idiot! – Guck mal, wie der gerade den Hals reckt, diese Sau!

Gegen dieses Heft kann niemand etwas sagen. Da sind nämlich auch Bilder vom Führer drin, wie er entschlossen in die Zukunft schaut, von Bauern, die sich die Hand schütteln oder die deutsche Scholle pflügen. Ein nackter Mann mit'm Schnäbi aus Bronze ist da und ein SA-Mann beim Bluten mit Kopfverband, weil die Juden ihn umbringen wollten. Aber denkste, er hält die Fahne des Führers noch immer hoch. Auch wenn er demnächst sein Leben opfert. Alles Kunst. Und Kunst ist heilig. Und wer das schweinisch findet, ist selbst ein Schwein oder Kommunist. Und welcher Aufseher will das schon sein!

Auf anderen Bildern sieht man deutsche Pferde. Vor dem Pflug, vor dem Erntewagen, vor dem Artilleriegeschütz stemmen sie sich mit wilder Entschlossenheit in den Boden und ziehen für Adolf Hitler. Und alle diese Pferde haben ein braunes Fell und blonde Haare. Richtig weißblond.

So weißblond wie die Kinder, die auf ihrer deutschen Mutter rumkrabbeln. Glücklich lächelt sie vor sich hin, ist germanisch breit, kerngesund, ohne Goldzahn, mit blauen Augen und blonden Haaren, die zu einem goldenen Kranz aufgesteckt sind. Wenn sie Martha Reichel hieße und Hans auf ihr krabbeln dürfte, wäre ihm erheblich wohler. Obwohl er für so ein Bild wohl doch nicht blond genug ist. Schade.

Sehr zerlesen, das Heft. Alle Seiten haben dunkle Ecken, aber ganz pechschwarz und angefressen sind die Ränder da, wo die Weiber nackt sind. Manche haben einen richtig dicken Pelz zwischen den Beinen, so eine heißt Bäuerliche Venus. Andere tragen nur einen winzigen Spitzbart in blond, das sind dann wohl Verkäuferinnen aus der Stadt, Sekretärinnen oder etwas Feineres. Pflaum heißt das Ding, daher der Name.

Die Frau mit dem weichen Busen, denkt Hans, die hätte da unten bestimmt einen Riesenbusch gehabt, wenn sie mich adoptiert hätte. Und schon spürt er wieder ihre warme Bluse an seiner Backe: Bubordät.

*

Oben bei den Färbern ist die Arbeit am schwersten: das Rühren und Wenden der Stoffbahnen und Stücke in Bottichen. Von Hand. Mit großen Rührkellen, Holzpaddeln und Stöcken. Hans darf mal versuchen. Er stemmt sich wacker fest auf dem kleinen Tritt, auf dem er steht. Einen Fuß am Bottich, den anderen zurück. Macht sich ganz schwer in den Knien, damit er mit den Armen durchziehen kann. Schulter zurück, leicht eindrehen. Doch ohne Vornüberbeugen geht es nicht, da bewegt sich gar nichts im Bottich ... und schon dreht es ihn weg, er muß sich am Rand festhalten, und der Knüppel platscht in der Farbflotte. Grinsen und Lachen bei den Großen, Scheiß-Gleichgewicht! Er beißt sich auf die Unterlippe und streicht die Haare aus der Stirn. Farbe im Gesicht.

Wer abrutscht, darf noch mal, sagt einer. Wie im Puff!

Zweiter Versuch. Aber er weiß schon ganz genau: Auch diesmal wird es schiefgehen ...

Reichel? Reichel, ins Büro! – Ein Vorarbeiter rettet ihn.

Mit Putzwolle rubbelt er sein Gesicht, drei Treppen runter. Vorbei am Glaskasten mit der Poststelle und der Telefonzentrale.

Bist du Reichel? Ein Anruf für dich! Die Telefonistin winkt mit dem Hörer.

Für mich?? – Es ist der erste Anruf in seinem Leben, und vor lauter Aufregung versteht er nur die Hälfte. Heinitsch, merkt er sich, Sonntag ... abholen.

Das Mädchen nimmt den Hörer zurück und lächelt: Der erste Lehrling, der einen Anruf kriegen darf, der Chef hat's genehmigt. Sie ist schon etwas älter, hat aber noch keinen Busen. Dafür trägt sie weiße Söckchen, eine Schleife im Haar und auf der Nase eine Brille.

Hans ist so verdattert, daß er sich in aller Form von ihr verabschiedet: Heitler!

*

Die Schweizer Schweiz kennst du ja, und das ist nun unsere, die sächsische. Gefällt sie dir?

Ja, sagt Hans, sie sieht sich sehr ähnlich.

Was kennt er denn schon von der Schweiz? In Wahrheit doch nur die Fröhliche Aussicht, Geiswil, ein bißchen St. Gallen und die Bahnstrecke zur Grenze. Wenn die ganze Schweiz allerdings so aussieht wie hier das Kirnitzschtal, dann muß seine Heimat wirklich ziemlich schön sein.

Heinitsch junior hat einen schweren Opel Super-6. Riesenwagen, findet Hans. Auf längeren Geschäftsreisen fährt ein Chauffeur, aber zu den Sonntagsausflügen sitzt der Vormund selbst am Steuer. Frau Helen ist dabei, zwei kleine Töchter, und Bernd, der Neffe, mit dem Hans bald Freundschaft schließt. Obwohl er diesen unglaublich feinen Namen hat: Bernd Freiherr von Drostenberger zu Drostenburg. Als Hans das im Heim erzählt, zeigen sie ihm einen Vogel: Selbst beim Angeben muß er noch übertreiben!

Hans sitzt natürlich hinten im Auto und platzt vor Glück fast aus den Nähten. Nur wenn die Kurven zu eng werden und das Kopfsteinpflaster den Wagen schlingern läßt, wird ihm regelmäßig schlecht. Dann greift er krampfig nach dem geflochtenen Handgriff, der am Türholm hin- und herbaumelt, und als es gar nicht anders geht, bittet er um den Chausseegraben.

Er spuckt sehr vorsichtig, damit sein guter Anzug keinen Schaden nimmt. Noch schlimmer aber ist die Sorge, die Heinitschs könnten ihn nun nicht mehr mitnehmen. Denkste. Nach drei Übergebungen darf er statt dessen vorne sitzen, neben dem Vormund. Und Frau Helen setzt sich zu den Kindern nach hinten. Kein Vorwurf, keine Anspielungen, für reiche Menschen ist so etwas eben selbstverständlich. Großzügig nennt man das.

Bei der Rast im Gartenrestaurant Kuhstall allerdings bestimmt Helen, daß Hans auf seinen Magen Rücksicht nehmen müsse: nur Kamillentee und Zwieback, die anderen essen Kuchen mit Sahne und Bernd kriegt sogar Eis.

Ungerecht. In einen leeren Magen gehört eigentlich eine doppelte Portion Kuchen, wie soll man denn sonst wieder zu Kräften kommen. Aber Hauptsache, es gibt neue Ausflüge, nach Moritzburg, Pillnitz, Bad Schandau, zur Bastei, die Elbe rauf und runter.

Hans möchte gerne auch zur Festung Hohnstein. Da waren nämlich schon mal Staatsfeinde konzentriert worden. Leute, die von den Juden extra bezahlt wurden, damit sie Adolf Hitler nicht gut finden. Und die sind da oben auf der Burg überzeugt worden, daß Adolf Hitler unsere Rettung ist. Hat sein Lehrer erzählt.

Heinitsch junior weiß das, denn er ist in der NSDAP, auch wenn er das Parteiabzeichen nur selten am Jackett hat. Hans, sagt er, das verstehst du noch nicht.

In Radebeul gibt es ein Karl-May-Museum, das wäre auch was für Hans! Aber Bernd kennt es schon, die Heinitschs interessieren sich nicht dafür, und außerdem hat es zu, angeblich. Weiter nach Meißen, wo bisher noch niemand konzentriert worden ist.

Da gibt es eine Burg und selbstgemachtes Porzellan, in Meißen: Teller, Tassen, Suppenschüsseln und Figuren zum Hinstellen. August der Starke sitzt auf einem Pferd, das schon wieder durchgeht. Friedrich der Große kann kaum noch laufen, hat einen ganz dünnen Hund bei sich und hält sich an einem Krückstock fest. Nackte Mädchen halten sich Handtücher vor den Pflaum, ein nackter Jung-Siegfried mit Stahlhelm und Muskeln am ganzen Körper reckt ein breites Schwert in die Luft und paßt auf Deutschland auf. Alles weiß, zwanzig bis dreißig Zentimeter hoch und unten gestempelt: Echt Meißen.

Es gibt auch einen Teller mit Adolf Hitler drauf. Relief nennt man den Führer, wenn er so seitlich nur ein paar Millimeter aus dem Teller rausguckt. Drumrum der Spruch: *Wer ein Volk retten will, kann nur heroisch denken.* Und statt eines Punktes ein Hakenkreuz hinterm Satz.

Eine Frau fragt, ob es den Führer auch als zweite Wahl gibt. Das heißt, billiger. Nein, sagt der Verkäufer, aber in dritter Wahl gibt es einen Aschenbecher, wo man auch Konfekt reinlegen kann.

Ist auch besser so, sagt Hans. Denn daß der Führer überhaupt auf einem Teller ist, stört ihn. Wie kann man zum Beispiel heiße Haferflockensuppe dem Führer direkt ins Gesicht klatschen, bevor man sie aufißt! Da muß Helen lachen. Heinitsch möchte wohl mitlachen, aber irgendwie doch nicht. Er findet die Überlegung seines Mündels reichlich altklug.

Im Schaufenster eines anderen Ladens stehen kleine Spielzeug-Figuren aus Lineol: Infanterie, Marine, Kavallerie, SA, SS – marschierend, kämpfend, reitend, verwundet, Offiziere, Generäle mit roten Streifen an den Hosen, Musiker, Fahnenträger und auf einem Sockel dreimal der Führer neben sich selbst. Einmal guckt er nur mit Mütze, einmal hat er die Rechte vor dem Bauch, und einmal hält er sie hoch und grüßt die anderen Figuren. Der hat einen Arm zum Drehen, sagt Bernd, den kannst du rauf- und runtermachen. So ein Quatsch. – Wieso? – Na, dafür sind wir doch viel zu groß! – Das ja, sagt Hans. Und er denkt sich: Schade.

Auf der Heimfahrt sehen sie Hitlerjungen auf Pferden, die erst einen Feldweg entlangtraben, dann abschwenken und in breiter Front querfeldein über die Elbwiesen galoppieren, die Köpfe dicht an den Pferdehälsen und die Hintern hoch in die Luft gereckt.

Reiter-HJ, sagt Bernd. Das sind ganz feine Pinkel.

Hans ist begeistert.

Flieger-HJ ist noch besser. Da kannst du sogar den Segelflugschein machen, und damit nehmen sie dich sofort bei der Luftwaffe. – Willst du zur Luftwaffe? – Nein, zu den Panzern.

Im Heim berichtet Hans von seinen Erlebnissen, und Eugen erzählt ihm, daß es sogar einen automatischen Führer gibt, auch aus Lineol. Wenn man dem auf den Kopf drückt, dann geht der Arm von alleine hoch, und wenn man nochmal drückt, geht er wieder runter.

Das, denkt sich Hans, ist ja fast noch schlimmer als Suppe im Gesicht. Er glaubt an Adolf Hitler. An Jesus natürlich auch, aber an den Führer noch mehr. Der Führer ist zackiger als Jesus, nicht so lasch. Der würde sich auch nicht ans Kreuz nageln lassen – der würde die HJ kommen lassen und die SA und SS und die Wehrmacht mit Infanterie, Luftwaffe und Kriegsmarine, bevor ihm einer was tun kann. Der läßt sich nichts gefallen – wie in Österreich, in der Tschechei und in Spanien.

Am liebsten würde Hans in die SS gehen. Aber Eugen sagt: Wenn du da rein willst, dann mußt du Mutproben machen, eine Blutgruppe haben und viele Fragen beantworten. Und eine heißt: Was kommt nach dem Dritten Reich? Und wenn du sagst, das vierte, dann nehmen sie dich nicht. – Und was muß ich sagen, damit sie mich nehmen? – Nach dem Dritten Reich kommt gar nichts mehr, denn das Dritte Reich dauert ewig. – Na gut, denkt Hans, kann man sich ja mal merken.

Seit nämlich die Hindenburg explodiert ist, hat er zur Luftwaffe ein gestörtes Verhältnis, Panzerfahren könnte er vielleicht mit Bernd zusammen, aber wenn er dann wieder kotzen muß? Also wäre SS gar keine schlechte Idee. Denn die SS steht immer vor der Reichskanzlei Wache und paßt auf den Führer auf, und bei der Gelegenheit könnte er ihn auch einmal kennenlernen. Ganz persönlich.

Vielleicht erinnert er sich ja doch an die Beule von Herrn Kutscher. Und vielleicht war es doch ein anderer, der im Lazarett so viel gerülpst hat. Man soll von den Menschen immer das beste denken.

*

Gut Wulfenstein, Sonntagmittag. Und zu spät.

Ein Dienstmädchen läßt ihn ein, die Familie sei schon beim Essen. Er solle in der Halle warten. Dabei hat er gar keine Schuld.

Zuerst wollten seine Haare nicht halten, immer wieder sind sie in die Stirn gefallen. Luden-Mähne, hatte Heinitsch junior schon beim letzten Ausflug bemängelt. Also hat er sich von Oskar Pomade besorgt, Maiglöckchen-Brillantine. Reichlich. Jetzt glänzt der Kopf wie mit Bratenfett lackiert und die Tolle liegt flach und glatt am Scheitel. Wie bei Willy Birgel auf dem Kinoplakat.

Einen Schlips wollte er von Eugen pumpen. Der kann den Knoten allerdings nur an sich selber, und Hans ist darin völlig ungeübt. Würgerei mit Strangulationsgefahr, kein Mensch im Heim, der helfen könnte. Sonntagvormittag. Schließlich zum Hausmeister. Der kann Krawatten auch nicht binden, hat aber einen Schlips mit eisernem Knoten, fest vernäht. Hinten dran ist ein Gummiband, das man über den Kopf streift und unter dem Kragen verschwinden läßt. Vielen Dank.

Dann die Straßenbahn weg, gewartet, und als er in der nächsten mit schlechtem Gewissen an einer Entschuldigung drechselt, überkommt ihn die Panik des Übereifers: eine Station zu früh raus! Durch die Rennerei ist der Schlips nun verrutscht, die Haare sind strähnig zusammengeklumpt, und der ganze Lehrling duftet nach schwitzenden Maiglöckchen.

Helen kommt in die Halle, raunzt ihn appenzellerisch an und holt ihn ins Eßzimmer. An der Tafel bittet sie dann mild lächelnd um Nachsicht und um gutes Wetter für den Buben, ein kleines Malheur sei ihm passiert. Der Patriarch nimmt den Lümmel kaum zur Kenntnis, der Junior schaut grimmig auf sein Mündel, das heftig nickend mehrmals Heitler sagt.

An der großen Tafel ist unten ein Stuhl frei, bei den Tanten und Nichten und dem sonstigen Nachwuchs. Bernd sitzt immerhin in Rufweite. – Wer bist du denn, wo kommst du denn her? fragt huldvoll eine Dame.

Hans läßt sich nicht lumpen, spricht kurz über seine Schweizer Abstammung, über die Eltern im fernen Ausland und über die chemische Aktiengesellschaft, bei der er tätig ist. Auch Herr Kutscher wird erwähnt und die Tatsache, daß er Adolf Hitler aus dem Lazarett kennt. Das beeindruckt, zumal er Kutschers Delle und Hitlers Rülpser wegläßt.

Dabei fällt sein Blick auf eine Bronzeplastik: Aus einer Nische in der Wand versucht ein antiker Sportler, einen Diskus mitten in die Tafelrunde zu schleudern. Hans fühlt sich an das Haus der Deutschen Kunst erinnert und beschreibt begeistert die wunderbaren Plastiken und Gemälde, die er aus dem bewußten Heft kennt. Auch den blutenden SA-Mann, den feurigen Schwan, ohne Leda natürlich, und den Führer mit der Zukunft vor Augen.

Dann kommt er, angeregt durch die festliche Tafeldekoration, beiläufig auf das Italienische Dörfchen zu sprechen, wo er mit einem Freund gelegentlich speist, und schon rutscht er mit dem Messer ab: Ein wunderschönes Stück Fleisch glitscht gut eingesoßt vom Teller auf den blendend weißen Damast.

Peinlich. Außerdem steht das Stück ihm zu, also unauffällig mit der Gabel wieder einfangen! Dabei geraten mehrere Gläser und eine Blumenvase in Bedrängnis, die helfenden Hände der neben ihm sitzenden Dame verhindern das schlimmste. Eine andere Frau winkt Personal herbei. Mit einem kleinen Silberschäufelchen und einer frischen Serviette leistet ein Dienstmädchen Erste Hilfe, der Tatort wird abgedeckt. Das Fleisch landet höchstwahrscheinlich draußen im NSV-Schweine-Eimer, schade drum. Aber er bekommt dafür ein neues Stück. Auch gut, er findet seine Fassung wieder.

Ausführlich spricht er jetzt über die Dessertqualitäten im Dörfchen und geht dann zur Dresdner Kultur über: Die Semper-Oper! Welch eine Pracht und Herrlichkeit!

Man schaut verwundert und angetan zugleich.

Und nun ist er auch schon beim Central-Theater. Er schwärmt vom Land des Lächelns, von Gustl, Lisa und den Chinesen, Dein ist mein ganzes Herz, und als er gerade erklären will, was ein Obereunuch ist, unterbricht seine Tischdame den Redeschwall mit der Frage: Willst du denn auch einmal Sänger werden?

Er schaut sich kurz um, sein Blick bleibt auf Bernd hängen, der ihn ungläubig ansieht, und er hört sich zur eigenen Überraschung antworten: Ja, von mir aus gerne.

*

Nach dem Essen nehmen die Erwachsenen Likör und Mokka mit Zigarre, die Jugend geht nach draußen, auf den Hof, in die Wirtschaftsräume und Ställe. Da gibt es eine Kuh, die Liese so ähnlich sieht, als wäre sie wiederauferstanden. Falls es bei Kühen so etwas gibt.

Eigentlich ist vom Dresdner SC die Rede und von dem Halblinken Helmut Schön, vom Reichstrainer Josef Herberger und den Ostmärkern in der Nationalmannschaft, da fängt Hans übergangslos von Liese an. Bernd hört zu, grinst und lacht am Ende, da muß Hans mitlachen. Sogar über sich selbst.

Und dann erzählt Bernd. Die nette Frau am Tisch, die Hans gerade unterbrochen hat, das ist seine Mutter, die Tochter von Heinitsch senior, die Schwester von Heinitsch junior – das ist Frau von Drostenberger. Und sie wohnen nicht nur in Dresden, sondern auch in einem Landhaus in Bärenfels.

Achnee! Und welcher ist dein Vater? – Der ist nicht mehr da, der läßt sich scheiden.

Hans kennt das Wort aus dem Kinderheim, aber nachgedacht hat er darüber nie. Bernd erklärt ihm, was Scheiden bedeutet. Auch für ihn und seinen Bruder.

Hans rückt seinen eisernen Krawattenknoten zurecht, nimmt erst Haltung an und dann Bernds Hand: Tut mir leid für dich. Und deine Mutter, bleibt die bei euch? – Na klar. Aber nicht drüber sprechen. – Natürlich nicht.

Ab jetzt wird Hans auch zu Drostenbergers eingeladen, und Bernds Mutter wird für ihn so etwas wie eine große Freundin. Aber so reiche Leute, die alles haben und alles kriegen können, warum die sich scheiden lassen, das bleibt ihm unverständlich. Ob seine Eltern vielleicht gar nicht mehr im Ausland sind, sondern inzwischen auch geschieden?

*

Fummeln oder Bolzen bedeutet Zuspielen, Bebbeln, Dribbeln, Umspielen, kleine Flanken, Hackentricks ... gib mal rüber! Ab vier Mann kann man schon zwei Parteien bilden: Das Tor geht vom Baum bis zur

Laterne, wir greifen an, ihr verteidigt, und nach fünf Toren ist Wechsel, klar? Dies' Schild da oben ist die Latte, und der Gullideckel ist Elfmeter.

Richtige harte Fußbälle aus Chromleder, innen mit Gummiblase zum Aufpusten – das sind Kostbarkeiten. Die gibt es außerhalb der Sportvereine ganz selten. Auf der Straße spielt man mit allem, was rund ist, fliegt und ein bißchen Luft hält. Meist sind es alte Spielzeugbälle, die weich vom Fuß eiern. Wer war der erste Torsteher der Welt? Noah. Denn der Herr sprach zu ihm: Gehe du in den Kahn, ich will Sturm machen!

Auf dem Löbtauer Dorfplatz spielen Jungen mit einem richtigen Ball. Hans ist schon vierzehn, aber da kann er nicht anders, da muß er mitspielen, und weil er gar nicht schlecht ist, lassen sie ihn auch. Was ihm an Größe fehlt, ersetzt er durch Schnelligkeit. Beim Köpfen ist er unschlagbar. Und beim Schreien. So lernt er Werner Menzel kennen. Dem gehört der Ball. Zwei Jahre jünger, aber so groß wie Hans. – Kommste noch mit zu mir?

Werner hat eine ältere Schwester, Lislott. Sieht aus wie diese NIVEA-Mädel in den Drogerie-Schaufenstern, blond, gesund und strahlend schön. Werners Vater betreibt eine moderne Fenster- und Gebäudereinigung, zu seinen Kunden tuckert er in einem Opel P4.

Werners Mutter hat ein kleines Lebensmittelgeschäft für den täglichen Bedarf. Bunte Bonbons in runden Gläsern oben auf der Theke, Gebäck und Waffeln in Kästen mit silbern eingefaßten Glasdeckeln. Käse unter großen Glasglocken, Zucker im Sack. Lose Milch wird direkt in die kleinen Kannen der Hausfrauen geschöpft, vom Achtelliter an aufwärts. Flaschenmilch geht schlecht, weil zu teuer. Für den großen hölzernen Kühlschrank wird allmorgendlich Stangeneis geliefert. An sehr heißen Tagen mittags und abends noch einmal. Frau Menzel ist immer freundlich, die Kundschaft kommt gerne zu ihr.

Menzels geht es gut, sie haben alles, was sie brauchen. Für ihre Kinder und für sich, in der Reihenfolge. Rechtschaffen sind sie, stolz auf Leistung und Unabhängigkeit, sie haben nichts zu verschenken, würden sich aber auch nichts schenken lassen. Vor allem nicht von jedem. Redliche Bürger fürs Bilderbuch. Dankbar und großzügig. Nun lang' man ordentlich zu, sagt Frau Menzel zu Hans, und wenn du Lust hast, dann kommst du einfach wieder.

Hans kommt wieder. Läßt sich fragen und erzählt von sich, ohne auf die Tube zu drücken. Wenn Frau Menzel ihn anguckt, dann kann er einfach nicht angeben. Er kann vor ihr auch nichts verbergen. Und daß sie nicht viel nach seinen Eltern fragt, dafür ist er ihr besonders dankbar.

Es ist ungerecht, sagen Menzels, was der Junge erlebt hat, er kann doch nichts dafür. Daß er jetzt einen reichen Vormund hat, gefällt ihnen. Und daß er immer öfter zu ihnen kommt, finden sie normal. Er hat ja sonst niemanden für alle Tage! Und den Kindern schadet es auch nicht. Im Gegenteil.

Wie gut schmecken Kartoffeln, wenn sie nicht im Dampf zerkocht werden! Makkaroni in Semmelbröseln gebraten, Königsberger Klopse mit Kapernsoße, Blumenkohl, Schlesisches Himmelreich, Rindfleisch ohne Zaddern, Nierchen, die auf dem Teller nicht nach Schlafsaal riechen, alles gut bürgerlich vom Eßtisch mit Wachstuch. Kleckern ist unfein, aber keine Katastrophe, und wenn man aus Versehen mal mit dem Stuhl kippelt, dann gibt es nicht gleich einen Schlag ins Genick. Fischfilet paniert, fast ohne Gräten, Kartoffelsalat, Béchamel-Kartoffeln, Kartoffelbrei, Kartoffelpuffer! Mit Apfelmus! Eierkuchen mit Blaubeeren, Walderdbeeren mit Sahne und dicke Milch mit Zucker und Zimt. Milchreis, Grießbrei, Hefeklöße mit Backobst ... Der frißt wie aus dem Erzgebirge, sagt Werner.

Da siehst du mal, wie gut deine Mutter kocht, sagt sein Vater. Ihr wißt das ja schon gar nicht mehr zu würdigen, Karpfen blau und Möhren mit Frikadellen, Eier in Senfsoße ...

Der eigenen Familie sägt Frau Menzel gelegentlich an den Nerven mit ihrer Überfürsorge und ihrer Unfähigkeit, sich um irgend etwas nicht zu kümmern. Hans genießt es. So ist er seit der Zeit im Krankenhaus nie wieder umsorgt und umhegt worden.

In Urlaub fahren Menzels nie. Wie denn auch – mit zwei Geschäften! Andere machen das ja auch nicht. Aber als Hans wieder einmal besonders gute Laune hat und das Land des Lächelns in allen Einzelheiten singt und auch das Orchester noch mitträllert – besonders die chinesischen Gongs und Glöckchen, und als er von der Semper-Oper schwärmt, da schenkt ihm Herr Menzel eine Karte für den *Fliegenden Holländer*. Nicht zum Geburtstag, einfach so. Da, bitte.

Rein in den guten Anzug, diesmal mit Fliege statt Schlips, und dann kommt er aus dem Staunen gar nicht mehr raus: Wagner, auch ein Sachse, aber was der gekonnt hat, eiverbibchtnochmal! Drei Akte lang die norwegische Küste an der Elbe, direkt beim Italienischen Dörfchen, mit Sturm und Seegang auf der Bühne! Das ist so gewaltig, das ist gar nicht zu beschreiben. Jetzt kann er Adolf Hitler verstehen, der ja Wagner auch ganz prima findet: *Steuermann, halt die Wacht!*

Mit Pauken und Posaunen! *Preis deinen Engel und sein Gebot! Hier steh ich treu dir bis zum Tod!* Zackig bis zum Ende, so will Hans auch einmal werden.

Lislott hat einen Freund, oder ... jedenfalls kennt sie einen, der heißt so, wie man eigentlich nicht mehr heißt als deutscher Junge: nicht Siegfried, Adolf oder Eckhard, sondern Emanuel. Emanuel Tauschek, aus dem Sudetenland. Er ist nett, hat große Augen und stammt aus kirchenfrommem Hause. Schon als kleines Kind hat er Klavier gekonnt, und als seine Beine länger wurden, auch Orgel. Er ist ein Jahr älter als Hans und spielt in Kirchen, Gemeindesälen und Friedhofskapellen. Hauptsächlich aber ist er Schüler eines bekannten Dresdner Orgelkünstlers. Wenn Lislott nicht kann oder darf, nimmt er Hans mit, und so lernt der den anderen großen deutschen Komponisten kennen: Bach, Johann Sebastian. Der macht seine Stücke mit einem sogenannten Kontrapunkt. Schwer verständlich, aber in Musikerkreisen sehr beliebt.

Bach gefällt ihm auch gut. Besonders, wenn der Chor des Kreuz-Gymnasiums singt. Alles Jungen. Lateinisch heißen sie Kruzianer und können so hoch wie der Eunuch im Land des Lächelns. In Leipzig gibt es Thomaner und in der Ostmark Wiener Sängerknaben. Die sind auch keine Eunuchen, sondern singen sogar im Matrosenanzug.

Aber Wagner ist zackiger. Wagner ist eben mehr der blutende SA-Mann mit dem Schwert und der feurige Schwan auf der Leda. Und der Führer, wie er in die Zukunft guckt. Außerdem kann man bei Bach nicht sehen, was man hört. Da muß man sich selber was denken.

Plötzlich kennt Lislott einen anderen Jungen, und Emanuel taucht nicht mehr auf.

Weihnachten 42, nachdem Hans sich zur Musterung gemeldet hat – freiwillig natürlich, besorgen die Menzels noch einmal Opernkarten. Für die Silvestervorstellung. Und diesmal gehen die Kinder zu dritt: Lislott, Hans und Werner. Fledermaus, zum Abschied. Etwas leichter als Wagner und Bach zusammen, aber auch sehr schön. Der Frosch besonders.

*

Statt ohne jede Mutter steht er auf einmal mit dreien da: Helen Heinitsch sagt ihm, was er zu tun hat, Frau von Drostenberger hört zu und berät ihn, und Marie Menzel betüttelt ihn nach allen Regeln der Kunst. Die Menzel-Kinder würden sich soviel Mutterliebe nicht mehr gefallen lassen.

Hans kassiert die Zuwendung als Ausgleich für das Manko in den Jahren davor, da hat er noch ein deutliches Minus auf dem betreffenden Konto. Im Morgenland kann ein Mann drei Frauen haben, warum in Dresden nicht auch drei Mütter?

Und Väter?

Die ganz großen Vorbilder schweben im Himmel der Verehrung. Hitler, Göring, Goebbels, unnahbar. Heinitsch senior und junior sind irdischer und näher und Vater Menzel ist natürlich am nächsten; mit seinem Stutzbärtchen erinnert er Hans auch ein bißchen an den Führer. Wenn Werner sagt, sein Vater trage eine Rotzbremse unter der Nase, kriegt er eine gelangt.

Im Lehrlingsheim sind mehrere ohne Vater. Eugen auch.

Hans erzählt ihm, wie Heinitsch im Waisenhaus klein anfangen mußte, sich dann höher und höher hochgearbeitet hat und was er heute alles produziert: Gewächshäuser, Straßenbahnen, Glas, Maschinen, Gußstücke, Hufeisen, Stahlhelme, Granaten, Bettgestelle, Kranken- und Gefangenenbaracken, Kleiderschränke, Schuhcreme ... so etwas müßte man doch auch schaffen können! Und das große Gut Wulfenstein hat er sich gekauft wie andere Leute einen Schrebergarten! Normale Menschen stellen sich für den Winter Weckgläser in den Keller, mit grünen Bohnen und Karnickelfleisch, und der leistet sich ein ganzes Rittergut für den Notfall! Vierunddreißig Leute arbeiten da!

Hans und Eugen stehen am Fenster ihrer Stube und schauen auf den Hof des Lehrlingsheims.

Die beiden Küchenmädchen kommen heraus und setzen sich auf die Bank, in den letzten Sonnenflecken da unten. Pause. Sie sind verschwitzt und rundlich und platzen vor Lebenslust fast aus den Kittelschürzen. Sie winken herauf und kichern.

Ich, sagt Hans, ich werde Meister, damit ich in die Innung komme, als Färber und Chemischreiniger. Und dann mache ich selber eine AG auf. Nicht nur für Gelumpe, Textilien und Teppiche, ich nehme auch Gebäude dazu und Fenster: Färberei-AG, Textil- und Gebäudereinigung. Fachmann wird Herr Kutscher, denn der kennt den Führer persönlich. Vater Menzel wird mein technischer Direktor, dann haben wir schon mal einen P4. Und als Direktionswagen kaufe ich mir einen Super 6 oder Mercedes oder Horch oder Wanderer oder Maybach oder sowas.

Weißt du denn, wie man eine solche Firma führen müßte? – Noch nicht. Aber das kriege ich raus.

*

Alle Berufe mit Uniform haben Rangabzeichen. Straßenbahn, Feuerwehr, Militär. Da kann man von außen leicht erkennen, wer höher ist als der andere und wer der Oberste ist. Wer recht hat und wer nicht. In einer AG ist das schwieriger. Aber Hans ist dahinter gekommen, wie es geht, auch wenn sie in der Berufsschule sagen, daß er spinnt.

Die einfachsten Arbeiter und die Invaliden, die Dauerhuster, die nur noch ausfegen können oder mit dem Schlauch spritzen, die haben alle ein Stück Kreide bei sich, das ist das unterste zum Schreiben. Jeder Dussel im Betrieb kann damit ein Kreuz auf eine Kiste machen oder an der Wand Büchsen zählen; vier Striche nach unten und einen quer – macht fünf, und acht mal fünf gibt vierzig, so viele Büchsen Deddra sind noch da. Und dann wischt man das mit dem Ärmel wieder weg. Also Kreide ist das unterste.

Wer schon ein bißchen höher ist als ein Dussel, der hat einen Bleistiftstummel. Entweder mit dem Messer kantig angespitzt, oder mit einem Anspitzer rund gedreht. Den trägt man oben in der Kitteltasche oder hinterm Ohr. Bleistift sagt man aber nicht, sondern Blei. Blei mit Verlängerung sieht noch besser aus als Blei ohne. Paßt auch hinters Ohr.

Wer in der Firma schon so hoch ist, daß er etwas unterschreiben darf, braucht einen Kopierblei. Kopierstift, offiziell. Der läßt sich nämlich nie mehr abradieren. Und wenn man ihn vor dem Schreiben anleckt, dann sieht die Schrift hinterher aus wie mit Tinte. Kopierstift schmeckt säuerlich bitter und soll sehr giftig sein, wenn man zuviel daran leckt. Also Vorsicht! Im Büro gibt es bunte Kopierstifte. Wer einen roten benutzen darf, ist schon reichlich hoch, und mit einem grünen ist man ein Vorgesetzter.

Federhalter zum Eintunken wie in der Schule nehmen die unteren Büroleute, die Schreibfeder ist meistens eine Ly. Wer allerdings was zu sagen hat, der benutzt einen Füller. Den muß man sich für eigenes Geld privat kaufen und dann von Zuhause mitbringen. Für höhere Schüler sind Armbanduhr und Füllfederhalter die schönsten Konfirmationsgeschenke. Wenn Hans im Büro einen Angestellten sieht, der auf seinen Schreibtischlöscher spuckt und daran seine blauen Tintenfinger abputzt, dann weiß er: Der hat keinen Mont Blanc oder Pelikan, denn die schmieren nicht, die sind hundertprozentig dicht. Auch vorne in der Jackentasche, wo die goldene Halteklammer herausgucken muß, darf sich kein Fleck bilden. Sonst hat der Mann etwas Billiges.

Also an den Schreibsachen kann man schon ganz gut erkennen, wer in der Firma wieviel zu sagen hat. Und natürlich an den Abzeichen: NSDAP, SA, SS, NSKK, NSV, DAF ... ein Goldenes Parteiabzeichen und ein Pelikan mit echter Goldfeder – vor dem muß man auf jeden Fall die Hacken zusammenschlagen. Wenn man als Lehrling weiterkommen will.

*

Immer öfter muß er husten, immer öfter soll er mehr Milch trinken. Klar, Milch entgiftet. In seinem Alter müßte er die Atemwegsbelastung eigentlich verkraften können, sagt die Heilgehilfin, aber für sein Alter ist er von der Größe her eigentlich zu klein. Also müßte er größenmäßig eigentlich jünger sein, als er altersmäßig ist. Das heißt Arbeitsmedizin.

Interessant. Kleine Männer werden nämlich für die Panzertruppe gesucht, damit man die Panzer der Zukunft möglichst niedrig bauen kann. Heinitsch junior hat das erzählt, der hat es bei der Rüstung erfahren. Vielleicht bauen sie ja auch noch Panzer für die Liliputaner von Sarrasani, hat Herr Menzel gesagt. Der ist manchmal etwas mäkelig bei politischen Sachen.

Hans weiß es einzurichten, daß er mit seinem Milchglas in der Hand öfter mal an der Telefonvermittlung auftaucht. Das ist die Schaltzentrale der gesamten AG. Deshalb heißt sie ja auch Zentrale. Telefon soll man aber nicht sagen, sondern lieber Fernsprecher, deutsch.

Zu dem Mädchen mit dem späten Busen und den weißen Söckchen sagen alle Annemi, und von ihr lernt Hans, was ein Klappenschrank ist, wie man stöpselt, also Verbindungen herstellt, unterbricht und beendet. Anrufe in andere Städte müssen beim Fernamt angemeldet werden. Das ruft dann zurück, wenn die Verbindung steht: Ich habe jetzt Königsberg in der Leitung, zum Beispiel. Aber bis es soweit ist, kann es Stunden dauern. Dringend angemeldete Gespräche kommen schneller, kosten aber doppelt, und bei ganz wichtigen Anlässen kann man für die zehnfache Gebühr auch ein Blitzgespräch haben. Annemie hat noch keins erlebt, aber wenn plötzlich einer stirbt und seine letzten Worte durchsagen will, dann würde das gerne genommen. Durch einen Zufall erlebt Hans auch, wie ein Vorgesetzter mithören kann, wenn zwei andere sich unterhalten. Dann muß Annemi eine sogenannte Brücke stecken und die ins Chefzimmer rauflegen. Sie selbst könnte natürlich sowieso alles mithören, das ist klar. Aber ein deutsches Mädel tut das nicht.

Annemi läßt Hans auch selber ran. Er darf den Stöpsel mit dem Kabel daran aus dem Bord ziehen, dann führt sie seine Hand zu der Buchse, in die er den Stöpsel stecken muß. Tief hinein, bis zum Anschlag. Nur dann gibt es eine gute Verbindung. Der Stöpsel ist technisch gesehen ein Stecker, und die Techniker sagen, er wäre ein Männchen, und die Buchse nennen sie ein Weibchen. Also immer ein Männchen in ein Weibchen. Und dabei hält sie seine Hand sehr viel länger fest, als es unbedingt nötig wäre. Sie hat sogar schon ins Ausland gestöpselt, sagt sie. Und wenn Hans vergißt, daß sie keinen Busen hat, dann hat sie eigentlich sehr schöne Augen, hinter ihrer Brille.

Einmal wird Annemie schlecht, sie muß ganz plötzlich aufs Klo, und Frau Sämisch, die sie sonst ablöst, ist beim Arzt. Da darf Hans einspringen. Er setzt sich das Sprechgeschirr auf, das noch warm ist von Annemis Ohren, schiebt sein Milchglas beiseite, daß es nicht umkippen kann, und schon fühlt er sich wie der Funker auf der Hindenburg, beim Anflug auf Neuyork. Kurze präzise Meldungen, exakte Verbindungen, freundliches Guttural-Sächsisch mit fester Stimme: Bei ihm wäre das Luftschiff nicht explodiert. Dafür wird er sehr gelobt und die Chefsekretärin merkt ihn vor als Hilfstelefonisten, falls wieder einmal Not am Mann sein sollte. Daß er auf diese Weise als Mann bezeichnet wird, gefällt ihm besonders.

*

Hitler-Jugend, HJ, endlich – endlich! Es gibt endlich ein Gesetz, daß jeder Junge in die HJ darf oder muß, vom 15.–18. Lebensjahr. Auch wenn er vorher nicht im Jungvolk war. Endlich!

Der unterste Hitlerjunge heißt einfach Hitlerjunge. Aber Hitlerjunge bleiben die wenigsten, denn darüber beginnen schon die Führer: Rottenführer, Oberrottenführer, Kameradschaftsführer, Oberkameradschaftsführer, Scharführer, Oberscharführer, Gefolgschaftsführer, Obergefolgschaftsführer, Hauptgefolgschaftsführer und so weiter bis rauf zum Reichsjugendführer, über dem nur noch Adolf Hitler steht. Je höher man befördert wird, desto mehr hat man unter sich und desto weniger über sich. Aber irgend jemanden hat eigentlich jeder unter sich.

Auf den Schulterstücken werden die Rangabzeichen getragen, Balken, Sterne und Eichenlaube, und auf der Brust die Schnüre für die Dienststellung: rotweiß, grün, grünschwarz, weiß und schwarz. Bei den BDM-Mädels ist das ähnlich, nur wenn die siebzehn bis einundzwanzig werden, heißen sie *Glaube und Schönheit*, dann müssen sie immer Holzkeulen schwingen oder mit Reifen Gymnastik machen, in ganz kurzen Röckchen, und dann erinnern sie schon ein bißchen an die deutsche Kunst im Heft auf Stube 3.

Außer der allgemeinen HJ gibt es Flieger-, Motor-, Reiter- und auch eine Nachrichten-HJ. In die möchte Hans, weil er ja am Klappenschrank schon seinen Mann gestanden hat.

Bei einem Scharführer muß er sich melden. Der ist wenig begeistert. Auf so einen haben wir gerade noch gewartet, sagt er. Fünfzehn Jahre, nie im Jungvolk, keine Uniform, und was noch nicht?

Hans weiß es nicht.

Nimm wenigstens Haltung an, du Tränentier, wenn du schon keine Ahnung hast: Keine Grundausbildung hast du!

Bei Heinitschs fragt er vorsichtig an wegen einer Uniform, aber Helen winkt ab, das sei eine Äußerlichkeit. Hauptsache kräftig und gesund, das sei wichtiger, und immer sauber gewaschen. Typisch Schweizerin, von HJ keine Ahnung.

Frau Menzel will eine Kundin fragen, ob deren Junge aus seinem Zeug schon rausgewachsen sei, Herr Menzel ist dagegen, beide streiten sich im Schlafzimmer.

Frau von Drostenberger will sehen, ob sich bei Bernds Freunden etwas finden läßt.

*

Heitler!

Hans meldet sich zum ersten Dienst auf einem Platz am Rande der Dresdner Heide. Er wird den anderen Hitlerjungen vom Oberscharführer vorgestellt, als Waschfrauenlehrling in Zivil. Lernt, wie man Flecken aus der Unterhose macht. Gelächter. Vater im Ausland? Das Ausland ist groß! Grinsen. Und Mutter heißt Martha, das ist alles? Donnerwetter, vielleicht hast du ja gar keine Eltern, vielleicht hat dich ein Esel im Galopp verloren und dann mit dem Klammerbeutel aus dem Urwald gepudert! Da brüllt der ganze Haufen vor Vergnügen.

Das mit dem Galoppesel kommt ihm bekannt vor, das mit dem Klammerbeutel ist neu.

Auf dem Dienstplan für die anderen steht heute Wehrsport. Laufen, robben, anschleichen, tarnen, über Hindernisse springen und sogar schießen – mit einem Luftgewehr auf einen Kugelfang. Stehend aufgelegt. Zum Abschluß Wagenrennen: Drei Jungen sind die Pferde, zwei der Wagen, darauf steht der Lenker mit einer Leine aus Schulterriemen. Wer runterfliegt, hat verloren.

Hans darf bei all dem noch nicht mitmachen, er muß erstmal die Grundbegriffe lernen. Ein Rottenführer, ein Jahr älter als er, bringt sie ihm bei. Auf dem Fußweg neben der Straße, wo dauernd Radler vorbeikommen und blöde gucken.

Ich heiße Winfried Kegel, kapiert? – Ja. – Nicht ja, sondern jawoll. – Jawoll. – Jawoll, Rottenführer! Im Dienst und in Uniform Anrede immer mit Rangbezeichnung. – Jawoll, Rottenführer. – Und mach' dir nicht ins Hemde wegen deiner Eltern. Härte gehört nun mal zur Pflicht, bei uns. Muttersöhnchen können wir nicht gebrauchen, Waschlappen, Schlappschwänze und Schleimscheißer auch nicht. Und wenn du den Drill erstmal intus hast, dann sind wir alle prima Kameraden. Kapiert? – Ja, Rottenführer. – Jawoll! – Jawoll. – Jawoll, Rottenführer! – Jawoll, Rottenführer. – Und außerdem heißt es nicht Heitler! Heitler kann der Gefolgschaftsführer sagen oder der Stammführer oder Bannführer, also einer von den höheren Vorgesetzten. Wir Normalen sagen laut und deutlich Heil Hitler, kapiert? – Heil Hitler, Rottenführer. – Na also.

Nun von vorne: Bei Wartestellung Gewicht auf dem linken Fuß, rechter leicht vorgestellt, Hände hängen zwanglos herunter, keine Fäuste machen, nicht in die Hosentaschen stecken und auch nicht vor dem Bauch falten, das machen nur Juden und Marktweiber. Bei *Achtung!* den Körper dem Vorgesetzten zuwenden, rechten Fuß beiziehen, Hände flach an die Hosennähte, Fußstellung neunzig Grad. So erwartet der Hitlerjunge den Befehl zum Antreten ...

Nach einer Stunde kann Hans bereits vorschriftsmäßig stehen, alleine antreten und Blickwendungen vollführen: Augen rechts, *die* Augen links! *Die* ist das Vorkommando, damit man vorher weiß, in welche Richtung man gleich gucken muß. Mit *die* nach links, ohne *die* nach rechts.

Dann die ersten Schritte: Links, links, links, zwo, drei, vier, links, links, links, zwo, drei ... brüllt der Rottenführer, und Hans stapft einsam den Fußweg rauf und runter, immer wieder; verzweifelt bemüht, fest aufzutreten, den Rhythmus zu halten und die Arme zackig mitschwingen zu lassen ohne zu verkrampfen. Nicht über den großen Onkel abrollen! Blick starr auf den nicht vorhandenen Nacken des nicht vorhandenen Vordermanns gerichtet. Die lachenden Spaziergänger sieht er schon gar nicht mehr. Abteilung – – halt! Und stehen! Wenn der Haufen stehenbleibt, dann muß das ein einziger Schlag sein, als ob ein einziger Mann stehen bleibt, zack, ohne Nachklappen! Und nicht zack-zack-zack – wie eine alte Nähmaschine oder als wenn ein Bulle aufs Trommelfell pißt.

Ein Bulle aufs Trommelfell? Das hat er in Geiswil nie erlebt, und schon verpaßt er bei Im Gleichschritt – Marsch! den Marsch und latscht mit Rechts los. Der Rottenführer brüllt mit überschlagender Stimme, und Hans muß sich hinschmeißen und wieder aufspringen, noch und noch, und Kniebeugen machen und Liegestütze pumpen, ohne Rücksicht auf seinen Husten und auf den zweitbesten Anzug, den er zur Feier des Tages angezogen hat – statt Uniform. Aber unterkriegen lassen will er sich nicht, weder als Schlappschwanz noch als Muttersöhnchen. – Nicht daß du glaubst, ich schleife dich hier zu meinem Vergnügen, sondern damit aus dir was wird!

Hans ist dankbar dafür. Als er nach dem Dienst ins Heim kommt, kleine Sensation: Auf Stube 3 haben sie ein Foto, diesmal keine Kunst, sondern französisch. Aber nur heute abend noch, morgen früh muß es Norbert zurückgeben. Natürlich will Hans das auch sehen, bloß vorher einen Augenblick lang aufs Bett legen ...

Am nächsten Morgen verpaßt ihm der Erzieher fünf Küchendienste zur Strafe, weil er die Nacht in seinen Klamotten geschlafen hat, mit den dreckigen Schuhen auf dem Bettbezug. Das französische Foto ist natürlich schon wieder weg. Auch das noch!

*

Eine Woche später geht er wieder zum Dienst, in dunklen kurzen Hosen und in einem verwaschenen HJ-Hemd, das ihm Frau Menzel unauffällig zugeschoben hat, der Vati muß es ja nicht sehen! Es ist ihm zu groß, aber wenigstens braun.

Diesmal schleift ihn ein Oberrottenführer, der etwas gegen Schweizer hat: große Löcher im Käse, aber stinken zum Himmel und sind zum Scheißen zu dämlich. Wenn man 'n Hut auf 'ne Stange hängt, dann grüßen sie den, als ob's ihr Führer wäre! Los, nimm die Beene anständig in die Hand und eier' hier nicht rum wie 'ne fette Wachtel! Das ist kein Laufschritt, du Lahmarsch, so fährt 'ne alte Oma Schlittschuh!

Das Kinderheim fällt ihm ein: dieselben Übungen, die er so oft auf dem Hof gesehen hat. Ob das in der HJ alles Schwererziehbare sind?

Die Schmerzen werden immer stärker, besonders in den Knien.

Die HJ ist die Schmiede der Bewegung, du Napfsülze! Nichemal loofen kanner.

Ob der Führer weiß, daß der Dienst so hart ist?

*

Mit dem Fußballspielen klappt es gar nicht mehr, und in der Firma tut es auch weh. Bei manchen Drehungen schreit er leise auf. Indianer müßte man sein, die kennen keinen Schmerz.

Herr Kutscher schickt ihn zur Heilgehilfin. Die untersucht die Knie: Also die Schleimbeutel sind es nicht.

Krankenhaus, kennt er ja schon. Operation an beiden Kniegelenken. Irgendwas muß rausgenommen werden, erst links, dann rechts. Nichts Schlimmes, nur kleine Stückchen. Heinitsch als Vormund muß unterschreiben, daß die Beine steif werden können. An einem Donnerstag geht's los.

Der Operationssaal hat was von einer Waschküche. Ein Häubchen auf die Nase, dann Chloroform. Nun zähle mal, so weit wie du kommst! – Eins, zwei, drei, vier, links, zwo, drei, vier, links ... links ...

Er erwacht am Abend, kotzt ein bißchen und schlummert wieder ein. Freitagmorgen hat er ausgeschlafen und findet sich langsam zurecht. Großer Saal, Gips bis zum Arsch und große Aufregung. Niemand kümmert sich um ihn und seine Schmerzen. Er braucht lange, bis er die Wortfetzen zusammensetzen kann. Ungläubig fragt er die Schwester mit der Ente, und die bestätigt es: Ja, die Polacken haben Deutschland überfallen, und heute morgen, noch im Dunkeln, hat der Führer schon zurückgeschossen. Jetzt geht's den Polen an den Kragen.

Eugen kommt zu Besuch und ist begeistert. Marine, Infanterie, Artillerie, Luftwaffe preschen nämlich los und feiern einen Sieg nach dem anderen. Diese blöden Polen kommen den deutschen Panzern auf Pferden entgegen und wollen sie mit Lanzen durchbohren! Von wegen, eingekesselt werden sie! Und dann kommen die Stukas von oben, Ju 87, in der Wochenschau sollen sie schon zu sehen sein: Die tun so, als ob sie abstürzen wollten, aber in Wahrheit geht es im Sturzflug runter und kurz vor dem Boden drücken sie ihre Bomben ab und dann fliegen sie ganz steil wieder nach oben in den Himmel und die Polen stehen unten und gucken hinterher und halten sich die Ohren zu, falls sie noch können!

Werner und Lislott kommen ein paar Tage später, und Hans erzählt ihnen, was im Krieg alles los ist; denn die durften bisher noch nicht ins Kino, Vater Menzel war dagegen. Er findet Wochenschauen nicht gut, sagt Werner. Hat aber noch nie eine gesehen. Genau wie Eugen. Werner hat für Hans einen Packen Karl-May-Bände ausgeliehen. Da siegen auch nur die Guten, genau wie im Krieg!

Frau von Drostenberger bringt ihm XOX-Kekse und ein ganz neues Braunhemd mit, das faßt sich wie ein Brett an, so schön ist es gestärkt, und Annemi aus der Vermittlung kommt auch an sein Krankenbett, lächelt seinen Gips an und weiß nicht, was sie sagen soll. Einen Busen hat sie immer noch nicht.

Hans liest jede Zeitung, die er kriegen kann, besonders natürlich die Illustrierten. Immer Vormarsch, Vormarsch, und mit der Schiffsartillerie feste auf die Westerplatte!

Manchmal wird auf der Station ein Lautsprecher angemacht und man kann die Sondermeldungen selber hören: Sieg auf Sieg und Millionen Gefangene, die sich alle feige ergeben und vor lauter Angst die Hände hochnehmen, um zu zeigen, daß sie kein Gewehr mehr haben. Das haben sie nun davon! – Wovon? – Na, den deutschen Landsern kann's nur recht sein, auch wenn über 11 000 von ihnen diesen Sieg mit dem Heldentod bezahlen müssen. Es ist ja fürs Vaterland.

Als sein rechtes Knie auch noch operiert wird, ist der Krieg längst vorbei, der polnische Adler windet sich im Staube vor dem Hakenkreuz und der neue Freund des Führers heißt Josef Stalin. Ist zwar ein Russe, aber ein guter, wenn man so sagen darf. Der kriegt von Polen ein Stück ab und schickt dem Führer dafür Weizen, den er gut gebrauchen kann. Für Hermann Göring und den Vierjahresplan.

Hans wird verlegt in ein kleineres Zimmer. Da kann er nach Herzenslust Skat spielen. Jetzt auch um Geld, was natürlich verboten ist. Aber er gewinnt nicht schlecht. Außerdem liest er *Kleine Frau im großen Glück*, seinen ersten Liebesroman. Das Buch ist ein Schwert des Geistes, stand in der Zeitung, und deshalb will er die Zeit hier nutzen, um sich wenigstens im Kopf zu bewaffnen.

Und wieder lernt er eine tolle Frau kennen, Elsbeth, die Nachtschwester. Sieht aus wie diese Dame von der Litfaßsäule, mit *VIM ist die Kraft in der Dose!* Nur etwas rundlicher, die Schwester. Sehr freundlich, spricht aber kaum ein Wort mit ihm. Weckt ihn morgens, wenn es noch dunkel ist, streicht ihm über den Kopf und wäscht ihn dann. Mit flinken Fingern. Sehr angenehm. Besonders an einer Stelle, wo er es mit dem Waschen noch nie so genau genommen hat. Sie bemerkt gar nicht, was ihm da passiert. Nur wenn er zappelt, wird sie streng. Pst und Hände ruhig! Sie massiert ihm auch den Rücken.

Das möchte er eigentlich mal jemandem erzählen, bloß wem? Und dann erlebt er andere Dinge, die ihn verstören.

Nach einer Rundfunksendung hört er einen Kranken sagen, das Radio sei eine Goebbelsgusche. Muß man das melden, anzeigen, und bei wem? Bei der Schwester Elsbeth?

Als er an Krücken schon wieder aufs Klo darf, hört er zwei Männer draußen pinkeln: Göring ist Morphinist, Goebbels vögelt alle Weiber und Gauleiter Mutschmann heißt König Mu.

Mit Morphinist kann er nichts anfangen, das klingt nach Musiker, und König Mu findet er auch nicht schlimm. Aber das andere hält er für eine böse Ehrenkänkung. Da denkt man natürlich an die Kunst von Stube 3 und stellt sich Goebbels vor, wie er mit langem Hals auf der Leda flattert und sie hält sich die Augen zu – und hinterher hebt er die Hand zum deutschen Gruß? Nie würde Goebbels so etwas tun! Niemals! Ein gemeiner Volksfeind, wer so etwas behauptet!

Im *Freiheitskampf* liest er, wie der Jude überall mit geifernder Giftschnauze das deutsche Volk besudelt, wo er nur kann, besonders die deutsche Frau. Weshalb ihm das Schandmaul auch für immer gestopft werden muß, das hat der Führer schon in die Wege geleitet. Gottseidank, dann braucht Hans das nicht mehr zu melden.

Aber dann am 8. November die Nachricht vom Attentat auf Adolf Hitler. Nachdem er in München geredet hat, explodiert auf einmal der ganze Bierkeller! Zum Glück fliegen nur 6 Parteigenossen in die Luft und über 60 werden verletzt, aber dem Führer wird von der Vorsehung kein einziges Haar gekrümmt, weil er unter dem persönlichen Schutze Gottes steht. Da hat das deutsche Volk noch einmal Schwein gehabt.

Beim Laufen tut es immer noch weh, aber der Doktor ist zufrieden. So etwas braucht Zeit und Schonung. Ein paarmal Heilgymnastik, Beugen und Strecken, leichte Arbeit im Betrieb, keinen Sport, keinen Fußball und keine HJ, vom Dienst freigestellt.

Pech. Da wird es für den Führer wohl am besten sein, wenn Hans gleich Soldat wird – bei einem motorisierten Truppenteil zum Beispiel. Leichte Artillerie vielleicht, mit Selbstfahrlafetten, da kann man auf dem Vormarsch dauernd sitzen. Und das schafft er spielend.

Frankreich würde ihn besonders reizen, schon wegen gewisser Fotos.

*

Während Hans im Krankenhaus war, hat sich das Leben in Großdeutschland gewaltig verändert. In Dresden auch. Krieg, das bedeutet nicht nur Sondermeldungen und besiegte Polacken, sondern auch heroischer Kampfeinsatz der Zivilbevölkerung!

Lebensmittelkarten, Bezugscheine, Privat-Autos werden zur Wehrmacht eingezogen und kriegen einen Militäranstrich, auch der P 4 von Vater Menzel. Der muß seine Leitern und Eimer nun auf einem Ziehwagen transportieren.

Auf der Straße sieht man Soldaten mit Wehrmachtsfahrrädern. Die haben abnehmbare Lenkstangen. Dadurch kann sie niemand klauen, wenn sie im Feindesland mal auf der Straße rumstehen, weil man ohne Lenker nicht darauf fahren kann. Der Führer hat eben an alles gedacht.

Ein neues Wort, das immer öfter zu hören ist, heißt kriegswichtig. Gebäudereinigung ist zum Beispiel nicht kriegswichtig.

Was kriegswichtig ist, kriegt die Wehrmacht und der Führer, und die Bevölkerung muß sich am Riemen reißen und denselben enger schnallen, es ist ja nicht für lange.

Kautabak zum Beispiel, Marke HANEWACKER, gibt es erst dann wieder für die Zivilisten, wenn alle Soldaten reichlich davon haben. Denn die müssen schließlich damit kämpfen. Steht auf einer Reklame. Auch Kölnisch Wasser muß zuerst an die Front geliefert werden, die Dame von Welt wird in Annoncen um Verständnis gebeten.

Im Heim gibt es kein gerolltes Klopapier mehr, alles für den Landser! Das graue Zeug, das in Friedenszeiten benutzt wurde, war sowieso ziemlich holzhaltig. Empfindliche Lehrlinge haben sich damit Splitter in den Hintern gerissen. Angeblich. Aber Soldaten sind ja abgehärtet – Hauptsache, sie können damit siegen.

Die Lehrlinge finden, daß Zeitungen sogar weicher sind als Klopapier. Erstaunlicherweise. Sie werden über eine Tischkante auf Postkartenformat gerissen und dann auf Drahthaken gespießt. So hat man auf der Brille immer was zu lesen: *Völkischer Beobachter, Angriff, Leipziger Neueste Nachrichten, Das Schwarze Korps, Berliner Morgenpost, Dresdner Zeitung, Freiheitskampf,* diverse Illustrierte und die beliebte *Koralle.*

Meist hängen da für hinterlistige Zwecke nur Textstellen, gelegentlich ist aber auch ein Foto dabei, ganz oder teilweise. Mit einem gewissen Ribbentrop hat Hans rückwärtig keine hygienischen Probleme, aber sobald er Hitler-Göring-Goebbels auf den Blättchen erkennt, einen deutschen General mit Monokel oder Mussolini, da stockt seine

Hand, das kann er einfach nicht auf sein Konto nehmen. Er hängt die hochverehrten Idole dann weiter nach hinten auf den Spieß, überläßt sie den Skrupellosen und reinigt sich lieber mit Unverfänglichem, zum Beispiel mit Annoncen.

Eine findet er so lustig, daß er sie vorher auswendig lernt. Da feiern nämlich Männer Silvester mit Sekt und Papierschlangen, alle fröhlich, bloß einer faßt sich schmerzverzerrt an den Lackschuh. Da sagt ein anderer zu ihm:

Dein Hühnerauge schielt wohl gar
zu trüb' ins frohe neue Jahr!
Durch LEBEWOHL wirst Du es los!
Prost Neujahr, alter Trauerkloß!

Falls er mal ein Kreuzworträtsel zu fassen kriegt – das klaut er skrupellos, ebenso Karikaturen über die Feinde Deutschlands. Und wenn etwas über Bayreuth drinsteht, das auch. Bayreuth ist nämlich das Festspielhaus von Richard Wagner und so imponierend wie drüben in der Neustadt der Zirkus Sarrasani.

Im Mai 41 liest er, daß Rudolf Heß verrückt geworden ist. Mit einem Flugzeug ist er heimlich nach England geflogen, um das deutsche Volk bei den jüdischen Plutokraten zu verraten! Er ist mit dem Fallschirm runter, und der nagelneue Flieger ist beim Absturz zu Bruch gegangen! Da hat Hans natürlich keine Hemmungen mehr, den Führer-Stellvertreter beim Abruzzen gnadenlos zu demütigen.

*

Auch in der Firma spürt man den Krieg. Man kann ihn sogar riechen, denn es stinkt weniger. Kriegswichtige Lösungsmittel dürfen nicht mehr verwendet werden, und die Ersatzchemikalien verdunsten weniger stark, reinigen aber auch nicht so gut. Also bleibt mancher Fleck eben drin im Gelumpe. Bis zum Endsieg. Alle müssen Opfer bringen.

Mehrere Arbeiter sind eingezogen worden, für sie müssen jetzt Frauen und Rentner ran. Bald sollen polnische Kriegsgefangene kommen. Annemi ist weg, dienstverpflichtet im Wehrkreiskommando. Ein pensionierter Buchhalter hat die Vermittlung übernommen und stöpselt alles durcheinander. Hans wird oft zu Hilfe gerufen, später übernimmt er die Zentrale ganz. Seine Ausbildung ruht solange. Auch er muß Opfer bringen.

Es gibt viel zu tun. Die Leute stehen Schlange vor der Annahme und bringen Decken, Barchent-Laken und Nesselbahnen zum

Schwarzfärben. Als Verdunkelungsvorhänge für die Fenster. Denn spezielle Verdunkelungsrollos gibt es nicht mehr zu kaufen. Die wären zwar kriegswichtig, können aber nicht mehr hergestellt werden, weil die Fabriken jetzt noch kriegswichtigere Dinge produzieren müssen. Fallschirme zum Beispiel. Kriegswichtig ist also steigerungsfähig, und die Front kommt immer zuerst, wie beim Kautabak.

Da! sagt Herr Kutscher ärgerlich, und seine Beule hüpft heftig aus der Stirn. Er zeigt Hans ein älteres Plakat am schwarzen Brett, auf dem eine Bombe über einer deutschen Stadt schwebt. Darunter steht:

Schützt Euch!
Werbet von Mund zu Mund
für den Reichsluftschutzbund!

Seit drei Jahren hängt das da! Aber niemand hat es ernst genommen, und jetzt kommen alle haufenweise angekleckert!

Die Verdunkelung wird in der Stadt inzwischen scharf kontrolliert, aus gutem Grund, sagt Herr Kutscher. Wenn der Feind nämlich nachts seine Flieger schickt und alle Deutschen haben die Fenster zugehängt, dann ist Dresden von oben gar nicht mehr zu finden. Wenn aber nur ein einziger schludert und es fällt nur ein kleiner Strahl aus seiner Wohnung nach draußen, dann kann der dem Feinde alles verraten und deshalb muß der betreffende Volksschädling dafür in den Knast bis hin zur Todesstrafe. Beim Verdunkeln kann man gar nicht genau genug sein! Wenn nachts auf der Straße ein deutscher Raucher an seiner Zigarette zieht, dann kann der Feind das noch hundert Meter weit erkennen!

Auch Hans wird für den Luftschutz ausgebildet, zunächst als Helfer mit Kursen und Übungen. Gefällt ihm fast noch besser als Hitler-Jugend, und seine beiden Braunhemden kann er unterm Pullover anziehen, machen andere Jungen auch. Dann denken die Leute, er wäre doch in der HJ.

Die Erste Hilfe beginnt mit dem Aufreißen eines Verbandspäckchens, das jeder Luftschützer immer bei sich tragen muß. Es ist ein Übungspäckchen, das sich nach dem Aufreißen wieder zumachen läßt, damit es die anderen noch öfter aufreißen können, also ein Päckchen für den ganzen Kursus. Eigentlich braucht man zwei Hände dazu, wenn man aber mit der einen Hand gerade eine Brandbombe löscht, kann man das Päckchen auch mit der anderen Hand und den Zähnen öffnen. Bei Sprengbomben geht das nicht, weil die vor dem Löschen meistens schon explodieren oder sie sind Blindgänger oder Zeitzünder, die als erstes unverzüglich dem Vorgesetzten gemeldet werden müssen. Genaue Lage-Erfassung, knappe Meldung, fasse dich kurz. Niemals berühren, die Bomben. Vermeiden, daß Unbefugte in die Nähe treten.

Dann werden in der Ersten Hilfe die Verletzungen durchgenommen. Vierzehn Hausfrauen nehmen an dem Kursus teil, fünf davon fallen schon in Ohnmacht, bevor die eigentlichen Brandwunden angefangen haben. Sie müssen nach Hause gebracht werden. Das ist der erste Luftschutzeinsatz, bei dem sich Hans bewähren kann.

Wie bei der HJ, so gibt es auch im Luftschutz viele Dienstgrade, die meisten Luftschützer haben andere unter sich. Der unterste ist der Truppmann, darüber folgen Obertruppmann, Truppwart, Obertruppwart, Truppmeister, Obertruppmeister, Führer, Oberführer, Hauptführer, Gruppenführer und ganz oben Hermann Göring. Daß er dem nun direkt unterstellt ist, gefällt Hans besonders. Und bis zum Führer möchte er es eigentlich auch bringen, bevor er ins Militär eintritt. Hoffentlich gibt es in Dresden bald etwas zu löschen, damit er sich weiter bewähren kann. Natürlich in kameradschaftlicher Brandbekämpfung gemeinsam mit der Feuerschutzpolizei, das ist klar.

Der Luftschutzhelm ist größer als der Stahlhelm der Wehrmacht, er hat einen breiteren Rand, damit einem brennende Balken nicht auf die Schultern fallen können. Als Gasmaske dient die deutsche Volksgasmaske VM 40, deren Klarscheiben nach Entfernung des Sprengrings von Zeit zu Zeit auszutauschen sind. Die Maske schützt gegen alle chemischen Kampfstoffe bis auf Leuchtgas und Kohlenoxyd.

In allen deutschen Wohnungen, Treppenhäusern und öffentlichen Gebäuden müssen auf allen Etagen Eimer mit Löschwasser bereitgestellt werden. Dazu eine Feuerpatsche zum nassen Ausschlagen kleinerer Brände. Ferner Tüten mit Löschsand zur trockenen Bekämpfung von Stabbrandbomben. Die sehen aus wie Thermometer von Wecktöpfen und dürfen mit Wasser nicht in Berührung kommen, weil der Phosphor sonst um sich spritzt. Wirft man aber eine Tüte mit Löschsand auf die Stabbombe, so platzt diese auf, die Tüte, und der herausrieselnde Löschsand schneidet dem Phosphor den Sauerstoff ab. Im Winter ist darauf zu achten, daß beim Ausbleiben von Luftangriffen der Löschsand nicht zum Streuen vereister Gehwege verwendet wird.

Luftschutzräume sind durch Stützbalken zu versteifen, mit Leuchtfarbe zu kennzeichnen und durch eine Gasschleuse zu sichern. Die Anzahl der darin zugelassenen Volksgenossen ist am Eingang zu vermerken. Bei Fliegeralarm auf der Straße Zugtiere ausspannen und anbinden. Die in Abhängigkeit von der Jahreszeit für den jeweiligen

Kalendertag geltenden Verdunkelungszeiten sind den Tageszeitungen zu entnehmen. Bei absoluter Dunkelheit auf den Straßen tragen die Volksgenossen kleine selbstleuchtende Plaketten am Mantel, damit sie sich nicht gegenseitig umrennen. Vermeidet Unfälle.

*

Erst die Siege in Norwegen, dann Fallschirmjäger über Rotterdam, und nun liegt auch Frankreich am Boden, die Tommies sind in Dünkirchen ins Meer gejagt worden, schöne nagelneue kriegswichtige Lkws haben sie in den Kanal gefahren, und über die sind sie mit vollgeschissenen Hosen auf kleine Fischerboote gerannt und geflüchtet – erbärmliche Feiglinge. Kapitänleutnant Prien versenkt mit seinem U-Boot fast die ganze britische Flotte, das Eisenbahngeschütz Langer Bruno feuert über den Kanal auf die englische Insel rüber, und deutsche Bomber radieren da drüben alles aus. Englische Flugzeuge versuchen zwar, Deutschland anzugreifen, aber bis Dresden trauen sie sich natürlich nicht. Außerdem werden sie gleich im Westen abgeschossen.

Hans arbeitet noch immer in der Zentrale, hilft aber auch in der Annahme aus.

Herr Kutscher ist stolz darauf, daß Paris nun endlich sächsisch ist. Jetzt weiß er, wozu er damals seine Knochen hingehalten hat, und nach dem Endsieg will er persönlich auf den Eiffelturm und den Arschdetriumpf. Er hat inzwischen mehrere Polen unter sich, denen er das Arbeiten beibringt und die immer noch einen Schreck kriegen, wenn seine Beule aus dem Kopf springt. Der Pole ist ein fauler Waschlappen. Er glaubt übrigens nicht mehr, daß es der Führer war, der in Pasewalk so fürchterlich gerülpst hat; wahrscheinlich war es doch ein anderer. Eine Verwechslung.

Heinitsch junior ist viel auf Dienstreisen, errichtet neue Werke im Osten, im Sudetenland und im Generalgouvernement, bei Menzels ist eine gewisse Unruhe, weil Lislott schon wieder einen neuen Freund hat und der vorige noch nichts davon weiß. Bernd von Drostenberger hat sich zur Panzertruppe gemeldet.

Auch im Heim gelassene Siegeszuversicht. Die Luftschutzübungen werden zwar noch durchgeführt, aber es wird dabei viel gelacht. Wenn die Sirenen heulen, dann ist es ein Probealarm, auch wenn sich tatsächlich feindliche Bomber in den Dresdner Luftraum verirrt haben. Und das Wort Entwarnung verwendet man bald auch für „gar nicht wahr, halb so schlimm, April-April“, und weil Entwarnung für die

Kellerinsassen bedeutet: „alles nach oben", nennt man eine Hochfrisur jener Tage, bei der die Frauen alles Haar nach oben kämmen, eine Entwarnungsfrisur. Kriegshumor, da lacht die Koralle!

Bei einem Alarm sitzt Hans neben dem Küchenmädchen Lucie, die ist in ihrer Arbeitskleidung in den Luftschutzraum gekommen. Sie ist um die zwanzig und sieht wirklich nicht aus wie Glaube und Schönheit, kein Schwan würde auf die rauf wollen. Eine nicht mehr weiße Wickelschürze hat sie an, ärmellos, spitzer Ausschnitt vorne und nur ein Band um den Bauch. Hinten eine Schleife. Wenn man daran zieht, geht die Schürze bestimmt auf. Und dann hat sie nichts drunter. Sagt jedenfalls Norbert. Der pimpert öfter mit ihr. Sagt er. Wenn du bei der den richtigen Griff ansetzt, dann springt sie dir mit den Beinen um den Hals. Aber welches wäre der richtige Griff?

Hans guckt in ihren Ausschnitt: große weiche weiße Brüste mit Sommersprossen. Sie schlägt die Beine übereinander und die Schürze rutscht ein Stück weit hoch: weiche weiße Schenkel, bis halb nach oben nackt. Was ihn aber wahnsinnig macht, das sind ihre runden Oberarme, fleischig-saftig, oder genauer: die Achselhöhlen darunter, denn aus denen quellen zwei riesige schwarze Haarbüsche hervor – wie bei den Weibern von der Kunst zwischen den Beinen, auf Stube 3.

Sie zieht ihn am Ohr und flüstert etwas hinein. Steht bei dir schon was oder ist da noch Baustelle? hat er verstanden. Was soll das? Aber ihr warmer Atem in seinem Ohr jagt ihm einen Schauer über den Rücken, die Haut wird kribbelig. Dann die Sirene.

Entwarnung, sagt Lucie und macht ein komisches Zeichen mit der Hand zu Norbert, der auf der anderen Seite des Raumes sitzt und zurückgrinst. Daumen zwischen Zeige- und Mittelfinger.

Verliebt? Nä! Um Himmels willen. Aber irgendwas zieht ihn hin zu ihr, eiverbibchtnochmal. Immer wieder muß er an sie denken und an die schwarzen Haarbüschel. Was er eigentlich von ihr will, das weiß er gar nicht. Umlegen kommt für ihn nicht in Frage. Obwohl er ganz genau ahnt, wie's geht. Aber ... nää!

Gerade jetzt fällt ihm sein Konfirmationsspruch wieder ein, blöderweise: Ist es möglich, so viel an Euch ist, so habt mit allen Leuten Frieden. Na gut, Frieden hat er ja mit ihr. Bloß mit Frieden alleine kriegt er seine Gedanken nicht wieder auf Vordermann. Und dann ein anderes Problem: Mal angenommen, es käme zum Pimpern – nur mal angenommen, müßte er dann gleich zum Abendmahl und sich die Lucie vergeben lassen? Oder funktioniert Christi Blut bei sowas nicht, würde was zurückbleiben auf seinem Konto?

Er will anständig sein. Wenigstens so anständig, daß die Heinitschs und Drostenbergers und vor allem die Menzels nichts merken. Wie könnte er neben Lislott am Tisch sitzen, wenn Mutter Marie wüßte, daß er heimlich Mädchen umlegt.

Beim Küchendienst trifft er die Lucie jetzt öfter. Absicht. Mal ist sie ganz nett zu ihm, dann wieder garstig und von oben herab. Gähnt ihn mit offenem Munde an. Wenn er sich dann zurückhält, fordert sie ihn wieder heraus.

Einmal beugt sie sich so weit über den Geschirrkorb, daß ihre Titten frei in der Schürze baumeln. Die linke scheint etwas länger zu sein als die rechte. Aber ganz sicher ist er sich nicht. Dann wieder kratzt sie sich mit dem Handfegerstiel am Hintern, die Schürze springt ein Stückchen auf, und als er hinschaut, wirft sie den Handfeger nach ihm. Du Ferkel, du!

Sie spielt mit ihm, sie reizt ihn bis zur Weißglut – wie schön war es doch im Krankenhaus mit Schwester Elsbeth, trotz Gips und allem! Aber andererseits diese herrlichen Haarbüschel! Er fühlt sich hin- und hergerissen.

Na? Spielst du schon wieder Taschenklavier? Hand aus der Hosentasche, der liebe Gott sieht alles!

Damit verletzt sie seine Manneswürde, die alte Sau.

Will sie nicht, war nicht so gemeint, sagt sie. Bietet an, er könne ja abends zu ihrer Kammer kommen, das Fenster sei um die Ecke, vom Heim aus nicht einzusehen.

Er geht hin, Fensterflügel offen, steigt treuherzig ein. Es ist weich unterm Fuß, stinkt, und ein Blechdeckel rollt scheppernd zur Seite. Sie lacht im Halbdunkel, dann schlägt eine Tür zu: Er steht voll in der Abfalltonne fürs NSV-Schwein.

Was jetzt, Strafe oder Rache? Egal, jedenfalls kann er so nicht weiterleben als zukünftiger Fabrikant. Eugen sagt, Lucies Kammer wäre in Wahrheit ein Fenster weiter, neben dem Raum mit den Tonnen, das wüßten eigentlich alle. Und sein Vorschlag: einen Fromms anständig voll Wasser machen, fast bis er platzt, zuknoten und ihr den ganz freundlich in den Ausschnitt schmeißen.

Einen Fromms hat Hans natürlich nicht. Also rennt er wieder runter, findet das richtige Fenster angelehnt, drückt es auf, und mit einem Eimer Löschwasser und einer Tüte Sand stellt er seine Ehre wieder her, vom Selbstbewußtsein ganz zu schweigen. Aus der Kammer unterdrückte Schreckreaktionen, dann Schweigen.

Gegen Mitternacht werden alle Lehrlinge geweckt und in den Speisesaal zitiert. Wasser und Sand haben voll ins Bett getroffen. Der Schuldige soll sich sofort melden. Hans schaut sich um: Niemand meldet sich.

Am nächsten Morgen, es ist Sonntag, erneute Nachfrage: Wieder kein Schuldiger, nur Eugen schaut verdächtig unbeteiligt zu Boden. Fristverlängerung bis zum Abend.

Zur Vieruhrvorstellung geht Hans ins Kino, ins Capitol, erste Reihe Rasiersitz. Es wird wieder viel gesiegt in der Wochenschau, aber auch der Humor kommt nicht zu kurz: Landser – irgendwo an der Front – faulenzen in der Sonne mit nackten Oberkörpern, einer spielt Mundharmonika, die anderen haben gute Laune. Ein Genießer schmiert sich mit geschlossenen Augen Niveacreme ins Gesicht. Da kommt ein lustiger Kamerad und vertauscht die Hautcreme mit einer Schuhcreme. Nun schmiert sich der ahnungslose schwarzen URBIN auf die Backen, riecht den Unterschied, reißt die Augen auf und sieht seine lachenden Kameraden. Da muß er natürlich mitlachen, was wäre ein Krieg ohne Humor!

Nach dem Kulturfilm über die Ostmark kommt Robert Koch, der Bekämpfer des Todes. Man sieht, wie ein totes Mädchen aufgeschnitten wird, damit die Lebenden nicht auch noch krank werden. Obwohl die Eltern von dem Mädchen dagegen sind. Jeder muß Opfer bringen.

Im Heim erwartet ihn ein Tribunal: Erstens zu spät gekommen, zweitens gestern abend beobachtet worden, und drittens zu feige, die Wahrheit zu sagen! Ein feiger Waschlappen, sagt Herr Maler. Draußen an der Front sterben die Besten für Deutschland, und hier kann ein Luftschutzhelfer noch nicht einmal seine Vorschriften einhalten: mit Löschwasser und Löschsand! Und wenn Alarm gekommen wäre? Ein ehrloser Lump ist er, feige und hinterhältig, und wenn er älter wäre, müßte er als Volksschädling angezeigt werden!

Draußen an der Front schmieren sich die Besten sogar mit Schuhcreme ein und lachen darüber! Vor allem steht Hans noch unter dem Einfluß von Robert Koch, der von Rudolf Virchow auch aufs übelste verdächtigt und verleumdet wurde und der sich auch durchgesetzt hat. Ganz am Ende des Films. Da hat es allen leid getan, daß sie vorher gegen ihn waren.

Denn genau genommen hat er ja gar nichts auf dem Konto – die Lucie hat ihn so verrückt gemacht! Aber darf er das sagen, als Ehrenmann? Soll er sagen, Lucie ist eine alte Sau, die mit allen pimpert, bloß mit mir nicht? Dazu ist er zu ritterlich, dafür hat er schon zu viele Romane gelesen. Das Buch ist das Schwert des Geistes.

Also nimmt er es auf sich, geächtet zu werden. Er tut es für eine Dame. Obwohl sie keine ist. Außerdem schielt sie ein bißchen. Aber das ist ihr Problem. Deutschsein heißt, eine Sache um ihrer selbst willen tun.

Zu den Vorwürfen sagt er nichts. Hält die Gusche. Beharrlich. Denkt lieber drüber nach, wer ihn wohl verpfiffen haben könnte. Wahrscheinlich sie selber.

Na gut, wenn du nicht willst, dann bitte sehr! Nach dieser Einleitung wird ihm der Rausschmiß verkündet: Du packst heute abend noch deine Sachen, und morgen bist du draußen, du Feigling.

Da entschließt er sich doch noch zu einem letzten Wort: Hoffentlich dauert der Krieg so lange, daß ich mich an der Front bewähren kann. Und dann werden wir ja sehen, wer hier ein Feigling ist.

Dafür fängt er auch noch eine Ohrfeige ein.

Und jetzt?

1942–1944

Dem Vormund gegenüber zeigt er Reue, er schämt sich. Falsch und dämlich, was er da gemacht hat. Will das nie wieder tun. Helen läßt ihn deutlich spüren, daß sie enttäuscht ist. Auch scheiße.

Gute Beziehungen nennt man Vitamin B, und mit Vitamin B findet Heinitsch junior ein anderes Lehrlingsheim für Hans. Etwas weiter weg von der Firma. Morgens früher aufstehen und länger unterwegs mit der Straßenbahn.

Am liebsten steht er vorne neben dem Fahrer. Ohne sich festzuhalten. Er balanciert sich aus, verlagert seinen Schwerpunkt vorausschauend, beim Anfahren, Bremsen und in den Kurven. So etwa wie der Kapitän auf der Brücke eines Zerstörers, der mit schäumender Bugwelle den Atlantik durchpflügt, rollend bei schwerer See, wenn die Straßenbahn eiert, von einem Bein aufs andere wiegend, mit dem Ritterkreuz am Hals. Steuermann, halt die Wacht!

Aber in der Wirklichkeit sieht er auf einmal Judensterne neben sich auf der Brücke. Nicht jeden Tag, aber verhältnismäßig oft. Gelbe Stoffsterne, auf Mäntel genäht. Dienstverpflichtete Juden. Müssen arbeiten für den Endsieg. Vater Menzel sagt, es ist Vorschrift, daß die auf der vorderen Plattform stehen bleiben, wenn sie Straßenbahn fahren. Bus dürfen sie gar nicht mehr und sich hinsetzen auch nicht. Er findet das nicht in Ordnung.

Hans auch nicht. Vorne ist der schönste Platz, und den kriegen ausgerechnet die Itzigs? Während hinten der halbe Wagen leer ist? Außerdem sehen sie alle ängstlich aus, die Männer fast mehr als die Frauen, und während er breitbeinig und freihändig wie Nis Randers durch Dresden schlingert, halten die sich an allem fest, was sie kriegen können. Zum Glück sind es nicht viele. Und sie riechen auch halb so schlimm, wie man immer sagt. Eigentlich gar nicht.

Viele verwundete Soldaten sieht man auf den Straßen, aber alle auf dem Wege der Besserung und meistens fröhlich. Auch Offiziere mit dem Arm in der Schlaufe oder mit Augenklappe, am Stock humpelnd, aber immer mit blitzeblank geputzten Schaftstiefeln. Auch wenn ein Offizier nicht mehr gehen kann, darf er sich niemals gehen lassen. Das liegt daran, daß es in Dresden und drum herum viele Lazaretts und

Krankenhäuser gibt. Auch Genesungsabteilungen. Die Krüppel, die Kaputten und Amputierten haben genau dieselben Vorteile wie werdende Mütter – extra reservierte Sitzplätze in der Straßenbahn.

Interessant sind auch die Hundeführer. Das sind genesende Unteroffiziere, die Schäferhunde für Kriegsblinde ausbilden. Die können meist schlecht laufen, diese Ausbilder, müssen aber so tun, als ob sie nicht sehen könnten, weil die Hunde an jedem Bordstein anhalten sollen, damit der echte Blinde nicht auf die Nase fällt. Und falls ein Auto naht, gehen sie sowieso nicht los, sonst würde er ja überrollt werden. Wenn ein Laternenpfahl im Wege steht oder eine Litfaßsäule, dann lassen sie den Unteroffizier nicht dagegen rennen, sondern führen ihn von alleine seitlich daran vorbei, auch wenn er nicht will. Und bei der Straßenbahn führen sie den Blinden genau zum Einstieg und dann zur Sitzbank für werdende Mütter.

Die Bevölkerung ist immer ganz gerührt, wenn sie so etwas sieht. Am liebsten würde man natürlich den Kriegsblinden streicheln, weil er sein Augenlicht für den Endsieg geopfert hat und jetzt mit diesem leeren Blick in den Himmel schaut. Aber das wäre gegen die Blindenehre. Deshalb streichelt man stellvertretend den Schäferhund, und der wedelt dann für sein Herrchen mit dem Schwanz. Außerdem besteht ja immer noch Hoffnung, daß ein Blinder wieder sehend wird, der Führer hat es schließlich vorgemacht.

Die Ausbilder sind ganz lieb zu den Tieren, loben sie, streicheln sie, klopfen ihnen den Hals. Kein Anschiß, nicht mal ein lautes Wort. Kein Schleifen, keine Liegestütze, nix! So einen Erzieher hätte man im Kinderheim haben müssen. Und die Hunde gucken ihre Unteroffiziere an – so treu! Und so dankbar für jedes Lob, daß man eigentlich sofort einen davon haben möchte. Einen Schäferhund.

Herr Kutscher sagt, die Kriegsblinden kriegen zusätzlich zu den Hunden noch eine Blindenzulage, von der Wehrmachtsfürsorge. Das wäre eine feine Sache und diente zum Bezahlen des Futters.

Weißt du übrigens, warum sie die gelben Armbinden mit den drei schwarzen Punkten tragen müssen, nein? Damit sie sich gegenseitig schon von weitem erkennen! Er prustet los.

Hans versteht den Witz nicht, aber Herr Kutscher lacht so sehr, daß seine Stirnbeule lauter Freudenhüpfer macht. Und da lacht Hans natürlich mit.

In der Firma immer mehr Kriegsgefangene und Fremdarbeiter. Seitdem auch im Osten zurückgeschossen wird, sogar Russinnen mit Riesenbrüsten, kurzen Hälsen, ganz runden Gesichtern und ohne Dauerwellen. Sie haben sich freiwillig gemeldet, lieben ihre Arbeit sehr und sagen: Stalin nix gutt, Gitler scheen, Deutsch serr gutt! Richtig befreit wirken die. Und ein bißchen Französisch kann Hans auch schon, von Franxwa aus Amjeng. Merde heißt zum Beispiel auf sächsisch Scheiße.

Die Polen haben ein P auf den Klamotten, weil sie keine Juden sind. Deshalb steht ihnen der Stern auch nicht zu.

Wenn Fremdarbeitern schlecht wird oder wenn sie husten müssen, kriegen sie natürlich keine Milch. Denn so sehr kriegswichtig sind sie nun auch wieder nicht.

*

Auf dem Klopapier immer mehr Todesanzeigen mit dem Eisernen Kreuz, links oben. Alle gleich groß. Das sind die Gefallenen für Großdeutschland, für Führer, Volk und Vaterland. Sie haben ihn bei treuer Pflichterfüllung auf dem Felde der Ehre gefunden – ihren Heldentod. Angehörige teilen das mit, in tiefem Schmerz oder in stolzer Trauer. Eine Mutter schreibt, ihr Sohn sei am Tag der Bewegung geboren worden, an einem 9. November, und am 20. April sei er seinen schweren Verletzungen erlegen, genau an Führers Geburtstag. Das ist doch mehr als ein komischer Zufall, das muß diese Vorsehung sein, von der Adolf Hitler so gerne spricht.

Die germanischeren Deutschen schreiben übrigens nicht mehr „geboren“ und „gefallen“ in ihre Anzeigen, sie verwenden statt dessen sogenannte Runen. Das sind Zeichen, die unsere Vorfahren in die Bäume geritzt haben, als es noch keine Zeitung gab. Die Sieg-Rune ist zum Beispiel das Blitz-Zeichen, das vom Jungvolk verwendet wird, Doppel-Blitz ist das Zeichen für SS. „Geboren“ ist ein dreifingriger Besen, der nach oben zeigt, und wenn er nach unten zeigt, heißt das „gefallen“.

Die Anzeigengröße ist neuerdings vorgeschrieben, wegen der Papierknappheit. Vater Menzel erzählt von einer jungen Witwe, die ihren Mann besonders lieb hatte und sehr reich ist, die wollte eine halbe Zeitungsseite für ihn haben. Geht nicht, wurde ihr gesagt, alle Gefallenen sind gleich. Gleich tot. Und als sie weiter darum bettelte, wurde ihr gesagt: Hören Sie auf! Bei dem, was Sie verloren haben, da wird's Ihnen doch wohl auf ein paar Quadratzentimeter Zeitung nicht mehr ankommen! Alle müssen Opfer bringen, auch die Hinterbliebenen! – Da war sie endlich stille. Also keine Extrawurst.

Mit den eigenen Hinterbliebenen wird Hans wahrscheinlich Schwierigkeiten kriegen, wenn's mal drauf ankommt.

Bei der Wehrmacht müssen nämlich alle persönlichen Papiere auf den Tisch, auch solche, die der Vormund bisher unter Verschluß hatte. Daß seine Mutter Martha Reichel heißt, weiß er seit dem Konfirmandenunterricht, da hat er seinen Taufschein gesehen. Jetzt liest er in einer Mitteilung des Jugendamtes, daß sein Vater Franz heißt. Aber nicht Franz Reichel, sondern Franz Roth.

Aha. So ist das also.

Und Martha Reichel hat angeblich geheiratet und ist mit ihrem Mann in den Libanon gegangen, nach Beirut. Und Herr Roth ist auch im Ausland, aber nicht mit Frau Reichel. Helen Heinitsch hat das herausgefunden, die hat sich in der Schweiz erkundigt. Laut Geburtsurkunde hat Hans wenigstens geordnete Großeltern, nämlich Karl Heinrich Reichel und Amanda, geborene Kusenberg, wohnhaft in St. Gallen. Aber leider tot. Angeblich. Und mit toten Hinterbliebenen kann man als Gefallener keinen Blumentopf gewinnen.

Sollte die Vorsehung auch für ihn einen Heldentod bereit gelegt haben, und sollte er ihn bei harten Kämpfen eines Tages finden, wer würde dann wohl annoncieren? Heinitsch als Vormund? Ja. Und vielleicht noch Menzels dazu. Schön wäre natürlich, wenn er auch Bernds Mutter mit draufkriegen könnte, auf die Anzeige, am besten sogar noch vor Heinitsch junior: Lotte Freifrau von Drostenberger zu Drostenburg in stolzer Trauer um Hans Reichel, das wäre was! Daß sie geschieden ist, muß sie ja nicht dazu schreiben.

Und wenn seine eigene Mutter – irgendwo im Ausland oder wo die gerade ist – wenn die dann die Annonce liest, irgendwann, und wenn sie dann kapiert, was sie alles auf dem Konto hat, ihrem Sohn gegenüber, und wenn ihr ganz schlecht wird und sie heult und schreit und alles wieder gutmachen will und nun geht es nicht mehr, – wenn sie wahnsinnig wird wegen allem, dann soll es ihm recht sein. Führer befiehl, wir folgen dir! Aber gleich nach dem Endsieg wird er herauskriegen, wie das nun wirklich ist mit Reichel, Roth und Sonstwem. Jetzt hat er Wichtigeres zu tun. Nämlich seine Pflicht.

Am 13. Januar 1943 rückt er ein. Trotz leichter Bedenken des Musterungsarztes wegen seiner Knie ist er „kv“ geschrieben, kriegsverwendungsfähig. Gottseidank, denn beim Arbeitsdienst wollten sie ihn mit diesen wackligen Knien nicht haben. Aber jetzt darf er sogar an die Front. Als Rekrut der großdeutschen Wehrmacht.

*

Waffen-SS wäre natürlich schöner gewesen. Es heißt, die werden besser verpflegt als alle anderen, sogar mit Schoka-Cola, dieser bitteren Flieger-Schokolade. Allerdings kriegen sie auch die härtesten Einsätze: Wenn die Wehrmacht mal im Dreck steckt, muß die SS hin und sie wieder raushauen. Was andererseits den Vorteil hat, daß die Feinde vor der SS einen Riesenschiß haben. Wenn die hören, drüben kommt jetzt SS an den Frontabschnitt, dann gehen die von ganz alleine stiften.

Waffen-SS-Männer werden auch tätowiert. Nicht mit Herz und Anker, sondern mit ihrer Blutgruppe. Soll aber nicht sehr wehtun. Dafür kriegt jeder SS-Mann nach dem Endsieg ein Rittergut in der Ukraine, und er darf sich mehrere Frauen halten; er soll es sogar! Damit der arische Samen sich auch im Osten fortpflanzt und die germanische Saat immer weiter aufgeht, bis nach Indien.

Die erste Frau muß deutsch sein, Glaube und Schönheit, wie aus dem Heft von Stube 3, mit blondem Haar überall. Aber die anderen sollen aus der Ukraine stammen, einheimisch, und wenn Hans an die Ostarbeiterinnen in der Firma denkt, dann kann er sich vorstellen, daß das Vergnügen nicht immer eins sein wird. Die erste Frau, also Glaube und Schönheit, soll die Russenweiber natürlich unter sich haben. Darf sie auch mit der Peitsche züchtigen, wenn sie nicht anständig Staub wischen.

Aber ein Gut wie Wulfenstein in der Ukraine, das wäre schon ein Lebensziel. Und dann könnte er mal die Heinitschs einladen, wenn er seinen Geburtstag feiert. Riesige Weizenfelder, viele Kühe, und eine wird Liese heißen. Oder würde so heißen, denn leider kann er nicht zur SS. Er ist nur 1,70 groß und die SS verlangt 1,80 Mindestmaß. Sehr sehr schade, aber nicht mehr zu ändern.

*

1. Die Wehrmacht ist der Waffenträger des deutschen Volkes. Sie schützt das Deutsche Reich und Vaterland, das im Nationalsozialismus geeinte Volk und seinen Lebensraum. Die Wurzeln ihrer Kraft liegen in einer ruhmreichen Vergangenheit, im deutschen Volkstum, deutscher Erde und deutscher Arbeit. Der Dienst in der Wehrmacht ist Ehrendienst am deutschen Volk.

2. Die Ehre des Soldaten liegt im bedingungslosen Einsatz seiner Person für Volk und Vaterland bis zur Opferung seines Lebens.

3. Höchste Soldatentugend ist der kämpferische Mut. Er fordert Härte und Entschlossenheit. Feigheit ist schimpflich, Zaudern unsoldatisch.

4. Gehorsam ist die Grundlage der Wehrmacht, Vertrauen die Grundlage des Gehorsams. Soldatisches Führertum beruht auf Verantwortungsfreude, überlegenem Können und unermüdlicher Fürsorge.

5. Große Leistungen in Krieg und Frieden entstehen nur in unerschütterlicher Kampfgemeinschaft von Führer und Truppe.

6. Kampfgemeinschaft erfordert Kameradschaft. Sie bewährt sich besonders in Not und Gefahr.

7. Selbstbewußt und doch bescheiden, aufrecht und treu, gottesfürchtig und wahrhaft, verschwiegen und unbestechlich soll der Soldat dem ganzen Volk ein Vorbild männlicher Kraft sein. Nur Leistungen berechtigen zum Stolz.

8. Größten Lohn und höchstes Glück findet der Soldat im Bewußtsein freudig erfüllter Pflicht. Charakter und Leistung bestimmen seinen Weg und Wert.

Diesen Teil der Dienstvorschrift lernt Hans auswendig. Gefällt ihm viel besser als alles, was er über Färber und Chemischreiniger erfahren hat. Die Lehre ist jetzt sowieso unterbrochen, warum nicht gleich Berufssoldat werden?

Zumal sich endlich auszahlt, daß er ein fast familienfreies Vorleben hat. Alles, womit die Kameraden sich schwertun, kann er aus dem Effeff. Bettenbauen, Stubendienst, Flurwischen, Fensterputzen, Scheißhausreinigen, Putz- und Flickstunde, Spindordnung – kein Problem für ihn. Er ist nicht nur der schnellste auf der Stube, sondern auch der beste. In keinem Spind liegen die Klamotten so genau gefaltet und auf Vordermann gestapelt wie in seinem. Der UvD lobt ihn, sogar als der Spieß dabei ist: Reichel, ein Vorbild! Alle, die zwei linke Hände haben, sollten sich von ihm eine Scheibe abschneiden! Stubenältester müßte er werden, wenn er nicht der jüngste wäre.

Der Spieß macht eine Notiz in sein Dienstbuch, das er schräg in der Knopfleiste seines Uniformrocks trägt: Gut der Mann, Name merken!

Die Stubenkameraden erkennen seine Kompetenz an, er verrät ihnen dafür ein paar Tricks: Wie man in der Strohsack-Matratze ein sicheres Versteck anlegt – für Süßwaren, Briefe und alles, was den Vorgesetzten nichts angeht, wie man nachts über lange Flure zum Pinkeln gehen kann, ohne dabei richtig wach zu werden, und vor allem, wie man sich bei überraschenden Stubenappellen verhält: niemals dahin gucken, wo etwas nicht in Ordnung ist, Blick voll in die Augen des Vorgesetzten, keine Angst zeigen und ihn am besten noch narkotisieren: Hier ist alles gut, alles gut, alles gut! – Du meinst hypnotisieren? – Ja, kann man auch sagen.

Am liebsten würde Hans Off'zier werden. Off'zier. Früher hatte er geglaubt, daß es Offizier heißt, weil es so geschrieben wird. Stimmt aber nicht. Es heißt Off'zier, Unteroff'zier, Generalstabsoff'zier, Off'ziersanwärter.

Mit dem Off'zier ist es so ähnlich wie mit Schwester Kräte und mit Deddraglorgohlenstoff.

*

Die Uniform, die ihm der Kammerbulle verpaßt hat, sitzt einigermaßen. Aber sie sieht nach nichts aus, wenn er sich im Spiegel anschaut, kahl und leer, so ganz ohne Lametta. Nichts auf den Schulterstücken, kein Winkel am Ärmel, der matte Hoheitsadler auf der rechten Brust ist der einzige Schmuck. Enttäuschend. Wenn er wenigstens ein EK II hätte, ein Eisernes Kreuz II. Klasse, davon trägt man das Band im Knopfloch. Oder das EK I als richtiges Kreuz auf der linken Brusttasche, wie der Führer. Und dazu vielleicht noch das Infanterie-Sturmabzeichen oder eine Nahkampfspange oder das Deutsche Sportabzeichen.

Hans ist nicht größenwahnsinnig, er will nicht gleich ein Ritterkreuz wie der Obergefreite Hubert Brinkfort, der in zwanzig Minuten mit seinem Pakgeschütz elf englische Panzer erledigt hat und dafür auch in die Illustrierte kam. Die Spange zum EK I würde Hans schon reichen, so ein kleiner silberner Adler, sehr zackig. Aber den kriegen nur ältere Soldaten, die das EK I schon aus dem 1. Weltkrieg haben. Also auch keine Chance.

Gut, er wird an die Front kommen, und dann wird er sich eben bewähren, bei mutigen Einzeleinsätzen oder durch unerschrockene Tapferkeit. Sogenannte Husarenstücke würde er gerne machen. Reichel alleine hinter den feindlichen Linien, zerstört die Bunker und Telefonleitungen, und dann kommt er mit einem feindlichen Panzer und 20 Gefangenen wieder zurück, alle die Hände überm Kopf, angstschlotternd. Doch das ist nicht ganz einfach, wird eben davon abhängen, wo man hinkommt.

In Frankreich ist Ruhe, da gibt es den Atlantikwall an der Küste mit riesigen Beton-Bunkern und gewaltiger Artillerie, da kann nichts mehr passieren. Da geht man in den Puff und trinkt Cognac, als Landser. Wobei ein Puff auch nicht schlecht wäre, aber davon kriegt man keinen Orden, sondern höchstens einen Tripper. Gegen den muß man sich vom Sani sofort sanieren lassen, und das soll mehr wehtun als der ganze Puff Spaß macht. Ein Kamerad erzählt, sie hätten sich richtig anstellen müssen, einer hinter dem anderen. Und bevor sie rangekommen seien, hätte die Puffmutter gesagt: So, die nächsten Zehn schon mal langsam anwichsen, damit's dann schneller geht!

Im Nordland bewachen Landser den Polarkreis, auf dem Balkan ist nicht mehr viel los, höchstens Partisanenbanden. Beim Wüstenfuchs Rommel in Afrika ist es auch stiller geworden. Die Tropen-Uniform findet Hans im Prinzip ganz gut – bis auf die kurzen Hosen, die dazu getragen werden. Kurze Hosen hat er eigentlich hinter sich. Und wenn er ehrlich ist, sind ihm auch die Neger ein bißchen unheimlich. Er denkt an ihre knarrenden Tiergebisse, mit denen sie ungereinigte Eingeweide fressen, und an die Sonne.

In einer Wochenschau wurde gezeigt, wie heiß ein deutscher Panzer in Nordafrika wird: Spiegeleier kann man darauf braten, wie sonst in einer Pfanne. Puffs gibt es da auch, aber natürlich mit Negerinnen und ihren knarrenden Tiergebissen.

Also bleibt nur Rußland, wenn man als Anfängerheld Lametta einsammeln will. Oder falls der Sturm auf England losgeht. Aber der wird wahrscheinlich wieder so ablaufen wie in Norwegen und Kreta: Fallschirmjäger von oben und Marine von unten, und wenn die Infanterie kommt, sind alle Orden schon verteilt.

Emanuel Tauschek taucht für ein paar Tage in der Kaserne auf, er ist schon länger dabei, die Grundausbildung hat er hinter sich, und in den nächsten Tagen wird er mit seiner Einheit nach Griechenland verlegt. Saloniki, Piräus, Akropolis, viele Ruinen da, noch von früheren Kriegen.

Emanuels Uniformjacke ist zu groß. Sieht aus wie geliehen. Trotz der Schwalbennester daran, das sind gestreifte Aufnäher am oberen Teil der Ärmel. Er ist Musiker geblieben, da kann er es über den Trompetergefreiten bis zum Musikoberfeldwebel bringen. – Und dann spielst du Orgel in Griechenland? Bei Beerdigungen oder wo?

Nicht Orgel: Flöte, Piccolo. Und als zweites Instrument hat er Posaune gelernt, aber nicht gut, sagt er. Wenn ich blase, fallen vor Schreck alle Mauern um, wie damals in Jericho. Vielleicht nehmen sie mich als Geheimwaffe.

Da lachen sie beide und verabreden, sich mal zu schreiben, Emanuel gibt Hans seine neue Feldpostnummer. Bald darauf gilt er als vermißt. Er wird es für immer bleiben.

Bach konnte er einmalig, auch wenn er von Wagner nicht viel gehalten hat.

*

Also Rußland. Amtlich? – Amtlich. Wohin, ist noch GeKaDoS. – Was ist wohin? – Geheime Kommandosache. – Aha.

Zettel mit russischen Sprachbrocken werden verteilt, deutsch heißt germanski, Wasser heißt woda, Schnaps heißt wodka, Stadt heißt garod und Hände hoch rukij werch!

Mit den Russen hat Hans seine Schwierigkeiten: Erst waren sie Feinde, die jüdisch-bolschewistischen Plutokraten, oder so ähnlich. Dann wurden aus ihnen Freunde, nämlich die mit dem Weizen, und nun sind sie noch schlimmere Feinde als die Engländer, nämlich asiatische Untermenschen, vertiert, ein Ungeziefer wie die Juden. Und Läuse haben sie auch.

Die schlimmste Sorte Russen sind die Kommissare, die müssen sofort erschossen werden, sobald man sie antrifft. Und die Partisanenbanden, schlimm! In der Wochenschau waren Bilder von ihnen: Als ob man bei uns die Irrenanstalten aufmacht! Lebensunwertes Menschenmaterial. Keine Knobelbecher, sondern Filzstiefel an den Füßen, Gesichter stumpf! Kauen dauernd Sonnenblumenkerne und spucken die Reste um sich. Von HANEWACKER keine Ahnung!

Aber dann gibt das Oberkommando der Wehrmacht am 3. Februar 1943 bekannt:

Der Kampf um Stalingrad ist zuende. Ihrem Fahneneid bis zum letzten Atemzug getreu ist die 6. Armee unter der vorbildlichen Führung des Generalfeldmarschalls Paulus der Übermacht des Feindes und der Ungunst der Verhältnisse erlegen.

Das haut natürlich in die Suppe. Eine ganze deutsche Armee erlegen? Diesen Untermenschen?

In Dresden sackt die Stimmung auf einen Tiefpunkt: In Stalingrad war die 4. sächsische Panzer-Division – alles weg? Die Panzer, alle weg? Die Jungens, die Männer, die Väter, alle weg? – Aber warum denn auf einmal, der Führer hatte doch befohlen, daß Stalingrad gehalten wird! Es hieß doch immer ...

3000 Dresdner sollen in Stalingrad gefallen sein. Oder 5000? Vielleicht sogar 10 000? Die Zeitungen dürfen pro Tag angeblich nur noch fünfzehn Todesanzeigen drucken, der Rest muß warten bis zum Endsieg.

Hans hat Ausgang und geht zu Menzels, zum ersten Mal in Uniform.

Auch hier gedrückte Stimmung. Mutter Menzel guckt durch die Welt hindurch und kaut auf ihrer Unterlippe herum, als wären da Sonnenblumenkerne. Vater Menzel meint, er habe das kommen sehen.

Wie denn? Außerdem steht es in der Dienstvorschrift, daß der Soldat mit der Opferung seines Lebens rechnen muß. Höchste Soldatentugend ist der kämpferische Mut. Er fordert Härte und Entschlossenheit. Feigheit ist schimpflich, Zaudern unsoldatisch. – Jaja, sagt Vater Menzel.

Und wenn das eine Kriegslist vom Führer ist? Das wäre doch nicht passiert, wenn der es nicht gewollt hätte!

Menzel grimmig: Ja, genauso kommt es mir auch vor!

So böse hat Hans ihn noch nie erlebt.

Dann wird Menzel versöhnlicher, er steht auf, streicht dem jungen Soldaten über den Kopf und sagt: Also nach Stalingrad mußt du nun wenigstens nicht mehr!

Mutter Menzel schaut mit großen Augen durch ihre Brille: Hoffentlich!

*

Stalingrad also nicht, aber Leningrad. Im Unteroff'ziers-Unterricht wird die Sache erklärt:

Stalin ist der mit dem Schnauzbart und der Hängepfeife, der sowjetische Verbrecher, der Deutschland mit dem Weizen getäuscht hat und dann überfallen wollte, wenn ihm der Führer nicht zuvorgekommen wäre. Lenin ist der mit der Glatze und dem Spitzbart, der erst in der Schweiz war und da raus mußte, auch mit der Eisenbahn, plombiert allerdings, und in St. Petersburg die Revolution gemacht hat. Im Auftrag des deutschen Generalstabs, seinerzeit. Der ist tot, kann aber nicht verfaulen, weil er eingecremt ist. Und nach dem heißt Petersburg Leningrad und das ist auch eingekesselt wie Stalingrad, bloß umgekehrt: Da sitzt der Russe drin und die Deutschen außen drumrum. Da ballern wir rein mit Artillerie und Luftwaffe, daß kein Stein mehr auf dem anderen bleibt. Seit 41 schon. Die Finnen kämpfen dort an unserer Seite und im Sommer geht nachts die Sonne nicht unter.

Mitte März geht es in Reichsbahnwaggons zur Grenze, dann umladen. Warum? In Rußland andere Spurbreite, deutsche Bahnen können auf russischen Gleisen nicht fahren.

Na gut, rein in russische Beutewagen, umgebaut zu Schlafsalons. Betten dreistöckig mit Strohfederung, Protze hinter einer Zeltplane, Waschwasser im Eimer. Oder gar keins. Marschverpflegung kalt. Vitamindrops, aber an Fliegerschokolade gar nicht zu denken!

Eine endlose Fahrt. Stundenlange Aufenthalte. Tags wegen drohender Fliegerangriffe oder weil Munitionszüge überholen müssen oder ohne jeden Grund. Nachts, weil Züge von der Front entgegenkommen. Viel Rotes Kreuz drauf gemalt, Lazarettzüge. Da tropft unten das Blut raus, sagt einer. Hans schaut genau hin, aber in der Dunkelheit kann er nichts erkennen.

Manche Züge haben vorne, in der Mitte und hinten graue Wagen mit fest montierten Flakgeschützen drauf, 2 cm oder 3,7, auch als Vierlinge in kleinen Betonringen. Gegen Tiefflieger, heißt es, vor allem aber gegen Partisanen. Im Erdkampf.

Hans hat sich unter Partisanen immer bärtige Schurken vorgestellt, wie bei Karl May in den Schluchten des Balkans. Verbrecher, denen das Messer locker sitzt. Und die sich nicht an die Kriegsvorschriften halten. Also kriminelle Untermenschen.

So kann man das nicht sagen. Hier operieren Einzelkämpfer, als einfache Landarbeiter getarnt, Flintenweiber, Stoßtrupps und regelrechte kampfstarke Verbände mit leichten und schweren Infanteriewaffen, mit Fahrzeugen oder als berittene Einheiten. Oder alles durcheinander. Partisanen muß man sofort erschießen, wenn man sie sieht. Lieber einen zuviel als einen zu wenig, auch wenn es keiner ist, dann hat er eben Pech gehabt. Jeder kann einer sein.

Der das sagt, hat gerade zwei Steckschüsse auskuriert, Partisanentreffer. Jetzt will er sein Konto bei den Brüdern in Ordnung bringen. Hans kann das durchaus verstehen. Trotz seines Konfirmationsspruchs: Ist es möglich, so viel an Euch ist, so habt mit allen Menschen Frieden. Also Frieden, soviel an ihm ist, aber was kann er dafür, wenn die nicht wollen?

Alles heißt hier ähnlich, und wo sie nun ganz genau sind, wissen sie nur so ungefähr. Der Ersatztruppenteil, bei dem sie schließlich landen, liegt in einer Ortschaft, die niemand aussprechen kann: sch – t – sch – e – n – j – o ... und dann noch eine ganze Menge. Weil es für sie der Arsch der Welt ist, nennen die Neuankömmlinge das Kaff einfach Arschoskoje. Landserhumor.

Hinweisschilder an einer Straßenkreuzung: NO nach Leningrad, SO nach Moskau, SW nach Berlin, 1726 km bis Kötschenbroda, hat ein Spaßvogel ausgerechnet. Prüft natürlich kein Aas nach. Auch Landserhumor.

Die Ausbildung geht weiter und wird härter. Die alten Hasen haben den Winter 41/42 erlebt. Alle mit Gefrierfleischorden. Die fühlen sich hier schon zu Hause und bringen den Jungen bei, wie man in den Schnee scheißt, ohne daß einem dabei der Arsch abfriert. Wenn beim Pinkeln der Strahl zur Stange gefriert, ist es unter minus sechzig.

Und dabei immer an die Scharfschützen denken. – Wie denn? – Wie ist scheißegal, Hauptsache daß! Sonst kannst du dich ganz schnell in den Heldentod kacken. Landserhumor ist eben unverwüstlich. Zum Glück wird es bald Frühling.

Sie werden mehrfach verlegt. Ein Ort heißt Krasnowardeisk oder so ähnlich, ein anderer Gatschina. Bei Ostwind hört man die Front aus der Ferne. Leningrad ist nicht mehr ganz eingekesselt, die Bolschewiken haben im Januar Schlüsselburg zurückerobert, aber wir beherrschen noch immer die Sinjawino-Höhen. Na gottseidank. Auch wenn keiner weiß, wo das ist.

Der Karabiner 98 K ist die Geliebte des Soldaten. Er muß sie stets sauber halten und ihr überall hinfassen können, besonders im Dunklen. Die Handgranate besteht aus dem Topf mit der Sprengladung, dem Stiel mit Reibungszünder und der Zündschnur. Nach Entfernen der Sicherungskappe am Stielende wird die Zündschnur vor dem Wurf abgezogen, wodurch die Waffe scharf wird und nach fünf Sekunden explodiert. Also Abziehen, 21 – 22 – 23 und weg das Ding, ganz egal wie. Nur bis 23 zählen, und nie bei 1 anfangen. Sonst könnt ihr gleich weiterzählen, allerdings Kartoffeln von unten. Kartoffeln heißen russisch Kartuschki! – Schon wieder Landserhumor.

Hier ist die Front übrigens nicht eine klare Linie, wo auf der einen Seite die Guten und auf der anderen die Bösen kämpfen. Front ist um dich herum. Wir sind in Feindesland, also ist der Feind überall, sonst wäre es ja kein Feindesland.

Landserhumor funktioniert nur von oben nach unten: Man lacht über die Witze von Vorgesetzten, aber nie über die von Untergebenen. Und in den Witzen kommen nur blöde Untergebene vor, niemals dusselige Vorgesetzte. Dagegen verstößt Hans, als der Spieß beim Waffenreinigen auftaucht. Eine flotte Bemerkung, und schon lachte die ganze Stube über den Herrn Hauptfeldwebel. Aber nicht lange.

In kürzester Zeit draußen antreten, dann runter mit der Schnauze in den Dreck und robben, lange, endlos lange. Sprungauf-marschmarsch! Und hinlegen, weiter robben und Rußland aus der Nähe betrachten. – Das ist Erdkunde, sagt der Spieß. Wer ein Land richtig kennenlernen will, der muß wissen, wie es riecht.

Bis zum nächsten Morgen müssen die Uniformen natürlich wieder pieksauber sein, und Hans ist froh, daß die Kameraden ihm nicht den Arsch vollhauen.

Einheimische sieht man in der Gegend gelegentlich. Die meisten Häuser sind von ihnen verlassen und jetzt mit Soldaten belegt.

Manche Bauern wohnen in ihren winzigen Ställen. Das Vieh ist weg, also haben sie Platz genug. Die Frauen sehen so aus wie die Dresdner Fremdarbeiterinnen in alt und dünn.

Hinter der halbzerschossenen Kirche eine Hufschmiede für die Wehrmachts-Gäule und eine Stellmacherei. Unter Tarnnetzen auch eine Autowerkstatt.

Hier sieht Hans, wie zwei ältere Russen für die Deutschen arbeiten, zwei Weißbärtige. Sie sägen Birkenstämme kaputt, und zwar ganz schräg, in dünne Scheiben, so wie man auch Hartwurst schneidet. Aus dem runden Stamm werden dadurch ziemlich breite, ovale Brettchen.

Ein Beschlagschmiedgefreiter mit großer Lederschürze steht dabei und schmeißt alle Scheiben weg, deren Oberfläche nicht glatt genug ist. Dawai, dawai, sagt er fließend russisch, und die beiden Alten fiedeln noch schneller mit ihrer Bügelsäge.

Wozu braucht ihr die Dinger? – Für unseren Heldenfriedhof drüben, alle einheitlich. Hier werden nur Birkenkreuze gesetzt, und da kommen dann diese Schilder drauf. Oben das Eiserne Kreuz, darunter die Personalien in Brandmalerei. Und Lack drüber. Das ist der schönste Friedhof in der ganzen Gegend, genau in Reih und Glied. Und oben auf den Kreuzen die Stahlhelme. Sieht aus wie in der Dresdner Heide.

Ein paar Kilometer weiter südlich haben Partisanen einen deutschen Soldatenfriedhof mit Granatwerfern verwüstet. Wie umgepflügt! – Diesen Schweinen ist aber auch gar nichts heilig, nicht einmal der Tod!

Vielleicht war es auch unsere Luftwaffe, aus Versehen.

*

Dann geht es plötzlich nach vorne, nachts. Ablösung. Aber nicht mit Panzern oder Schützenpanzerwagen, wie Hans erwartet hat, nicht mit wuchtigem Motorengebrumm und aufgesessen, nicht mal mit Lkws. Nein, mit Panjewagen. Kleine Russenpferdchen vorne, schnauben durch die Nüstern, popelig. Er muß an den Kullerwagen denken, mit dem sie in Dresden das Schweinefutter abgeholt haben.

Außerdem ist er unglücklich über das ganze Gelumpe, das auf einmal an ihm dranhängt: Gasmaske, Brotbeutel, Feldflasche, Kochgeschirr, Zeltbahn, Karabiner, Munition, zwei Handgranaten im Koppel, Seitengewehr und Feldspaten.

Gut, bei feldmarschmäßigen Übungen hat er das alles auch tragen müssen, aber das waren Übungen. Und jetzt im Ernstfall? Wie soll man sich denn bewegen mit all dem Zeug, wenn der Iwan schießt? Laufen? Sich hinschmeißen? Robben? Ob der Führer wirklich weiß, was das auf einmal für ein Scheißgefühl ist?

Und dummerweise hat er sich morgens noch rasiert und unterm Kinn geschnitten. Er wußte ja nicht, daß es abends losgeht. Jetzt hat der Stahlhelm-Riemen den Schnitt wieder aufgescheuert, alles blutig. Eigentlich schon verletzt, bevor es anfängt. Hoffentlich gibt das keine Infektion, sonst liegt er mit einem Wundstarrkrampf da, während die Kameraden auf seinen Feuerschutz warten.

Eiserne Rationen sind ihnen auch ausgehändigt worden. Vitamindrops sollen darin sein, Traubenzucker, eine Dose Schmalzfleisch und Hartbrot. Keine Schokolade, kein Schoka-Cola. Nur im Notfall zu öffnen, sonst ist es strafbar. Und wer sagt einem, wann der Notfall da ist?

Im Morgengrauen halt, Rast in einem Wäldchen, Deckung wegen der Tiefflieger, pennen unter der Zeltbahn, abends weiter. Verpflegung auch, aber nicht der Rede wert – naja!

Nach drei Tagen sind sie vorne, nisten sich ein in Unterständen und Erdbunkern, Wachbunker vorne, Aufenthaltsbunker weiter zurück, irgendwo knallt es gelegentlich. Kleinere Artillerieduelle, MG-Salven, Einzelschüsse. Die Kameraden, die jetzt nach hinten verlegt werden, weisen sie ein. Weiter entfernt rummst es heftiger. Nachts immer wieder Leuchtraketen.

Die Tiefflieger sind sehr langsam, machen ein komisches Geräusch. Nähmaschinen sagt man zu ihnen. Noch aus der Zarenzeit. Zwei Mann Besatzung, und der Bordschütze muß die Bomben eigenhändig runterschmeißen. Hoffentlich hebt er sich einen Bruch! Wenn man günstig zur Flugrichtung steht, kann man die Nähmaschinen mit dem Karabiner runterholen.

Wir hätten Leningrad längst nehmen können, aber wir sollten nicht. Hier ist es immer ruhig. Der Iwan drückt im Norden und im Süden. In unserem Abschnitt kann er mit Panzern nichts machen. Keine Straßen und das Gelände zu weich, Sümpfe und Moore. – Und unsere Panzer? – Kämen erst recht nicht durch, die würden aus jedem Knüppeldamm Brennholz machen und trotzdem versacken. Wir haben auch gar keine hier, in der ganzen Gegend nicht. Komm, Scherenfernrohr! Guck mal.

Ich sehe nichts. – Da ist auch nichts. Im Moment. Aber wenn da was ist, wird drauf geschossen. Hier können sie nicht durchbrechen, aber hier könnten sie einsickern. Und das müssen wir verhindern.

Als Hans in sicherer Deckung sitzt, verdaut er, was der Kamerad gesagt hat. Eine herbe Enttäuschung: Wie soll man sich bewähren, wenn nichts los ist, wenn nicht angegriffen wird, wenn man nur aufpaßt, daß der Feind nicht einsickert! Wo gibt es ein Eisernes Kreuz dafür, daß der Gegner etwas nicht macht! Da könnte ja jeder kommen!

Also für Hans ist Leningrad leider scheiße.

*

Es gibt viele Sachsen hier vorne, aber auch Lausitzer, Schlesier, Berliner und einen Österreicher, schon etwas älter, Obergefreiter. Er liegt im Nachbarunterstand, auf der anderen Seite des SMGs. In der Morgensonne, beim Läuseknacken lernt man sich kennen. Müller-Linz, heißt er, Blitz auf dem Ärmel, Funker.

Hans gibt zu erkennen, daß er auch vom Fach ist, Zentralvermittlung einer ganzen Aktiengesellschaft ganz alleine bedient! – Da schau her!

Müller-Linz kann besonders gut geben, beim Morsen und Blinken. Das Morsealphabet beherrscht er im Schlaf. Den Buchstaben A zum Beispiel morst man kurz – lang, und das Merkwort für A ist *Arno*: Arnooooo – kurz – lang. Das leuchtet ein. Das J dagegen ist richtig schwierig: kurz – lang – lang – lang mit dem Merkwort *Jawohl-Odol:* Ja-wooool-Ooooo-doooool! – Donnerwetter, da kommt der Iwan natürlich nie drauf, woher soll der wissen, was Odol ist!

Müller-Linz hat gehofft, mit seinem Fachwissen würde er in irgendeinem Stab landen, auf Nummer sicher. Jetzt muß er hier vorne Leitungen flicken. Seine alte Einheit gibt's nicht mehr, er sei ein Restposten, sagt er. Da hab ich mich selber angeschissen mit der Funkerei!

Zivil ist er Schauspieler. Und ganz besonders höflich. So einen wie ihn hat Hans noch nie erlebt. In Graz war er am Theater, in Klagenfurt und dann in Leipzig.

Wenn er von Hitler spricht, sagt er nie der Führer, sondern der Herr Führer. Hoffentlich hat der Herr Führer heute nacht gut geschlafen, sagt er morgens beim Kaffeefassen. – Warum? – Weil wenn er gut ausgeschlafen ist, könnt' er den Krieg vielleicht schon heute gewinnen, dann hätten wir morgen frei und übermorgen die Siegesparade. Das hoffen wir doch wohl alle, oder? Immer hoffen, Hans, noch hängt die Hose nicht am Kronleuchter!

Manche Kameraden lachen darüber, andere wissen nicht so richtig.

Er kann viele Redensarten. Statt Vorsicht! sagt er Wahrschau! Die Uniform nennt er G'wand oder Kostüm, den Wehrsold Gage, das Bataillon unser Anxambel und wenn es nachts heißt: Funker raus!, dann seufzt er: Jessas, mein Auftritt! Dann werden wir dem Herrn Führer mal wieder siegen helfen!

Mal scheint der Iwan nur einen Kilometer entfernt, an anderen Tagen hat er sich weiter zurückgezogen, und auf einmal ist er wieder ganz vorne. So gibt es im Vorfeld dauernd Bewegungen. Am besten beobachtet man die mit dem Grabenspiegel. Wie ein kleines U-Boot-Fernrohr sieht der aus. Aber es gibt nur einen einzigen für die ganze Kompanie.

Der hat keinen Humor, der Russe, sagt Müller-Linz, der ist persönlich beleidigt, weil wir ihm sein Leningrad kaputtschießen.

Wache schieben, Unterstände und Gräben instandhalten, mitunter Plänkeleien, das ist der Alltag. Werfergranaten pfeifen, Maschinengewehre bellen, schwere Artillerie feuert Richtung Leningrad. Einzelfeuer im rückwärtigen Gebiet, auch Leuchtkugeln, wegen der Scheißpartisanen. Ein Polizeibataillon ist dahinten eingesetzt, speziell zur Bandenbekämpfung.

Plötzlich aus heiterem Himmel eine Granatwerfersalve – Äste wirbeln durch die Luft, hohe Sandfontänen, volle Deckung! – Der Eckbunker wird getroffen, brennt, Stützbalken knicken weg. Ein junger Leutnant, frisch aus dem Urlaub zurück, schiebt den Kopf vorsichtig über den Grabenrand, will den Schaden von der Seite her abschätzen – und sackt in sich zusammen, fällt Hans vor die Füße. Gleichzeitig hört man den Schuß. Scharfschütze.

Nur ein kleines Loch unterm Auge, mit einem Pflaster könnte man es zumachen, und man würde nichts mehr sehen. Wenn Kinder sich beim Spielen wehtun, sieht es oft viel schlimmer aus!

Hans hat noch nie einen Toten gesehen, aber daß dieser Mann nicht mehr lebt, sieht er sofort. Alle sehen es, die hinzukommen, alle wissen es schon, bevor der Sani da ist und abwinkt. Keine Wefereinschläge mehr, kein Gewehrfeuer. Stille, als hätte der Iwan genug Spaß für heute.

So ein blöder Tod, so unbedeutend, sagt Müller-Linz grimmig. Wenn du auf der Bühne so läppisch stirbst, wie ein Sandsack, als wärst du gar nicht gemeint, dann wirst du nie wieder engagiert.

*

Irgendein Adjutant, irgendsoein Oberleutnant mit Affenschaukel fliegt im Fieseler Storch parallel zur Front und entdeckt über dem Unterholz Qualm an einer Stelle, wo keiner sein darf. Nach Meinung des Adjutanten.

Wahrscheinlich raucht ein Förster seine Pfeifen, sagt Müller-Linz. Oder ein Partisan. Oder ein armes Schwein, den wir aus seinem Haus leider vertreiben mußten. Aus Sicherheitsgründen, versteht sich.

Ein Unteroff'zier und vier Mann brechen auf. Einer von ihnen ist Hans. Der Unteroff'zier trägt das Verwundetenabzeichen in Silber und zieht den linken Fuß leicht nach. Aber er ist ein Kämpfer. Er zieht den Fuß so nach, daß es niemand merkt. Glaubt er.

Da bleibt er mit dem anderen Fuß in einer Wurzel hängen und fällt vornüber, der Stahlhelm rutscht ins Gesicht drückt ihm fast die Nase ein.

Die Hilfe seiner Leute lehnt er ab, er steht aus eigener Kraft auf und humpelt weiter, das rotbraune schlesische Bauerngesicht ist käseweiß geworden. Er nimmt einen Ast zum Abstützen, aber der versinkt sofort im Moorboden. Also gibt er Hans seine MPi, nimmt dafür dessen Karabiner und stützt sich auf den breiteren Kolben. Immer lauter wird sein unterdrücktes Schmerzensgebrumm. Der Schweiß läuft ihm in Strömen aus dem Gesicht.

Hans paßt den richtigen Moment ab. Als der Unteroff'zier zum ersten Mal laut und unkontrolliert aufschreit, überzeugt er ihn davon, daß er verletzt sei und sich verwundet melden müsse. Der Unteroff'zier wird mit einem Mann zurückgeschickt, Hans übernimmt das Kommando und setzt die Patrouille mit zwei Leuten fort. Er findet eine Brandstelle, entdeckt dort eine durch Selbstlöschung infolge des Moorbodens unschädliche Brandbombe, wahrscheinlich deutscher Herkunft. Ob es allerdings dieselbe Brandstelle war, die der Adjutant gesehen hatte, wurde niemals geklärt.

Das umsichtige und zielorientierte Handeln des jungen Soldaten, geprägt durch charakterlich abgesicherte Bereitschaft zur Übernahme von Verantwortung, wird an vorgesetzter Stelle zur Kenntnis genommen. Wie heißt der Mann? Merken! – Hinten mit t oder ohne?

*

Ganz plötzlich ist der Sommer da.

Mit Myriaden von Mücken. Und die sind schlimmer als der Iwan. Nicht daß sie schießen könnten, sie brauchen auch gar nicht erst einzusickern, sie sind einfach da. In erdrückender Übermacht, wie der Wehrmachtsbericht sagen würde. Tag und Nacht. Wie sollen Männer den Endsieg der germanischen Rasse für ihr Volk ohne Raum erringen, wenn sie sich von morgens bis abends heldenhaft auf alle freien Körperflächen klatschen, blutverschmiert vom eigenen Lebenssaft! Der Kampf bis zum letzten Blutstropfen, den Hitler und Goebbels so gerne beschwören, erfährt hier den totalen Sinneswandel. Totaler Krieg auch bei den Mücken.

Wegen der Hitze müßte man sich so weit wie möglich entblößen, wegen der Mücken muß man sich so weit wie möglich verhüllen. Also schwitzt man, ohne Entlüftungsmöglichkeit. In den Bunkern und Unterständen duftet es stark nach dem herben Aroma der Herrenmenschen.

Bei der Division ist das Problem bekannt, dieselbe Kacke wie im vorigen Jahr. Ärgerliche Beschwerden beim zuständigen Heeresbeschaffungsamt. Dann endlich die ersehnte Lieferung: pro Mannschaftsunterkunft zehn Fliegenfänger. Das sind die klebrigen Papierstreifen, die jeder Fliege einen qualvollen, aber sicheren Tod bescheren, vorausgesetzt, sie fliegt freiwillig gegen den Kleister, der sie dann nicht mehr losläßt. Hans kennt die Dinger aus der Fleischerei von Fietze. Für blutsaugende Mücken sind sie allerdings keine Attraktion.

Müller-Linz, selbst zerstochen und verquollen, hält einen solchen Fliegenfänger in der Hand und präzisiert die Situation: Wenn der Herr Führer jetzt noch einen Zoologen schicken möchte, der die Mücken bis zum Ende des totalen Krieges als Fliegen dienstverpflichtet, dann hätten wir gewonnen.

Im Morgengrauen Alarm. Eine Nähmaschine in großer Höhe. Dann rieselt Papier auf die deutschen Linien hernieder ... bedrucktes Papier ... was ist das? Ist da vielleicht Gift dran, daß man umfällt, wenn man es anfaßt?

Ein Blatt, das fliegt, sagt Müller-Linz, ist immer ein Flugblatt. Und was werden uns die Russen darauf wohl anbieten? Die bedingungslose Kapitulation natürlich! Morgen haben wir frei und übermorgen müssen wir antreten zur Siegesparade.

Von wegen!

Nationalkomitee Freies Deutschland, aus einer bolschewistischen Nähmaschine, da lacht ja die Koralle! Zeig mal her, den Quatsch!

Kein äußerer Feind hat uns Deutsche jemals so ins Unglück gestürzt wie Hitler. Die Tatsachen beweisen: Der Krieg ist verloren. Deutschland kann ihn nur noch hinschleppen um den Preis unermeßlicher Opfer und

Entbehrungen ... würde das Ende der Nation bedeuten ... Aber Deutschland darf nicht sterben! ... Bahnt Euch mutig unter verantwortungsbewußten Führern, die eins sind mit Euch im Kampf gegen Hitler, den Weg zur Heimat, zum Frieden!

Eine Frechheit: Liegt der Iwan vor Kolberg oder liegen wir vor Leningrad? Nur weil die keinen Führer haben, sollen wir den Krieg beenden? Die haben ja den Arsch offen!

Unterzeichnet von Generalfeldmarschall Paulus, General von Seydlitz, Generalmajor Leyser, Oberst Adam, und dann ein Foto: Oberst Steidle läßt sich in voller Uniform mit umgehängtem Ritterkreuz von dreckigen Iwans im Geländewagen spazierenfahren und begrüßt deutsche Landser, die gerade in Gefangenschaft geraten sind. Hans ist fassungslos.

Müller-Linz wiegt den Kopf hin und her und sagt beruhigend: Beim Theater ist es nicht ungewöhnlich, daß man am Ende der Spielzeit das Engagement wechselt.

Hans brüllt: Aber Großdeutschland ist doch kein Theater!

Er ist empört darüber, daß die Kameraden nicht genauso empört sind wie er. Nein, die Verteidiger von Stalingrad sind tot, das weiß Hans noch aus Dresden, da kam es in der Zeitung und aus dem Radio. Ein deutscher Generalfeldmarschall, der die Hand des Führers eigenhändig geschüttelt hat, der kann nicht plötzlich ein Verbündeter der Untermenschen sein! Das Flugblatt ist eine Fälschung. Und am Foto von Oberst Steidle kann man es auch sehen: Auf seiner angeblichen Uniform trägt er nicht einmal den Hoheitsadler!

Ein paar Kameraden schauen zweifelnd, da fällt Hans die Zwei-Millionen-Marke ein: Papier ist geduldig, und alles, was gedruckt ist, das kann auch gelogen sein. Er sagt: Nehmt die Flugblätter zum Arschabwischen!

Was ein Feldwebel übrigens verhindert. Er sammelt den Propaganda-Mist ein.

*

Die Einheit im Nachbarabschnitt wird nachts von drei Seiten unter Feuer genommen. Also fast eingekesselt. Nicht von Partisanen, sondern von regulären Truppen. Von eingesickerten. Es ist genau das passiert, was verhindert werden sollte.

Mit viel Geschick, viel Glück und unter großen Verlusten gelingt den bedrängten Deutschen der Befreiungsschlag. Über vierzig Russen gefangen, aber das können nicht alle sein. Auch wenn man die Toten dazuzählt. Versprengte Gruppen werden versuchen, sich zwischen den deutschen Einheiten zu sammeln, um dann erneut aus rückwärtigen Positionen anzugreifen. Man muß sie finden.

Zwei Züge werden in Marsch gesetzt, einer nach Norden, einer nach Süden.

In der Nähe eines trägen Wasserlaufs entdeckt Hans die erste Spur im Moos, unter einem Farn: das frische, zusammengekniffene Pappmundstück einer Papirossa. Hier hat ein Russe geraucht. Aber der einfache Iwan raucht nur Selbstgedrehte, Machorka in Zeitungspapier, also muß dieser Raucher hier ein Off'zier gewesen sein. – Uff, sagt Winnetou, und Karl May läßt grüßen.

Der Feldwebel lobt Hans und vertraut ihm drei Mann an. Mit dem Fernglas ist ein Boot auszumachen, vorne am Ufergebüsch, damit sollen sie auf die andere Seite übersetzen.

Schon die Annäherung an den Flußarm ist schwierig, der Boden trägt nicht. Ein Mann sackt mit dem Fuß so tief ein, daß sein Knobelbecher sich festsaugt, voll Wasser läuft und mühsam aus der Pampe gezogen werden muß. Ein schmaler Knüppeldamm aus dünnen Ästen, ein Pirschweg führt sie zu dem Ufergebüsch. Das Boot ist ein uralter algengrüner Kahn mit Paddel und Stange.

Sobald sie ihn abgestoßen haben, nimmt er Wasser, ziemlich heftig. Zwei Mann paddeln und staken wie die Irren, die anderen beiden schöpfen mit ihren Stahlhelmen. Das gegenüberliegende Ufer ist noch weicher als befürchtet, die Stange findet keinen Widerhalt mehr, der weiche Schlamm läßt sich nicht durchwaten. Das Boot säuft ab, im letzten Moment kriegen sie ein Wurzelgeflecht zu fassen und ziehen sich an Land. Als Hans vorsichtig den Kopf über die Uferböschung schiebt, fällt der erste Schuß. Mahlzeit. Sie sitzen in der Falle. Aber sie wissen jetzt wenigstens, wo der Iwan sich herumtreibt. Hans hat Angst, Muffensausen.

Blick-Kontakt zum Zugführer auf der anderen Seite, Zeichensprache per Fernglas: ein Stück flußabwärts kriechen, dann sichern und warten.

Drüben wird aus Windbruch, Altholz und Karabinerriemen ein Notfloß gebastelt, auf dem man sich mit dem Oberkörper abstützen kann. Ein Schwimmer kommt damit herüber und holt die Gruppe Reichel ab, Mann für Mann. Von der anderen Seite nähert sich ein russischer Spähtrupp, den Hans mit zwei Karabinern auf Distanz zu halten versucht. Das gelingt auch, bis er selbst als letzter unverletzt eingesammelt wird. Und dann sprechen die MGs.

Er hat also keinen Panzer mitgebracht von seinem ersten Einzeleinsatz, keine zwanzig Gefangenen und ein Husarenstück war das auch nicht, sondern die pflichtgemäße Ausführung eines Befehls, über den er nicht nachzudenken hatte.

Dennoch wird er vor versammelter Mannschaft belobigt und ohne jegliche Vorwarnung zum Gefreiten befördert. Wieder Muffensausen, diesmal vor Freude.

Er näht sich selbst den Winkel auf den Ärmel seiner Jacke, mit Zwirn und vor allem mit Stolz.

Besonders freundlich gratuliert ihm Müller-Linz, aber, fügt der hinzu, nun nicht gleich eingebildet werden! Ein Gefreiter ist schon etwas, aber ein Obergefreiter ist natürlich viel mehr. In Deutschland beginnt das Ansehen immer erst mit dem Ober vor dem Titel. Ein Kellner ist gar nichts, aber beim Oberkellner, da kannst du den Kellner sogar weglassen, Herr Ober reicht! Lehrer – Oberlehrer, Inspektor – Oberinspektor, Leutnant – Oberleutnant, Befehlshaber – Oberbefehlshaber, selbst der Herr Jesus stirbt nicht in Ammergau, sondern in Oberammergau.

Hans muß an den Obereunuchen denken, im Land des Lächelns, und trotzdem stört ihn etwas an der Aufzählung des Funkers: Der Führer war aber kein Ober-, sondern nur einfacher Gefreiter!

Da lacht der Künstler: Schau, Bub, und wo wohnt er heute? Auf dem Obersalzberg!

*

Die Verluste sind hoch, aber nicht erschreckend hoch. Es gibt Verletzte und Tote durch Artillerie, Granatwerfer und Nähmaschinen. Manchmal auch durch Dummheit und Leichtsinn. Selten infolge unmittelbarer Feindberührung.

Hans weiß natürlich, daß es in diesem Krieg um das großdeutsche Schicksal geht, um den Lebensraum im Osten, um die Vernichtung des plutokratisch-jüdischen Kommunismus, um die endgültige Auslöschung Leningrads, der Brutstätte des Bolschewismus, um die höchsten und heiligsten Güter der Menschheit, die nur von den Germanen richtig bewahrt werden können wie seit Jahrtausenden und wie bei Richard Wagner – in diesem Krieg geht es um das Überleben der Welt, dank Adolf Hitler. Das weiß er alles.

Aber dennoch findet er den Krieg an manchen Tagen richtig langweilig. Nichts ist da los. Der Iwan zieht feige den Schwanz ein und die deutschen Landser stehen blöde rum. Natürlich will er dem Führer keine Vorschriften machen, umhimmelswillen, der hat ja den ganzen Generalstab um sich rum in seinem Hauptquartier und weiß natürlich sehr viel mehr als unsereiner. Aber es ist eben nichts los. Tagelang. Verplemperte Zeit, die man auch zum Vormarsch verwenden könnte.

Und dann plötzlich drei Tote an einem Tag, drei Tote. Hans kennt sie alle drei.

Kurt ist zurück aus Berlin. Aus dem Urlaub. Von der Beerdigung seiner Frau und seiner Kinder, genauer gesagt.

So ein blöder Zufall aber auch: Ein Terrorangriff genau in der Nacht vor seiner Ankunft. Und wie er morgens vom Bahnhof kommt, ist das ganze Wohnhaus ein einziger Trümmerhaufen, qualmt noch. Im Luftschutzkeller hat keiner überlebt, sagt einer vom Roten Kreuz. Das kann doch nicht sein, sagt Kurt, warum genau in dieser Nacht, bevor ich ankomme! Wenn ich den Urlaub vier Wochen früher gekriegt hätte, dann wäre alles noch in Ordnung gewesen, alles: Alles am Leben, alles wie im Frieden! Und ganz leise sagt er: Einmal – wenn ich sie doch wenigstens noch einmal hätte sehen können!

Kurts erster Wachdienst. Gleich am ersten Abend, kurz vor Sonnenuntergang. Kameradschaftliche Fürsorge: Der Mann muß gefordert werden, damit er auf andere Gedanken kommt!

Da krabbelt der plötzlich aus der Deckung hoch und bietet sich den Russen an, die Sonne im Rücken, eine Silhouette wie das Männeken auf der Zielscheibe. Krischan springt ihm nach, umklammert ihn am Stiefel, will ihn zurückreißen. Die Russen schießen. Krischan wird wohl zuerst getroffen. Und dann nimmt Kurt eine volle Salve. Erst bei Dunkelheit werden die beiden geborgen. Alles menschlich, aber scheiße.

Am selben Abend ein paar hundert Meter weiter nördlich. Otto aus Liegnitz will zwei jungen Spuchten beweisen, was ein altes Frontschwein ist: ein Mann ohne Nerven. Nerven hat man nicht und braucht man nicht. Man kann, so sagt er, eine normale Handgranate abziehen und sie sich selbst auf den Stahlhelm stellen, Stiel nach oben, Topf nach unten. Wenn sie dann explodiert, passiert einem gar nichts, weil die Detonationskraft nur seitlich wirkt. Der Mantel vom Topf fliegt weg, die Kopfplatte bleibt erhalten. Nur wackeln darf man nicht, sonst kriegt man den Mist in die Fresse. Und die Ohren muß man sich zuhalten.

Otto hat sich das Spielchen nicht ausgedacht, es ist eine alte Imponier-Legende. Im Suff wird sie besonders gerne erzählt als die absolute Mutprobe. Aber erlebt hat sie eigentlich noch keiner. Otto probiert sie aus, in einer Sandkuhle, und es gibt niemanden, der ihn daran hindert. Denn niemand glaubt, daß er ernst machen wird. Er macht. Hält sich die Ohren zu, und dabei wackelt er.

Als sie Ottos Reste aufgelesen und in eine Zeltbahn gepackt haben, mit Feldspaten das Grobe und mit spitzen Fingern die Kleinigkeiten, auch die beiden Goldzähne, da sagt der Spieß: Gut, daß er gleich so tot war. Sonst wäre er vors Kriegsgericht gekommen, und dann hätten wir ihn erschießen müssen. Auf Selbstverstümmelung steht immer die Todesstrafe.

Und wenn er sich nur verletzt hätte? fragt einer von den jungen Spuchten.

Dann hätten sie ihn im Lazarett wieder aufgepäppelt. Solange, bis der Stabsarzt die Füsilierfähigkeit bescheinigt. Die deutsche Wehrmacht erschießt Verwundete nur, wenn sie aus eigener Kraft stehen können.

*

Noch in der Nacht muß die persönliche Hinterlassenschaft der Gefallenen eingesammelt werden. Hans hilft dem Unteroff'zier. Der hat große braune Umschläge dabei, die vorne einen Wehrmachtsaufdruck und auf der Rückseite zwei Pappknöpfe haben. Um die kann man in Achterschlingen eine Schnur legen, und die wird später auf der Schreibstube versiegelt.

Ehering, Brille, Uhr, Taschenmesser, Kalender, Feuerzeug ... Hans sammelt die Besitztümer von Krischan ein. Zwei Reclam-Heftchen in Feldpostausgaben, Briefe, Fotos, die Frau, die Eltern, die Kinder, Krischan mit der Frau, Krischan mit den Kindern, das Jüngste, das er wahrscheinlich noch nie im Arm hatte, in Seidenpapier an das Foto geheftet eine Babylocke – Hans fühlt sich beschissen.

Dann eine kleine Bibel, Stuttgarter Dünndruck wie auf Zigarettenpapier, hinten drin ein Fromms und ein gedrucktes Gemälde mit abgeknickten Ecken, bräunlich in der Tönung, dazu angegilbt:

Ein Herr mit Schnurrbart, in Frack und Zylinder, hat die Hose offen und schiebt sein Riesen-Ding in den schwarzen Busch einer Dame rein. Die hat Brautkleid und Schleier an, liegt, auf den Ellbogen gestützt, auf einem Tisch, ein Bein nach oben gereckt, und winkt mit dem Brautstrauß, während der Herr mit der freien Hand den Zylinder lüftet und den Betrachter anlächelt. – Was denn, Stube 3 vor Leningrad?

Dieses Bild regt ihn gar nicht auf. Im Gegenteil, es führt zu einem peinlichen Schrumpfvorgang in seiner Hose, Eier in Essig. Er schämt sich vor dem Führer für diesen gefallenen Kameraden. Gar nicht auszudenken: Ein solches Gemälde im Haus der Deutschen Kunst? Neben dem blutenden SA-Mann, der ländlichen Venus und der vögelnden Leda? Pfui Deibel!

In Krischans Portemonnaie sind 22,37 RM, eine Briefmarke für die Luftfeldpost und zwei Päckchenmarken.

Gegen alle Dienstvorschriften, ohne Rücksicht auf Kameradendiebstahl und Leichenfledderei läßt Hans den Kunstdruck samt Pariser hinter ein Schalbrett rutschen, aus Versehen natürlich und sehr unauffällig. Weg! Die Bibel ist wieder sauber, rein in den braunen Umschlag, mehr kann er für die Witwe nicht tun.

Und das alles an einem Tag!

Aber an anderen Tagen ist es manchmal eben auch sehr, sehr langweilig.

*

Zeit für Skat, Läuseknacken, Schach, Rätsel und Lesen.

Wenn alle Leitungen in Ordnung sind, gibt es auch interessante Gespräche über das Theater. Müller-Linz erzählt Hans ganze Stücke von Grillparzer, Nestroy, Schiller und Lessing. Einige Rollen kann er absolut auswendig aufsagen, die hat er studiert, sagt er, Wort für Wort. Und wenn die Frauen antworten, dann sagt er das mit hoher Stimme dazu. Wie im Land des Lächelns.

Manches in den Stücken ist übrigens viel unanständiger gemeint, als es ausgesprochen wird. Mein schönes Fräulein, darf ich's wagen ... das heißt in Wahrheit nur, daß der Schauspieler sie sofort umlegen will. Sie ziert sich noch ein bißchen, bis sie hinter der Bühne sind, aber dann geht's los, daß die Fetzen fliegen!

Müller-Linz kann auch singen, Buffo nennt man das, und sogar in einem Film hat er schon mitgespielt. Einmal hat er in Babelsberg Kristina Söderbaum gesehen, zu der sagen sie „Reichswasserleiche", weil sie sich aus Verzweiflung immer ertränken muß, und Leni Riefenstahl heißt „Reichsgletscherspalte", weil schon fast alle Parteiführer in sie reingefallen sind. Du glaubst gar nicht, sagt Müller-Linz, wieviel beim Film gepudert wird. – Interessant.

Hans will mitreden. Er revanchiert sich mit dem Tuberkulose-Film „Robert Koch, der Bekämpfer des Todes", den er in Einzelheiten erzählen kann, und er lernt bei der Gelegenheit, daß Herr Doktor Koch privat Emil Jannings heißt und Herr Professor Virchow ist Werner Krauss. Aber beide sehr begabt, sagt Müller-Linz.

Dann denkt er über den Jammer nach, daß der Herr Führer nicht verheiratet ist. Wie schade, daß er nicht so eine nette Frau wie die Söderbaum hat und drei oder vier lustige kleine Buben, so zwischen sechs und zwölf, alle mit Schnurrbärtchen und in Pimpfenuniform, aber – aber – aber – und er spricht jetzt so leise, daß Hans ihn kaum noch verstehen kann: Unter Künstlern erzählt man sich, der Herr General Ludendorf habe dem Herrn Hitler am 9. November 23 beim Marsch auf die Feldherrnhalle versehentlich in die nationalsozialistischen Eier getreten. Beim Hinfallen. Wie die Schüsse fielen, da sei es passiert. Er soll sich sehr entschuldigt haben, der alte Herr, aber passiert ist eben passiert. Deshalb ist der Herr Führer auch immer noch so traurig über den 9. November und deshalb auch dieser deutsche Gruß mit dem ausgestreckten Arm. Du weißt, was das heißt? – Nein? – Der deutsche Gruß mit der Hand in Augenhöhe sagt: So müßte er stehen, eigentlich. Und die Linke des Herrn Führers dabei immer an der Hose – das ist ein altgermanischer Fruchtbarkeitsgriff.

Auch interessant. Aber irgendwie kommt ihm das alles auch ein bißchen so vor, als wolle sich Müller-Linz über den Führer lustig machen.

Aber geh', sagt der Schauspieler, ich liebe ihn doch wie meinen Bruder: Ich bin Österreicher, er ist Österreicher – worüber sollte ich mich da lustig machen! Ich flick' ihm seine Leitungen und er führt mich in eine strahlend-schöne Zukunft! Oder glaubst du das etwa nicht?

Natürlich glaubt Hans das, natürlich. Dennoch ist ihm ein bißchen unwohl bei Müller-Linz und seiner Höflichkeit.

*

Der Gefreite Reichel wird gelegentlich wieder als Gruppenführer eingesetzt. Eines Nachts soll er eine verdächtige, weil noch bewohnte Bauernkate durchsuchen. Großeltern, Eltern und Kinder vereint und erschrocken oben auf dem Ofen, Bilderbuchrussen. Von Partisanen keine Spur. Nachdem Hans die 08 weggesteckt hat, werden er und seine drei Leute bei Kerzenlicht von den Verdächtigen bewirtet, mit Brot, Speck und Milch. Beim Abrücken erst sieht er die Ikone und das Flämmchen in der Ecke, und er ist peinlich berührt. Er ertappt sich beim Nachdenken darüber, was er bei diesen Untermenschen wohl für einen Eindruck hinterlassen wird. Einen schlechten? Das wäre ihm unangenehm, er hat schließlich nur seine Pflicht getan. Und das müßten die ja eigentlich auch einsehen.

Aber die Augen von dem Alten, diese stummen Augen vermitteln ihm das Gefühl, daß irgend etwas mit seinem Konto nicht stimmt. Am liebsten würde er zurückgehen und wenigstens das Essen bezahlen. Aber dann fällt ihm ein, was er von Karl May gelernt hat: Wer ein Gastgeschenk zurückweist, begeht eine tödliche Beleidigung. Und als Beleidiger will er nun auch nicht in Erinnerung bleiben.

Also beläßt er es beim Üblichen. Er schreibt ins Dienstbuch: Befehl ausgeführt, keine verdächtigen Personen, keine besonderen Vorkommnisse.

*

Nach ein paar weiteren Einsätzen wird Hans zum Kompaniechef befohlen. Der Alte residiert in einem Bunker unter Birken und Buschwerk, er raucht Pfeife, die Jacke steht offen, seine Schreibtischplatte ist eine rohe Stalltür, nicht mal den Riegel hat man abgeschraubt.

Hans meldet sich zackig und formal absolut korrekt. Er hat an sich ein gutes Gewissen. Aber das hat jeder, der noch nicht mit irgend etwas erwischt worden ist.

Der Alte spricht feines Dresdner Hofsächsisch. Reichel, sagt er, nicht, daß Sie sich was darauf einbilden können, aber ich glaube, Sie sollten Off'zier werden. Sie haben zwar kein Abitur, nicht das Einjährige, Lehre abgebrochen, aber wir können Sie über den Nachwuchsoff'zier des Heeres trotzdem vorschlagen lassen. Nicht weil Sie so schön sind, sondern weil Sie ordentlich führen können. Solche Leute wie Sie, die werden gebraucht!

Mit offenem Mund hört Hans die Botschaft, und diesmal ist es ein Freudenschock, der in seiner Hose alles schrumpfen läßt, während er die Hacken zusammenschlägt.

Er muß einen langen Fragebogen ausfüllen, keine Antwort darf übersprungen werden. Zum familiären Hintergrund und zum Werdegang in Schule und Hitlerjugend schreibt er an einigen Stellen *unbekannt* hin oder *ohne Betreff.* Unverheiratet ja, Verlobte: keine. Als Nachweis für seine Abstammung benennt er die Großeltern, als ob er sie kennen würde: Karl Heinrich Reichel und Amanda, geborene Kusenberg, wohnhaft in St. Gallen, Schweiz.

Daß sie vielleicht schon tot sind, läßt er weg. Es wird ja auch nicht danach gefragt.

Auf dem Heimweg zu seiner Unterkunft faßt er den Entschluß, diese Gelegenheit beim Schopfe zu packen: Wenn schon Off'zier, dann richtig! Für immer! Also Berufsoff'zier!

Nicht nur bis zum Endsieg, sondern für ewig!

*

Der Soldat geht, indem er ein Bein vor das andere setzt.

Zu diesem Zwecke legt er unter gleichzeitigem Anheben des linken Oberschenkels das Körpergewicht nach vorne und führt den linken Fuß in die Schrittrichtung, während er unter Abrollen des rechten Fußes das rechte Bein nachzieht, indem er dessen Knie leicht abwinkelt, dabei gleichzeitig den linken Arm zwanglos nach vorne drückt.

Beim Aufsetzen des rechten Fußes, das mit der Ferse zu erfolgen hat, hebt sich bei der Gewichtsverlagerung die Ferse des linken Fußes und drückt damit den Körper unter Zurückpendeln des linken Armes so in die Schrittrichtung ...

Tja, wenn man das bei der HJ so genau erklärt hätte, dann wäre ihm das Marschieren bestimmt leichter gefallen. Im Grunde logisch, wie es abläuft, geht ja gar nicht anders, aber man muß erst einmal darauf kommen.

Hans kennt seine Schwächen, da macht er sich nichts vor. Volksschule: so lala, mehr la als la. Und Berufsschule abgebrochen. Wenn es klappen soll mit der neuen Laufbahn, dann muß er lernen, lernen, lernen.

Er hat sich ein Exemplar der Heeresdienstvorschrift ausgeliehen sowie den Reibert, das Handbuch für den Soldaten. Und dann hat er noch Kröners Militärisches Wörterbuch, das gefällt ihm am besten, weil darin alles nach dem Alphabet geordnet ist.

Falls er zum Beispiel einmal ein paar Russen schnappen sollte, so kann er genau nachlesen, was dabei zu bedenken ist: *Die Behandlung der Kriegsgefangenen spiegelt die Kulturhöhe eines Volkes wider. Im Altertum wurden Kriegsgefangene zu Sklaven gemacht, auch wohl den Göttern geopfert. Die Römer pflegten kriegsgefangene Fürsten und Heerführer im Triumphzug dem Spott der Massen darzubieten und dann zu töten. Bei den Germanen ... zwar nicht verkäufliche Sklaven, aber doch Personen minderen Rechts. Im Mittelalter galt der K. gewissermaßen als persönliches Eigentum des Überwinders ...*

Persönliches Eigentum des Überwinders? Also damals hätte man seine gefangenen Iwans noch mit nach Dresden nehmen können, drei davon Menzels schenken und den Rest für Heinitsch. Aus Dankbarkeit. Aber dann kamen später die Haager Bestimmungen, und seitdem müssen die Gefangenen menschlich behandelt werden, gleich raus aus der Kampfzone, Personalpapiere und Ehrenzeichen dürfen sie behalten, Geld darf man ihnen auf Befehl eines Offiziers abnehmen, gegen Quittung, aber was soll man mit Rubeln schon anfangen?

Ob das alles auch für Untermenschen gilt, will er noch einmal fragen. Für Partisanen gilt es auf keinen Fall. Die werden auch nicht bekämpft, sondern das Land wird von ihnen gesäubert. Was sehr anstrengend sein muß, denn als Hans mit seinem Bataillon mal für ein paar Tage in Ruhe liegt, ein ganzes Stück hinter der Front, taucht da auch eine sogenannte Sondereinheit auf, Feldgendarmerie, voll bis obenhin. Total besoffen. Extra Marketenderwaren haben die empfangen, vor allem Schnaps als Schmutzzulage!

Müller-Linz redet Dialekt mit ihnen, weil sie aus der Ostmark stammen. Hinterher sagt er empört: Solche Schweine, richtige Schweine sind das, und dann noch Österreicher! Und auf wen fällt das wieder zurück, was die gemacht haben? Auf mich und den Herrn Führer!

Wahrscheinlich, weil ein paar von ihnen gekotzt haben – naja!

Was Hans noch mehr aufregt, ist der feige Verrat der Italiener, die vor den anglo-amerikanischen Verbrechern kapitulieren und ihren eigenen Führer sogar gefangennehmen. Auf einen ganz hohen Berg wird Mussolini gebracht, in ein Hotel, das man nur mit einer Seilbahn erreichen kann. Und das wird Tag und Nacht bewacht. Also hundert Prozent sicher, glauben die Makkaronis. Aber da kennen sie Adolf Hitler schlecht: Mitten im Feindesland läßt er seinen Freund von deutschen SS-Fallschirmjägern befreien, mit Lastenseglern und einem Fieseler Storch landen die da oben und holen den Duce herunter, obwohl die Wiese vorm Hotel zum Starten viel zu kurz ist, und der SS-Sturmbannführer Otto Skorzeny, der dieses Husarenstück geleitet hat, wird vom Führer eigenhändig ausgezeichnet. – Ist der nicht auch Ostmärker, der Skorzeny?

Das weiß ich nicht, sagt Müller-Linz, aber wenn er Oberschlesier wäre, wär's mir auch recht.

*

Heiligabend im Bunker. O du fröhliche!

Ein Kamerad schlägt auch „Hohe Nacht der klaren Sterne" vor, das ist mehr deutsche Weihnacht, ohne Jesus, der ja immerhin ein Jude war. Daß seine eigenen Leute ihn umgebracht haben, schön, aber rassisch gesehen, war er eben auch nicht astrein. Der würde heute mit'm gelben Stern rumlaufen. Müller-Linz sagt: Ein kleiner Adolf in der Krippe wäre natürlich schöner gewesen als Jesus, aber wenn sie den hinterher gekreuzigt hätten, hätten wir auch wieder was dagegen!

Also, Hohe Nacht ... wird nicht gesungen, zumal auch niemand den Text kennt. Lieber Stille Nacht, das kann Willi sogar auf der Mundharmonika. Und es stammt von einem Österreicher, sagt Müller-Linz.

Sonderzuteilung an Marketenderwaren: Zigaretten, Süßigkeiten, Kekse, Vitaminbonbons, sogar Kautaback gibt es, Original HANEWACKER. Allerdings nicht mehr in Blechdosen, sondern in Pappschachteln. Aus den Blechdosen werden jetzt Panzer gebaut, klar.

Und dann die Post aus der Heimat!

Alles, was aus Deutschland an die Front geschickt wird oder von der Front nach Hause, heißt Feldpost. Muß man auf den Umschlag schreiben, *Feldpost*, dann kostet der Brief kein Porto. Er geht auch an keine Adresse, sondern an eine Feldpostnummer. Zur Tarnung gegen Spione, damit die nicht wissen, wer gerade wo ist. Wenn ein Brief zu spät an der Front eintrifft, kriegt er einen Stempel: An Absender zurück: Gefallen für Großdeutschland. Pech. Feldpostbriefe kann man eben nie früh genug abschicken.

Päckchen darf der Soldat allerdings nur ganz wenige kriegen, und das geht so: Der Landser an der Front empfängt drei sogenannte Päckchenmarken, sehen aus wie Briefmarken. Eine schickt er an seine Mutter, zwei an seine Frau, und die kleben sie dann auf ihre Liebesgabenpäckchen, weil nur Päckchen mit Päckchenmarken befördert werden.

Das bedeutet für den Landser: Wem er eine Päckchenmarke schickt, von dem will er auch ein Päckchen haben. Hans kommt das vor wie Bettelei: Eine an Menzels, eine an Heinitschs, eine an Frau von Drostenberger? Nee. Und schon gar nicht als angehender Off'ziersanwärter. Also hat er seine Päckchenmarken an Kameraden gegeben, die richtige Familien haben. Hat sich damit echte Freunde gemacht.

Aber an Heiligabend hat er natürlich nicht gedacht: Der Spieß als Weihnachtsmann verteilt die Päckchen: Jeder kriegt eins, manche zwei oder drei und Hans schaut grimmig in die Kerzenflamme.

Da hört er seinen Namen: Ein Päckchen, mit Päckchenmarke frankiert, adressiert an einen unbekannten Soldaten, und mit Ölkreide hat einer *Reichel* draufgeschrieben. Er ist gerührt.

Nach „Süßer die Glocken nie klingen" wird gemeinsam ausgepackt: Wunderbare Pfefferkuchen findet Hans in seinem Päckchen, mit weißem und braunem Zuckerguß lasiert. Die Mandeln darauf sind mit Sicherheit Kürbiskerne, aber sie sehen wie Mandeln aus, keiner der Kameraden hat so schöne Pfefferkuchen! Dazu ein Brief – von einem BDM-Mädel, Glaube und Schönheit oder von einer knackigen Krankenschwester? Nein, offenbar von einer Mutter, denn der Brief lautet:

Lieber Herr Soldat, „unbekanntermaßen"!

Lieber Herr Soldat, habe beigefügte Weihnachtsplätzchen für meinen Sohn gebacken, Herbert, alles schöne Zutathen, von der Karte abgespart.

Aber kam unser Ortzgruppenleiter mit der Botschaft Herbert ist heimgegangen zu dem Herrgott und für dem Führer und Vaterland und hat schönen Tot gehabt, kein Schmerz von der Kugel und ruht in russ. Erde. Das Grab wird uns noch pfotografiert.

Herr Soldat, wir können Herb. seine Plätzchen nicht mehr selber aufessen, waren sie doch für ihm bestimmt und es könnte uns die Kele zuschnüren weil wir so sehr weinen müssen.

Herr Soldat, bitte könnten sie eine Freude haben, auch für eine Mutter helfen, das es alles nicht umsonst war und auch alle gute Zutathen.

Herr Soldat, eine Mutter muß ihr Sohn immer lieben, auch wenn er tot ist und Herbert auch, der zweitälteste.

Guten apetit und Heilhitler, frohes Fest

Klemmer Frida, Mutter

Die Kuchen lachen ihn an. An Geiswil muß er denken und an die schöne Bäckerin, aber er ißt nichts von dem Gebäck, probiert es nicht einmal. Nachdem der Mundharmonika auch noch ein Ros' entsprungen ist, geht er mit dem Päckchen und einem Feldspaten nach draußen. Er findet eine weiche, nicht durchgefrorene Stelle in der Grabenwand, und da begräbt er die Kekse.

Nichts los, Ruhe in dieser Nacht. Obwohl der Iwan Weihnachten ja erst später feiert, vielleicht wollen sie uns einlullen. Schade um die schönen Kekse. Aber er hat ein sehr gutes Gefühl für sein Konto. Er hat etwas richtig gemacht, auch wenn er nicht weiß, warum. Es waren eben Herberts Lebkuchen, von Herberts Mutter. Vielleicht darum.

Die Wolken reißen auf. Ganz weit weg eine Leuchtrakete, aber sonst: Hohe Nacht der klaren Sterne.

Wenn man bloß wüßte, was Müller-Linz wirklich meint:

Christus – Jude – Hitler – Jesus – Kreuz?

Hans versteht irgend etwas, das er nicht begreift, und er begreift nicht, was er verstanden hat.

*

Schon in der zweiten Januarwoche spürt man, daß etwas im Busch ist. Die russische Artillerie ballert, als hätte man ihr zu Weihnachten frische Munition geschenkt. Dazu deutliche Truppenbewegungen auf der anderen Seite, vermehrte Spähtrupptätigkeit im Niemandsland, im Schnee werden Tretminen ausgelegt, bis dicht vor die deutschen Linien, und die Nähmaschinen sind auch öfter unterwegs.

Auf deutscher Seite erhöhte Alarmbereitschaft rund um die Uhr. Vor Weihnachten war es noch streng verboten, in Nähe der Unterstände zu pinkeln: Natürlich gefriert die Schiffe jetzt, aber wenn der Schnee mal taut – was glaubt ihr wohl, wie's dann im Frühling überall stinkt!

Jetzt pißt jeder, wo und wohin er will. Die Vorgesetzten auch, denn man ahnt wohl, daß man zur Schneeschmelze nicht mehr hier sein wird. Und wenn's im Frühling beim Iwan stinkt – um so besser.

Aber es ist natürlich kein Thema, über das laut gesprochen wird. Das Wort Rückzug darf man nicht einmal denken. Auch nicht im Hinterkopf. Außerdem heißt es gar nicht Rückzug, sondern Frontbegradigung.

Hans kommt nachts mit drei Mann von einem Spähtrupp zurück. Sie tragen Schneehemden und bewegen sich vorsichtig durch Buschwerk und Unterholz, damit die Spuren am nächsten Morgen nicht schon aus der Luft zu sehen sind. Da liegt hinter einer Krüppelkiefer ein Mann im Schnee, seine MP mit dem unverwechselbaren Trommelmagazin ist auf die deutschen Linien gerichtet. Die vier schmeißen sich auf den Bauch, kein Wort, kein Ächzen, kein Husten. Verständigung durch Handzeichen, Abwarten. Wo ein Iwan ist, sind auch andere. Wer zuerst schießt, verrät sich. Es schießt aber keiner.

Also dann los: Drei Mann bereit zum Feuerschutz, und der Gefreite Reichel robbt auf den Iwan zu – so bilderbuchmäßig, wie man es in einer Kurzausbildung erlernen kann. Noch nie war er dem EK I so nahe, vielleicht sogar der Nahkampfspange, und „ruki werch" heißt Hände hoch! Er muß durch ein paar kleinere Schneewehen, kommt dadurch ein bißchen aus der Richtung und landet nicht wie geplant hinter dem Untermenschen, sondern direkt vor seiner Waffe.

Der Russe schießt nicht, denn er ist tot, aber der Schreck darüber entlädt sich bei Hans nachträglich. In einem grimmigen Fluch.

Sie entwaffnen den Toten, durchsuchen ihn aber nicht nach Geld, weil Hans sich nicht sicher ist, ob die Regeln für lebende Kriegsgefangene auch auf gefallene Nichtgefangene anzuwenden sind. Die Kartentasche geht mit, den Schulterstücken nach zu urteilen war er Unterleutnant. Ab nach Hause!

Parole? – Blaues Wunder! – Der eigene Graben, gerettet.

Meldung machen, Leuchtpistole und Signalpatronen zurück, Kartentasche übergeben – und die Filzstiefel habt ihr im angelassen? Der hat doch jetzt sowieso kalte Füße! – Noch ein paar Flapsigkeiten, eine Zigarette, die üblichen Glückwunschschläge auf die Schultern, und dann ab nach hinten in den Unterkunftsbunker.

Also kein EK und keine Spange. Dennoch ist Hans erleichtert darüber, daß der Iwan schon tot war. Denn einen verletzten Gegner hätte er nach der Genfer Konvention behandeln müssen, und das bedeutet, daß er ihn mit dem eigenen Verbandspäckchen versorgen müßte und sich sogar strafbar machen würden, wenn er ...

Da heult es auch schon heran – volle Dääächkkkunkkk!

Ein Geräusch, als wenn einem zwei D-Züge in die Ohren rasen, von jeder Seite einer, und mitten im Kopf zusammenstoßen. Und dann ebbt das Inferno wellenförmig ab, weniger, immer weniger, und es folgt eine Stille, so wunderschön, wie man sie noch nie gehört hat.

Fritze hat's erwischt, hört Hans. Er richtet sich auf und schiebt den Stahlhelm wieder in die für einen zukünftigen Off'ziersanwärter standesgemäße Position.

Mann, hört er weiter, du blutest ja wie ein Schwein!

Die Stille kommt wieder, diese wunderbare Stille. Er sieht Emanuel Tauschek grinsen, in seiner albernen Uniformjacke mit den Schwalbennestern an den Ärmeln. Das ist die Ruhe in a-moll, sagt Emanuel.

Beim Verladen in den Sanka wird ihm ein weißes Schild an der Brusttasche festgemacht, wie ein Paketanhänger. Jemand sagt: Reiß dich am Riemen, Mensch, du hast den Heimatschuß! Das wird ein Verwundetenabzeichen in Bronze!

Also doch den ersten Orden, endlich ...

Der Sanitätswagen rappelt durch die Nacht, fast ohne Licht. Die Stöße und Schläge, die von unten, vom Knüppeldamm her auf die Schwerverletzten einprasseln, sind Iwans Rache, die sorgen für eine gewisse Vorauswahl: Wer einen solchen Transport übersteht, hat gute Chancen, auch das Lazarett zu überleben. Einschließlich der total überlasteten Ärzte. Und Hans will überleben, denn er will seinen Orden.

Der Sani, der bei Hans die Kompresse kontrolliert und der seinem Nebenmann mit der Taschenlampe in die Augen funzelt, bevor er ihm die Wolldecke übers Gesicht zieht, dieser Mann stinkt nach Kautabak. Nach HANEWACKER.

Das hatten wir doch schon mal, oder? Vielleicht auch alles nur Einbildung.

Artilleriefeuer, entfernt. Wird leiser und leiser.

Die Achs-Stöße im Sanka lassen ihn träumen, Zerberers jagen ihn knüppelschwingend durch Geiswil, die schöne Bäckerin steht in der Ladentür mit Lehrer Knoll, Herr Blaschke schlägt mit Liebe und der Erzieher im Kinderheim mit Bedauern, und dann ist er mit den Schwererziehbaren in einer Strafkompanie. Tretminen müssen sie aufsammeln und Herr Kutscher schleift sie und brüllt, daß es gar nicht wehtut, wenn man verwundet wird: Das merkt ihr gar nicht!

Und dazu immer weiter Schläge in den Rücken.

*

Als er im Feldlazarett erwacht, faßt er sich erst einmal an die Stirn: keine Delle, gottseidank. Denn wenn er sich als Off'zier anstrengt oder aufregt, was ja mal vorkommen kann, und wenn dann jedes Mal dieser rote Kutscher-Knubbel überm Auge herausspringt, das wäre ja fürchterlich!

Dann fragt Hans, was er eigentlich hat.

Glück, sagt der Unterarzt, mehr Glück als Verstand! Alle Splitter dicht neben der Halsschlagader – eigentlich hätte die zerfetzt sein müssen! Sind aber noch nicht alle raus, morgen wird er verlegt. Ob er gut hören kann, ja? Alles verstanden?

Ja. Wieso? – Über Ihre Verletzung haben wir doch gestern schon gesprochen und heute morgen noch einmal. – Ach ja? Hans entschuldigt sich. – Naja, war ja auch viel Blutverlust.

Nur noch ein bißchen schlafen, und dann hört er eine Eisenbahn fahren, und auf einmal ist er ganz woanders, nämlich in Gdow, im Armeelazarett. Wo liegt denn Gdow nun wieder?

Ooh, sagt die Krankenschwester, jedenfalls weit weg von Leningrad. Vier Splitter sind immer noch drin, und deshalb wird er wohl weiter verlegt werden nach Gotenhafen. Wir wollen den Hals so hinkriegen, daß Sie wieder 'n normalen Kragen tragen können, sagt der Oberarzt.

Danke gehorsamst, sagt Hans. Was könnte man denn lesen, wenn man nicht schläft?

Alles! Hier gibt's mehr Schmöker als Medikamente.

*

Die anderen Verwundeten lesen wenig. Hauptsächlich wird gejammert, gewimmert und gemeckert.

Aufs Fressen wird geschimpft, auf die Ärzte, die Vorgesetzten und Offiziere, auf die Truppenführung überhaupt, auf den Nachschub und sogar auf den Führer. Manche machen ihn persönlich verantwortlich für die Verwundungen. Als ob er ihnen in den Bauch geschossen hätte und nicht der Iwan! Wüsteste Verwünschungen und Flüche. Auch gegen Göring und Goebbels und Himmler – unvorstellbar, daß das deutsche Soldaten sind, die haben doch alle im Fahneneid versprochen, daß sie jederzeit ihr Leben einsetzen wollten. Und jetzt jammern sie hier herum – was sollen denn da erst die Toten sagen!

Einer muß immer Blut spucken, in großen Batzen, was auf die Dauer ziemlich unappetitlich wirkt, wenn man das Bett daneben hat. Ausgerechnet zu dem kommt ein Pfarrer, ein katholischer. Und da sagt dieser Blutspucker, am liebsten würde er dem Hitler eine Handgranate in den Arsch stecken und selber abziehen. Denn mit dem Führer in die Luft zu fliegen, das wäre für ihn das Schönste auf der Welt.

Der Pfarrer kapiert das nicht, betet leise vor sich hin, wedelt mit zwei Fingern ein Luftkreuz, und dann hört der Landser auf mit Spucken. Aus, Sense, Feierabend. Gott läßt den Führer eben nicht verspotten!

*

Als Hans wieder aufstehen und umhergehen darf, sogar soll, so viel wie möglich, muß er auch bei den Freiübungen mitmachen. Genesungs-Sport. Unter Anleitung eines Feldwebels, der das Sportabzeichen in Gold hat, aber nur noch einen Arm. Der will sich das jedoch nicht anmerken lassen. Er turnt vor wie ein Gesunder, und wenn er beide Arme kreisen läßt, dann dreht sein heiler Arm sich vorbildlich wie ein Windmühlenflügel, an der anderen Schulter aber zappelt der Stumpf, so gut er kann. Wie der Stummelschwanz bei einem Brauereipferd, das die Fliegen verjagt.

Der Stummel ist genauso faszinierend wie Kutschers Stirnbeule: Immer wieder muß Hans hingucken. Wie mag dieser Mann wohl einen Handstand machen? Einen Liegestütz? Einen Aufschwung?

In der Illustrierten *Signal* war zu sehen, wie beinamputierte Gebirgsjäger trotzdem Schifahren können: auf einem Bein den ganzen Großglockner runter, im staubenden Schnee, richtig um die Wette! Und Blinde können Rückenkraulen, ohne sich gegenseitig anzurempeln, im Schwimmbecken, weil der Richtungssinn gar nicht vom Augenlicht bestimmt wird. Mit einem steifen Bein kann man wunderbar radfahren, und vom Rollstuhl aus hat ein Kamerad beim Ping-Pong sogar zwei gesunde Nachrichtenhelferinnen besiegt, das soll der deutschen Wehrmacht erst einmal jemand nachmachen! Drüben, beim Iwan, wenn da einer das Bein kaputt hat, da wird der gar nicht mehr amputiert, der kriegt vom Kommissar sofort einen Genickschuß und dann Doswidanja! Deshalb werden die Kommissare ja auch gleich umgelegt, wenn sie in Gefangenschaft geraten: gemeingefährliche Verbrecher!

Einmal, als sie in der Wintersonne draußen beim Skat sitzen, kommt der Sportfeldwebel vorbei, kiebitzt ein bißchen und spielt dann mit. Er wartet auf seine Prothese, sagt er, damit er wieder als Ausbilder eingesetzt werden kann.

Hans würde ihm gerne helfen beim Kartenspiel, aber denkste: Der Mann sortiert seine Karten einhändig, dann schiebt er die Schulter nach vorne, klemmt das Blatt unter den Stumpf und spielt vorbildlich wie ein ganz Normaler. Schnell, zackig und riskant. Nur mischen kann er nicht.

Hans wird unvorsichtig, er leistet sich einen Grand ohne Viere und gewinnt. Das empfindet der Feldwebel nun als Respektlosigkeit. Ofen aus, Gefreiter Reichel: Was glauben Sie denn, wen Sie vor sich haben!

Schade, wo Hans diesen tapferen Mann so besonders verehrt hat.

*

Seine persönlichen Habseligkeiten sind nachgeschickt worden. Dabei ist auch eine Urkunde und das Verwundetenabzeichen in Bronze. Donnerwetter, das ging aber schnell!

Das heißt, eine öffentliche Verleihung vor angetretener Kompanie wäre ihm natürlich lieber gewesen, mit Stahlhelm und Händedruck. Aber egal.

Aus Bronze ist das Abzeichen auch nicht, sondern aus Blech und schwarz lackiert. Klar, Bronze wäre ja wie Messing, und Messing ist kriegswichtig. Vielleicht wird das Blech nach dem Endsieg in echte Bronze umgetauscht. Oder er kriegt bis dahin auch noch das silberne Verwundetenabzeichen, dann braucht er das bronzene sowieso nicht mehr. Oder sogar das goldene?

Das sieht nämlich nicht schlecht aus, auf der linken Brusttasche: in der Mitte das EK I, rechts darunter das Infanterie-Sturmabzeichen, links darunter das goldene Verwundetenabzeichen und oben über allem die Nahkampfspange.

*

Die Verwundung des Gefreiten Reichel wird übrigens zum Verhängnis für die ganze Ostfront. Kaum ist er weg, da verschärft der Iwan den Druck auf die Heeresgruppe Nord. Am 20. Januar fällt Nowgorod, und von Oranienbaum aus brechen starke russische Verbände den deutschen Ring um Leningrad auf. Die Stadt wird befreit. Im Granatenhagel wirbeln die deutschen Stellungen, Bunker und Unterstände als Einzelteile durch die Luft. Jetzt fragt tatsächlich kein Mensch mehr danach, wer wohin gepinkelt hat.

Mit einem Schwerverwundeten-Transport taucht Müller-Linz in Gotenhafen auf, hohlwangig, grau und klapperig, fast nicht wiederzuerkennen mit diesen tiefliegenden Augen.

Vom alten Haufen ist kaum noch einer übrig, sagt er, und mir fehlt ein Bein. Verloren, weißt du? Beim Auftritt, da hatt' ich's noch dabei, und dann war's auf einmal weg. Knapp unterm Arsch einfach ab. Auch wenn es manchmal noch wehtut oder juckt, das Bein – das ist eine Täuschung des Körpers, damit der Übergang nicht so abrupt ist und der Geist Zeit bekommt, sich langsam daran zu gewöhnen.

Müller-Linz wird nur zwischenversorgt, dann geht es mit einem Lazarettzug weiter in die Heimat. Nach Wien, glaubt er.

Wir haben schlimme Sachen gemacht, als wir zurück mußten, Hans: Ein Drama war das und beschissen inszeniert, sagt er sehr leise, und jedes Drama endet mit einer Katastrophe, das ist dramaturgisch vorgeschrieben, verstehst du? Schlechte Kritiken werden wir kriegen, sehr sehr schlechte.

Sag mal, glaubst du etwa nicht mehr an den Endsieg?

Der Künstler schaut ihn lange an, als könne er sich nicht entscheiden.

An den Endsieg sowieso, sagt er schließlich, felsenfest. Nur danach – was soll ich danach machen? Weißt du, man braucht so wenig einbeinige Liebhaber am Theater, und jugendliche schon gar nicht.

Pförtner am Bühneneingang könnt' ich noch werden. Da kann man den ganzen Tag über sitzen. Hoffentlich findet der Herr Führer für sich eine bessere Stellung, wenn er ausgesiegt hat.

Hans tröstet ihn mit der Aussicht auf Schifahren und Ping-Pong, aber er hat doch das Gefühl, daß Müller-Linz nicht mehr meint, was er sagt. Immerhin, der kriegt jetzt das Verwundetenabzeichen in Silber, weil er das bronzene schon seit Frankreich hat.

*

In Gotenhafen kann man Schulungsbriefe ausleihen fürs Militärische und fürs Nationalpolitische, eine Art Fernstudium: Geschichte von Armin dem Cherusker bis Josef Goebbels, völkische Zusammenhänge, warum die Deutschen ohne Raum sich nach Osten ausdehnen und warum die anderen Völker ein bißchen Platz machen müssen – bis nach Hinterasien. Und Afrika müssen sie uns natürlich wiedergeben, die Engländer, die Neger wollen das auch. Wie man Schädel ausmessen kann, damit der Mensch eine bessere Rasse wird, und so weiter und so weiter – alles sehr interessant.

Dennoch: Hans möchte am liebsten gleich wieder an die Front. Er macht sich Sorgen um seine Bewerbungsunterlagen. Wenn die jetzt in den Strudel der Frontbegradigungen geraten, dann ist es möglicherweise schon wieder aus mit der Off'zierslaufbahn.

Das glaube ich nicht, sagt der Stabsarzt. Die deutsche Wehrmacht hat schon viel verloren, aber bestimmt noch keine Akten. Also, Gefreiter, Sie werden erst gesund und dann General – und nicht umgekehrt, verstanden?

Aber dann geht plötzlich ein anderer Stern am Himmel seiner Gefühle auf: Dora, herrgottnochmal!

Dora, ein Engel vom Roten Kreuz. Etwas kleiner als er, ein Kind ihrer westpreußischen Heimat, bedächtig, innig, sinnlich und willig. Ein paar neckische Rempeleien auf dem Flur, und schon drängen die Zuneigungen nach Erfüllung. Bloß wo?

Nicht hinten in der Wäschekammer, wo die alten Verbände hinkommen, das will sie nicht, und auch nicht draußen am Zaun, mit Anlehnen.

Obwohl das üblich geworden ist, in diesen Tagen. Meist in der Nähe von Bahnhöfen. Wenn die Urlauber zurück müssen an die Front und ihren heulenden Bräuten noch ganz schnell einen zum Abschied verpassen. Und beide wissen, es könnte der letzte sein – wer will da nein sagen? Und dann passiert's. Aufrechte Deutsche werden im Stehen gezeugt, Komm-wieder-Kinder. Später werden sie durch eine Ferntrauung ehelich gemacht, damit die Frau nicht als Flittchen dasteht, sondern als Kriegerwitwe, falls der Kindsvater den Heldentod findet.

In Feuerpausen werden erst die Verwundeten nach hinten gebracht, dann die Gefallenen mit militärischen Ehren beigesetzt, und danach kommen, falls nötig, die Ferntrauungen. Dafür muß der Landser an vorderster Front stellvertretend seinen Kompaniechef heiraten. Aber ganz zackig mit Hackenschlagen und Händedruck, mit Stahlhelm statt Zylinder, und ohne Schleier und Küßchen natürlich.

Oberleutnant v. Tretzlow hatte auf diese Weise vierzehn Landser geehelicht, vom Hauptfeldwebel bis runter zum Schützen Arsch, und als er fiel, waren diese Männer genau genommen alle seine Witwer. Aber geheult hat keiner von denen, denn Tretzlow galt als Armleuchter.

Wenn Offiziere heiraten, muß die Braut nicht nur schwanger sein, sie braucht auch noch eine Unbedenklichkeitsbescheinigung von der Gestapo, daß sie reinen Blutes ist und auch früher nicht mit Ausländern oder Juden gevögelt hat. Damit sich der Vorgesetzte, der bei der Trauung die Braut spielt, rassisch nicht besudelt.

Ein Oberst soll sich mal gegen die ganze Ferntrauerei aufgelehnt haben: Würdelos, der deutsche Offizier sei schließlich keine stellvertretende Urlauberhure! Da ist er wegen Wehrkraftzersetzung verurteilt worden. Zum Tode natürlich. Angeblich.

Schwester Dora ist ein Glücksfall. Eigentlich verlobt, sojutwie, sagt sie, aber ihr Unteroffezier ist bei den Engländern in Jefangschaft jeraten, sagt sie, in Amerika oder in Afrika, der kann jedenfalls nicht stören. Sie wohnt bei ihrer Oma, die arbeitet in einem geheimen Werk und baut jeden Tag zwei Torpedos für die Kriegsmarine. Auch nachmittags, wenn Dora frei hat und Hans Ausgang kriegt.

Schöner kann man's doch gar nicht erwischen, das muß wieder mal die Vorsehung vom Führer sein.

In Doras Kammer gibt es ein Bett, ein schmales Sofa und einen Waschtisch, da läßt sich schon einiges anstellen. Und Dora ist sehr lieb und zeigt ihm, wie alles geht: viel schöner als Stube 3 und die ganze deutsche Kunst, was ist schon ein Schwan gegen einen sächsischen Gefreiten!

Dora nennt es „rommeln“. Ejn Jehejmwort, sagt sie, wejß kejner nich, was mit jemejnt is! Sie hat es von ihrem Verlobten gelernt, und sie ist dabei sehr vorsichtig, damit der Verband am Hals niemals verrutscht.

Hans macht seine Sache gut. Sagt sie. Nun ja, es ist ja nicht das erste Mal, daß er für einen Unteroff'zier einspringt.

Am Sonntag ist die Oma zu Hause. Also gehen sie nachmittags spazieren. In Mänteln, eingehängt, und beim Laufen reibt Dora mit ihrer linken Hinternseite an seiner rechten. Ohne ihn anzugucken, wie aus Versehen. Da legt er den Arm um ihre Taille. Natürlich so, daß er an der Brust nicht ganz vorbeigreift.

Viele Schiffe in der Danziger Bucht, und an Land latscht auch reichlich Kriegsmarine herum. Wie die Wiener Sängerknaben in ihren Matrosenanzügen, manche mit U-Boot- oder Schnellboot-Kriegs-Abzeichen vorne dran. Ganz zackig, aber für den Landser unerreichbar.

Weiter draußen ein sehr großes Schiff ohne Geschütztürme. Diß war mal ejn Varjniejungsdampfer, sagt Dora, de Willem Justloff.

Wie bitte? Das gibt's doch nicht, das da drüben? Die berühmte WILHELM GUSTLOFF, auch eingezogen?? Als Marineunterkunft? Eine schwimmende Kaserne? Weißt du überhaupt, wer das war, der Wilhelm Gustloff?

Und nun erzählt er ihr, wie dieser Freund des Führers von einem feigen Juden in der Schweiz ermordet wurde, wie er, der kleine Hans, die Heimat verlassen mußte, weil auch er, der kleine Hans, nicht mehr sicher war vor den Juden, denn seine Eltern weilten im Ausland. Wie er ins herrliche Dresden kam mit der breiten Elbe, die ganz weit bis in die Nordsee fließt, und August dem Starken geht der Gaul durch, ganz aus Gold. Was er im Italienischen Dörfchen am liebsten ißt oder auf dem Rittergut Schloß Wulfenstein, davon schwärmt er, von Heinitsch, dem größten sächsischen Fabrikanten, von den Autotouren mit Freiherr Bernd von Drostenberger zu Drostenburg im Mercedes-Kompressor und von der Semper-Oper, vom Land des Lächelns und dem Obereunuchen und Old Shatterhand und dem echten Indianer Winnetou, und er erwähnt auch die Aktiengesellschaft, die er übernehmen könnte, wenn sein Chef ihn nicht zum Offizier bestimmt hätte.

Es wird langsam dunkel. Er hat sich in Rage gequasselt, seine Augen funkeln, und er sieht in der Dämmerung so unwiderstehlich aus mit seiner keß-schräg aufgesetzten Mütze und dem Halsverband, der die Uniform veredelt wie ein kostbarer weißer Schal.

Dora ist so beeindruckt, daß sie noch unterwejens schwach wird. Sie führt ihn hastig hinter einen alten Fischer-Schuppen, und da rommeln sie einmal ganz schnell im Freien. An einem Sägebock, trotzdem es reichlich kühl ist. Als Dora das letzte Mal hier war, mit ihrem Unteroffezier, da war noch Sommer.

Macht nichts, sagt Hans, wir alten Frontschweine sind gegen Kälte sowiesô besser abgehärtet als das Afrika-Korps.

Luftschutzsirenen. Fliegeralarm.

Er muß an Lucie denken, damals im Keller: kein Vergleich! Aber eine Idee ...

Er nimmt Doras Kinn in die Hand und singt ihr mit ganz leiser Stimme ganz dicht, feucht hauchend, ganz langsam ins Ohr:

Schwarzbraun ist die Haselnuß,
schwarzbraun bin auch ich, bin auch ich!
Schwarzbraun muß mein Madel sein,
geradeso wie du!

Irgendwie stimmt der Text nicht ganz, aber Dora wird so verrückt davon, daß sie gleich noch einmal möchte, komm! Wieder am Sejebock.

Irgendwann ist der Alarm zu Ende, und es kommt die Entwarnung.

Irgendwo ist eben Krieg.

1944

„Königlich kursächsischer, mit Pulverdampf leicht bestaubter Gefreiter“ nennt er sich grinsend und zeigt den Entlassungsschein vom Lazarett, den Urlaubsschein, die Urlaubermarken für Lebensmittel, die Urlauber-Raucherkarte, den Entlausungsschein von der Grenzstelle Tauroggen, und die Verleihungsurkunde, hier: in Bronze!

Und die Narbe? fragt Lislott und zeigt ihre Blendax-Zähne. Sie ist noch schöner geworden in diesem einen Jahr. Im Lazarett hat er gelesen, daß der Krieg der Vater von allen Dingen ist. Offensichtlich auch bei den Weibern. Komm, laß doch mal sehen! sagt sie und fummelt an dem kleinen Verband, den er noch trägt, damit der Kragen nicht scheuert.

Hans ziert sich: ein Kratzer!

Auch wenn die Hand ab wäre, würde man das sagen. Kratzer ist das Wort, mit dem die Tapferen ihre Leiden herunterspielen: nur ein Kratzer. Wenn einer im Rollstuhl sitzt, im Selbstfahrer, und den einhändig vorwärts rudern muß – auch ein Kratzer. Solange der andere Arm noch dran ist, hängt die Hose nicht am Kronleuchter!

Lislott lehnt sich zurück, verführend und fordernd zugleich: Los, zeig doch mal!

Vater Menzel kaut auf der Unterlippe, Mutter Menzel guckt Lislott über die Brille an. Schusterblick.

Mit der einen Hand wiegelt Hans ab, mit der anderen öffnet er lässig den Uniformkragen. – Ganz schönes Ding, Donnerwetter! – Ein Splitter ist noch drin, aber verkapselt. Da kommt man nicht mehr ran, der bleibt zur Erinnerung. – Und wenn sie ihn am Hintern erwischt hätten – hätt'ste dir den auch zeigen lassen?

Werner!! sagt Mutter Menzel. Und Vater Menzel wird konkret: Du kriegst gleich eine gedachtelt!

Was gar nicht leicht zu machen wäre, denn Werner ist inzwischen einen Kopf größer als der Alte.

Vor vierzehn Monaten, als er einberufen wurde, wohnte Hans noch im Lehrlingsheim. Da mußte er natürlich raus, seine Grünstein-Kiste kam zu Menzels. Zur Aufbewahrung. Und bei denen ist er nun auch gelandet. Darf ich?

Selbstverständlich, wo soll der Junge denn sonst hin!

Die Wohnung ist wirklich nicht groß, also schläft er auf dem Sofa in der guten Stube. Drei Wochen Genesungsurlaub. Wie es danach weitergeht, das soll er in den nächsten Tagen schriftlich kriegen. Entweder 'zurück an die Ostfront oder aber gleich zur Ausbildung, erst Unteroff'zier, Bewährung als Off'ziersanwärter und danach wahrscheinlich nach Braunschweig, Heeresoffiziersschule, haben sie auf der Schreibstube gesagt. Wo liegt'n das genau, Braunschweig?

Werner muß den Diercke-Schulatlas holen ... aha, da! Hannover soll ja schwer zerbombt sein, Braunschweig auch? – Ja, weiß man nicht so genau, aber bestimmt auch, warum denn nicht. – Leipzig hat's besonders schlimm erwischt, Oktober, Dezember und jetzt erst wieder am 15. Februar. Magdeburg, Augsburg, überall kommen sie hin, vor allem, wo Industrie ist, und immer wieder nach Berlin. Hamburg ist schon eine Steinwüste. Ganze Stadtteile zugemauert, immer noch Leichen unter den Trümmern. – Und ganz fette Ratten. Nur die Fabrikschornsteine, die bleiben überall stehen. Also wenn du ganz sicher sein willst, dann mußt du unten in einem Schornstein schlafen! – Werner!!! – Und hier in Dresden? – Hier ist wenig passiert, ganz wenig. – Aber wenn sie schon bis Leipzig kommen, dann könnten sie doch auch hier angreifen. Die paar Kilometer Unterschied ... – Die wollen nicht, Dresden soll geschont werden. Es heißt, die Amerikaner wollen Dresden zur Reichshauptstadt machen, nach dem Krieg. Dann soll ganz Deutschland sächsisch werden.

Hans lacht höhnisch.

Überall in der Stadt hängen Plakate: *Feind hört mit!*

Mutter Menzel läßt die Brille tief auf die Nasenspitze rutschen und spricht ganz leise. Auch wenn der Feind unterm Tisch säße, könnte er nicht mithören: Sie dürfen Dresden nicht angreifen, weil hier eine Tante von Churchill wohnt. Mitten in der Altstadt. Und ein Sohn von Stalin sitzt auf dem Weißen Hirsch als Kriegsgefangener, da können sie auch nichts hinschmeißen.

Mutter Menzel pocht ihre Überzeugung mit dem Zeigefinger aufs Tischtuch: Dresden – ist – sicher! Die wollen ja sogar die Flak von hier weg verlegen. Wenn bei uns mal was runterkommt, dann nur aus Versehen, weil sich einer verflogen hat.

Aber wer nicht hundertprozentig verdunkelt, der wird trotzdem angezeigt. Vater Menzel erzählt vom Gauleiter Mutschmann: König Mu hat in seinem Garten in der Comeniusstraße einen Riesenbunker bauen lassen, mit allem Luxus und mehreren Geheimausgängen.

Obwohl wir in Dresden sooo sicher sind. Da kann man mal sehen, wie der seine braunen Hosen gestrichen voll hat.

Vati! sagt Mutter Menzel vorwurfsvoll, und dann soll Hans auch mal was erzählen.

Na endlich. Also: der Gefreite, der Bolschewismus, die Überlegenheit der Deutschen in jeder Beziehung, die Untermenschen und das Heldentum.

Er setzt mit einem großen Bogen an, spürt aber rechtzeitig, daß er negative oder unschöne, traurige oder tödliche Sachen besser weglassen sollte. Denn das merkt ein Blinder mit Krückstock: Die Stimmung bei Menzels ist mies. Werner hat sich freiwillig gemeldet, gegen den Willen seiner Eltern. Aus Trotz oder weiß der Kuckuck warum; in ein paar Monaten wäre er sowieso dran gewesen. Aber jeder Tag zählt, sagen die Alten. Da will Hans sie nicht noch mehr aufregen.

Also ist viel von Kameradschaft in seiner Erzählung, vom Läuseknacken und von anderen lustigen Seiten des Soldatseins. Witzige Episoden am Donnerbalken, wie man die Heldenlatrine nennt, und von der Blödheit des Iwan: Bomben mit der Hand aus der Nähmaschine schmeißen, das muß man sich mal vorstellen! Gastfreundliche Zivilbevölkerung. Haben selbst nicht viel zu essen, die Leute, und bieten einem trotzdem etwas an.

Wenn Werner Glück hat, erlebt er sogar ein Fronttheater, mit richtigen Schauspielern! Komödien dicht hinter der HKL! Aus der Ferne grollt die Artillerie und in einer alten Scheune schlagen sich die Landser vor Lachen auf die Schenkel. Daß die Schauspielerinnen sich anschließend von den Off'zieren umlegen lassen, teils aus Lebensfreude, teils für Marketenderwaren, das läßt er mit Rücksicht auf Mutter und Tochter weg.

Aber je mehr er die Menzels schont, desto schwächer wirkt sein Bericht, der berühmte Schauspieler Müller-Linz läßt sie auch unbeeindruckt. War der mal in Dresden am Theater? – In Leipzig. – Naja, in Leipzig waren viele.

So erwähnt er in aller Bescheidenheit denn doch seine persönlichen Heldentaten bei den Spähtruppeinsätzen. Dann lobt er vor allem seinen Alten, den Kompaniechef, einen Pfundskerl, der ihm anfangs gar nicht wohlgesonnen war und den er erst durch seine Leistungen überzeugen mußte, der nun aber wie ein Vater die Hand über ihn hält. Die Lazarett-Ärzte lobt er, die ihn wieder zusammengeflickt haben, kaum noch was zu sehen, wie ihr seht, und aus Versehen erwähnt er auch eine tapfere Krankenschwester aus Gotenhafen, die sich für die Verwundeten aufopfert und ihnen trotz der körperlichen und seelischen Überlastung noch die WILHELM GUSTLOFF zeigt. Von einem Sägebock aus kann man sie am besten sehen, draußen in der Danziger Bucht.

Das ist ja interessant, sagt Mutter Menzel. Aber ein bißchen mehr Krieg hatte sie wohl doch erwartet. Obwohl sie ihn haßt.

Hans muß nachlegen. Trotz aller guten Vorsätze erzählt er nun auch von Dingen, die er gar nicht erlebt, sondern im Lazarett nur gehört hat. Abenteuerliche Geschichten zum Teil, von den ausländischen Kameraden, die auf deutscher Seite kämpfen, Esten, Letten, Litauer, von Partisanenkämpfen, Frontdurchbrüchen, Abriegelungen, Tieffliegern und Stalinorgeln. Und die Schärfsten da oben, das sind nicht etwa unsere SS-Leute, sondern die verbündeten Finnen, Division Lappland. Die stellen nachts den Karabiner beiseite, nehmen ein Messer zwischen die Zähne, und dann robben sie rüber in die russischen Stellungen. Völlig lautlos! Und wenn sie zurückkommen, dann bringen sie einen frisch abgeschnittenen Iwans-Kopf mit, oder zwei oder drei, und für jeden Kopf kriegen sie eine Flasche Wodka, und die saufen sie dann mit einem Schluck aus.

Da wird Mutter Menzel fast schlecht. Erstens ekelt sie sich sehr vor Schnaps, und zweitens die Sache mit den Köpfen ... sie schaut zu ihrem Mann. Der nickt in die Stille, als habe er es schon immer gewußt, und sieht Werner an, als wolle er ihn enterben. Wo die Front im Osten denn jetzt eigentlich verläuft, fragt er, und wie weit der Russe im Süden schon ist.

Keine Sorge, sagt Hans, der Führer wird sich was dabei gedacht haben: Jetzt den Iwan im Schlamm ausbluten lassen, und nach dem Frühjahr wieder zuschlagen!

Weißt du übrigens, sagt Mutter Menzel, gegen die Übelkeit wacker anatmend, daß wir mit dem Luftkrieg angefangen haben? Die ersten Bomben, die auf eine deutsche Stadt gefallen sind, die kamen von unseren eigenen Fliegern.

Aus Versehen natürlich, sagt Vater Menzel. Aber immerhin.

Kann ich mir nicht vorstellen, sagt Hans, von unserer Luftwaffe? Woher wißt ihr denn das?

Die alten Menzels gucken sich an, als wären sie erwischt worden, Lislott und Werner haben offenbar gerade nicht zugehört. Gut, das ist ihre Sache. Vater Menzel erzählt etwas von einem Schulfreund, der in Freiburg/Breisgau war.

Eigenartig, früher stand der Volksempfänger im Wohnzimmer. Und wenn Hans nachts auf dem Sofa liegt, hört er jetzt aus dem Elternschlafzimmer wellenförmig eine Radiostimme, meist unverständlich leise, aber manchmal auch ganz kurz lauter werdend, krächzend und mit Pfeiftönen.

Luftlagemeldungen, sagt Mutter Menzel, damit man rechtzeitig weiß, wann man sich auf Alarm einrichten muß. Auch wenn man sicher ist.

*

Einmal richtig ausschlafen, drei Briketts in den Badeofen, frühstücken, bis das Wasser warm ist, und rein in die Wanne. Erst danach rasieren. Der Bart ist jetzt so weich, daß man ihn auch mit einem scharfen Handtuch abkriegen könnte.

Urlaub in Dresden – endlich richtig in Dresden, mit sauberem Konto: Keine Begleitung mehr, kein Heim, kein Ausgangsbuch, keine Fahrt zur oder von der Arbeitsstätte. Kein Ziel und keine Pflicht und keine Verpflichtung zur Ausrede oder zur Lüge oder zur Rechtfertigung, kein schlechtes Gewissen.

Die alte Zigarettenfabrik Yenidze, gebaut wie eine Moschee bei Karl May, Istanbul an der Elbe; hinterm Hauptbahnhof die russisch-orthodoxe Kirche, schöner als in Rußland selbst, dann von Blasewitz aus einmal zu Fuß über die Elbe, übers Blaue Wunder, mit der Standseilbahn rauf zum Weißen Hirsch – herrlich! – mit der Schwebebahn wieder runter und zurück in die historische Innenstadt.

Zum ersten Male schaut er sich den Fürstenzug in aller Ruhe an, dieses riesige Wandbild am Stallgebäude der Residenz, sächsische Herrscher hintereinander, Geschlecht für Geschlecht seit Jahrhunderten, gemalt auf Kacheln aus Meissner Porzellan, und darunter steht:

Du alter Stamm,
sei stets erneut
in edler Fürstenreihe,
wie alle Zeit
Dein Volk Dir weiht
die alte deutsche Treue.
1876

Er fühlt sich angesprochen: Das ist Geschichte, eine Generation hinter der vorigen! Und jeder ist ein Teil vom Ganzen. In alter Treue. Irgendwie sieht er sich da oben mitmarschieren. Ein Fürst ist er natürlich keiner, aber eine große Gelassenheit überkommt ihn angesichts der stolzen Figuren an der Wand. Bisher war er hier nur geduldet, ein Findling und Waise. Jetzt trägt er die Uniform des Führers und das Verwundetenabzeichen, und kein Pimpfenführer kann ihn mehr zurückjagen wie damals, als er da drüben Futter holen wollte. Für die Schweine im Waisenhaus. Ein freier Gefreiter frei im Zwinger und dann auf der Brühlschen Terrasse.

Was man alles sehen kann, wenn man die Ruhe dazu hat: die Semper-Oper, Schloß, Hofkirche, die Augustus-Brücke, Neustadt, Elbe, Raddampfer unten, Frauenkirche, Adolf-Hitler-Platz, Italienisches Dörfchen – ob sie ihm wieder was zu essen geben würden, vielleicht einen Pudding, unten in der Küche? Mal probieren, ob ihn noch jemand erkennt? In Uniform? – Ausgeschlossen.

Klarer Himmel, Sonne.

Auf der Terrasse promenieren offenbar alle Offiziere, die zur Zeit in Dresden weilen, Heer und Luftwaffe, vom Leutnant bis zum Oberst. Viele in Mänteln, den Dolch an der linken Seite, rechts die Dame. Wer keine dabei hat, geht mit einem Kameraden. Immer wieder muß Hans die Hand an die Mütze reißen und mit angemessener Blickwendung grüßen, auch wenn die Gegrüßten ihn vielleicht gar nicht wahrnehmen. Einige tippen mit zwei Fingern ärgerlich an den Mützenschirm, als wollten sie eine Belästigung wegscheuchen: Hau ab, Gefreiter, du störst! Aber zackig-schneidig, das muß man ihnen lassen. Genauso elegant wird er das auch mal machen. Einen Offiziersdolch darf man übrigens schon als Fähnrich tragen. Also bald, wahrscheinlich.

Er will zum Albertinum, da tauchen zwei Kettenhunde auf, Feldgendarmerie mit Stahlhelm. Vierschrötig beide, breitschultrig, vollgefressen und in Kradmänteln aus Gummi, die schwere 08 umgeschnallt. Die waren bestimmt noch nicht im Osten, alle beide nicht. Urlaubsschein!

Beim Griff zur Brieftasche läßt Hans den Mantel so weit aufspringen, daß sie das Verwundetenabzeichen sehen müßten. Sie sehen es auch, aber es kümmert sie einen Scheißdreck. Schwere Taschenlampen mit Abblendkappe baumeln an ihren Bäuchen, trotz der Sonne.

Hans verfischt sich mit den Fingern in der Brieftasche und zieht den Entlausungsschein.

Der Feldgendarm fühlt sich verarscht. Ein böser Blick, ein Daumenschnips und ein drohend ausgestreckter Zeigefinger, wie eine 08 im Anschlag.

Hans findet das übertrieben, aber der Mann ist immerhin Obergefreiter. Also Schnauze, durchatmen und Urlaubsschein raus, wie ein ertappter Schuljunge.

Ein Grunzen ist die Antwort.

Stumm nimmt Hans beide Dokumente zurück, dann dreht er auf dem Absatz. Die Brühlsche Terrasse wird er sich später mal anschauen. Mit Dolch.

Er geht hinunter zur Straßenbahn.

*

Bei Heinitschs keiner da. Georg auf Dienstreise, Helen in St. Gallen, lebt mit den Kindern jetzt ständig da, kommt nur gelegentlich nach Dresden, um ihren Mann zu besuchen. Er dagegen darf gar nicht mehr rüber in die Schweiz. Leider.

Hans hinterläßt herzliche Grüße. Und daß er demnächst eine neue Feldpostnummer kriegt, er gibt dann Bescheid. Das Dienstmädchen schreibt es auf einen Block.

Frau von Drostenberger ist zu Hause und freut sich sehr über seinen Besuch. Hans, Hans, so erwachsen auf einmal! Kaffee oder lieber Kakao? Also lieber Kakao. Natürlich, Hans, hätt' ich mir denken können.

Dann muß er erzählen, gründlich. Sie fragt nach, sehr sachkundig, denn Bernd ist schließlich auch in Rußland, allerdings in der Ukraine. – Noch immer bei den Panzern? – Na klar. Dreimal war er verwundet, EK I, Panzersturmabzeichen und Verwundetenabzeichen in Silber, Oberfeldwebel ist er jetzt. Sein Foto im Silberrahmen steht auf dem Kamin: sieht verdammt gut aus.

Aber leider haben wir kaum noch Panzer, sagt seine Mutter, die bleiben dauernd stecken in dem tiefen Schlamm. Hohe Verluste an Material. Und der Russe hat immer mehr. Ganz plötzlich – das geht doch nicht mit rechten Dingen zu! War das bei euch auch so? Bernd sagt, sie hoffen alle auf Guderian, daß der die Sache noch einmal rumreißt, sonst könnten sie gleich auf Fahrräder umsteigen, die kann man wenigstens tragen.

Hans hat im Lazarett von ganz neuen Panzern gehört, größer und schneller als alle anderen, mit Geschützen wie die Dicke Berta, die sind schon verladen, sollen aber erst zum Einsatz kommen, wenn der Iwan nicht mehr damit rechnet. Ein NS-Führungsoffizier hat ihm das verraten, unter der Hand natürlich. Der hatte einen Steckschuß im Kopf.

Das ist ja interessant. Ob sie Bernd das schreiben könne?

Lieber nicht direkt, denn auch in Feldpostbriefen dürften ja keine Geheimnisse stehen. Aber eine Andeutung könne sie schon machen. Dauert auch nicht mehr lange, bis die losdonnern.

Dann gesteht er, daß er beschlossen hat, Berufsoffizier zu werden, für immer. Und daß es demnächst auch bei ihm losgeht, mit den Beförderungen. Höchstwahrscheinlich.

*

Bravo, Hans. Das lobe ich mir, sagt Direktor Blaschke mit Rührung in der Stimme, da freuen wir uns, wenn unsere Jungen uns nicht vergessen haben. Und Gefreiter bist du auch schon? Da muß meine Frau kommen, die wird Augen machen!

Nichts hat sich verändert. Immer noch hängt die Erziehung an der Wand: *Erziehung ist Beispiel und Liebe, sonst nichts.* Und daneben die Pädagogik: *Die Pädagogik ist die Probe auf die Ethik.* Ethik ist ihm nie wieder begegnet; was das ist, würde er gerne noch herauskriegen, bevor er das Wort zum zweiten Mal vergißt. Bei Menzels gibt es einen Volksbrockhaus.

Frau Mutter steht in der Tür und juchzt: Hans! Sie schließt ihn in die Arme, hat sie früher nie gemacht. Zupft auch an seiner Uniform; an seinen Kinderklamotten hat sie nie herumgefummelt. Und beinahe hätte sie ihn vor Freude geküßt. Beinahe.

Er spürt, daß ihm naß wird um die Augen. Beispiel und Liebe, sonst nichts.

Wir haben jetzt auch Bombenkinder, sagt sie. Aus Hamburg, von den Terrorangriffen. Das ist nicht mehr so schön wie zu deiner Zeit. Die haben Schocks und Ängste, weißt du, die plärren den ganzen Tag und nachts schreien sie in den Schlafsälen. Schreckliche Kinder, arme Kinder, schrecklich arme Kinder.

Und du? fragt Herr Vater. Irgendwelche Schwierigkeiten beim Militär?

Hans denkt nach: Naja, wenn die Ausbildung ein bißchen gründlicher gewesen wäre, hätte das nicht geschadet, aber ... – Gut, und persönlich? Keine Schwierigkeiten? Vielleicht wegen der Herkunft?

Nein, sagt Hans, vor Leningrad ist das ganz egal, ob man aus dem Heim kommt oder aus einer Familie, das verwischt sich. Außer bei der Feldpost: Da sind die mit Familie natürlich besser dran.

Herr Vater schaut Frau Mutter bedeutungsvoll an, dann führt er Hans zu dem Schrank mit den Rohrstöcken. Daneben ist an der Wand ein schwarzes Brett befestigt, auf dem steht *Ehrentafel städt. Waisenhaus*, darüber Eichenlaub und ein EK I.

Das sind unsere Gefallenen, sagt Blaschke, alles Jungen von uns.

Kinderfotos, wahrscheinlich vom Polizeifotografen, fünf pro Zeile. Ein schwarzer Kaliko-Streifen an der linken oberen Bildecke für die Trauer. Elf Fotos, elf Gefallene. Darunter die Namen.

Gut, alle Toten haben mal als kleine Kinder angefangen, also deshalb keine falsche Rührseligkeit. Was Hans aber nachdenklich macht: Die Tafel ist so groß bemessen, daß noch vierzehn weitere Fotos darauf passen, ohne daß ein Toter aus dem Rahmen fallen würde.

Also, wenn es denn sein muß, dann will er da auch einen Platz finden, Ehrensache. Aber vielleicht muß es ja nicht sein.

Ist es nicht jammerschade um die Jungs? fragt Frau Mutter, versonnen trauernd. Eigentlich um jeden einzelnen, wenn man's genau nimmt. Paß bloß gut auf dich auf!

Da ist er wieder das alte Frontschwein und grinst: Unkraut vergeht nicht, Frau Mutter.

*

Noch einmal den alten Schulweg gehen, einmal in Ruhe. Herrgott, wie lange ist das schon her!

Manches hatte er anders in Erinnerung, die Häuser höher, die Straßen breiter, die Entfernungen größer. Neue Einsicht: Im Zweifelsfalle hat die Wirklichkeit recht und die Erinnerung hat unrecht. Merken fürs Leben!

Wenig hat sich verändert. Am auffälligsten die Luftschutzmarkierungen: weiße Pfeile, zum Teil in Leuchtfarbe, die den Weg zum nächstgelegenen Schutzraum zeigen. An manchen Häusern steht draußen dran, wieviele Leute in den Keller hineinpassen. Das ist schlau. Nur, wie soll man von draußen erkennen, wieviele Leute schon drinnen sind, bevor man hineinrennt. Hier ließe sich etwas verbessern.

Wo der Jude Uhren repariert hat und später der Schuhmacher eingezogen war, ist jetzt eine Beratungsstelle der NS-Frauenschaft, „Mutter und Kind". Bestimmt sehr kriegswichtig. Der kleine Blumenladen daneben hat wegen Kriegstrauer geschlossen.

In der Bäckerei liegen nur noch Brote im Schaufenster. Normales abgerundetes Graubrot und eckiges Kastenbrot mit einem roten Aufkleber an der Kruste. Vollkornbrot ist das. Irgendwie germanischer als das andere. Das Vollkorn verhindert den Hunger, bekämpft die Krankheit, macht weiße Zähne und kräftigt die Kinder. Wer es regelmäßig ißt, braucht zu keinem Arzt mehr. Es ist gewissermaßen eine Vorstufe zum Kommißbrot. Auf einem kleinen Papptablett steht: *Kein Kuchenverkauf an Juden und Polen.* Kein ist zweimal unterstrichen.

An der Seitenscheibe hängt statt des Seiltänzer-Plakats jetzt Kohlenklau: ein fetter schwarzer Kater mit Schiebermütze und Seehundsbart, der zwei Zähne fletscht und in einem Sack wegschleppt, was er gestohlen hat.

Wenn in jedem deutschen Haushalt pro Woche nur eine Schaufel Kohlen unnötig verfeuert wird, so steht auf dem Plakat, *dann fallen dem Kohlenklau jährlich 2,5 Millionen Tonnen Kohle zum Opfer, und damit könnte man 28 000 schwere Panzer oder 22 000 Bomber herstellen!*

Und Hans hat gestern morgen noch drei Briketts in den Badeofen gelegt. Muß man ja nicht an die große Glocke hängen.

Aber Moment mal: Bomber und Panzer werden doch gar nicht aus Kohle hergestellt, die braucht man doch zum Stahlkochen! Und 28 000 schwere Panzer hat die deutsche Wehrmacht überhaupt noch nie gehabt, und schon gar nicht in einem Jahr!

Na schön, Propaganda muß sein, um das Volk aufzurütteln. Irgendwie ist Kohlenklau die Fortsetzung des Juden: Der eine hat den Krieg verschuldet, der andere gefährdet jetzt den Sieg.

Der ewige Jude damals war ekelig mit seiner Riesennase und seiner hängenden Unterlippe, der gehörte ausgemerzt, das war klar, konnte jeder sehen. Aber Kohlenklau ist doch eigentlich ein ganz lustiger Geselle, wenn er so ...

Hans wird beobachtet, die Bäckerin steht hinter dem Kohlenklau und hat ihn erkannt, sie winkt ihm zu. Also rein in den Laden: Na sowas! Bist du's wirklich, ich meine, sind Sie's?

Ein paar Erinnerungen werden wach gequatscht, und dabei zeigt sie ihm, was sie gerade macht: Marken muß sie aufkleben, die sie von den Lebensmittelkarten abgeschnitten hat. Brotmarken, Weißbrotmarken, Fett- und Zuckermarken werden erst sortiert und dann mit Mehlkleister auf Zeitungsbögen gebappt, damit der Beamte auf der Zuteilungsstelle auf den ersten Blick erkennen kann, daß bei ihr alles stimmt. Hans kennt das von Frau Menzel.

Es ist ja so streng geworden und genau vorgeschrieben, wieviel Kilo Brot aus einem Sack Mehl rausgebacken werden müssen, und die Kundschaft wird immer mißtrauischer, die wiegen schon zu Hause nach, die Leute, und wenn ein Dreipfünder aus Versehen nur 1380 wiegt, dann zeigen sie unsereinen an! Einen Kollegen haben sie erwischt mit 1250 Gramm, der hatte zum Glück 'n Franzosen in der Backstube, daß er's auf den schieben konnte, aber sonst wäre er dran gewesen: Volksschädling! Zuchthaus oder Rübe ab! Dabei trocknet Brot doch nach, altes wird immer leichter sein als frisches – nee, es macht keinen Spaß mehr, unter uns gesagt.

Und die alten Leute, die futtern die ganze Karte auf einmal leer und dann kommen sie an, man hätte ihnen zu viele Marken abgeschnitten – bloß weil sie's nicht mehr einteilen können. Nee, hören Sie auf! Als Bäcker braucht man drei Beine heutzutage: Mit einem steht man in der Backstube, mit dem andern im Laden und mit dem dritten im Kittchen!

Hans bemerkt, daß sie unter der weißen Kittelschürze eine schwarze Bluse trägt. Auch das noch!

Sie will gar nicht drüber reden, aber dann kann sie sich doch nicht bremsen. Mein Bruder, sagt sie, vorige Woche. Der Fleischermeister Fietze von der Partei, das ist hier der Todesengel für unsere Gegend, der hat die Nachricht gebracht: Kopfschuß aus heiterem Himmel, sofort tot, er hätte nichts gespürt und nicht gelitten.

Na wenigstens das, sagt Hans. Mein herzliches Beileid.

Von wegen, das sagt der immer, ich hör's doch von der Kundschaft: die ganzen Gefallenen in dem Bezirk, den er unter sich hat – alle Kopfschuß, alle haben nischt gemerkt. Das glaubt doch kein Mensch, oder? Sie nennen ihn schon den Kopfschuß-Fietze, aber weil er in der Partei so'n hohes Tier ...

Die Ladentür gottseidank, eine Kundin kommt mit zwei Kindern.

Die Bäckerin schaut ihn entsetzt an, als würde ihr plötzlich bewußt, was da alles aus ihr herausgeplappert ist. Zwei-drei Verlegenheitsgesten, dann packt sie schnell etwas in ein gebrauchtes, wieder glattgestrichenes Papier, auf dem *Backhefe* steht, und reicht es ihm: So, Herr Gefreiter, und einen schönen Urlaub noch!

Ein paar Häuser weiter ein Blick ins Papier. Kuchenränder hat sie ihm eingepackt, ohne Marken, das ist Wirtschaftssabotage. Und was sie erzählt hat, war Wehrkraftzersetzung.

Er atmet tief durch und nimmt beides auf sein Konto. Das heißt, die Kuchenränder verdrückt er natürlich, so daß diese Beweise schon mal vernichtet sind.

Danach beschäftigt ihn die grundsätzliche Frage: Darf er sich als zukünftiger Off'zier überhaupt noch etwas schenken lassen oder geht das schon gegen die Ehre?

*

Frau Menzel hat zum Glück ein gediegenes Plätteisen. Es ist sehr schwer, über einen Schlauch mit dem Gashahn verbunden, und in seinem Bauch heizen bläulich-gelbe Flammen die massive Bodenplatte an; durch die Luftlöcher an den Seiten kann man das Feuer sehen. Elektrische Bügeleisen gelten als Firlefanz, richtig plätten kann man nur mit Gas. Wenn man unten draufspuckt, muß die Feuchtigkeit sofort verzischen, dann ist es heiß genug. Sollte die Spucke aber erst in Tropfen brutzeln, bevor sie verdampft, dann muß man noch ein Weilchen warten.

Hans hat die Uniformjacke vorher im Hof an die Teppichstange gehängt und mit dem Ausklopfer gründlich durchgedroschen, dann gegen den und mit dem Strich gebürstet, jetzt bügelt er sie zwischen feuchten Tüchern. Brust und Rücken auf dem breiten Plättbrett, für die Feinheiten nimmt man das Ärmelbrett, und der Gefreitenwinkel wird nur mit der Spitze des Eisens behandelt. Das Verwundetenabzeichen ist abgenommen und wird erst wieder angesteckt, wenn die heiß-feuchte Jacke ausgekühlt ist.

Die Hosen haben scharfe Bügelfalten, die Stiefel sind so blank, daß sich ein Kater davor rasieren könnte, Haarschnitt perfekt, ein bißchen Brillantine für den Glanz – so geht er zur Fotografin, die zu seiner Verwunderung gleich aus zwei Frauen besteht: Die eine trägt zum üppigen Busen eine Entwarnungsfrisur, sehr modern, die andere hat einen Herrenschnitt und lange Hosen an den Beinen. Aha. Hauptsache, sie können richtig knipsen.

Zwei Verlobungsfotos sind noch vor ihm dran, und Hans ist fassungslos, was man sich im Urlaub alles so aufgabeln kann, wenn die Verdunkelungsvorschriften richtig eingehalten werden. Beide Bräute schielen. Zwei Mädels deutscher Rasse hintereinander mit verschiedenen Landsern, aber demselben Sehfehler!

Dann noch schnell eine Hochzeit standesamtlich: eine dicke Braut im Kostüm und ein Feldwebel mit *Mein Kampf* in der Hand. Das ist ein Buch, das der Führer selbst geschrieben hat, als er mal im Knast war, und das Schreibpapier dafür hat ihm eine Frau von Richard Wagner geschenkt. Oder jedenfalls eine aus der Familie. Steuermann, halt die Wacht!

Zum Fotografieren kriegen alle drei Frauen denselben Blumenstrauß in die Hand, weiße Rosen im März, die aber aus Papier sind und den Fotografinnen persönlich gehören. Wahrscheinlich ein Geschenk von der mit den Hosen an die mit den Titten.

Dann setzt sich Hans vor den gerafften Vorhang. Und er weiß genau, was aufs Bild soll: unten ein bißchen blanker Stiefelschaft, dann der Gefreitenwinkel im Vordergrund, das Verwundetenabzeichen nicht abdecken, und das obere Stück von der Narbe sollte über dem Kragen zu erkennen sein. Nur so viel, daß er es eines Tages seinen Söhnen zeigen kann.

Schon zwei Tage später hängen die Bilder im Schaufenster des Foto-Ateliers, und Hans ist innerlich empört: Der Feldwebel hält *Mein Kampf* so geschickt vor seine Frau, daß man gar nicht merkt, wie dick sie wirklich ist. Die beiden schielenden Mitternachtsbräute gucken plötzlich geradeaus, aber seine Narbe am Hals, die Hans so besonders dezent inszeniert hatte, die haben die Fotografinnen wegretuschiert. Wahrscheinlich war es die mit den Hosen, weil die mit den Titten so lange an ihm rumgefummelt hatte.

Nach mehrfachem Auf-und-Abgehen betritt er dennoch das Atelier und nimmt die Lichtbilder in Empfang: drei in 9 x 12 und sechs in 6 x 9.

Die 9 x 12-Bilder haben auf der Rückseite einen zartgrauen Aufdruck, der sie postkartenfähig macht: rechts das Feld für die Anschrift, links der Platz für den Text. Eine davon, denkt er, sollte er an Dora schicken, nach Gotenhafen. Zur Erinnerung an die WILHELM GUSTLOFF. Auch, wenn sie wahrscheinlich den Sägebock inzwischen einem anderen zeigt: für ihn war der Spaziergang ein bleibendes Erlebnis.

*

Beim Wacheschieben vor Leningrad ist er in langen Nächten öfter gefragt worden: Sag mal, bei Dresden liegt doch Radebeul mit dem berühmten Karl-May-Museum, kennst du das?

Na klar, ein Katzensprung von uns aus, mit dem Auto. Und dann hat er die riesigen Grizzlies und Winnetous Oberhemd aus Hirschleder beschrieben, seine Mokassins, die Silberbüchse und den Henry-Stutzen, den Bärentöter, Old Shatterhands Reitstiefel, die ausgestopften Büffelköpfe an der Wand neben den Skalps, Tomahawks mit Indianerschmuck und die riesige Haube aus Adlerfedern. Jetzt will er sich das endlich einmal anschauen, mit eigenen Augen, aber das Tor ist diesmal wirklich zu. Keine Kohlen. Während der Wintermonate vorübergehend geschlossen. Offenbar nicht kriegswichtig. Schade.

Außerdem sieht das Museum viel kleiner und ganz anders aus, als er es immer beschrieben hat. Egal. Wer weiß, ob er die betreffenden Kameraden jemals wiedertrifft, falls sie noch leben. Fürs nächste Mal merkt er sich jedenfalls, daß das Blockhaus im Garten „Villa Bärenfett" heißt.

Hinauf zur Hauptstraße, zwischen Häuserlücken weit oben die kahlen Weinberge, grau und trostlos.

An der Ecke eine Gastwirtschaft, gerammelt voll. Stamm-Essen gibt es hier. Ohne Markenabgabe. Irgendein Kartoffel-Gemüse-Eintopf, Kohlrüben-Bowle sagen die Spötter, garantiert fettfrei. Aber heiß. Jeder Gast bekommt nur eine Portion, und nur mittags zwischen zwölf und zwölf. In den Großstädten soll es Volksgenossen geben, die um viertel vor zwölf im ersten Lokal sitzen, damit sie Punkt zwölf ihren Teller voll kriegen. Dann rasen sie zum nächsten Restaurant und zum übernächsten und die Schnellen haben bis zwei Uhr vier Stämme drin. Als ob man in Deutschland schon hungern müßte. Einer jungen Frau wird gerade schlecht, schwanger vermutlich. Ihr Stuhl wird frei für Hans.

In Gesprächsfetzen: Leipzig, Aschersleben, Magdeburg, Leuna, alles verbrannt oder Sprengbomben, alles zerstört, wie weggepustet. Einige der Leute scheinen evakuiert zu sein, Ausgebombte, die jetzt in Radebeul untergekommen sind. Zum ersten Mal hört Hans eine Redensart, die sehr bildhaft ist: ... nur noch gerettet, was man auf dem Leibe trug. Ja, sagt eine andere Frau, bevor man in den Keller geht, muß man eben so viel wie möglich übereinander anziehen, und zwar das Beste, was man hat.

Er bestellt auch ein Stamm. Den Löffel dazu kennt er gut: Massiv Aluminium, auf der Rückseite eingestanzt ein kleiner Wehrmachtsadler. Während die Truppe draußen kämpft, verschwindet hinten in der Heimat das Besteck!

Wenn er in seiner Kindheit jemals so geschlabbert hätte wie hier gefressen wird, dann hätten sie ihm mit dem Rohrstock den Rücken gespalten. Und da sind Männer mit Parteiabzeichen dabei, weiße Spitzbärte vom Kyffhäuserbund, Damen mit Hut auf und randloser

Brille, haben WHW-Abzeichen oder Leuchtplaketten am Revers. Und löffeln Stamm. Manche Frauen haben statt Hut ein Tuch auf dem Kopf, zum Turban gebunden, vorne mit Knoten.

Nein, nach Hunger sehen sie alle nicht aus. Eher nach Gier. Es gibt etwas ohne. Und was es ohne gibt, davon muß man nehmen so viel man kriegen kann.

Am Nebentisch ein Kamerad von der OT, militärisch organisiertes Baugewerbe, Technik aller Art: Hochbau, Tiefbau, Brückenbau, Straßenbau, Rüstungs- und Festungsbau, aber auch Hilfe im Ernstfall, besonders nach Terrorangriffen stützen sie Häuserfassaden ab, falls die nicht umfallen, oder sie räumen die Zufahrt zum Friedhof von ausgebrannten Straßenbahnen. Graue Uniform und am linken Ärmel eine Hakenkreuzbinde mit schmalem Schriftband darüber: *Organisation Todt*.

Hans sieht den Mann schräg von hinten, erkennt aber deutlich die schreckliche Narbe an seiner Backe, hell- bis blaurot schillernd, vom Kinn bis hinters Ohr. Sein Mund ist schief geblieben, und die Lippen gehen an einer Seite nicht ganz zu. Von französischen Partisanen, sagt er, mit Messern sind sie auf ihn los, um den Bau des Westwalls zu verhindern: alle erwischt und an die Wand gestellt.

Eine junge Evakuierte hört ihm über den flinken Löffel hinweg zu. Der Kamerad spricht mit feuchtem Zisch. Der Wechstwall, das gröchßte Bauwerk aller Zcheiten, und wenn die Feinde dort jemalsch angreifen sollten, dann könnten sie ihre Särge gleich mitbringen. Hat Goebbeltsch auch gesagt.

Der Mann erinnert Hans an früher, diese Sprache, diese nassen S-Laute ... da war doch im Kinderheim ... Pilzbacke muß das sein! Von wegen Verletzung: Strahlenpilz, du Angeber! Und als der zur Seite guckt, kein Zweifel mehr, das ist er wirklich! Der sollte den Duce damals nicht erschrecken, aber gute Freunde waren sie trotzdem.

Ansprechen oder einfach auf die Schulter hauen? Nee, nicht so einen, der mit falschen Narben hausieren geht.

Als sein Stamm kommt, bezahlt Hans sofort, dann bietet er den Teller einem Tischnachbarn an. Danke, sagt der, aber besser schmeckt's beim zweeten Mal ooch nich! Er ißt aber trotzdem.

In der kleinen Halle des Radebeuler Bahnhofs zwischen Abfahrts- und Ankunftstafel ein Plakat. Es zeigt heftiges Abwehrfeuer an vorderster Front. Im Hintergrund eine deutsche Panzerabwehrkanone, und vorne im Bild – ganz groß – streckt ein Landser mit flehend-forderndem, aber hartem Blick den Reisenden in Richtung Dresden oder

Meißen die leeren Hände entgegen: *Schafft Waffen und Munition für die Front!*

Ja, denkt Hans, und klaut uns nicht auch noch die Löffel.

*

Kein schönrer Tod ist in der Welt,
als wer vom Feind erschlagen
auf grüner Heid, im freien Feld,
darf nicht hörn groß Wehklagen.

Am 12. März 44 Aufmarsch von Ehrenkompanien des Heeres, der Luftwaffe und der Waffen-SS, Kriegsmarine nur zwölf Mann symbolisch, Leihgabe aus Kiel.

Angetreten sind Jungvolk, Hitlerjugend, Jungmädel und BDM, Reichsarbeitsdienst, Flakhelfer, SA, SS und alle uniformtragenden Gliederungen der Partei, dazu der Reichsluftschutz, die Feuerschutzpolizei, die normale Polente und das Rote Kreuz. Ein riesiges Geviert, an der offenen Seite die Bevölkerung.

Es ist Heldengedenktag. Und Tag der Wehrfreiheit, also der Jahrestag der Wiedereinführung der Wehrpflicht. 1938 wurde an diesem Tag Österreich befreit, durch deutsche Truppen, und die Ostmärker sind ihnen mit jubelnden Freudentränen um den Hals gefallen: Endlich heim ins Reich! Also dieser 12. März ist ein dreifacher Feiertag und er hat es in sich, vor dem Antlitz der Geschichte.

Die Gesichter der Teilnehmer sind trotzig verschlossen, Kinn hoch, Mundwinkel runter. Ob sie an gefallene Helden denken oder ob ihnen die Füße wehtun, vom langen Stehen, das ist unerheblich. Hauptsache: Ernst und Weihe der Stunde bleiben unvergeßlich.

Heeresspielmannszug friderizianisch, nur kleine Trommeln und Piccolo-Flöten und Glockenspiel, Geist von Potsdam, ergreifend. Ansprache, BDM-Chor, Ansprache, HJ-Chor sehr gedankenschwer:

Wir tragen das Vaterland – in unsern Herzen.
Denn wir sind der Staat und wir sind die Saat ...

Hans nimmt in Uniform als Zuschauer an der Veranstaltung teil, vor dem Denkmal für die Gefallenen des Weltkriegs.

Auf die Reihe der SA-Leute und der uniformierten Amts- und Würdenträger der NSDAP schaut er im spitzen Winkel. Auch Fleischermeister Fietze steht da, neben anderen Todesengeln. Die ziehen ihre Bäuche ein, so gut sie können, aber wer kann das schon lange. Von hinten sagt jemand: Alles vollgefressene Plautzen!

Nein, belehrt Hans den hageren Zivilisten, der sich auf zwei Holzkrücken stützt, das sind nur Ältere, die Jüngeren sind ja alle an der Front!

Kranzniederlegung, dann ein beliebter und beleibter Schauspieler im dunklen Ulster, mit Parteiabzeichen auf dem Revers. Er wendet sich an einen unbekannten Soldaten, also an einen, bei dem die Erkennungsmarke wohl schon ab war, als man ihn gefunden hat, mit einem Gedicht von Kurt Eggers:

Wir nehmen Abschied, Kamerad,
und senken noch einmal den Degen.
Du gehst dem Morgen, der keinen Abend hat,
du gehst der Freiheit entgegen.
Wir kämpfen weiter im blutigen Streite
und schreiten fort durch Leid und Nacht.
Du fehlst uns, Kamerad, zur Seite,
du fehlst uns in der letzten Schlacht.
Wir beten noch einmal, Kamerad,
und geloben vor Gott aufs neue,
vor Gott, der den Kampf befohlen hat,
dem Volk und dir die Treue!

Er schleudert seinen Worten einen entschlossenen Blick hinterher und verneigt sich vor den toten Helden, indem er das Kinn abrupt aufs Brustbein rammt. Nicht schlecht, aber Müller-Linz hätte es besser gemacht.

Der Hagere plappert hämisch als Zugabe:

... gestern noch auf stolzen Rossen,
heut' schon in die Brust geschossen!

Danach sagt der Oberbürgermeister in Uniform etwas Nettes über den Führer, Bewunderung und Dankbarkeit, Sieg Heil!

Fahnen senken, Trommelwirbel, *Ich hatt' einen Kameraden, Deutschland, Deutschland über alles, Die Fahne hoch,* Still-stann, Rääächts-ummm! Und Abmarsch der Formationen.

Der Hagere humpelt neben Hans und stupst ihn mit einer Krücke leicht an. Damittes weeßt, du germanische Griefe, mein Been liegt vor Verdun!

Ein Verbitterter. Aber trotzdem eine schöne Feier.

*

Am Montag, dem 13., wird Hans von Frau Menzel in den Laden gerufen. Die Postbotin ist da mit einem Einschreiben. Gefreiter Reichel,

Dresden A-28, Gohliserstr. 10 bei Menzel. Hans unterschreibt hastig und rennt mit dem Brief zurück in die Wohnung. Er will ihn mit den Fingern aufreißen, bremst sich aber und sucht nach einem Messer: Einen so wichtigen Brief muß man schön aufmachen.

Sobald der Laden für ein paar Minuten leer ist, kommt Frau Menzel auch nach hinten, sie findet Hans in der Küche. Fassungslos. Wie blöde lehnt er am Spülstein. In einer Hand den Brief, in der anderen das Messer.

Sie nimmt es ihm ab, ohne daß er es merkt, dann schaut er sie an.

Die Deutsche Wehrmacht hat ihn entlassen. Mit einem Vordruck. Heeres-Entlassungsstelle 3 im Wehrbezirk IV, Dresden N 6, Bautzner Str. 112 :... haben sich daher im Zimmer 36 der Dienststelle einzufinden ... Verpflegung und Raucherkarte sind mitzubringen, ferner sämtliche reichseigenen Bekleidungs- und Ausrüstungsgegenstände, außerdem bürgerliche Kleidung.

Warum denn das? – Steht nicht da.

Ein Befehl. Entweder ein Irrtum, oder die Verletzung ist doch schwerer, als er geahnt hat. Manchmal wandern solche Splitter, wenn sie verkapselt sind. Vielleicht auch ins Herz? – Na bloß nicht!

Oder er wird aus der Wehrmacht jetzt entlassen und danach zu der neuen Geheimwaffe eingezogen, von der überall gemunkelt wird. Als Doras Oma einmal ganz spät von der Nachtschicht kam, da hat sie plötzlich etwas über die Ostsee fliegen sehen, mit einem riesigen Feuerstrahl hinten dran, so ähnlich wie der Stern von Bethlehem! Das soll sie gewesen sein, die Wunderwaffe! – Nun geh doch erst einmal hin!

Es muß ein Irrtum sein, da ist bei der Frontbegradigung irgend etwas durcheinander geraten: Vielleicht sollte ein anderer entlassen werden, und jetzt wird der aus Versehen Off'zier!

Na siehst du. Nun geh mal!

*

Nein, kein Irrtum. – Aber warum denn? – Befehle werden nicht begründet. Müßten Sie wissen, als Gefreiter.

Der Major hinter dem Schreibtisch ist geschäftsmäßig, aber nicht unfreundlich. Glatze, grauer Haarkranz, riecht leicht nach Bärendreck. Er unterschreibt ein Formular und schickt den Unteroffizier, der wohl sein Sekretär ist, damit hinaus.

Dann liest er aus einem Buch vor:

Mischlinge ersten Grades und Ehemänner von Jüdinnen oder Mischlingen ersten Grades werden aus der Wehrmacht entlassen und der Reserve

II überführt mit dem Vermerk „nicht zur Verwendung“. Unsere Anfrage in der Schweiz, Zivilstandsamt St.Gallen, hat ergeben, daß Ihr Vater Jude ist und praktizierender Israelit.

Mein Vater? – Franz Roth. – Franz Roth? Aber der ist ja gar nicht da, der lebt im Ausland! – Er ist Bürger von Oberendingen, geboren 1894. – Nein, er ... – Sie haben hier nicht zu widersprechen. – Jawoll, Herr Major. Aber der Franz Roth, der mein Vater sein soll, lebt, von der Schweiz aus gesehen, im Ausland. Und warum soll er dann Jude sein? – Warum denn nicht? – Weil ich ihn gar nicht kenne! Ich habe ihn ja nie gesehen, nie von ihm gehört, persönlich. Da kann er doch nicht einfach Jude sein, beziehungsweise dann kann ich doch nichts dafür, was er ist, aber Jude bestimmt nicht! Vielleicht gibt es einen anderen Reichel in der Wehrmacht ... das muß ein Irrtum sein, Herr Major, nicht mal ein Foto habe ich von ihm gesehen im ganzen Leben, von meiner Mutter auch nicht, die habe ich auch noch nie gesehen, und meine Großeltern hießen Kusenberg, das ist doch kein jüdischer Name, Kusenberg. Meine Mutter war bestimmt keine Jüdin, und sie war ja nicht einmal verheiratet mit meinem Vater, also stamme ich auch aus keiner Mischehe. Ich bin doch ausgewiesen worden aus der Schweiz. Weil ich ein deutsches Kind war, Herr Major. Glauben Sie, die Schweizer würden einen deutschen Jungen nach Dresden ausweisen, wenn er eine fremde Rasse hätte? Da hätten mich die Deutschen doch gar nicht genommen! Aber mich hat die NSV persönlich an der Grenze abgeholt. Herr Dippchen war das, NSV Dresden!

Hans schwitzt wie ein Affe, in seinem Kopf dröhnt es wie bei der Verwundung. Nur das Tosen schwillt nicht ab, es wird immer stärker.

Nun reißen Sie sich mal zusammen, Reichel!

Er schlägt die Hacken zusammen und nimmt alle Haltung an, deren er fähig ist.

Dann bitte ich Herrn Major gehorsamst, meine Mutter herzuholen und die soll mir das ins Gesicht sagen. Denn wenn mein Vater Jude wäre, dann wäre ich ja Halbjude, und das würde ich doch merken, Herr Major! Oder nicht?

Der Major wirkt nicht böse. Er schüttet sich zwei Rheila-Perlen aus der grün-goldenen Dose in die Hand und nimmt sie wie eine Arznei.

Reichel, sagt er leise, jetzt schlafen sie dreimal darüber und dann finden Sie sich damit ab: Wegtreten.

*

Uniform ausziehen ...

Die Narbe wird sichtbar.

Gut gemacht, mein Lieber, sagt der Kammerbulle leise. Gute Arbeit. Weißt du, die meisten übertreiben, wollen auf Nummer Sicher gehen, machen ein bißchen zuviel. Dann wird das ein Heimatschuß, der nach hinten losgeht, und schon gucken sie vor dem Kriegsgericht dumm aus der Wäsche.

Meine Mutter soll die Wahrheit sagen, sagt Hans.

Nicht – nein nein, nicht diese Tour, dafür kommst du bloß in die Klapsmühle und wirst abgespritzt. Laß es so, wie es ist, du hast es sehr gut gemacht.

*

Das Verwundetenabzeichen darf er behalten.

Sein Koppelschloß hat er immer gepflegt. *Gott mit uns* ist ohne Kratzer geblieben. Naja, nun wird Gott mit einem anderen sein.

Soldbuch Reichel, Hans, Gefreiter – Quittung. Schluckbeschwerden. Am schlimmsten ist die Rückgabe der Erkennungsmarke. Selbst einem Gefallenen läßt man die eine Hälfte, und er als Lebender muß sie ganz abgeben. Als ob er kein Mensch mehr wäre, nicht einmal ein toter.

Zwei Stunden dauern eine Ewigkeit, und dann hat er seine Entlassung schriftlich. Beurteilung: er hat sich während seiner Dienstzeit gut geführt. Wehrpaß erhalten, Wehrsold bis 27.3.44, also noch 18,00 RM, Unterkunftsvergütung bis 27.3.44, Naturalverpflegung bis 13.3.44, Verpflegungsgeld bis 27.3.44.

Als Eigentum erhält er von der Deutschen Wehrmacht ein Hemd, eine Unterhose, ein Paar Socken, Fußlappen gestrichen, also keine, sowie ein Taschentuch. Entlassungsgeld 50,00 RM. Rauchermarken bis 10.3.44.

Meldung beim Polizeirevier, bei der Lebensmittelkarten-Stelle, beim Arbeitsamt ist unverzüglich vorzunehmen.

Als Zivilist verläßt er das Haus. Noch nie hat er sich in seinem guten Anzug so beschissen gefühlt.

*

Menzels fällt es schwer, ihn anzuschauen.

Er stottert. Alles geht ihm durcheinander. Immer wieder erzählt er, was ihn am meisten empört, was er nicht verstanden hat und was einfach gar nicht sein kann. Wer hat ihm das bloß eingebrockt, er hat doch einen Eid geleistet, sich ehrlich daran gehalten, und jetzt gilt der Eid auf einmal gar nichts mehr?

Wenn er ein geheimer Jude wäre, der auf Adolf Hitler falsch geschworen hätte, dann gehörte er vor ein Standgericht, erschossen, Rübe ab! Aber doch nicht fünfzig Mark Entlassungsgeld, eine Unterhose und ein Taschentuch!

Und das Kinderheim, das Waisenhaus, die Lehrlingsheime und Menzels zum Beispiel, eine gut-deutsche Familie: Würden sie Hans denn aufgenommen haben wie einen Pflegesohn, wenn er ein jüdischer Verbrecher gewesen wäre, beziehungsweise, wenn sie das geglaubt hätten? Dann wäre es doch ihre verdammte Pflicht und Schuldigkeit gewesen, zur Polizei zu gehen und ihn anzuzeigen! Und sein Kompaniechef, der ihn unbedingt zum Offizier machen wollte?

Die Menzels schauen vor sich hin. Mutter mit Schusterblick, Vater ratlos. Die Kinder möchten ihm etwas sagen können, wissen aber nicht, was.

Und Georg Heinitsch, sagt Hans, als Wirtschaftsführer und Parteigenosse, würde der sein Vormund sein, wenn er so eine Mißgeburt wäre?

Und überhaupt die Auskunft aus der Schweiz: Wenn da jemand Böses über ihn sagt, dann können das nur die Zerberers sein, die das geklaute Fünffrankenstück noch immer nicht vergessen haben, obwohl er es schon beinahe hätte zurückschicken wollen.

Da geht Vater Menzel hinaus, man hört ihn kramen, und schließlich bringt er ein kleine Schachtel herein und gibt sie Hans. Für dich, sagt er, gehört dir.

Hans versteht gar nichts mehr, Glashütte steht auf der Schachtel. Darin auf blauem Samt eine rechteckige Herrenarmbanduhr mit schwarzem Lederarmband, acht Steine, und wem gehört die?

Dir. Ich habe sie dir gerade geschenkt.

Er bedankt sich und denkt, warum denn das?

1944, im fünften Kriegsjahr, ist eine Armbanduhr so kriegswichtig, daß sie für normale Menschen unerreichbar ist. Auch mit Vitamin B nicht mehr zu kriegen, und dann sogar Glashütte: ein Vermögen! Wer weiß, wann Menzel die gekauft und für welchen Zweck er sie zurückgelegt hat, für Werners Abitur vielleicht oder für Lislotts Bräutigam, für irgend so jemand.

Werner hat noch keine eigene Uhr, und aus dem steigt ein finsteres Brummen auf, als er kapiert, was sein Vater gerade getan hat.

Da legt der Alte ihm die Fensterputzer-Hand auf die Schulter und sagt: Er braucht das jetzt, ganz genau heute abend, und du kriegst die nächste. Ich erklär's dir später.

Hans probiert die Uhr an, stellt sie nach dem Regulator über dem Sofa, zieht sie auf und sagt: Die geht ja wirklich!

*

Je länger die Nacht, desto wilder die Gedanken und Assoziationen, Wünsche und Verwünschungen. Was kann da passiert sein? Immer wütender reiht er Erinnerungs- und Wissensfetzen aneinander, und seine Deutungen werden immer abstruser. Plötzlich steigt ein silberner Zeppelin über Geiswil auf mit riesigen Hakenkreuzen hinten dran und die Liese ist bei ihm und er singt mit ihr: Wir tragen das Vaterland in unsern Herzen, und die Liese schleckt ihm das Gesicht mit ihrer Waschlappenzunge ab. Da muß er ganz fürchterlich raus, im allerletzten Moment schafft er noch den Sprung von Menzels gutem Sofa und die paar Schritte über den Flur.

Auf dem Lokus wird ihm klar, was von ihm noch übrig ist: kein Off'zier, nicht mal Soldat, kein Ziel, keine Zukunft, keine Wohnung, keine Arbeit, keine Eltern, nur noch Jude. Halbjude ist Quatsch, denn das Halb hört kein Mensch: Jude hört man. Außer seinem Restsold hat er noch fünfzig Mark Entlassungsgeld und eine Armbanduhr.

Unter dem ovalen Wandspiegel liegt ein kleiner Handspiegel. Hans nimmt ihn und betrachtet sich damit über Eck, so daß er sein Profil sehen kann. Nee! Da gibt es Leute mit viel hakigeren Nasen, mit viel krummeren, und die sind auch keine Juden.

Er denkt an den Führer. Hätte der jetzt aufgegeben? Niemals! Der war ja schon blind, in Pasewalk, und Hans kann immerhin noch gucken. Er schaut auf die wunderschöne Uhr, am Handgelenk, rechteckig-länglich. Noch zeigt sie fünf Uhr vierzehn ... noch ... immer noch ... sie geht erstaunlich langsam, wenn man auf sie wartet. Er hält sie ans Ohr, aber ticken tut sie ... und endlich ist es so weit: fünf Uhr fünfzehn.

Hans zieht den Porzellangriff am Spülkasten und spricht in das schicksalhafte Wasserrauschen: Ab fünf Uhr fünfzehn wird zurückgeschossen!

*

An der Front oder im Lazarett – irgendwo hatte er aufgeschnappt, daß es in der Wehrmacht Off'ziere gibt, die sich nur um die Jugend kümmern, sogenannte Nachwuchsoffiziere.

Und in der Grundausbildung wurde ein sogenanntes Beschwerderecht erwähnt: Jeder Soldat, der sich ungerecht behandelt fühlt, kann zur Schreibstube gehen und das dort melden. Ich würde es aber keinem von euch raten, hatte der Ausbilder grinsend dazugesagt.

Müller-Linz hatte mal von Juden in der Wehrmacht erzählt, von hohen Off'zieren sogar, die eine Sondergenehmigung von ganz oben haben, daß sie keine Juden sind. Trotz ohne Vorhaut, die man mit Vorhut nicht verwechseln sollte. Die Juden haben ihre Finger überall drin, sogar bei den Nazis.

Für Juden ist die Benutzung öffentlicher Fernsprechstellen verboten. Von Halbjuden steht da nichts. Nach zwei Anrufen weiß er, wo der Dresdner Nachwuchsoffizier sitzt. Auch in der Bautzner Straße, aber in einem anderen Gebäude. Nichts wie hin.

Die Villa kommt ihm irgendwie bekannt vor. Mehrere Heeresdienststellen sind hier untergebracht. Gemusterte Tapeten an den Wänden und Holztäfelung, wohl noch von den früheren Bewohnern. Er käme vom Wehrkreis IV, die hätten ihn geschickt.

Warten.

Statt breiter Salonlampen mit üppigen Seidenschirmen ganz nüchterne Kugelleuchten. Auf bunten Plakaten kämpfen Hitlerjungen und alte Landser gemeinsam. Passen auch nicht zur Tapete.

Ein Oberleutnant kommt von draußen rein, schlank, Brille, neben den üblichen Orden auch das goldene HJ-Abzeichen. Ein Bein zieht er nach, er geht an einem schwarzen Stock mit Silberkrücke. Hans springt auf, knallt die Hacken zusammen und macht Meldung.

Und dann überfällt er den Oberleutnant mit einem Schwall von Vermutungen. Der Offizier nimmt ihn mit in sein Dienstzimmer, schaut sich den Entlassungsschein an, hakt aber sofort ein, als Hans behauptet, die Auskunft aus der Schweiz sei mit Sicherheit falsch.

Kaum, sagt er, man arbeite sehr gut mit den Schweizer Behörden zusammen. Und bisher hätten solche Angaben immer gestimmt.

Hans wird übergenau: Schon bei der Einberufung wollte man einen Ariernachweis von ihm. Aber sein Vormund wußte nichts darüber, also habe er das ins Formular geschrieben mit St. Gallen als Heimatbehörde einschließlich seiner deutschen Großeltern. Warum durfte er dann überhaupt an die Front und sich verwunden lassen, wenn das nicht stimmt? Sicherheitshalber erwähnt er noch, was

Müller-Linz über die Wehrmacht gesagt hat, daß es da nämlich sogar ziemlich hohe Juden geben soll.

Der Nachwuchsoffizier zuckt mit den Schultern und zuzzelt mit den Zähnen. Also, sagt er dann, daß es jüdische Offiziere in der Wehrmacht gäbe, sei absoluter Quatsch, und der Beschwerdeweg stünde nur Soldaten offen. Seit heute morgen null Uhr sei Reichel aber Zivilist. Wenn er sich gestern beschwert hätte, dann vielleicht. Und das war's denn auch, er reicht ihm den Entlassungsschein zurück und zeigt zur Tür.

Im Rückwärtsgang erinnert Hans an die vielen Verbündeten auf deutscher Seite: Rumänen, Franzosen, Belgier, Holländer, Ungarn, Finnen, Balten, Italiener, Elsässer, sogar Inder und Russen – alle dürfen sie für den Führer kämpfen, und ausgerechnet er als Schweizer Sachse darf nicht? Wo Doktor Goebbels den Totalen Krieg verlangt hat, von jedem einzelnen?

Der Oberleutnant guckt, als habe er so etwas noch nicht erlebt.

Ja, sagt er, dann fahren Sie doch zu Goebbels nach Berlin, der wird sich freuen!

Als Hans aus der Villa kommt, fällt ihm ein: Die reiche Dame könnte hier gewohnt haben, die mit der bekloppten Tochter. Elfi, *Mensch ärgere Dich nicht* und Pudding! Er fragt eine Frau, die den Bürgersteig fegt.

Ja, sagt sie, die war ja nicht ganz richtig im Kopf, die Tochter, die mußte auf den Sonnenstein in die Heilanstalt, da ist sie ganz schnell gestorben, Lungenentzündung ruckzuck, und dann hat Frau von Bindow vor Kummer nichts mehr gegessen. Bis sie auch tot war. Wie's manchmal so geht im Leben.

Absicht? fragt sich Hans. Ob sie ohne Elfi vielleicht nicht mehr leben wollte?

Es ist ein kalter Märztag. Kinder klappern vorbei, sie tragen Holzsandalen mit dünnen Riemchen zu ihren Trainingshosen. Lederschuhe gibt es nur noch auf Bezugschein. Und Bezugscheine gibt es immer seltener. Und wenn man das große Glück hat und Lederschuhe bekommt, dann dürfen die Kinder damit nicht in den Regen gehen, denn Absätze und Brandsohle sind aus Pappe. Die heißt jetzt Ersatzleder.

Selbst für hohe Offiziere gibt es neue Ledermäntel nur noch aus Lederol. Auf sächsisch klingt das sehr weich. Fast wie Odol. Aber er wird überhaupt keinen Off'ziersmantel mehr kriegen. Aus der Traum.

Er latscht in Gedanken auf die Fahrbahn und beinahe in einen Pkw, der laut hupend einen Haken schlägt und dann schlingernd weiterfährt, Straßenbahnschienen sind glatt. Ein alter Wagen, Marke WANDERER, der Säcke mit kleingehacktem Holz auf dem Dach hat und am Heck einen gedrungenen Badeofen: Holzgas statt Benzin! Hans schickt ihm mit der erhobenen Rechten einen deutschen Gruß hinterher, um sich zu entschuldigen.

Entschuldigen werden die sich auch, die Herren von der Heeres-Entlassungsstelle 3 im Wehrbezirk IV. Aus der Traum? Von wegen! So leicht klebt man einem sächsischen Gefreiten keine jüdische Großmutter an die Backe!

Aber vielleicht sollte man ihnen Zeit geben, damit sie den Fehler von alleine finden können. Dann wird ihnen die Entschuldigung leichter fallen.

*

Gut, der vorige Wohnsitz war das Lehrlingsheim. Und wohin haben Sie sich von da aus abgemeldet? – Zur Wehrmacht. – Die ist doch kein Wohnsitz. – Wußte ich nicht. – Jetzt wohnen Sie wo? – Zu Besuch. Bei Menzels. – Aber ich brauche Ihren ersten Wohnsitz. – Wie gesagt, mein erster Wohnsitz ist nur zu Besuch, denn eigentlich habe ich ja Urlaub. – Also: Solange Sie ohne festen Wohnsitz sind, können Sie keine Lebensmittelkarten kriegen. Jetzt gehen Sie erstmal zur Polizei, da sollen Sie sich ja auch melden. Oder ziehen Sie doch einfach wieder zu Ihren Eltern, dann haben Sie überhaupt keine Probleme.

*

Der Diensthabende auf der Polizeiwache holt seinen Vorgesetzten aus dem Nebenzimmer. Der hakt den Uniformkragen ganz korrekt zu, liest den Entlassungsschein gründlich, schaut Hans gründlich an, dann liest er das Dokument zum zweiten Mal.

Zum Fenster gucken!

Hans guckt zum Fenster, der Vorgesetzte mustert sein Profil. Dann reicht er das Blatt an den Diensthabenden zurück, hakt seinen Kragen wieder auf und murmelt etwas, das Hans nicht versteht.

Auf dem Entlassungsschein gibt es keinen Hinweis auf den Entlassungsgrund, weder wird die Wehrunwürdigkeit erwähnt noch die Abstammung. Trotzdem wissen die Polizisten Bescheid. Der Mann hinterm Tresen schaut sich auch noch einmal das Profil an ... naja.

Sein Blick soll wohl sagen: Wir erkennen jede Judennase, mein Lieber, und wenn sie noch so arisch aussieht!

Der Stempel dröhnt wie ein Artillerie-Einschlag: 10. Polizeirevier, rums!

Dann wieder das Hin und Her mit dem Wohnsitz, der Verweis ans Arbeitsamt, ans Wohnungsamt und an die Gestapo, das wäre für ihn eigentlich das wichtigste.

Vor der Gestapo hat Hans Schiß. Beim Gequatsche an der Front, wenn das Thema Eins durch war und alle möglichen Wünsche, Ängste und Latrinenparolen wild durcheinandergequirlt wurden, gab es so eine Steigerung des Schrecklichen: Kettenhunde – SS – Kriegsgericht – SD – Gestapo.

Gestapo? Dann schon lieber vors Feldgericht, da wirst du wenigstens gleich erschossen. Gestapo ist gut für den Feind von innen, aber scheiße, wenn man selbst damit zu tun kriegt.

Von den Verhören dort wurden schreckliche Geschichten erzählt, unglaublich. Prügelei, Arschaufreißen und Eierabquetschen. Wahrscheinlich übertrieben, nachts, wenn es dunkel war und man flüstern mußte. Am nächsten Morgen, im Hellen, wollte niemand irgendwas gesagt haben. Wer – ich? Nee, da mußt du mich verwechseln.

*

Hinterm Hauptbahnhof, Bismarckstraße, in dem Haus zwischen den beiden Hotels, da soll er sich im Hochparterre melden, Zimmer 137. Hans hofft, daß es beim Prügeln bleibt, denn da ist er ganz ordentlich trainiert. Die anderen Vernehmungsmethoden waren in den Dresdner Heimen nicht üblich, auch nicht das Ausreißen von Fingernägeln. Was aber nur bei Ausländern gemacht werden soll. Und auch nur in allerschwersten Fällen.

Eigentlich hat er ein reines Gewissen, die Beurteilung auf dem Entlassungsschein ist gut, er hat nichts auf dem Konto außer einer Verwundung. Und die spricht für ihn. Ein Glück, daß der eine Splitter noch drin ist, als Beweis.

Dennoch Muffensausen. Er rechnet mit schweren Bullen und denkt an die beiden Kettenhunde neulich auf der Brühlschen Terrasse.

Ganz falsch. Ein kleiner Mann in Zivil sitzt da und bietet ihm sogar einen Stuhl an. Donnerwetter. Lehrer könnte der sein. Oder Buchhalter in der Chemischen Reinigung. Zu so einem hat er damals die Gespräche durchgestöpselt. Das macht Mut. So kurz wie möglich erzählt Hans seine Version der Vorgeschichte.

Also wahrscheinlich ein Irrtum, sagt der Gestapomann.

Oder Sabotage aus dem Ausland, sagt Hans. Wehrkraftzersetzung.

Kommt leider vor, ganz selten, aber es kommt vor. – Und dann läßt er Hans vermuten, wie der Irrtum wohl zustande gekommen sein könnte: In der Schweiz wieder mal alles verwechselt. Besonders verdächtig Familie Zerberer.

Gut, sagt er, wir werden das aufklären, und wenn Sie recht haben, dann werden Sie natürlich in die Offizierslaufbahn wieder eingegliedert.

Hans ist platt.

Nur, sagt der Gestapo-Mann, bis dahin müssen wir uns natürlich an die Vorschriften halten, an Recht und Gesetz. Klar? – Klar. – Und nach der Rechtslage sind Sie nun mal ein Judenstämmling. Bis zum Beweis des Gegenteils. – Jawohl. – Sie sind neunzehn, wie sieht's denn aus mit dem Verkehr?

Überwiegend Straßenbahn, sagt Hans, am liebsten vorne.

Nein, Verkehr mit deutschen Frauen, speziell mit arischen? – Ach das? Nein. – Nein? Gut. Und solange die Untersuchung läuft, auf gar keinen Fall, das wäre Rassenschande! Sie würden sich strafbar machen und die Frauen auch. Jede Woche einmal auf dem zuständigen Polizeirevier melden. Und damit Sie nicht in der Luft hängen, kriegen Sie demnächst einen Verpflichtungsbescheid. Kriegswichtig.

Hans will sich mit deutschem Gruß verabschieden, aber da winkt der Beamte entschieden ab: Arm runter! Das lassen Sie weg, Heil Hitler heißt für Sie ab jetzt Guten Tag und Auf Wiedersehen! Das brüllt er fast, als wolle er ihn anscheißen, und schon ist er wieder freundlich. Pfunds-Armbanduhr, sagt er anerkennend.

Ja, sagt Hans. Ein Geschenk.

Ein Foto brauchten wir noch von Ihnen, sagt der Mann und gibt Hans ein Formular, auf dem sein Name steht. Sie melden sich unten im Polizeipräsidium in der Schießgasse.

*

Hans kennt das Atelier und den Fotografen aus hoffnungsfrohen Knabentagen. Damals hatte der Mann gesagt, er wolle ihn niemals wiedersehen. Jetzt sieht er ihn wieder, erkennt ihn aber nicht. Schwein gehabt. Diesmal wird ein Nummernschild mitgeknipst, Bonbons gibt es nicht. Aber die Fingernägel sind alle noch dran.

Also halb so schlimm, das muß man einfach mal sagen.

Dann kauft er im Bahnhofspostamt eine Postkarte mit aufgedruckter Marke, Adolf Hitler lila sechs Pfennig. *Liehbe Dora*, schreibt er mit einem Kopierstiftstummel nach Gotenhafen, *mier geht es gut was ich auch fon dier erhoffe. Bitte niehmant sagen das wier zusamm gerommelt haben. Hertzlich grüst dein W. Gustlow.* Mit verstellter Schrift und den Fehlern als Tarnung.

Den Absender läßt er weg, und bevor er die Karte in den roten Briefkasten gleiten läßt, wischt er sie mit dem Taschentuch ab. Wegen der Fingerabdrücke.

*

Nicht ohne Stolz berichtet er vom Gespräch mit der Gestapo. Das mit dem Verkehr läßt er weg, aber sonst ... wenn alles gut geht, doch noch Off'zier, und demnächst sogar Dienstverpflichtung.

Mutter Menzel hat auch eine gute Nachricht: vielleicht ein Zimmer zur Untermiete, gar nicht weit, die Frau kauft seit zwanzig Jahren Milch bei ihr.

O wie schön! Er denkt noch an die Karte, sieht Dora am Sägebock und zuvor bei ihrer Oma – das war doch kein Verkehr! Liebe war das, Leidenschaft, hoffentlich hat er vorhin nichts falsch gemacht. Oder hätte er ihren Namen nennen müssen, bei der Gestapo? Eine deutsche Frau verraten? Vom DRK sogar? Ein Jude hätte das vielleicht gemacht, feige und zu allem fähig. Aber ein Deutscher tut das nicht, nein! Und er ist sicher: Der Führer an seiner Stelle hätte es auch nicht gemacht. Außerdem war er in Gotenhafen noch gar kein Judenstämmling.

Die Frau Plauner, sagt Mutter Menzel wieder ganz leise, Feind hört mit, hat nämlich ein echtes Schicksal. Der Mann an der Niere gestorben, und der einzige Sohn in Stalingrad geblieben – keine Todesnachricht natürlich, nur vermißt. Aber alle haben ihr schon das Beileid ausgesprochen; man weiß ja, was Stalingrad heißt: stolze Trauer. Da meldet sich nachts im Radio so ein Feindsender, *Freies Deutschland* aus Moskau, – kriegt man bei uns gar nicht rein, aber aus Zufall manchmal doch neben den Luftlagemeldungen, nur Hetzpropaganda natürlich, und dazwischen dürfen deutsche Überläufer, also Desertierte, die jetzt beim Russen sind, die dürfen Grüße nach Hause sagen. Und wer meldet sich da? Roland Plauner! Grüßt herzlich seine Mutter in Dresden-Löbtau!

's hat ja keiner gehört, aber rumgesprochen hat's sich doch, die Polizei soll bei ihr gewesen sein, und seitdem ist die arme Frau völlig durcheinander. Freuen darf sie sich nicht, daß Roland lebt, und die

Nachbarn reden nicht mehr mit ihr, weil sie Angst vor Schwierigkeiten haben. – Und du? – Ich weiß ja von nichts. Bis heute nicht. Aber sein Zimmer wäre frei. Sehr billig. Und sie könnte das Geld gut gebrauchen. Soll ich sie fragen?

Das muß schwer sein für eine Mutter, sagt Hans. Lange denkt er nach, dann ringt er sich durch: Aber ich möchte nicht im Bett eines Verräters schlafen. Das kann ich nicht.

*

Hans will Schuhe putzen und geht an die Tür zum Hof. Daneben wurstelt Vater Menzel gerade in seinem Schuppen herum. Seine Frau ist bei ihm, und Hans hört ungewollt zu.

Mutter Menzel spricht leise. Aber Hans kapiert, worum es geht: Irgend jemand – von der Polente, Partei oder vielleicht sogar Gestapo – hat sich bei den Nachbarn über Hans erkundigt, und nun ist es überall rum, was mit dem Fronturlauber wirklich los ist. Eine alte Kundin – Frauenschaft – hat sich heute im Laden empört: Unsere Jungen verbluten im Osten, und bei Menzels sitzt ein Judenbengel, der sich vor der Wehrmacht drückt. Frau Menzel wollte ihr das erklären, und dann ... Schluchzen, Weinen, spitze Schmerzkiekser einer zutiefst Verletzten.

Hans läßt die Bürste in den Schuh rutschen und rennt los, zum Seitentor hinaus, irgendwohin. Eine Telefonzelle. Er ruft den Vormund an. Herr Heinitsch wird demnächst zurückerwartet, aber wann genau, kann die Haushälterin nicht sagen.

Hans ist viel zu leicht angezogen für den März. Merkt er gar nicht. Er sieht auch nicht, wohin er läuft, auf einmal ist es stockfinstere Nacht. Lange. Ob er noch in Dresden ist oder schon auf dem Weg nach Leipzig? Irgendwann taucht der Löbtauer Dorfplatz wieder auf und er findet zurück.

Zwei Entscheidungen bringt er mit. Erstens muß er so schnell wie möglich bei Menzels ausziehen. Das behält er allerdings für sich. Zweitens – und das erzählt er nun beim Abendbrot, das man für ihn aufgehoben hat – zweitens wird er nach Berlin fahren. Zum Propagandaministerium, um seinen Fall dort vorzutragen. Er sagt das so unbekümmert, als würde er ins Freibad wollen, falls es schon Sommer wäre.

Vater Menzel putzt seine Brille, indem er unentwegt die Gläser anhaucht und mit dem graugelben Lederläppchen wieder abtrocknet.

Mutter Menzel tupft mit angefeuchtetem Zeigefinger Krümel von der Tischdecke, obwohl längst keine mehr da sind.

Hans erläutert: Der Nachwuchsoffizier des Heeres habe ihm den Rat gegeben, und der habe wohl auch mit den entscheidenden Leuten schon mal gesprochen. Er, Hans, werde dort erwartet.

Dabei hat er nicht das Gefühl, daß er lügt. Er hat nur frei übersetzt, was ursprünglich einmal hieß: Ja, dann fahren Sie doch zu Goebbels nach Berlin, der wird sich freuen!

*

Einmal Dritter Berlin, Anhalter Bahnhof.

Dresden-Berlin, 192 Kilometer, 7 Mark 70 plus Zuschlag, und wenn man die Fahrkarte nach Berlin-Stadtbahn löst, kann man innerhalb des Rings so weit fahren, wie man will. – Was für ein Ring? – Der Stadtbahn-Ring, der geht einmal ganz um Berlin rum, da fahren die Züge im Kreis. Linksrum und rechtsrum.

Der Bahnhof ist dunkel, so früh am Morgen. Nur ganz wenige Glühlampen. Die sind mit blauer Farbe angemalt und glimmen fahl vor sich hin. Bevor man einen Mitreisenden anrempelt, würde man ihn sehen. Aber erkennen könnte man ihn auch beim Anrempeln nicht.

Wohl dem, der eine Leuchtplakette trägt. Jüngere Frauen haben gerne einen kleinen Terrier über der Brust. Schnuddelig, aber kitschig. Wer älter oder männlich ist und auf sich hält, läßt ein Edelweiß leuchten. Das erinnert an die Gebirgsjäger oder den Alpenverein und ist das kleinere Übel. Der Fiffi hat den Vorteil, daß man trotz der Dunkelheit weiß, wo eine Weiberbrust ist.

Egal: Jede Leuchtplakette ist eine Tapferkeitsmedaille für den kleinen Mann an der Heimatfront. Leider leuchten die Dinger nicht lange. Nach ein paar Wochen verlernen sie das Fluoreszieren. Dann muß man sie ganz dicht an eine helle Glühbirne halten, um sie wieder aufzutanken.

Hans hustet, niest und schnieft. Da er im Mittelgang des Abteils 3. Klasse steht, mit der Hand in der ledernen Halteschlaufe und in Fahrtrichtung, trifft sein Bazillenausstoß immer wieder dieselbe Dame, die im Dunklen vor ihm sitzt. ’tschuldigung, sagt er jedes Mal. Doch irgendwann wird es der Frau zuviel: Sie bietet Hans den Sitz an und sucht sich lieber einen trockenen Stehplatz.

Vielen Dank. Er wird also versuchen, zu Goebbels vorzustoßen. Oder durchzudringen. Wird nicht ganz leicht sein, aber Spähtrupp hat er schließlich gelernt.

Goebbels hat angeblich einen kleinen Geburtsfehler. Klumpfuß, heißt es. Also eigentlich rassisch nicht ganz vollwertig, und wenn er das Dritte Reich als Kind erlebt hätte, dann hätte er auf dem Sonnenstein enden können. Wie Elfi von Bindow. Mit Klumpfuß eingeliefert, an Lungenentzündung gestorben. Ruckzuck. Einäscherung hat bereits stattgefunden. Gar nicht auszudenken, was der Führer dann gemacht hätte. Ohne ihn.

Denn der Doktor Goebbels ist für Hans der gute Geist der Deutschen: einer, der das Böse beim Namen nennt und auch genau sagt, warum es scheiße ist. Aber noch viel mehr kann er das Gute und Schöne und Wahre vermitteln. Wenn er sagt, Adolf Hitler ist eine Lichtgestalt, dann kann man sich darunter etwas vorstellen, dann strahlt der Führer bis ins letzte Herz hinein.

Außer dem Klumpfuß hat Goebbels auch eine Frau namens Magda, die ihm ein Kindlein nach dem anderen schenkt, aber keines hat einen Klumpfuß. Und, so denkt sich Hans frühmorgens auf der Fahrt nach Berlin: Warum sollen sich eigentlich Nasen vererben, wenn es Klumpfüße auch nicht tun?

Magda Goebbels ist sehr beliebt in Dresden. Wenn sie sich „nicht fühlt", wie man sagt, kommt sie immer auf den Weißen Hirsch zur Kur. Hoffentlich trifft sie da nicht aus Versehen den Sohn von Stalin, das wäre ja peinlich.

Lislotts Freundin arbeitet in dem betreffenden Sanatorium, sie hat Frau Goebbels mehrmals sogar persönlich gesehen: sehr nett zu allen und gar nicht eingebildet. Sie macht ihr Bett selber, räumt ihr Zimmer ganz prima auf und will nur soviel essen, wie ihr nach der Lebensmittelkarte zusteht, kein Gramm mehr. Wie eine echte Volksgenossin.

Als Stalingrad passiert war und Herr Dr. Goebbels in seiner berühmten Sportpalast-Rede das deutsche Volk gefragt hatte: Wollt ihr den totalen Krieg? – da hat sich Frau Dr. Goebbels sofort bei Telefunken gemeldet für eine einfache, aber kriegswichtige Tätigkeit. Als Vorbild, sozusagen. Jeden Morgen ist sie zur Arbeit gefahren, mit der Straßenbahn. Auf der vorderen Plattform die Juden, und hinten drin Frau Dr. Goebbels, das muß man sich mal vorstellen! Schade, daß die anderen Damen der Bewegung nicht mitgemacht haben, Frau Göring, Frau Himmler, oder in Sachsen die Frau von König Mu, Frau Mutschmann.

Frau Hitler hätte sich bestimmt nicht gedrückt, aber der Führer hat ja keine. Weil er sich bei der Rettung des deutschen Volkes nicht persönlich binden darf, sondern für alle da sein muß. Jesus hat das auch so gemacht. Obwohl er kein Vegetarier war und beim Abendmahl ganz tüchtig reingehauen hat. Lamm. Wahrscheinlich mit Soße.

Ein Spruch aus Kindertagen ... wie war der doch? Der Jude ist ein Schwein, haut rein! Ein blöder Spruch, so oder so.

*

... endet hier ... Zug endet hier ... keine Weiterfahrt zum Anhalter Bahnhof, Zug endet hier. Vorsicht beim Absteigen ! Zug endet hier ... endet hier ...

Der Zugschaffner hangelt sich außen über die Trittbretter von Waggon zu Waggon. Beginnende Morgendämmerung. Gegenüber ein Lokomotivschuppen mit Drehscheibe davor. Wasserkräne wie Galgen, Weichen. Die ersten springen bereits auf die Schottersteine des Gleiskörpers, helfen sich gegenseitig, Gepäckstücke werden aus den Fenstern gereicht. Der Griff ist lose, aah, nun ist er ganz ab. Oh Gott, und nicht auf die Stromschienen! Hier fährt keine S-Bahn, hier ist'n Güterbahnhof.

Mehrere leere Züge auf verschiedenen Gleisen, auch mit Güterwaggons.

Rechts fahler Himmel, heller Rauch und dunkler Qualm, da brennt noch irgendwas. Zwischen den Gleisen ein paar finstere Gestalten in schweren Rangiermänteln mit abgeblendeten Taschenlampen, die sie gar nicht mehr bräuchten. Zwei Polizisten mit wichtigen Gesichtern und bedeutenden Gebärden.

Warum müssen wir raus, was ist denn los? Da vorne liegt 'ne Luftmine, wahrscheinlich Zeitzünder.

Hierlang, vorsichtig. Alle hierlang. Raus aus den Gleisen ... hierlang, den Trampelpfad ... Vorsicht Drähte! ... weiter und an der Brücke die Treppe runter ... nein, mit der Straßenbahn! – Nach Köpenick? Das weiß ich auch nicht.

Hans hilft einem älteren Herrn mit einem schweren Koffer. Es scheppert. Vorsicht, sagt der Alte, Weckgläser! Er selbst trägt einen Rucksack und eine Handtasche, darin scheppert es auch.

Vorsicht, sagt Hans und niest.

Endlich unten. Eine normale Straße, viele Brücken. Die Leute verkrümeln sich.

Wilhelmstraße? fragt der Alte zum Abschied. Aus seinem Rucksack tropft es. Wilhelmstraße ... diese Richtung, immer geradeaus, Hauptsache diese Richtung! Kannste gar nicht dran vorbeiloofen, immer diese Richtung. Oder du gehst zum Brandenburger Tor und dann'n Stücke zurück, geht ooch. Hauptsache diese Richtung.

*

Da verteidigen wir ganz Europa vom Nordkap bis nach Afrika, und Rußland verteidigen wir gegen die Bolschwiken. Alles verteidigen wir, sogar Stalingrad bis zum bitteren Ende. Bloß Berlin nicht.

Über eine halbe Stunde ist er jetzt unterwegs. Es muß ein ziemlich schwerer Angriff gewesen sein. Aber wer zum ersten Mal hier ist, kann natürlich nicht unterscheiden zwischen alten und neuen Ruinen.

An der Kreuzung ist das Straßenschild nicht zu lesen, weil eine braun-angesengte Gardine darüber flattert. Dahinter ein Haus, von dem noch das Parterre steht, unbewohnbar natürlich. Mit Kreide haben die Ausgebombten Nachrichten an die Hauswand geschrieben: *Hansi Wuttke! Sind alle bei Tante Lieschen in Marzahn! Traudel u. Kinder.* Darüber ein Transparent aus Stoff: *Unsere Mauern brechen, unsere Herzen nicht!*

Feuerschutzpolizei – Straße gesperrt, halten Sie sich links, und dann werden Sie schon weiterkommen.

Ein Stück hinter der Absperrung, gut einzusehen: Krankenwagen, Polizei, Luftschutz, OT, Kriegsgefangene, Luftschutz, Arbeitsdienst, HJ, Luftschutz, Leute hüten sinnlos Möbel, die sie gerettet haben: einen Sessel, einen großen leeren Vogelkäfig, einen Gummibaum. Und Federbetten, Kissen, Daunen tanzen durch die Luft.

Im Fenster einer halbierten Fassade hängt ein Körper. Wollte wohl noch runterspringen, hat sich aber nicht getraut. Oder konnte nicht mehr. Jetzt versucht ein Feuerwehrmann, ihn mit einem Einreißhaken herabzuziehen. Muß aufpassen, daß er die Fassade nicht mit umreißt. Beim Nachbarhaus ist nur die Seitenwand weg, ganz sauber abgetrennt. Da sieht man wie bei einem Puppenhaus in die Wohnungen hinein, in vier Etagen und einen Hängeboden. Vier Kachelöfen hängen übereinander an den Wänden, anscheinend unbeschädigt und völlig sinnlos.

Scherben, Schutt, Zerborstenes und Verbranntes jeder Art. Irgend etwas liegt am Bordstein, mit einer Zeitung zugedeckt: *Völkischer*

Beobachter, an den Ecken mit Steinen beschwert. Hoffentlich ist es kein Kind.

Aus den Trümmern wird eine Frau gebracht – nicht auf einer Trage, sondern auf einer Leiter. Weißgrau von Staub, als wäre sie in eine Mehltönne gefallen. Sie wedelt mit der Hand, lebt also noch. Man legt sie neben das Etwas unter der Zeitung und bettet ihren Kopf auf den Brotbeutel, der an einem Schulterriemen befestigt ist. Da dürfte alles drin sein. Alles, was sie gerettet hat.

Sani!!!! würde man jetzt schreien, wenn man an der Front wäre. Und irgendwann kommt auch einer und holt dich raus aus der Kacke, meistens jedenfalls, Hans hat es ja selbst erlebt. Aber hier? Stalingrad hat er sich so vorgestellt, aber doch nicht Berlin.

Es zieht ihn rein in die Absperrung, helfen möchte er, zupacken, das wäre er seinem Konto schuldig. Und dem Konfirmationsspruch auch. Aber leider hat er ja nicht mal ein Verbandspäckchen bei sich, und er muß zu Goebbels. Es geht um seine Zukunft und auch um Menzels, er muß das in Ordnung bringen! Er will ja nicht wegen des Lamettas Offizier werden, sondern wegen des Fahneneids.

Auch andere Frauen und Männer sind unterwegs, mit Aktentaschen und in feinen Mänteln, die Leuchtplakette am Revers, manchmal auch den Trauerflor am Ärmel. Sie sehen gar nicht hin, zu den Bergungsarbeiten, das Leben muß weitergehen. Autos fahren vorbei, sogar eine Taxe – ja gibt es denn sowas noch: eine Taxe wie im Frieden?

Zwei Straßen weiter eine Menschenschlange mit Eimern in den Händen. Stehen an vor einer großen gußeisernen Straßenpumpe, ziehen und drücken den schnörkeligen Schwengel: Wasserversorgung zusammengebrochen. Ein Polizist mit hohen Schnürschuhen und umgeschnallten Lederschäften paßt auf, daß sich keiner vordrängelt. Alles muß seine Ordnung haben. Und dahinten ziehen sie weißgepuderte Frauen aus den Kellern.

Bei jedem Pumpenhub spritzt ein dünner Strahl zur Seite weg. Hans fängt eine Handvoll davon auf und klatscht sich das Wasser auf die Haare, dann kämmt er sich. Für Goebbels, man will ja auch anständig aussehen.

Je länger er unterwegs ist, desto mehr begreift er: Die Front ist eben nicht nur an der Front, sondern mitten in Berlin. Und in Berlin ist sie erbarmungsloser als an der Front. Denn an der Front gibt es keine Frauen und keine Kinder. Jedenfalls keine deutschen. Das ist schlimm, bloß was soll man machen! Aber den Kameraden, der nach dem Urlaub die Schnauze voll hatte, den versteht er jetzt auch.

Zur Wilhelmstraße? Nee, hier sind Se in Kreuzberg, Männeken, und die Richtung geht nach Tempelhof. Also wieder zurück und wenn Se an' Landwehrkanal komm', denn am besten nochmal fragen. Sie könnten ooch mitte U-Bahn hin. Aber hier jibtet keene.

*

Auch im Regierungsviertel Schutthaufen an den Straßenrändern, aber nicht so schlimm. Nur eimerweise. Meist Glasscherben und Deckenputz mit Stuck und Rohrgeflecht. Kriegsgefangene schippen das Zeug auf flache Anhänger, vor die man Trecker gespannt hat, oder auch Pferde. Ein wunderlicher Alter stochert mit dem Krückstock in so einem Haufen herum, als ob da noch etwas Brauchbares drin sein könnte.

Reichsministerium für Volksaufklärung und Propaganda. Endlich. Wilhelmplatz. Sehr modern und neu. Wie das Haus der Deutschen Kunst auf Stube 3. Der Wachhabende schickt ihn zu einem Seiteneingang hinter dem großen Tor.

Neben der Botenmeisterei ein paar Stühle für Besucher, vier Leute warten schon, zwei mit Parteiabzeichen. Sie wollen sich beschweren bei ihrem Jupp, wie sie fast zärtlich sagen. Je totaler der Krieg, desto beliebter der Propagandaminister. Denn er hat ja immer schon gesagt, daß die Feinde Deutschland vernichten wollen, und wie sehr hat er recht gehabt!

Hans ist plötzlich müde. Er hustet, schnieft und schwitzt. Ein paar Mal ist er wohl im Zickzack gelaufen, und in der Voss-Straße ist er an einem weißen Bahnhof vorbeigekommen, großer Reichsadler oben drüber, zwei riesengroße schwarzuniformierte SS-Männer als Wache davor. Das muß die Reichskanzlei gewesen sein!

Mein lieber Mann, was für ein Lebensweg: St.Gallen – Geiswil – Dresden – Leningrad – Gotenhafen – Dresden – Berlin, und dann direkt am Führer vorbei! Mit dem Zeppeli hat es angefangen, und jetzt ... vielleicht hat Adolf Hitler ihn vom Fenster aus sogar gesehen, wie er unten entlanggegangen ist. Durch Zufall, natürlich.

Obwohl er wahrscheinlich gar nicht zu Hause ist, der Führer. Denn er führt den Krieg ja aus dem Führerhauptquartier, und das ist ganz geheim, irgendwo schwer getarnt. Unterirdisch. Das findet der Feind nicht einmal mit dem raffiniertesten Luftangriff.

Hans schaut auf den steinernen Fußboden. Ob Goebbels den auch schon mal betreten hat? Mit seinem Klumpfuß?

An der Ecke des Flurs öffnet sich eine Wand, und aus einem kleinen Kabuff werden Akten getragen: Ein Fahrstuhl! Oft davon gehört, aber noch nie gesehen!

An den Besuchern vorbei werden Eimer mit Schutt und Scherben nach draußen geschleppt, kaputte Bilderrahmen, und dann zerren vier Mann in einer Zeltbahn zersplitterte Porzellanteile weg. Da haben die anglo-amerikanischen Terrorbomber wohl voll ins Waschbecken getroffen. Hoffentlich hat keiner davorgestanden.

Was will er sagen?

Erstens, daß er gerne für Deutschland weiterkämpfen möchte. Sein Lehrer Kirchner hat auch schon mal an Herrn Doktor Goebbels geschrieben, wenn auch in anderem Zusammenhang, deshalb ist er extra aus Dresden gekommen. Im totalen Krieg wird jeder Mann gebraucht, und als Gefreiter, der wegen seiner deutschen Staatsangehörigkeit die Schweiz verlassen mußte, will er sein Leben auch weiterhin dem Führer weihen. Vor Leningrad verletzt, hier unten am Kopf, aber nur eine Schramme am Hals. Die Narbe könnte er zeigen. Sonst ist er vollkommen in Ordnung. Auch von der damaligen Lösungsmittelvergiftung keine Kopfschmerzen mehr. – So etwa.

Irgendwo brüllt einer. Wahrscheinlich Goebbels selbst.

Dann erscheint ein graumelierter Herr im Zweireiher und stellt sich als Regierungsoberamtmann vor. Guten Tag, sagt er. Nicht Heil Hitler oder Sieg Heil, sondern Guten Tag. Der Minister sei zur Zeit leider verhindert, danke den Volks- und Parteigenossen aber für ihren Besuch, und er, der Oberamtmann, werde alles weiterleiten.

Ein Volksgenosse glaubt, daß die schweren Treffer im Wedding nur möglich waren, weil dort alte Kommunisten wohnen. Die würden nicht richtig verdunkeln, weil sie die Feinde dadurch anlocken wollten. Wedding und Plumpe – da sind die schlimmsten Schweine!

Aha. Danke.

Eine PG aus Oberschöneweide, auch in der Frauenschaft, berichtet: Die Frau von Bäcker Schlunze, also seine Witwe, genauer gesagt, hat ein Verhältnis mit dem Polacken vom Kohlenhändler Raabe. Beweis: Er hat immer Weißbrot, und sie sieht glücklich aus und lacht im Laden, wo ihr Mann doch gerade erst gefallen ist. Und was soll nur aus den beiden arischen Kinder werden, die sie von ihm hat!

Gut, wird überprüft.

Hans fühlt sich plötzlich unwohl unter diesen Anschwärzern. Gerade deshalb: ganz besondere Disziplin!

Er schnaubt sich gründlich die Nase, schaut dem Oberamtmann hart in die Augen und sagt militärisch knapp: Ich will mich hier nicht beschweren, ich möchte Herrn Minister nur auf einen Irrtum aufmerksam machen, zu dem mich der Nachwuchsoff'zier des Heeres, Wehrkeis IV, Dresden, Bautzner Straße, ausdrücklich ermächtigt hat, sich aber seinerseits außerstande sieht.

Der Oberamtmann schaut kurz auf den Entlassungsschein und dann ihm voll ins Gesicht.

Hans spürt, der guckt auf die Nase. Und nicht, weil sie rot ist, nein, der Mann weiß alles. Er hat den Entlassungsbescheid noch nicht einmal gelesen, „Führung gut" gar nicht zur Kenntnis genommen, hat nichts gefragt, aber er weiß, worum es geht. Obwohl an der Nase nichts zu sehen ist.

Ein Aktenschrank wird vorbeigetragen, zersplittert, und die Rolljalousie aus dem Hause Soennecken flattert nach unten, die Träger müssen drüber stolpern.

Na und? Nun fassen Sie schon mit an, Sie Irrtum!

Hans nimmt seinen Schein zurück, faßt mit an, ist nach ein paar Schritten wieder raus aus dem Propagandaministerium und hustet im Innenhof.

Was jetzt – wieder rein? Nee, nicht noch einmal zu dem Nasengucker.

Nebenan, Ecke Wilhelmstraße ein besonders schönes und kostbares Gebäude, ein Baläh, wie man in Dresden sagt. Säulen davor, eine Kutschenauffahrt, ein riesiger Balkon.

Was ist'n das? – Diß olle Leopold-Paleh is diß, da sitzt der Goebbels drin. – Nicht doch, das Ministerium ist hier, da komm ich ja gerade raus! – Aber der Goebbels sitzt da vorne, nicht hier. – Und ich dachte, er sitzt im Propagandaministerium. – Det ist hier überall, jedes Haus is Propagandaministerium bis rüber in die Mauerstraße, sagt die Frau. Nur wo der Göring drinsitzt, diß is diß Luftfahrtministerium!

Also Göring auch noch, Hitler-Göring-Goebbels, alle drei auf einen Haufen, Menschenskind! Und Hans mittendrin.

Aber irgendwie ist die Reichsregierung doch eine Nummer zu groß für ihn. Schreiben wird er! Einem Brief kann niemand ansehen, mit welcher Nase er geschrieben wurde. An Goebbels persönlich, am besten per Einschreiben, damit er den Brief auch aufmacht.

Er geht rauf zum Brandenburger Tor, die Linden rechts runter, und rein ins Zeughaus. Kein Mensch guckt auf seine Nase. Man nimmt sein Eintrittsgeld ohne abfällige Bemerkungen entgegen, und schon ist er mitten drin in der preußischen Geschichte. Im Lichthof hängt die Originalmaschine des roten Barons. Freiherr von Richthofen, Pour le mérite, wie Hermann Göring.

Da wird ihm wohler. Er geht nicht durch die Räume, er durchwandelt sie, hustend und schniefend. Er schwelgt in Fahnen, Waffen, Traditionen.

Rückfahrt nach Dresden stehend im Gang, und wieder mal schaut er auf die Schwellen des Großdeutschen Reiches, die unter ihm in der Dämmerung dahinrauschen. Neben Hans zwei Damen, die sich abwechselnd auf einen Koffer setzen, eine im Pelz. Der Zug ist hoffnungslos überfüllt.

Die meisten Mitreisenden sind Berliner, und manche haben sehr viel Gepäck dabei. Etwas in Sicherheit bringen, darum geht es ihnen wohl. Damit nicht gleich alles weg ist, wenn man getroffen wird. Auslagern, verteilen. Nicht die ganze Aussteuer oder das ganze Silber an einen Ort bringen, nein, drei Haufen machen: einen nach Mecklenburg, einen nach Dresden und einen nach Bayern. Irgendwas wird schon übrig bleiben. Die Schulkinder sind ja auch alle evakuiert.

Onkel ist bei der Sparkasse in Meißen, der hat uns ein so großes Tresorfach reserviert, da paßt ein ganzer Koffer rein! Muß man natürlich bezahlen.

Die Sorgen habe ich nicht mehr, sagt die zweite Frau mit den geschminkten Lippen. – Alles schon untergebracht? – Nein, alles schon futsch. Zum Glück war ich nicht zu Hause, in der Nacht. – Und jetzt?

Jetzt will ich ausschlafen, sagt die Frau, endlich mal richtig ausschlafen. Dabei schaut sie Hans im Halbdunkel so eindringlich an, als könne sie ihn gut dabei gebrauchen. Trotz seiner Schnieferei. Mein Mann ist auch vermißt, mir ist jetzt alles egal.

Sehr rot, diese Lippen. Hans wäre im Prinzip nicht uninteressiert, weil man gerade von reifen Frauen sehr viel lernen kann, angeblich.. Dora liegt weit zurück, und ein neuer Sägebock ist nicht in Sicht. Und nun steht hier eine vollbusige Leda, bepinselt wie ein Kunstwerk von Stube 3 ... aber nein: Der Schwan hat der Gestapo sein Wort gegeben, und bis der Irrtum aufgeklärt ist, wird er niemandem Gelegenheit geben, an seinem Wort zu zweifeln.

Er weiß, daß er Off'zier werden wird, und dann wird er dem Dr. Goebbels einen Brief schreiben mit einem kleinen Hinweis auf seinen Amtmann: ein Blindgänger!

*

Zurück in Dresden. Zurück im Kriegsfrieden.

Wie siehst du denn aus! – Mutter Menzel verordnet ihm einen Tag Sofa, Brustwickel, Fencheltee und Fliederbeersuppe. Nimmt er alles an, wie ein braves Kind.

Am nächsten Abend ist der Vater bei Verwandten und die Kinder sind unterwegs. Aber seid rechtzeitig zum Alarm wieder da!

Hans sitzt mit einem dicken Schal am Tisch, Frau Menzel will in der Zeitung lesen. Hans erzählt ihr, daß Berlin an manchen Ecken schon aussieht wie Stalingrad. Da muß sie weinen.

Du darfst es niemand sagen, den Kindern nicht und dem Vati nicht, aber vor ein paar Wochen habe ich mal am Radio gedreht und da war wieder dieser Moskau-Sender durch Zufall, und da haben deutsche Soldaten gesagt, daß es ... daß es in Stalingrad, als der Kessel ganz zu war, und alle Pferde von den Rumänen hatten sie schon aufgegessen ... als es ganz schlimm war mit der Verpflegung ...

Was denn da?

... da haben sie in den Lazaretten ... unsere deutschen Ärzte haben da ihren deutschen Verwundeten nichts mehr zu essen gegeben ... haben sie einfach verhungern lassen. Unsere Jungens sterben lassen. Einfach verhungern. Weil sie das bißchen Essen für die brauchten, die noch kämpfen konnten. Einfach verhungern. Haben sie da gesagt, im Radio, Verwundete einfach verhungern lassen. Deutsche Deutsche.

Tapfer schabt sie mit den Schneidezähnen die Tränen von der Unterlippe.

Nein, sagt Hans, die Erkältung verleiht seiner Stimme einen wohldröhnenden Heiserkeitsbaß: Das ist ausgeschlossen. Das gibt es nicht. Das ist dreckigste Feindpropaganda, das gibt es nicht. Glaub's mir. Ein deutscher Arzt würde seine letzte Scheibe Brot den Verwundeten geben und lieber selbst verhungern. Und das muß er auch, denn er hat ja zwei Eide geschworen: einen auf den Führer und den anderen auf'n alten Griechen. Gerade gestern habe ich gesehen, wie sogar ein Feuerwehrmann sein Leben aufs Spiel gesetzt hat, um einen Toten zu retten. Oder eine tote Frau, das konnte man aus der Entfernung nicht genau erkennen.

Also ausgeschlossen, das mit dem Verhungern?

Ehrenwort, sagt Hans.

Da umarmt sie ihn trotz seiner Erkältung und weint noch ein bißchen an seiner Schulter, aber mehr aus Erleichterung. Du bist ja zurück jetzt, aber's ist wegen Werner. Wenn keen Wunder passiert, muß der ja ooch noch 'naus!

Die Kinder kommen nach Haus, der Vati auch, der Alarm kommt nicht.

Naja, länger warte ich nun auch nicht mehr: Gute Nacht allerseits.

*

Nun hängt die Hose doch am Kronleuchter. Hans steht auf dem Polizeirevier, um sich zu melden. Einmal wöchentlich. Das erste Mal.

Der Diensthabende ist mit sich und mit Papieren beschäftigt. In Berlin hätte er weniger Zeit, da müßte er sich wohl um Ausgebombte kümmern.

Hans räuspert sich.

Heil Hitler, sagt der Beamte.

Guten Tag, sagt Hans, schweren Herzens und wider besseres Wollen.

Aha, so einer. Er läßt sich den Namen sagen und schaut in die Liste.

Nein, sagt er dann. Bei uns nicht mehr, durchgestrichen. Du bist umgezogen.

Aber, sagt Hans, das muß ein Irrtum sein.

Ein Irrtum, bist du verrückt? Wo hier ein Irrtum ist, bestimme ich, und dich geht das gar nichts an! Ich hab's hier schriftlich, du wohnst jetzt in Niedersedlitz, und auf dem zuständigen Revier hast du dich auch zu melden. Und nicht bei uns.

In Niedersedlitz?

Raus!!

In Niedersedlitz sind die Heinitsch-Werke, aber mit Heinitsch hat er noch gar nicht sprechen können, der weiß von nichts.

Du hast wohl sehr gute Freunde, was? fragt der Beamte lauernd hinter ihm her. Aber keine Angst, die erwischen wir auch noch. Früher oder später kriegen wir alle. Und bilde dir ja nicht ein, daß du was Besseres bist!

Sehr gute Freunde? Goebbels? Ob der Oberamtmann doch kein Versager war und für ihn ein gutes Wort eingelegt hat? Aber wer will Goebbels erwischen und woher kennt Goebbels Heinitsch?

*

Heinitsch ist zurück von der Dienstreise, nervös und abgespannt, weiß aber alles. Woher?

Er winkt ab: Laß man, später! Hier lies.

Ein Lehrvertrag mit den Heinitsch-Werken? Besteht seit der Entlassung aus der Wehrmacht? Also rückwirkend, wenn man ganz genau ist. Und bereits rechtsgültig, denn der Vormund hat ihn unterschrieben ... wie bitte?

Also: Der Vormund Georg Heinitsch jr. hat unterschrieben und genehmigt, daß sein Mündel Hans Reichel bei dem Unternehmen Heinitsch-Werke, AG für Holz-, Eisen- und Glasbau, eine reguläre Schlosserlehre absolviert. Für die Heinitsch-Werke hat er auch unterschrieben, der Georg Heinitsch jr.

Die Einzelheiten erkläre ich dir später, aber es ist gut so. Glaube mir, es ist alles in Ordnung, und es ist wirklich gut so. Mehr kann ich dir im Moment nicht sagen. – Und Goebbels? – Wieso? – Ich war bei Goebbels, in Berlin!

Hans erzählt alles, beschönigt nichts. An einigen Stellen atmet Heinitsch schwer durch.

Gut, die Geschichte behältst du am besten für dich; ich glaube, du hast großes Glück gehabt. Nun werde mal ein guter Schlosser, dann kannst du auch noch Ingenieur werden.

Und ein Zimmer? Menzels haben meinetwegen jetzt schon Schwierigkeiten.

Du kannst im Werk wohnen, Groß wird das organisieren. Der alte Groß war schon die rechte Hand von meinem Vater. Außerdem ist er Obmann für unsere NS-Betriebszelle. Der wird dir alles zeigen und alles sagen. Halte dich an Herrn Groß.

Und das mit meinem Vater, das muß ein Irtum sein. Ich bin kein Judenstämmling. – Das wissen wir, Hans, und Herrn Groß habe ich das auch schon gesagt. Aber fahre bitte nie wieder zum Beschweren: nicht zu Goebbels, nicht zum Führer und nicht einmal zu König Mu, verstanden? Wenn du dich beschweren willst, dann bei Herrn Groß oder bei mir. – Alle Soldaten haben das Recht, sich zu beschweren. – Ja, bei ihrer vorgesetzten Dienststelle. Und deine vorgesetzte Dienststelle bin jetzt ich. Und viele Grüße von meiner Frau, du sollst nicht vergessen, zum Friseur zu gehen.

Als Hans seine Sachen abholt, hört er von Vater Menzel, daß es zwei ganz hohe Tiere erwischt hat: Generalfeldmarschall v. Kleist und Generalfeldmarschall v. Manstein, beide fristlos aus der Wehrmacht entlassen. Du siehst, jetzt bist du in allerbester Gesellschaft.

Da muß Hans lachen: Ob die sich auch bei der Polizei melden müssen?

Nein, sagt Vater Menzel grinsend, die hat man ja nur wegen Unfähigkeit gefeuert und nicht wegen einer jüdischen Großmutter.

Er holt mit der Rechten aus, gibt Hans eine falsche Ohrfeige und schüttelt ihm den Kopf: Wenn's brennt, kommst du wieder zu uns! Auch mitten in der Nacht.

*

Der Diensthabende auf dem Polizeirevier in Niedersedlitz ist fast höflich. Zumindest gemütlich.

Reichel, aha, Hans Walter, geboren St. Gallen. Stempel – rums! Sagen Se mal, ist die Schweizer Schweiz denn wirklich schöner als die sächsische?

Das weiß ich nicht.

Seh'nse, ich kann's mir nämlich ooch nich vorstell'n!

Ein Polizist. Und trotzdem ein Mensch.

1944–1945

Du Deutsche?

Dreimal hat er sie gefragt. Nein, sie ist Lettin, aus der Nähe von Riga, und spricht fast deutsch. Er fragt auch andere Mädels, weil er ganz sicher gehen will: Nein, Vera – Lettland, nix deutsch. Also Vera.

Sie gefällt ihm. Besonders hübsch ist sie nicht, aber sie kann die Augen strahlen lassen. Und wenn sie mal mit dem Munde lacht, blitzt es hinten golden. Reiche Eltern wahrscheinlich.

Wenn sie sich an ihn drängt, zum Beispiel in der Schlange vor der Werkzeugausgabe, dann drückt sie ihm ihre Brüste so fest in den Rücken, als wolle sie damit beide Lungenflügel durchbohren. Ganz harte Dinger, da muß er sich sehr zusammennehmen.

Vera rollt das R und spricht das Ü wie I, das G wie J, kann auch deutsche Gedichte und deutsche Rätsel und Deutschland, Deutschland über alles: von dem Maas bis an die Mähämel! Aber auch ohne Worte kann sie sagen, daß sie an dasselbe denkt wie Hans. Ziemlich heftig. Und daß es ihr bestimmt Spaß machen würde. Und ihm auch.

Sie weiß von ihm, was im Werk über ihn erzählt wird: Er war an der Front und hat eine Verletzung. Schlimm? – Die Ärzte sagen ja, aber eigentlich nur ein Kratzer.

Hans weiß von ihr, daß sie in einem Lager lebt, als Fremdarbeiterin. Nicht hinter Stacheldraht, wie die Polen oder die Iwans, die an den Klamotten blaue Aufnäher tragen. *OST* steht darauf, das sind die Judensterne für die Russen. Die werden in Kolonnen zur Arbeit geführt und wieder ins Lager zurückgebracht, streng bewacht, Männer und Frauen getrennt. Ein Ukrainer, der was mit einem deutschen Mädchen anfangen wollte und ausgebüxt war, den haben sie wieder eingefangen, in seinem Lager sofort verprügelt und drei Tage lang an die Laterne gestellt, mit einem Schild vor der Brust *Ich Schwein.* Auf russisch. Sie hätten ihn dafür auch aufhängen können, haben sie gesagt. Zur Abschreckung. Danach soll es besser geworden sein mit der Disziplin.

Bei Heinitsch gibt es nur wenige Russen, aber im Reichsbahnausbesserungswerk gibt es reichlich davon. Die machen da auch Sabotage, indem sie Schrauben nicht fest genug anziehen und Bolzen einfach vergessen. Ferner scheißen sie hinter die Heizrohre in den Personenwagen, und wenn der deutsche Reisende den Waggon dann benutzt und die Heizung warm wird, dann stinkt es und die Volksgenossen verlieren den Siegeswillen. So primitiv denkt der Russe. Untermenschen, wirklich!

Vera sagt, in ihrem Lager gibt es sogar eine Dusche, und die Mädchen können in der Stadt frei spazierengehen. Von sechs bis acht Uhr abends. Vera gerne nach Deutschland gekommen, hier ist schön arbeiten. Jetzt muß er sie nur noch auf sein Zimmer bugsieren, ohne daß es jemand merkt.

Bei Heinitsch werden alle Fremdarbeiter anständig behandelt. Sagen sie selbst: Heinitsch gutt! Verpflegung so reichlich wie möglich. Arbeitszeit von sechs bis achtzehn, Überstunden bis zweiundzwanzig Uhr, täglich Mittagspause. Bei Voralarm ist Arbeitsschluß, dann müssen auch die abgedunkelten Lichter gelöscht werden, und die Fremdarbeiter müssen teils in ihre Lager, teils in den Werksluftschutzraum. Bei längerem Vollalarm müssen sie da sogar übernachten, meist aber nicht. Nur falls das betreffende Lager schon geschlossen ist, dann eventuell doch, je nachdem. Also da ist eine schwache Stelle in der Luftschutzorganisation.

In so einem Kuddelmuddel zwischen Vorentwarnung und Entwarnung geht Vera nicht zurück ins Lager, sondern eine schmale Eisentreppe hinauf. Oben erwartet sie Hans, im Dunkeln. Tür zu, Riegel vor. Hat geklappt.

Hans haust in einer ehemaligen Meisterbude. Wie ein großes Schwalbennest hängt sie an der Innenwand der alten Sägehalle, die jetzt als Zwischenlager dient. In der Bude ein Schreibtisch, zwei Stühle, ein Bett mit Matratze, ein weiteres mit zwei Strohsäcken. Aus einem hat er eine Rolle geformt und mit Bindfäden zusammengebunden, Decke drüber – jetzt sieht das Bett aus wie ein Sofa mit Rückenlehne. Fast. Man will es ja gemütlich haben. Einen Kommißschrank gibt es noch und Büroregale mit Leitzordnern, in denen alte Blaupausen abgeheftet sind. Viel Raum zum Auf- und Abgehen. Auch zum Nachdenken.

Kein Fenster nach draußen, nur eins zur Halle hin, mit Wellpappe läßt es sich verdunkeln. Zwischen den Dielen breite Ritzen, in die man den Dreck fegen kann, da verspielt er sich.

Fließend kaltes Wasser aus einem Zwei-Zoll-Rohr, das muß man mit einem rostigen Handrad öffnen und schließen. Ganz vorsichtig natürlich, sonst läuft der Eimer beim ersten Schwapps schon über.

Waschschüssel auf Dreibein. Klo unten in der Halle, da kann man auch das schmutzige Waschwasser wegschütten.

Wände aus rohen Holzplanken. Fichte. Hans hat also ein eigenes Zimmer, so groß wie die gute Stube bei Menzels. Und das schon mit neunzehn!

Aus dem Hause Heinitsch eine gemütliche Schirmlampe, ein paar Decken, ein kleiner Haargarnläufer, ein Liegestuhl mit einem Fell darüber, Heizsonne, Elektrokocher mit offener Spirale, Geschirr und Gläser – schöner hätte Old Shatterhand seinen ersten Wigwam auch nicht eingerichtet. Aber Vera weiß sowieso nicht, wer Old Shatterhand war.

Dafür kennt sie die Männer, die eingerahmt an der Wand hängen. Hitler-Göring-Goebbels, bunt und heroisch, Propagandadrucke für die NS-Betriebszellen. Herr Groß hat die herausgerückt, weil Hans ihn darum gebeten hat. Vielleicht hätte er die jetzt lieber abnehmen sollen, denn bei Fremdarbeitern weiß man ja nie so ganz genau.

Völlig falsch: Vor allen Dreien entblößt sie ungeniert ihren Busen, spitz und pfundig, und dann gesteht sie ihren Haß auf die Russen, auch auf die *Ost*-Russen. Ausgerotten muß man Bolschewiki, alle ausgerotten, sagt sie. Nur Hitler-Göring-Goebbels können Baltikum noch gesund machen. Und Himmler natürlich, was Hans leider nicht aufgehangen hat. Veras Familie hat von Russen viel erleiden müssen ... es wird eine lange Geschichte, sehr persönlich, blutig und traurig. Hoffentlich gewinnt Hitler Krieg bald.

Hans nimmt sie in die Arme, ohne ihren Busen zu berühren. Er achtet ihren Kummer und ihren Schmerz und hebt sich den Schwan noch ein bißchen auf. Keine Angst, sagt er, denn er kennt einen, der hat im Bett neben dem Führer gelegen, im Lazarett. Und der sagt: Adolf Hitler war schon einmal blind, und trotzdem ist er Reichskanzler geworden. Weil er einen Willen aus Eisen hat. Eisen, hart wie Kruppstahl. Und wenn er Sieg machen will, dann macht er auch Sieg. Und wenn er nicht macht, dann will er nicht. Außerdem sitzt ja der Sohn von Stalin auf dem Weißen Hirsch, ob sie das weiß?

Nein. Weißer Hirsch weiß nicht. Aber Stalin Verbrecher und frech und schlimm!

Macht nichts. Denn wenn Stalin zu frech wird, dann wird der Führer einfach seinen Sohn ein bißchen durch die Mangel drehen, so geht das!

Er knipst das Licht aus, zieht ein Stück Wellpappe zur Seite, und nun scheint durch das Oberlicht der Halle tatsächlich der Mond in die

Meisterbude. Ein Werkstor quietscht und Nachtwächterschritte verhallen.

Hans muß an Gotenhafen denken, an Dora, an Geiswil, an Liese, die wunderschöne Kuh, und plötzlich auch an Lucie. Dann singt er in Veras Ohr, verführerisch wie Zarah Leander:

In der Nacht ist der Mensch nicht gern alleine,
denn die Liebe im hellen Mondenscheine
ist das Schönste, falls Sie wissen was ich meine,
einerseits und andrerseits und außerdem.

Sie sitzen auf dem Strohsack-Sofa, und Hans merkt, daß Vera sehr flinke Finger kriegt, die können überall gleichzeitig sein. An der Narbe am Hals und an der Hose.

Er hält ihre Hand fest und sagt noch einmal, daß es ihm leid tut, was sie durchlitten hat. Und ganz plötzlich hat auch er das Bedürfnis zu reden: Auch er ist nicht der strahlende Verwundete, den sie in ihm sieht, sondern er ist ein Irrtum!

Es pladdert aus ihm heraus wie aus einer Regentonne, die an den Rändern überläuft. Nicht alles erzählt er, aber alles, was in ihm gerade hochkommt. Sein Leben tut ihm genauso leid wie ihr Leben, denn er hat immer nur das Beste gewollt. Und jetzt sitzt er in der Klemme. Wegen eines Irrtums wegen seines Vaters! Wenn man alles zurückverfolgt, was ihm die Vorsehung angetan hat, und wenn man es ganz genau nimmt, dann sitzt er in der Klemme für fünf Franken. Wenn er das geahnt hätte, damals – nie hätte er sie genommen, die Fünflibre, niemals!

Während dieses Ausbruchs sind ihre Finger ruhiger geworden, ihr Blick fast leblos, den Busen hat sie leicht fröstelnd wieder eingepackt, und nun faltet sie auch noch die Hände.

Ganz geradeheraus, ohne Eifer oder Zorn, ohne Pathos oder Bibber in der Stimme, sagt sie: Ich hasse Russen. Aber noch mehr ich hasse Juden.

Und dann entfaltet sie die Hände und haut ihm eine runter, fast mitten ins Gesicht. Gleich danach tut es ihr leid. Wollte nicht Schmerzen, aber Juden hasse trotzdem, sagt sie zur Entschuldigung.

Wortlos läßt Hans die Dame in seinem Bett schlafen, er verbringt die Nacht auf dem Strohsack-Sofa und deckt sich mit dem Haargarnteppich zu. Heinitsch sei Dank. Am nächsten Morgen schleusen sich beide unauffällig in den Produktionsprozeß wieder ein, unbemerkt über die Eisentreppe.

An der Werkzeugausgabe steht Vera niemals mehr hinter ihm. Einmal noch kreuzen sich ihre Blicke. Aus Versehen. Sie schaut dann schnell weg und konzentriert sich auf ihren Besen. Früher mußten die Lehrlinge ausfegen. Jetzt müssen das die Fremdarbeiter. Warum auch nicht.

Bei Drostenbergers hört er, daß Gotenhafen ganz schwer bombardiert worden ist, kein Stein mehr auf dem anderen. Da hat er wieder mal Glück gehabt, mein lieber Mann, erst rechtzeitig weg von der Front und dann noch rechtzeitig raus aus dem Lazarett. Hoffentlich ist Dora nichts passiert und ihrer Oma. Die kannte er zwar nicht persönlich, aber immerhin.

Am 22. Mai endlich die Erlösung: Ein Brief mit der Dienstverpflichtung zur Organisation Todt. Auf Abruf, allerdings. Hoffentlich kommt der bald, der Abruf.

Organisation Todt – OT – Westwall, damit wird der Rüstungsminister Albert Speer sein oberster Vorgesetzter, also könnte es sein, daß er sogar nach Frankreich kommt, an die Atlantik-Küste. Das wäre natürlich noch interessanter als Leningrad, und Sümpfe gibt es da bestimmt nicht. Dafür Französinnen, olala, mit Seidenstrümpfen bis zum Hals, und Merde kann er auch schon.

Aber wenn's woanders hingeht – auch egal. Hauptsache, die Gestapo hat Wort gehalten.

Schluß mit der Wehrunwürdigkeit, er kommt zum Kriegseinsatz, es geht wieder aufwärts.

Allerdings, besonders elegant sind die OT-Uniformen nicht.

*

Menzels sehen diese Dienstverpflichtung nicht ganz so positiv, aber sie wollen ihm die Hoffnung nicht vermiesen. Werner ist nun auch Soldat, Lislott hat einen neuen Freund und wird bald heiraten. Bei Mutter Menzel gibt es Schlesisches Himmelreich, und das schmeckt wunderbar.

Auf dem Löbtauer Dorfplatz sieht Hans ein paar kleine Jungen, sechs bis acht Jahre alt, mit ernsthaften, fachmännischen Gesichtern und laufenden Rotznasen. Sie reden, streiten und handeln miteinander, als würden sie etwas tauschen, Briefmarken vielleicht. Aber sie halten keine Markenheftchen in den Händen, keine Murmeln, wie man sie zum Kugelschieben braucht, auch keine Wiking-Modelle oder Zigarettenbilder, sie haben ihre Schätze in Zigarrenkistchen verwahrt und zeigen sie mit klebrig-grauen Händen. Hans erkennt Metall-Teile, Splitter, Granat- oder Bombensplitter, und die Jungen wissen sehr genau, worum es geht.

Das is doch kee englischer, du Idjot, der ist von 'ner deutschen Flak-Kranate! – Von wechen, der stammt von e amerikanische Luftmine. Guggemal die Farbe hier, so e Gelb ham nur de Amerikaner. – Aber kroß isser, ich geb dir dafür die beeden, zweemal russische Artlerie, und du legst mir noch e Stückchen von dem Klas dazu. – Das is kee Klas, du Heini, das ist Blexiklas von e Bomber, vorne von der Kanzel, da hat der Bilot durschgeguckt, wie'n de Flak bei Leipzch nuntergeschniggt hat! Wenn de da e Streichholz dranhältst, dann fängt das Klas an zu schmelzen und uff eemal brennt das, du, mit schwarzen Rauch, da stinkt die ganze Wohnung nach. – Und das da? – Nä, den gäb'ch nich her. Das is e verbuffter Zünder von em Blindgänger ... Und mei Oma kennt een, der hat im Wald 'n ganzen Fallschirm gefunden, aus weißer Seide, du!

Sie bemerken Hans. Was is'n? Haste ooch Splitter?

Ja, sagt er, einen habe ich.

Zeichmal!

Hans tippt auf seinen Hals: Da drin, russischer Werfer, oder Stalinorgel.

Eisiges Schweigen, alle gucken ihn an. Warum hat er das bloß gesagt? – Nein nein, war nur ein Spaß.

Ein Dreikäsehoch baut sich vor ihm auf und sagt ernst und ziemlich empört: E Stalinorchel is ganz ferchterlich, Mensch. Mit sowas macht man keenen Spaß!

Da zieht der Gefreite i.R. im Geiste seinen Winkel ein und verpfeift sich. Blamage.

*

Es dauert.

Jeden Morgen schaut er in der Post nach, die beim Pförtner abgegeben wird. Für ihn nichts Amtliches dabei, der Abruf zur OT kommt nicht.

Die große Bude verliert den Reiz des Neuen. Sie wird zu einer Art Zelle. Kein offenes Feuer und niemals rauchen, sagt Herr Groß, denn unten in der alten Sägehalle ist noch alles voller Feinstaub. Und wenn da ein Funke reingeht, dann kann das ganz schön knallen. Hans raucht zwar sowieso nicht, aber daß es unten knallen könnte, wenn er rauchen würde, macht ihn unsicher.

In seiner Freizeit kann er zu Heinitschs gehen, falls jemand im Hause ist, oder zu Frau von Drostenberger, die wohnt gleich um die Ecke, oder zu Menzels natürlich jederzeit, unten in Löbtau. Aber Besuche nur tagsüber, sagt man ihm auf dem Polizeirevier bei der wöchentlichen Meldung. Der Umgangston dort hat sich inzwischen gewandelt: Nachts hat er sich in der behördlicherseits gemeldeten Wohnung zu befinden. Und zwar krundsätzlich, Heinitsch hin oder her!

Besonders bei Fliegeralarm. Schon vor Beginn des Voralarms hat er sich in der Nähe des Werks aufzuhalten, damit er rechtzeitig da ist. Und wie soll er vorher wissen, wann ein Voralarm kommt? – Sie, als Halbjude würd'ch nich ooch noch bambich wer'n!

Wie er das macht, ist seine Sache. Seine Privatsache. Großdeutschland ist im Krieg, täglich opfern die besten der deutschen Soldaten ihr Bestes für den Endsieg, da kann die Polizei nicht das Kindermädchen von jedem Drückeberger sein. Wozu haben wir denn Sirenen?

Den Hinweis auf seine Dienstverpflichtung zur Organisation Todt nehmen die Polizisten zwar zur Kenntnis, aber Hans wird dadurch in ihren Augen kein besserer Mensch. Wär'n Se in der Schweiz geblieben, hätten Se jetzt keene Probleme, und wir müßten uns nich mit Ihn' rumärchern. So ist das nämlich, mei Bester!

*

Seit er das letzte Mal in der Innenstadt war, ist eine Ewigkeit vergangen. Drei Wochen mindestens. Oder doch nur zwei?

Auf der Prager Straße jetzt kaum noch junge Männer in Zivil, Hans fühlt sich fast als Ausnahme unter den Verwundeten und Genesenden. Off'ziere natürlich zackig, lässig, elegant. Aber die Uniformen der Mannschaftsdienstgrade ... komisch: Außer den Rangabzeichen stimmt fast gar nichts mehr. Die Mäntel zu lang oder zu kurz, hagere Krieger umschlabbert von weiten Uniformjacken, große breite Männer mit zu kurzen Ärmeln – wie kann eine Wehrmacht in ein paar Wochen so auf den Hund kommen? Sie sehen aus, als würden sie Klamotten von Gefallenen auftragen – ohne Rücksicht auf Körpergrößen, Kampf dem Verderb! Dazu die dreckigen Gipse an Armen und Beinen – in Gotenhafen wären die längst erneuert worden. Aber auch Gips ist offenbar inzwischen kriegswichtig.

Urlauber kommen vom Hauptbahnhof, behängt mit Taschen, Säcken und verschwiemelten Paketen, als hätten sie die Reste der

Ukraine leergemacht. Unrasiert und übermüdet, dreckig, mit flackernden Augen, tiefliegend, und dennoch strahlen sie vor Urlauberglück. – Bin ich etwa auch so rumgelaufen?

Die Off'ziere werden mürrisch gegrüßt, und manche von ihnen schauen dafür an den Landsern vorbei. Fast angewidert. Als hätten sie gar nichts zu tun mit dem Dreck an der Front, mit dem Hunger und der Scheiße und der Angst und dem Blut und dem Tod. Zum ersten Mal findet Hans Offiziere zum Kotzen. Einen nach dem anderen. Zum ersten Mal ist er aber auch froh darüber, daß er keine Uniform mehr anhat und daß er nicht mehr grüßen muß.

Richtung Hauptbahnhof? Lieber nicht, denn dahinter sitzt die Gestapo. Und wenn der Mann auch ganz nett war, es muß nicht sein.

Aber auf die Brühlsche Terrasse kann er jetzt, endlich. Endlich einmal in Ruhe. In Zivil und mit einem gültigen Entlassungsschein und einem sauberen Wehrpaß in der Brieftasche, da können die Kettenhunde ruhig kommen.

Die sind zwar nicht in Sicht, aber als Hans die Treppe hinaufsteigen will, steht da ein Polizist und vernimmt einen alten Mann, der ziemlich abgerissen aussieht. Er hat ein recht neues Fahrrad bei sich, mit einem schweren Sack auf dem Gepäckträger. Nein, sagt er, das Rad ist nicht ihm, sondern einem Nachbarn, der hat's ihm gebumpt. – Name? Er sagt ihn, und der Polizist leckt sein Kopierblei an, bevor er ihn aufschreibt. Also mein Gutster, geben sie zu, daß Sie das Rad geklaut ha'm?

Gebumpt. Vom Nachbarn, ganz bestimmt. – Und wie heißt der? – Name, lecken, schreiben. Und was ist in dem Sack? – Weiß er nicht, gehört auch dem Nachbarn, er wollte dem doch bloß einen Gefallen tun ... Der Alte wird weinerlich und der Wachtmeister immer vichilanter.

Hans will sich in einem Bogen an den Beiden vorbeidrücken, da liest er an der Sandsteinmauer ein kleines Schild: *Kein Zutritt für Juden.*

Trotzig setzt er einen Fuß zwei Treppenstufen höher, beugt sich hinunter zu seinem Schuh, bindet den Schnürsenkel zunächst einmal sorgfältig auf und dann noch sorgfältiger wieder zu. Der Polizist spricht immer lauter mit dem Alten und nennt ihn jetzt bereits einen Volksschädling, bei dem die Rübe ganz schnell ab sein könnte, da richtet Hans sich auf, läßt Treppe Treppe sein, Terrasse Terrasse ... er geht lieber hinüber zum Zwinger. Dresden ist ja reich an Sehenswürdigkeiten.

Gefühlsmäßig ist er natürlich kein Jude. Hundertprozentig nicht, insofern wäre das Schild für ihn hundertprozentig ohne Betreff. Andererseits ist er stammbaummäßig ein Irrtum, und wenn der sich nicht aufklären ließe ... bei der Telefonzelle hat er sich noch drüber hinweggesetzt, über das Verbot, aber da war er auch noch nicht bei der Gestapo. Und so dringend wichtig ist die Terrasse natürlich auch nicht. Wenn er erst einmal bei der OT ist, dann wird sowieso wieder alles anders.

In gewisser Weise findet er den Zwinger auch schöner und eindrucksvoller als die Brühlsche Terrasse, also schaut er sich in aller Ruhe den Zwinger an. Vorsichtshalber von der gegenüberliegenden Straßenseite aus. Es könnte ja sein, daß da auch ein Juden-Schild dranhängt. Irgendwo.

Im Lazarett hat er gelesen, daß man wirklich große Dinge sowieso nur ganz erfassen kann, wenn man ihnen nicht zu nahe kommt. So ist es wahrscheinlich auch mit dem Dritten Reich und mit dem Nationalsozialismus. Das große Ganze, darauf kommt es an! Und auch der Zwinger wirkt als Ganzes ganz besonders imponierend.

*

Herr Groß ist wie Herr Kutscher ohne Delle, fürsorglich und freundlich, dennoch strotzt er vor Autorität. Er hat buschige Augenbrauen, und wo er hinguckt, da hören die Leute sofort auf mit der Quatscherei. Auch die Fremdarbeiter. Und wer gerade nur herumsteht, der sucht sich ganz schnell etwas zu tun.

Die Heinitschwerke haben ursprünglich mal Holzhäuser, Treibhäuser und Wochenendhäuser gebaut, Hufeisen und Wagenräder, jetzt stellen sie lauter kriegswichtiges Zeug her: Einzelteile für die Rüstungsindustrie, Granaten, Stahlhelme, Feldküchen, Munitionskisten und vor allem Bauelemente für Baracken mit allem Zubehör. Die Produktion kann mit den Aufträgen kaum Schritt halten. Da ist für die Proforma-Ausbildung eines Neunzehnjährigen im ersten Lehrjahr natürlich keine Zeit. Auch der echte Lehrling in der Schlosserei, ein Fünfzehnjähriger, lernt fast nichts, auch der wird eingesetzt, wo Not am Mann ist. In einem Betrieb mit so vielen fach- und sprachunkundigen Mitarbeitern gehört jeder, der einigermaßen sächsisch spricht, schon zur Gefolgschafts-Elite. Unter den deutschstämmigen Werksangehörigen spricht sich schnell herum, daß es eine besondere Beziehung gibt zwischen dem Juniorchef und dem alten Lehrling.

Unter diesen Umständen lernt Hans vor allem, daß man ein bedeutendes Gesicht machen muß, wenn man etwas nicht versteht. Und er lernt auch, fröhlich-töricht in die Welt zu schauen, wenn er etwas nicht verstehen will. Beides hätte er sich an der Front niemals leisten können, hier funktioniert es. Und da es funktioniert, macht es auch Spaß, sich auf eine möglichst elegante Weise durchzumogeln.

*

Frau von Drostenberger spielt leidenschaftlich gern Piano. Auf einem Riesenflügel: Bechstein, der Mercedes-Kompressor unter den Klavieren, den kann man aufklappen wie die Kühlerhaube beim Auto, und dann klingt er so, daß das ganze Zimmer voller Musik ist, von allen Seiten, jeder Ton klingt wie ein Gedicht. Sagt sie selbst.

Hans liebt Gedichte. Nicht so sehr aus der Schulzeit, aber vom Lazarett. Da hat er viele gelesen, Balladen und Historisches: *Der Tod im Kornfeld* war sein liebstes, ausgedacht und gereimt von Detlev Freiherr von Liliencron – obwohl der Name, genau besehen, ein bißchen jüdisch klingt. Aber das konnte er in Gotenhafen noch nicht wissen.

Wilhelm Busch mag er am allerliebsten, weil man über seine Bilder lachen muß und weil er mit seinen Versen trotzdem immer recht hat, soweit Hans das inzwischen beurteilen kann. Frau von Drostenberger schenkt ihm ein Busch-Büchlein als Feldpostausgabe aus dem Insel-Verlag. Und weil er so oft von der Oper schwärmt und vom Theater, gibt sie ihm leihweise einen Packen Reclam-Heftchen mit auf seine Bude. Operntexte, Lustspiele, Dramen, Tragödien.

Der *Fliegende Holländer* ist auch dabei; nun kann er in aller Ruhe nachlesen, was er damals auf der Bühne gesehen hat. Manche Wörter versteht er erst jetzt, und wenn er die Texte vor sich sieht, glaubt er noch immer zu hören, wie die Sänger sie damals gesungen haben.

Er liest den *Freischütz*, die *Entführung aus dem Serail*, *Figaros Hochzeit* und wie jung Mozart gestorben ist: mit knapp sechsunddreißig, und das noch nicht mal an der Front!

Schillers *Räuber* wühlen ihn auf, wie kann man so mit einem Vater umgehen, falls man einen hat. Und warum muß dieser Ferdinand in *Kabale und Liebe* die Luise gleich vergiften! Mit einer scheinheiligen Limonade! Unter aller Sau, wie es da am Fürstenhof zugeht, Wurm, Kalb – wie die schon heißen! Da ist der Dresdner Fürstenzug doch von anderer Qualität. Und warum eigentlich Kabale? Kommt im ganzen Stück überhaupt nicht vor!

Im *Tannhäuser* liest er, was ein Venusberg ist und was die Venus darauf singt, „mit leiser Stimme beginnend“:

Geliebter, komm! Sieh dort die Grotte,
von ros'gen Düften mild durchwallt!
Entzücken böt' selbst einem Gotte
der süß'sten Freuden Aufenthalt.
Besänftigt auf dem weichsten Pfühle
flieh deine Glieder jeder Schmerz,
dein brennend Haupt umwehe Kühle,
wonnige Glut durchschwelle dein Herz.

Herz ist gut, denn diese Zeilen erinnern ihn doch sehr an das, was er mit Dora erlebt hat, bei ihrer Oma und am Sägebock.

Frau von Drostenberger sagt, daß diese Operntexte nicht etwa von einem Dichter stammen, nein, die hat Wagner alle selbst gemacht. Also war er nicht nur Tonsetzer, sondern auch Wortsteller.

Und welch ein Unterschied zu den Sprüchen von Stube 3 oder den Sauereien an der Front: Hier wird alles Schweinische so fein ausgedrückt, daß man es selbst in Gut Wulfenstein laut aussprechen könnte, sogar an der Festtafel. Deshalb gefällt das wohl auch dem Führer so gut, was der Wagner gedichtet hat.

Grotte, wie fein das klingt! Nie wieder wird er Pflaume sagen. Außer er meint eine richtige. Ab jetzt wird er nur noch vornehme Wörter benutzen und nicht mehr diese scheißordinären! Selbst das Wort Scheiße will er nicht mehr in den Mund nehmen, auch nicht in Gedanken. Jedenfalls, wenn es sich irgendwie vermeiden läßt.

Das Heft von Wilhelm Busch heißt *Schein und Sein* und ist eine Enttäuschung. Keine Zeichnungen, die Gedichte zwar kurz, aber so ernst wie die Gleichnisse von Jesus, daß man sie auch im Konfirmandenunterricht behandeln könnte. Manchmal zum Schmunzeln, aber richtig zum Lautlachen ist gar nichts. Und dann entdeckt er eins, das heißt *Der fremde Hund.* Mit Plisch und Plum hat das leider auch nichts zu tun.

Was fällt da im Boskettgesträuch
Dem fremden Hunde ein?
Geht man vorbei, so bellt er gleich
Und scheint wie toll zu sein.
Der Gärtner holt die Flinte her.
Es knallt im Augenblick.
Der arme Hund, getroffen schwer,
Wankt ins Gebüsch zurück.

Vier kleine Hündchen liegen hier
Nackt, blind und unbewußt.
Sie saugen emsig alle vier
An einer toten Brust.

Da wird ihm kalt am Rücken und heiß in den Händen. Die Zeilen sind ihm schrecklich, aber er muß sie wieder und wieder lesen. Als er sie auswendig kann, legt er das Buch beiseite, doch das Gedicht verläßt ihn nicht mehr. Er zieht die Oberlippe zwischen die Schneidezähne und nimmt sich zusammen.

Nach einer schlaflosen Nacht weiß er, daß manches auf dieser Welt in Wahrheit ganz anders ist, als viele Leute glauben. Er weiß aber auch, daß seine Mutter tot ist. Tot. Richtig tot.

Tot.

Diese ganzen Ungereimtheiten: Hebamme, Säuglingsheim, Pflegestellen, Ausweisung, Kinderheim, Waisenhaus, Lehrlingsheime, Vormundschaft – nur, weil sich seine Mutter nicht um ihn kümmern konnte, über neunzehn Jahre lang? Das kann ja gar nicht sein, ausgeschlossen. Nein, da war gar keine Mutter, die sich um ihn kümmern konnte. Vielleicht war auch er ein Welpe an einer toten Brust. Hat man ihm nur nicht sagen wollen, um ihn zu schonen, das ist es. Seine Mutter hat sich für ihn aufgeopfert, vielleicht. Und weil sie nicht mehr da war, deshalb hat man ihn auch ausweisen können, aus der Schweiz. So ganz reimt sich das zwar immer noch nicht zusammen, aber so ähnlich könnte es gewesen sein.

Und was hat er ihr alles angedichtet, wenn er alleine war, in langen Schlafsaalnächten, ganz im geheimen – geschämt hat er sich dafür, daß ihm so etwas überhaupt eingefallen ist. Die Ohren hat er sich zugehalten, obwohl er doch gar nichts gesagt hatte. Immer wenn es sehr weh tat oder wenn er sehr wütend war, dann hat er Dinge über seine Mutter gedacht, die sein Konto schwer belasten würden, wenn er sie jemals gestehen müßte.

Jetzt tut es ihm leid. Sehr leid. Er will das wiedergutmachen. Er wird das Grab seiner Mutter finden. Ganz egal wo, auch unter dem dicksten Boskettgesträuch. Wobei er gar nicht weiß, wie Boskett eigentlich aussieht. Wie Taxus vielleicht?

In den Tagen darauf ist er etwas durcheinander. Herr Groß merkt ihm an, daß er mit seinen Gedanken nicht bei der Arbeit ist. Fehlt dir was?

Nein nein, alles gut. Nur für später wünscht er sich mal einen Hund. Nach dem Endsieg.

*

Ohne Antenne geht gar nichts.

Also: den Draht spannen – quer durch die Meisterbude, je länger, desto besser. Den zweiten Draht für die Erdung blank machen, dann an die Wasserleitung, aber nicht an ein Bleirohr, weil Blei nicht leitet. So. Jetzt Bananenstecker auf die Drahtenden, dann die Stecker in die beiden Buchsen A und E, Kopfhörer auf die Ohren, und mit der Spiralfeder vorsichtig den Kristall abtasten. Der Kristall ist ein Stückchen Erz, Bleiglanz, und wenn du darauf eine gewisse, winzig kleine Stelle ...

Musik! schreit Hans.

Ja, Musik. Wie Radio ist das, nur aus dem Kopfhörer. Mit der kleinen Spule kannst du Mittelwelle empfangen, mit der großen Langwelle.

Wer erlebt hat, wie sich die Nachrichter an der Front den Arsch aufreißen – oder den Hintern, um es vornehm zu sagen, wenn sie per Draht oder Funk kriegswichtige und lebenswichtige Verbindungen herstellen wollen, mit großen Funkgeräten und kurbelbetriebenen Feldtelefonen und handgestöpselten Vermittlungen – und hier steht eine kleine Zigarrenkiste mit ein paar Drähten, aber keine Schnur dran – und dennoch Musik aus dem Kopfhörer? Und der Strom? Wir haben doch gar keinen Stecker in der Dose!

Ein Detektor braucht keinen Strom, sagt Herr Groß, der kann auch so empfangen. Aber nur mit Kopfhörern, für einen Lautsprecher ist er zu schwach. Warum, weiß ich auch nicht. Die Zigarrenkiste ist von mir. Mein Junge hat das Ding selbst gebaut, sagt Groß leise, hat ihm viel Spaß gemacht. Und jetzt schenke ich es dir.

Und Ihr Junge, wenn der zurückkommt?

Nein, sagt Herr Groß, der kommt nicht mehr. Kopfschuß, durch den Stahlhelm durch. In Italien liegt er, da braucht er keinen Detektor mehr. Er zuckt mit den Schultern. Halte durch, sagt er mit kippeliger Stimme und geht zur Eisentreppe: Durchhalten ist das wichtigste.

Das sagt Goebbels auch. Aber Groß sagt es so, als ob er an den Endsieg nicht mehr richtig glaubt. Obwohl er in der Partei ist. Wenn Goebbels einen Sohn verloren hätte, würde er vielleicht auch anders reden. Weniger begeistert und weniger unerschütterlich. Oder vielleicht würde er auch tapferer sein als Herr Groß – man weiß es nicht.

*

Lange Minuten kratzt Hans mit der Nadel auf dem Kristall herum, da endlich hört er etwas ... aber was? Er drückt die Kopfhörer fester auf die Ohren und ... krrrrck! Schon wieder weg.

Ganz langsam noch einmal. Weniger Druck, kleinere, weiche Drehungen ... daaa – daa – da kommt der Sender abermals hereingescheppert, klingt schöner als zuvor. Wunderbar, ganz wunderbar. Behutsam läßt Hans den kleinen Griff an der Feder los, genußbereit lehnt er sich zurück und – knacks! Sobald er mit dem Stuhl wackelt, den Ellbogen auf die Tischplatte legt, bei der kleinsten Erschütterung ist der Empfang unterbrochen, dann muß er von neuem suchen. Ein mühseliges Vergnügen. Aber dennoch ein Vergnügen. Besonders, wenn man alleine ist.

Die akustischen Bruchstücke, die aus dem Kopfhörer rieseln, muß er zusammensetzen und ergänzen. Vielleicht nicht immer ganz richtig, aber für ein kleines Weltbild reicht es allemal.

Nachrichten und Frontberichte, Kriegsberichterstatter, Sondermeldungen des Oberkommandos der Wehrmacht, ein ergreifendes Hörspiel, in dem eine junge Russin von der GPU erst gefoltert und dann umgebracht wird, nachdem man sie auch noch reichlich vergewaltigt hat, soweit das im Radio möglich ist. Widerlich, diese Iwans. Hans Fritzsche erklärt schwierige Dinge in sogenannten Kommentaren. Vor allem, was unsere Feinde für Verbrechen machen und was der Führer immer schon besser gewußt hat als alle anderen. Ein gewisser Mathias Wiemann sagt tief und vollklingend Gedichte auf, verschluckt keine einzige Silbe, und wenn er *nicht* sagt, dann schwebt das hintere t noch lange im Äther. *Das Schatzkästlein* heißt diese Sonntags-Sendung, mit Schatz ist dabei die deutsche Dichtung gemeint, die uns bekanntlich so leicht keiner nachmacht. Den *Erlkönig* zum Beispiel. Den hat Goethe ja auch persönlich geschrieben.

Wenn Hans *Hohensaaten Unterpegel* hört, hat er die Wasserstandsmeldungen für die Binnenschiffahrt, und wenn Heinz Goedecke dran ist, handelt es sich um das *Wunschkonzert*, wo die Front die Heimat grüßt und die Heimat die Front, da schmettert Wilhelm Strienz: Heimat, deine Sterne! Und Zarah Leander singt für die deutschen U-Boote unter Wasser. Das Z im Vornamen soll nur Tarnung sein, eigentlich heißt sie Sarah. Wird gemunkelt. Aber sie fällt wohl unter die Ausnahmeregelung.

Dresden liegt in einem Funkloch mit ganz schlechtem Empfang, heißt es. In der Umgebung, wo die Leute etwas höher wohnen, da soll man mehr Stationen reinkriegen. Und viel besser. Aber bei einem

Detektor weiß man sowieso nie, welchen Sender man gerade erwischt.

Der ausländischste, den Hans jemals drin hatte, war ein Schweizer, Beromünster. Mit Schwund allerdings. Am einfachsten kriegt er den Reichssender Leipzig, weil der auch in Dresden einen Sendemast hat. Gleiwitz-Görlitz erkennt er am Pausenzeichen *Glück auf, Glück auf.* Dasselbe Zeichen hat auch Saarbrücken, aber da bedeutet es *Deutsch ist die Saar. Die Nacht ist nicht allein zum Schlafen da ...* heißt ein Schlager, und der wird so gesungen, daß man sich wirklich alles darunter vorstellen kann. Auch das. Vor allem das. Also die Kunst von Stube 3. Und besonders den Schwan und die Dame darunter.

Am wichtigsten für Hans ist die richtige Musik, also die schöne – oder ernste, die macht den Detektor in diesen Monaten zu seinem besten Freund. Was da singt und klingt, macht ihn geradezu süchtig: kleine Konzerte und große Sinfonien, Lieder und Opernarien, selbst wenn er nur Bruchstücke davon hören kann. Ganz besonders glücklich ist er, wenn er gelesene Reclam-Arien zum ersten Male gesungen hört. Wie ein Entdecker kommt er sich dann vor. Auch die Namen von Komponisten und Dirigenten merkt er sich. Was Adolf Hitler für die Partei ist, das ist zum Beispiel Wilhelm Furtwängler für die Klassik: der größte Stabführer aller Zeiten.

Mit den Kopfhörern wird die Meisterbude zur Semperoper, und der Nachtwächter erzählt Herrn Groß, daß er gesehen hat, wie der Hans da oben ganz alleine sitzt und laut vor sich hin singt. Irgend etwas von einem Figaro, und daß er mal hier ist und mal da und immer wieder woanders und überall gleichzeitig: Figaro hier – Figaro da – hier – da! Wie ein Verrückter.

Da lächelt Herr Groß und findet es ganz normal. Kein Grund zur Besorgnis.

Manche Opern sind auch in Italienisch, in der Sprache der Verräter. Aber darauf nimmt der Rundfunk noch keine Rücksicht.

*

Besondere Nachrichten, die Hans für wichtig hält, notiert er in einem Aktenordner der Heinitschwerke. Auf der Rückseite von alten Briefen. Die braucht bestimmt keiner mehr.

Am 12. Juni findet zum Beispiel die entscheidende Wende des Krieges statt: Die erste Wunderwaffe V1, ein unbemanntes Vergeltungsflugzeug, also ohne Pilot, ist heimlich von Deutschland aus ganz alleine bis nach London geflogen und dort aus heiterem Himmel mitten in der Stadt explodiert! Da haben die Engländer vor Schreck gar nicht mehr gewußt, wohin mit sich, und das ist unsere Rache für ihre Angriffe auf deutsche Städte.

Am 6. Juli erfolgt die Invasion der Amerikaner und Engländer in Frankreich, genau am Westwall, diese Idioten! Obwohl ihnen Goebbels vorhergesagt hat: Wenn sie das machen, dann haben sie für immer ausgehustet! Aber sie können ja nicht hören.

Was am 20. Juli passiert, dafür fehlen Hans fast die Worte, um es aufzuschreiben: Deutsche Offiziere haben versucht, den Führer mit einer Aktentasche in die Luft zu jagen, kurz bevor sein Freund Mussolini zu Besuch kam. Das ist ja noch viel schlimmer als das Nationalkomitee Freies Deutschland! Hans ist außer sich vor Empörung, da schämt man sich ja beinahe, daß man auch mal Leutnant werden wollte, wenn so etwas unter deutschen Offizieren möglich ist. Was sollen denn die Feinde von uns denken!

Gottseidank haben andere Offiziere die Verräter sofort erschossen, rücksichtslos. Hoffentlich haben sie ihnen auch vorher die Schulterstücke und Orden abgerissen, damit die anständig entehrt waren, als sie starben. Der Führer wurde kaum verletzt, soll sich aber sehr geärgert haben. Nur mit der linken Hand kann er sich jetzt nicht mehr hinter die Hose fassen, wie früher auf dem Reichsparteitag. Weil die Hand zittert. Ein Glück, daß es die Linke erwischt hat, sonst könnte er rechts gar nicht mehr grüßen.

Französische und amerikanische Truppen ziehen am 25. August in Paris ein. Hans vermutet, daß der Führer den Feinden eine besonders raffinierte Falle gestellt hat. Alle nach Paris reinlassen und dann Klappe zu und Affe tot! Die werden sich noch wundern.

Goebbels trifft am 16. September den Nagel wieder einmal auf den Kopf: Der Volkskrieg um unser Leben ist auch eine Sache unseres ganzen Volkes. Vom Führer bis zum letzten Mann und bis zur letzten Frau, ja bis zum letzten Kind ist die Nation zu allem bereit. Die Schwachen mögen dahinsinken, aber die Starken bleiben. – Klar, daß Hans zu den Starken gehören wird.

Am 25. September wird der Volkssturm aufgerufen, alle waffenfähigen Männer zwischen sechzehn und sechzig sollen nun eingezogen werden. Großväter und Enkel werden die Entscheidungsschlacht führen, Schulter an Schulter.

Hoffnung keimt auf, daß ein Gefreiter mit Fronterfahrung und dem bronzenen Verwundetenabzeichen, neunzehn Jahre alt, eigentlich auch dabei sein müßte. Aber kein Einschreiben, kein Gestellungsbefehl – es rührt sich nichts.

Zum nächsten Meldetermin auf dem Revier nimmt er noch einmal den Verpflichtungsbescheid mit und bietet einen Tausch an. Wenn jemand eventuell zum Volkssturm muß und lieber zur OT möchte, dann würde er diesem Mann gerne seinen OT-Platz zur Verfügung stellen und für ihn zum Volkssturm gehen. Mit seiner Spähtrupperfahrung und seinen russischen Sprachkenntnissen ...

Wer'n Se hier nich frech, ausgerechnet Sie! sagt der Polizist. Was e' Jude für Erfahrungen hat und für Kenntnisse, das entscheiden immer noch wir!

Am 14. Oktober fällt Generalfeldmarschall Rommel und stirbt den Heldentod. Hans ist sehr traurig darüber, und mit ihm das ganze Volk. Denn den Rommel haben sie alle geliebt und verehrt. Rommel war deutsch und positiv und tapfer und korrekt und ein Held und alles. Hans beschließt, auch das Wort „rommeln" nie wieder zu verwenden.

Einen Tag später findet Hans in der Meisterbude einen alten Zeitungsausschnitt, den jemand unter der Tür durchgeschoben hat. Darauf ist ein Gedicht angekreuzt, und das heißt:

Der Teufel soll das Mädchen holen,
Das mit dem Jüd intim verkehrt.
Man sollte ihm den Steiß versohlen,
Wenn es nicht deutsche Sitte ehrt.
Ein leuchtend Brandmal auf die Stirne
Und einen Stempel: „Judendirne".

Das versteht er erst nicht, dann wird er sehr wütend, und danach sehr traurig. Irgendeiner muß also gequatscht haben. Die Polizei oder Vera?

Am 7. November erhält er die Einberufung zur Organisation Todt. Endlich!

Einen Tag später gibt Goebbels den Einsatz der V2 bekannt, die in England noch viel verheerender wirkt als die V1. Gottseidank! Die Tommies haben es ja nicht anders gewollt.

*

Damals, vor acht Jahren, ist er auf dem Neustädter Bahnhof in Dresden angekommen, jetzt soll er sich wieder dort einfinden. Im Roten Salon.

Donnerwetter, sagt Frau Menzel. Der Rote Salon ist nämlich das Fürstenzimmer. Das hat sich der sächsische Hof extra bauen lassen, damit die hohen Herrschaften nicht mit dem Volk zusammenkommen müssen, wenn sie mal verreisen. Von da aus kann man direkt auf einen Sonderbahnsteig, Gleis 5–6, ohne daß man mit anderen Reisenden in Berührung kommt. Ganz unbemerkt.

Mitzubringen sind Winter- und Arbeitskleidung, Eßgeschirr, Besteck und Trinkgefäß, Lebensmittel- und Kleiderkarte, Marschverpflegung für 24 Stunden.

Menzels bringen ihn zum Bahnhof, dürfen aber nicht mit hinein. Zunächst müßten die Formalitäten erledigt werden, dann könne er sich in Ruhe verabschieden. Klar. Bis gleich. Da stehen schon mehrere Angehörige auf dem Vorplatz und warten.

Drinnen ein Haufen Männer. Man muß sich dem Alphabet nach anstellen, vor zwei Tischen: A–K und L–Z. Dahinter mehrere Beamte, in Uniform oder ohne.

Die anderen Dienstverpflichteten sehen aus, wie sich Goebbels den Volkssturm vorstellt: ganz junge, mittelalte, und einige könnten schon Großväter sein. Wände und Decken des Salons künden von vergangener Pracht, aber die Möbel stammen wohl eher aus einem Feldlazarett, gleich hinter der HKL.

Aus der L–Z-Schlange sieht Hans, daß am A–K-Tisch Pilzbacke sitzt und Zettel sortiert. Der Schein der Schreibtischlampe fällt auf seine leuchtend rote Gesichtsnarbe. Soll er ihm zuwinken? Erstens guckt der gar nicht hoch, und zweitens sieht seine Uniform wieder ziemlich unschick aus. In dieser Hinsicht hinkt die OT allen anderen Waffengattungen weit hinterher.

Andererseits heißt es, daß die Volkssturmleute überhaupt keine Uniformen kriegen sollen, sondern nur Armbinden. Das bedeutet, man müßte dem volluniformierten Feind praktisch in Zivil gegenübertreten – Armbinde hin oder her, und das wäre denn doch ziemlich popelig. Dann schon lieber OT. Auch wenn man in der Uniform nicht gut aussieht.

Reichel, Hans Walter, 16.11.24. St.Gallen, deutsch. Wummwumm, zwei Stempel auf den Einberufungsschein. Hat alle Lebensmittelkarten abgegeben, wumm, Reichskleiderkarte auch, wumm, fertig. Datum, wumm. Unterschrift, wumm.

Hans erlaubt sich den höflichen Hinweis auf seinen letzten Dienstgrad bei der Wehrmacht. Gefreiter, verwundet. Na und? Jetzt gibt's keine Extrawurscht mehr.

Neben dem Stempler sitzt ein Zivilbeamter mit Führerbärtchen, der weist hämisch daraufhin, daß Reichel ja eigentlich schon im Juni zur OT gemußt hätte, aber ein gewisser Herr Heinitsch habe ihn für seinen Betrieb als „uk“ reklamiert, als unabkömmlich. Was er denn da inzwischen so Kriegswichtiges geleistet habe?

Hans hört das zum ersten Mal, fängt sich aber schnell: In der Meisterbude ist er tätig gewesen, als rechte Hand von Herrn Groß. Herstellung von Barackenteilen, da hat er sich um den Einsatz der Fremdarbeiter gekümmert, Luftlagemeldungen abgehört, mit Kopfhörern, und Protokoll geführt. Aber jetzt freut er sich sehr auf den Dienst bei der OT. Er kann auch eine Telefonzentrale bedienen. Wohin werden wir denn verlegt? – Geheim. – Aha.

Nun will er sich von Menzels verabschieden, aber da steht ein Herr im Lederolmantel vor der Tür und schüttelt den Kopf. Raus geht's nicht mehr. – Gar nicht? – Nein. – Ich habe es aber versprochen! – Tja, sagt der Mann, Pech.

Zwei Ältere wollen herein und haben Schwierigkeiten mit ihren Koffern, dadurch bleibt die Tür ein Weilchen offen. Hans winkt nach draußen, ein Hand wedelt zurück. Er hofft, daß es die von Mutter Menzel war. Aber ganz sicher ist er sich nicht, bei der Dunkelheit. Das wurmt ihn. Nicht daß sie denkt, er wäre plötzlich unhöflich geworden. Ausgerechnet beim Abschied.

Als alle Männer für den Transport beieinander sind, kommt Voralarm. Die Lichter werden weiter abgedunkelt, man sitzt auf Stühlen oder auf den Koffern.

Stille. Niemand kennt irgend jemand. Außerdem weiß man, daß Polizei und Gestapo noch im Raume sind.

Irgendwo entschuldigt sich einer, weil er seinem Nachbarn gerade eine Tasche auf den Fuß gestellt hat, es täte ihm leid. – Aber ich bitte Sie! sagt der andere im feinsten Hofsächsisch. Und wieder Schweigen.

Dann geht es zum Bahnsteig und rein in die dunklen Personenwagen. Schnell-schnell, der Zug soll noch raus aus dem Bahnhof, bevor der Vollalarm kommt. Der Fahrdienstleiter pfeift extra leise, daß es kein feindlicher Flieger hören kann. Und ab die Post.

Eine Fensterscheibe des Abteils ist aus Sperrholz, andere fehlen ganz. Der Zug fährt langsam, fast zögerlich, und nach ein paar Kilometern hält er an. Es wird kalt.

Mehrere Güterzüge fahren in beiden Richtungen vorbei. Einer davon ist ein Truppentransport.

Räder müssen rollen für den Sieg! steht in Weiß auf den Kohletendern hinter den Loks. Mit Schablonen aufgemalt, wahrscheinlich von russischen Fremdarbeitern. Die haben natürlich gar nicht gewußt, was das heißt.

Dafür sind private Bahnfahrten inzwischen verboten. Ohne eine spezielle Reisegenehmigung gibt es keine Fahrkarte mehr. Beerdigungen bei Verwandten ersten und zweiten Grades sind gerade noch genehmigungsfähig. Kindstaufen dagegen können warten bis nach dem Endsieg, Hauptsache, die Säuglinge sind da, gesund, arisch und männlich. Mädel, mach die Beine breit, der Führer braucht Soldaten! Scheiße, sagt sich Hans, so unanständige Dinge wollte ich doch gar nicht mehr denken.

Auf dem Nebengleis ist schon lange nichts mehr los, aber der Zug fährt dennoch nicht weiter. Weiß der Kuckuck, warum.

Hans brütet vor sich hin. Warum „uk", ausgerechnet er? Warum wollte Heinitsch nicht, daß er zur OT geht, warum hat er das im Juni verhindert und warum hat er nichts davon gesagt? Warum hat er gestern beim Abschied so ein verkniffenes Gesicht gemacht?

Es ist ein alter Wagen 4. Klasse, über den hölzernen Sitzbänken die Gepäckablagen, aber keine Trennwände. Man kann gut hören, was nebenan geredet wird. Und je länger der Zug in der Nacht steht, desto mehr wird gesprochen. Erst sehr leise und vereinzelt, dann verzahnen sich die Gesprächsfetzen und die Männer werden mutiger.

Wir gehören gar nicht richtig zur OT, glaubt Hans zu verstehen, die Gestapo hat uns nur an die OT vermietet, als Menschenmaterial, wie die ausländischen Zwangsarbeiter auch. Einer sagt, er wäre schon einmal dabei gewesen, in Frankreich: verdammt harte Arbeit, Verpflegung leidlich, Wohnen im Lager, wie die Fremdarbeiter. Wenn man bloß wüßte, wo es hingeht.

Auf jeden Fall nach Westen, sagt einer sehr bestimmt. Verlassen Sie sich darauf, wir fahren garantiert Richtung Westen, hier ist der Kompaß!

Ein anderer lacht zickig: Organisation Todt schreibt man nur zur Tarnung hinten mit dt, damit es nicht so auffällt. Eigentlich müßte man das t weglassen. – Hör'n Se bloß auf mit sowas!

Dann fällt ein scheußliches Wort, und der es ausspricht, hat eine hohe Stimme, schon ein bißchen alterskippelig. KZ, sagt er, aber mit Fragezeichen: Oder geht's etwa doch ins KZ? – Dann hätten sie uns in Viehwaggons verladen und die Türen verriegelt.

Nun ist es ganz still im Waggon, und es bleibt auch still, als der Zug mit scheppernden Kupplungen wieder anruckt.

Hans spürt, daß hier alle irgendwie gegen den Führer sind. Zwar hat keiner etwas Abfälliges gesagt, aber es hängt in der Luft. Wirklich Zwangsarbeit?

Am liebsten würde er abhauen, beim nächsten Halt einfach rausshechten und abtauchen in die Dunkelheit. Wohin, ist egal. Hauptsache, man ist nicht länger unter Volksfeinden.

Aber ganz ohne Lebensmittelkarten – wovon sollte er sich dann ernähren?

*

Dezember 44, die fünfte Kriegsweihnacht.

Genau genommen war Jesus Halbjude: Er hatte eine volljüdische Mutter, aber keinen Vater. Stammte also von nur zwei jüdischen Großeltern ab, und damit wäre er nach den Nürnberger Gesetzen ein Mischling 1. Grades. Also einer von uns, sagt Herbert Korn und lacht. Korn ist evangelisch wie fast alle im Lager. Er wäre gerne Jurist geworden, wie sein Vater. Der hat sein Leben lang Kirchensteuern bezahlt, und jetzt kümmert sich die Kirche einen Dreck um solche Leute.

Hans kann sich nicht entscheiden, ob er das mit Jesus nun komisch finden soll oder nicht. Zumal ja bei ihm der jüdische Vater gar nicht bewiesen ist, und über seine tote arische Mutter möchte er auch keine Witze hören. Der Schmerz ist noch zu frisch.

Das OT-Lager Osterode/Harz heißt offiziell STEINBRUCH und liegt nicht weit vom Sedanturm in der Petershütter Allee. Es besteht aus einer Küche und vier Wohnbaracken, jede belegt mit 80 Mann. Sowohl Halbjuden als auch anderweitig von den Nürnberger Gesetzen Betroffene.

Zum Beispiel gibt es hier Volljuden, die mit arischen Frauen verheiratet sind, oder Arier, die jüdische Frauen haben. Alle getauft. Sie stammen aus Sachsen, Anhalt und aus dem Osten: Schlesien, Generalgouvernement, Posen, Thorn, Litzmannstadt. Einige der älteren Männer waren schon im Weltkrieg, manche Offiziere, sogar mit EK I. Aber weil sie leider jüdisch versippt sind, nützt ihnen das jetzt auch nichts mehr.

STEINBRUCH ist kein KZ. Kein Stacheldraht, keine Wachen, keine Sträflingskleidung, privater Besitz ist gestattet, sogar seinen Fotoapparat hat einer mitgebracht. Ausgang in die Stadt ist möglich, aber eiserne Disziplin unbedingt erforderlich.

Darauf legt der Chef der Gestapo Hildesheim allergrößten Wert. Beim ersten Appell, zu dem alle Lagerinsassen auf dem Hof angetreten sind, redet er zu ihnen zwar, als ob sie ganz normale Menschen wären. Aber dann verkündet er, daß sie als Sonderdienstverpflichtete demnächst an den Hosenbeinen und Jackenärmeln rote Streifen tragen müßten. Aufgenäht. Nach dem Endsieg ganz leicht wieder abzutrennen. Nur zu ihrer Sicherheit natürlich, damit man sie nicht mit entflohenen Sträflingen verwechselt. Denn die müssen ja bekanntlich auf der Flucht sofort erschossen werden. Sollte allerdings ein Dienstverpflichteter fliehen, würde für ihn dasselbe gelten.

Das wirkt. Man darf zwar in die Stadt gehen. Aber man tut es nur, wenn es dringend nötig ist. Und die Osteröder haben sowieso schon Schwierigkeiten mit den vielen Fremden: Bombenflüchtlinge aus dem Rheinischen, Trecks aus dem Osten, die OT, die großen Firmen mit ihren Leuten, die Fremdarbeiter und jetzt auch noch Juden und Halbjuden?

Da sieht man, sagt ein alter Mann zu Hans, daß es unterm Führer auch nicht mehr gerecht zugeht: Erst haben sie unsere Juden endlich abgeholt, und nun schicken sie uns fremde wieder her!

Im Harzvorland gibt es viele Lager und viele Baustellen und viele Gerüchte. Die Rüstungsindustrie, so wird erzählt, geht hier in den Untergrund, damit die Werke durch Luftangriffe nicht mehr zerstört werden können: alles unterirdisch und bombensicher!

In Nordhausen zum Beispiel werden von KZ-Häftlingen die neuesten Geheimwaffen montiert, auch die V2, mit der wir England kurz und klein hauen. Einzelteile dafür werden auch in Osterode gebaut, bei der Firma Heber, die hat sogar ein eigenes KZ direkt am Werksgelände. Eine V3 ist auch schon im Bau, für Moskau, für Amerika soll eine V4 entwickelt werden, und dann Gute Nacht, Mister Roosevelt!

Hans hat sich mit einem Stubenkameraden angefreundet, Günther Stern, gleichaltrig, auch aus Dresden, Abitur. Der muß bei einer Osteroder Firma arbeiten und Baracken bauen für ein neues Zwangsarbeiterlager, DACHS IV, in Osterode-Freiheit! Das ist nicht als Witz gemeint, sondern der Ortsteil hieß schon Freiheit, als der Führer noch ein Kind war.

Hans ist der Firma Philipp Holzmann zugeteilt. Die wird eine unterirdische Hydrieranlage errichten, ganz tief unterm Harz, und da wird dann künstliches Benzin gemacht, von der Rhenania-Ossag. Dazu muß ein Stollen in den Gipsberg getrieben werden, wie ein Eisenbahntunnel, und große Netze liegen bereit, um den Stolleneingang und den Materiallagerplatz daneben zu tarnen, damit die feindliche Luftaufklärung ihn nicht entdecken kann. Das Gestein, das herausgesprengt werden muß, nennen sie Anhydrit. Die Detonationen dröhnen gewaltig, noch Minuten danach kann man nicht mehr hören. Vom Staub ganz zu schweigen. Er soll aber ungefährlich sein, denn man kann ihn wieder aushusten.

Hans gehört zu einer Kolonne, die Schienen und Rohre auf Feldbahnloren in den Stollen transportiert, sie dort verlegt und das herausgesprengte Gestein nach draußen karrt und verkippt. Das geht ganz schön in die Knochen, alles tut einem weh, und abends ist man fix und fertig. Tempo, tempo, tempo, am besten bewegt man sich nur im Laufschritt. Wenn es nachts gefroren hat, ist das Eisen so kalt, daß man es mit bloßen Händen kaum noch anpacken kann, und wenn es regnet, kriegt man vom Rost ganz gelbe Hände. Dann brennt es ganz gemein in den aufgeplatzten Blasen. Wenn man erst einmal Schwielen hat, soll das nachlassen.

Nach vier Stunden Arbeit gibt es eine Pause. Leider, denn da empfindet man den Hunger am schlimmsten. Hans sucht sich nach Möglichkeit eine Ecke zum Schlafen, damit er das Magengrimmen nicht so heftig spürt.

Die Chefs bei Holzmann heißen Poliere, aber die eigentlichen Antreiber sind die Vorarbeiter, ziemlich ordinär. Wenn es denen nicht schnell genug geht, dann hauen sie auch schon mal zu, mit dem Schippenstiel. Bei den Fremdarbeitern soll es noch schlimmer zugehen, von den KZlern ganz zu schweigen.

Der Dienstvorgesetzte kommt selten vorbei. Das ist ein Knülch von der OT, der fast so blöde aussieht wie Pilzbacke, nur ohne Narbe. Dafür schielt er nach außen. Wenn er jemanden anscheißt, dann weiß man nie genau, wen er meint. Außerdem hat er Angst, der Stollen könnte einstürzen, solange er drinnen ist; der guckt immer nur nach oben, auch wenn er deswegen über seine eigenen Beine stolpert. Dann schreit er Sabotage, weil da was am Boden rumgelegen hätte, und wenn das noch einmal passiert, würde er hier andere Saiten aufziehen!

Über den Osteroder Gipsstollen und den weltberühmten Christstollen, den es in diesen Tagen in Dresden geben müßte, werden natürlich Späße gemacht. Richtig lachen kann Hans darüber kaum.

Er ist deprimiert und zutiefst enttäuscht von der Art, wie die Gestapo ihm gegenüber Wort gehalten hat. Er hatte immer damit gerechnet, daß er bis zur endgültigen Klärung seiner Stammbaumfrage bei der OT Dienst tun kann. Als ordentlicher Bausoldat, korrekt eingekleidet. Oder wie auch immer. Aber doch nicht als Hiwi! Im Prinzip hat er ja nichts gegen Juden oder Halbjuden, wenn sie sich anständig benehmen, und seine Stubenkameraden sind sogar richtig nett. Aber daß die nun einfach so tun, als ob er zu ihnen gehörte, das stinkt ihm schon. Und dann vielleicht sogar noch rote Streifen aufnähen?

Manchmal spürt er eine Art Todessehnsucht: dem Leben durch das größte menschliche Opfer einen Sinn geben! Als Kampfschwimmer vielleicht? Oder, wenn er Japaner wäre, als Kamikaze-Flieger? Aber vorher muß er das Grab seiner Mutter finden.

Wenn das schwarze Loch in seinem Herzen allzu groß wird, dann fängt er einfach an zu singen. Alles, was er vom Detektor gelernt hat. Ziemlich richtig und gar nicht schlecht. Nur etwas laut.

*

Im Lager gibt es Stubenälteste, Barackenälteste und einen Lagerältesten, alles Halbjuden oder Versippte.

Eine Stube für zwanzig Mann ist kaum größer als die Meisterbude bei Heinitsch. In der Mitte ein schmaler Tisch mit Holzbänken ohne Lehnen, da wird auch gegessen. Drum herum sind dicht nebeneinander zehn zweistöckige Betten aufgestellt, und in die Lücken zwischen den Betten sind schmale Kommißschränke gequetscht, jeweils ein Spind für zwei Mann. Da muß man sein Zeug mit Gewalt reinstopfen, und wenn man nur eine Kleinigkeit sucht und die Schranktür aufmacht, schon quillt einem das ganze Gelumpe auf einmal entgegen.

Wenn der Stubendienst ausfegen will, müssen die Anwesenden raus oder sich auf Tisch, Bänke und Betten verpfeifen. Aber auch bei normalen Bewegungsvorgängen innerhalb des Raumes ist die Mithilfe anderer erforderlich: Mach mal Platz, laß mich mal durch, geh mal zur Seite, zieh den Arsch ein!

Nur in Baracke 2, Stube 4 klingt das anders: Gestatten Sie? – Darf ich mal ... tut mir leid, daß ich Sie stören muß. Wenn Sie nur eine ganze Kleinigkeit zur Seite ... das reicht schon, vielen Dank.

Hans und die anderen drei Jungen duzen sich, aber sie siezen die Alten, die siezen sich untereinander, und sie siezen auch die Jungen, reden sie allerdings mit Vornamen an. Eine komische Stube. Das ganze Lager lacht über die Verrückten von 2/4, und Hans findet solche Umgangsformen eigentlich auch albern. Besonders unter diesen Lebensumständen.

Aber irgend etwas, das er nicht erklären kann, imponiert ihm daran doch. Die Alten haben das ja nicht verabredet, haben auch keine Regeln dafür aufgestellt. An der Tür hängt keine Stubenordnung mit erstens, zweitens, drittens, die machen das einfach so. Keiner von ihnen verliert die Nerven, keiner kriegt einen Lagerkoller wie manche in den anderen Stuben. Gelegentlich wird Hans nachts wach und glaubt zu hören, daß irgendwo jemand ganz leise – ja was eigentlich: schwer atmet, schlucken muß oder weint, vielleicht im Traum? Was auch immer, es ist kein Thema am nächsten Morgen. Und die Jungen übernehmen etwas von den Alten: Sie duzen sich höflicher.

Olaf Veltun schnarcht oft zum Steinerweichen, aber niemand pöbelt ihn deswegen an. Er ist über siebzig, und als studierter Ingenieur überwacht er den Einbau der Gleise mit der Wasserwaage. Auch Unterbau, Laschen, Stöße, Weichen kontrolliert er, davon versteht er mehr als die ganze OT. Körperlich könnte er nicht mehr arbeiten, aber übers Essen reden kann er stundenlang. Ganze Menüs kann er aufsagen wie andere Leute Gedichte, dazu die unaussprechlichsten Weine in französisch. Er hat sogar schon rote Hummer gegessen, Muscheln ohne Schalen, Austern und Kaviar aus Rußland, mit Plinis und Wodka, köstlich. Da drängt es Hans zu widersprechen, denn mit russischem Essen hat er eigene Erfahrungen. Aber wenn die anderen den Alten schnarchen lassen, dann läßt er ihn auch in Ruhe schwärmen.

Egon, der jüngere Bruder von Olaf Veltun, ist Ende sechzig und auch auf Stube 4, schläft aber weit weg von seinem Bruder. Ein schlauer Hund. Sein Lieblingsspruch ist: Das Leben des Menschen ist eines der schwersten. Er muß unglaublich viel gelesen haben. Den Jungen will er sogar Wissenschaft beibringen: In dieser Stube könnt ihr die beiden Grundgesetze der Elementarphysik am besten begreifen. Erstens: Zwei verschiedene Körper können nie am selben Orte sein. Und zweitens: Ein Körper kann zur selben Zeit immer nur an einem Orte sein. Wer das inhaltlich verstanden hat, der ist auf dem besten Weg zu Einstein.

Was ist Einstein? fragt Hans Herrn Weidinger, der im Frankreichfeldzug noch Oberleutnant war. Auch nur ein Jude, sagt Weidinger, aber einer der gefährlichsten. Daß der Führer vor dem Angst hat, kann man verstehen.

Der Führer und Angst? Hans kann vor allem verstehen, daß Herr Weidinger nicht mehr Off'zier ist.

Die Verpflegung muß aus der Küchenbaracke in die einzelnen Stuben geholt werden, am Tisch wird ausgeteilt und gegessen. Meist eine harte Belastung für die Stimmung unter den Stubengenossen.

Es gibt wenig. Was es gibt, schmeckt schlecht. Doch auch das schlechtschmeckende Wenige erregt Tag für Tag das Gerechtigkeitsempfinden der zu Ernährenden. Das größere Stück, die dickere Scheibe, Dicke und Durchmesser von Pferdebouletten, bei der Suppe die Eintauchtiefe der Schöpfkelle im Hinblick auf das Dicke von unten, im Kohlrübeneintopf das Fleisch mit oder ohne Zaddern – es gibt Experten, die Fettaugen auf der Suppe zählen und sich merken können, wer gestern mehr Augen als die anderen hatte und heute schon wieder. An der Fettaugenzahl sind schon echte Freundschaften zerbrochen.

Nichts davon auf Stube 4. Es ist unmöglich, ein Zweipfundbrot ohne Briefwaage so aufzuteilen, daß daraus drei gleichgroße Tagesrationen von je 330 Gramm entstehen. Annähernd ja, aber nie genau. Mindestens einer wird immer ein bißchen mehr kriegen, als ihm zusteht, mindestens einer immer ein bißchen weniger. Kein Streit darum. Wer heute das kleinere Stück erwischt, wird morgen das größere kriegen oder übermorgen – über die Zeit gleicht sich alles aus. Die Alten nennen es Konsens, Betonung auf der zweiten Silbe. Wenn sie ihr Leben schon nicht ändern können, dann wollen sie es wenigstens so erträglich wie möglich gestalten.

Kant! sagt der junge Veltun, und Günther Stern erklärt, daß der den Imperativ erfunden hat, der Kant, den kategorischen. Die Alten glauben, sie könnten wenigstens ihre Würde retten, wenn sie sich an den halten würden, an den Kant. Hans soll's recht sein.

*

Und nun also Weihnachten.

Aus dem nahen Wald wird eine Fichte organisiert und in der Stube aufgestellt. Um den Tisch kommt man jetzt gar nicht mehr herum, aber dafür ist Heiligabend. Irgend jemand hat plötzlich ein paar kleine Kerzen. Dann rasieren und kämmen sich alle und ziehen ihre besten Sachen an. Als erstes das Erinnerungsfoto, solange die Lichter noch brennen.

Ein Blick durch den Sucher: Die Stube ist zu klein für den Apparat, der Fotograf kann nicht weit genug zurück, um alle Zwanzig auf einmal ins Bild zu kriegen. Also, zehn zur Seite auf die Betten, die anderen Zehn eng nebeneinander an den Tisch, und bitte recht freundlich. Belichtungszeit fünf Sekunden, nicht wackeln. Dann die Fotografierten auf die Betten und die nächsten Zehn an den Tisch, bitte recht freundlich. Zwei halbe Gruppenbilder unter einem von Juden geklauten Christbaum. Von Halbjuden, natürlich. Als man später die Abzüge betrachten kann, stellt man fest, daß die Hälfte der Halbjuden vom Kerzenlicht überstrahlt sind. Symbolik?

Statt der Weihnachtsgeschichte wird ein Gedicht vorgetragen, das Dora Richard Zeppelin geschrieben hat. Drzobinski ist sein richtiger Name, den er stets nach dem offiziellen Fernsprechcode buchstabiert: Dora – Richard – Zeppelin – Olga ... daher der Spitzname. Und Zeppelin behauptet, er habe eine große Schwäche für den sogenannten Pegasus, das sei ein Dichterpferd mit Flügeln. – Na, sagt Herbert Korn, hoffentlich hat das Pferd auch eine Schwäche für den Herrn Zeppelin.

Aber darauf kommt es gar nicht an. Hauptsache, jeder der zwanzig Kameraden wird mit einem Vers bedacht und angefrozzelt, worum in einem Prolog ausdrücklich um Vergebung gebeten wird: Nichts sei böse gemeint. Nur ein paar Anspielungen, aber in netter Form: Einer ist zum Beispiel schwach im Stubendienst, der andere hat nur ein Paar Schuhe. Ein Dritter liebt seit achtzehn Jahren noch immer seine Frau, ein Vierter kann sich zwischen drei Frauen noch immer nicht entscheiden.

Über Günther Stern, schwer bronchitisch und TB-verdächtig, heißt es:

Günther Stern, der Abiturient,
sein Herz zu Noten gerne lenkt.
Mit geschlossenen Augen Arien hören,
könnt alleine ihn betören.
Doch vorläufig wird nichts draus,
denn es geht noch nicht nach Haus.
Der Wind ihm durch die Wangen pustet,
und er jetzt ganz schön schon hustet.

Die entsprechende Strophe über Hans lautet:

"Ich bin ein Sänger, gottbegnadet,
mag keinen Rauch, der mir nur schadet."
Hans Reichel spricht es aus gelassen.
Er kann es immer noch nicht fassen,
daß er hier beim OT – nicht wahr?
Übt täglich sein Repertoire:
Figaro morgens, Figaro abends, Figaro –
das schallt den ganzen Tag nur so!
Schnell kann's ihn aus der Ruhe bringen,
tut's mit dem Essen nicht gelingen.
Doch klappt ihm das Organisieren,

beginnt sofort er zu kreieren:
"Oh ich bin klug und weise
und mich betrügt man nicht!"
Das Hänschen klein, nicht leise,
ist doch ein großes Licht.

Na also.

Später, als der Docht der letzten Kerze seinem Ende entgegenflackert, werden auch Witze erzählt. Die haben mit Weihnachten wenig zu tun.

Einer handelt von Görings Hochzeit. Emmy liegt in Hermanns Armen. Er sagt: Du hohe Frau, in deinen Armen könnte ich alles vergessen, die Jagd, die Luftwaffe, die Partei, in deinen Armen könnte ich sogar unseren geliebten Führer vergessen! Ja, Hermann, haucht Emmy, aber vergiß um Himmels willen die Bewegung nicht!

Fast alle lachen, einige brüllen. Hans versteht nicht, warum.

Sie meint natürlich die nationalsozialistische Bewegung, sagt Bruno zur Erklärung. Hans nickt verständnisvoll.

Ein Versippter ist sogar adelig. Er heißt von Meissner, war Bergassessor bei einer großen Braunkohlenzeche in der Lausitz, und der kann Hitlers Stimme nachmachen.

In Landsberrrg habe ich gelerrrnt, daß in der Geschichte ein eherrrnes Gesetz der Vorrrsehung gilt: An errrster Stelle steht immer das Prrrimäre, während das Sekundäre hinter dem Primären stets an die zweite Stelle zu trrreten hat!

Lachen und Schmunzeln. Und Hans spürt wieder die Abneigung seiner Stubenkameraden gegen den Führer. Er fühlt sich unwohl, auch körperlich. Und als er dann noch mehrfach das gewisperte Schimpfwort Nazi hört, da muß er dagegen ansingen, vielleicht auch ermuntert durch die Frotzelei.

Er will zeigen, daß er seine Stimme auch verstellen kann. Der Osmin fällt ihm ein, Entführung aus dem Serail, und er versucht, mit seiner Mittellage einen Baß zu imitieren:

Oh, wie will ich triumphieren,
wenn sie sie zum Richtplatz führen
und die Hälse schnüren zu, schnüren zu,
und die Hälse schnüren zu.

Da wird es ganz stille in Baracke 2, Stube 4, mucksmäuschenstille. Das Licht ist aus, und immer noch Stille.

Und dann applaudieren sie, sie klatschen und lachen. Einer ruft da capo, da capo!

Hans nimmt den Beifall überrascht entgegen – und mit dem komischen Gefühl, daß ihm da irgend etwas ausgerutscht ist. Kapos soll es in den KZs geben, und Dakapo, was heißt das? Hoffentlich richtet es sich nicht wieder gegen Hermann Göring.

Nun wird das elektrische Licht eingeschaltet, eine Fünfzehn-Watt-Birne. Ein Dreiviertelwatt pro Mann, hat Olaf Veltun ausgerechnet. Dann öffnet man die Briefe und die Päckchen.

Wer Weihnachtsgebäck bekommen hat, bietet den anderen davon an. Eine geradezu heroische Geste in Anbetracht des Hungers, unter dem alle leiden.

Von Anfang an war verabredet, daß Weihnachtslieder nicht gesungen werden. Keiner möchte die Fassung verlieren. Das Lesen der Briefe fällt einigen schwer genug. Und bitte auch keine Weihnachtsgeschichte.

Hans hört, wie zwei Ältere sich über ihn unterhalten.

Er hat tatsächlich eine schöne Stimme, fast wie mein Bruder, sagt der eine. Der ist ein begnadeter Sänger geworden, und ein sehr intelligenter dazu. – Wieso? – Weil er schon 36 emigriert ist, gleich nach der Olympiade, der singt jetzt in der Schweiz.

Mensch, denkt Hans, ich bin auch 36 emigriert worden. Leider in die falsche Richtung. Dabei fällt ihm das Weihnachten bei Zerberers ein mit dem angeblichen Julklapp von seiner Mutter: Also ein Paradies war die Schweiz nun wirklich nicht.

*

Persönliches wird in Stube 4 selten offenbart oder besprochen. Das gehört wohl zu diesem Konsens, mit dem sich die Alten gewappnet haben. So kann auch keiner etwas wissen, was er eventuell verraten könnte.

Aber wieso verraten? Das will Hans nicht in den Kopf. Verraten kann man doch nur ein Verbrechen oder Schlimmeres. Wer ein sauberes Konto hat, was soll man von dem verraten? Daß er ein anständiger Mensch ist?

Behutsam, mit viel Geduld und kleinen Gedankenschritten erklärt ihm Günther Stern, daß es darauf schon lange nicht mehr ankommt. Günthers Vater, Jude, schwer krank, lebt mit Günthers Mutter noch immer in Dresden. Aber unter welchen Umständen!

Günther erzählt, wie sich der Alltag der Juden seit der Machtergreifung verändert hat. Er berichtet von Menschen, die er persönlich gekannt hat. Mit ihren Vorzügen und ihren Schwächen. Wie sie vorher gelebt haben, und wie sie – ob orthodox, gottgläubig oder als getaufte Christen – gedemütigt, entrechtet und schließlich sogar abtransportiert wurden. Wohin, weiß niemand genau. Aber kaum einer glaubt, daß sie noch leben.

Kann gar nicht sein! Daß sie einen Stern tragen müssen, das stimmt, und daß sie nicht mehr auf die Brühlsche Terrasse dürfen, auch. Aber in der Straßenbahn hat Hans doch neben ihnen gestanden, die waren doch alle noch in Dresden! – Das war der allerletzte Rest, sagt Günther.

Hans spricht von der Schuld, von den Verbrechen des Weltjudentums, von der großen Wirtschaftskrise, von der Inflation, von der Arbeitslosigkeit und wie sie die Deutschen kaputtgemacht haben, wo sie nur konnten. Als Günther Beispiele wissen will, fallen Hans allerdings keine ein. Es war eben so.

Günther erinnert sich dagegen an Erlebnisse aus dem Alltag. Wie er das Abitur nicht mehr machen sollte, und wie ein einziger Lehrer es ihm doch noch ermöglicht hat. – Na also! – Aber was hat der dadurch für Schwierigkeiten gekriegt! Dann hat Günther eine Schlosserlehre angefangen, die mußte er abbrechen. Als Hilfsarbeiter hat der Meister ihn weiterbeschäftigt.

In der letzten Zeit war es Günthers Vater verboten, sonntags das Haus zu verlassen. Jeden Sonntagmittag klingelte unten ein Polizist und verlangte, der Jude solle zur Anwesenheitskontrolle herunterkommen. Sterns wohnten im dritten Stock, und der Vater war schwer krank. Und immer mußte Günther hinunter und sagen, der Herr Wachtmeister möge bitte mit hinaufkommen, denn sein Vater könne die Treppen nicht bewältigen. Jedesmal Angst. Oben bei den Eltern und unten bei dem Jungen.

Günther erzählt von anderen Verboten, Beschlagnahmen und Enteignungen, vom Angespucktwerden in der Öffentlichkeit, von der Wehr- und Hilflosigkeit, von allen möglichen Schikanen, von Plünderungen, von Selbstmorden und vom Abtransport.

Und was war mit Wilhelm Gustloff? War es etwa kein Jude, der den ermordet hat? Und Herschel Grünspan, der in Paris feige auf den deutschen Diplomaten geschossen hat?

Tja, da kann Günther nichts entgegnen.

Und der 20. Juli? Vielleicht waren das auch Juden, die sich da bei den deutschen Offizieren eingeschlichen hatten, das würde vieles erklären!

Günther schaut ihn entgeistert an.

Dennoch, Hans ist von Sterns Erzählungen mehr beeindruckt als ihm lieb ist. Daß das Judentum aus vielen einzelnen Menschen besteht, aus Männern, Frauen und Kindern, darüber hat er noch nie so richtig nachgedacht, und daß das auch Deutsche sein wollen, genau wie er selber. Oder fast.

Der Uhrmacher fällt ihm ein, der mit dem großen Lupen-Auge, wie der die Scherben vor seinem Laden weggefegt hat.

Und irgendwie passen Günthers Geschichten auch zu dem, was Hans selbst erlebt hat – bei der Entlassung, bei der Gestapo, bei der Polizei. Nur, bei ihm war alles ein Irrtum, da gab es sicher auch Mißverständnisse, aber vielleicht ... vielleicht gab es die bei anderen auch. Der Polizist an der Brühlschen Terrasse war mindestens so ein Arschloch wie seine Kollegen auf dem Revier in Niedersedlitz. Auch wenn er Arschloch eigentlich gar nicht mehr denken wollte.

Andererseits: Hitler, Göring und Goebbels können sich nicht persönlich um jeden Dreck kümmern. Besonders mitten im Krieg. Wer einmal im Propagandaministerium war – nach einem schweren Bombenangriff –, dem ist das klar. Daß ein paar Juden dahin gebracht werden, wo sie herstammen, das kommt eben mal vor. Schließlich haben die Schweizer Hans auch nach Dresden geschickt, nur weil seine Großeltern Deutsche waren.

Außerdem ist er nicht der einzige auf Stube 4, der noch an Großdeutschland glaubt. Rudi Drechsler liest heimlich den *Freiheitskampf*, die sächsische NSDAP-Zeitung, die ihm aus Dresden nachgeschickt wird, und wenn der Barackenälteste in die Stube kommt und Rudi sich auf dem Bett lang gemacht hat, dann knallt er sogar im Liegen die Hacken zusammen. Wird jedenfalls behauptet. So gerne wäre er Soldat geworden, und Hans kann das verstehen.

Im Holz des Fensterrahmens hat er übrigens einen kleinen Brandstempel entdeckt, der etwas über die Herkunft der Barackenteile aussagt: Heinitschwerke Niedersedlitz. Auch die Öfen, Bettgestelle, Fensterkitt, Bohröl, Ölfarben und Holzkonservierungsmittel – könnte alles von Heinitsch sein. Wenn man's ganz genau nimmt, ist er hier also fast wie zu Hause. Ob er das den Kameraden sagen soll?

Lieber nicht. Denn vielleicht finden sie das gar nicht komisch.

*

Die ersten Baracken in der Osteroder Freiheit, an denen Günther mitgebaut hatte, sind inzwischen bezugsfertig. Zum Schluß hat man sie noch mit Stacheldraht umzäunt, doppelt und elektrisch, und statt der erwarteten Fremdarbeiter hausen auf einmal KZ-Häftlinge darin. Angeblich Italiener, Franzosen, Belgier, Russen und Polen. Aber alle gleichgekleidet in blau-weiß-gestreifte Anzüge mit den dazugehörigen Kappen. Nur die Kapos sollen Deutsche sein.

Sie arbeiten an derselben Hydrieranlage wie Hans und seine Kameraden, benutzen aber einen anderen Stolleneingang.

Den Insassen des Lagers Steinbruch wird bei Strafe verboten, mit den KZlern zu reden oder anderweitig Kontakte aufzunehmen. Auch wenn sie sich im Berg bei der Arbeit begegnen sollten.

Aber es gibt Gerüchte über Gerüchte: Häftlinge würden einfach totgeschlagen! Oder aufgehängt! Am stramm gezogenen Seil, damit ihnen das Genick nicht gebrochen wird, sondern damit sie ganz langsam erwürgt werden, minutenlang würden sie am Galgen rumzappeln, bis sie endlich tot sind, und alle anderen im Lager müßten zugucken. Nachts würden die Leichen weggekarrt, zu einer Verbrennungsanlage in Nordhausen, ein spezielles Krematorium. Die KZler sollen so wenig zu essen kriegen, daß sie bei der Arbeit verhungern. Das wäre Absicht. Sie sollen durch Arbeit vernichtet werden.

Natürlich Blödsinn! Denn wenn die Russen im Osten immer näherrücken und die Amerikaner im Westen und im Süden und wenn die KZler für den Endsieg arbeiten sollen, dann muß man ihnen doch wenigstens so viel zu essen geben, daß sie auch arbeiten können! Hitler, Göring, Goebbels und Himmler sind doch keine Idioten. Wo soll denn das künstliche Benzin herkommen, wenn die Anlage nicht fertig wird?

Beim Stollenvortrieb in Nordhausen, vor allem bei den Sprengungen, da wären massenhaft Häftlinge umgekommen. Die hätte man einfach liegenlassen. Beton drüber und fertig. Das kann Hans nicht glauben, und Günther auch nicht.

Einmal allerdings, als Hans mit einem Kameraden Putzmittel für die Lagerküche holen soll, da kommen sie mit ihrem Handwagen in einiger Entfernung an dem Stacheldraht vorbei. Und da sieht Hans einen Häftling, der reglos zwischen dem inneren und dem äußeren Zaun steht. Mit dem Gesicht nach draußen. Ohne jede Bewegung, wie ein Denkmal. – Guckmal da! – Eigenartig. – Und als sie eine Stunde später auf dem Rückweg sind, da steht der Mann noch immer so da. Die Dämmerung hat eingesetzt, aber die weißen Streifen der Häftlingskleidung sind unübersehbar. Wenn man nicht ganz sicher wüßte, daß Tote nicht stehen können ...

Ob die Heinitschs eigentlich wissen, daß in ihren Baracken vielleicht auch KZler wohnen müssen? Ob ihnen das recht wäre?

Andererseits geht das Gerücht, in Nordhausen hätten die Häftlinge monatelang in den Stollen hausen und auf dem blanken Felsboden schlafen müssen, und sie wären nie nach draußen gekommen, weil die Baracken für ihr Lager noch nicht fertig waren. Zu Tausenden wären sie verreckt, nur weil die Baracken fehlten.

Der Gedanke beruhigt Hans. Es kann kein Unrecht sein, wenn man etwas tut, was anderen beim Überleben hilft.

*

Die Essens-Rationen im Lager Steinbruch waren von Anfang an dürftig, sie sind mit der Zeit aber noch kärglicher geworden. Immer weniger Kartoffeln in der Suppe, als Kartoffelersatz gelbe Kohlrüben. Preußische Ananas! sagt Olaf Veltun, wenn er ein größeres Stück davon findet. Dann tut er so, als würde er etwas besonders Feines verspeisen: Mmm, wunderbar! Und das Holzige in der Kohlrübe wären wichtige Ballaststoffe, ohne die der Mensch gar nicht leben könne. Und dann schwärmt er von einem französischen Gemüse, Antischocken, bei denen sei der größte Teil auch ungenießbar, aber gerade das sei das Teure daran.

Als Brotaufstrich gibt es an der Essensausgabe Quark und Marmelade auf besondere Lebensmittelkärtchen, die nur im Lager gelten. Für jede Dreitagesration wird eine Marke auf der Karte abgestempelt.

Als Günther Stern nach dem Aufstrichfassen seine Karte wieder verwahren will, bemerkt er, daß der Stempel diesmal nicht richtig getroffen hat. Eigentlich fast gar nicht, und das bißchen Stempelfarbe kriegt er mit dem feuchten Daumen und dem behutsam eingesetzten Fingernagel wieder runter. Dennoch, er zweifelt an seinem Kunstwerk.

Astrein, sagt Hans, bei fünfzehn Watt sieht das kein Mensch.

Na schön. Aber es bleibt eine Schwierigkeit: Günther ist in einer heilen Familie aufgewachsen und ohne jede Heim- oder Kommißerfahrung, er hat die Kunst der kleinen Lüge nie gelernt. Also, die Alltagslüge als normale Umgangsform, die das Konto schon deshalb nicht belastet, weil man ohne sie ja gar nicht existieren könnte, die beherrscht er überhaupt nicht. Für seinen Vater und seine Mutter würde er das Blaue vom Himmel herablügen, und das hat er auch schon getan. Aber er kann nicht lügen für ein paar Gramm Weißkäse und Marmelade. Er würde gerne, aber es geht nicht.

Dann laß das mal das Frontschwein machen, sagt Hans und schnappt sich Günthers Karte. Vor der Ausgabe wartet er unauffällig ab, bis da eine längere Schlange steht, dann stellt er sich an, und je weiter er vorrückt, desto heiterer beginnt er, vor sich hin zu summen und fröhlich-unbefangen in die Welt zu schauen, besonders an die hochinteressante Barackendecke. Als er dran ist, träumt er halblaut den Papageno im Schutze der Oberlippe.

Wumm! schlägt der Stempel auf Günthers Karte und beseitigt für immer alle Spuren der Fälschung. Unter der Jacke trägt Hans die Beute in die Stube, und in dem unangenehmen Bewußtsein, daß sie jetzt irgendeinem Kameraden die ihm zustehende Ration möglicherweise wegfressen könnten, vertilgen sie das Zeug zu gleichen Teilen. So schnell sie können. So entsteht eine Blutsbrüderschaft aus Quark und Mehrfruchtmarmelade.

In der sollen übrigens auch Kohlrüben verkocht sein, in der Marmelade. Preußische Ananas.

*

Gerüchte, Gerede, Latrinenparolen – Miesmacherei im Lager, in der Stube, von Stube zu Stube, von Baracke zu Baracke: Ich sag's nur dir, aber ich hab dir nichts gesagt. Ehrenwort?

Eigentlich genügt unter Männern ein Wort, sagt der jüngere Veltun. Wenn einer mit dem Ehrenwort ankommt, dann lügt er sowieso.

Geheimnisse hinter der vorgehaltenen Hand, aber nicht weitersagen! Ich weiß es von einem, der kennt einen, der früher mal ganz oben war und der sagt, daß Hitler Jude ist. Aber schief beschnitten. Und deshalb sollen jetzt alle anderen Juden dafür büßen. – Und woher weiß man das? – Weil es logisch ist: Er sagt, daß er Vegetarier ist, dann braucht er auch kein Schweinefleisch zu fressen, und er hat keine Weiber, weil er nicht richtig vögeln kann! Alles Chuzpe! – Und wenn es am Giftgas liegt? Ich weiß es von einem, der hat neben ihm im Bett gelegen, als er noch blind war! Und den kenne ich sogar sehr persönlich, der hat eine Beule in der Stirn, wenn er niesen muß, so ein Ding!

Alles vordergründig, hinter die Kulissen muß man schauen: Stalin und Hitler sind in Wahrheit alte Freunde, die haben längst alles abgesprochen. Deshalb ziehen wir uns im Osten jetzt zurück, damit wir dann den ganzen Westen kriegen.

Umgekehrt! Wir lassen die Alliierten im Westen rein, und dann gehen wir gemeinsam mit denen auf den Iwan los, bis an den Ural!

Ganz anders, Mensch! Du mußt dir das so vorstellen: Die Erde ist keine Kugel, sondern eine Hohlkugel, mit der Sonne als Mittelpunkt, und um den kreisen die Sterne, also um die Sonne. Und wenn die V1 und V2 hier starten, dann wird die Entfernung nach England immer kürzer, je höher sie fliegen. Aber der ganze Krieg ist ein Befehl der Weltregierung, weil der Engländer bestraft werden soll und der Deutsche auch. – Von der Weltregierung? – Ja. Die sitzt auf dem höchsten Berg im Himalaja, und die hat unser Schicksal schon lange vorherbestimmt. Churchill, Mussolini, Hitler, Stalin, Roosevelt – alles Angestellte der Weltregierung, die führen nur Befehle aus, damit alles in Schutt und Asche fällt und die Menschen wieder an einem Strang ziehen.

Nicht doch, der ganze Krieg geht um die Weltrevolution!

Und nun hört Hans zum ersten Mal, daß die Kommunisten gar keine echten Verbrecher sind, sondern im Gegenteil von Jesus Christus abstammen. Sie wollen nur, daß alle Leute so viel zu essen kriegen, wie sie brauchen, und kostenlose Kleidung, alles nach ihrer Bedürftigkeit. Und Heizung im Winter und die freie Liebe, wenn man will. Ist aber kein Zwang. Und Goebbels ist auch mal Kommunist gewesen, offizielles Mitglied sogar, drüben im Rheinland, bevor er zum Verräter wurde, und wenn die Russen erst da sind, dann werden die deutschen Generäle vom Nationalkomitee die Regierung übernehmen! Marx und Engels haben das erfunden, der eine war Philosoph, der andere Industrieller.

Das mit der freien Liebe klingt natürlich verlockend. Aber alles andere ... wenn man die Armut und die Primitivität in Rußland selber gesehen hat?

Jaaa, man ist ja auch erst am Anfang in der Sowjet-Union, nach ein paar tausend Jahren Zarenherrschaft und dann das Riesenland mit seinen vielen Völkern und Gegensätzen ...

Bei diesem Gequatsche kommt auch Hans die Siegeszuversicht abhanden. Ohne daß er es eigentlich merkt. Es geht nicht mehr darum, ob der Krieg verloren wird, sondern wann und wie. Tot oder lebendig?

Ein Spruch von Müller-Linz fällt ihm ein: Genießet den Krieg, Kameraden, denn der Friede wird fürchterlich! Und sollten die Russen tatsächlich kommen, was wird dann aus dem Führer?

*

Im Stollen, tief drinnen im Berg. Grauweißer Anhydrit an den Wänden und dicker Staub in der Atemluft; vorne ist wieder einmal gesprengt worden. Die Kolonne, der Hans für diese Schicht zugeteilt ist, hat die Rohre ausgelegt und könnte die Flansche jetzt verschrauben, und nun so etwas!

Wütende Kurbelschwünge am Feldtelefon. Höchstunanständige Flüche. Der Vorarbeiter von Holzmann ist außer sich, er brüllt so lange, bis er einen Vorgesetzten am Hörer hat, dann meldet er die Scheiße oder Sabotage, wie er die Panne nennt: Die Rohre können nicht verlegt werden, weil die Dichtungen den falschen Durchmesser haben. Zwei Zoll zu klein. Langes Hin und Her, dann wird Hans losgeschickt. In einem anderen Stollen sollen passende Dichtungsringe liegen.

Er stolpert durch halb- und unbeleuchtete Gänge. Als es hinten wieder heller wird und er das Ziel schon vor sich sieht, da bemerkt er neben sich an der Stollenwand einen Mann in gestreifter Kleidung, der ihn mit großen Augen anschaut.

Etwas Seltsames geht von ihm aus. Die Angst eines Bedrohten, in der zugleich auch etwas Drohendes ist. Hans denkt an den Mann, der zwischen den Stacheldrähten stand.

Vorsichtiges Ansprechen, der Häftling versteht offenbar Deutsch. Magazin da? Er nickt. Deine Arbeit auch da? – Ja. – Krank? – Ja. – Hunger?

Da schiebt der Mann sich aus dem Halbdunkel ins Halbhelle und hebt die Hände mit einem Grinsen, das ein böses Lächeln sein könnte, aber auch ein leerer Schmerz. Ein Grinsen als Anklage. Die Augen liegen tief in den Höhlen, die Lippen sind zu Strichen verkommen und bedecken die Zähne nicht mehr, Wangen und Schläfen sind leichenhaft eingefallen.

Tut mir leid, sagt Hans, aber sagmal – und während er weiterspricht, merkt er, daß er in seiner Hilflosigkeit jetzt etwas ganz besonders Dummes sagen wird, aber er kann den Satz nicht mehr zurückhalten – sagmal, ist es bei euch im KZ denn wirklich so schlimm?

Der Häftling bewegt sich um keinen Millimeter, aber seine Augen kriechen Hans entgegen. Immer größer werden sie, immer quälender – Herrgott, wie soll man die denn jemals wieder loswerden, diese Augen!

Da springt der Blaugestreifte plötzlich in die Mitte des Stollens und flüchtet ins Helle, als würde er um sein Leben laufen. Oder das letzte Mal in seinem Leben. Die viel zu weiten Hosen hält er mit den Händen.

Hans findet die Materialbude in einem winzigen Verschlag. Er läßt sich die Dichtungen geben und bringt sie zu seiner Kolonne. Sie passen auch nicht.

Der Vorarbeiter, Firma Holzmann, gebärdet sich, als wäre er SS und OT in einer Person. Er greift sich eine Latte, um auf Hans einzudreschen. Zwei Kameraden behindern ihn dabei unabsichtlich, so daß die Wucht der Schläge etwas gemildert wird. Aber immerhin. Hans weiß, was er den beiden verdankt.

Am nächsten Tag klemmt er einen kleinen Stein hinter die Zunge einer Weiche, genau an die richtige Stelle, wodurch eine mit Gestein gefüllte Lore zufälligerweise entgleist. Die nachfolgenden Loren laufen auf und springen auch aus den Gleisen, der Schaden ist beträchtlich. Es dauert ziemlich lange, bis die Förderung wieder einwandfrei läuft.

Tut ihm leid für den Führer, daß das künstliche Benzin nun etwas später sprudeln wird. Aber diesen Unfall war er seinem Konto schuldig. Auch mit einem Gefreiten kann man schließlich nicht alles machen.

*

Derselbe Vorarbeiter eine Woche später: sehr menschlich auf einmal. Beinahe freundlich. Spricht mit ein paar Älteren. Faßt sogar selbst mit an, als ein Rohr beim Aufhängen abzurutschen droht.

Was hat er auf einmal, was ist passiert?

Seine Familie, sagt Kurt Raschke: im Osten evakuiert, bei Verwandten untergeschlupft. Als der Russe kam, auf den Treck gegangen und irgendwo hängengeblieben. Er hat keine Nachricht mehr. Und nun glaubt er, sie könnten auf der WILHELM GUSTLOFF gewesen sein. – Auf der GUSTLOFF? – Ja. Mit ein paar tausend anderen Flüchtlingen und Soldaten an Bord. Volltreffer, abgesoffen vor der pommerschen Küste. Kaum Überlebende, bei diesen Temperaturen.

Bruno sagt: Die Gustloff-Werke bei Buchenwald sind auch im Arsch. Diesmal verkneift sich Hans einen Hinweis auf den jüdischen Gustloff-Mörder.

Der Vorarbeiter bleibt ein freundlicher Mann. Nur wenn ihm Russen in die Quere kommen, dann schlägt er wieder zu.

*

Am 13. Februar Frühschicht, besonders anstrengend.

Hans ist hundemüde. Schon um halb sieben ißt er seine Abendration, danach fällt er auf den Strohsack und schläft sofort ein. Er träumt. Von Liese, der schönen Kuh, von der schönen Bäckerin in Geiswil, vom Schwan auf der Leda, vom Sägebock in Gotenhafen – nicht genau in dieser Reihenfolge, aber irgendwie doch von allem ein bißchen. Und dann sieht er die GUSTLOFF auf der Reede, und ein riesengroßes Schlachtschiff fährt auf sie zu, mit gewaltigen Geschütztürmen, aus den Rohren fauchen Flammenwerfer, und die GUSTLOFF beginnt zu schmelzen ...

Als er wach wird, ist es stockdunkel. Er spürt, daß er allein in der Stube liegt, springt aus dem Bett und tappt nach draußen.

Alle stehen sie vor den Baracken und schauen in den Himmel. Ein finsteres Brummen ist in der Luft. Gewaltig, überall, gleichförmig und gleichmäßig laut. Wenn das Flugzeuge sein sollten, dann müssen es Hunderte sein, oder Tausende. Keine Flak ballert, keine Schweinwerfer suchen mit weißen Riesenfingern im Nachthimmel nach den Terrorbombern, nur dieses gewaltige Brummen.

Das klingt nicht nach Endsieg, sagt der jüngere Veltun. Nach Osten fliegen die, sagt eine andere Stimme. Aber was wollen sie denn da? Leipzig liegt doch schon in Trümmern. Und die ganze Industrie sowieso. Nach Dresden können sie nicht, da wohnt Churchills Tante. Und Stalins Sohn, sagt Hans. Hoffentlich wissen sie das, sagt Zeppelin.

*

Erst Tage später eine Nachricht aus Dresden. Günther Sterns Eltern konnten zwar nicht telegraphieren, das war ihnen verboten, aber eine rotumrandete Eilpostkarte durften sie schicken: *... sind am Leben ... alles verloren ... jetzt bei Trude ...* Eine Freundin meiner Mutter, sagt Günther. In der Nähe von Leipzig, ein ganz kleines Nest.

Andere Überlebensmeldungen treffen ein, wenn auch nicht immer so vollständig. Aus manchen Familien ist jemand abhanden gekommen in diesem Dresdner Inferno. Aber vielleicht liegt er ja noch in irgendeinem Krankenhaus oder sonstwo ... wir hoffen noch.

Es gibt auch Kameraden, die gar nichts mehr aus Dresden hören. Und es ist nicht ganz leicht, unbefangen mit denen zu reden. Einfach so tun, als ob nichts passiert wäre? Oder spontan die Hand ergreifen und stumm schütteln, Auge in Auge? Ich kann dir auch nicht helfen, Kamerad, aber das wenigstens aus vollem Herzen? Hattest du eigentlich drei Kinder oder vier? Oder spielt die Zahl jetzt gar keine Rolle mehr?

Wenn ich eine Familie gehabt hätte, ich eine eigene Familie, und meine Familie wäre jetzt in Dresden umgekommen, dann würde ich zum Mörder werden, denkt Hans. Nur wen sollte ich umbringen?

Wenn seine Mutter noch gelebt hätte, und zwar in Dresden, dann wäre sie jetzt vielleicht auch tot. Aber ein richtiger Trost ist das auch nicht.

*

Urlaub nach Dresden gibt es nicht.

Zwei Kameraden aus der Nachbarstube verlieren die Nerven. Sie wollen sich auf eigene Kappe nach Hause durchschlagen. Ganz schlau. Unter Umgehung der Bahnhöfe Freiheit und Osterode wollen sie auf der Landstraße nach Herzberg, das sind nur elf Kilometer, und von da aus mit irgendeinem Zug Richtung Osten. Als ob es noch irgendwelche Züge gäbe!

Kurz hinter Osterode steht ein Polizist mit Fahrrad auf der Straße, wegen der Flüchtlingstrecks, die auf die Stadt zurollen. Die beiden fallen ihm auf. Wohin? – Zum Lager Steinbruch. – Das liegt aber im Norden, Richtung Gandersheim! – Achja? Dann haben sie sich wohl verlaufen. Er schickt sie zurück.

Am nächsten Morgen werden sie aus der Frühschicht gerufen. Zurück in die Baracke und in fünf Minuten packen, dann ab!

Wohin denn?

Man hat nie wieder von ihnen gehört.

Und abermals erinnert die Lagerleitung an die roten Streifen, die demnächst aus Hildesheim kommen und die dann an Jacke und Hose genäht werden müssen.

Die Optimisten im Lager werden kleinlaut. Es genügt eben nicht, daß der Krieg so gut wie verloren ist, man muß sein Ende auch noch überleben. Und das kann happig werden.

*

Soda, Scheuersand, ATA und IMI für die Küche holen.

Hans hat sich freiwillig gemeldet und zockelt mit dem kleinen Handwagen hinunter zur Straße, auf der wieder Flüchtlinge unterwegs sind. Diese Leute fliehen nicht vor den Feinden des Reiches, sie fliehen vor den schlimmen Feinden zu den besseren, vor den Russen zu den Alliierten. Bloß weg, wenn der Iwan kommt, bloß nicht vergewaltigt werden, sagen die Frauen, ganz alt machen, wenn es so weit ist. Kopftuch tief in die Stirn und Asche ins Gesicht. Und im Notfall muß sich eben die Oma opfern. Hauptsache, daß die Kinder nicht zugucken.

Der Treck, der gerade Rast macht, wirkt wohlorganisiert. Wahrscheinlich alles Bauern aus derselben Heimatgemeinde, die sich für die Flucht zusammengetan haben. Ihre Pferde stehen gut im Futter, und zwei Reservepferde haben sie auch dabei. Jeder Wagen ist durch ein selbstgezimmertes Dach geschützt, darüber eine Plane oder auch ein Teppich. Aus einem Verdeck ragt sogar ein Ofenrohr. Vor allem Frauen und Kinder sind in dieser Kolonne, nur wenige Männer: Großväter und ein paar Fremdarbeiter, die wohl auf den Höfen gearbeitet haben. Einige tragen Fellmäntel. Richtung Hildesheim – Hannover wollen sie fahren, da soll der Engländer hinkommen. Und der Engländer vergewaltigt nicht. Jedenfalls nicht so schlimm wie der Russe.

Hans sieht, wie aus Richtung Sösekopf ein Flugzeug hinter dem Bergrücken auftaucht. Von vorne schwer zu erkennen; könnte eine Messerschmidt oder eine Focke-Wulf sein, aber viel zu tief. Pferde werden unruhig, und schon funktioniert bei dem Gefreiten der Selbsterhaltungsreflex: Mit einem Hechtsprung ist er im Chausseegraben gelandet, bevor noch der erste Schuß gefallen ist. Dann kommt die Salve. Schreie, Wiehern, der Graben füllt sich, Flüchtlinge purzeln in die Deckung. Weit weg hört man noch immer die bellenden Bordwaffen des tapferen Alliierten.

Oben fängt ein Pferd an zu jammern, seine Artgenossen werden auch unruhig – Angst steckt an. Und dann aus der Ferne wieder der anschwellende Hornissenton des Motors, der Jäger kommt zurück.

Neben Hans liegt eine junge Frau im Graben. Sie hat einen dicken Bauch, achter oder neunter Monat. Der Flieger kommt näher.

Menschenskind, denkt Hans, in so einem Bauch muß ich auch einmal gewesen sein, in meiner fremden Mutter.

Der Pilot drückt wieder auf die Spritze, die MG-Salve peitscht heran, diesmal von der anderen Seite. Da reißt Hans die Schwangere an sich, wirft sie auf die gegenüberliegende Böschung des Grabens und sich selbst oben drauf. Dicht neben ihnen spritzt Dreck hoch.

Oben auf der Straße Panik bei den Pferden. Die sich schon losreißen konnten, rennen über die Felder. Aber der Jäger kommt nicht zurück, jedenfalls nicht gleich.

Hoffentlich habe ich dem Kind nichts getan, denkt Hans. Die junge Frau schaut ihn an, als käme sie aus einer anderen Welt, und unvermittelt gibt sie ihm einen Kuß auf die Wange. Dann schreit, dann brüllt sie auf einmal in das aufbrandende Stimmengewirr hinein: Mutti, Mutti, wo bist du? Mutti!

*

Ende März beginnen die Arbeiten in Osterode zu stocken, und auf einmal sind über Nacht beide KZs leer. Alle Häftlinge abtransportiert, die Wachmannschaften verschwunden. Auch die Sonderdienstverpflichteten haben nichts mehr zu tun, sie werden mit Aufräumungsarbeiten im Lager beschäftigt. Dann haben sie frei. Waschen, putzen, flicken.

Was mag passiert sein? Gerade jetzt, wo die große Wunderwaffe so dringend gebraucht wird, um den Krieg endgültig zu entscheiden? Die Wunderwaffe soll die Feinde für immer vernichten und ausrotten – wahrscheinlich mit einem geheimen Gas, wird gemunkelt. Es soll so beschaffen sein, daß es durch die Gasmaskenfilter der Feinde hindurchgeht und alle lähmt, die es einatmen. Die fallen einfach um und können dann aufgesammelt werden, während die deutschen Filter das Zeug sofort unschädlich machen. Von IG-Farben stammt das, die haben es an KZlern ausprobiert.

Es fällt schwer, das zu glauben, aber die V-Waffen hätte sich ja auch keiner vorstellen können.

Rudi Drechsler hat aus dem *Freiheitskampf* herausgelesen, wenn auch zwischen den Zeilen, daß der Einsatz von V3 und V4 unmittelbar bevorsteht. Vielleicht braucht man das künstliche Benzin gar nicht mehr zum Sieg, deshalb ist hier Schluß!

1. April, Ostersonntag. Hans macht einen Spaziergang hinauf zu den Stolleneingängen: leer, unbewacht, nicht abgesperrt. Kein Tarnnetz, nicht einmal ein Betreten-Verboten-Schild.

Ein einsamer Jäger der britischen Luftwaffe versucht ein zweites Mal, den deutschen Gefreiten im Tiefflug zu erlegen, aber der nutzt den DACHS IV-Stollen als Schutzbunker.

Am Mittwoch nach Ostern dann der schriftliche Marschbefehl, ausgestellt von der OT-Einsatzgruppe IV, Kyffhäuser. Der Sonderdienstverpflichtete Reichel, Hans, wird wegen Einstellung des Bauvorhabens im Einverständnis mit der Gestapo Hildesheim an seinen Heimatort Dresden in Marsch gesetzt. Dienstsiegel und Unterschrift. Also Ende der Vorstellung.

Übervolle Züge, Flüchtende und Evakuierte in allen Richtungen. Auf jedem Bahnsteig, auch im kleinsten Dorf, stehen Kettenhunde der Feldgendarmerie und suchen nach Deserteuren.

Endlose Aufenthalte auf freier Strecke und in den Bahnhöfen. Manche der Mitreisenden trauen sich nicht, bei solchen Gelegenheiten den Waggon zu verlassen, um draußen auszutreten. Gerüche und Gerüchte bestimmen diese Reise, alles überlagernd die Angst vor den Russen. Und plötzlich sind sie da, die Russen.

Auf dem Nebengleis ein Zug voller Iwans, aber in deutschen Uniformen. Mannschaften, Unteroffiziere, ein Leutnant und ein paar kugelbusige Marketenderinnen, Frischfleisch, wie Hans seinen Kameraden erläutert. Es sind offenbar Freiwillige der Wlassow-Armee, sie tragen deutsche Rangabzeichen, aber keine Hoheitsadler auf der Brust und an den Mützen, sondern ovale Kokarden.

Der Zug besteht aus Güterwagen, durch offene Schiebetüren sieht man, daß sie barackenartig eingerichtet sind, mit Schlafkojen und Eßtischen. An einer eingebauten Feldküche steht ein Küchenbulle mit unglaublich dreckiger Schürze, und in einem Spezialwaggon sind seltsame Apparate aufgebaut. Druckmaschinen, sagt Olaf Veltun.

Rudi Drechsler macht sich an einen deutschen Feldwebel heran, der als Dolmetscher dabei ist: Das ist der Druckereizug PANZERFAUST, kommt aus Schlesien und soll an die Oderfront. Sie drucken Flugblätter und Plakate, die sie an die Häuserwände kleben, mit Durchhalteparolen und Aufrufen zur Werwolftätigkeit – immer kurz vor der zurückweichenden Front, in Reichweite der russischen Artillerie, damit unsere Männer wieder Mut fassen und der Volkssturm weiß, worum es geht:

Panzerfaust und deutsche Landser
sind stärker als die Roten Panzer!
Wir wanken und wir weichen nicht!
Der Sieg wird unser sein!
Das Blut der Väter, die Ehre der Söhne!
Nun Volk, steh' auf, und Sturm, brich los!
Deutschland muß leben, wenn wir auch sterben müssen!
Wir kapitulieren nie!
Um Freiheit und Leben!

Der deutsche Major, der diese Texte aussucht, ist ein echter Studienrat von der Propaganda-Kompanie.

Aber wenn das Russen sind, die das drucken und die Plakate kleben, und ein paar Kilometer stehen die anderen Russen, warum desertieren eure Russen nicht einfach und laufen über, zu ihren Kameraden auf der anderen Seite?

Da lacht der Feldwebel. Meine Russen haben vor den richtigen Russen noch mehr Angst als alle Deutschen. Die hier sind doch von drüben zu uns übergelaufen! Wenn die jemals erwischt werden, dann ... und er zieht seine Handkante über die Kehle.

Als sie in Dresden auseinandergehen, sagt Rudi Drechsler tiefgründig: Passen Sie auf, Reichel, in einer Woche fällt die Entscheidung in Amerika, und dann ist der Sieg unser.

Genau eine Woche später, am 12. April, stirbt Präsident Roosevelt. Zufall?

1945–1946

Günther Stern kennt Dresden wie seine Hosentasche, Kindheit und Jugend hat er hier verbracht, jedes seiner zwanzig Jahre. Den Stadtplan hat er im Kopf. Wenn du mich nachts irgendwo mit verbundenen Augen hinstellst und mir die Binde abnimmst, dann sage ich dir, wo ich bin. Das hat er im Lager immer gesagt, wenn sie sich ihre Weißtdunoch- und Kennstduauch-Geschichten erzählt haben.

Jetzt ist es heller Tag. Günther kann sich umschauen noch und noch. Aber er kennt sich nicht mehr aus in dieser Trümmerwüste. Also wenn es hier entlang zur Elbe geht und dahinten steht die Sophienkirche, dann müßte da drüben ... nee, das müßte dann eigentlich ... oder vielleicht doch nicht?

Hans nimmt Günther mit nach Löbtau, das Haus von Menzels ist eine Ruine, das hatten sie ihm schon geschrieben. Mit Kreide steht an der Mauer: Schräg gegenüber melden! Da war ein Lagerraum fürs Geschäft angemietet, in dem liegt jetzt, was sie aus Haus und Keller bergen konnten. In einer Ecke erkennt Hans seine Kiste. Damit gehört er zu den wenigen Dresdnern, die sagen können: alles gerettet!

Menzels selber sind ja fortgemacht Richtung Döbeln, sagt die Frau von Gegenüber, aber gestern war die Gestapo hier und hat nach Ihnen gefragt, nach Reichel. Sie müssen sich sofort bei der Polizei melden, falls Sie hier auftauchen.

Wenn die sogar schon hier waren, dann werden sie dich bei Heinitschs erst recht suchen, sagt Günther. Komm doch mit zu meinen Eltern.

Denkste, geht gar nicht! Denn von einer Tante erfährt Günther, daß seine Eltern sich nach dem Inferno im allgemeinen Chaos selbst entjudet haben. In Wiederitzsch sind sie als ganz normale Ausgebombte angekommen, alles in Dresden verloren, alle Papiere futsch. Sie haben sich normal angemeldet, und Vater Stern lebt nun ohne Stern wieder von ganz normalen Lebensmittelkarten. Wie ein richtiger Volksgenosse. Wenn Günther jetzt aber in demselben Nest auftauchen würde, mit dem Entlassungsschein von OT und Gestapo, könnte der Schwindel auffliegen. Und dann: Feierabend! Kurz vor Schluß noch.

Ein Freund der Familie besorgt Günther ein Versteck in der Nähe von Wiederitzsch. So kann er seine Eltern wenigstens auf Spaziergängen treffen, rein zufällig natürlich. Es kann ja nicht mehr lange dauern. Eigentlich nur noch Tage. Man schaut auf die Landkarte: Wer wird wohl eher da sein, der Russe oder der Amerikaner?

*

Von der dreiteiligen Bahnsteighalle über den Gleisen des Hauptbahnhofs ist ein Stahlskelett übriggeblieben, mit ein paar Glasscheiben und Scherben darin. Aber der total zerstörte Bahnknotenpunkt ist nach nur sechs Wochen schon wieder in Betrieb. Ein Wunder.

Hans hat die Dämmerung abgewartet. Dennoch kaum eine Chance, auf den Bahnsteig zu kommen, ohne Reisegenehmigung und ohne Fahrkarte. Neben dem Knipserhäuschen ein alter Mann in zusammengestückelter Uniform. Blaue Jacke, grüne Hose, Wickelgamaschen statt Stiefeln. *Hilfspolizei* steht auf seiner Armbinde. Man sieht ihm an, daß er sich in seiner Rolle unwohl fühlt. Weiter hinten kontrollieren die unvermeidlichen Kettenhunde einen Pulk von verwundeten Landsern. Sie sind sehr beschäftigt.

Hans geht direkt auf den Hilfspolizisten zu, zeigt ihm seinen Schein von Kyffhäuser IV, Osterode, und sagt kurz angebunden, leise, aber eindringlich: Marschbefehl Gestapo Hildesheim.

Der Alte legt die Hand hinters Ohr und beugt sich leicht vornüber. Hans hält ihm den Wisch unter die Brille und tippt mit dem Zeigefinger auf die betreffende Zeile: Da, Gestapo Hildesheim!

Der Hilfspolizist weiß Bescheid und ist froh, daß Hans ihm nichts tut. Er klinkt die schwere Kette aus, die vor dem Diensteingang baumelt, und Hans ist auf dem Weg zu Menzels. Auf dem Schienenweg.

*

Kurz vor Meißen verläßt er den Zug jedoch an einem Haltesignal auf freier Strecke. Sicher ist sicher. Er ist nicht der einzige, der sich hier verdünnisiert.

Zu Fuß über die Elbbrücke, Übernachtung in einer Gartenlaube, windgeschützt, aber feucht, und im Morgengrauen dann krummgefroren querfeldein, am Rande der Lommatzscher Pflege entlang, Richtung Döbeln. Ein Fuhrwerk nimmt ihn ein Stück mit, ein Franzose, der zur Molkerei fährt. Hans darf einen Kannendeckel voll restwarmer

Kuhmilch trinken. Deutsche Milch, geschenkt von einem Franzosen, dem sie bestimmt nicht gehört. Pfui Deibel, aber wunderbar! Die nächsten Kilometer auf einem Lieferwagen mit Holzvergaser, und einen Berg hinauf schiebt Hans dann einen Kinderwagen mit Säugling, quer drüber schaukeln zwei Koffer, echt Vulcan-Fiber, mit Stricken zugebunden. Die alterslose Mutter schleppt einen Rucksack und schluchzt die ganze Strecke, Meter für Meter.

Und dann hat er sie endlich gefunden: Mutter Menzel schließt ihn in die Arme. Vater Menzel ist erleichtert, daß Hans die Armbanduhr noch hat, und Lislott freut sich auch. Von Werner seit Wochen kein Lebenszeichen mehr. Aber das geht anderen Eltern auch so: Die Feldpost ist wohl völlig zusammengebrochen.

Oh Hans, oh Hans, sagt Mutter Menzel, wie weit ist es mit uns gekommen!

Und Frau Semisch sagt: Wenn das der Führer alles wüßte, man glaubt es nicht!

Frau Semisch gehört das kleine Häuschen außerhalb der Stadt, nicht weit von der Landstraße, mit einem winzigen Vorgarten, und sie freut sich mit Mutter Menzel, daß der Sohn nun endlich zurück ist aus dem Krieg. – Nein, nicht der Sohn direkt. Aber so etwas Ähnliches. Er ist mir ebenso lieb wie mein Sohn, aber natürlich nicht genauso.

Frau Semisch ist Witwe und Herrnhuterin, Brüdergemeine. Jeden Morgen singt sie einen Choral, liest die Losung für den Tag und nimmt ihre Frömmigkeit ernst. Alles, was Ihr tut, das tut von Herzen, als dem Herrn und nicht den Menschen – das könnte für sie geschrieben sein.

Deshalb hat sie auch diese Polin aufgenommen, die auf der Landstraße herumirrte, ein Menschenkind aus dem Osten, das nicht mehr wußte, wohin. Zusätzlich zu den drei Menzels – ausgebombt und voller Angst die Frauen ... selbstverständlich. Und jetzt noch der Sohn, der keiner ist: Herzlich willkommen. Aber mehr kann ich nun nicht, sagt sie. Und ihr Blick geht hinauf zum Herrn: Mein Haus ist klein, mein Herz ist rein. Soll niemand drin wohnen als Jesus allein.

Mutter Menzel und Frau Semisch schlafen im Ehebett, die Polin in der Küche, alle anderen in der Stube. Lislott auf dem Sofa, weil sie sich schwanger fühlt, und die beiden Männer auf dem Fußboden. Hans findet, daß sein Strohsack in Osterode weicher war als die Dielen hier. Aber man kann nicht alles zugleich haben.

Marie Menzel hat sich verändert. Sie fängt ganz plötzlich an zu weinen, ohne erkennbaren Anlaß. Es ist nicht, weil das Haus weg ist, sagt sie, es sind nur die Nerven. Und ihr Mann beobachtet sie dann mit stiller Sorge. Das wird sie nie wieder los, sagt Lislott, andere vielleicht, sie nicht.

Grausliche Bilder sind es, die in Mutter Menzel immer wieder wach werden. So schlimm, sagt sie, wie kann ein Gott so etwas Schlimmes zulassen! Wir sind doch seine Kinder, und Jesus hat doch alles gesühnt, warum bestraft er uns dann so schrecklich?

Als zähe Tropfen lösen sich Erinnerungen aus dem Gedächtnis, wie gegen ihren Willen. Die Sätze verschachteln sich, eilen dem Inhalt voraus, werden ungeschickt eingefangen und nachgebessert und bleiben dennoch hilflos, verstehst du mich? Ja, Hans sieht alles genau vor sich.

Den Sterbenden, der sich schreiend in seinen flackernden Kleidern auf dem Pflaster wälzt, um die Flammen zu ersticken, und der mit einer seltsamen Körperdrehung verstummt. Die Mutter, die ihre toten Kinder wärmt. Die halbnackte Frischoperierte, die aus dem brennenden Krankenhaus taumelt und ihre aufgeplatzte Narbe mit den Händen zusammenpreßt. Leute, die aus Verzweiflung in die eiskalte Elbe springen in der Hoffnung, so könnten sie den Flammen entkommen.

Wie heimtückisch eine Hauswand umstürzen kann, trügerisch langsam zuerst, als ließe sie einem noch genügend Zeit, an ihr vorbeizulaufen, komm, Oma, beeil dich, nun komm doch schon! Und dann kommt die Wand. Mit ungeheurer Beschleunigung fällt sie auf einmal hernieder, zerbirst mit dumpfem Krachen, dem ein hohles Zischen folgt, ein paar Ziegelbrocken hüpfen ihr hinterher. Wo kommen die jetzt noch her, aus dem Himmel? Über dem Mauerschutt steigt bedächtig eine schwere Staubwolke auf, die sich würdevoll wie eine graue Trauerglocke über die Verschütteten legt und leichtweiße Fähnchen an den Rändern aufsteigen läßt. Und dann hört man schon die angstvollen Flüche der nächsten Gruppe, die in ihrer Panik über das frische Grab hinweg klettern muß: Nu komm, Opa, paß auf und mach hin!

Oh Gott, denkt Hans, und uns hat schon das Brummen Angst gemacht, nur das Brummen am Himmel über Osterode. Wenn wir geahnt hätten, was das bedeutet, dann wären ein paar von uns wahrscheinlich wahnsinnig geworden.

*

Hans rechnet nicht damit, daß nach ihm gesucht wird, dazu ist er nicht wichtig genug. Aber wenn aus Zufall eine Streife vorbeikäme, was dann? – Papiere? Aha, melden beim Arbeitsamt Dresden, und warum nicht? Ach, das ist ausgebrannt! Und warum sind Sie dann nicht zur Polizei gegangen?

Lislott weiß, wo es am nahen Waldrand einen Hochsitz gibt, wie ein kleines Häuschen sieht der aus. – Und wie soll ich von da türmen, wenn die unten an der Leiter stehen? Außerdem reicht ihm die Nacht in der Gartenlaube.

Im Giebel des Häuschens gibt es einen winzigen Dachboden, nur über eine Leiter zu erreichen durch eine Deckenklappe im Flur. Zum Stehen ist es da zu niedrig, aber man muß ja nicht stehen. Hans räumt das herumliegende Gelumpe zur Seite, und dann schläft er da oben aus. Ein paar Tage lang, mit kurzen Pausen fürs Essen und fürs Gegenteil, und als er richtig wach wird, schüttelt er sich und weiß gar nicht, wo die Zeit geblieben ist: Noch Krieg?

Ja, sagt Vater Menzel, es zieht sich. Aber langsam zieht es sich zusammen.

Erst mit dem Handwagen, später mit einem Pferdefuhrwerk haben sie Kleidung hierhergeschafft und vor allem Lebensmittel, gottseidank hatte Mutter noch was auf Lager! Unser SABA ist ja futsch, aber deine Zigarrenkiste, die habe ich dabei. – Meinen Detektor? – Ja, ich kriege ihn bloß nicht zum Laufen. Hier gibt's nur selten Strom, und ich weiß auch gar nicht, was von den Drähten in die Steckdose gehört. – Gar nichts, sagt Hans und ist überglücklich.

Menzel gesteht, daß er in den letzten Jahren oft Beromünster gehört hat, und an guten Abenden auch London. Wir wußten alles über den Krieg, alles, von Anfang an. Jetzt kann ich's ja sagen! – Macht nichts.

Im Garten zwischen Walnuß- und Birnbaum wird der lange Antennendraht gespannt, Erdung an der Dachrinne, und ab jetzt kommt Vater Menzel zu Hans hinaufgeklettert. Er hat eine Dynamotaschenlampe; die quiekt wie ein Ferkel, braucht aber keine Batterien. Abend für Abend verbringen die beiden nun mit dem Detektor, jeder an einer Ohrmuschel des Kopfhörers. Und Hans ertastet mit der Spiralnadel auf dem Bleiglanzkristall, wie das Dritte Reich langsam aber sicher seinen Odem aushaucht.

Am 16. April beginnen die Russen mit achtzehn Armeen den Sturm auf Berlin. Einen Tag später bombardieren die Amerikaner mit sechshundert Maschinen erneut die Bahnanlagen in Dresden: Was e'

Glück, daß mir raus sind! – Am 19. besetzen US-Einheiten Leipzig: Hoffentlich kommen se ooch zu uns noch 'nieber!

Zu Führers Geburtstag sollte eigentlich die große Wunderwaffe starten, die den Krieg endgültig entscheidet, nachdem der Tod Roosevelts gewissermaßen verpufft ist. Statt dessen schießt die russische Artillerie am 20. April nachmittags erstmals ins Berliner Regierungsviertel. Schweine!

In Bautzen und Cottbus – Iwans! Engländer in Hamburg. An der Elbe treffen sich Amerikaner und Russen bei Torgau. Untermenschen und Neger schütteln sich die Hand, meldet ein Feindsender, was soll daran wohl historisch sein? Am nächsten Abend sind die Sowjets in Stettin, die Engländer in Bremen. Russen auch in Prenzlau, am 28., und Amerikaner in Augsburg. Alles nach heldenhaftem Widerstand, bis zum letzten Blutstropfen. Also vorbildlich.

Mussolini gefaßt und umgebracht, hinterher an den Füßen aufgehängt, oh Gott! Das wird den Führer besonders wurmen: sein bester Freund, und diesmal kann ihn kein Skorzeny raushauen! Tot ist tot, mit dem Kopf nach unten. Engländer in Lauenburg, Franzosen in Friedrichshafen am Bodensee. Zeppeli ade!

In der Nachbarschaft sind neue Flüchtlinge eingetroffen. Sie haben ein Flugblatt dabei mit einem Aufruf von König Mu, dem Gauleiter Mutschmann, hat 10 Rpf gekostet. Da steht drin, daß deutsche Panzertruppen die in Sachsen eingebrochenen Bolschewisten abgeschnitten haben und nun vernichten werden. Jeder Mann ostwärts der Elbe soll mitkämpfen, dann wird es gelingen, diese asiatischen Horden auszurotten! Heil Hitler! – Ob das die Wende wird? Zu schön, um wahr zu sein. Aber schön wär's trotzdem.

Nachts um zwei kommt Vater Menzel noch einmal nach oben gekrabbelt und rüttelt Hans an den Schultern: Die Schüsse, hörst du die Schüsse? Sind das die Russen?

Die Schüsse fallen in einiger Entfernung: Nein, das sind deutsche Karabiner und MPis, kurze Feuerstöße, die Russen mit ihren Trommelmagazinen schießen länger. – Also noch keine Russen? – Nein nein, das sind unsere.

Als Ruhe einkehrt, steigt Vater Menzel wieder nach unten. Am nächsten Vormittag sehen sie die Bescherung, die keiner glauben will, deshalb rennen alle hin.

Eine schmale Allee, gepflasterte Landstraße mit Sommerweg. Eine Kolonne von KZ-Häftlingen wurde hier letzte Nacht entlanggetrieben, und alle, die nicht mehr laufen konnten, hat man einfach erschossen.

Das gibt es doch nicht! – Doch, da liegen sie! – Und wenn das russische Tiefflieger waren? – Nachts?

Das wiederum glaubt nun auch niemand.

Im Straßengraben liegen sie, in größeren Abständen: einzeln, zu zweit, an einer Stelle sind es sogar vier. Wie Skelette sehen sie aus, mit kranker Haut überspannt. Einer trägt altes Packpapier als Unterhemd. Holzpantoffeln neben den nackten dürren Füßen.

Es ist schwer, den Toten in die Gesichter zu schauen, in ihre offenen Augen und ihre offenen Münder. Da ist kein Zorn zu erkennen, kein Aufbegehren geschweige denn ein Aufbäumen. Diese Männer hat man erst verhungern lassen, bevor man sie erschossen hat. Daß sie in ihrem Zustand überhaupt noch laufen konnten!

Gewiß, schon in Osterode hatte Hans von ähnlich schlimmen Dingen gehört. Aber da hatte er noch gehofft, das wären Gerüchte, Verfälschungen und Übertreibungen. Ab jetzt ist keine Ausrede mehr möglich.

Am 1. Mai, abends nach zehn, als sie gerade den Deutschlandsender drin haben, dann der Anfang vom absoluten Ende: Aus dem Führerhauptquartier wird gemeldet, daß unser Führer Adolf Hitler heute nachmittag in seinem Befehlsstand der Reichskanzlei, bis zum letzten Atemzug gegen den Bolschewismus kämpfend, für Deutschland gefallen ist.

Vater Menzel klettert ganz schnell nach unten, um es seiner Frau zu sagen. Hans bleibt oben und ist hin- und hergerissen: Er selbst liegt hier rum, hat sich verdrückt und wartet auf die Niederlage, und der Führer fällt im Kampf gegen den Bolschewismus! Er läßt nicht mehr fallen, nein, er fällt persönlich! Für Deutschland! Bis zum letzten Atemzug!

Hans muß an eine geheimnisvoll klingende Stimme denken, die er vor ein paar Tagen gehört hat. Sie sprach zur Hitlerjugend in den vom Feind besetzten Gebieten. Sie sollten als Werwölfe weiterkämpfen, ihre Mütter und Schwestern verteidigen und die bolschewistischen Bestien mit Spaten erschlagen, mit Messern erstechen und notfalls mit Glasscherben auf sie losgehen!

Müßte er das nicht auch tun, wenn es so weit sein sollte? Seine Mutter ist allerdings tot, und eine Schwester zum Verteidigen hat er auch nicht, und außerdem war er nie ein richtiger Hitlerjunge. Aber ein schlechtes Gefühl bleibt. Nicht gut fürs Konto.

*

In der Nacht träumt er eine Wochenschau: Berlin, wie Stalingrad oder Dresden. Mit Bomben und Granaten.

Menschen mit Eimern an der Pumpe, und ein Polizist paßt auf. Leichen am Straßenrand, weißgepudert. Eine Horde Russen im Ansturm auf den Wilhelm-Platz mit diesen albernen wassergekühlten MGs, die sie auf Karren hinter sich herziehen, da lacht die Koralle!

Hinter einem Trümmerwall, gut in Deckung, deutsche Verteidiger: Josef Goebbels und seine Mannen, der Regierungsoberamtmann ist auch dabei. Sie werfen Handgranaten auf die Straße. Tote Iwans haufenweise. Goebbels schießt mit einer zierlichen 6,35-Pistole und trifft noch und noch. Die Russen können gar nicht so schnell umfallen, wie er trifft.

Und nun ein Panzer, heimtückisch und von hinten, aus Richtung Brandenburger Tor, T 34. Goebbels zieht den Sturmriemen seiner Dienstmütze fester, läßt sich eine Panzerfaust reichen, klappt das Visier hoch, zielt und ... zisch-wumm! Treffer voll in die Wanne. Der Panzer in Flammen, sein Turm dreht sich hilflos.

Da kommt aus der Voss-Straße eine Gruppe zur Verstärkung, geführt von einem Offizier mit Gasmaske. Die Männer schmeißen sich zu Goebbels hinter den Wall, und der Offizier übernimmt sofort das Kommando. Hans wird gerufen und robbt hinüber. Sein Hals blutet.

Sie sind ja verletzt, sagt der mit der Gasmaske. Er klingt wie Herr von Meissner bei der Weihnachtsfeier, und Hans erkennt die Stimme sofort: Nur ein Kratzer, mein Führer. Unkraut vergeht nicht.

Hitler verabschiedet sich von seinem Schäferhund, den er plötzlich bei sich hat. Dann gibt er Hans die Leine in die Hand und schickt ihn mit dem Hund hinter eine Litfaßsäule.

Wo bleibt Göring? schreit Goebbels, aber statt des Reichsmarschalls kommt eine Salve aus der Stalinorgel.

Alle verletzt, einige tödlich. MG-Feuer. Hitler und Goebbels schießen zurück. Goebbels wird getroffen und reißt sterbend den Arm hoch zum letzten deutschen Gruß. Hitler hebt den Arm auch, aber dann winkt er damit ab.

Der Schäferhund jault auf. Hans nimmt ihn in den Arm und tröstet ihn. Dein Herrchen ist eingegangen, sagt er. In Walhall.

*

Frau Semisch berichtet, daß die Leute im Ort alles verbrennen, was an die Nationalsozialisten erinnert. Bücher, Bilder, selbst Familienfotos läßt man verschwinden, wenn Uniformen darauf zu sehen sind. Von den Fahnen werden die weißen Kreise mit den Hakenkreuzen abgetrennt. Bei Stempeln auf persönlichen Dokumenten übermalt man die Hakenkreuze unterm Parteiadler mit Kopierstift. Denn wenn die Iwans irgendwo Hakenkreuze sehen – egal wo, dann schießen sie aus Wut alles kurz und klein.

Neben den Fenstern werden Bettücher bereitgelegt. Zum Kapitulieren. Falls die Feinde ganz schnell kommen, daß man dann nicht erst suchen muß. Aber man darf sie nicht zu früh heraushalten, sondern erst, wenn die SS schon getürmt ist und der Kreisleiter auch, sonst kann man dafür aufgehängt werden.

Alle möglichen Uniformierten kommen vorbei und versuchen, zivile Kleidung zu ergattern. In Meissen soll sich eine junge Wehrmachtshelferin einem alten Handwerker hingegeben haben, bloß damit er ihr ein Kleid seiner Frau schenkt. Dabei war es dann gar nicht von seiner Frau, sondern von einer einquartierten Ausgebombten, und die hat ihn angezeigt.

Menzel mit seiner langjährigen Feindhörerfahrung weiß auf Grund der jüngsten Nachrichtenlage, daß der Russe am östlichen Elbufer stehenbleibt, daß Döbeln also mit Sicherheit amerikanisch wird. Hans ist dagegen skeptisch. Erstens hat sich der Iwan noch nie an Abmachungen gehalten, und zweitens können diese Untermenschen sowieso keine Landkarten lesen. Und deutsche schon gar nicht.

Aber sicherheitshalber Plätzetauschen: Lislott wird oben unterm Dach versteckt, und Hans zieht nach unten. Menzels Wertgegenstände werden nachts im Garten vergraben – in Weckgläsern, wegen der Feuchtigkeit, und Hans legt seine Armbanduhr dazu.

In den Straßengräben, in Wald und Feld und hinter den Gebüschen mehrt sich der Abfall des Untergangs. Uniformstücke, Waffen, Munition, Gasmaskenbüchsen, Briefe, Akten – alles, was man wegschmeißt, wenn's ums nackte Leben und ums Überleben geht. Als Hans sieht, wie Kinder mit einem 98 K spielen, greift er ein. Mit gelerntem Griff nimmt er das Schloß aus dem Karabiner und schmeißt es in die nächste Hecke.

Er macht ein Spiel daraus, er stromert herum, stöbert im Fluchtmüll, entschärft Waffen, Handgranaten und findet auch eine kleine Ordensspange mit EK II und der Winterschlachtmedaille 41/42, dem sogenannten Gefrierfleischorden. Ein EK I oder gar ein Ritterkreuz kann er leider nicht entdecken, dafür zeichnet er sich mit einem Infanterie-Sturmabzeichen in Silber, einer nagelneuen Nahkampfspange und einem Kriegsverdienstkreuz 1. Klasse aus. Wenn er sein Verwundetenabzeichen in Bronze dazulegt, dann hat sich der Krieg für ihn rein ordensmäßig doch noch gelohnt.

Zwei Parteiabzeichen hebt er natürlich nicht auf. Auch nicht ein Mutterkreuz, weil ihm das sowieso keiner glauben würde. Aber er denkt ein bißchen darüber nach, ob das Mutterkreuz nicht eigentlich auch eine Art Nahkampfspange ist. Die Frau kriegt das Kreuz dafür, daß sie so oft darauf gelegen hat. Dann schämt er sich wieder für diese Unanständigkeit. Seine tote Mutter muß ja auch irgendwie ... also läßt er das lieber.

Erinnerungen an Müller-Linz werden wach, als Hans die Hinterlassenschaften einer geflohenen Nachrichten-Einheit findet. Auf einer Lichtung haben sie Ballast abgeworfen, alles liegenlassen, was sie auf ihrem Eilmarsch in die amerikanische Gefangenschaft hätte behindern können. Eine GeKaDoS-Kiste steht da, leicht angekokelt, noch voller Akten und Kartenmaterial, und daneben liegt ein Funkgerät mit der Vorderseite in einer Pfütze. Wie kann man nur so rücksichtslos mit deutschem Heeresgut umgehen!

Hans löst die Rändelschrauben an der Rückseite, und siehe da, innen alles noch trocken. Viele kleine Glaskolben, die Müller-Linz damals Wehrmachtsröhren nannte und die er gehaßt hat: Wenn nur eins von diesen Mistdingern keine Lust hat, funktioniert nix mehr, dann kannst du dir die ganze Kiste vor den Arsch klatschen.

Aber diese Röhren sehen alle heil aus, und Hans gibt seinem Sammlertrieb nach; er zieht die Dinger aus ihren Fassungen und steckt sich die Taschen damit voll.

Die Flüchtlinge werden weniger, aber die Amerikaner kommen und kommen nicht! Ein paar Stunden lang ist überhaupt nichts mehr los auf der Straße, angespannte Ruhe. Dann endlich ein Motorengeräusch.

Kein Panzer, kein Lkw, kein Pkw – ziemlich hoch in der Tonlage, knatternd, unterbrochen von Schüssen, was kann das sein?

Ein altes Motorrad ist es, ein deutsches, eine Fehlzündung jagt die nächste, und unweit des Hauses Semisch kurvt es noch ein paar Schlangenlinien, dann kommt es zum Stehen. Die beiden Amerikaner darauf sind leider Russen.

Katastrophe, Verzweiflung, oh Gott, was denn jetzt?? – Ich hab' es euch ja gleich gesagt: Die wissen nicht, wo die Elbe ist.

Die beiden Soldaten haben den Krieg offenbar längst gewonnen und sind sieger-selig lalle. Erst wollen sie das Motorrad durch freundliche Ansprache überreden, es möge doch bitte weiterfahren, wobei sie dem Krad unterschiedliche Fahrtrichtungsangebote unterbreiten. Dann einigen sie sich darauf, daß das Vehikel eine Maschina-faschista ist, treten ihm mit ihren schiefgelatschten Stiefeln in die Speichen und schmeißen es so ungeschickt in den Chausseegraben, daß es am nächsten Baum landet, wie angelehnt. Der eine Iwan stellt die MPi daneben. Dann torkeln beide weiter, Arm in Arm singen sie sich die Straße entlang.

Aber wenigstens haben sie uns nicht vergewaltigt, sagt Mutter Menzel nicht ganz zu unrecht.

Der Gesang ist noch nicht verebbt, da steht Hans schon neben der NSU.

Ein lahmes Ding, wo mögen sie die geklaut haben? Eine NSU-Pony, uralt, mit Keilriemenantrieb, da hatten wir in Rußland schon bessere Dinger, die schweren Zündapps zum Beispiel. Und als er gerade die MPi in die Hand nimmt – nur mal angucken – da kommt der Jeep. Sofort Hände weg natürlich, aber die Bolschewiken haben das gesehen. Keine Ausrede: Rukij werch, Gitler kaputt, du Faschist!

Es dauert eine kleine Ewigkeit: Mal wird er an den Baum gestellt, lange Diskussion, zwei sind dafür, einer dagegen, die Pistole wird ihm an den Kopf gehalten. Dann brüllt der eine los und Hans soll die MPi in die Hand nehmen, er tut es. Dafür kriegt er einen Tritt in den Hintern und einen Gewehrkolben in die Rippen, warum er keine Uniform anhat als Faschist, Gitler kaputt. Nix Soldat, warum nix Soldat? Du Partisan! Faschista! Bis schließlich die Polin herauskommt, das verhuschte Wesen, von Frau Semisch vorgeschickt, und die erzählt den Siegern, daß Hans ein guter Deutscher sei, der sich selber vor den Nazis versteckt hat, vor den Faschisten, und vieles andere, was niemand versteht.

Pratakoll, Dokjument. Sie nehmen die Polin mit und blicken Hans grimmig und verächtlich an.

Aber, sagt Mutter Menzel, als der Jeep davonjagt, die haben sie auch nicht vergewaltigt. Alle Russen sind eben gar nicht so!

Vielleicht sind die auch nur provisorisch hier, sagt ihr Mann, und die Amerikaner kommen doch noch.

Diese Hoffnung bleibt unerfüllt, im Gegenteil: Der russische Kommandant setzt für die Stadt eine Verwaltung ein – Deutsche mit Armbinden. Haussuchungen finden statt, nach Nazis wird gesucht, jüngere Männer müssen den Arm hochhalten, und wer da eine Blutgruppentätowierung hat, ist so gut wie tot: Waffen-SS! Manche Leute werden auch einfach so verhaftet, niemand weiß warum. Angezeigt, oder weil der Name verwechselt wurde. Du Faschist! Und wer widerspricht, kann ganz leicht einen MPi-Kolben zwischen den Zähnen haben. Also lieber nicht.

Vergewaltigt wird auch, sogar auf dem Friedhof, und der Besitz von Radios, Telefonen, Ferngläsern, Schreibmaschinen, Fahrrädern, Fotoapparaten und ähnlich gefährlichem Zeug ist verboten. Muß alles abgegeben werden und kommt vor der Kommandantur auf einen großen Haufen. Auch ein paar Klaviere stehen da.

Soll alles nach Rußland, zur Wiedergutmachung. Na schön. Wie man Leningrad oder Stalingrad mit Radios wiedergutmachen kann ... aber dazu kommt es gar nicht, denn es kommt ein großer Regen. Und aus der Edelbeute wird in wenigen Stunden Schrott und Müll.

Naja, Hauptsache: Man selbst hat überlebt.

Die Menzelschen Lebensmittelvorräte gehen zur Neige, und man hört mehr und mehr von Plünderungen auch aus Dresden. Nicht nur, daß die Russen klauen wie die Raben – zappzerapp, auch Deutsche nehmen, was sie kriegen können. Hoffentlich ist unser letztes Bißchen in Löbtau noch da! Also schnellstens zurück nach Hause, auch wenn es das gar nicht mehr gibt.

Zu Fuß natürlich, das Gepäck kommt auf den Handwagen, die gute Frau Semisch hatte ihn versteckt. Und sobald Russen in der Nähe sind, sitzt hinter den Koffern und Säcken eine graue Großmutter mit Augenklappe und einem Kopfverband. Das ist Lislott.

Panjewagen überholen sie peitschenknallend und Lkws in unglaublichem Tempo, über sechzig bestimmt! Auf einem stehen nur Klaviere. Viehherden werden ihnen entgegengetrieben von heiteren Russkis, die auf frisch geklauten Rädern das Fahren üben. Wie die Halbaffen! Stolz tragen sie erbeutete Armbanduhren über den Manschetten ihrer Blusen.

An manchen Straßenkreuzungen stehen Flintenweiber und regeln das bißchen Verkehr mit Fähnchen und einer Wichtigkeit, als müßten sie Signale von Schiff zu Schiff übermitteln. Schaftstiefel, kurze Röcke, dralle Ärsche und Titten wie zwei Kohlköpfe, so groß und so hart. Daran jede Menge Blechorden.

Aber das Schlimmste, was ihnen begegnet, sind deutsche Soldaten, Kriegsgefangene, Kameraden aller Dienstgrade, die sich die Hoheitsabzeichen abgeschnitten haben und nun irgendwohin getrieben werden. Bestimmt nicht zu den Amerikanern.

Wenn Hans nicht durch Zufall angeblich einen jüdischen Vater gehabt hätte, wenn er also bei der Truppe geblieben wäre und jetzt zu den Glücklichen gehören sollte, die überlebt haben, dann könnte er einer von denen da drüben sein.

Fast verhungert, zerlumpt, die Füße mit Lappen umwickelt, blutend, eiternd, vollgeschissen, hohläugig, würdelos, mit ausgestreckter Krampfhand um Wasser oder Brot bettelnd und so kraft- und willenlos, daß sie sich gegenseitig gar nicht mehr helfen können. Vertierte Untermenschen, würde Joseph Goebbels sagen.

Dawai, dawai, schreien die Kalmücken, die auf kleinen Zottelpferden um die Jammertruppe herumreiten und sie anzutreiben versuchen. Dawai, dawai!

Im Straßengraben liegt ein Kind, ein kleines Mädchen in einem Kapuzenmantel mit einer Puppe im Arm. Auf dem Kopf ein gestricktes Mützchen, das verrutscht ist. Auf Mund und Augen sitzen Fliegen.

Nicht hingucken, sagt Hans.

Und Mutter Menzel sagt zu Großmutter Lislott: Hörst du? Nicht hingucken!

*

Leipzig ist amerikanisch, Wiederitzsch auch, nur Dresden ist immer noch russisch.

Von der Brühlschen Terrasse aus kann man sich anschauen, was deutsche Pioniere geleistet haben, als sie am Tage der Kapitulation, am 8. Mai, noch alle Elbbrücken in die Luft jagen wollten. Um zu zerstören, was trotz der alliierten Bomben noch übriggeblieben war. Nur damit die Iwans nicht ans andere Ufer kommen. Wo sie längst schon waren.

Außer den Trümmern und Kratern auf der Terrasse gibt es noch Trümmer und Krater um die Terrasse herum. Und Juden, die sich das anschauen könnten, gibt es kaum noch in Dresden. Wer nicht rechtzeitig emigrieren konnte, wurde umgebracht, erschlagen, vergast und verbrannt. Hans glaubt das inzwischen alles, es bleibt ihm nichts weiter übrig, aber es bleibt ihm immer noch unfaßbar.

Genauso unfaßbar wie das wahre Ende seiner Idole: Göring ist getürmt und wollte seinen Führer im letzten Moment noch verraten, außerdem war er heimlich unheimlich rauschgiftsüchtig.

Goebbels hatte sechs Kinder, vier bis zwölf Jahre alt. Die hat er von seinen Ärzten ermorden lassen. Dann haben er und Magda sich umgebracht. Standesgemäß im Garten der Reichskanzlei, extra fein angezogen. Sie nahm Gift, er gab sich die Kugel, beide wurden mit Benzin übergossen und angezündet, nachdem ihnen der letzte Getreue mehrfach in die Köpfe geschossen hatte, weisungsgemäß. Totaler Krieg, totales Ende. Wagner hätte eine Riesenoper daraus gemacht.

Unten in seinem Bunker hat Adolf Hitler, der Führer, Vegetarier und Junggeselle, gegen den Bolschewismus kämpfend bis zum letzten Atemzug, auf seiner Sekretärin den ostmärkischen Schwan gemacht, während Pimpfe und Greise ihn oben verteidigen mußten. Dann hat er die Dame geheiratet, und die Jungvermählten haben sich ebenfalls erschossen. Bis zum letzten Atemzug. Nur seinem Schäferhund konnte er wohl nicht mehr in die Augen schauen, den mußte der Chauffeur abknallen. Das deutsche Volk sei seiner nicht würdig gewesen, soll er noch gesagt haben. Ein enttäuschter Österreicher. Eigentlich schade. Oder doch nicht? Man weiß ja noch gar nicht, was man jetzt eigentlich denken soll.

Das Italienische Dörfchen ist als einziges Gebäude im Umkreis mit einem blauen Auge davongekommen, falls man so sagen darf. Davor haben die Russen ein großes Holzschild aufgebaut, auf gelbem Grund steht in braunen Druckbuchstaben:

> *... die Hitler kommen und gehen,*
> *aber das deutsche Volk, der*
> *deutsche Staat bleibt.*

Und rechts darunter, klein und bescheiden:
Josef Wissarionowitsch Stalin, Generalissimus.

Das hat Hans nun überhaupt nicht für möglich gehalten, ausgerechnet Stalin soll das gesagt haben? Ob man es glaubt oder nicht – schön wär's jedenfalls.

In der *Täglichen Rundschau* steht, daß ein amerikanischer Jude namens Morgenthau die deutsche Industrie total zerschlagen will, damit das Land zum reinen Agrarstaat absinkt. Muß man vor den Amis vielleicht noch mehr Angst haben als vor den Iwans?

Im Juli 45 wird Dresden noch immer nicht amerikanisch, aber Leipzig wird dafür sowjetisch. Deutschland ist nun in die endgültigen Besatzungszonen aufgeteilt.

*

Eine seltsame Fuhre: Auf einem Handwagen liegt eine ausgehängte Stubentür, an den Rändern weit überstehend, und darauf wackelt ein längliches Paket, eingedreht in einen alten Haargarnteppich. Ein Muster wie bei Güggelis.

Eine jüngere Frau und ein verschüchtertes Kind ziehen den Wagen, eine alte Frau in Dunkel geht nebenher und hält eine Hand auf die Teppichrolle. Immer wieder verrutscht die Ladung. Dann ruft die Alte, die beiden lassen die Deichsel los und schieben die Tür in eine stabilere Lage. Für die nächsten dreißig Meter.

Es dauert eine Weile bis Hans kapiert: Die sind auf dem Weg zum Friedhof. Da hat ein Mensch das Inferno überlebt und den Zusammenbruch und das Chaos danach, und nun stirbt er einfach so, wo es doch gar nicht mehr nötig wäre. Das ist wohl der Frieden. Da stirbt man wieder von alleine.

Hans läuft dem Wagen nach und übernimmt die Deichsel, nun können die Hinterbliebenen zu dritt die Lage der Leiche besser stabilisieren.

Die Friedhofshalle ist verschlossen, niemand da. Es soll aber demnächst jemand kommen, behaupten die Hinterbliebenen.

Hans verabschiedet sich und spricht sein Beileid aus.

Die ältere Frau mit den trockengeheulten Augen dankt ihm und entschuldigt sich: Es tut mir so leid, daß ich Ihnen gar nichts anbieten kann.

*

Die Heinitsch-Werke in Niedersedlitz haben das Kriegsende ohne größere Schäden überstanden. Als faschistisches Rüstungsunternehmen werden sie bald von den Russen besetzt. In die Direktionsetage zieht Major Klimow mit seinen Männern ein, er ist der Werks-Kommandant, und manchmal ist da auch einer mit grüner Teller-Mütze, der gehört wohl zum NKWD.

Georg Heinitsch jr. wird von den Russen als Betriebsführer im eigenen Laden weiterbeschäftigt, er soll die Produktion so schnell wie möglich wieder anwerfen, die Rote Armee kann Baracken gut gebrauchen.

Für die anderen Mitglieder der Familie Heinitsch, den Senior und die Geschwister von Georg jr. mit ihren Angehörigen, wird der Betrieb gesperrt. Und da ihr Wohnhaus auf einem Seitenteil des Werksgeländes steht, werden sie ganz plötzlich obdachlos: Raus, dawai, idi ssuda! Nicht mal das Allernötigste dürfen sie mitnehmen. Dawai, dawai! Sie suchen bei Freunden und Verwandten Unterschlupf. Für den Senior, ohnehin von Altersleiden geplagt, bedeutet diese Vertreibung das Ende. Er stirbt unter jämmerlichen Verhältnissen, irgendwo in der Armutei, wo seine Wiege stand.

Hans darf in seinen Vertrag wieder eintreten. Als kaufmännischer Lehrling allerdings, denn die Schlosserei arbeitet noch nicht. Heinitsch stellt ihn Klimow als Antifaschisten vor, Reichel – KZ! Charascho!

Bernd von Drostenberger ist aus amerikanischer Gefangenschaft zurück und läßt sich sehr trickreich von Klimow als Chauffeur anheuern. Schneidig. Noch immer keinen Schiß vor dem Feind. Als erstes vermittelt er seinem neuen Chef einen Zahnarzt, der die kerngesunden und blendendweißen Vorderzähne des Offiziers mit Goldkronen veredelt. Das schafft Vertrauen.

So kommt Bernd aufs Grundstück und kann aus den arg geplünderten Privatwohnungen wenigstens noch ein paar persönliche Kleinigkeiten retten. Vor allem will er bei dem Russen bessere Chancen für das Unternehmen herausschinden. Er überschätzt sich.

Ein paar Totalbesäufnisse, zu mehr kommt es nicht. Wodka, Wodka, Wodka! Klimow heißt Jurij. Nasdarowje, Jurij!

Der Iwan hat ganz andere Probleme als das Fortbestehen eines mittelgroßen Industrieunternehmens im besiegten Germania: Wenn er voll ist, weint er. Er will nach Hause, zu Mutter und Großmutter, zu Mama i Babuschka. Seinen Vater hat er nie gesehen. Und kurz bevor es den Major umhaut, kommt die heitere Phase des Exzesses.

Klimow reißt die flache Zigarettenschachtel so heftig auf, daß die federleichten Papirossi dabei unkontrolliert in die Luft katapultiert werden. Und wenn er seine Augenachse nach kurvenreichen Annäherungsversuchen endlich auf das Ziel der Begierde konzentriert, ist die Schachtel leer. Juptwojemat! Nächste Schachtel, dasselbe Spiel, und wieder und wieder, bis ihm das Kinn auf die Ordensbrust sinkt. Dann singt er sich schwermütig und rotzhochziehend in den wohlersoffenen Schlaf.

Nun könnte Bernd Freiherr von Drostenberger auf die Knie gehen und die Papirossi vom Fußboden aufsammeln. Bares Geld liegt da in Zigarettenwährung, so weit sind wir gekommen. Bernd läßt sie liegen, denn wer raucht schon Papirossi!

Die Heinitschs sind arm geworden, obwohl sie reich sind. Noch gehört ihnen ein Vermögen, aber sie können nichts mehr damit anfangen. Auch sie müssen hungern wie die meisten Dresdner.

*

Ein neuer Begriff nistet sich in den Gehirnen ein: Kalorie, die, weiblich. Von Geld wird der Magen nicht mehr ruhig, nur noch von Kalorien.

Das Deutschlandlied ist streng verboten, das Horst-Wessel-Lied wird heimlich wieder gesungen. Mit neuem Text:

Die Preise hoch! Die Zonen fest geschlossen!
Die Kalorien sinken Schritt für Schritt.
Es hungern stets dieselben dummen Volksgenossen,
die andern hungern nur im Geiste mit!

Hans sieht, wie ein Panjewagen die Straße entlangpoltert, beladen mit Chleba, russischem Kommißbrot. Wie Ziegelsteine sind die goldbraunen Kastenbrote auf die Ladefläche geschichtet, und das Kopfsteinpflaster läßt sie leicht auf- und abhüpfen, während der ältere Russe auf dem Kutschbock mit dem Oberkörper hin- und herpendelt. Vor dem Wagen zwei lustige Gäule, so ungepflegt wie ihr Kutscher.

Eine paar Zehnjährige lauern hinter der Ecke, und als die Fuhre fast vorüber ist, springen sie den Wagen von hinten an und greifen nach den Broten. Der Iwan bemerkt sie, grinst gutmütig, schlägt mit der Peitsche nach vorne, um die Gäule schneller zu machen, und dann erst nach hinten.

Aber da sind die Bengels schon wieder unten und verschwinden hinter der nächsten Ecke. Vier Zweikilobrote haben die Fronten gewechselt. Von den Siegern zu den Besiegten. Der Russe flucht lachend. Aber er schießt nicht.

Unser täglich Brot gib uns heute? Sicherer ist, du nimmst es dir selbst.

Der Normalverbraucher, also der Inhaber einer Lebensmittelkarte VI, unterste Kategorie, auch Friedhofskarte genannt, hat pro Tag Anspruch auf zweihundert Gramm Brot. Das sind vier Scheiben von fünf Millimeter Dicke. Pro Tag. Morgens zwei und abends zwei. Das Brot ist schlecht ausgebacken, klietschig-feucht, von Wasserstreifen durchzogen und schwer genießbar. Wenn man es trocknet, wiegt es nur noch die Hälfte. Und dann nichts drauf.

Fünf Gramm Fett stehen dem Normalverbraucher täglich zu, also das Fünfzigstel eines Butterstücks. Aber Fett muß nicht Butter bedeuten, damit kann auch Margarine gemeint sein oder Speiseöl. Oder Schmalz oder Rindertalg, Fett ist Fett. Auch ranziges Fett ist Fett, Art und Qualität spielen in diesen Tagen keine Rolle, denn es gibt gar kein Fett. Weder so noch so, weder frisch noch ranzig. Das Fett steht auf dem Papier, sagen die Leute.

Kartoffeln gibt es zwar, gelegentlich. Ausgekeimt, mit langen weißen Trieben daran, oder vom Frost zerstört, süß und wässerig. In der Schütte, in der sie abgewogen werden, steht unten eine faulige Pfütze. Im rohen Zustand sind die Knollen schon weich, man kann mühelos den Finger hindurchbohren. Es lohnt eigentlich gar nicht, dieses stinkende und suppende Zeug im Einkaufsnetz nach Hause zu tragen.

Manchmal gibt es statt fauler Kartoffeln auch angefaulte Kohl- oder Futterrüben. Die sind dann nicht ganz so weich, weil ihr Fleisch wenigstens holzig ist. Eben preußische Ananas.

Das Hauptproblem ist jedoch, daß das Wenige, was den Leuten als Ration versprochen wird, unabhängig von der Qualität gar nicht verfügbar ist. Man kann nicht einfach ins Geschäft gehen und sagen: Hier ist meine Lebensmittelkarte, ich möchte jetzt fünfundzwanzig Gramm Fett kaufen oder hundert Gramm Zucker. Nein, meistens sind die Läden leer, die Türen abgeschlossen. *Keine Ware.* Wenn eine Lieferung erwartet wird, schreibt der Kaufmann auf sein Schild: *Donnerstag Nährmittel 2. Dekade.* Dann stellen sich die Leute schon frühmorgens vor dem Laden an, möglichst mit einem kleinen Klappstühlchen zum Ausruhen. Familienmitglieder wechseln einander ab: eine Stunde Opa, eine Stunde Oma, dann die Tochter. Und immer aufpassen, daß sich in der Schlange keiner vordrängelt. Anstellen und Vordrängeln, der tägliche Kampf ums Überleben.

Manchmal bildet sich vor einem Laden auch eine Hoffnungsschlange. Was gibt's denn hier? – Weiß noch nicht, aber es soll irgend etwas gekommen sein. – Also sicherheitshalber auch anstellen. Nicht, daß man nachher der Dumme ist.

Das größte Glück dieser Tage ist, wenn man nach stundenlangem Anstehen sagen kann: Und ich war der letzte, der noch was abgekriegt hat, hinter mir war Sense. Leuchten in den Augen!

Manchmal auch Mitgefühl mit jenen, die leer ausgegangen sind. Die armen Leute ha'm richt'ch geweent! Und die Enttäuschten sagen in jedem Falle, ob zurecht oder unrecht: Da ham sich welche vorgedrängelt, sonst wäre ich noch drangekommen.

Die Floskel „Bitte, nach Ihnen!" ist total aus der Mode geraten.

Fleisch, und sei es vom Pferd, ist eine besondere Mangelware. Wenn die Drängelei vor der Fleischerei zu heftig wird, wenn geschubst und geprügelt wird, müssen Polizisten mit Armbinden die Ordnung aufrecht erhalten. Die tun das sehr gerne, denn natürlich fällt für sie eine Sonderration ab. Und wenn's ein paar Knochen zum Auskochen sind.

Die Schlangen vor den Läden sind auch Nachrichtenbörsen und gut für Gerüchte jeder Art: Die Elli ham se schon wieder vergewaltcht! – Ei verbibbcht! – Dafür kommt der Amerikaner aber doch noch, das kann ja nicht so weitergehen, hier. – Der Russe muß zurück bis hinter die Oder, sonst kriegt er 'ne Atombombe auf Moskau, wie in Japan. – Und Stalin ist schon tot, auf den Fotos ist nur noch ein Schauspieler, der ihm ähnlich sieht. – Zu Weihnachten kommen alle Gefangenen nach Hause. Bis auf die SS. Und wissen Sie, wen sie abgeholt haben? – Flüstern. – Und wohin? – Sibirien.

Sibirien heißt so viel wie Zwangsarbeit, Todeslager, Endstation.

Alte und Kranke können sich natürlich nicht anstellen. Manche von ihnen verhungern. Erst der Verfall der Kräfte, dann die dicken Beine, die Flüssigkeit steigt im Körper aufwärts und sie ersaufen an sich selbst. Wasser!

Es gibt aber auch nachbarliche Hilfe. Erna, zum Beispiel, seit zwanzig Jahren Hausmädchen bei den ewig kränkelnden v. Grimmes, Erna übernimmt das Einkaufen für sich und sechzehn Personen. Mit siebzehn Lebensmittelkarten zieht sie los, um sich anzustellen, und da sie furchtlos ist und auch vor Vergewaltigungen keine Angst hat, ist sie immer zur Stelle, wenn es etwas zu holen gibt, auch in der Sperrstunde ist sie schon unterwegs, um eine der ersten zu sein.

Gewissenhaft rechnet sie später die Einkäufe ab und teilt die Portionen mit der Briefwaage auf, damit jeder das bekommt, was ihm zusteht.

Eines Mittags kehrt sie vom Einkauf nicht zurück, am Abend entdeckt man sie auf dem Hängeboden. Schwebend. Mit einem Strick um den Hals, und zu ihren Füßen liegt der Abschiedsbrief: Alle Lebensmittelkarten verloren. Weg. Wie, weiß sie nicht, aber als sie endlich an die Reihe kam, waren die Karten nicht mehr da. Vielleicht aus der Handtasche geklaut – man möge ihr verzeihen.

Mit dem Verzeihen ist das so eine Sache: Im Brustbeutel hätte sie die Karten haben müssen, doch nicht in der Handtasche! Empörung in der Hausgemeinschaft. – Traurig, sicher, aber wir? Wer stellt sich jetzt an, und wovon sollen wir leben?

Nach der Beerdigung werden die Karten in der Küche gefunden, unterm Brotkasten. Sie hatte sie wohl versteckt und vergessen.

Schwerstarbeiter, die Anspruch auf wesentlich höhere Rationen haben, sind nicht nur Leute, die körperlich schwerst arbeiten müssen, sondern vor allem jene, die schwerste Verantwortung tragen. Also Hilfskräfte der Roten Armee, Hilfspolizisten, die Stützen der Behörden ... es gibt bald eine neue Sammelbezeichnung für solche Leute: Funktionäre.

Als Hans einmal in der Schlange vor der Bäckerei steht, mit den Karten für die ganze Menzel-Sippe, wird eine hagere Frau an den Wartenden vorbeigewinkt und sofort bedient. Die hat einen besonderen Ausweis: OdF, Opfer des Faschismus. – Was ist das? – Die ist Jüdin, war im KZ.

Und destowechen kommt die gleich dran? sagt eine andere Frau. Wir ham doch alle unter Hitler gelitten, nich bloß die Juden! Und wir leiden heute noch!

*

Du mußt da auch hingehen, hat Günther Stern gesagt.

Und nun steht Hans in der kommunalen Hilfsstelle für die Opfer des Faschismus, Bautzner Straße 2. Kärglich, der Raum. Einschußlöcher in der Zimmerdecke. Hager und hart der Mann hinterm Schreibtisch. Altkommunist, Spanienkämpfer, dann KZ, Haut und Knochen, aber voller Energie, Haare schwarz gefärbt. Raucht russische Papirossa. Er heißt Fritz und sagt gleich Du.

Wenn Hans als OdF anerkannt wird und den Ausweis bekommt, wird er viele Vorteile haben. Nicht nur beim Anstehen. Er hätte sogar Anspruch auf eine eigene Wohnung. Aber dazu muß er sich von einer Hoffnung verabschieden. Von der Hoffnung, daß sein Vater doch kein Jude war, sondern nur ein Irrtum, und daß sich das eines Tages alles aufklären wird.

Was denn nun, sagt Fritz ungeduldig, Jude oder nicht?

Hans denkt an die Schlafstellen und Notunterkünfte, Sofas und Liegestühle, in und auf denen er die letzten hundertzwanzig Nächte verbracht hat. Er möchte endlich etwas Beständiges haben, und wenn es nur ein eigenes Bett in irgendeinem Heim wäre.

Also war dein Vater kein Jude?

Natürlich war er Jude, hört Hans sich sagen. Hätte man mich sonst aus der Off'zierskarriere gekippt, als wehrunwürdig entlassen, der Gestapo überstellt und nach Osterode geschickt?

Nein, sagt der Spanienkämpfer, natürlich nicht. Er zündet eine neue Papirossa an und unterschreibt, der Antrag ist genehmigt.

Hans wird belehrt, daß es zwei Arten von OdFs gibt: Die Kämpfer gegen den Faschismus, die aktiv Widerstand geleistet und bewußt ihr Leben riskiert haben, die Altkommunisten zum Beispiel, und die Nur-Opfer, die sozusagen aus Versehen im KZ gelandet sind. Von denen erwartet man jetzt allerdings, daß sie sich besonders aktiv am gesellschaftlichen Wiederaufbau beteiligen, am besten in einer politischen Partei. Ja, sagt Hans, das hätte er sowieso vor.

Fein. Fritz hat durch Zufall einen Aufnahmeantrag für die KPD da, ob Hans den gleich hier ausfüllen möchte?

Na, sagt Hans, er würde gerne noch warten, bis seine neue Adresse feststeht, sonst wäre das ja doppelte Arbeit, wenn gleich wieder alles geändert werden muß.

Das sieht der Spanienkämpfer ein, er drückt Hans einen vorbereiteten Zettel in die Hand, der an das Wohnungsamt Dresden adressiert ist:

Der ehemalige politische Häftling Hans Reichel war von 10.11.44 bis 12.4.45 im KZ-Lager Osterode. Er ist auf der Suche nach einer Wohnung. Wir bitten, ihn dabei bevorzugt zu behandeln.

Im KZ-Osterode war er ja eigentlich nicht, das war nebenan, genau genommen, und politisch war ich eigentlich ...

Ist besser so, sagt Fritz, wenn ich da Halbjude hinschreibe, dann ist das nichts Halbes und nichts Ganzes.

Zwei Tage später bezieht Hans zum ersten Mal eigene vier Wände in Dresden-Plauen, Leibnizstraße, beim Hohen Stein an der Weißeritz. Zwei Zimmer, Küche, Innenklo. Voll möbliert und voll geplündert. Nicht von den Russen, nur von den Nachbarn. Ein paar Scheißhaufen sollen von Iwans stammen, aber wer will das beweisen. Eine gut erhaltene Uniformjacke liegt in der Küche unterm Herd, von einem NSDAP-Kreisleiter, der hat sich da wohl umgezogen und ist in Zivil getürmt. Die ursprünglichen Wohnungsinhaber sind schon im Februar 'nuntergemacht nach Bayern. Aus Angst.

In Schutt und Scherben, zwischen Dreck und Lumpen findet Hans die Fotoalben der Familie. Die hebt er auf und verwahrt sie sorgsam. Vielleicht freuen sich die Leute darüber, wenn sie eines Tages zurückkommen.

Zur Wohnungstür gibt es keinen Schlüssel. Hans benutzt statt dessen einen krummgebogenen Nagel. Und dann teilt er Fritz mit, daß er in die Partei eintreten wird. Nicht direkt in seine KPD, sondern in die LDPD. Die ist nämlich auch antifaschistisch, demokratisch und dazu noch liberal, hat Vater Menzel gesagt. Kostet drei Reichsmark im Monat und eine Eintrittsspende von fünf Mark. Aber Hans kriegt als OdF demnächst auch eine kleine Rente.

Mit der LDPD ist der Spanienkämpfer nicht zufrieden: zu bürgerlich! Das neue Deutschland kann nur von sozialistischen Kräften aufgebaut werden. Und der Wiederaufbau ist doch das Wichtigste, besonders für uns Opfer des Faschismus.

Na gut, also tritt Hans in die SPD ein. Dagegen kann niemand etwas sagen. Denn schließlich haben auch Sozis im KZ gesessen.

*

Die Russen sagen, sie hätten uns befreit. Vom Faschismus. Fassungslosigkeit bei vielen. Besonders bei älteren Leuten.

Was passiert ist, war der Zusammenbruch! Erst die Katastrophe durch die Bomben, danach der Zusammenbruch!

Der Krieg ist aus, der Russe da, der Friede nicht. Nein, sagen die Leute, das, was jetzt ist, das hat mit Frieden nichts zu tun: Angst, Chaos, Hunger, Not und Quälerei. Fast noch schlimmer als im Krieg. Jedenfalls bis zur Katastrophe. Manchem wär's lieber, es hätte ihn im Februar auch erwischt, dann hätte er das Ende nicht mehr erleben müssen.

Außerdem gab's hier keine Faschisten. In Italien waren die. Und unsere Partei, da mußte man ja drin sein, ging ja gar nicht anders, da wurde man doch gar nicht gefragt. Wir waren nie für Hitler, wir haben den nicht gerufen, aber was sollte man denn machen, als er plötzlich da war!

Unser Dresden, unser Elbflorenz, alles heile durch den Krieg gebracht, fünfeinhalb Jahre lang, und dann kurz vor Schluß alles kurz und klein! Und die vielen Flüchtlinge in der Stadt und die Verwundeten! Von wegen Churchills Tante: Engländer und Amerikaner waren das, diese Mörder, die sind auch nicht besser als die Russen – alles ein Pack! Unsere eigenen Bürger auf dem Altmarkt zu Riesenhaufen aufgestapelt und mit Benzin verbrannt, und wenn wir keine Kriegsgefangenen gehabt hätten, dann hätten wir das auch noch selber machen müssen! Das größte Verbrechen von Hitler war, daß er den Krieg verloren hat, und das Volk kann den Zusammenbruch jetzt ausbaden!

Wie Menzels haben viele Dresdner die Stadt nach dem Inferno verlassen. Egal wohin, Hauptsache weg. Wer nicht konnte oder wer im nicht zerstörten Teil der Stadt etwas beschützen oder retten wollte – Haus, Grundstück, Fabrik, der ist geblieben. Zunächst.

Als die Russen näherkamen, zogen erst höhere Parteichargen ab, dann auch kleinere PGs: Die Russen sollen ja so grausam sein.

Eine seltsame Elite ist in der Stadt geblieben: Alte, Behinderte, Habenichtse, Habewasse, Chancenlose, Pechvögel und fatalistische Idealisten. Die sind dann befreit worden und tun sich nun besonders schwer, das ganze Ausmaß deutscher Schuld zu erkennen – nach allem, was sie erlebt haben und weiterhin erleiden.

Immer wieder hört man von Leichen, die elbabwärts getrieben werden. Deutsche Zivilisten, Alte, Frauen, Kinder, soweit man das noch erkennen kann, verstümmelt. Umgebracht irgendwo in der Tschechoslowakei. Sicher, bei uns sind auch schlimme Dinge passiert. Aber doch nicht so etwas! – Schön, von den Juden mal abgesehen.

Günther Stern sieht das anders. Hitler war nicht plötzlich da, der ist legal an die Macht gekommen, in einer Republik, wenn auch in einer kranken. Es hat genug Leute gegeben, die ihn frühzeitig durchschaut haben, und die haben die Katastrophe genau vorhergesagt, mit allen Einzelheiten. Er nennt Bücher, die schon vor 33 veröffentlicht wurden, und Autoren, die die Nazis so beschrieben haben, wie sie wirklich waren. So rechtzeitig, daß man noch etwas gegen sie hätte tun können. Tucholsky, zum Beispiel, der im Exil dann Selbstmord begangen hat.

Diktaturen, sagt Günthers Vater, entstehen nicht nur durch die, die sie errichten, sondern auch durch die, die sie nicht verhindern. Die werden auch schuldig. Deshalb muß man schon bei den Anfängen aufpassen.

Das nimmt Hans sich zu Herzen, auch wenn er noch ganz große Probleme hat, die Vergangenheit zu bewerten. Und die Zukunft?

Mit dem Traum vom Off'ziersberuf ist nun endgültig Schluß. Wenigstens das ist ihm jetzt klar.

*

Bei Frau von Drostenberger gibt es Spinat. Hans ißt begeistert. Nur Spinat, ein paar winzige Kartoffelstückchen dazu und ein echtes Ei, gekocht und dreigeteilt, für jeden ein Drittel. Spinat gibt es reichlich. Er besteht aus Brennesseln. – Tatsache? – Ja, frische Brennesseln durchs Sieb gerührt, die alte Betty hat sie gepflückt. Wenn man sie ganz fest anfaßt, dann brennen sie nicht auf der Hand. – Donnerwetter.

Bernds Mutter kennt eine ganze Latte von Kräutern, die man essen kann: Melde, Löwenzahn, Sauerampfer, Disteln, Ackersenf, den falschen Hederich, Fuchsschwanz, Gänseblümchenblätter, Huflattich,

Schafgarbe, Kerbel ... das hätte einem mal jemand vorhersagen sollen, daß wir uns noch einmal so ernähren müssen, wie die Kühe auf der Weide!

Die Freundschaft zu Bernd ist ungetrübt geblieben, auch wenn der jetzt wenig Zeit hat, weil er vor allem hinter den Mädchen her ist. Er muß viel nachholen, sagt er. Auch wegen seiner Verletzung.

Ob es damals eigentlich schlimm für die Heinitschs gewesen sei, daß Hans so plötzlich die Uniform ausziehen mußte? Ob ihnen das nicht peinlich war?

Schwierig war's; man wußte ja nicht, was kommt und wie gefährlich das werden könnte. Aber an sich habe man immer damit rechnen müssen, daß mal was passiert. Denn alle wußten es: Das Jugendamt, Herr Nitsch im Kinderheim, Herr Vater Blaschke im Waisenhaus, und der hat es dem alten Heinitsch auch offen gesagt: Der kleine Hans ist rassisch nicht ganz astrein.

Blaschke hatte sich wohl gedacht: Die Heinitschs sind in der Partei und haben einen kriegswichtigen Betrieb – bei denen kann man den Jungen am besten verstecken.

Und dem Alten hat das gefallen. Deshalb hat er auch sofort darauf bestanden, daß Georg die Vormundschaft übernimmt. Begeistert war der nicht, er hätte es lieber selbst entschieden.

Am meisten empört war Helen Heinitsch darüber, daß ihre Schweizer Landsleute ein angeblich halbjüdisches Kind nach Deutschland ausgewiesen hatten. Angeblich, es hätte ja auch ein volljüdisches sein können, und das 1936! Als längst jüdische Emigranten in der Schweiz Asyl suchten und jeder hätte wissen können, daß es für Juden in Deutschland schwierig werden würde. Trotz der Olympiade. Und dazu ein Kind, das in der Schweiz geboren ist und niemals deutschen Boden betreten hat, die Mutter auch in der Schweiz geboren, nur die Großeltern, die das Kind nie gesehen hat, stammten angeblich aus Dresden!

Georg ist ein praktisch denkender Ingenieur, und sein Kalkül ist: Je weniger der Hans auffällt, desto geringer die Wahrscheinlichkeit, daß ihm etwas passiert. Im eigenen Laden hätten die Leute natürlich geguckt, wenn der Junior sein Mündel als Lehrling einstellt. Woanders würde Hans ein ganz normaler Waisenknabe sein.

Also wird er Färberlehrling, Georg kennt den Chef des Unternehmens. Keine HJ. Arbeitsdienst im Prinzip ja, aber aus gesundheitlichen Gründen leider nicht. Und wäre Hans ganz normal zur Wehrmacht eingezogen worden, wäre ihm wahrscheinlich auch nichts geschehen. Aber dieser Trümpel meldet sich freiwillig, und schon hat sein Vormund die unangenehme Anfrage am Hals.

Georg verweist das Wehrbezirkskommando an die Schweizer Behörden, und als Helen das nächste Mal in St. Gallen ist, fragt sie nach, als Gemahlin des Vormunds. Dort hat man bereits eruiert: Der Kindsvater Roth ist bekennender Israelit. Eine Auskunft für die Wehrmacht ist bereits formuliert und unterschrieben.

Helen hat eine gute Freundin in der Verwaltung, und die läßt das Schreiben irrtümlich falsch ablegen. Gerade noch einmal gut gegangen.

Wäre Hans nun in Rußland ein Schütze Arsch geblieben, erfolglos und unauffällig, wäre wahrscheinlich gar nichts mehr passiert. Dummerweise profiliert er sich aber als großdeutscher Hoffnungsträger, und für die Offizierslaufbahn ist der Ariernachweis unerläßlich. Also erneute Nachfrage in St. Gallen mit der Bitte um rassische Garantieerklärung, und nun findet man dort den Bescheid aus dem Jahre 43 wieder: Halbjude. Anfang 44 teilt eine Behörde aus der neutralen Schweiz der deutschen Wehrmacht mit, daß einer ihrer Soldaten leider Gottes teilweise artfremden Blutes ist. Deshalb die sofortige Entlassung aus der Wehrmacht.

Dann war es egal, jetzt gab es nichts mehr zu tricksen. Hans wurde in die Meisterbude gesteckt. Die erste Einberufung zur OT hat Georg noch verhindert, aber gegen die zweite konnte auch er nichts mehr ausrichten, trotz seiner Beziehungen. So war das.

Hans fühlt sich sehr flau, und das liegt nicht an den Brennesseln. Also so war das. So. So einfach und so kompliziert. Klar. Ein bißchen viel Zufall, aber eigentlich logisch. Und damit ist an seinem jüdischen Vater wohl auch nicht mehr zu rütteln. Naja.

Nach einer schlaflosen Nacht hat er das dringende Bedürfnis, mit seinem Vormund zu sprechen und sich bei ihm zu bedanken. Das hat er nämlich noch nie gemacht.

Georg Heinitsch ist an diesem Vormittag nicht in seinem Zimmer, Klimow hat ihn zu sich bestellt und wird ihm wohl zum hundertsten Male erklären, daß Germania kapuht, Gitler kapuht und Kapitalisti auch kapuht.

Hans wartet und blättert in der *Täglichen Rundschau*, die auf dem Tisch liegt.

Plötzlich steht Georg wutschnaubend in der Tür. Hans erhebt sich bedeutungsvoll, um seine vorformulierten Dankesworte in würdiger Form an den Mann zu bringen. Aber Georg raunzt ihn an: Zum Zeitungslesen brauchst du nicht hierherzukommen, so lernst du nie etwas!

Der Dank bleibt im Halse stecken. Hans weiß, daß er auf dem Konto eine große Schuld hat. Ob er wohl auch mal was für Heinitsch tun kann? Es wäre ihm jedenfalls ein innerer Reichsparteitag, sagt er zu Bernds Mutter.

Hör vor allem auf mit solchen blöden Redensarten!

*

In Sachsen gelten jetzt eigene Briefmarken. Darauf pflügt ein Bauer mit zwei Pferden an einem Berg, und hinter ihm geht die Sonne auf. Für sechs Pfennig in Grün und für zwölf Pfennig in Rot. *Bodenreform* steht darauf. Das ist eine Aktion, bei der eigentlich nicht der Boden reformiert wird, sondern nur die Eigentumsverhältnisse werden geändert: Junkerland in Bauernhand! Und wer enteignet wird, von dem verlangt man auch noch ein schlechtes Gewissen dafür, daß er früher reich war.

Das Eigentum des deutschen Staates wird von der Sowjetischen Militäradministration beschlagnahmt, darüber hinaus auch das Eigentum von Personen, die auf einer besonderen Liste benannt werden.

Heinitsch steht auf dieser schwarzen Liste, also bekommt die AG einen Treuhänder, der vom Land Sachsen eingesetzt wird. Hans darf weiter bei Heinitsch arbeiten, aber Heinitsch fliegt bei Heinitsch raus. Georg und seine Brüder versuchen, mit anwaltlicher Hilfe gegen die Beschlagnahme vorzugehen, laufen aber gegen Wände.

In diesen schlimmen Tagen könnte es den Vormund vielleicht ein wenig trösten, wenn Hans ihm nun endlich seine Dankbarkeit gesteht – für alles, was er als Mündel Gutes erfahren hat.

Also ein zweiter Anlauf. Heinitsch raunzt diesmal zwar nicht, aber dafür hört er gar nicht zu. Wieder nichts.

*

Im ersten Winter nach dem Zusammenbruch ein Konzert im Gemeindesaal. Der Kreuzchor soll singen. Leitung Professor Mauersberger.

Dresdner Bürgertum versammelt sich hier. Warm angezogen. In Kleidung, die einmal gediegen-elegant war; auch leicht abgeänderte Militärmäntel sind zu sehen, auf dem Kragen ein Kaninchenfell. Die

Kopftücher der Frauen sind noch immer zu Turbanen geknotet, wie seinerzeit im Luftschutzkeller. Wer hierher kommt, will sich nicht aufgeben, will Haltung bewahren. Hunger ist schlimm, aber nicht alles. Zum Überleben gehört nicht nur das Essen. Manche haben unterm Arm eine Wolldecke für die Füße mitgebracht; denn natürlich kann der Raum nicht geheizt werden.

Einen warmen Saal gibt es nur bei den Zeugen Jehovas. Die kriegen die Kohle angeblich von ihren Bruderkirchen aus Amerika. Kann man sich gar nicht vorstellen – Kohle aus Amerika? Geht doch gar nicht!

Der Helfer am Eingang bittet darum, Stühle und Bänke den Älteren und Versehrten zu überlassen. Bei Paaren kann man beobachten, daß beide nur einen Sitzplatz in Anspruch nehmen. Jaja, das geht schon, wir wechseln uns dann ab! Ein Weißhaariger mit goldenem Kneifer auf der Nase hat einen Spazierstock dabei, den man zu einem einbeinigen Hocker aufklappen kann, tolles Patent!

Die Jüngeren müssen in den Gängen stehen und auch im Vorraum, tut uns leid. Der Saal ist nun mal nicht größer. Für den Fall, daß es im Laufe des Abends eine Stromsperre gibt, stehen Kerzenreste bereit.

Hans macht sich an ein Mädchen ran, die Enge ausnutzend. Sie heißt Brigitte. Er hat das Gefühl, daß sie an ihm nicht uninteressiert ist, aber als das Konzert beginnt, vergessen beide den Flirt.

Bach – Händel – Mozart.

Andacht in dem überfüllten Saal. Und stille Dankbarkeit: Es gibt etwas, das uns niemand nehmen kann. Geschlossene Augen wie in Trance. Tränen. Alte Leute halten sich zärtlich an den Händen. Ein Auditorium wächst zusammen: Wir sind noch mal davongekommen, der große Wal hat uns wieder ausgespieen aus seinem Rachen wie einst den Propheten Jonas. Und Trauer um alle, die nicht mehr dabei sein können. Wenn sie das noch hätten erleben können! – Selten sind fremde Menschen einander so nahe gewesen.

Hans erkennt einen der Kruzianer wieder: Werner Klett, über Emanuel Tauschek haben sie sich mal kennengerlernt. Brigitte ist damit einverstanden, daß sie nach dem Konzert auf Werner warten. Dann gehen sie zu dritt in eine der wenigen Kneipen, die der Stadt verblieben sind, trinken blutrotes Heißgetränk, sacharingesüßt, alkoholfrei und lauwarm. Hans will den großen Macker machen und ersteht weltmännisch von der Bedienung drei Zigaretten der Marke *Sondermischung* zum Schwarzmarktpreis von fünf Mark pro Stück.

Dann doch noch Stromsperre, wie fast jeden Abend. Erst ein kurzes Flackern, das Licht wird gelb und geht aus.

Hans kann gar nicht rauchen, Werner will nicht wegen seiner Stimme, und Brigitte würde die Zigaretten gerne mit nach Hause nehmen, für ihren Opa. Also gut. Die große Welt verwandelt sich in Wohltätigkeit.

Hans bemerkt, daß Brigitte Werner bewundert, Hans bewundert Werner auch. Kann man eigentlich in so einen Chor irgendwie eintreten?

Nein, da wird man als Kind schon mit vielen anderen Bewerbern vorgesichtet. Die Besten kriegen eine Probezeit mit Grundausbildung, immer wieder wird gesiebt, und nur die Allerbesten kommen weiter. Bis zum Stimmbruch. Und dann geht der ganze Zirkus wieder von vorne los mit dem Sieben und den Probezeiten. Werner ist eigentlich schon zu alt für den Chor, aber in die tieferen Lagen hat der Krieg natürlich erhebliche Lücken gerissen.

Also jemand wie ich hätte bei euch gar keine Chance?

Nein, bei uns nicht. Aber wenn du unbedingt Sänger werden willst, warum studierst du nicht einfach Musik?

Und dann erzählt Werner vom Studium an der Hochschule, das gerade wieder angelaufen ist und auch von den Iwans gefördert wird – die sind nämlich ganz erstaunlich musikalisch! Auch wenn ihre Mundharmonikas nur Balalaikas sind.

Werner schwärmt von wunderbaren Lehrern und von der heilen Welt der Noten und Kadenzen, von der einzigen Sprache, die in jedem Lande überall auf der Welt verstanden und geachtet wird: In der Partitur gibt es viele Zeichen, auch B's und Kreuze. Aber keine Hakenkreuze und keine Sowjetsterne. Und für jeden Musiker gibt es die große Herausforderung: Überall kannst du mogeln und dich durchschummeln, nur nicht in der Musik. Denn da kann jeder hören, was du kannst. Und leider auch, was du nicht kannst.

Dann erzählt Werner von seiner glücklich-unglücklichen Veranlagung: Er gehört zu den ganz wenigen Musikern, die das absolute Gehör haben. Er kann den Kammerton A ohne Stimmgabel auswendig, ganz genau. Jeden anderen Ton auch. Und wenn jemand falsch singt oder falsch spielt – oder wenn jemand richtig spielt, aber auf einem verstimmten Instrument, dann tut es Werner in den Ohren so weh, daß er davon Gänsehaut kriegt.

Die Musik fordert nämlich den ganzen Menschen mit aller Hingabe, sagt Werner, und schaut vor allem Brigitte an. Und Tenöre, die bei jedem Auftritt bis an ihre Grenzen gehen, heißen nicht zu unrecht Heldentenöre!

Ende der Stromsperre, das Licht geht wieder an, erst gelb flackernd, dann weiß. So weiß, wie eine Fünfzehn-Watt-Birne nur strahlen kann.

Musik studieren? Heldentenor?

In Hans wabert vieles durcheinander, wie in einer Oper von Wagner. Darf er oder kann er und soll er? Gibt es eine Vorsehung oder eine Vorherbestimmung für das Lebensziel und den Beruf, und welche Rolle spielt dabei das Schicksal oder Gott oder die Abstammung von einem jüdischen Vater und einer toten Mutter? Was denn nun?

Er findet es nicht sehr gut, daß Werner Klett Brigitte nach Hause bringt. Und mit ihr auch die drei spendierten Zigaretten. Aber noch mehr beschäftigt ihn die Frage: Was soll er bloß aus seinem Leben machen?

*

Hans weiß nicht mehr, was er anziehen soll.

Das zusammengestoppelte Zivilzeug, mit dem er sich seit der Entlassung aus der Wehrmacht beholfen hat, ist verschlissen. In Osterode und danach gab es wenig Chancen für die Herrenmode.

Nicht, daß sein Äußeres unangenehm auffallen würde – fast alle laufen in abgewetzten Klamotten herum. Den älteren Männern, die einen Teil ihrer Kleidung über den Zusammenbruch gerettet haben, ist außerdem alles zu weit. Es gibt ein Wortspiel, bei dem es um Jahreszahlen und Kragenweiten geht: 39 hatten wir 45, und 45 haben wir 39. Viel zu weite Hemdkragen umrahmen dürre Geierhälse.

Kinder müssen in zu kleinen Schuhen laufen, bei denen die vorderen Kappen abgeschnitten sind. Jetzt ragen die nackten Zehen über die Sohlenspitzen hinaus ins Freie, so kann der Schuh mitwachsen. Sieht zwar komisch aus, aber immer noch besser als barfuß.

Bei Hans ist der Hosenboden abgescheuert bis zur Durchsichtigkeit, und die liebevoll aufgenähten Lederherzen an den Ellbogen des Sakkos – schick! – verlieren auf dem zermürbten Stoff ihren Halt.

Zum Glück hat man als OdF Anspruch auf einen Herrenanzug. Das wäre dann der erste eigene nach der Konfirmation. Schön.

Auf der Bezugsscheinstelle erfährt er, daß es zur Zeit keine fertigen Anzüge gibt, leider. Statt dessen könnte er drei Meter Stoff kriegen. Braun oder blau. Nur einen Schneider müßte er sich selber suchen. Gut. Dann den Stoff.

Der Schneider braucht allerdings außer dem Stoff noch Futter, Garn, Knöpfe und Steifleinen für die Revers – es gibt ja nischt! Außerdem muß er viel für die Russen nähen, die gehen vor. Also ein paar Monate wird es dauern. Und als Bezahlung möchte er kein Geld, sondern Lebensmittel, Briketts, Zigaretten oder Schnaps – wie es Hans am liebsten ist, da wird man sich schon einigen.

Zum Glück hat Hans die gelbe Nazijacke nicht weggeschmissen, die damals in der Wohnung lag. Sie ist ihm zu groß, aber kleiner machen läßt sich alles. Sorgsam trennt er verräterische Aufnäher und Paspelierungen ab, dann geht er mit dem Prachtstück zu seiner alten Reinigungs-AG, und auf der Straße schon duften ihm Jugenderinnerungen entgegen: Deddra! Aber noch schärfer und kratziger als früher.

In der Annahme eine alterslose dürre Frau, Haut und Knochen, die sich ganz schrecklich freut, als Hans vor ihr steht. Es ist Annemi, bei der er damals telefonieren gelernt hat. Ohne Busen, immer noch. Nein, diese Freude!

Annemi hustet: Keine guten Lösungsmittel mehr, man muß nehmen, was es gibt, und wir arbeiten auch nur noch für die Russen. Für Hans macht sie natürlich eine Ausnahme: Olivbraun ist die einzige Farbe, die zur Zeit da ist.

Beide erzählen sich, was sie inzwischen erlebt haben, und Hans erfährt, was aus den Kollegen und den Hiwis geworden ist und daß Herr Kutscher die Angriffe gut überlebt hat, nur vor ein paar Tagen haben sie ihn abgeholt. Ein Deutscher und ein Russe. Irgend jemand muß ihn verpfiffen haben, weil er ein persönlicher Freund von Hitler war.

Aber der hat doch gesponnen, mit seinem Loch im Kopf, der war doch damals schon wunderlich! – Danach fragt ja keiner, wenn sie einen abholen. – Und wo ist er hin? – Sibirien, wahrscheinlich, wo sie alle hinschicken. Oder neuerdings auch wieder nach Buchenwald, bei Weimar. – Ins KZ?? – Annemi will lieber nichts gesagt haben.

Aber dann muß sie doch noch etwas loswerden: Im letzten Kriegsjahr, als sie beim Wehrkreiskommando dienstverpflichtet war, da hat sie auch Akten über Hans gesehen, und deshalb freut sie sich so sehr, daß er noch am Leben ist.

Was für Akten? – Wegen deiner Abstammung. Ich mußte sie damals zurückschicken, das weiß ich noch wie heute: ans Jugendamt, ich glaube nach Trachau. Und ich hatte schon Angst, sie bringen dich auch um.

Unkraut vergeht nicht, sagt Hans.

Annemi schenkt ihm noch eine Handvoll Hirschhornknöpfe, die sich unterm Ladentisch angefunden haben, damit die Jacke ziviler aussieht, und eine Freundin von Frau Menzel macht die Änderungen. Ein bißchen schief, aber guter Stoff, Friedensqualität. Und die Lederherzen vom alten Jackett kommen wieder auf die Ärmel. Nun dürfte dieses Uniformstück wohl endgültig entnazifiziert sein.

Aber als Hans es anprobiert, vor dem Spiegel steht und leise Heitler! sagt, da zuckt die Jacke zusammen und hebt den rechten Arm von alleine.

*

Am 1. Mai 46: Durch Ruinen und Trümmer marschiert wieder die Hitlerjugend. Zuerst die Landsknechtstrommeln: wumm! wumm! wumm-wumm-wumm! Dahinter die Fanfaren: tää – tää – tääääää, te'tää – tää – tääääää ... dann Fahnenträger und nun das Fußvolk in stumpfem Gleichschritt. Genauso sind sie schon an Gauleiter Mutschmann vorbeimarschiert, an König Mu.

Statt der braunen Hemden tragen sie jetzt blaue, auf schwarzem Fahnentuch zuckt nicht mehr ein weißer Jungvolk-Blitz als Sieg-Rune, sondern eine halbe Sonne will da aufgehen, über dem blauen Himmel der Sowjetisch Besetzten Zone. Aber sie schafft es nicht, die Sonne. Sie bleibt unten am Horizont hängen. Symbolik.

Die Organisation heißt nunmehr Freie Deutsche Jugend. Die Landsknechtstrommeln haben in HJ-Heimen überlebt, die Blechinstrumente auch. Wenn die FDJ dieselben Märsche bläst wie früher die HJ, dann liegt das einfach an den Fanfaren. Aus denen kommen auch im Sozialismus nur die alten Naturtöne heraus. Und mit denen kann man keine großen Melodien zaubern, wenn die Bläser nur einen Ton-Umfang von anderthalb Oktaven haben.

Hauptsache, es wird wieder marschiert. Jetzt Mädels und Jungen durcheinander, alle in Blau, in labbrigen Hemden und schlechten Schuhen oder Klappsandalen, aber mit der freien Liebe soll es schon ganz gut funktionieren, wird erzählt. Nur vor bestimmten Krankheiten soll man sich hüten. *Kennt ihr euch überhaupt? Gesunde Jugend schafft ein neues Deutschland!* heißen die Parolen. Wenn man schon vergewaltigt wird, sagen sich manche Mädchen, dann lieber freiwillig, daß man wenigstens was davon hat. Die Vergewaltigung älterer Frauen nennt man in der SBZ scherzhaft Vergewohltätigung. Auch der Humor hat die Katastrophe überlebt.

Die FDJ marschiert gelegentlich durch Straßen, die vom Inferno verschont wurden. Dann marschiert sie in Wahrheit wieder unter Naziflaggen.

An den Fensterrahmen zur Straße sind Fahnenhalter angeschraubt. Das sind Blechhülsen für den Fahnenstock. Und weil Beflaggung angeordnet wurde, steckt auch ein Jahr nach dem Krieg in jedem Fahnenhalter wieder eine Hitlerfahne. Nur den weißen Kreis mit dem schwarzen Mörderkreuz hat man abgetrennt. Das sieht komisch aus: Zwölf Jahre Diktatur haben die einst blutroten Fahnentücher ausbleichen lassen, blaßrot oder rosa sehen sie inzwischen aus. Nur da, wo zwölf Jahre lang der weiße Kreis mit dem Hakenkreuz drauf gesessen hat, leuchten sie noch so blutrot wie 1933. Auf beiden Seiten, die ganze Straße entlang. Jeder sieht die Hakenkreuze, die nicht mehr zu sehen sind.

Die Russen finden das weniger komisch: Die Textilindustrie hat die zivile Produktion zurückzustellen und erst einmal roten Fahnenstoff zu produzieren! Den gibt es bald reichlich und ohne Bezugsschein. Kleine Mädchen tragen auf einmal knallrote Röckchen und Ehemänner knallrote Unterhosen. Sofern Mutti mit der Nähmaschine einigermaßen umgehen kann.

Die Aufmärsche wachsen sich zu Demonstrationen aus, neben den FDJlern nehmen Werktätige aller Schichten daran teil. Nun werden nach russischer Mode auch überlebensgroße Papporträts der sozialistischen Führer über die Straßen geschleppt.

Die Bilder hat ein einheimischer Künstler gestaltet, ein Spezialist für Kinoplakate. Sein Stalin sieht aus wie Bismarck mit Perücke, gespielt von Emil Jannings, Wilhelm Pieck wirkt wie Albert Florath in der Feuerzangenbowle, Grotewohl hat was von Gustav Gründgens, und Lenin erinnert an René Deltgen mit Glatze und Spitzbart.

Nach dem Aufmarsch gibt es für die Teilnehmer einen Teller Suppe, Grütze mit Gemüse und Kartoffeln. Deswegen marschieren alle bis zum Ende mit. Das Essen kommt aus einer alten Gulaschkanone. Und die stammt natürlich auch von der HJ, wie die Fanfaren.

Die FDJ ist überparteilich. Nur das Sagen haben die Kommunisten, aber sonst ist sie überparteilich. Die offizielle Anrede heißt Jugendfreund oder -freundin. Statt Heitler sagt man jetzt Freundschaft. Freundschaft, Jugendfreund! Und die Jugendfreundin begrüßt man mit: Sei bereit! Und sie antwortet: Immer bereit! Das wird dann später der offizielle Gruß der Jungen Pioniere.

In einem blauen Schaukasten mit aufgehender Sonne obendrüber hängen Fotos von FDJ-Führern. Alles tolle Kerle. Einer hat während der Angriffe sogar brennende Menschenleben aus Luftschutzkellern gerettet und selbst dabei schwere Verletzungen erlitten, im Gesicht. Hans kennt das Gesicht genau, Pilzbacke! Von wegen Brandnarben und Leben gerettet: Für seine verdammte OT hat er Halbjuden registriert, im Roten Salon, bevor es nach Osterode ging! An die Zeitung schreiben? An die FDJ?

Andererseits war der OT-Einsatz ja auch eine Art von Lebensrettung; denn wie viele von uns wären wohl umgekommen, wenn wir in Dresden geblieben wären?

Also gut, denkt Hans, schenken wir ihm zu seiner blöden Kinder-Narbe noch die Heldentat. Werde glücklich damit, du FDJ-Würstchen in deinem blauen Hemde!

*

Irgendwann merkt die Rote Armee, daß sie eigentlich doch nicht unbedingt Baracken braucht, sehr viel dringender fehlen der russischen Industrie deutsche Maschinen, und zwar fehlen sie in der Sowjetunion. Wenn man an die gewaltigen Schäden denkt, die deutsche Truppen in Rußland angerichtet haben, ist das auch nicht unverständlich, findet Hans. Im Prinzip natürlich nur. Aber daß auch die Fertigungsanlagen von Heinitsch abtransportiert werden sollen, empört ihn zutiefst.

Die Demontage beginnt. Hans muß mithelfen. Aus dem Lehrvertrag wird er entlassen, als Hilfssachbearbeiter darf er weiterarbeiten. Alte Heinitschianer haben Tränen in den Augen, wenn sie sehen, was da passiert mit ihren Maschinen, die sie aufgebaut, geschmiert, gepflegt und repariert haben. Hans kann sich vorstellen, daß die Wut jemand dazu verleiten könnte, beim Auseinanderbauen ein paar Kleinteile verschwinden zu lassen. Sollen die Iwans doch sehen, wo sie Paßfedern herkriegen, Rußland ist so ein großes und reiches Land.

Holzkisten und Verschläge stapeln sich bald in den Hallen und auf dem Freigelände des Betriebs. In kyrillischen Buchstaben steht *Gjeinitsch* darauf. Für *Heinitsch*, denn die Russen kennen kein H.

Der sowjetische Cheftechniker, der die Reparationslieferungen für den Dresdner Raum überwachen soll, ist nicht sicher, ob alle Maschinen auch so zerlegt und verpackt werden, daß man sie später wieder zusammensetzen kann.

Ob man nicht Georg Heinitsch junior verpflichten könne, die Demontage selbst zu leiten? Der Treuhänder ist empört. So etwas würde Heinitsch niemals tun. Und wenn man ihm ein stattliches Gehalt anbieten würde, ein Mehrfaches von dem, was der Treuhänder kriegt?

Ein Gerücht macht die Runde, und wenig später erscheint in der Sächsischen Volkszeitung der Artikel *Tarnungsversuche der Reaktion*, in dem die Betriebsräte zur Wachsamkeit aufgerufen werden. Heinitsch und seine beiden Brüder seien aktive Nazis und eifrige Kriegstreiber gewesen, und nun versuchten sie, mit Hilfe eines kriminellen Rechtsanwalts die Unterdrückungsherrschaft über ihre Mitarbeiter wiederherzustellen.

Da platzt Hans der Kragen, und zugleich sieht er die große Chance, sein Dankbarkeitskonto in Ordnung zu bringen.

Zunächst erklärt er unter Protest seinen Austritt aus der SED, zu der sich seine SPD inzwischen mit der KPD von Fritz verschmolzen hat. Ohne die Parteimitglieder zu fragen. Und dann beschreibt er in einem ausführlichen Brief an die SED-Ortsgruppe Löbtau, wie Georg Heinitsch junior ihn, den Halbjuden, als Mündel angenommen und durch alle Fährnisse der Kriegsjahre hindurch beschützt hat, obwohl man ihn unter Druck veranlassen wollte, die Vormundschaft aufzugeben.

Günther Stern sagt, daß es Quatsch war, aus der SED auszutreten: Protest? Dafür bist du zu unbedeutend. Wenn Grotewohl sein Parteibuch hinschmeißt – der kann damit vielleicht was erreichen, aber du doch nicht!

Leider behält er recht. Die Demontage geht weiter.

Ein paar Jahre später entdeckt Werner Menzel durch Zufall auf einem Bahngelände bei Berlin vergammelte Kisten der Firma Gjeinitsch aus Dresden, ihr Inhalt ist verrostet und verrottet. Oder hat er sich getäuscht?

Hans glaubt, er hat sich nicht.

*

Ausgerechnet zur SMAD? Das hat er sich nun eingehandelt mit seiner großen Klappe, mit dem Brief an die SED und mit dem Parteiaustritt.

SMAD heißt Sowjetische Militäradministration für Deutschland. In Karlshorst, die Kreml-Außenstelle für die sowjetisch besetzte Zone.

Da soll auch die NKWD-Zentrale sein, wo Leute verschwinden, die man niemals wiedersehen wird. Karlshorst macht Gänsehaut. Alles eingezäunt und Wachen mit Bajonett davor!

Und ausgerechnet die SMAD bestellt ihn zu einem antifaschistisch-gesellschaftspolitischen Jugendlehrgang. Die Teilnehmer müssen von ihren Betrieben für die Lehrgangsdauer freigestellt werden, bezahlter Urlaub. Bestimmt haben das Leute angeleiert, die ihn auf Vordermann bringen wollen!

Hans hat überhaupt keine Lust. Aber Mutter Menzel macht die Lippen schmal und wackelt warnend mit dem Kopf: Die merken sich alles. Nicht daß du noch mehr Ärger kriegst, wenn du da nicht hingehst!

Außerdem wird freie Verpflegung zugesichert, ohne Marken, und Bernd schätzt, daß es da bestimmt auch Weiber gibt, die sind ja jetzt gleichberechtigt. Unter diesen Umständen – warum nicht? Seine Lebensmittelkarte läßt Hans bei Menzels.

Ein russischer Lkw holt die Kursteilnehmer ab, fährt unheimlich schnell, auf gerader Strecke achtzig mindestens. Da muß man sich schon ganz schön festhalten, daß man in den Kurven nicht von der Ladefläche fliegt.

In Königs Wusterhausen ist Halt. Alles absteigen. Und Karlshorst? Nix Karlshorst, Kursus hier. Allgemeine Erleichterung, um so besser. Königs Wusterhausen kennt Hans aus dem Detektor, hier steht der Deutschlandsender.

Der Lehrgang findet in der Blindenschule statt, im Internatsgebäude nebenan wird übernachtet. Das Essen kommt von einer russischen Küche. Brot so viel man will, Butter, Zucker, Gemüse sehr durcheinandergekocht, Kohl und Salat mit roten Beeten und Sahne. Reichlich, und so fett, daß einige Probleme kriegen. Tee mit Milch heißt auf russisch Tscheißmalokom, mit T vorne.

Mädchen sind auch da, Bernd hatte recht. Aber nach genauem Hinsehen möchte man eigentlich mit keiner von den Genossinnen etwas anfangen. Genosse ist hier die offizielle Anrede, Genosse und Genossin. Aber mit genießen hat Genossin nichts zu tun. Trotzdem lassen sich einige von ihnen umlegen. Manche schrecken eben vor gar nichts zurück, manche Genossen. Hauptsache, der Sozialismus siegt.

In den Lehrgängen unterscheiden sich die Frauen von den Männern dadurch, daß sie bei den Vorträgen jedes Wort mitschreiben, als wollten sie die Texte auswendig lernen. Eine kann sogar Stenographie, eine Kurzschrift, in der man ganze Wörter als eine Schlangenlinie schreibt. Der Nachteil ist, daß man sie hinterher nicht immer lesen kann.

Das allerwichtigste: Es gibt einen Unterschied zwischen Dialekt und Dialektik, denn Dialektik ist etwas Wissenschaftliches, und gut heißt im Sozialismus nicht mehr gut, sondern fortschrittlich, statt schlecht sagt man jetzt reaktionär. Das hätte er allerdings auch ohne Lehrgang gewußt.

Reaktionär sind die Westmächte, weil sie Deutschland auf ewig teilen wollen. Die Sowjetunion dagegen will Deutschland als Ganzes. Deshalb sind die Russen die einzig wahren Freunde unseres Volkes.

Sobald Hans wieder zu Hause ist, soll er ein sogenannter Kader werden und fortschrittlich in die Gesellschaft hineinwirken. Das heißt, er soll Agitprop machen, Agitation und Propaganda.

Wenn ein Bürger zum Beispiel meckert, soll er sagen, daß alles gar nicht so schlimm ist, in den Westzonen ist alles noch schlimmer, da müssen sich deutsche Mädchen sogar mit Negern einlassen, nur für ein paar Zigaretten.

Einer aus dem Kurs hat schon mal Amis geraucht. Der sagt, er könne die Mädels verstehen.

Agitprop ist, wenn man das revolutionäre Bewußtsein schärft und die Massen zum Klassenkampf überredet, auch im Westen. Angenommen, es kommt jemand von drüben zu Besuch, dann agitiert man ihn am besten durch „Fakten-Schaffen“, und das geht so: Falls der Mann behauptet, die Arbeiter in den Westzonen würden weder ausgebeutet noch unterdrückt, dann fragt man eiskalt: Und was war am 21. Oktober in Lübeck-Kaltenhafen, auf der Priwall-Werft, genau um elf Uhr vormittags? Finden Sie das etwa in Ordnung?

Nun hat der Westdeutsche natürlich keine Ahnung. Kann er auch gar nicht haben, denn da war ja nichts, am 21. Oktober, und die Werft gibt es auch nicht. Aber das weiß er nicht, und er kann es auf die Schnelle auch nicht nachprüfen. Jetzt erzählt man ihm mit viel Empörung, wie die britische Militärpolizei da auf Wunsch der Konzernherren einunddreißig Arbeiter zusammengeprügelt hat – genaue Zahlenangaben sind ganz wichtig: einunddreißig Arbeiter, ein Toter, vier Schwerverletzte, und alle ins Gefängnis, so! – Das kann der Mann natürlich nicht gut finden, hat aber, wie gesagt, noch nie davon gehört ... – Können Sie auch gar nicht, wird im Westen ja alles geheimgehalten! – Also wenn das so wäre, dann wäre er natürlich dagegen ... – Sehen Sie, dann sind wir ja einer Meinung, denn wir sind auch dagegen. Und aus Wanne-Eickel, Kassel, Dortmund, von überallher werden ähnliche Vorfälle gemeldet. – Das findet der Westler natürlich ganz schrecklich, und schon hat man ihn auf unserer Seite und sagt Genosse zu ihm, solidarisch.

Also, Prinzip: Der Agitator behauptet etwas, wovon der Agitierte keine Ahnung hat, und dadurch kriegt der dann sein revolutionäres Bewußtsein. Nur durch das Fakten-Schaffen.

Wenn aber ein hiesiger Reaktionär zuviel meckert, besonders gegen die Wirtschaft oder gegen die Rote Armee, heißt er Diversant und ist ein Knecht des Monopolkapitalismus. Den muß man schnell anzeigen, aus dem Verkehr ziehen, erst bestrafen und dann umerziehen. Außer er kriegt die Todesstrafe. Was besonders bei Sabotage leicht passieren kann.

Daß jeder Bürger auf jeden anderen Bürger aufpassen muß, ist das Prinzip der Volkskontrolle, entspricht dem Wesen der sozialistischen Gesellschaftsordnung und dient der Arbeiterklasse. Wer etwas, was er weiß, nicht sofort anzeigt, macht sich selber strafbar, weil das auch schon Diversion ist. Wegen der Volkskontrolle heißt die Polizei auch nicht mehr Polizei, sondern Volkspolizei.

Als wichtigstes muß man aber wissen, daß die Rote Armee das deutsche Volk nicht besiegt hat, sondern befreit. Von den Faschisten und Monopolkapitalisten.

Aber nun muß Deutschland von den Ausbeutern und Schlotbaronen noch gesäubert werden! Ein Schlotbaron ist einer, der auf seinem Fabrikgelände einen hohen Schornstein hat, weg damit.

Parolen sollen das Bewußtsein der Bevölkerung verändern und den Klassenkampf beschleunigen. Auch den Fortschritt und den Frieden und überhaupt alles. Eine gute Parole beginnt immer mit einer Forderung, zum Beispiel *Vorwärts ..., Es lebe ..., Lang lebe ..., Nieder mit ..., Hände weg von ..., Nie wieder ...* und so weiter. Und je kämpferischer, desto besser. Hans setzt diese Anregungen um und formuliert:

Lang lebe der Kampf gegen die Schlotbarone!

Vorwärts auf dem Wege der Werktätigen Hand in Hand mit dem Fortschritt zur Gleichheit für Frieden und Freiheit!

Damit wollte er zwar nur Quatsch machen, aber die Lehrgangsleiterin findet, daß er schon genau den richtigen Ton getroffen hat. Nur die sowjetischen Freunde hätte er noch erwähnen sollen.

Hans textet um: *Lang lebe der Kampf mit dem großen Stalin gegen die Schlotbarone!* – Jawohl, so muß es sein.

Auf dem Hof sollen sie Sport treiben und Volleyball spielen, das spielen die Iwans auch immer. Natürlich unter einem Transparent, diesmal mit einem Spruch von Wilhelm Pieck persönlich:

Lernt von den sowjetischen Sportlern hohe sportliche Leistungen zu vollbringen! Aber auch vorbildliche Friedenskämpfer zu sein!

Da sich in ganz Königs Wusterhausen leider kein geeigneter Ball auftreiben läßt, organisiert Hans ein paar Kartenspiele, so daß die Friedenskämpfer auf dem Volleyballplatz wenigstens einen zünftigen Skat dreschen können. Sport ist Sport, und von der Sowjetunion lernen, heißt siegen lernen: 18 – 20 – 2 – 3 – 4 – passe.

Sie sehen auch in einem Film, wie groß und schön und reich das Land der Befreier ist. Riesige Erntemaschinen werden von riesigen Traktoren über riesengroße Felder gezogen, am Himmel weiße Wolken. Glückliche Menschen lachen und kriegen Orden angesteckt, auch kleine Kinder und weißbärtige Greise freuen sich über den Sozialismus. Sogar die Fische zappeln glücklich, wenn sie gefangen werden, und immer scheint die Sonne.

Ein freundlicher russischer Major, der fließend deutsch spricht und Goethes Nachtlied auswendig kann, hält nach dem Film einen Vortrag, aus dem hervorgeht, daß in Wahrheit alles noch viel schöner ist als im Film. Weil es allen Menschen gut geht, ist zum Beispiel die Kriminalität in Rußland stark zurückgegangen, seit Jahren hat es keinen Mord mehr gegeben.

Da steht Hans auf und sagt laut und deutlich: Das glaube ich nicht.

Schweigen, peinlich lange. Dann setzt die Lehrgangsleiterin eine Diskussion in Gang, in der die Kursanten etwas zum sozialistischen Menschenbild sagen sollen, das wir alle anstreben. Daß die Partei immer recht hat, wird erwähnt, weil sie ja alle Werktätigen vertritt und die Arbeiterklasse sowieso niemals irren kann, und der Major sagt milde, daß Hans das eines Tages auch noch verstehen wird.

Der hält diesmal die Klappe. Als sie zum Abschied die Internationale anstimmen, singt Hans besonders laut und schön, und der Major sagt: Du chast ausdrucksvolle Stimme.

Also trotz allem ein Mann mit Kultur.

*

Typhus in der Sowjetisch Besetzten Zone. Schulkinder werden dagegen geimpft, solange der Impfstoff reicht. Man munkelt etwas von einer Epidemie, aber genaues weiß man nicht. Auf jeden Fall Vorbeugung, wo immer sie möglich ist.

Es stinkt auch im Freibad. Fast so stark, wie in der Reinigung, aber nach Chlor. Das Wasser ist vermutlich noch weniger sauber als es aussieht. Aber es ist Sommer. Sehr heiß.

In der Badeanstalt klauen sie wie die Raben. Und es gibt nur wenige Kabinen, in die man seine Klamotten einschließen kann. Ohne Kabine braucht man einen Freund, der auf die Sachen aufpaßt, während man schwimmt.

Natürlich sind alle Kabinenschlüssel vergeben. Erst als Hans seinen OdF-Ausweis zückt, ist doch noch einer da. Der angeblich jüdische Vater zahlt sich aus.

In der Kabine schräg gegenüber ist was los. Deutsche Laute weiblich, eine russische Stimme männlich, dazu Körpergeräusche, mehrdeutig. Dann kommt ein Nasser in Badehose vom Schwimmbecken, pocht russisch gegen die Kabinentür und wird eingelassen. Jetzt zwei russische Stimmen männlich, eine deutsch – weiblich, Körpergeräusche eindeutig mehrdeutig. Dann Kabinentür auf, und eine üppige Weißblonde im blauen Badeanzug springt mit einem Köpper ins Becken, um sich abzukühlen.

Wozu sich deutsche Weiber nicht alles hergeben! sagt Manni, den Hans noch aus der Färberei kennt. Würdest du mit einer, von der du weißt, daß sie vorher mit'm Russen? – Nie! – Aber scharf ist sie schon, mit ihren kurzen Haaren.

Etwas später Unruhe bei den Sprungbrettern. Soldaten stehen da herum.

Ein Offizier in Uniform, gutgelaunt, zwei Unteroffiziere in Badehosen, einer hat sogar einen gestreiften Bademantel um die Schultern gehängt und trägt dazu seine Dienstmütze, und dann vielleicht sechzig Muschkoten, glatzköpfig geschoren. Zu weißhäutig-schwammigen Körpern rotbraune Hälse und Gesichter. Erst großes Palaver, nach ein paar harschen Befehlsschreien Ruhe, dann steigt der mit dem Bademantel aufs Dreimeterbrett. Nun müssen die jungen Soldaten ihm nach und von oben ins Wasser springen. Drei Meter runter.

Deutsche werden aufmerksam, sammeln sich an den Beckenrändern zu neugierigen Gruppen, auf sicheren Abstand bedacht. Bei Russen weiß man ja nie!

Die Iwans haben keine Badehosen an, sondern entweder jämmerliche, gar nicht passende Unterhosen, die sie mit den Händen festhalten müssen, oder man hat ihnen Damenschlüpfer verpaßt, lachsrosa, hellgrün und hellblau. Irgendwo erbeutet, weiß der Kuckuck!

Die meisten Jungen, das sieht man, springen zum ersten Mal in ihrem Leben, ohne jede sportliche Einweisung – einfach runter. Mutprobe. Sie halten sich die Nasen zu, wedeln mit den Armen oder lassen sich ohne jedes Körpergefühl wie Mehlsäcke seitlich ins Wasser plumpsen. Falls einer kurz vor dem Absprung zögert oder anderswie Angst zeigt, kriegt er von dem Mützenträger im Bademantel einen Tritt. Dann lacht der Offizier und schlägt sich auf den Schenkel.

Wer Glück hat, taucht mit den Füßen ins Wasser ein oder mit dem Hintern, es gibt aber auch schmerzhafte Bauchklatscher in Serie, und am allermeisten lacht der Offizier, als einer seiner Männer wie ein Gekreuzigter abspringt, zappelnd die Orientierung verliert und so dicht neben dem Schädel eines gerade auftauchenden Kameraden landet, daß er den wieder mit in die Tiefe reißt. Um ein Haar hätte er ihm das Genick gebrochen. Nitschewo!

Hier in der Badeanstalt spürt jeder nach dem ersten Lachen die Peinlichkeit und zunehmend auch die Entwürdigung, die den jungen Russen da widerfährt. Und einige Gaffer können den Anblick bald kaum noch ertragen.

Keiner der Burschen kann richtig schwimmen, einige paddeln wie Hunde mit schnellen Handbewegungen, ohne Beinarbeit. Manche bewegen sich auch dadurch fort, daß sie absaufen, gurgelnd-prustend wieder auftauchen, nach Luft schnappen, wieder absaufen, wieder auftauchen und das so oft, bis sie den Beckenrand erreicht haben. Dann pumpen sie die Chlorbrühe aus sich heraus, spuckend-würgend, sofort müssen sie sich wieder anstellen und dann geht's wieder nach oben aufs Dreimeterbrett und wieder runter.

Keiner hilft niemandem. Keine kameradschaftliche Geste.

Hans hätte den Goethekenner aus Königs Wusterhausen gerne gefragt, ob hier gerade der neue Mensch erzogen wird oder wie man das sonst verstehen soll.

Daß hier Deutsche rumstehen und ungeniert zuschauen, wie die Rote Armee sich lächerlich macht, stört offenbar nicht. Die Badeanstalt als Irrenanstalt. Und diese Idioten wollen uns befreit haben?

Als das Gelächter abebbt, sagt einer mit leiser Stimme: Ja. Diese blöden und abgestumpften Leute haben das getan, was unsere schneidigen Generäle nicht gekonnt haben, unsere stolzen Armeen und unsere tapferen Truppen nicht, unsere Wirtschaftsführer und die ganzen Hochgebildeten und Pfaffen auch nicht: Männer wie die da vorne haben uns von Hitler befreit, und die Welt auch. Was die gemacht haben, hätten eigentlich wir Deutschen tun müssen, und zum Dank dafür haben wir Millionen von ihnen umgebracht!

Der das sagt, hat an der Schulter eine scheußliche Amputationsnarbe, mit dunklen Wucherungen an der Stelle, wo früher sein rechter Arm saß. Und er hat nur noch ein Auge. Daher wird er nur angepöbelt und nicht gleich ins Wasser gestoßen.

Hans spürt, daß der Mann recht hat. Irgendwie hat er recht. Nur ist es schwer zu verarbeiten. Sehr schwer.

Es gibt jetzt eine Gesellschaft für deutsch-sowjetische Freundschaft. Müßte man da nicht rein, wenn man hier irgendwie ... ja was denn eigentlich? Oder im Kulturbund zur demokratischen Erneuerung Deutschlands, ob man da über das Problem reden könnte?

Gut, reden kann man überall über alles, aber offen reden! Wären die Nazis so weit gekommen, wenn die Leute sich getraut hätten, offen zu reden?

Und man kann ja offen reden! Was passiert einem denn, wenn man einem russischen Agitprop-Offizier sagt, daß man ihm nicht glaubt? Gar nichts passiert einem. Außer daß der Mann danach verkündet, daß man eine ausdrucksvolle Stimme hat.

Trauen muß man sich, denkt Hans. Vielleicht ist es das: Man muß sich einfach zutrauen, daß man sich traut. Was passiert einem denn, wenn man aus der SED austritt? Gar nichts. Er beschließt, nun in die LDPD einzutreten.

Dem Offizier wird das Dreimeter-Springen langweilig. Er hat sich genug amüsiert, jetzt müssen die Männer sich sofort anziehen, hinten auf der Liegewiese, wo ihre kackbraunen Uniformen als kleine Häufchen liegen. So naß, wie sie sind, müssen sie sich anziehen. Denn sie haben keine Handtücher. Obwohl sie die Sieger sind.

Als das Dreimeterbrett wieder frei ist, steigt ein Dresdner Jüngling hinauf, rachitisch-mager fast, mit dünnen Beinen und nachzählbaren Rippen. Aber in einer alten Wehrmachtsbadehose, dreieckig, schwarz, mit weißem Streifen.

Er federt einmal vor, tritt zurück – kurzer Anlauf, und dann ein ziemlich sauberer Kopfsprung, wenn die Beine auch nicht ganz gestreckt sind.

Der hat's den Iwans aber gezeigt: Die Deutschen klatschen!

*

Kommunale Hilfsstelle. Fritz ist nicht mehr da.

Schade. Hans hätte ihm gerne seinen SED-Austritt persönlich erklärt, und wie gemein es ist, wenn Leute wie Heinitsch, die rassisch Verfolgten geholfen haben, jetzt so schäbig behandelt werden. Ausgerechnet die!

Ja, aber hier ist kein Fritz. – Wann kommt er denn wieder? – Achselzucken. – Ist er denn irgendwie versetzt oder arbeitet er woanders?

Hans hätte ihm gerne begründet, warum er nun doch in die LDPD eingetreten ist, die ja übrigens eine der ersten Blockparteien war und sich noch vor der SPD in die Einheitsfront der antifaschistisch-demokratischen Parteien eingereiht hat.

Antifaschistisch-demokratisch – je länger der Sozialismus dauert, desto länger werden auch die Wörter und die Sätze, mit denen man die Wirklichkeit umschreiben muß. Oder *um*schreiben, das ist eine Frage der Betonung. – Also, wann kann ich mit Fritz reden?

Welchen Fritz meinst du denn? – Den Spanienkämpfer. – Kennst *du* einen Spanienkämpfer Fritz? – Nein, der Mann am Fenster kennt ihn auch nicht. – Der hat hier gesessen, genau auf diesem Stuhl, und eine Zigarette nach der anderen hat er geraucht! – Ach *der*, jaja. Der ist nicht mehr hier. – Wann kommt er denn wieder? – Weiß ich nicht. Aber du kannst mir ja sagen, was du willst.

Nein, Hans will wissen, was mit Fritz passiert ist.

Ein paar Tage später erfährt er von Herbert, der auch in Osterode war: Fritz ist abgeholt worden. Wahrscheinlich nach Buchenwald. Da verhungert er jetzt zusammen mit alten Nazis. – Aber Fritz ist doch Kommunist? – Er soll in Spanien gemeinsam mit Trotzkisten gekämpft haben, das reicht schon. Wenn du denunziert wirst, ist es völlig wurscht, was du bist. Könnte sein, daß er jetzt auf einer Pritsche verreckt, auf der unter den Nazis auch schon Kommunisten gestorben sind.

Bald danach ist Herbert auch weg. Ein FDJler soll ihn angeschwärzt haben. Herbert ist gewarnt worden und schafft es noch in den Westen, schwarz über die grüne Grenze. Er schreibt Hans eine Postkarte. Und darauf steht – sehr verschlüsselt – der Name des Denunzianten.

Hans informiert Günther Stern. Beide passen nun besonders gut auf. Günther studiert an der TU, er will immer noch Bau-Ingenieur werden. Aber an der Uni gibt es auch Denunzianten.

*

Liegen hier die Akten des Jugendamtes?

Ja, bitte?

Hans stellt sich vor, erzählt von seinen Heimaufenthalten und fragt, ob er wohl mal seine Personalakte einsehen dürfe.

Sind Sie in der SED oder von der Stadtverwaltung oder von sonst irgendwo? – Leider nein. – Ja, wie kommen Sie sich denn eigentlich vor? Wissen Sie, wie viele Einwohner Dresden hat und wie viele davon umgekommen sind, wenn die alle hier antanzen würden und ihre Papiere sehen wollten, was glauben Sie, wie wir dann noch arbeiten sollten! Die meisten Akten sind sowieso verbrannt, alles, was in der Innenstadt gelagert war.

Aber ich weiß, daß meine Akten 44 hierher nach Trachau geschickt wurden, und hier ist nicht die Innenstadt! Hans zückt seinen OdF-Ausweis, wedelt damit und sagt sehr leise: Ich bin ein anerkanntes Opfer des Faschismus. Und dann ganz langsam: Wenn ich bis nächsten Donnerstag nicht meine Akten kriege, dann werde ich hier mal antifaschistische Saiten aufziehen!

Jawohl, sagt verschüchtert die Sachbearbeiterin, aber ich hab Sie doch extra gefragt, ob Sie wer sind!

Bereits am Dienstag kann er seine Akte einsehen. Weil sie Schiß hat, daß ich sie denunziere, denkt er. Aber in diesem Falle ist es ihm egal.

Beurteilungen aus den Heimen und vom Jugendamt: grauenhaft, Reichel ein Wrack von einem Kind, miese Eigenschaften. Verhaltensgestört. Herumgestoßen, orientierungslos. Am besten Unterbringung in einer familiären Pflegestelle. Das ist wenigstens nett gemeint. Und dann ein Brief.

Das muß der Brief sein, den er aus der Ferne schon einmal gesehen hat. Vom Oberbürgermeister der Landeshauptstadt Dresden, Stadtwohlfahrtsamt, Einschreiben an Frau Maria Rutishauser geb. Reichel, Scherzingen am Bodensee, Kanton Thurgau, Schweiz, ohne Anrede:

Ihr unehelicher Sohn Hans Reichel befindet sich seit dem 19.8.36 im Stadtkinderheim Dresden, Marienhofstr.4. Er mußte auf Verlangen der Amtsvormundschaft zu St.Gallen hier untergebracht werden, weil seine damaligen Pflegeeltern W. Zerberer in Geiswil ihn wegen schlechten Betragens nicht mehr behalten wollten und auch sein Lehrer verlangte, daß er aus der Schule entfernt werde. Bevor nun auf eine Unterbringung in eine fremde Familienpflege zugekommen wird, wollen Sie recht bald hierher mitteilen, ob sie gewillt sind, Hans bei sich aufzunehmen. Der

Kindesvater Roth hat den Knaben am 9.5.1935 mit 2800 Schweizer Franken abgefunden, von denen noch etwa 850,– RM vorhanden sind.

I.A. ...

Rutishauser! Also den hat sie geheiratet anstelle von Roth. Obwohl der 2800 Franken bezahlt hat, ganz schön viel! Auf den Brief hat Frau Rutishauser nicht reagiert, sonst würde ihre Antwort in der Akte sein. Logisch.

Aber – seltsam – er hat jetzt wieder das Gefühl, daß sie doch noch leben könnte. Warum eigentlich nicht, wenn sie ein neues Leben angefangen hat mit einem anderen Mann? Scherzingen, das ist ja nicht weit von St.Gallen.

Rutishauser, geb. Reichel, Kindesvater Roth, am Bodensee ... Nur wieso heißt seine Mutter auf einmal Maria? Steht in seiner Geburtsurkunde nicht Martha Nanny? Ja, Martha Nanny, stimmt.

Hans bittet um Abschriften beider Dokumente und läßt sie beglaubigen. Sogar gebührenfrei, weil er ein OdF ist.

Was ist da los? Ein Fehler? Ausgerechnet bei einer deutschen Behörde? Beim Oberbürgermeister von Dresden?

Oder ist Martha Nanny Reichel in Wahrheit eine ganz andere Frau als Maria Rutishauser geborene Reichel? Welche von beiden wäre dann seine Mutter? Und wenn Maria Rutishauser ein Kind von Roth hat, dann wäre es doch fast ausgeschlossen, daß Martha Nanny auch ein Kind von ihm hat. Wenn aber Roth nicht sein Vater ist, dann ist Hans womöglich auch kein Halbjude! Dann hätte er die ganze Zeit recht gehabt mit seinem Gefühl, daß alles nur ein großer Irrtum war und ein Mißverständnis!

Er kriegt einen Rappel.

Eine Postkarte an Drostenbergers und ein paar erklärende Worte zu Mutter Menzel.

Wenn das man gutgeht, sagt sie und schiebt ihm noch Proviant in die Taschen. Und wenn rauskommt, daß du kein Halbjude bist? Dann bist du den schönen OdF-Ausweis los! Für immer!

Na wenn schon!

1946 – 1950

AFN, der amerikanische Soldatensender, bringt eine völlig neue Musik in das Land von Bach und Beethoven: Jazz und Negerschlager. Falls man dieses Gejaule überhaupt Musik nennen kann. Manche Texte werden eingedeutscht, auch auf Sächsisch:

Haste kalte Beene, haste kalte Beene –
steckst'se in de Tasche, haste keene.
Haste nasse Socken, haste nasse Socken –
tanzte Boogie-Woogie, sind'se trocken.

Besonders beliebt ist die humoristische Fassung von Chattanooga Choo Choo, der sogenannte Kötschenbroda-Express:

Verzeihen Sie, fährt dieser Zug nach Kötschenbroda?
Ja, das ist nicht leicht – falls die Kohle noch reicht!
Verzeihen Sie, ist hier noch Platz nach Kötschenbroda?
Ja, das ist nicht schwer, wer nicht steht, der liegt quer.
Denn ...
heutzutage ist das Reisen gar kein Problem:
Auf dem Puffer, auf dem Trittbrett fährst du bequem,
und dich trifft kein Fußtritt,
fährst du auf dem Dach mit
und kriegst obendrein noch frische Luft mit.

Und so ist es denn auch, genau so.

Seit der Flucht nach Meißen ist Hans nicht mehr mit der Eisenbahn gefahren. Er hat gedacht, sein Ausweis könne ihm auch dabei gute Dienste leisten. Von wegen.

Auf dem Bahnsteig eine träge Menschenmasse. Viel zu viele für einen einzigen Zug. Wie lang ist der denn? Egal, unmöglich, daß die alle reinpassen. Angespannte Gelassenheit, Ruhe vor dem Sturm, vor dem Ansturm auf den Zug. Gepäckstücke sind nur sicher, wenn man sich mit dem Hintern drauf setzt. Rucksäcke der Luftwaffe und Seesäcke der Kriegsmarine eignen sich dafür am besten.

Noch nie waren Kinder so lästig wie hier. Immer sind sie zu klein, stehen sie im Weg, halten sich an irgend etwas fest und heulen. Sie haben Angst in diesem Gewabere, das sie von allen Seiten bedrängt. Sie sehen den Himmel nicht mehr und haben nur fremde Hintern und andere Menschenteile vor Augen. Vor Aufregung müßten sie eigentlich dauernd aufs Klo, aber daran ist gar nicht zu denken, außerdem sind die Toiletten noch nicht wieder repariert. Sie spüren Fußtritte, Kopfschläge und schreien, wenn sie die Hand der Mutter nicht mehr spüren. Aber die muß auch mal loslassen, um das Gepäck festzuhalten.

Hans bewundert die Frauen, die trotz aller Panik immer wieder ihre Kinder vertrösten, ihnen Unhaltbares versprechen und dabei die Nasen abputzen, und er erwischt sich dabei, daß er die Kinder beneidet. Dafür, daß sie solche Mütter haben.

Weit vor dem Bahnhof, wo die Signale stehen, zeigt sich die Dampfwolke der Lok. Jetzt wird die wartende Masse aktiv und wächst zusammen zu einer wandernden Mauer, die auf die Bahnsteigkante zudrängt. Kinder schreien spitzer. Mütter werden zu Furien, wenn sie noch die Kraft dazu haben. Die hinten Stehenden schieben, die Vorderen lehnen sich zurück, damit sie nicht aufs Gleis gedrückt werden, und alle hoffen, der Zug möge so anhalten, daß ausgerechnet vor ihnen eine Türe ist. Lange Hälse, irre Blicke.

Der Zug wird hier eingesetzt, müßte also leer sein, ist es aber nicht. Ganz Schlaue sind über die Gleise geschlichen und haben die Waggons schon am Verschiebebahnhof geentert, die sind jetzt fein dran. Für die anderen wird das Einsteigen ein zäher Kampf. Ein Nahkampf mit verzerrten Gesichtern. Die Angst, getrennt zu werden – Oma, wo bist du!?

Die Jüngeren und Gewieften versuchen gar nicht erst, in den Zug hineinzukommen, sie konzentrieren sich gleich auf die Außenplätze an den Wagen, auf Puffern, Bremserhäuschen, Trittbrettern und Dächern. Das macht Hans auch. Am Ende und in der Mitte des Zuges sind die Dächer schon voll, aber vorne ist noch was frei. Wie Hans dann merkt, ist hier der Funkenflug von der Lok auch am heftigsten. Braunkohle, unangenehm.

Ein paar Stationen später stehen Russen und deutsche Polizisten am Bahnsteig und räumen die Dächer und Trittbretter. Pech. Irgendwann kommt ein Güterzug mit ein paar leeren Waggons – da dürft ihr mitfahren!

Drei Tage braucht Hans, bis er die amerikanische Zone erreicht hat, schwarz über die grüne Grenze. In der Nähe von Töpen ein Flüchtlingslager, Baracken und große Mannschaftszelte. Am Zaun Hunderte von privaten Suchanzeigen, oft mit Fotos: *Wer hat gesehen ... Wer kennt ... Breslauer, wer war am ... Vermißt ... Getrennt ... Verschollen ...*

Hans muß seine Personalien angeben. Zweck der Reise: Suche nach verschollener Mutter. Er kriegt einen vorläufigen Registrierschein – Temporary Registration, auf dem alles in Großbuchstaben geschrieben ist, mit Kopierstift. Das ist beim Ami Vorschrift, Kleinbuchstaben kennt der gar nicht – Military Government. Anschließend wird Hans entlaust mit einem weißen Pulver, das ihm hinter den Kragen, in die Ärmel und von oben und unten in die Hose gepustet wird, auch Vorschrift. Dann erhält er eine kleine Lebensmittelkarte mit Reisemarken für drei Tage. Sogar Weißbrot, Butter und Käse stehen darauf, überall erhältlich, davon sollte sich der Iwan mal eine Scheibe abschneiden! Vor lauter Begeisterung verschusselt er seinen Registrierschein.

Also stellt er sich einfach noch einmal an, an einem anderen Tisch: Personalien, Suche nach verschollener Mutter, und wieder Entlausen und Reisemarken auch! Und weil das so einfach geht, noch ein drittes Mal. Aber da rieselt ihm das Entlausungspulver schon so heftig aus den Hosenbeinen, daß er sich die vierte Registrierung verkneift. Schließlich muß man auch mal ehrlich bleiben.

Er sieht zum ersten Mal amerikanische Soldaten. Unfaßbar, was die für scharfe Bügelfalten an den Uniformen haben und wo überall! Sogar die Neger. Unglaublich sauber alle, riechen nach Seife oder Rasierwasser. Manche tragen das Schiffchen so weit in die Stirn gedrückt, als ob sie besoffen wären. Richtige Operettensoldaten, die hätte er gerne mal vor Leningrad in der Scheiße gesehen. Und diese blöde Kaugummikauerei! Wenn man nur wüßte, wie das Zeug eigentlich schmeckt! Wie HANEWACKER in süß, angeblich. Wie Bärendreck mit Pfefferminz.

Mit den Reisemarken in die erstbeste Bäckerei. Bayerische Mundart natürlich, Hans versteht kaum etwas. Außerdem sind sie hier zu Flüchtlingen nicht besonders freundlich, wahrscheinlich gibt es zu viele, so dicht an der Grenze, egal. Erst mal ein Stück Blechkuchen, da entdeckt er auf einem Teller Kuchenränder. Sind die markenfrei? Nein, frei nicht, aber es gibt davon für die Marken die doppelte Menge. Gut, ein Stück so und dann zwei Randstücke. Er feiert mit sich.

Am Bahnhof erfährt er, daß es eine Zugverbindung bis St. Gallen gibt, mit mehrmaligem Umsteigen. Aber erstens viel zu teuer, und zweitens bräuchte er dafür einen Railway Travel Permit.

Also weiter per Anhalter. Zunächst nach Moskau, südlich von Singen, da gibt es eine kleine Grenzstation. Dann nach Paradies bei Konstanz und schließlich nach Kreuzlingen, aber weder die beglaubigten Abschriften noch sein OdF-Ausweis können die Schweizer Grenzer beeindrucken: Er hat keine beglaubigte Einladung in die Schweiz, und ohne die geht nichts.

Ein rundlicher Beamter läßt sich immerhin in ein Gespräch ein. Hans fragt ihn, ob er nicht wenigstens nach Scherzingen telefonieren dürfe. Nein, das ist ein Diensttelefon, für private Gespräche geht es gar nicht. Und wenn er das Gemeindeamt in Scherzingen anrufen würde, das wäre doch auch eine Dienststelle? Ja, aber der Inhalt des Gespräches wäre privat, und darauf kommt es an.

Hans schildert dem Mann seine Ausweisung, aber der schüttelt milde das kugelige Haupt: Wenn die Schweiz einen jungen Burschen des Landes verweist, dann hat sie immer ihre Gründe dafür. Die können hier an der Grenze nicht überprüft werden. – Und was ist mit seinen Briefmarken passiert? – Da wird es eine Vorschrift gehabt haben, sonst hätte der Kollege sie gar nicht beschlagnahmt. – Und daß irgend etwas nicht mit rechten Dingen zugegangen ist? – Unmöglich, wir sind ja Beamte.

Hans gibt auf. Also, zurück nach Dresden.

*

Acht Löcher im Ortsschild von Meersburg, jemand hat darauf geschossen. Wahrscheinlich ein Sieger vor Freude.

Hier ist der Anhalter-Bahnhof an der Ausfallstraße. Ein Häufchen von Reisenden wartet. Wenn ein Wagen nur abbremst, dann hoppeln alle zur Fahrertür und rufen, wohin sie wollen. Junge Frauen ohne Kinder und ohne Gepäck haben die besten Chancen, warum wohl? Die werden sogar von Amis mitgenommen, obwohl das angeblich amerikanischerseits verboten ist.

Hans darf in ein Postauto einsteigen, in ein uraltes Paketauto. Das hat noch einen Kettenantrieb und fährt höchstens dreißig. Bergauf entsprechend weniger. Dauernd werden sie angehupt. Dann schimpft der Fahrer auf die blöden Straßenkreuzer. Viel zu breit für unsere Dörfer, viel zu lang, dünnes Blech und innen drin nix – alles Luft, alles Angeberei! Genauso wie der linke Arm, den der Schi-eih immer lässig aus dem Fenster hängt. Wenn so einer mal in einen deutschen Mercedes vorne reinguckt, dann fällt dem gleich der Gummi aus der Gosch: So viel Wertarbeit hat der noch nie gesehen, in ganz Amerika noch nicht! Eine Kuckucksuhr ist für den ein Weltwunder, da kannst du stangenweis' Lackischtreiks für kriegen und Erdnußbutter und alles.

Und wie ist der Ami sonst? So als Mensch?

Schiß hat er. Wenn er Häuser beschlagnahmt für seine Leute, dann schraubt er als erstes Treppen an die Wände, und zwar von draußen. Damit er besser türmen kann, falls es mal brennt. Von Feuerwehr keine Ahnung! Und seine Weiber, also die Original-Amerikanerinnen, die von drüben sind, die gehen mit Lockenwickeln im Haar zum Einkaufen. Knallrote Lippen und dazwischen 'ne Zigarette.

Aber wer als Deutscher beim Ami arbeitet, in der Küche oder als Hausmeister oder Putzfrau, der kriegt natürlich schönes Essen und kann auch etwas mit nach Hause nehmen, der ist fein raus!

An einer Kreuzung setzt er Hans ab. Da entlang, drei Kilometer durch den Wald, da liegt der Güterbahnhof, vielleicht kommst du von da aus weiter.

Hans hat nämlich ein zusätzliches Problem: Sein Geld ist weg. Was er im Portemonnaie hatte, ist alle, und was im Brustbeutel versteckt war, ist spurlos verschwunden. Geklaut? Ausgeschlossen. Wahrscheinlich aus Versehen mit rausgerissen, wenn er seinen OdF-Ausweis gezeigt hat. Egal, weg ist weg.

Abenddämmerung. Mitten im Wald am Straßenrand ein Militär-Fahrzeug. Kastenwagen mit Rotem Kreuz drauf, ein Sanka. Ob der ihn wohl mitnehmen würde? Fragen kann man ja mal. Die Scheibe an der Fahrertür ist heruntergedreht, kein Mensch drin. Hans klopft gegen das Blech – hallo? Nix.

Hohe Buchen, wenig Unterholz, recht übersichtlich. Kein Ami, soweit das Auge reicht. Hans wartet. Niemand kommt. Außer der Stille des Waldes ist nichts zu hören. Vielleicht eine Panne und der Fahrer holt gerade einen Abschleppwagen?

Hans geht an die zweiflügelige Hecktür, klopft – hallo? Nix. Ganz vorsichtig faßt er an den Handgriff und zieht ihn nach oben. Die rechte Tür müßte mal geschmiert werden, denn sie quietscht ächzend beim Aufziehen, aber der Wagen ist leer, links und rechts Tragen an den Wänden, hochgeklappt. Zur Not könnte man in so einem Ding auch übernach ... da spürt er die Hand auf seiner Schulter.

Blitzschnell dreht er sich um und schaut auf das Korn eines schweren Revolvers unter seiner Nase. Der Ami ist unvorstellbar schwarz. Große runde Augen, wütend rollend mit roten Rändern, knallweiße Raubtierzähne, stark wulstige Lippen, Schweißperlen auf der Haut, in der Dämmerung ein Anblick zum Indiehosescheißen. Es wurmt Hans, daß er so erschrocken ist; denn gerade vor einem Neger will man sich doch keine Blöße geben.

Der zweite Soldat, der später mit einem doppelläufigen Jagdgewehr dazukommt, ist etwas heller, aber dafür unglaublich pickelig, sieht beinahe chinesisch aus.

Mit einem Riemen werden Hans die Hände gefesselt, dann muß er hinten einsteigen und sich auf den Boden setzen, der Pechschwarze setzt sich auf den Klappsitz und spielt mit seinem Colt, der Pickelige fährt. Zum Glück in die richtige Richtung. So schafft Hans an diesem Tag doch noch über sechzig Kilometer.

Am nächsten Morgen wird er aus seiner Zelle geholt – von einem deutschen Zivilangestellten. Trägt eine Art Uniform und spricht kein Wort zuviel, der Mann, behandelt Hans wie ein verurteiltes Schwein.

Was passiert denn jetzt? – Fragen Sie nicht so dumm, das werden Sie schon erleben. Dann macht er einen tiefen Bückling und sagt Guttmorningzartschent, weil ein Ami vorbeikommt.

Zunächst wird Hans unter eine Dusche geschickt. Dann bekommt er Kakao und Kekse. Die ganze Nacht hat er von Negern geträumt, und nun so etwas Herrliches. So viel er will. Danach noch einmal entlausen.

Dann die Vernehmung. Der Offizier oder Feldwebel, vor dessen Schreibtisch er sich aufstellen muß, 3 Meter Abstand, spricht ihn auf Sächsisch an. Nicht im feinen Dresdner Dialekt, aber aus Chemnitz oder Leipzig könnte er schon stammen.

Was er denn mit dem Morphium anfangen wollte, soll er sagen, verkaufen, ja? Und an wen?

Eeeeh ... Morphium? Hans kennt Morphium aus dem Lazarett. Da kriegten es die Kameraden, die zu laut geschrieen haben, bevor sie krepierten. Aber das ist doch lange her, das mit dem Lazarett! Und außerdem hat er nur gegen Russen gekämpft und nie gegen Amerikaner!

Nach einer bösen Viertelstunde entwirren sich die Dinge langsam. Der Corporal hat zur Kenntnis genommen, daß Hans seine Mutter in der Schweiz suchen wollte und ein anerkanntes Opfer des Faschismus ist, und Hans weiß jetzt, daß es in amerikanischen Sankas ein Kästchen gibt, in dem für den Notfall eine Morphium-Ampulle eingelagert ist. Eine Glasscheibe davor, die muß man einschlagen, wenn man an das Zeug heran will. Das hat sich herumgesprochen, und immer öfter werden Sanitätswagen aufgebrochen. Die beiden Soldaten hätten ihn beobachtet und wollten ihn auf frischer Tat ertappen.

Achso. – Warum der eine dann ein Jagdgewehr dabei hatte, fragt Hans vorsichtshalber nicht.

Der Corporal verfügt in sächsischem Amerikanisch, daß Hans auf US-Fahrzeugen mitfahren darf, bis an die Zonengrenze. Dann faßt er sich an den Hintern, zieht ein flaches Geldbündel aus der Tasche, ohne Portemonnaie drumrum, und schiebt einen Zwanzig-Markschein über den Tisch, Alliierten-Geld.

Hans schämt sich, doch der andere Sachse winkt ab und sagt: Ich habe auch einen jüdischen Vater, und ich glaube, ich habe mehr Glück gehabt.

Dann verläßt er den Raum, ohne Hans noch einmal anzuschauen.

*

Am Löbtauer Dorfplatz hängen Kleinanzeigen:

Tausche gut-erh. Kinderstiefel Gr.28 geg. ebensolche Gr.34, für zwei Meter Ofenrohr mit Krümmer werden Rhabarber und Kürbis in Aussicht gestellt, wer seinen Tabak selber schneiden will, kann sich gegen Naturalien (50 gr. pro Tag) eine Orig. Fein-&-Krüllschnittmaschine ausleihen, Fahrraddecke 28 x 1,75 „Wulst" gegen Ia-Kinderleibwäsche und vieles andere mehr. Alltagssorgen im Postkartenformat. Darunter eine Annonce in Sütterlin-Schrift, offenbar mit schwarzer Ausziehtusche geschrieben, künstlerisch schwungvoll und mit roter Tinte abgesetzt:

Gesangsunterricht
erteilt
Lenka Reisner-Kempau
Staatl. Gesangsmeisterin

Hochinteressant. Und welch ein Name: Lenka Reisner-Kempau! Ob sie Beamtin ist, als staatliche Gesangsmeisterin? Sie wohnt am Schillingplatz, bei der Kirche St. Anton.

Eine sehr gepflegte Dame, distanziert freundlich. Hans schätzt sie auf Mitte fünfzig. Sie wohnt mit einem Langhaardackel namens Wichtel alleine in einer unbeschädigten Wohnung, alle Fenster mit Glasscheiben, eigenes Klavier, und es kostet bei ihr 20 RM. Pro Stunde.

Zu teuer, schade. Nein, sagen Menzels, wir geben dir das Geld. Probier's doch mal! Wenn die Frau dafür Bohnenkaffee haben wollte – den hätten wir natürlich nicht. Aber für Geld kann man ja sowieso nichts mehr kaufen.

In letzter Zeit wirkt der Junge oft deprimiert. Seit die Heinitsch-Werke praktisch kaputt sind, hat er keinen Halt mehr, und die Schweizreise hat ihm den Rest gegeben. So gar keine Hoffnung. Kein

Ziel. Nicht daß er am Ende doch noch unter die Räder kommt. Vielleicht hilft ihm Musik.

Hans kennt Noten aus der Schule, aber nur im Prinzip: Je höher ein Ton, desto weiter oben steht die Note. Je tiefer, desto umgekehrter. Und dann will er Frau Reisner-Kempau einreden, daß es gerade und ungerade Noten gibt. Die ungeraden heißen *E*s *G*eht *H*urtig *D*urch *F*leiß, also E – G – H – D – F, und haben die Notenlinie durch den Kopf, die geraden stehen zwischen zwei Linien und heißen *F*ritz *A*ß *Z*itronen-*E*is, nämlich F – A – Z – E.

Das kann Frau Reisner-Kempau in dieser Form nicht akzeptieren, wenn auch etwas Wahres dran ist. Für sie ist wichtig, daß alle Töne, die es gibt, im Universum jederzeit vorhanden sind, sogar nachts. Und die Aufgabe des Musikers ist es, sie hörbar zu machen. Mittels sogenannter Schwingungen. Die kann man mit einer Blockflöte hervorrufen oder mit einer Posaune, vor allem aber auch mit den göttlichsten Instrumenten, die es gibt, nämlich mit den Stimmbändern und mit dem Brustkorb als Resonanzkasten. Deshalb ist der Sänger als Musiker sozusagen der höchste Briefträger zwischen dem Universum und dem Ohr.

Sie nimmt zum Ziehen von Notenlinien ein Gerät, das aussieht wie eine halbe Wäscheklammer, fünf Schreibfedern übereinander sind vorne daran. Die tunkt sie in ein normales Tintenfaß, und ohne Lineal, mit flottem Schwung aus dem Handgelenk entstehen Notenblätter auf den unbedruckten Rückseiten alter Conto-Auszüge. Dann schreibt sie in die Linien mit einem Bleistift alles Nötige hinein: Schlüssel, Tonart, Noten, ganze, halbe, viertel, achtel, Pausenzeichen, Taktstriche und dieses so schön klingende Italienisch, das für die sächsische Mundart wie geschaffen scheint: presto, adagio, piano, pianissimo, allegro ma non troppo, da capo ... da klingen schon die Fachausdrücke wie Musik. Aber das ist erst die Theorie.

Rein stimmlich, sagt Frau Reisner-Kempau, muß Hans sehr behutsam an den Gesang herangeführt werden, das Material ist verheißungsvoll, aber pflegebedürftig. Wer zu früh zu viel macht, kann zu schnell alles zerstören. Tonleitern rauf und runter, immer wieder, auf a, e, i, o und u. Laut und leise, meistens leise, dazu Atemübungen, die Hans weder bei Wagner noch bei den Kruzianern beobachtet hat, aber sie wird es schon wissen. Ohne Fleiß kein Preis. Und auch kein Land des Lächelns.

Wenn es Hans manchmal ein wenig eintönig wird, versucht er, die Gesangsmeisterin in Fachgespräche zu verwickeln. Zum Beispiel über den Fliegenden Holländer und wo das Donnern dabei herkommt, oder über das Schicksal seines besten Freundes, der noch musikalischer ist als die allermeisten Musiker mit seinem absoluten Gehör. Der hat die Stimmgabel im Blut und kann mehr hören als Beethoven und Mozart zusammen, und von falschen Tönen kriegt er immer Gänsehaut.

Frau Reisner-Kempau ist am Schicksal von Werner Klett nicht sehr interessiert: Kommen Sie, noch einmal auf „i" in d-Moll. Sch...ade, aber er singt dann so schön wie möglich.

Wichtel mag ihn sehr, zur Begrüßung springt er ihm immer winselwedelnd in die Arme, nur wenn Hans auf i singen muß, kriecht der Dackel unters Sofa. Dann sagt Frau Lenka streng: Wichtel, sei nicht immer so sensibel, verbichtnochmal!

Das Taktgefühl lernt Hans mit Hilfe eines Metronoms, das aussieht wie eine kleine Mahagoni-Pyramide und funktioniert wie eine umgedrehte Pendeluhr. Man kann das Pendel schnell und langsam einstellen, von presto bis largo, in 4/4, 3/4/, 3/8, und auf der Eins läutet immer ein Glöckchen, wenn man will. Frau Reisner-Kempau trichtert ihm angesichts dieses hübschen Apparates das Wesentliche abendländischer Musik ein, nämlich: Der schönste Ton nützt gar nichts an der falschen Stelle und zur falschen Zeit. Wer nicht hören kann, muß zählen! Immer!

Inzwischen bezahlt Hans die Stunden aus eigenem Vermögen; denn die P 2000 und P 700, diese kleinen Radioröhren, die er seinerzeit bei Döbeln den Hinterlassenschaften der deutschen Wehrmacht entnommen hat, sind bei Radiobastlern zu Schwarzmarktpreisen sehr gefragt. Und Radiobastler wiederum haben Hochkonjunktur, nachdem viele Leute ihre Volksempfänger bei den Russen abgeliefert haben. Für eine P 2000 kriegt er umgerechnet drei Stunden bei Frau Reisner-Kempau.

Ein paar Röhren später stellt die Gesangsmeisterin ihrem Schüler ein Zeugnis aus. Mit der Schreibmaschine bescheinigt sie,

dass Herr Hans Reichel seit drei Monaten bei mir Gesangsunterricht erhält. Seine schöne, bildungsfähige Stimme hat sich in dieser kurzen Zeit bereits erstaunlich entwickelt und es besteht kein Zweifel, dass er später einmal die Laufbahn eines Bühnensängers ergreifen kann, zumal er sein Studium mit großem Fleiß und Hingebung verfolgt.

Als Hans diese Bescheinigung vor dem Haus am Schillingplatz gelesen hat, wird ihm sehr seltsam zumute. Vor Glück! Wenn er noch einen Hosenträger mit Geheimfach hätte, würde er dieses Dokument darin einschließen, wie damals die Millionen-Marke.

Er braucht einen langen Spaziergang. Und der endet mit einem Entschluß, einem felsenfesten: Sänger wird er werden, Bühnensänger, berühmt wird er werden, Wagner wird er singen und Léhar, *Steuermann, halt die Wacht!* und *Immer nur lächeln!*

Immer nur lächelnd wird er dann irgendwann vor seine Mutter hintreten und sagen: Entschuldige bitte, daß ich so berühmt geworden bin! Und falls sie doch schon tot sein sollte, wird er es ihrem Grabstein sagen. Aber sagen wird er es. Und das geht dann auf das Konto von Frau Lenka Reisner-Kempau, bezahlt von Menzels und der deutschen Wehrmacht.

*

Mit dem Zeugnis darf er nun vor Herrn Kammersänger Nossel auftreten, was ihm rundherum mißlingt. Er spürt es selber, im Augenblick des Geschehens, daß nichts klappt, und Werner Klett hätte beim Zuhören eine Gänsehaut gekriegt bis unter die Fußsohlen. Nach fünf Minuten dankt der Kammersänger und läßt sich, die Stirne nachdenklich in die gespreizten Finger der linken Hand gestützt, etwas vom schulischen Werdegang des Musenanwärters berichten.

Auch das ist schnell erledigt, einschließlich Wehrmacht, Osterode, Heinitsch und OdF. Nun, junger Freund, ich werde mich schriftlich äußern.

Hans glaubt zu wissen, was in dem Brief stehen wird, und es steht wohl auch darin, aber in sehr netter Form:

Herrn Hans Reichel prüfte ich heute gesanglich. Er ist im Besitz einer Tenorstimme und könnte nach gründlicher Ausbildung ein brauchbarer Operntenorbuffo werden.

Na gut. Also muß er ab jetzt doppelt soviel üben. Er geht in die Kulturscheune auf dem Weißen Hirsch, wo Keilberth dirigiert, er geht zu den Konzerten ins Hygiene-Museum, und er liest über Musik, was er kriegen kann.

*

Mit sozialistischem Gruß bittet die Sozialistische Einheitspartei Deutschlands, Gruppe Löbtau, Herrn Hans Reichel unter Bezugnahme auf sein Schreiben betr. Austritt aus der SED in ihre Geschäftsstelle zu kommen.

Hans geht hin. Sechzehn erwachsene Parteimitglieder sitzen um einen langen Tisch. Sie schauen ihn an. Hager und frisch gekämmt.

Sie fühlen sich unwohl, einige sehen auch krank aus. Er nimmt sich einen Stuhl und setzt sich auf eine Ecke. Bitteschön.

Keiner sagt etwas, peinlich. Weil ihm diese Ölgötzen-Situation irgendwann auf den Wecker geht, erklärt Hans noch einmal seine Gründe für den Austritt: Die Hetze gegen Heinitsch, der so viel für ihn getan habe, sei ein persönlicher Anlaß gewesen, und außerdem sei er ja niemals SED-Mitglied gewesen! In die SPD und nicht in die SED sei er eingetreten, und vor der Vereinigung mit der KPD habe ihn niemand gefragt, ob er das mitmachen wolle. Mit der SED habe er eigentlich nie etwas zu tun gehabt.

Schweigen, Räuspern. Dann überreicht ihm der Schriftführer den Antrag auf erneute Aufnahme in die SED, mit dessen Ausfüllung er alles wieder in Ordnung bringen könne.

Ich bin inzwischen in der LDPD, sagt Hans, aber falls Sie das nicht stört, dann trete ich auch gerne wieder bei Ihnen ein. Dann bin ich eben in zwei Parteien. Falls es nichts kostet. Legen Sie Wert darauf, daß ich auch noch in die CDU trete?

Schweigen. Als Hans sich in der Tür noch einmal umdreht, sieht er in der Runde eine gewisse Ratlosigkeit. Man darf sich eben von den Brüdern nur nicht einschüchtern lassen.

*

Willst du Schauspieler werden? – Wo denn? – Beim Film.

Werner Klett kommt mit diesem verlockenden Angebot und mit einem Unbekannten, der eine Baskenmütze trägt. Die DEFA dreht einen Dokumentarfilm über die Enttrümmerung und den Wiederaufbau Dresdens. Es soll gezeigt werden, wie alles im Arsch war, und wie dann die Bevölkerung in selbstlosem Einsatz mit dem Wiederaufbau der Stadt begonnen hat. Also eine Art Wochenschau. Die heißt jetzt aber *Augenzeuge*.

Und dazu brauchen Sie Schauspieler? Da können Sie doch die Arbeiter und die Trümmerfrauen echt fotografieren! Beim Schippen und wenn sie Steine abklopfen, die gibt's doch überall!

Nee, die sehen zu popelig aus, zu dünne, zu mickrig, zu verhungert und zu schlecht angezogen. Der Durchschnittsmann hat nur noch fünfzig Kilo auf den Rippen und die Frau vierundvierzig, sagt der mit der Baskenmütze, und alle haben sie schlechte Laune. Nee, es soll ja eine positive Dokumentation werden, wo kräftige Menschen froh darüber sind, daß wir den Schutt der Nazis endlich wegräumen dürfen und daß uns hinten am Horizont schon wieder eine schöne Zukunft winkt, nämlich der Sozialismus, sagt der Mann von der DEFA. Es wird auch gut bezahlt und es gibt warmes Essen.

In der Tat ist eine Gruppe leidlich wohlgenährter Dresdner Statisten bereit, in relativ ordentlicher Kleidung Dresdner Arbeiter darzustellen. Um die vierzig Leute treffen sich vor dem Italienischen Dörfchen, morgens um halb neun.

Gegen neun rollen zwei Kleinlaster an, das ist die DEFA persönlich. In dem einen soll die Kamera sein, aus dem anderen kommen große Holzrahmen zum Vorschein, die mit weißem Stoff bespannt sind. Wozu? Weiß kein Mensch. Warten. Die DEFA-Leute rauchen Aktive, die Statisten qualmen Eigenbau. Hans organisiert eine Skatrunde und gewinnt drei Zigaretten, eine selbstgedrehte und zwei aktive. Als er sie weiterverkauft hat, hat sich der Tag für ihn eigentlich schon gelohnt.

Gegen elf naht der Regisseur. In einem alten DKW-Meisterklasse, im Volksmund Kleistermasse genannt, weil er aus Sperrholz ist. Aber oben offen. Er hatte eine Panne, aber dafür hat der Regisseur einen Hut auf und eine Sonnenbrille.

Soweit Hans das akustisch mitkriegt, sollen zwei Szenen gedreht werden. Einmal soll ein Balken aus den Trümmern gezogen und von sechs Leuten lachend weggetragen werden. Andere applaudieren dazu. Dann muß Schutt in eine Lore geschippt werden, und die wird dann fröhlich über die Gleise geschoben. Und das alles immer vor der Ruine des Zwingers.

Leider gibt es ein Problem: Um den Zwinger herum herrscht Zerstörung, so weit das Auge reicht. Aber unmittelbar vor dem Zwinger, wo der Regisseur filmen will, gibt es keine Trümmer, keine Balken, keinen Schutt und keine Loren. Da wird der Regisseur sehr wütend. Er schreit laut und deutlich, daß er den Zwinger als Hintergrund braucht, damit die Leute erkennen, daß das zerstörte Dresden auch wirklich Dresden ist! Wenn er nur Ruinen zeigen will, dann kann er den Film über Dresden auch in Potsdam drehen!

Das sehen alle ein, auch die beiden russischen Berater, die in einem Jeep angereist sind. Die Komparsen sollen erst mal weggehen und gegen drei Uhr nachmittags zurück sein. Und das warme Essen? – Gibt's abends.

Am Nachmittag haben echte Arbeiter schon echten Schutt abgeladen, auch angekohlte Balken sind eingetroffen, aber es sieht noch nach sehr wenig aus. Der Kameramann sagt zum Regisseur, wenn man den Schutt ganz von unten knipst, dann sieht er schon nach mehr aus.

Leider kommen Wolken auf und es fängt an zu regnen. Schluß für heute! – Und das Essen?

Die Komparsen kriegen einen Schlag kalte Suppe aus einer verbeulten Milchkanne und ihre Gage. Morgen früh um sieben geht's weiter. Hans verbringt einen anregenden Abend mit Helma. Sie ist Schauspielschülerin und will zum Theater. Deshalb lernt sie ein ganzes Theaterstück auswendig, *Minna von Barnhelm.*

Am nächsten Tag kann Hans dann zeigen, was er in Osterode alles gelernt hat: Schienen zusammenbauen für die Lore, die inzwischen da ist, dann den Leuten zeigen, wie man eine Schaufel richtig anfaßt und richtig abwirft, und schließlich das fachgerechte Aufheben eines Balken durch sechs Männer: Zuuuuu-gleich!! Dabei nicht in die Kamera gucken, glücklich und gesund aussehen, mit den Augen strahlen und lachen. Und im Hintergrund den Zwinger nicht verdecken.

Der Kameramann dreht alle Bilder mehrmals, und wenn einer was falsch macht, schreit er sofort: Aus! Damit er nicht zuviel Film verbraucht. Die weiß bespannten Rahmen sind übrigens zum Aufhellen da. Die werden in die Sonne gehalten und dann zu den Gesichtern gedreht, damit die Arbeiterinnen und Arbeiter noch schöner aussehen.

Abends bei der Suppe sagt der mit der Baskenmütze zu Hans: Du hast mir viel geholfen, du solltest Regieassistent werden! – Ich werde Bühnensänger. – Naja, auch gut, sagt er. Dann fragt er Helma, ob sie nicht zum Film möchte. Er könnte vielleicht was für sie tun, in Babelsberg. – Ja, sagt sie, Lust hätte sie schon.

*

In der LDPD lernt Hans Herrn Dr. Gruber kennen, einen feinsinnigen älteren Kaufmann und Inhaber eines Großhandelsunternehmens, Im- und Export, der unter den Nazis sehr gelitten hat. Nicht etwa, daß sie ihm etwas getan hätten – dazu brauchten sie ihn zu sehr.

Nein, sie haben ihn vor allem ästhetisch verletzt, und er erklärt auch sogleich, was er mit diesem Fremdwort meint: Daß sie Proleten waren, dümmliche Spießbürger, ungebildet und ordinär, mit einem Österreicher an der Spitze. In diesen gräßlichen Uniformen und mit Remtemtem und diesen Fahnen, nach Schweiß und Leder stinkend, mit dunklen Flecken unter den Achseln ihrer Braunhemden. Und wenn sie sich gewaschen haben, dann rochen sie nach der billigsten Kernseife und nach 4711. Der Deutsche Alpenverein hat soviel für die Ostmark getan, aber wenn wir geahnt hätten, was auf uns zukommt, dann hätten wir diesen unehelichen Schickelhuber namens Hitler doch abtreiben lassen, in Braunau am Inn, oder wußten Sie gar nicht, daß er unehelich war? – Eigentlich nicht. – Damals hätte eine Engelmacherin ein paar Pfennige gekostet, in Österreich!

Dr. Gruber, der früher viele jüdische Freunde hatte – leider, leider alle nicht mehr hier – kennt jemanden, der enorrrmen Einfluß hat auf die Musikhochschule: Ein Wort von ihm genügt und ...

Hans dankt und verläßt sich lieber aufs Üben und aufs Vorsingen, bei allen möglichen Professoren. Und eigentlich hat er es auch schon geschafft. Durch eigene Leistung, was ihn ziemlich stolz macht. Nur noch die Aufnahmekommission muß er überzeugen. Aber vor der darf er nicht singen. Da muß er sich rechtfertigen. Für seine Herkunft.

Die freien Plätze für Studienanfänger sind nämlich schon vergeben. Aber die Musikhochschule muß – wie alle anderen Hochschulen – die größere Zahl der Studienplätze mit Arbeiter- und Bauernstudenten besetzen, also mit rassereinen Proletariern im Sinne der sowjetischen Freunde.

Was war Ihr Vater? – Jude, in der Schweiz. – Und Ihre Mutter? – Deutsche, auch in der Schweiz. Ich bin OdF und Mitglied der VVN und der LDPD. – Und was waren die Eltern von Beruf?

Hans druckst heraus, daß er es nicht so genau weiß.

Ratlosigkeit, Getuschel. Einerseits, andererseits ...

Da kommt einer rein, mit schwarzem Oberhemd und dunkelroter Krawatte. Der hört sich das Gemähre nicht lange an. Warum sollten wir den nicht nehmen, bei solchen Prüfungsnoten, wenn wir den Fall mal dialektisch betrachten: Musikalisch ist er astrein, und als Sohn eines jüdischen Arbeiters und einer deutschstämmigen Bäuerin kann er auch fürs Arbeiter- und Bauern-Studium zugelassen werden, einschließlich Stipendium. Völlig unbedenklich.

Beweise für die Abstammung? – Haben Sie Gegenbeweise? – Und daß er eigentlich aus der Schweiz kommt? – Lenin kam auch aus der Schweiz, bevor er die Oktoberrevolution gemacht hat!

Gut. Unter diesen Umständen wird seine Zulassung befürwortet, streng demokratisch und einstimmig. Also einer sagt, wo's langgeht, und die anderen stimmen zu.

Sein Fürsprecher, erfährt Hans viele Jahre später, war der Adoptivsohn und Lebenspartner von Herrn Dr. Gruber. Die LDPD hat sich ausgezahlt.

*

Die VVN ist die Vereinigung der Verfolgten des Naziregimes. Alle Menschen, die aus politischen, religiösen oder rassischen Gründen gejagt, gefangen, gefoltert und mit der Ermordung bedroht waren, haben sich zu dieser Organisation zusammengeschlossen. Zu ihren Zielen gehört auch *die Verhinderung neuer totalitärer Herrschaft.*

Das gefällt Hans besonders. Wenn das deutsche Volk bestehen bleibt, wie Stalin versprochen hat, dann darf es nie wieder eine Diktatur geben. Und überall, wo sich die ersten Anfänge von Diktatur zeigen, muß man etwas dagegen tun. Als OdF ist er automatisch VVN-Mitglied geworden, und jetzt trägt er auch die Anstecknadel an der Jacke: das rote Dreieck, das auf der Spitze steht, das KZ-Zeichen. Er gibt damit nicht gerade an, aber es stärkt sein Selbstbewußtsein.

Die Hochschule für Musik ist in Blasewitz untergebracht, in der Mendelssohnallee, nicht weit vom Blauen Wunder. Früher hieß das Haus Villa Rothermundt. Zum Wohnen war es sicher sehr groß, aber als Hochschule ist es sehr klein. Der Einzelunterricht für Sänger und Instrumentalisten findet deshalb überwiegend in den Wohnungen der Lehrer statt.

Der Rektor ist ein Komponist, knapp sechzig, Professor Fidelio Raab. Kein Witz, er heißt tatsächlich so, weil seine Eltern auch schon besessene Musiker waren. Er hat einen Bruder, der heißt allen Ernstes Rigoletto. Naja, immer noch besser als Bajazzo. Aber Rigoletto unterrichtet nicht an der Hochschule.

Hans hat nun eine richtige Professorin als Gesangslehrerin, die bringt ihm alles auswendig bei. Und wenn er nicht gut genug gelernt hat und versucht abzulesen, dann schmeißt sie ihm die Noten vor die Füße und pöbelt ihn an. Er lernt sehr viel bei ihr, aber eine Dame wie Frau Reisner-Kempau wird sie nie. Obwohl sie ganz bestimmt mehr verdient.

Nur Volksschule, Berufsschule, und dann gleich Hochschule – das macht ihm schon zu schaffen. Er hat zwar gelesen, aber viel zu wenig, und dann auch noch viel Falsches. Mit dem Schreiben kommt er leidlich gut zurecht, aber das Formulieren ist seine Sache nicht. Zum Glück aber gibt es echte Arbeiter- und Bauern-Tenöre, die aus erzgebirgischen Webstuben und thüringischen Kuhställen kommen, die haben es dank ihrer Dorfschulvorbildung noch schwerer als er.

Besonders eindrucksvoll sind die Opernproben, bei denen die Studenten zuschauen dürfen. Berühmte Sänger erleben sie aus nächster Nähe: Christel Golz, Elfriede Trötschel, Kurt Böhme und viele andere. Auf diese Weise lernt Hans ganze Partien auswendig, und sein erster Fidelio, den er so verinnerlicht, bleibt prägend für das ganze Studium. Auch wenn er genauso heißt wie der Rektor.

Was beim Kommiß die Kameraden waren, bei der Arbeit die Kollegen, das sind auf der Hochschule die Kommilitonen. Kapiert man auch ohne Latein: Jeder Student ist immer der Kommilitone vom anderen. Und wenn alle Studenten auf einem Haufen sind, sind sie alle Kommilitonen, gegenseitig.

Besonders auf den Vollversammlungen, die in der großzügigen Eingangshalle der Villa Rothermundt stattfinden. Da stehen oder sitzen um die achtzig Studenten, und ein paar Stufen höher, vor der Glastür zum Wintergarten, thronen die Vertreter der Professorenschaft, die Studentenvertreter und die BGL, die Betriebsgewerkschaftsleitung, also die Vertreter der Hochschulangestellten.

Bei der ersten Versammlung, an der Hans teilnimmt, geht es unter anderem um die Frage, wie man die sowjetischen Komponisten stärker in die deutsche Musik einbeziehen könnte. Glinka, Anton Rubinstein, Tanejew, Gretschaninow, Miaskowski, Katschaturian, ein Name komischer als der andere, besonders wenn man ihn nicht richtig aussprechen kann, und schließlich nennt der Kulturreferent mit dem SED-Bonbon am Revers nach zweimaligen Anlauf einen der größten sowjetischen Komponisten auch noch Schotsch-Schschscho-scho-Schostakowitsch!

Gesundheit!! ruft jemand. – Wer war das?

Das Auditorium lacht, natürlich meldet sich der Scherzbold nicht. Kurz Beratung auf der Empore. Dann ein ernster Vorhalt von Professor Raab, daß es eine große Gunst der Sowjetunion sei, den Deutschen so kurz nach dem verbrecherischen Krieg Musik überhaupt wieder zu gestatten. Um so wichtiger wäre natürlich, daß man zum Dank dafür das Ansehen der Sowjetunion so hoch wie möglich hält.

Da meldet sich Hans. Sehr ernst steht er da, mit dem roten VVN-Dreieck auf dem Revers. Er ist hier der einzige, der diese Nadel tragen darf. Und ein bißchen Agitprop hat er wohl im Hinterkopf.

Stalin will, daß Deutschland ein Staat bleibt, sagt er, ein demokratischer und friedlicher Staat. Und zur Demokratie gehört die Meinungsfreiheit, auch für Witze. Die Russen sind unsere Freunde, und wenn man unseren Freunden nicht zutraut, daß sie auch mal einen Spaß vertragen können, dann ist das eine Beleidigung der großen Sowjetunion. Wenn Redner zu bequem sind, russische Namen auswendig zu lernen, ist das übrigens auch nicht sehr höflich. Auswendiglernen ist schließlich keine Schande.

Applaus. Der Kulturreferent entschuldigt sich: falsche Brille. Hans arbeitet von nun an im Studentenrat mit.

Bei einer der nächsten Versammlungen stellt sich heraus, daß der Studentenratsvorsitzende ganz plötzlich weg ist, gestern nachmittag war er noch da, und heute morgen: niebergemacht in'n Westen. Sowas aber auch, und hier hat er immer so getan, als ob er die SED erfunden hätte! Ein neuer muß also gewählt werden. Namen werden genannt, dann wird abgestimmt. Danach die entscheidende Frage: Kommilitone, nehmen Sie die Wahl an?

Ja, sagt Hans, und erst dann kapiert er richtig, was gerade passiert ist. Vorsitzender des Studentenrats? Naja, warum eigentlich nicht!

Auch Fidelio Raab ist zufrieden: Wie schön, daß die Dresdner Musikstudenten nun von einem VVN-Mitglied vertreten werden. Mendelssohn wäre auch OdF gewesen, wenn er noch leben würde. Der Antifaschismus in der Musik ist eben nicht mehr aufzuhalten.

*

Hans macht Fortschritte. Unübersehbar und unüberhörbar. In einer Inszenierung des *Rosenkavaliers* bekommt er seine erste Bühnenrolle: Er gibt einen Haiduck-Lakaien, der mit Hilfe von Gewandmeister und Maskenbildner ebenso schön wie gefährlich aussieht. Also richtig schön gefährlich, besonders für Frauen. Dresden liegt ihm nicht gleich zu Füßen, aber es ist schon ein wunderbares Gefühl, wenn er sagen muß: Heute abend leider keine Zeit, da habe ich Vorstellung.

*

In ganz kleinen, kaum wahrnehmbaren Schritten beginnt sich das Leben zu normalisieren, wenn auch die beiden Teile Deutschlands immer weiter auseinanderdriften: In der sowjetisch besetzten Zone wird mit großen und immer bunteren Aufmärschen für den Frieden gekämpft und für den Fortschritt und für das Glück der Menschheit, während im Westen die monopolkapitalistischen Kriegstreiber die Welt an den Rand einer neuen Katastrophe führen. Sogar Berlin haben sie schon gespalten! Dagegen kann man nicht nur Friedenstauben steigen lassen, nein, da müssen schon zehntausend Volkspolizisten kaserniert werden, als Grundstock für eine neue deutsche Armee, eine Volksarmee natürlich. Und Friedensfeinde müssen bekämpft werden, wo man sie an- und aufgreifen kann.

So wird zum Beispiel im November 48 der Studentenratsvorsitzende der Universität Leipzig, Wolfgang Natonek, als Westagent enttarnt und verhaftet, weg ist er und weg bleibt er. In Untersuchungshaft. Auch ein Jahr später ist nicht zu erkennen, was man ihm eigentlich vorwerfen will, und ein ordentliches Gerichtsverfahren ist nicht in Aussicht.

Im Sommer 1948 gab es die Währungsreformen. Eine Westmark ist jetzt vier- bis zehnmal soviel wert wie eine Ostmark. Je nachdem, wann und wo man umtauscht. In der Ostzone ist der Besitz von Westmark verboten. Im September 49 wird die Bundesrepublik gegründet und im Oktober die Deutsche Demokratische Republik. Die Russen haben die Land- und Wasserverbindungen nach Berlin unterbrochen, die drei Westsektoren müssen mit Flugzeugen versorgt werden, über die legendäre Luftbrücke.

Adolf Hennecke ist ein Bergmann im Steinkohlenbergwerk GOTTES SEGEN in Zwickau. Er schafft in einer einzigen Sonderschicht von acht Stunden fast vierhundert Prozent der ihm ursprünglich aufgetragenen Arbeitsnorm und begründet damit die Aktivistenbewegung: Alle Werktätigen sollen von nun an ein Mehrfaches von dem leisten, was sie eigentlich leisten können. Auf die Musik angewendet: Man kann eine Mozartsche Klaviersonate, die normalerweise zwanzig Minuten dauert, auch in fünf Minuten schaffen. Vorausgesetzt natürlich, man ist ein Wolfgang Amadeus Hennecke.

Die Parolen auf den Spruchbändern werden immer tiefsinniger, und die Machthaber arbeiten verbissen daran, ihre Beliebtheit bei der Bevölkerung von Tag zu Tag zu steigern. Dazu trägt ganz besonders ein Genosse bei, der zunächst mehr im Hintergrund gewirkt hat: Walter Ulbricht. Ganz früher will er sogar mal im Reichstag gesessen haben – falls das stimmt; denn glauben tut man ihm sowieso nichts. Hans kennt Leute, die sächseln können, und Leute, die fisteln können. Aber Ulbricht kann sächselnd fisteln wie ein kastrierter Jahrmarktschreier, und das Schlimme daran ist, daß er alles ernst meint, was so komisch aus ihm heraussprudelt. Und daß er mit allem, was er ernst meint, auch wirklich Ernst macht. Oh Gott, sagen die Dresdner und schlagen die Hände überm Kopf zusammen wie die Jungen Pioniere, dieser Mann wird unsere schöne Sprache lächerlich und verächtlich machen. Bis in alle Ewigkeit.

Der deutsche Osten wird mehrsprachig: Es gibt die Propagandasprache, die Verwaltungssprache, die Parteisprache, die ideologisch-philosophische Sprache der wissenschaftlichen Marxisten. Es gibt die

Sprache der Beschöniger und der Rechtfertiger. Die Sprache in der Öffentlichkeit steht im Gegensatz zur Sprache im privaten Bereich, und die Formulierungen in der Privatsprache hängen wiederum davon ab, ob die Kinder nun gerade zuhören oder nicht. Verantwortungsbewußte Eltern wissen, daß sie ihre Kinder mit der Wahrheit nicht mehr gefährden dürfen.

Man kann im Osten alles sagen, was man denkt; man muß es nur so sagen, daß einem niemand beweisen kann, was man sich dabei gedacht hat. An der Wandzeitung der Musikhochschule werden von subversiven Elementen heimlich Artikel aus Westzeitungen aufgespießt, auch Karikaturen aus dem Berliner *Telegraf.* Oder aus der *Tarantel.* Die müssen dann zwar entfernt werden, aber nicht zu hastig. Damit man erst einmal in Ruhe prüfen kann, wie verwerflich sie eigentlich sind.

Eines Tages hängt dort auch ein Brief vom AStA der Hamburger Universität, der auf Natoneks Schicksal hinweist und alle Studentenschaften Deutschlands bittet, solidarisch zu protestieren und für den Inhaftierten ein ordentliches und rechtsstaatliches Verfahren zu fordern. Böse Zungen behaupten, Hans habe diesen Brief selber ans Brett gepinnt. Das konnte nie bewiesen werden. Denn es geschah spätabends. Nachdem Hans das Gebäude als letzter verlassen hatte.

Nachweislich wendet sich Hans allerdings in einem Rundschreiben an die Studentenräte aller DDR-Hochschulen, um abzuklopfen, wie weit die Kommilitonen gehen würden, um sich für einen der Ihren einzusetzen. Seltsamerweise bekommt er nicht eine einzige Antwort auf diesen Rundbrief. Aber der BGL-Vorsitzende, der die Umfrage ahnungslos mit unterschrieben hat, wird aus SED-Kreisen schwer gerügt. Es hängt was in der Luft, das nach Gewitter riecht.

Um diese Zeit bewegt noch ein anderes Thema die Gemüter. Dem sächsischen Kultusminister Holzhauer wird in mehreren Zeitungen, sogar in der *Täglichen Rundschau,* angelastet, wegen seiner Kulturpolitik würden immer mehr Wissenschaftler, Künstler und Intellektuelle der DDR den Rücken kehren. Dazu erfährt man gerüchteweise, daß die einstige Hochschule für Musik, inzwischen schon heruntergestuft zur Akademie für Musik und Theater, demnächst noch einmal abgewertet werden soll, zur Oberschule für Musik und Theater.

Die Professoren scheint das nicht zu stören, denn sie mucken nicht auf; den Studenten gefällt es weniger, und Hans begehrt offiziell Auskunft vom Kultusministerium. Die bleibt aus. Da schreibt er einen Leserbrief an das *Sächsische Tageblatt,* in dem er dem Minister ebenso ungeschickt wie unverhohlen unterstellt, er würde kneifen und sich um die Wahrheit herumdrücken wollen.

Wochenlang passiert gar nichts, außer daß Hans eine Aufnahmeprüfung für die Regieklasse machen muß. Der Rektor Fidelio Raab, als neoromantischer Komponist für Opernregie besonders kompetent, prüft persönlich. Nicht über Beethoven, Fidelio prüft nicht über den heißgeliebten Fidelio.

Wagner statt dessen, auch gut. Aber leider will Fidelio vom Fliegenden Holländer überhaupt nichts wissen, er fragt nach Rienzi. – Wie bitte? Achso, der. – Uraufführung wo? – Na, in Bayreuth bestimmt nicht, also sagen wir mal: in Dresden. – Richtig. Und nun zum Tristan, inwieweit hat Wagner die Harmonik da erweitert?

In gewisser Weise schon, sagt Hans, aber was meinen Sie jetzt speziell?

Denken Sie doch mal an die Chromatik, na? Liebesmotiv? Die vier Halbtonschritte ...?

Hans erlaubt sich noch eine Gegenfrage, nämlich was die Chromatik mit der Opernregie zu tun habe, um die es in dieser Prüfung doch eigentlich geht. – Das werden Sie am Ende Ihres Studiums vielleicht selber verstehen, falls Sie es je erreichen, das Ende Ihres Studiums.

Hans wird klar, daß es um die Wurst geht, um Sein oder Nichtsein, und er beginnt zu rudern, spricht schnell und pfiffig, bezieht Fidelio in seine Antworten mit ein: Wie Sie in der Vorlesung so richtig gesagt haben ... aber das nützt ihm nichts. Fidelio ist an seinen Antworten nicht mehr interessiert. War es wohl auch von Anfang an nicht.

Mit dem Mut des Verzweifelnden geht Hans in die Offensive, und agitiert den Professor mit Fakten-Schaffen, wie er es in Königs Wusterhausen gelernt hat.

Er kommt auf Hitler zu sprechen und auf dessen allseits bekannte Wagnerliebe: Der war ja verrückt nach ihm! – Er erwähnt auch Herrn Kutscher, der im Bett neben Hitler gelegen und mit ihm über Wagner gesprochen hat. Und schon damals soll Hitler gesagt haben: Was wäre Wagner gewesen ohne die Halbtonschritte im Tristan?

Das sitzt zwar; denn wenn es eine Beziehung zwischen Wagner und Hitler gibt, dann rückt auch derjenige in Hitlers Nähe, der Wagner für ein Genie hält. Fidelio fühlt sich getroffen und verletzt, aber es nützt Hans gar nichts mehr. Wagner – Schicksal – Vorsehung?

Raab läßt ihn wegen massiven Unwissens durchfallen, und Hans hält seitdem den großen Fidelio Raab für ein große Pfeife. Oder auch für eine kleinliche, rachsüchtige oder opportunistische. Je nachdem. Aber ganz gut fühlt er sich dabei auch nicht.

*

Jetzt muß sich Reichel auch vor den Gremien der Akademie rechtfertigen. Offiziell.

Der Minister ist empört wegen des Leserbriefes, und die Akademie findet, daß Hans ihr Ansehen in der Öffentlichkeit schwer beschädigt hat. Goldene Brücken sollen ihm offenbar nicht mehr gebaut werden. Aber dieser verdammte VVN-Ausweis macht es den rechtschaffenen Hochschullehrern schwer, ihn als verkappten Faschisten niederzumachen, was am einfachsten gewesen wäre.

Zumal einige von ihnen bei den Nazis ein bißchen mitgemacht haben. Natürlich mit der Faust in der Tasche, aber man mußte ja. Wie alle! Schließlich gab es sogar Pfarrer, die sich nicht gegen Hitler gewehrt haben. Im Gegenteil.

Hans agitiert relativ schlank und beginnt mit dem Kommilitonen Natonek, um den es zwar gar nicht mehr geht, dem er sich aber als VVN-Mitglied immer noch verpflichtet fühlt.

Zweitens ist er, Hans, ein überzeugter DDR-Bürger, und die Deutsche Demokratische Republik ist nun mal ein Garant der Gerechtigkeit. Wozu haben wir denn die Volksrichter?

Drittens hat er als persönlicher Freund der Sowjetunion bei seinem Studium an der SMAD-Hochschule in Königs Wusterhausen gelernt, daß es in der UdSSR unmöglich wäre, einen Menschen ein Jahr lang in Haft zu halten, ohne ihn seinem Richter vorzuführen. In der Sowjetunion, sagt er mit Nachdruck, ist die Kriminalität so weit entwickelt, daß es seit Jahren schon keine Morde mehr gegeben hat! Das hat mir der höchste Jurist der SMAD ausdrücklich bestätigt!

Mit einem Anflug von Sadismus schaut er in ihre Gesichter. In die Gesichter von geduckten Professoren. Die anderen, die es an der Akademie zum Glück auch noch gibt, sind gar nicht erst gekommen. Sie wollten sich die Peinlichkeit ersparen. Eigentlich ganz schön mutig, nicht zu kommen!

Da läßt Hans sich vom Affen reiten. Er fragt nämlich die älteren Herren, die ihn so verletzt anschauen oder grimmig an die Decke starren, ob der Nazismus nicht hätte verhindert werden können, wenn sie, die begabten Künstler, damals vor 1933 rechtzeitig etwas für den Schutz der Demokratie getan hätten?

Hans deutet die pikierten Mienen der Verletzten als Erfolg. Er hat sie zum Nachdenken gebracht. Und das stimmt auch: Alle denken inzwischen nach. Besonders darüber wie sie ihn loswerden können: einen gewählten Studentenvertreter, einen Halbjuden, ein OdF, Mitglied des VVN, und – zu aller Entsetzen – offenbar von den Russen geschult.

Die Versammlung endet ergebnislos, aber dann geht alles ganz schnell: Aberkennung des Stipendium-Anspruchs wegen unzureichender Studienleistung, consilium abeundi in Anbetracht seiner unqualifizierten Angriffe auf den Kultusminister, Verweis von der Akademie durch die BGL. Die VVN erklärt seinen Ausschluß, weil er sich weder politisch noch gesellschaftlich am demokratischen Neuaufbau beteiligt habe, Mitgliedsbuch und Anstecknadel sind sofort zurückzugeben.

Hans beruft eine Vollversammlung ein. Er bereitet sich gründlich vor, legt alle Papiere zurecht, seine Notizen über Gespräche, die Durchschläge seiner Briefe, die Antworten, die Zeitungsartikel. Er ordnet seine Agitationslinien und bereitet sich vor auf Angriffe aus dem Hinterhalt. Niemand hilft ihm. Nicht ein Kommilitone aus dem Studentenrat.

Spät abends klingelt Roland, den Hans seit Osteroder Tagen nicht mehr gesehen hat. Er saß damals in der Nachbar-Baracke, jetzt arbeitet er im „Kulturbund zur demokratischen Erneuerung Deutschlands“. So eine Überraschung!

Roland macht nicht viele Worte, will auch gar nicht hereinkommen, er sagt nur: Du bist ins Gerede gekommen. Hau ab, es ist jetzt Zeit. Höchste Zeit.

Am nächsten Morgen eröffnet Hans die Versammlung, dann folgt ein Rechenschaftsbericht über seine Tätigkeit als Studentenratsvorsitzender mit sehr pingeligen Angaben darüber, wann er was zu wem gesagt hat, wann wer darauf wie reagiert und vor allem, wer alles nicht reagiert hat. In diesem Zusammenhang muß er zu seinem Bedauern auch Herrn Professor Raab die eine oder andere Vergeßlichkeit ankreiden. Der hat offenbar gar keine Ahnung, wovon die Rede ist, kann also auch nicht Stellung nehmen.

Dann weist ein Vertreter der BGL in scharfen Formulierungen daraufhin, daß Reichel das Zimmer der Studentenvertretung – genau genommen war es eine Besenkammer in der Villa Rothermundt, aber immerhin Volkseigentum – zum Skatspielen mißbraucht hat. Er selbst, der BGL-Vertreter, habe bei diesem Spiel über drei Mark an Reichel verloren. Hans will das nicht ausschließen und entschuldigt sich für sein Fehlverhalten vor der Akademie. Und dabei kommt ihm der rettende Einfall – viel besser als alles, was er auf dem Zettel hat: Wegen Skatspielens in der Studentenvertretung gibt er den Wählerauftrag korrekt zurück und legt den Vorsitz nieder.

Anschließend dankt er den Kommilitonen für ihr Vertrauen und den Professoren für die Unterstützung bei seiner Arbeit, ganz besonders dem Rektor Professor Fidelio Raab, dem er kollegial empfiehlt, weiterhin so tapfer für die Freiheit der Kunst und die Unabhängigkeit der Oberschule einzutreten. Oder, um mit Richard Wagner zu sprechen: Steuermann, halt die Wacht!

Raab lächelt säuerlich.

Während die Studenten der Akademie darüber nachsinnen, wie nun ein neuer Vorsitzender zu wählen sei, der in seiner Fortschrittlichkeit auch den Anforderungen der sozialistischen Musik gerecht werden könnte, empfiehlt sich Hans diskret.

Am Neustädter Bahnhof, Reichels Schicksalsbahnhof, stehen die Menzels mit zwei Koffern bereit, mit dem Nötigsten, und das mit der Wohnung werden sie auch abwickeln. Den Roten Salon gibt es immer noch, aber total zweckentfremdet. Also gleich auf den Bahnsteig, nicht in den Zug nach Osterode, haha, noch zwei Bemmen für die Fahrt, damit du nicht verhungerst, und wenn du Geld eintauschst, paß auf mit dem Kurs! Am Gesundbrunnen soll er am günstigsten sein.

Um 18 Uhr 26 erreicht er völlig unbehelligt Westberlin. Nun ist er in der Freiheit. Aber glücklich ist er nicht. Nein, wirklich nicht.

Er wäre gerne noch einmal auf die Brühlsche Terrasse gegangen, um sich in Ruhe von Dresden zu verabschieden.

1950–1961

TUSMA heißt T*elefoniere* U*nd* S*tudenten* M*achen* A*lles.* Sie klopfen Teppiche, hüten Kinder, fegen die Straße, graben den Garten um, übernehmen Hilfsarbeiten aller Art und trösten notfalls auch Kriegerwitwen, was aber als Teppichklopfen deklariert werden muß. Dafür kassiert der Student dann anfangs eine Mark West pro Stunde, später zwei Mark, zuzüglich Fahrgeld.

Manchmal gibt es auch Komplikationen. Wenn nämlich der totgeglaubte oder totgewünschte Gatte – Kriegstrauung, wir kannten uns ja gar nicht! – plötzlich als Spätheimkehrer vor der Türe steht. Und ihm öffnet einer seiner Vorkriegs-Anzüge, in dem jetzt ein Student steckt.

Hans gehört zu den wenigen Glücklichen, die ein kleines Stipendium bekommen, und in der Mensa gibt es mittags eine Studentenspeisung, den Amis sei Dank. Aber davon kann man nicht leben. Es muß dazuverdient werden, das gilt für fast alle Studiker. Besonders für die älteren, die Kriegsteilnehmer, die vor der Zulassung zum Studium das Abitur nachholen mußten. Entweder TUSMA oder Bettelstudent.

Bildende Künstler und Musiker brauchen das Abi nicht unbedingt. Aber auch bei denen sieht man immer noch umgefärbte Wehrmachtsmäntel. Wo die aktuelle Mode doch eigentlich längst schon den Lumberjack vorschreibt, die Cordhose und die dicken Kreppsohlen. Ex-Hauptmann Winkler, EK I, Nahkampfspange, Bariton, sitzt in den Vorlesungen vom alten Moser neben dem Ex-Gefreiten Reichel, Verwundetenabzeichen in Bronze, auch Bariton. Sie duzen sich.

Winkler hat eine Freundin, Alt, die ihren Busen durch eine neuartige Unterdruck-Saugglocke, US-Patent, zu vergrößern trachtet. Reichel hat eine halbrussische Freundin, Sopran, und ihre Mutter arbeitet ausgerechnet bei der SMAD in Karlshorst. Winkler hat ein kleines Dienstbolzenzimmer mit separatem Eingang im Dachgeschoß, Kantstraße Nähe Savignyplatz. Guten Freunden leiht er manchmal den Schlüssel, ohne was dafür zu nehmen. Dafür läßt man ihn beim Skat gewinnen.

Zum Haarschneiden, zum Schuster und zum Erwerb der S-Bahn-Monatskarte fährt man in den Osten rüber; noch werden die Sektorenübergänge nicht kontrolliert, erst an der Grenze zur DDR muß man sich ausweisen.

In Westberlin gibt es mancherlei Vergünstigungen, wenn man einen Ostausweis vorlegen kann. Kino-, Theater- und Konzertkarten darf man dann mit Ostgeld bezahlen, 2 : 1.

Hans teilt sich mit Helmut Schulze eine Bude in Schlachtensee, Matterhornstraße. Mit Blümchentapete, klein und schmal: zwei Betten hintereinander, ein Kleiderschrank, ein Tischchen, ein Stuhl, ein Klappstuhl. Küche und Bad der Vermieterin dürfen mitbenutzt werden, Miete zweiunddreißig Mark, und keinen Ton singen, das ist vereinbart. Mit S-Bahn und Fußwegen fast eine Stunde bis zur Hochschule in der Fasanenstraße. Aber davon mal abgesehen, ist Schlachtensee eine schöne Wohngegend. Ein paar Häuser weiter wohnt der amerikanische Stadtkommandant, General Howley.

Bei der TUSMA alle möglichen Einsätze. Als Platzanweiser in der Waldbühne, Kartenabreißer, Eis-Verkäufer mit Bauchladen, Aushilfe auf Wochenmärkten und Verteiler von Reklamezetteln. Besonders beliebt ist das Austeilen von Werbeblättern für Illustrierte und Tageszeitungen mit knalligen Schlagzeilen, meist gegen den Osten gerichtet. Berlin wird immer mehr Frontstadt.

In der Ullsteindruckerei werden die Blätter ausgegeben, und die Werber werden auch gleich bezahlt. Dann verteilen sie das Material auf Straßen und Plätzen, vor Kinoeingängen, auf S- und U-Bahnhöfen und in fahrenden Zügen. Man verpflichtet sich schriftlich, jedes Blatt einzeln einem Passanten in die Hand zu drücken, persönlich in die Hand! Die Blätter sind numeriert, und angeblich kann man feststellen, wer schummelt und das Zeug in Papierkörbe steckt. Der wird dann bei der TUSMA gesperrt.

Wer aber – aus Versehen natürlich – zu lange im Zug bleibt und seinen Packen unauffällig im Gepäcknetz abgelegt hat, der muß erleben, wie auf der ersten Station im Ostsektor Volkspolizisten die Waggons absuchen und alle westlichen Druckerzeugnisse erbarmungslos einsammeln. Ein Willkürakt der roten Schergen! Bloß nicht protestieren, sonst nehmen sie einen auch noch mit. Also höhere Gewalt! Und früher Feierabend.

Und dann erwischt Hans seinen ersten Traumjob: Brotausfahren für die Großbäckerei Mowatzke. Mehrmals in der Woche, wie es sich mit den Vorlesungen und Gesangsstunden vereinbaren läßt.

Der Betrieb liegt in einem Moabiter Hinterhof. Sehr enge Einfahrt durch das Vorderhaus. Aber dann duftet es wunderbar, so schön, wie auf keinem anderen Hinterhof in Moabit. Striktes Rauchverbot – Gefahr von Mehlstaubexplosion! Angeblich. Der Chef selber geht mit gutem Beispiel voran: Er priemt. Weshalb er auch nicht ganz so gut riecht wie seine Backwaren.

Ein Angebot wie im Frieden: Berliner Graubrot, Landbrot, Angeschobenes, Kasten, Vollkorn, Doppeltgebackenes und Schinkenbrot, den sogenannten Moabiter Pumpernickel. Dazu Weißbrot, Hefezopf, Schrippen, Knüppel, Mohn- und Rosinenbrötchen, Zuckerschnecken, Streusel- und Butterkuchen.

Beliefert werden kleine Läden, in denen Tante Emma und ihr oft invalider Gatte hinter der Theke stehen, alle Lebensmittel werden abgewogen und in blauen oder braunen Tüten verkauft, und die Kundschaft diskutiert die Neuigkeiten vom Kiez: Hamseschonjehört, die Meiern im Vordahaus kriegt schon wieda wat Kleenet, viere hatse schon, und der Mann is immer noch in russische Jefangschaft! – Tjaa, manche lernt's eben nie!

Genau wie bei Zille. Aber für einen Sachsen eben doch ein schrecklicher Dialekt: Wohin mit dem Brot? – Ach neu, wa? Hier, die Stufen ruff in die Wohnung, die is unsa Laga. Die kleen' Brote einfach uff de Kommode neben de Konservendosen und die großen einfach uffen Hocker davor. – Da liegt die Katze drauf. – Denn rufen Se einfach Mullemullemulle, und wenn se nich wegjeht, einfach 'n Brot fallenlassen, denn springt se schon beiseite.

Aba hörnse mir uff mitte CDU: Ein Reuta wird der Adenaua nie! Jestan RIAS jehört?

Nicht verkauftes Brot wird zurückgenommen und im Lieferbuch gutgeschrieben. Im Wagen kommt es sorgsam unter die frische Ware, damit es wieder nach Backstube riecht.

Sie, jestern hatten wir 'n Angeschobenet dabei, det war mindestens zwee Tage alt! – Kannick mir zwar nich vorstellen, aber jeben Se't her, denn hau' ick det den Meista umme Ohren, sagt Keule in solchen Fällen. Ick wer'ma doch nich durch den seine Schusseligkeit de Kundschaft verärjern!

Keule ist der Fahrer, der Verantwortliche, Hans ist der Kuli. Student, wa? Hier, nehmt ma 'ne Banane und 'ne Scheibe Wurscht. Wat studier'nse denn? – Musik. – Und ick dachte schon, wat Richtijet. Aba paßt ja prima: als brotloser Künstler bei de Brotfabrik, wa? Hier sind noch zwee Äppel!

Keule heißt Keule, weil sein Bruder ihn so nennt. Der fährt auch bei Mowatzke, aber große Touren mit einem modernen Borgward. Bis nach Spandau rauf, und vor allem Restaurants und Ausflugslokale, sogar einen Puff hat er unter seinen Kunden, und Hans denkt lange darüber nach, was die wohl mit Brot und Brötchen machen. Wahrscheinlich essen, meint Helmut Schulze.

Keule dagegen fährt einen alten Phänomen-Granit aus den frühen Dreißigern, museumsreif, aber frisch lackiert. Sehr langsam, mit viel Zwischengas beim Runterschalten.

Keule hält viel von Pünktlichkeit: Nie zu früh zurück auf den Hof, sonst kriegt man noch mehr Kunden! Falls er mal eher fertig ist, gibt er Hans lieber Fahrstunden. In Charlottenburg, rund um Alt-Lietzow mit der Kirchenruine, da ist fast nichts los, und die Röntgenstraße mit der gesprengten Brücke ist eine ideale Sackgasse fürs Wenden, Anfahren am Berg und Parken am Bordstein.

Wenn sie dann pünktlich wieder auf dem Hinterhof sind, bekommt Hans außer dem vereinbarten Lohn auch noch eine große Futtertüte. Man kann nicht klagen.

Bloß die verdammte Ähnlichkeit! Das Brotauto erinnert ihn immer wieder an das alte Postauto in Meersburg und an die so besonders erfolgreiche Reise zur Schweizer Grenze.

Da muß noch etwas passieren, und deshalb setzt er sich in der Studentenvertretung an die Schreibmaschine und tippt einen Brief an das Zivilstandsamt von St. Gallen. Er bittet ganz harmlos um die Übersendung einer Geburtsurkunde. Dann, so denkt er, werde ich ein aktueller Vorgang. Und dann kann ich nachfassen. Irgendwie.

*

Die Antwort aus St. Gallen überrascht durch ihre persönliche Note:

Werter Herr Reichel!

Früher nannten wir Sie Hansli, als Sie noch als Pflegbübchen während sechs Monaten bei uns an der Langgasse wohnten. Vielleicht erinnern Sie sich noch an jene Zeiten. Wir, meine Gattin und ich und Robert, glaubten Sie nicht mehr unter den Lebenden, nachdem die Kriegsfurie so arg über Deutschland wütete. Nun gelangte ich als Beamter der städt. Fremdenpolizei und als Ihr ehemaliger Pflegevater in den Besitz (vorübergehenden) Ihres an das Zivilstandsamt St. Gallen gerichteten Schreibens. ... Wir freuen uns, daß wir unseren ehemaligen Pflegebuben, den wir noch in lebhafter Erinnerung haben, noch unter den Lebenden wissen dürfen. Wir hoffen gerne, daß es Ihnen den Verhältnissen entsprechend gut geht.

Über den Verbleib Ihrer Mutter habe ich Informationen erhoben und werden Ihnen die nötigen Angaben hierüber durch das Zivilstandsamt zukommen. ...

Unglaublich! Hans liest Güggelis Antwort immer und immer wieder. Nach seiner Mutter hatte er im Brief an das Zivilstandsamt überhaupt nicht gefragt. Lieber Gott, denkt er dann, ich weiß ja seit langem, daß du alles kannst und daß dir kein Zufall unmöglich ist. Aber ich finde, jetzt übertreibst du ein bißchen!

Nur, warum ist Güggeli so überrascht, daß Hans nicht tot ist? Es klingt fast so, als habe er sich fest darauf verlassen.

*

Hans schreibt zurück, sehr ausführlich, und erzählt, was er alles erlebt hat. Und er dankt Güggelis noch einmal herzlich für die Zeit, die er bei ihnen verbringen durfte, für die schönsten Monate seiner Kindheit.

In Güggelis Antwort abermals *Freude und Genugtuung, daß unser Hans noch am Leben ist* und Dank für ein Foto, *wir haben unseren Hansli nun in vergrößertem Maßstab vor Augen. – Ja, ja, unser ehemaliges Pflegbubli hat viel durchmachen müssen, und was uns nun freut, ist der Umstand, daß er ein braver, wackerer Mann geworden ist. Ihre Berufswahl setzte uns in gewisser Hinsicht in Erstaunen, aber doch mußten wir uns sagen, Hansli hat s.Zt. schon gerne Liedlein gesungen. ...*

Betreffend Ihres Vaters, den ich kenne, möchte ich Ihnen berichten, daß Sie von demselben jedenfalls nicht viel zu erwarten haben. Derselbe hat s.Zt. Ihre Mutter finanziell ausgelöst. Ein Teil jener Summe wurde für Ihren 6jährigen Aufenthalt im Kinderheim Tempelacker verwendet. Und dann wurden, anläßlich Ihrer Übersiedlung nach Dresden, an das dortige Wohlfahrtsamt RM 1274, 78 überwiesen. Außerhalb des Betrages hat Ihr leiblicher Vater Ihrer leiblichen Mutter weitere Frs. 3000,– ausbezahlt, also nebst den Alimenten an die Amtsstelle noch eine persönliche Abfindung an Ihre Mutter.

Güggeli bietet an, die Adresse der Mutter zu erkunden und ihr auch eine Kopie von Hans' Brief zu schicken.

Auch Ihrem „Herr Vater" würde ich gerne wissen lassen, was Sie alles seinetwegen erdulden mußten. Bei demselben handelt es sich nach meinem Dafürhalten um einen kühlen, berechnenden Menschen, der über Leichen hinwegginge, wenn es sein Vorteil wäre. – Diskretion!

Naja.

Sie notieren in Ihrem lieben Briefe, daß, wenn Sie bei uns hätten bleiben können, vieles anders geworden wäre. Darin haben Sie vollständig recht. Vielleicht hätten Sie aber nicht das errungen, was Ihnen durch Kampf nun gelungen ist oder gelingen wird. Früchte, die einem oft allzuleicht in den Schoß fallen, halten sich nicht gut. Und übrigens hat es das Schicksal anders gewollt. Zur Orientierung in dieser Sache teile ich noch mit, daß wir Hansli s.Zt. auf Ersuchen der Vormundschaftsbehörde für solange übernommen haben, bis ein anderes geeignetes Plätzlein für denselben gefunden werden konnte. Bei uns bestund nie die Absicht ein Kind für dauernd aufzunehmen. Einen Buben hatten und haben wir in Robert, ein liebes Töchterchen haben wir durch den Tod verloren.

Güggelis hätten Hans nicht wegen irgendwelcher Unarten weitergegeben, er sei lieb, fleißig und folgsam gewesen, jedoch *in Geiswil scheinen sie Hansli nicht richtig verstanden zu haben, es waren ziemlich ältere Leute und eben „ägelige Appenzeller“.*

Sodann die Einladung (*im Spaß*), er möge in St. Gallen doch ein Konzert geben, dann würden sie in der ersten Reihe sitzen und stolz sein *auf den selbst errungenen Sieg unseres ehemaligen Pflegbuben.*

Im nächsten Brief schon das Du und die Ankündigung einer Einladung. Güggeli hat Mutter und Vater doch nicht informiert, will es Hans lieber selbst überlassen, seinen *Leuten vor deren Angesicht zu treten. Du darfst dies mit Stolz tun und mit Verachtung gegenüber Deinen Erzeugern. Übrigens traf ich gestern Abend den Franz Roth mit seiner zweiten Frau eng aneinander geschmiegt. So steinreich ist Dein Vater nicht, er ist nur wohlsituiert. Stund auch einmal wegen fahrlässigem Konkurs vor Gericht.*

Sobald Hans einen Vorläufigen deutschen Reiseausweis hat, will Güggeli die Einreise regeln. *Ich arbeite hier als Kanzleisekretär auf der Fremdenpolizei, bin also an der Quelle. Ich muß für Dich dann Garantie leisten.*

Der Ausweis braucht seine Zeit, die Garantieleistung auch – alles wohl doch schwieriger als gedacht, aber dann endlich folgender Plan:

Die Mutter wird vorbereitet durch das evangl. Pfarramt in Kreuzlingen, indem ich, sofern der Ehemann R. nichts von Deinem Dasein weiß, keinen Familienzwist verursachen möchte, obwohl Deine Mutter diese Schonung nicht verdienen würde. Betreffend dem Vater müssen wir „überfallähnlich“ vorgehen, denn sonst entzieht derselbe sich durch Abwesenheit.“

*

Einreise über Konstanz. Güggeli hat Hans das Fahrgeld geschickt und erwartet ihn an der Grenzstation, keine Komplikationen.

In Güggelis neuem Eigenheim an der Sonnenhalde wird das Wiedersehen gefeiert. Zunächst etwas spröde, mit viel Bitte und Danke. Dann wird der Umgang herzlicher und weniger förmlich, bis das Hansli wieder der Bub ist, dem man alles erklären kann und muß. Denn er war ja so lange nicht da. Mehr als zwanzig Jahre, wirklich? Man kann es sich kaum noch vorstellen. Und daß er jetzt ein richtiger Student ist! Mit siebenundzwanzig!

Robert ist aus beruflichen Gründen abwesend, hat aber einen Begrüßungsbrief für seinen Uraltfreund hinterlassen, und der Hund Schlumpi liebt Hans von Anfang an.

Jaja, was alles so geschehen ist! Der Hitler wollte die Schweiz ja auch überfallen, aber weil wir so gut gerüstet waren – unterirdische Bunker überall, da wußten die Deutschen nicht, wohin mit Bomben und Granaten. Und deshalb haben sie sich nicht getraut! Hier, das Foto, das ist unser Robert in Uniform! Er hat die Rekrutenschule bei der Infanteriekanone in Chur gemacht, und heute ist er Unteroffizier bei den Minenwerfern!

Hans möchte nun seinen Vater sehen, so bald wie möglich. Er freut sich auf den versprochenen Überfall. Aber Güggeli winkt ab.

Warum?

Er hat inzwischen doch ein Vorgespräch mit Franz Roth gehabt, ein rechtskundiger Freund hatte ihm dringend dazu geraten, und Roth hat jegliche Begegnung mit Hans ganz entschieden abgelehnt. Mit den seinerzeitigen Abfindungen sei die Affäre für ihn endgültig erledigt. Außerdem hat er jetzt einen ehelichen Sohn von seiner jungen Frau, der liegt noch im Kinderwagen.

Und wenn ich einfach an seiner Tür läute und sage: Grueziwohl, hier bin ich, dein erster!

Dann könnte er dich anzeigen, wegen Belästigung. Und die Fremdenpolizei könnte dich ein zweites Mal abschieben, mit einem Wiedereinreiseverbot für mehrere Jahre. Und vielleicht muß ich das sogar unterschreiben, obwohl daß ich für Dich garantiert habe. Du bist in der Schweiz, und es gibt bei uns Leute, die keine Deutschen sehr herzlich mögen. Und wenn dein Vater auch nur ein Jude ist und praktizierender Israelit, so hat er doch alle schweizerischen Bürgerrechte. Dazu gehört, daß er nicht mit dir verwandt ist und daß du keine Ansprüche gegen ihn hast. Überhaupt keine. – Gegen meinen eigenen Vater? – Nach dem Gesetz ist das so. Uneheliche

Kinder sind nur mit der Mutter verwandt, wie bei euch in Deutschland.

Unglaublich, aber es wird schon stimmen, wenn Güggeli das sagt. Nur schwer hinzunehmen für einen, der sein Leben in Heimen verbracht, den Krieg in Rußland und das Lager in Osterode überlebt hat und alles andere, der in schlaflosen Nächten und wilden Träumen seinen Eltern zwanzig lange Jahre hinterhergelaufen ist, und jetzt soll er kneifen vor dem eigenen Erzeuger?

Unüberhörbar, daß Güggeli gerade in diesem Punkt Wohlverhalten von ihm erwartet.

*

Die Familie Roth lebt in der Goethestraße, sagt Güggeli. Wenn Hans mit Schlumpi spazierengeht, stadteinwärts, dann kommt er an dem betreffenden Haus vorbei. Im Parterre sollen sie wohnen. Aber vor den Fenstern sind immer Gardinen. Es ist schon ein eigenartiges Gefühl, da einfach entlangzugehen. Zumal Hans von Güggeli weiß, daß sein Vater von Güggeli weiß, daß Hans um diese Zeit in der Stadt sein wird.

Das Gleichnis vom verlorenen Sohn fällt ihm ein: Was hat dessen Vater für ein Fest veranstaltet, als der Junge wieder da war! Und der war ja aus freien Stücken abgehauen und von zu Hause weggelaufen – ohne jede Abschiebung. Aber, sagt Hans sich dann, das steht ja im Neuen Testament, und woher sollte mein Vater das kennen!

Einmal, als er wieder besonders langsam an dem Hause vorbeigetrottet ist und trotzdem nichts gesehen hat, geht er, ein paar Hausnummern weiter, an einer jungen Frau vorbei. Sie wartet mit einem Kinderwagen auf dem Trottoir vor dem Zigarrengeschäft. An der nächsten Straßenecke hält Hans an, um Schlumpi zu erziehen: Was macht der brave Hund? Sitz! Dann schaut er zurück.

Die Frau hat das Kind inzwischen weitergeschoben, und neben ihr schreitet jetzt ein großer breiter Mann, dessen Gang verrät, daß er erheblich älter ist als sie. Jedenfalls läuft er sehr eigenartig, soweit man das von hinten erkennen kann.

Das könnte er sein. Er hat in dem Laden wohl eine Zeitung gekauft und scheint der Frau etwas vorzulesen, hinten von der letzten Seite. Das könnte er wirklich sein. Wie kann man ihm jetzt ins Gesicht sehen? Einfach schreien, damit er sich umdreht?

Hans wechselt auf das gegenüberliegende Trottoir und geht drüben zurück, so schnell er kann, will die Drei mit seitlichem Abstand an der Flanke überholen, spähtruppartig-unauffällig. Schlumpi hat keine

Lust, knurrt, muß erst überredet und dann gezogen werden, und überhaupt ist die Wegstrecke einfach zu kurz für dieses Unternehmen. Bevor Hans in ihre Nähe kommen kann, haben die Drei das Haus schon erreicht. Die Mutter nimmt das Kind aus dem Wagen und reicht es dem Vater. Der nimmt es auf den Arm und verschwindet im Eingang, ohne sich umzuwenden.

Also wieder zurück auf das drübige Trottoir und einen Blick durch den Türspalt: Im Hausflur ist der Kinderwagen abgestellt, leer. Aber Hans ist sicher, daß er soeben seinen Vater gesehen hat. Und seinen Bruder. Eigentlich ganz nah. Fast.

Er geht weiter und kommt an ein Schaufenster, in dessen Scheibe er sich spiegelt. Mehrmals geht er mit Schlumpi daran vorbei, vor und zurück, um herauszufinden, ob sein eigener Gang dem seines Vaters wohl ähnelt. Nein, ehrlicherweise nicht. Er probiert, ob er dessen Bewegungen wenigstens nachahmen kann. Auch nicht. Ein Verkäufer in dem Laden wird auf ihn aufmerksam, da bricht er den Versuch ab.

Vielleicht haben Söhne sowieso immer einen anderen Gang als ihre Väter. Jedenfalls manche.

*

Hans sitzt im Zug. Links Schweiz, rechts Schweiz.

Und Blut kann sprechen?

Manche behaupten das. Manche Dichter sogar, die sagen: Das Blut hat eine Stimme. Die hört man innerlich, die spürt man, wenn es um die wesentlichen Dinge geht.

Vor acht Jahren hat er das gelesen, im Lazarett. Da gab es bekanntlich reichlich Blut und jede Menge Stimmen auch: jammernde, ängstliche, schwache, fluchende, betende, sterbende. Zuerst als die Wunden noch frisch waren und die Verbände durchsuppten. Später dann im Fieber nach den Amputationen. Aber Landserstimmen und Landserblut waren natürlich nicht gemeint in dem schlauen Buch.

Die richtige Stimme des Blutes hat etwas zu tun mit der Herkunft, mit der Abstammung. Sie sagt einem, wo man hingehört und zu wem – zu welcher Familie, zu welchem Volk, zu welcher Rasse. Die kann man auch nicht unterdrücken, die Stimme des Blutes, die ist mächtiger als alles andere. Kommt keiner gegen an. Neulich in der Goethestraße hat er sie allerdings nicht gehört. Ob sein Vater doch nicht sein Vater war?

Er liest noch einmal den Brief, den Pfarrer Lutz aus Kreuzlingen an Güggeli geschrieben hat.

Frau Rutishauser … war von dem Bericht sehr ergriffen. Sie habe nach dem Kriege nach ihrem Sohne in Deutschland gesucht, um ihm Liebesgaben zukommen zu lassen. Dabei habe sie den Bericht erhalten, derselbe sei gestorben. Um so größer war die Überraschung. Sie wollte noch mit ihrem Gatten, der um ihren außerehelichen Sohn weiß, reden. Heute nun berichtet Frau Rutishauser, daß sie Herrn Reichel erwarte und zwar für etwa zwei Tage. Da Frau R. vormittags nach Kreuzlingen arbeiten geht, ist es wohl richtig, wenn Sie ihr die Ankunft ihres Sohnes in Mannenbach bekannt geben. Frau Rutishauser scheint leidend und ziemlich mitgenommen zu sein.

Hans ist auch mitgenommen. Verkrampft. Er hat ein fröhlich-freches Gesicht. Normalerweise. Nur heute ist er verkrampft. Anspannung. Muffensausen. Dabei will er ganz ruhig sein, ganz kühl und nüchtern.

Links Schweiz, rechts Schweiz, links mehr als rechts.

Vor fünfzehn Jahren ist er eine andere Strecke gefahren. Am Tage seiner Ausweisung. Bei seiner allerersten Reise mit einer richtigen Eisenbahn.

Er schaut auf das Land und sieht nichts. Weder das Ufer auf der einen Seite noch die Weinberge auf der anderen. Den Vater kann er gar nicht sprechen und die Mutter hat Besuchszeiten für ihren Sohn: an zwei aufeinanderfolgenden Tagen, aber erst ab vierzehn Uhr.

Schade. Denn da liegt es nun endlich wieder vor seinen Augen, das schöne heile Land, das feine, saubere, gelobte und reiche. Das Nachkriegs-Paradies, verschont von Bomben und Trümmern und Opfern und Hunger und Schuld. Ein Hort der Sicherheit: Spare in der Schweiz, dann hast du in der Not.

Der Zug schaukelt ihn am Bodensee entlang durch seine Kindheit. Durch die Heimat, die plötzlich weg war. Genauso wie die Briefmarkensammlung.

Wenn jetzt jemand ins Abteil käme und zu ihm sagen würde: Lieber Reichel, geschätzter Landsmann, das war ein kleines Mißverständnis seinerzeit, gerne kannst du hier wieder bleiben, wenn du willst. Das mit den Papieren bringen wir schon in Ordnung, und über neue Briefmarken könnte man auch reden, oder? – Ganz nett, natürlich. Geschmeichelt wäre er schon. Aber er würde ablehnen, sächsisch-höflich dankend.

Links Schweiz, rechts Schweiz.

Kurze Schatten von den Masten neben dem Bahndamm, rhythmisch. Und jeder Schattenschlag sagt, daß der Augenblick der Wahrheit näherkommt. Der Augenblick mit dem Wesentlichen. Noch zwei Stationen. Nur noch zwei.

Gefühle schwappen über die guten Vorsätze. Würde wahren, sich nicht überwältigen lassen, bloß nicht schlapp machen.

Denn er kommt zu ihr. Obwohl sie allen Grund gehabt hätte, zu ihm zu kommen. Daß sie nach ihm gesucht hat, das glaubt er ihr nicht. Aber wenn sie gleich die Arme ausbreiten und ihn an sich reißen sollte, dann könnte er wohl kaum für sich garantieren.

Links Schweiz, rechts Schweiz. Er schaut auf seine Finger.

Du hast wieder Hände wie Füße – feucht und dreckig, hieß es im Marienheim. Jetzt sind seine Hände trocken und sauber. Nur vorsichtshalber putzt er sie noch einmal am Taschentuch.

Abermals hält der Zug. Man steigt aus und steigt zu. Dreizehn aus und zwei zu. Auf dem Bahnsteig Abholer, ein Mann und ein paar Frauen. Sie begrüßen die Angekommenen so herzlich, wie das Temperament es eben zuläßt. Südlich des Bodensees.

Und falls auf der nächsten Station auch so viele Frauen warten wie hier, wird er sie dann erkennen? Sie wird auf dem Bahnsteig sein, hat sie ausrichten lassen. Aber wie sieht sie aus? Er kennt kein Foto von ihr.

Und dann geht es ganz schnell: Mannenbach-Salenstein. Ein Bahnhof wie aus dem Western, nix Wilhelm Tell: zwei archaische Läutwerke vor dem hölzernen Stationsgebäude, von dem die Farbe abblättert, und jeden Augenblick könnte Cary Grant um die Ecke kommen, verfolgt von Indianern. Oder wenigstens von James Stewart auf einem alten Klepper. Statt dessen auf dem Bahnsteig eine Frau, ein wenig rundlich und in den Jahren.

Hans steigt aus, als einziger.

Sie steht weit entfernt. Der Zug ruckt schon wieder an, und Hans geht einen langen Weg, Schritt für Schritt. Er muß in die Sonne schauen, ihr Gesicht liegt im Schatten, High-Noon am Nachmittag.

Er geht auf sie zu, hält ihrem Blick stand und lauscht nach innen. Wartet auf die Stimme des Blutes. Irgendwo hinter den Schläfen müßte sie sich doch melden! Aber sein Blut hält die Klappe.

Er hat sich vor Tagen schon eine Anrede zurechtgelegt, die hätte er jetzt auch parat, aber ein Wort verklebt ihm die Stimme, dieses verdammte Wort Mutter. Angesichts der Frau bringt er es nicht heraus und auch nichts anderes.

Auch Martha fällt nichts ein, also beginnt das Gespräch mit einer Pause. Dann fragt sie formvollendet: Hattest du eine gute Reise?

Danach schütteln sie einander die Hand. Stumm, als wollten sie sich gegenseitig kondolieren.

Jetzt sind seine Finger doch feucht geworden, trotz der Abtrocknerei. Und weil er sich darüber ärgert, geraten ihm die allerersten Worte vielleicht ein wenig schroff: Über die Vergangenheit wollen wir lieber nicht reden. Wir sollten uns auf die Zukunft konzentrieren.

Martha ist erleichtert und einverstanden. Ob er nicht mitkommen wolle, sie wohne gar nicht weit von hier.

Sie hat ihn geduzt, nun müßte er sie auch duzen. Gerne, sagt er, weil in dieser Antwort kein Du vorkommt, und wo sollte er auch sonst hin, fast ohne Geld.

Schweigend führt sie ihn zu einem winzigen Häuschen, sehr eng, sehr bescheiden. In der guten Stube soll er Platz nehmen. Sie bringt zwei Gläser und eine Flasche mit einem Rest darin. Vor siebenundzwanzig Jahren hat sie ihm das Leben geschenkt, jetzt schenkt sie ihm einen Schnaps. Original türkischer Anis, sagt sie nicht ohne Stolz.

Sie gießt ein, und von dem Schnaps geht ein altersschwaches Aroma aus, als habe sie diese Neige siebenundzwanzig lange Jahre aufbewahrt.

Süßlich und abgestanden – riecht so die Mutterliebe?

Des Blutes Stimme kann ihm dazu auch nichts sagen. Noch nicht einmal dazu.

*

Wenn diese Frau seine Mutter sein soll, in der er neun Monate lang gelebt hat, und wenn die Stimme des Blutes dennoch schweigt, dann kann der Mann in der Goethestraße auch sein Vater sein.

Er kann das Anis-Zeug nicht trinken und sagt: Zur Zeit kein Alkohol, wegen der Stimme.

Herr Rutishauser kommt von der Arbeit, sein Stiefvater, später auch Gaston, sein Halbbruder. Um sich keine Umstände zu machen, hat die Mutter nichts gekocht. Es gibt Brot, Speck und Käse. Frau Rutishauser sagt nichts, ihr Mann sagt gar nichts, und Gaston kann kaum etwas sagen, denn er ist geistig behindert.

Eine Gehirninfektion in Beirut, erklärt die Mutter, als er noch ganz klein war. Und dann keinen Arzt! Hans nimmt Anteil am Schicksal Gastons. Der freut sich, daß noch reichlich Speck übrig ist.

Herr Rutishauser und sein Sohn gehen zu Bett.

Nun fängt Hans doch mit der Vergangenheit an, er kann nicht anders. Er fragt nach dem Brief, den der Dresdner Oberbürgermeister damals geschrieben hat und in dem sie gebeten wurde, ihren Sohn zu sich zu nehmen. Martha versteht nicht. Hans zeigt ihr die Abschrift.

Nein, einen solchen Brief hat sie nie bekommen. Sonst hätte sie den Buben geholt, natürlich. Sie hat immer gedacht, daß es ihm in dem großen und starken Deutschland besser gehen soll als in der kleinen Schweiz. Außerdem war sie ja in Beirut. Und da hätte sie ihn gar nicht dabeihaben können, das war zu gefährlich für Kinder. Man sieht ja an Gaston, wohin das geführt hat.

Hans fragt, woher sie eigentlich wußte, daß er gestorben sei? Wo hat sie denn nachgeforscht? Und wer hat das gesagt?

Bei mehreren Stellen hat sie angefragt, genau kann sie es nicht mehr sagen. Und daß er nicht mehr lebt, das hat sie allgemein gehört. Da ist sie sehr traurig gewesen. Aber nun haben wir uns ja doch noch gefunden!

Mutterlüge, ganz klar. Aber was soll sie auch sonst sagen? Sie tut ihm leid. Und so schaut er sie auch an.

Martha mißdeutet den Blick als Beginn der Versöhnung, sie legt die mütterliche Hand auf die ihres Erstgeborenen und sagt ganz zutraulich, wie man zu jemandem spricht, der einem sehr nahe steht: Mein Mann ist krank und wird es wohl nicht mehr lange machen. Und mir geht es auch nicht sehr gut. Wenn ich einmal nicht mehr bin, würdest du dich dann um Gaston kümmern? Er braucht jemanden, weißt du?

Nach einer durchwachten Nacht haut Hans am nächsten Morgen ab, ohne Dank und ohne Abschied.

*

TUSMA, TUSMA, TUSMA ...

Er jobbt so viel es geht, will sich ablenken.

Seine Mutter hat er also gesehen. Na und? Nichts ist dadurch besser geworden. Und es wird auch nichts anders werden. Seine Mutter wird ihm immer eine Unmutter bleiben. Eigentlich ist es dadurch sogar schlimmer geworden. In seiner Phantasie ist kein Raum mehr für Hoffnungen. Denn er weiß jetzt, daß es kein Wunder mehr geben wird. Diese Träume vom großen Mißverständnis, das sich plötzlich doch noch auflöst, irgendwie, diese Träume, die er sich nie eingestehen wollte und die dennoch da waren, die kann er sich jetzt schenken. Die rührende Geschichte von Mutter und Sohn, die allen Widrigkeiten zum Trotz nach fast dreißig Jahren zueinander finden, die wird er sich im Kintopp angucken können oder auf der Bühne. Irdische

Gerechtigkeit wird ihn jedenfalls nicht trösten für die Jahrzehnte des Wartens.

Er hat mal das Libretto von Ödipus Rex gelesen: Wenn Iokaste nicht Iokaste, sondern Martha gewesen wäre, dann wäre Ödipus nie auf sie hereingefallen und er hätte beide Augen behalten können; die ganze Nummer wäre nicht gelaufen.

Hans hat Martha weder seine Berliner Adresse hinterlassen, noch hat er sich wieder bei ihr gemeldet. Aus St. Gallen empörte Briefe von Güggeli, der einen Erfolg seiner Bemühungen sehen will. Schließlich sei eine Mutter immer noch eine Mutter, und er, Hans, solle trotz allem seine Pflicht tun.

Die für Hans nächstliegende Pflicht ist Brotausfahren bei Mowatzke. Aber schon die erste Tour nach seiner Rückkehr wirkt ernüchternd auf ihn.

Bisher war Westberlin mit seinen Schaufenstern und Kinos und Leuchtreklamen und knallbunten Litfaßsäulen und dem Westgeld-Reichtum für Hans eine fröhliche Stadt. Goldener Westen eben. Und im Vergleich zum trist-grauen Ostsektor und den riesigen Ruinenfeldern in Dresden stimmte das ja auch. Aber jetzt, nachdem er das völlig unzerstörte, von keiner äußeren Gewalt berührte St. Gallen bewußt erlebt hat, wo noch jeder Stein so auf dem anderen steht, wie die Erbauer das gewollt haben, wo die Fotos von nach dem Krieg genauso aussehen wie die von vor dem Krieg, wo man die großen Katastrophen nur aus der Zeitung kennt, wenn überhaupt, wo es nie einen Einschnitt im Alltag der Menschen gegeben hat, wo das Normale immer normal geblieben ist – jetzt erscheint ihm Westberlin wie eine Stadt auf Krücken. Eine Stadt, die nur so tut, als wäre sie schon wieder eine Stadt. Vorher hat er sich an allem freuen können, was es schon wieder gibt. Jetzt sieht er, was alles noch fehlt und zerstört ist. Trotz Kudamm und Schloßstraße.

Egal. Keule hat neuerdings eine Freundin, eine Ische, wie er sagt. Die wohnt in der Krummen Straße, ist aber verheiratet, und deshalb kann er da nur vormittags. Er braucht aber nie länger als 'ne halbe Stunde. Vastehste? Und ob Hans nicht solange alleine ausfahren könnte, und dann holt er ihn wieder ab, okeh? Dann steht der Wagen da auch nicht so lange vor der Haustür.

Hans hat Bedenken. Ohne Führerschein?

Mensch, is doch vormittags, und denn der alte Panzer hier – wat soll dir denn mit dem passieren! Außerdem: Ick habet dir doch gelernt! Von mir aus kannste uff de Avus, so jut wie du fährst!

Na gut. Und in der Tat passiert Hans nichts Unangenehmes mit dem alten Granit, im Gegenteil. Er gewinnt an Selbstvertrauen und fährt von Tour zu Tour sicherer. Nach ein paar Tagen hat er nichts mehr dagegen, wenn Keule auch zwei Stunden bei der Ische bleibt.

Nee, laß man, sagt der, solange kann ick janich.

*

Boxveranstaltung in einer Halle am Funkturm.

Boxen ist Proletensport, sagt Thomas, fast so schlimm wie Fußball: Idiotensport, wie kann man bloß! Handball, Hockey, Tennis – und von da an aufwärts: Darüber könnte man reden, aber doch nicht über Boxen!

Spalt' ihm die Kiemen! schreien die Berliner, wenn sie Blut sehen wollen. Die wollen gar nicht den Kampf, die wollen die Brutalität. Catchen ist noch schlimmer als Boxen: Reiß ihm die Brust auf und scheiß' ihm ins Herz! soll ein Fan geschrieen haben, und dann hat er seine Bierflasche in den Ring geschmissen!

Aber beim Boxen gibt es gute Trinkgelder, und TUSMA ist TUSMA: Es wird eben alles gemacht.

Zu dritt bewachen sie die Autos der Idioten neben der Halle, der Platz ist mit Seilen eingezäunt. Sie haben zu dritt eine einzige Dienstmütze mit dem Band *Aufsicht*, tragen Parkwächter-Armbinden und streiten über Fischer-Dieskau, Prey und Metternich, während aus der Halle die Schreie des Pöbels herüberbranden. Nebenbei spielen sie Skat auf der Motorhaube eines Goliath.

Da kommt noch ein Nachzügler, ein Olympia-Cabrio, offen. Heraus springt ein Macker mit glänzender Brisk-Frisur und gelben Schweinslederhandschuhen. Zahle später, sagt er, und läuft hinüber zur Halle.

Der hat erst noch seine Nutten abkassiert, sagt Thomas, so wie der aussieht, wahrscheinlich Augsburger Straße. Hans entdeckt den Schlüssel, den der Mann in der Rage hat stecken lassen. Guckmal!

Es fängt als Jux an, und dann werden die Überlegungen immer konkreter. Hans gießt sie schließlich in eine verbindliche Form: Erstens hat der Mann keinen Parkschein, darf hier also gar nicht stehen, zweitens hat er den Wagen so blöde abgestellt, daß er die anderen beim Ausparken behindert, drittens sind wir persönlich verantwortlich für Recht und Ordnung. Also: Der Wagen muß umgesetzt werden. – Und wie?

Ganz vorsichtig: vom Parkplatz runter, über den Messedamm auf die Ost-West-Achse, weiter zur Siegessäule, rum um den Kreisverkehr, weil man da besonders gut wenden kann, wieder hierher zurück, und dann wird er da drüben abgestellt, zehn Meter weiter rechts.

Von hier bis zur Siegessäule, das sind doch mindestens sechs Kilometer! – Hin und zurück sind es zwölf.

Ein Olympia schafft das spielend. Und die Straßen sind leer, der Kampf wird im RIAS übertragen! – Kein schlechtes Gewissen? – Bei einem Zuhälter? Nie!

Also Armbinden ab und los.

Welch ein Unterschied: Beim Granit muß man auf den Gashebel treten wie auf eine Fahrradpedale – hier genügt ein leichtes Antippen. Viel schneller schalten, viel behutsamer bremsen, weiß jemand, wo der Winker ist? – Hast du denn wenigstens Licht an? – Natürlich, ist doch alles hell. – Das ist die Straßenbeleuchtung, Mensch!

Nach der dritten Runde hat Hans das Cabrio so gut im Griff, daß er damit auch Brot ausfahren könnte. Apropos Runde, wie lange dauert eigentlich der Boxkampf? – Bei K.O. dauert er ziemlich kurz.

Sie sind rechtzeitig zurück, hören das Johlen aus der Halle und streifen die Armbinden wieder über.

Hoffentlich sind die Autos noch alle da! – Aber sicher, wer soll jetzt klauen? Die Berliner Ganoven sitzen doch alle in der Halle!

Frank verzieht sich in die eine Ecke des Parkplatzes, Thomas in die andere, bereit zum Herauswinken.

Der Olympia-Macker ist als einer der ersten zurück, Hans tritt ihm mit dem Parkscheinblock mutig entgegen und fordert das Parkgeld. Was Recht ist, muß auch Recht bleiben.

Der Zuhälter versucht zu kneifen, Diskussion, und dabei merkt der Mann, daß seine Motorhaube noch warm ist. Wieso das denn?

Hans empfiehlt eine Inspektion des Fahrzeugs bei der Vertragswerkstatt, da wird der Affe wild. Brüllt wie ein Stier. Thomas kommt aus der einen Richtung, Frank aus der anderen, gottseidank hat er die Mütze aufgesetzt. Auch als Aufsicht kann er sich die warme Haube überhaupt nicht erklären, will der Sache aber nachgehen – unnachsichtig, und bittet den empörten Parkgast um seine Papiere, damit er den Vorgang weiterleiten kann.

Daraufhin spricht der Herr eine längere Folge obszöner Worte, steigt in sein Cabrio und braust davon. Nicht nur, daß er zuhält, er prellt auch noch das Parkgeld.

Seit diesem Erfolgserlebnis braucht Hans ein Cabrio: Der Fahrtwind an den Ohren, der kann nicht nur für Zuhälter bestimmt sein. Und wenn es am Anfang für ein Auto nicht reichen sollte, dann darf das Cabrio auch ein Motorrad werden. Aber der Fahrtwind im Haar, der muß auf jeden Fall sein.

*

Herkules ist weiblich, die Herkules. Sie hat 175 ccm Hubraum, ist grün und ein Motorrad mit einer hochmodernen Sitzbank für zwei Personen. Der Lenker ist schmal, der Tank bullig und hochgezogen, fast wie bei der Horex. Der sonst übliche Haltegriff zwischen Fahrer und Sozius fehlt. Wer hinten sitzt, kann sich nur festhalten, indem er seine Hände vor dem Bauch des Fahrers faltet. Ist der Fahrer männlich und der Sozius weiblich, verstärkt sich die Sinnlichkeit des motorgetriebenen Kraftrauschs. Neben dem Hauptscheinwerfer hat Hans noch einen Suchscheinwerfer am Lenker montieren lassen, eigentlich völlig sinnlos. Sieht aber schau aus, sagt der Verkäufer.

Der Reichel kann sich so ein Ding nur leisten, sagen die Neider, weil er eine Mutter in der Schweiz hat, naturreich.

Von wegen: Eine TUSMA hat er, jede Speiche des Motorrads ist selber verdient. Damit kurvt er zunächst in Berlin herum, dann fährt er über die Autobahn nach Westdeutschland und schließlich doch wieder in die Schweiz. Trotz allem. Güggeli hat recht gehabt. Außerdem war er es, der seine Mutter unbedingt finden wollte. Und nun hat er sie gefunden. Jetzt fährt er zu einer armen Frau. Arm in jeder Beziehung.

Sie arbeitet als Näherin und verdient wenig. Ihr Mann Ernst Rutishauser war früher Militär-Konditor, nach einem Unfall ist er gehbehindert und versucht, zu seiner kärglichen Rente in Brotfabriken etwas dazu zu verdienen, als Aushilfsbäcker. Hans erzählt ihm von seiner Arbeit für die Großbäckerei in Moabit als Aushilfsfahrer. Das verbindet, und Ernst Rutishauser sagt, daß Hans in seinem Hause stets willkommen sein wird.

Besonders geschlagen ist Martha mit dem behinderten Sohn, der leichte Hilfsdienste in einer Schuhfabrik verrichten kann. Mehr nicht. Er wird nie für sich selbst entscheiden können. Gaston weiß das, er nimmt es ohne Trauer hin und bewegt sich innerhalb seiner Grenzen souverän. Er ist eben anders als manche anderen, und er kann damit leben.

Hans wird Martha nie helfen können, das weiß er. Aber nachdem die erste Wut der Enttäuschung verraucht ist, kann man ja wenigstens versuchen, freundlich zu sein.

Ist es möglich, soviel an Euch ist, so habt mit allen Menschen Frieden.

*

Die Unterhaltung mit den Rutishausers ist nicht ganz einfach. Da sie nicht viel reden, erzählt Hans eben von sich, vom Leben im großen Berlin und was es bei ihm Neues gibt.

Er lebt jetzt wieder in einem Heim, in einem Evangelischen Schülerheim. Und zwar als Erzieher. Da wohnt er umsonst, er wird kostenlos verpflegt und bekommt sogar noch ein kleines Taschengeld. Vier Studenten arbeiten dort als sogenannte Adjunkten unter einem Heimleiter und einer Hausmutter. Morgens wecken, dann eine kleine Andacht halten, Schulaufgaben kontrollieren, den Ausgang überwachen, aber auch Sport treiben und Freizeit gestalten. So betreuen sie Jungen, vierzehn bis neunzehn Jahre alt, die in der Ostzone nicht auf höhere Schulen gehen dürfen, weil ihre Väter Pastoren oder Ärzte sind. In Ostdeutschland sollen nämlich nur die Kinder von Arbeitern und Bauern gebildet werden. Deshalb müssen die Kinder von gebildeteren Leuten in Westberlin zur Schule gehen, wenn sie später studieren wollen, aber in den Ferien dürfen sie wieder zu ihren Eltern.

Die Rutishausers hören zu, aber verstehen können sie es nicht. Was ist so Schlimmes an einem Pastor? fragt Martha. Und ihr Mann ergänzt: Der Sohn vom Doktor Fingerli ist auch in einem Internat, weil er zu Hause so stinkend faul war.

Nein, sagt Hans, hier geht es um politische Gründe. Er versucht, die zu erklären und schildert den Aufstand, mit dem die Arbeiter ihre Regierung in Ostberlin stürzen wollten. Erst gab es friedliche Demonstrationen, dann offene Gewalt und den Ausnahmezustand am 17. Juni. Da wollten die Schüler aus dem Heim natürlich dabeisein, und Hans wußte, daß er sie daran nicht hindern konnte, außer durch Einschließen. Also ist er mitgegangen, um auf sie aufzupassen.

Mit fünfzehn Mann von Friedenau aus zum alten Regierungsviertel, wo einst Hitler, Göring und Goebbels gehaust hatten. Äußerste Disziplin, und falls wir versprengt werden, dann Treffpunkt beim alten Oberkommando der Wehrmacht in der Bendlerstraße! Und so erleben sie hautnah die Wut der unterdrückten Bevölkerung, die nach Freiheit und einer neuen Regierung schreit, sie sehen Brände und den brutalen Einsatz der Polizei gegen das eigene Volk. Als sogar russische Panzer auffahren und das Feuer eröffnen und tapfere Berliner ihnen Pflastersteine entgegenwerfen, befiehlt der Spähtruppführer Reichel den geordneten Rückmarsch. Mit allen seinen Männern trifft er wohlbehalten im Heim wieder ein. Und das alles nur, weil die Arbeiter gegen ihre zu hohen Arbeitsnormen streiken wollten, deshalb hat man sie erschossen und verhaftet und gequält!

Ja, sagt Herr Rutishauser, wir hatten in der Schweiz einmal italienische Arbeiter, die hießen wir Tschinkeles, und die wollten auch nicht recht zupacken bei der Arbeit, haben lieber Karten gespielt. Da mußten sie zurück nach Italien.

Hans erzählt von seinem Studium, von seinen Erfolgen, von kleinen Konzerten, in denen er gesungen und von großen Opern-Aufführungen, in denen er im Chor oder als Komparse mitgewirkt hat. Er zeigt Fotos. Meist steht er weit hinten auf der Bühne, und in Kostüm und Maske ist er leider nicht gut zu erkennen. Aber die Künstler vorne sind weltberühmt. Nur in Mannenbach kennt man sie nicht. Aber sehr korpulent sind sie schon, sagt Martha.

Hans erzählt, daß die Studenten der Musikhochschule ihn zu ihrem Vorsitzenden gewählt haben und daß er nun neben der Arbeit im Schülerheim und neben dem Studium und neben den anderen Jobs so viele Pflichten hat, daß er manchmal kaum noch weiß, wo ihm der Kopf steht.

Als der deutsche Bundespräsident in Berlin gewählt werden sollte, da durfte Hans als Studentenvertreter persönlich dabei sein, in den Messehallen am Funkturm. Als Gast natürlich, wie die kirchlichen Würdenträger und die Stadtkommandanten. Erst wollte ein Polizist ihn zurückweisen, weil er zu Fuß kam; denn alle anderen Gäste fuhren mit ihren Limousinen vor. Die offizielle Einladung der Bundesversammlung beeindruckte den Wachtmeister überhaupt nicht: Ick darf hier nur Autos durchlassen, und wie'n Auto seh'n Sie nich gerade aus! Da hat Hans kurzerhand ein Taxi angehalten, der Fahrer ist direkt an besagtem Polizisten vorbeigefahren, und der hat stramm salutiert. Mit weißen Handschuhen hat dann ein Bundestagsdiener im Frack die Tür aufgerissen, und schon war Hans ganz nahe dabei, wie Theodor Heuss zum zweiten Male Präsident wurde. Lauter Prominente um ihn herum, sogar den Adenauer hat er gesehen.

Und wenn einer gerufen hätte, wir wollen statt dem Heuss lieber den Hans und alle hätten die Hand für dich aufgehoben, dann wärest du jetzt der oberste Deutsche! Oder?

Nein. Er erklärt die Unterschiede zwischen dem Schweizer und dem deutschen Wahlsystem, soweit ihm das möglich ist. Und dann schildert er die lustige Geschichte von seinem ersten Flug in einer großen englischen Maschine. Von Berlin nach Köln mußte er, viermotorig, zum Deutschen Studententag, seine Hochschule hat das bezahlt. Leider war das Wetter schlecht und das Flugzeug wurde hin- und hergerüttelt. Da fragte die Stewardeß, das ist die Saaltochter von der Fluggesellschaft, was man lieber möchte: Essen und Trinken oder eine Spucktüte? Beides, hat Hans gesagt, nacheinander bitte.

Das verstehen sie nun überhaupt nicht. Hans zeigt mit den Händen, wie es da oben zuging, bis die Augen von Gaston leuchten: Absturz, oder? fragt er. – Nicht ganz, aber so ähnlich, beinahe fast.

Am schönsten funktioniert die Verständigung auf der Herkules. Martha sitzt rund und breit hinter Hans, sie hält sich an ihm fest, und er braust mit ihr durch die Gegend. Da kann man sagen, was man will, man versteht sowieso nichts, und dadurch gibt es auch keine Mißverständnisse.

Die Stimme des Blutes aber bleibt auch auf dem Motorrad stumm. Und als Hans später mit seinem ersten Kleinwagen zu Martha kommt, da schweigt die Stimme eben im Auto.

*

Wenn Hans seine Mutter besucht, macht er natürlich auch Abstecher nach St. Gallen. Und jedesmal warnt ihn Güggeli wieder vor Franz Roth. Der sei gefährlich für Hans und außerdem eine so miese Persönlichkeit, daß man sich die Bekanntschaft mit ihm besser ersparen solle. Und das wirklich nicht nur, weil er Jude sei.

Solche Warnungen sind eigentlich überflüssig. Hans will diesen Mann, der ihn nicht sehen wollte, nun auch nicht mehr sehen; er will nicht betteln und sich nicht noch einmal so blöde verhalten wie an jenem Morgen, als er hinter seinem Vater hergelaufen ist. Derartige Demütigungen will er sich künftig ersparen.

Aber Güggelis Abneigung gegen Roth bricht immer wieder durch. Als Hans einmal nach seiner Abschiebung im Jahre 36 fragt, hört er: Internationales Recht ... Staatsangehörigkeit ... wärest du als Schweizer Halbjude in Dresden geboren worden, dann hätten dich die Deutschen an uns ausliefern müssen, das ist leider so, und wenn dein Vater nicht so ein Lump gewesen wäre ...

Oder: Das Schreiben der Schweizer Behörden an die deutsche Wehrmacht, im letzten Kriegsjahr, sei eben der Preis für die Neutralität gewesen. Wenn die Engländer uns darum ersucht hätten, hätten sie auch eine Auskunft bekommen.

Über meine Abstammung? Über die Religion meines Vaters?

Dein Herr Vater ... und dann wird Güggeli plötzlich sehr ärgerlich und ägelig, als fühle er sich persönlich angegriffen. Doch kränken will Hans ihn nun wirklich nicht.

Im Gegenteil, niemals wird er vergessen, was er den Güggelis schuldet: weit mehr als das erste Glück seines Lebens. Denn er hat auch viel gelernt damals, in den sechs Monaten. Woher, zum Beispiel, weiß er denn, daß jeder Mensch ein Konto hat? – Von Herrn Güggeli.

Aber mit der Zeit zerbröselt die Bindung zwischen dem Kanzleisekretär der Fremdenpolizei und dem Pflegbuben. Zunächst hört man noch spärlich voneinander, später dann gar nichts mehr.

*

Seit dem 17. Juni wissen die Westberliner, daß sie in einer Frontstadt leben, daß die Grenze zum Ostsektor nicht nur eine Sektorengrenze ist, sondern die Grenze zwischen Mördern und Opfern, zwischen Recht und Unrecht, zwischen Freiheit und Unfreiheit. Westberlin ist als Insel der Humanität umbrandet von der Tyrannei, und immer mehr Menschen flüchten aus dem roten Meer der Zwangsherrschaft auf diese Insel. Denn zum Glück ist das Brandenburger Tor, das Tor zur freien Welt, noch immer offen. Was nicht heißen soll, daß in den Zügen, die aus Dresden, Rostock, Leipzig oder Magdeburg nach Berlin fahren, nicht nach Flüchtenden gefahndet würde. Aber die meisten von ihnen kommen durch und landen mit kleinem Handgepäck im Auffanglager Lichterfelde. Dann werden sie von den Alliierten nach Westdeutschland ausgeflogen, anerkannt als politische Flüchtlinge.

Ein wichtiges Propaganda-Instrument im Kalten Krieg ist außer dem RIAS die KGU, die Kampfgruppe gegen Unmenschlichkeit, in der alle Nachrichten über die DDR gesammelt werden. Auch alliierte Geheimdienste befragen die Flüchtlinge gründlich.

Hans ist inzwischen Inhaber eines PrV-Ausweises und somit als vom Nationalsozialismus politisch, rassisch oder religiös Verfolgter anerkannt. In dieser Eigenschaft wird er eingeladen zu einer Veranstaltung der Opfer des Stalinismus, die nebenan in der TU stattfindet. Mal gucken. Einfach nur so.

Er kommt zu spät, der Redner ist schon kräftig bei der Sache und erläutert den zahlreich Erschienenen, warum man den Kommunismus mit dem Nazismus mindestens gleichsetzen muß, weil Mörder nämlich Mörder sind. Und wenn man die Opferzahlen aus den Lagern der Sowjetunion – und der Tag wird kommen, meine Damen und Herren! – wenn die Zahlen bekannt werden und die Opfer erst einmal ungeschminkt auf dem Tisch liegen, dann wird man sehen, daß dieser schreckliche Hitler gegenüber Stalin nur ein Waisenknabe war.

Er, der Redner, hat wahrlich keinen Grund, die Untaten des böhmischen Gefreiten zu bagatellisieren, er war verfolgt im Dritten Reich, weil er hilflose Judenkinder in die Schweiz geschmuggelt hat. Womit er sich keineswegs als Held darstellen will: Es war seine Menschenpflicht, und er wäre schuldig geworden, wenn er es nicht getan hätte. Dafür hat ihn sogar die Ostzone als OdF anerkennen müssen.

Und dann haben ihn die Schergen Ulbrichts verhaftet und erst nach Buchenwald und dann nach Bautzen gebracht, und Ulbricht ist ein Antisemit erster Güte, und ...

Irgendwo hat Hans diesen Mann schon einmal gesehen, die Goldzähne kommen ihm bekannt vor. Dazu dieses nicht ganz feine Dresdner Sächsisch – irgendwann muß er den schon einmal getroffen haben. Dann geht ihm ein Licht auf.

Nach der Veranstaltung spricht er den Redner an, der in einer Gruppe von Gleichgesinnten weiterdiskutiert.

Herr Dippchen, sagt Hans, ich bin eines der Judenkinder, das Sie gerettet haben, 1936. Aber Sie haben mich nicht in die Schweiz gebracht, sondern aus der Schweiz geholt – nach Dresden, für die NSV, und damals hatten Sie auch dieses Abzeichen an der Jacke.

Ein eiskaltes Schweigen, das lange dauert. Dann wird Dippchen puterrot und schreit: SED-Schwein! Sie sind hier rübergeschickt, um mich fertigzumachen, Sie Stasi-Spitzel!

Hans zeigt den PrV-Ausweis.

Fälschung, Fälschung, gehen Sie doch zurück nach Moskau, wo Sie hingehören!

Das macht Hans nicht. Er geht zum Bahnhof Zoo und fährt mit der S-Bahn nach Friedenau, dann sind es noch drei Minuten zu Fuß bis zum Schülerheim in der Rubensstraße. Und er denkt darüber nach, ob er diesem Schleimer nicht auch etwas verdankt. Vielleicht ein paar Illusionen über die Nazis? Irgendwie wäre sein Leben ohne Dippchen anders verlaufen.

*

Sprechstunde in der Studentenvertretung.

Eine Kommilitonin sitzt heulend vor Hans. Eine attraktive Frau, groß, künftige Mächtigkeit verheißend: Brünnhilde von Leib und Seele. Leider nicht von Stimme. Die würde noch kommen – bloß nicht zuviel auf einmal wollen, sagte ihr Lehrer und machte sie zu seiner Geliebten. Heimlich natürlich, so streng geheim, daß niemand an der Hochschule darüber sprach. Obwohl es jeder wußte. Die Liebe verblühte, die Stimme erblühte nicht, ein neuer Gesangslehrer nahm sie nicht zur Geliebten, sondern sagte ihr schweren Herzens die Wahrheit: Da sei nicht viel zum Erblühen, und von der Stimme mal abgesehen – die Musikalität würde wohl auch nicht ausreichen für eine Karriere. Bei ihrer Länge würde man sie noch nicht einmal in einen Chor stellen können.

Und nun sitzt sie da und heult: sechs Semester vertan, drei wichtige Jahre im Leben einer jungen Frau vergeudet und zudem noch lächerlich gemacht! Wie sie das den Eltern erklären soll, die selbst nicht auf Rosen gebettet sind und die Tochter dennoch finanziell unterstützt haben, das weiß sie auch nicht.

Hans vermittelt ihr über die TUSMA einen Job, mehr kann er nicht tun. Aber er weiß, Brünnhilde ist kein Einzelfall, viele junge Musikstudenten kommen nie ans Ziel, sondern über die Selbsttäuschung zur Enttäuschung. Und die hält mitunter lebenslänglich.

Zu Beginn des nächsten Semesters – das gehört zu seinem Amt – muß er vor der Vollversammlung eine Rede halten. Diesmal spricht er darin den Professoren Mut zu. Sie sollten frühzeitig und ernsthaft unter den Studenten sieben und keine falschen Hoffnungen nähren. Hochschullehrer seien nicht nur mitverantwortlich für die Erfolgreichen, sondern auch für die Versager.

Die Zustimmung des Auditoriums hält sich in Grenzen. Einige staunen über seine Naivität. Der muß besengt sein, der Reichel, denn er muß sich ja auch noch prüfen lassen – von genau den Professoren, denen er gerade Mut macht. Aber alle wissen auch, daß er recht hat, und Hans fühlt sich gut. Zumal er nach dieser Professorenschelte nicht gleich wieder zum Bahnhof muß, um die Stadt zu verlassen.

*

Das Glück hat einen neuen Namen: Lotto. Zahlenlotto. Die Berliner stürzen sich darauf. Denn Lotto ist Toto für die Super-Idioten. Für alle, die Fußballvereine nicht auseinanderhalten können.

Fünfzig Pfennige kostet ein Tip, und ausgespielt werden fünf aus neunzig Zahlen. Unter notarieller Aufsicht, was beim Fußball nicht der Fall ist. Da wird ja geschoben, daß sich die Torbalken biegen!

Schon mit zwei Richtigen kann man im Lotto gewinnen, zwei bis fünf Mark etwa, und mit fünf Richtigen hat man den Hauptgewinn von 500 000 DM, Gewinnchance 1: 44 Millionen.

Der Name des Spielers wird auf dem Tippschein nicht vermerkt, die angekreuzten Zahlenkästchen werden bereits in der Annahmestelle gelocht. Das gelochte Original geht zur Lottozentrale, die gelochte Kopie behält der Spieler. Der Gewinn kann also nur ausgezahlt werden, wenn der anonyme Spieler seine Kopie vorlegt. Wer nicht rechtzeitig merkt, daß er gewonnen hat oder wer seinen Schein verliert, verliert unwiderruflich den Gewinn. Und wenn er deswegen das Gas aufdreht, verliert er sogar das Leben.

Die Scheine müssen in den ersten Jahren von Hand ausgewertet und sortiert werden. Das geht einfach und narrensicher, aber man braucht dazu in jeder Samstagnacht eine große Zahl von Arbeitskräften – nur für ein paar Stunden. Studenten natürlich, TUSMA.

Der Job ist sehr beliebt bei den Studikern. Er wird relativ gut bezahlt, und dazu gibt es auch für die Auszähler eine Lotto-Chance: Glückliche Großgewinner spendieren nämlich demjenigen, der ihren Tippschein herausgefischt hat, manchmal eine Dankesprämie. Ein paar Hunderter oder sogar einen Tausender – auf jeden Fall ein Vermögen!

Hans hat oft beim Lotto mitgejobbt, als Auswerter oder als Aufsicht, im TUSMA-Verwaltungsrat hat er die Organisation der Einsätze mitgestaltet, und eines Tages gewinnt er seinen großen Preis: Er wird Chef der studentischen Einsatzleitung, Lotto-Chef. Jedes Wochenende im Dienst, mit Schlips und Kragen und Autorität, und an jedem Wochenende verdient er 120 Mark West, rund 500 pro Monat, unabhängig davon, wer wieviel gewinnt oder nicht und warum oder warum nicht.

Hans wird unvorstellbar reich. Bald gibt er seine Herkules in Zahlung und kauft sich den kleinsten Straßenkreuzer der Welt, ein Goggomobil 2000 Coupé, von dem es heißt, man brauche zum Einsteigen einen Schuhanzieher. Hans dagegen glaubt, daß ein Porsche auch nicht viel größer ist. Jedenfalls innen. Und nach einigem Üben kann der Lotto-Chef aus dem kleinen Blechgehäuse so elegant herauskrabbeln, als entstiege er einem Mercedes.

*

Lieber Herr Reichel!

Es ist mir ein dringendes Bedürfnis, Ihnen für Ihre szenische Mitarbeit bei den Proben und Aufführungen unserer „Iphigenie auf Tauris" von Gluck aufrichtig zu danken. Ihre absolute Zuverlässigkeit, Ihre organisatorische Umsicht und Ihre selbstverständliche Pünktlichkeit waren mir eine große Hilfe.

Gleichzeitig beglückwünsche ich Sie zu Ihrem großen Erfolg als Sänger der Rolle des Orest, den Sie sich durch die kurzfristige Übernahme ersangen und erspielten, als der eingesetzte Orest ausgefallen war. Ihre musikalische und stimmliche Sicherheit und Ihre darstellerische Intensität ließen niemanden ahnen, welch ein Husarenstück Sie eigentlich leisteten.

Meinen aufrichtigen Glückwunsch!

Ihr Jaro Prohaska

Professor Prohaska, Kammersänger, ist Leiter der Abteilung Gesang und Opernschule an der Hochschule für Musik. Mit Husarenstück meint er, daß der Regieassistent Reichel, der in dieser Hochschul-Inszenierung als Sänger nie vorgesehen war, für den erkrankten Kommilitonen auf den letzten Drücker einspringt und die Partie, die er durch die Probenarbeit allerdings gut kennt, nun spontan übernimmt. Einfach so: Orest, Bariton – was kommt, wird gesungen. Typisch reichelsche Frechheit, meinen gute Freunde. Doch er rettet damit die Premiere und kommt zu seinem bislang größten Bühnenerfolg. Unglaublich. Als Schlagersänger wäre er an diesem Abend ein Shooting-Star geworden. Aber Glucks Iphigenie ist leider kein Schlager.

Keines der großen Opernhäuser ruft bei ihm an. Nicht einmal ein kleineres.

*

Eine schwere Nierenerkrankung einschließlich Operation und Nachbehandlung kostet ihn noch einmal ein ganzes sinnloses Jahr, aber dann beschert ihm das Abschlußzeugnis im Hauptfach Gesang/Opernschule die Note „sehr gut". Davon hatte er immer geträumt. Ob er Fidelio Raab eine Zeugnis-Kopie schicken sollte – trotz des Consilium abeundi mit sozialistischen Grüßen? Nein, der Sieger braucht die Rache nicht, Fotokopien sind teuer, außerdem weiß er gar nicht, ob Fidelio noch lebt. Wenn ja und in Dresden, dann sei er damit genug bestraft.

Nicht alles ist übrigens so glatt gelaufen, wie das Abschlußzeugnis ausweist. Hörbare Schwierigkeiten hatte der begnadete Sänger zum Beispiel bei der treffsicheren Bedienung des Pianofortes. In der Prüfung steuert er den ersten Satz der Mondscheinsonate, wenn auch mit ein paar gewagten Kurven, die er auf der Herkules gelernt hat, noch ziemlich sicher ins Ziel. Doch schon beim zweiten Satz holpert es ungewöhnlich früh, es klingt nach Druckfehlern in den Noten. Ein generöser Prüfer bricht mild-lächelnd ab, Hans möge doch lieber den dritten Satz vortragen. Da schaut der Kandidat die Herren Lehrkörper hinter dem Tisch sehr treuherzig an und sagt: Ausgerechnet den dritten Satz hätte ich uns allen gerne erspart.

Man einigt sich. Ein guter Sänger, der schlecht Klavier spielt, ist immer noch besser als ein schlechter, der alle Tasten findet – wer singt schon mit den Fingern? Also alles Gute für die Zukunft.

Jetzt schreibt er Briefe. Überallhin, wo deutschsprachige Sänger Geld verdienen können. Der Krieg hat so große Lücken in diese Generation gerissen, da muß doch irgendwo etwas frei geworden sein. Und sei es in der Operette. Aber offenbar hat der Sensenmann um Sänger einen Bogen gemacht.

Auf eine seiner Bewerbungen kommen sogar zwei Absagen, unterschiedlich im Grad der Anteilnahme: Im ersten Schreiben bedauert der Generalmusikdirektor sehr, im zweiten ist derselbe Herr geradezu untröstlich, daß es keine Vakanz gibt. Große Häuser lehnen nur einmal dankend ab. Oder gar nicht.

Hans steht noch nicht unter materiellem Druck, aber als Nichtmehr-Student fällt das Stipendium weg, und er kann auch nicht ewig Lotto-Chef bleiben, das ist eine TUSMA-Stelle.

Außerdem: Er ist inzwischen zweiunddreißig, verdammtnochmal! Was denn nun – statt Karriere? Musiklehrer werden? Höheres Lehramt? Schüler unterrichten mit seinem Talent am Klavier? Und vorher vielleicht noch Abitur nachmachen – als Extranier, mit dreiunddreißig oder vierunddreißig?

*

Zum Trost gibt es kleine Mucken: Ein Ave Maria in der Friedhofskapelle. Sooo schön, sagt die Witwe zum Sänger, ein Jammer, daß mein Mann das nicht mehr gehört hat. Er hat es gehört, sagt Hans mit wissendem Blick. – Fünfzig Mark drauf auf die Gage, ein Trinkgeld für die Kunst.

Es gibt Liederabende, Konzerte im Chor der Singakademie, kleine Rollen in Oper und Operette, am Schiller-Theater und am Theater am Kurfürstendamm.

Das einzig Solide, was ihm in dieser Zeit angeboten wird, ist die Leitung eines evangelischen Schülerheims, diesmal in der Kronberger Straße in Grunewald. Also hauptamtlicher Heimleiter bei der Kirche. Hätte er dafür wirklich Musik studieren müssen? Wohl kaum.

Das heißt, natürlich doch. Denn ohne das Studium hätte er Uwe nicht kennengelernt, der war vor ihm AStA-Vorsitzender, und der hatte ihm damals den Adjunkten-Job vermittelt, und ohne die Arbeit in der Rubensstraße hätte man sich jetzt nicht an ihn erinnert. Die Wege des Herrn sind oft verschlungen, und manchmal führen sie auch ans falsche Ziel. Selbst wenn sie – alles in allem – vierzehn Semester lang sind.

Er nimmt das Angebot an, sieht die Stelle aber nur als Übergangslösung. Die Kirchenleute sind damit einverstanden. Neben der Arbeit als Heimleiter wird er sich weiterhin um seine Sänger-Karriere und um ein festes Bühnenengagement bemühen.

*

Man braucht ihm nicht zu erklären, worum es geht. Seit seiner Adjunktenzeit hat sich wenig geändert. Die Jungen in den Westberliner Schülerheimen sind in der Regel keine Waisen und keine Sozialkrüppel, sondern aufgeweckte Burschen aus heilen Familien, die ein freies Abitur machen wollen in der Oase der freien Welt. Die meisten leiden unter der Trennung von Eltern und Freunden zu Hause, ihre Vorgeschichten ähneln sich: Schikanen in der Schule, Rausschmiß vielleicht, Ärger mit der FDJ, dafür Aktivitäten in der Jungen Gemeinde. Eigentlich wollten sie gar nicht in den Goldenen Westen, genau genommen, aber sie waren eben nicht gut genug für den anspruchsvollen Sozialismus im besseren Deutschland. Einige sind als politische Flüchtlinge anerkannt, die dürfen sich drüben nicht mehr blicken lassen, lebenslänglich wahrscheinlich. Die anderen fahren zum Wochenende und in den Ferien nach Hause in die DDR.

Ihre erste Fremdsprache ist Russisch, in Westberlin gehaßt und veralbert. Als Deutsch hat man ihnen die Sprache der Arbeiter, der Bauern, der Arbeiter- und Bauerndichter und der Funktionäre angeboten, mit Geschichtskenntnissen auf dem Niveau von Ulbricht-Reden. Sie juxen über die große Sowjetunion als Paradies des Fortschritts, über Schiller als Vorkämpfer der Revolution und über Johannes R. Becher als größten deutschen Dichter, der mit Eisler die DDR-Nationalhymne geschöpft hat, die Eierbecher-Hymne Goodbye, Jonny von Peter Kreuder. In den Naturwissenschaften sind sie ganz gut, aber in anderen Fächern haben sie verdammt große Lücken gegenüber ihren Westberliner Klassenkameraden. Die müssen sie auffüllen.

Und wer nicht reiche Verwandte in Westdeutschland hat, ist arm dran. Unsere Ostschüler, sagen die Lehrer stolz und großzügig, solange es ums Gesamtdeutsche geht. Wenn aber die sommerliche Klassenfahrt ansteht, dann können manche Leute von Drüben leider doch nicht mitkommen. Soviel Westgeld kriegen nicht alle zusammen, zumal sie bis Hannover fliegen müßten. Mit ihren Ostausweisen dürfen sie in einem Westberliner Bus nicht über die Interzonenautobahn. Und die Schülerheime können da auch nicht helfen, die leben vor allem von Spenden des Evangelischen Hilfswerks. Also von der Hand im Mund der Amerikaner.

Die Leute von Drüben erkennt der Geübte an den Klamotten. Außerdem sagen sie zu jedem Preis die Währung dazu: Das kostet drei-zwanzig West oder Ost, je nachdem. Sie stammen aus Sachsen, Thüringen, Anhalt, Brandenburg und Mecklenburg. Ihre Eltern würden wohl auch fliehen, wenn sie nur wüßten, wie man das Grundstück, das Haus, die Möbel mitnehmen könnte. Also die Jungen stammen meist aus besseren Kreisen.

Doch Heim ist Heim, und Spätpubertät ist auch Pubertät.

*

Hans führt ein erstes Anstellungsgespräch mit einem Kuratoriumsbeauftragten im Hause Kronberger Straße, unten heben die mutigen Ostbuben sein Goggomobil von der Fahrbahn auf den Bürgersteig. Feuerzangenbowle selbst im kalten Krieg: Mal gucken, wie der guckt, der Neue.

Gar nicht. Er unterhält sich mit ihnen und bittet die Fußgänger, die sich durch sein Auto behindert fühlen, um Entschuldigung. Als dann ein Schwerbehinderter in seinem handbetriebenen Selbstfahrer vorbeirudern will, greifen die Jungen sehr schnell zu und stellen das Auto auf die Fahrbahn zurück. Wiegt ja fast nichts, das Ding, dieser auf Auto frisierte Kabinenroller. Für acht Mann kein Problem.

Hans bleibt gelassen, er unterläßt auch das ach so populäre Versprechen, man werde ihn noch kennenlernen. Nein, er bedankt sich bei ihnen für ihre Einsicht. Und die ist ja bekanntlich der erste Schritt. Wozu?

Keiner antwortet.

Genau, sagt Hans. Ich sehe, wir haben uns verstanden.

*

Er hat es nicht allzu schwer in dem Heim, weil er zu keinem Zeitpunkt hochstapelt. Während der Arbeitsstunde ein Problem mit der Differentialrechnung? Er macht keinen Hehl daraus, daß er als Musiker leider nur die Metzger-Mathematik beherrscht: Ein Viertel, zwei Viertel, drei Viertel, zwei Achtel, drei Achtel, sechs Achtel, zwei Viertel sind ein Halbpfundnote, und darf's ein Achtel mehr sein – wenn dir das etwas nützt?

Sehr bibelfest ist er allerdings auch nicht. Im Gegensatz zu den hier untergebrachten Pastorensöhnen, die das Neue Testament wie das täglich Brot verinnerlicht haben – zu Hause am Frühstückstisch: jeden Morgen eine Losung, das kann nicht ohne Folgen bleiben.

Als der von allen geliebten Köchin, der guten Mutter Meier, ein Mittagessen einmal total mißlingt und im großen Speisesaal nach der großen Erwartung die große Enttäuschung einkehrt, da will zwar niemand pöbeln, der guten Meiern zuliebe. Aber das große Schweigen läßt sich auch nicht unterdrücken – abflauendes Klappern von Aluminiumbesteck gegen Kantinenporzellan, dann Stille, hörbar. Und in die hinein zitiert ein Pastorensohn, wenn auch nicht ganz korrekt: Der Herr nahm's, dankte und brach!

Ein Glucksen kommt auf, und bevor es in eine Brüllerei ausartet, sagt Hans: Stimmt, das Essen ist daneben. Aber es war ganz ganz sicher gut gemeint. Und wir alle wollen uns wünschen, daß uns niemals etwas danebengeht, um das wir uns so bemüht haben.

Naja ... ein Grummeln ist die Antwort, nicht gerade zustimmend, aber auch nicht mehr feindlich. Man überbrückt die Panne mit Brot und der ewig frischen tropenfesten amerikanischen Dosenwurst vom Evangelischen Hilfswerk.

Die Arroganz der Gymnasiasten gegenüber dem Nichtabiturienten erlischt vollends, nachdem er ein paar Interessierte zu einem seiner Konzerte mitgenommen hat. Respekt. Wenigstens singen kann er gar nicht so schlecht. Und er spricht sächsisch wie die meisten von uns.

Bloß keine pathetischen Vorsätze: Hans will den Laden ordentlich führen und für die Jungen da sein. Nicht als Richter, sondern als Vermittler und Anwalt, wo es nötig ist. Das nimmt er sehr ernst. Vernünftig und erträglich soll das Zusammenleben sein, auch unter den bescheidenen materiellen Umständen. Mehr ist nicht drin. Ein Schülerheim in Grunewald ist eben kein Internat in Grindelwald. Das wäre für ihn sowieso ein paar Schuhnummern zu groß.

Die Jungen merken bald, daß sie ihm nichts vormachen können. Er kennt jeden Heim-Trick und jede Finte und hört jede Nachtigall im voraus trapsen. Er ist kein Vikar, dem man allein mit frommem Augenaufschlag einen Spätausgang abluchsen kann. Seine schnoddrige Autorität ist der Gerechtigkeit des Augenblicks mehr verpflichtet als der ewigen. Er schüttelt den Pestalozzi aus dem Ärmel eigener Erfahrung. Auch wenn es nicht immer der Pestalozzi ist.

Er macht Fehler. Reichelich, wie die Schüler sagen, aber für einen guten Kalauer sind sie auch gerne ungerecht.

Wenn Hans sich ärgert, kann er sich aufführen wie der Leiter einer Jugendstrafanstalt. Einmal kommt ein Schüler in sein Dienstzimmer, um sich über einen Anschiß zu beschweren. Hans bagatellisiert. – Na gut. Aber bei der Gelegenheit noch eins, Herr Reichel: Hauen Sie mir bitte nie eine runter – ich schlage zurück!

Hans nimmt es gelassen. Ulli heißt der Junge. Sehr sympathisch. Irgendwie.

Auch wenn es Zoff gibt, sprechen ihm die Jungen offenbar nicht den guten Willen ab. Und das ist in einem solchen Heim schon sehr viel.

*

Neben der Arbeit im Heim weiterhin Mucken, Bewerbungen, Absagen.

In den Havelstudios wird fürs Fernsehen Donizettis *Liebestrank* produziert. Eine Chance! Den Nemorino singt Deutschlands populärster Tenor, Rudolf Schock. Auch Hans wird engagiert. Aber nur für den Chor.

Schock ist ein sympathischer Mann, unaffektiert, höflich gegenüber jedermann, ein strahlender Gott, und als solcher wird er auch behandelt. Der Chor wird schamlos unterbezahlt. Als ein paar Choristen deswegen aufmucken, werden sie sofort gefeuert. Dem Star wird jeder Wunsch von den Augen abgelesen, und man scheint unglücklich zu sein, wenn er keine Wünsche hat.

Rudolf Schock, so heißt es, sei zur Bühne gekommen, weil seine Mutter Garderobenfrau am Duisburger Stadttheater war. Die hat da von ihrem Rudi und seiner hübschen Stimme erzählt und daß er zu Haus in der Küche dauernd am Singen wäre. Dann durfte er vorsingen, seine Begabung wurde erkannt, und das Mütterlein hat ihm die Ausbildung finanziert, indem sie weiterhin fremder Leute Mäntel auf die Duisburger Stadttheater-Bügel hängte. Schock hat seine Mutter sehr geliebt, er ist ihr immer dankbar gewesen.

Hätte Martha Reichel nicht Garderobenfrau in Zürich sein können oder in Genf? – War sie aber nicht.

*

Das Schock-Erlebnis setzt ihm zu. Bei nächster Gelegenheit fährt er nach Essen. Da hat sein Studienfreund Hans-Martin als Korrepetitor angefangen, demnächst soll er Operettenkapellmeister werden. Hans singt ihm vor. – Und jetzt bitte ganz ehrlich!

Nein, sagt Hans-Martin. Für ein großes Haus reicht es nicht. Für die Provinz allemal. Aber Provinz bedeutet Dachmansarde zur Untermiete. Und nach fünf Jahren bist du fertig. Dann stehst du als Bariton im Foyer und reißt die Karten ab. Du mußt selber wissen, ob du das wirklich willst.

Hans weiß sofort, daß Hans-Martin recht hat. Und daß er nicht nur ein guter Freund ist, sondern einer der besten. Ein ehrlicher.

Schock, Fischer-Dieskau, Prey, Wunderlich und viele andere können aufatmen: Reichel wird mit ihnen um die Gunst des Publikums nicht länger konkurrieren.

*

Die DDR ist die Sowjetisch Besetzte Zone, SBZ, und wird von der Bundesrepublik im staatsrechtlichen Sinne nicht anerkannt. Es gibt keine diplomatischen oder politischen Beziehungen zwischen dem einen deutschen Staat und dem anderen, der keiner ist. Offiziell nicht. Offiziell gibt es die Hallstein-Doktrin und den Alleinvertretungsanspruch der Bundesrepublik für das gesamte Deutschland. Ulbricht und Konsorten sind Marionetten der Bolschewisten. DDR schreibt man in Gänsefüßchen, „DDR“.

DDR-Bürger heißen im Kaltkriegsdeutsch Mitteldeutsche. Mittel-, weil die Ostdeutschen überwiegend in Westdeutschland leben, nachdem Russen und Polen sie aus ihrer Heimat vertrieben haben. Im Begriff Mitteldeutschland ist also ein doppelter Besitzanspruch verborgen: Das Staatsgebiet der DDR ist die eigentliche Mitte der Bundesrepublik, und wenn wir die wiederhaben, dann holen wir uns den Osten auch noch. Friedlich, aber beharrlich. Deutsche Züge, sagt ein bedeutender Politiker, werden eines Tages wieder bis nach Königsberg fahren. In ein deutsches Königsberg, auch wenn es vorübergehend Kaliningrad heißt.

Die politische und moralische Überlegenheit des Westens mißt man nicht nur am Kurs der Westmark und am Geschmack von Kaffee und Zigaretten, sondern vor allem an den Flüchtlingszahlen. Da es in der DDR keine freien Wahlen gibt, müssen die Mitteldeutschen mit den Füßen abstimmen, sagt man – sie hauen einfach ab oder machen nieber.

Schon Ende 58 errechnen Statistiker angeblich, daß alle neunzig Sekunden ein Mitteldeutscher in die Bundesrepublik flüchtet. Fast immer über Westberlin. Man kann vorausberechnen, wann die DDR rein menschlich entleert sein wird.

Ein Witz wird erzählt: Ulbricht, zum Befehlsempfang in Moskau, soll dringend nach Hause kommen, eine Katastrophe! Er fliegt nach Schönefeld und läßt sich ins Berliner Zentrum fahren. Alle Häuser dunkel, alle Straßen hell erleuchtet, kein Auto fährt, keine Menschenseele zu sehen, Totenstille. Er rast die Linden hinunter zum grell angestrahlten Brandenburger Tor – kein Vopo, kein Iwan, nichts. Nur ein Zettel hängt da: „Walter, der Letzte macht das Licht aus!“

Die Springerblätter freuen sich besonders: Jeder neue Flüchtling ist ein Faustschlag in die Fratze des Weltkommunismus und ein neuer Leser für *Bild* oder *Welt.*

*

Wenn Vopos oder Angehörige der Grenztruppen türmen, dann bringen sie oft ihre Waffen mit und die neuesten Fahndungsbücher. Die werden in Westberlin ausgewertet, und jeder ehemalige DDR-Flüchtling kann erfragen, ob er drüben noch gesucht wird oder ob sein Name schon gelöscht ist. Bei den kleineren Fischen ist das nach ein paar Jahren üblich.

Das Fahndungsbuch ist der Gotha der Antikommunisten, wer darin steht, der ist durch VOPO und STASI und NKWD geadelt. Wer plötzlich raus ist, erleidet einen Ansehensverlust: So toll kann das mit seinem Widerstand ja nicht gewesen sein. Die höchste Stufe des Antikommunismus, den Märtyreradel des Widerstandes, erreichen nur diejenigen, die aus Westberlin in den Osten entführt werden und nie wieder auftauchen. Schrecklich, tot, aber Helden und unsterblich!

1961 erfährt Hans, daß er nicht mehr im Fahndungsbuch steht. Er hängt das nicht an die große Glocke, aber er fährt in den Sommerferien zum ersten Mal wieder nach Dresden. Mit seinem Goggo-Coupé, unbehelligt. Abgesehen davon, daß er immer wieder angesprochen wird wegen dieses schönen Autos, das so aussieht wie ein großer Amerikaner und eigentlich noch kleiner ist als der Trabant. So etwas Schönes möchte es bei uns auch mal geben! Und ob es stimmt, daß man das Ding mit einem Führerschein Klasse IV fahren darf, weil der Motor so klein ist? – Stimmt.

Schon nach dem zweiten Ausflug findet er einen Zettel unterm Scheibenwischer: Bei der VOPO melden!

War die Auskunft falsch? Steht er vielleicht doch noch im Fahndungsbuch?

Die zuständige Dienststelle residiert in einer Villa in Blasewitz, nicht weit von der Musikhochschule entfernt. Eine Malerbrigade ist da und klebt großmustrige Tapeten an die Wände. In der Behörde geht alles durcheinander. Dort müssen auch Dresdner, die in den Westen fahren wollen, ihre Reisepapiere abholen. Viel Warterei.

Die Anrede ist hier nicht Herr oder Frau, sondern „Sie". – Sie, komm' Se mal her! – Und in der dritten Person heißt der Mensch „Bürger". Ein Bürger hat Hans bei einer Verkehrsübertretung beobachtet, die Anzeige wird geholt.

Am Nebentisch sitzt eine Volkspolizistin als lebender Beweis dafür, daß es in der DDR inzwischen genug zu essen gibt. Sie ist mehr als ein Auge, sie ist ein Fettauge des Gesetzes. Fast die gesamte Schreibtischunterlage aus volkseigenem Igelith mißbraucht sie als Busenstütze. Vor ihr steht ein alter Herr, der weder gut hören noch gut sehen kann. Außerdem ist er sehr aufgeregt.

Hier unterschreiben. – Wo? – Hier! – Hier? – Nein, nicht hier, sondern da! Passen Sie doch auf. – Wie bitte? – Wenn Se sowieso nischt kapieren, was wollen Se dann überhaupt im Westen!? – Entschuldigen Sie, ich habe das nicht verstanden, wie bitte?

Natürlich geht Hans das gar nichts an, aber Erinnerungen werden wach, sehr präzise Erinnerungen, und am liebsten möchte er dieser weit über die Ufer getretenen Enkelin Rosa Luxemburgs offen ins sozialistische Gesicht sagen: So hat Karl Marx das nicht gemeint mit dem Kommunismus. So wirklich nicht!

Also, ein Bürger hat beobachtet, wie Sie mit ihrem BMW übern Bahnübergang nieber sind, obwohl die Schranken noch nicht ganz oben waren. Hans zückt den Kfz-Schein: Sein Auto ist kein BMW. – Aha. Aber weiß isses! – Nein, rot. – Hier steht, Sie fahren einen weißen BMW. – Und da draußen steht mein Auto vor dem Haus, der kleine

Rote. Sehen Sie? – Naja, wir ham de Maler, da kann das schon mal passieren. Also, dann lassen wir die Sache mit dem Bahnübergang weg und machen ein Parkvergehen draus. – Wieso das denn? – Sehen Sie das Schild da drüben? Da, wo Sie stehen, stehen Sie falsch.

Hans wohnt bei Menzels. Er wandelt auf Wegen der Kindheit und Jugend, sucht nach alten Freunden und Erinnerungen und kehrt dann ohne weitere Verkehrsstrafen wohlbehalten nach Westberlin zurück.

Das Heim ist noch schwach belegt, einige Jungen sind in Westdeutschland bei Verwandten, die meisten noch zu Hause in der DDR. Es ist der 12. August, am 21. sollen die Ferien zu Ende sein.

1961–1976

Am Sonntag, dem 13. August, steht Hans wieder mit ein paar Jungen am Potsdamer Platz, nicht weit von der alten Reichskanzlei: Westberlin wird von militärischen Verbänden der DDR zunächst mit Stacheldraht abgesperrt, dann eingemauert. Bürger der DDR können Westberlin ab jetzt nicht mehr betreten. Westberliner dürfen nicht mehr in den Ostsektor, die Autobahnen zur Bundesrepublik sollen angeblich als Transitstrecken offen bleiben.

Ohnmächtige Wut und hilflose Tränen, wohin man schaut. Und auf der anderen Seite Soldaten, die aus dem letzten Krieg nichts gelernt haben: Junge Burschen, Würstchen, Untertanen, die blind gehorchen. Weil sie müssen? Ein paar Mutige riskieren ein Achselzucken oder einen fatalistischen Blick in Richtung Westen, ein paar Wenige desertieren auch in die freie Welt: Knarre weg und übern Zaun! Aber die meisten wirken wie dumpfe Entmündigte und Feiglinge. Besonders emsig die Leute von den Betriebskampfgruppen, als wollten sie vergessen machen, daß es hier einmal einen 17. Juni gegeben hatte.

Unglaublich wichtige Offiziere gockeln mit ihren Umhängetaschen herum, geben Befehle und lassen sich Meldungen machen. Preußische Karikaturen in nachgemachten Wehrmachtsuniformen, sehr siegessicher bei diesem heldenhaften Einsatz gegen die eigene Bevölkerung.

Ein älterer Westberliner verliert die Nerven. Er schreit einer Gruppe von Offizieren zu: Heil Hitler, ihr Arschlöcher! Dafür wird er von einem anderen Arschloch mit dem Teleobjektiv fotografiert. Eine Frau hält noch schnell die Bildzeitung vor den Kopf des Empörten, hoffentlich rechtzeitig. Denn wer weiß, was die mit solchen Fotos machen: Denen traut man ab jetzt doch alles zu, Meuchelmord inklusive.

Im Grunde hat der Schreihals natürlich recht: Der Führer hätte seine Freude an diesen zackigen Soldaten.

*

Einige der Heimschüler, die von der Grenzschließung bei ihren Eltern in der DDR überrascht werden, reagieren blitzschnell. Sie schlängeln sich über die Randbezirke Berlins zurück in den Westen. Die Stadt ist zwar umzingelt, aber in den ersten Stunden und Tagen noch nicht hermetisch abgedichtet.

Bulli aus Spremberg wartet drei Tage bei seiner Großmutter in Ostberlin, bis die mit ihm einen Krankenbesuch in der Bernauer Straße macht. Da küßt er die Oma, hüpft aus dem Fenster und kommt mit verstauchtem Fuß im Heim wieder an. Es gibt auch einen Havelschwimmer, der in der Badehose aus den Ferien zurückkommt und seine Wertsachen in einer Gummiwärmflasche mitbringt. Komisch, aber wasserdicht.

Was wird aus den Jungen, die noch nicht zurück sind?

Neun Tage lang sind die Telefonverbindungen in die DDR unterbrochen. Die Kirche, bislang noch gesamtdeutsch tätig, versucht zu retten, was zu retten ist. Konsistorium und Ratsvorsitzender bitten die Mitarbeiter, alles zu unterlassen, was die Situation verschärfen könnte.

Andererseits gibt es gerade in der evangelischen Kirche noch Leute, die in der Nazizeit subversive Kommunikation gelernt haben. So weiß Hans nach wenigen Tagen schon, daß Christoph Hein und andere der abgängigen Schüler sich – wohl schweren Herzens – entschlossen haben, bei ihren Angehörigen in der DDR zu bleiben. Die Sippenhaft steht zwar nicht in der Verfassung dieses Staates, aber sie wird auf mittlerer und unterer Ebene munter praktiziert, und sei es auf dem Niveau von Nachbarschaftsneid: Wieso kann der seinen Bengel in den Westen schicken, bloß weil er Pfaffe ist? Auf jüngere Geschwister sollte man auch Rücksicht nehmen, die könnten Schwierigkeiten in der Schule und überhaupt kriegen, wenn der große Bruder sich als Grenzverletzer strafbar machen sollte.

Aber es treffen bei Hans auch andere Signale ein: Wir wollen raus, bitte helft uns! – Bloß wie? Die Kirche rudert um ihre Einheit.

*

Hans kurvt im Goggo durch Westberlin und sucht nach Autos, die für den Menschenschmuggel geeignet wären, Pkws, Transporter, Kleinbusse, kleine Lkws. In manchen Modellen ließe sich vielleicht jemand verstecken. Nicht im Motorraum und nicht im Benzintank, aber unter, zwischen und hinter den Sitzen, im Kofferraum und in besonderen Behältnissen, die man an die Karosserie anschweißen müßte. Oder Benzintank raus, in den Hohlraum den Flüchtling stecken, und den Treibstoff unterbringen, wo ihn keiner vermutet. Zum Beispiel in den Rückenlehnen der Vordersitze. Und wenn's dann stinkt?

Was immer die Lösung sein könnte – die VOPOs werden genau an den Stellen nachschauen, die man so raffiniert ausbaldowert hat. Es sei denn, der Herr machte sie blind, auf daß sie einen Flüchtling nicht mehr zu erkennen vermögen. Nur ER könnte den Trick verraten, wie man trockenen Fußes über Spree und Havel wandelt. Aber den besorgten Kirchenoberen wäre das bestimmt auch nicht recht: Und wenn's rauskommt? Nett gemeint, Herr, aber laß es lieber.

Hans fährt nach Helmstedt, um sich die Kontrollen möglichst genau anzuschauen.

*

Tankdeckel auf!

Dann stochert der Grenzer mit einer langen elastischen Plastiksonde im Treibstoff herum. Also fast wie vorhergesehen.

Und die hintere Sitzbank hoch!

Hätte man sich auch denken können. Hans beobachtet sehr genau, wie ein Opel Kapitän gefilzt wird.

Dann ist er an der Reihe mit seinem Goggo-Coupé. Für den Innenraum genügt eigentlich ein Blick, das Fahrzeug ist an Übersichtlichkeit kaum zu überbieten.

Welchen Sender ham Se'n auf dem Radio? – Ich habe kein Radio. – Und der weiße Knopf da? – Zigarettenanzünder.

Motorhaube auf! sagt der Mann und geht nach vorne. Ein Anfänger wahrscheinlich, allzu viele Autos hat der noch nicht kontrolliert.

Die ist hinten, die Motorhaube. – Ach, ooch noch belehren wollen, ja? Und wo ist der Kofferraum? – Ich habe keinen. – Keinen Kofferraum? Machen Sie mal die Vorderhaube auf! – Geht nicht, vorne geht nichts auf. – Und warum ist da ein Kühlergrill? – Dekoration. – Und im hintern Teil vom Vorderteil, was haben Sie dadrin? – Das Reserverad und meine Füße, weiter nichts.

Der Mann fühlt sich verarscht, er geht mit dem Kfz-Schein zu einem Kollegen. Hans macht lange Ohren.

Sagmal, kennst du den Wagen? Der geht angeblich vorne nicht auf. – Nee, die gehen alle nicht auf, das liegt am Typ. Der hat'n Motor hinten. – Aber der VW hat'n Motor ooch hinten und geht trotzdem vorne auf. – Sicher, aber das ist keen VW, sondern 'n Goggo. – Und da kann man nischt gegen machen? – Nee: Wenn er vorne nicht uffgeht, kannste ooch nich reingucken.

Das Staatsorgan ist immer noch gekränkt, bemüht sich aber um Großzügigkeit.

Also für heute könn' Se noch mal weiterfahren, aber wenn Sie's nächste Mal über unsere Staatsgrenze wollen, dann kaufen Sie sich vorher 'n anständiges Auto!

Sobald wie möglich, sagt Hans, danke sehr.

*

Hans ist jetzt öfter unterwegs auf der Autobahn zwischen Drewitz und Helmstedt/Marienborn. Ein guter Freund aus Dresdner Tagen hat sich in Hahnenklee angesiedelt, und den besucht er eben. Frühmorgens fährt er hin, und spätabends kommt er wieder nach Berlin zurück.

Manchmal fährt er nicht ganz bis Hahnenklee, sondern auf einen Rastplatz gleich hinter Helmstedt. Dort verpennt er den Tag im Goggo, damit er frisch ist für die Heimfahrt. Denn dabei will er sich die Autobahn besonders gut anschauen. Bei der Einreise in die DDR wird die Uhrzeit auf dem sogenannten Laufzettel vermerkt, den muß man bei der Ausreise wieder abgeben. Wer zu früh am Ziel ist, wird wegen Geschwindigkeitsübertretung bestraft, nur 100 km/h sind erlaubt. Wer aber zu lange unterwegs ist, muß sich einen Grund für die Verspätung einfallen lassen. Gern genommen werden Verdauungsprobleme, die einen längeren Aufenthalt auf einem der wenigen Parkplätze erzwungen haben. Man darf die Autobahn auf gar keinen Fall verlassen, mit VOPO-Streifenwagen ist jederzeit zu rechnen. Die Fahrbahndecke ist in einem miserablen Zustand.

Als Hans Ende September auf dem Parkplatz Lehnin eine Pause einlegt, hat die Kommunikation offenbar geklappt. Ein tütenblauer Wartburg steht da, daneben ein Fahrrad, ein älterer Herr und zwei junge Männer, die sich so betont nicht umeinander kümmern und so offensichtlich auf niemanden warten, wie man das aus Krimiparodien kennt. Die beiden Jungen sind die Heimschüler Michael und Albrecht, der ältere Herr ist Superintendent und Vater von Michael.

Angenehm.

Der Geistliche redet Hans mit Bruder Reichelt an. Hans stellt richtig: Heimleiter – ja, Theologe – nein, sondern Musiker. Und hinten ohne t. Macht ja nichts, sagt der Geistliche. Macht natürlich doch was! Aber für weitere Höflichkeiten ist keine Zeit.

Hans sagt zu, Michael nach Westberlin zu bringen. Mit Albrecht hatte er gar nicht gerechnet, dem hatte Michael – streng geheim natürlich – von diesem Treff erzählt, und nun ist er unauffällig mit dem Rad gekommen. Mal hören, was läuft. Hans stellt in Aussicht, Albrecht als zweiten herauszuholen.

Der Superintendent will von Hans eine Garantie für Leib und Leben seines Sohnes. Kann Hans nicht geben. Er kann nur versprechen, im Ernstfall nicht aufs Gas zu treten, sondern auf die Bremse, damit ein Schußwaffeneinsatz sich erübrigt. Aber wenn jemand unbedingt schießen will, wer könnte ihn daran hindern?

Das reicht dem Geistlichen nicht. Im Gegenteil, es reicht ihm. Der Blick zum Sohn signalisiert: So nicht! Sehr höflicher Abschied. Soll noch nicht das allerletzte Wort gewesen sein, aber wahrscheinlich doch.

Vater und Sohn tuckern im evangelischen Wartburg davon, Albrecht verschwindet auf dem Fahrrad. Hans will noch ein paar Minuten Distanz schaffen, ehe er weiterfährt, da kommt Albrecht zurück.

Er ist, wie Michael und ein paar andere Westschüler, im Kirchlichen Seminar Potsdam-Hermannswerder untergetaucht, nachdem er mehrere Fluchtgelegenheiten verpaßt und eine verpatzt hatte. Albrecht will unbedingt rüber. Ganz egal wie.

Okay. Aber keine Fragen, und wirklich nicht darüber sprechen, zu niemandem, auch nicht in Hermannswerder! Wenn irgend etwas schiefgehen sollte ... – Kein Wort, ist klar. Wer nichts weiß, kann nichts verpfeifen. – Eben. Du kriegst rechtzeitig Bescheid, und dann treffen wir uns sehr wahrscheinlich hier auf diesem Parkplatz. – Hans sagt es so, als würde das Wir seinen Goggo mit einbeziehen.

Der wird doch nicht etwa ... aber: Albrecht vertraut ihm einfach. Was soll er auch sonst machen. Wo ein Wille ist, da wird der Weg egal.

*

Lehnin ist kein deutsch-sowjetischer Schreibfehler, sondern ein märkisches Zisterzienserkloster, nach dem die Autobahnausfahrt benannt ist.

Der kleine Parkplatz dicht bei dieser Ausfahrt ist eher eine Haltebucht für wenige Fahrzeuge, nicht mehr weit entfernt vom Kontrollpunkt Dreilinden / Drewitz. Wer hier als Flüchtling in ein Auto steigt, der braucht in seinem Versteck nicht allzu lange auszuhalten – bis Westberlin.

Der Platz liegt am Rande eines Mischwaldes mit Eichen und Kiefern, er hat zur Autobahn hin einen Sichtschutz aus Buschwerk, also Deckung nach beiden Seiten. Aus dem Wald ist er durch einen Forstweg zu erreichen.

*

Als Hans damals sein Coupé beim Autohändler abholte, störte ihn im Vorderteil unter dem Armaturenbrett ein unschöner Hohlraum. In dessen Mitte war zwar das Reserverad befestigt, aber es sah ein bißchen popelig aus. So viel Fußraum braucht doch kein Mensch!

Ja, sagte der Verkäufer, die haben die Bodenwanne nach vorne verlängert, damit die Karosserie schnittiger wirkt, das ist wahr. Aber daran gewöhnt man sich, und außerdem sind Sie mit einem Griff am Reserverad, das kann manchmal sehr nützlich sein!

Es gefällt Hans trotzdem nicht. – Kein Problem, dann lasse ich Ihnen dafür eine Abdeckplatte machen, die setzen wir hier hinter davor, und dann sieht der Fußraum aus wie bei einem richtigen Auto.

*

Unter dem Siegel der Verschwiegenheit spricht Hans mit seinem Freund Lenhard. Der sieht das ähnlich: Abdeckung raus, Reserverad und Reserveradhalterung raus, dann könnte der Raum ausreichen. Von der Beifahrerseite aus mit dem Kopf voran einsteigen, Körper schraubenartig nachziehen, Knie verdreht anwinkeln. Abdeckung wieder drüber und ab die Post. .

Aber wie lange kann ein Mensch mittlerer Größe in dieser Position verharren? Kriegt er genug Luft und wie stark sind die Stöße, die er aushalten muß, bei diesem lausig schlechten Straßenbelag?

Hans erinnert sich an Ulli, also an den Jungen, der ihn so beeindruckt hat, weil er zurückschlagen wollte.

Er wird behutsam eingeweiht, ist einverstanden und hilft zunächst einmal beim Umbau mit. Am Wochenende auf dem Parkplatz einer Kleingartenkolonie, wo auch die Laubenpieper an ihren Autos herumbasteln, da fällt man am wenigsten auf.

Das Reserverad läßt sich leicht herausheben. Aber die Halterung ist echte Dingolfinger Wertarbeit. Die ist so sicher und so blöde verschweißt, daß man weder mit der Metallsäge noch mit der Feile richtig an sie herankommt. Zumal man ja um die Ecke arbeiten muß: durch die offenen Türen, mit den Beinen im Freien und mit dem Oberkörper in der Wanne. Die Halterung wird so weit abgetragen, daß der 1,80 große Ulli in das Versteck einsteigen kann.

Erster Versuch im Grunewald: Es geht. Kopfüber rein, drehen, Beine anziehen und verschwenken, dann liegt der Kopf am Karosserieblech oberhalb des linken Radkastens, und die angewinkelten Beine liegen vor dem rechten Radkasten, Rücken in Fahrtrichtung.

Erstaunlich. Dieser an sich sinnlose Hohlraum hat etwas von einem Schneckenhaus. Wie gut, daß der Goggo-Hersteller Glas das in seinem Verkaufsprospekt nie erwähnt hat.

Hans am Lenkrad, Ulli zu seinen Füßen als Versuchsflüchtling, Friedenau – Riemenschneider Weg – am Insulaner vorbei nach Tempelhof und zurück.

Kuppeln – kein Problem, Gasgeben auch nicht. Aber bei einer Schnellbremsung rammt Hans dem Ulli das Bremsgestänge so in den Leib, daß der unter normalen Umständen bestimmt zurückgehauen hätte.

Das Bremssystem läßt sich nicht umbauen. Wäre auch mit der Verkehrssicherheit nicht zu vereinbaren. Also: Kurz vor dem Bremsen schreit Hans auf und Ulli zieht den Oberbauch krampfartig ein. So geht es.

Und noch eine sensationelle Verbesserung: Das Brett der Verkleidung wird in der Mitte geteilt und mit Sisalteppich wieder verbunden. Sobald der Oberkörper verstaut ist, wird die linke Hälfte schon eingebaut, dann erst wird der Unterkörper nachgezogen, und danach wird das rechte Teil befestigt. Sehr laienhaft übrigens, mit viel Vertrauen auf die Hilfe Gottes.

Ullis Testurteil: Schwierig da unten drin, sehr laut. Und die Zeit vergeht sehr langsam. Aber wenn man weiß, daß es nicht lange dauern wird, ist es auszuhalten. Kann auch sein, daß sich jemand einschifft.

*

Das geheime Nachrichtensystem funktioniert. Michael hat endgültig abgesagt. Albrecht wartet auf nähere Instruktionen. Er bekommt sie und bestätigt Termin und Modalitäten.

Am Freitag, dem 3. November 61, wählen die Vereinten Nationen den Burmesen U Thant zum Generalsekretär, Prinzessin Margret, mit einem Fotografen vermählt, wird von einem Sohn entbunden, und Hans Reichel startet morgens von Berlin nach Helmstedt.

Ein Parkplatz im Westen, ein ausgedehntes Schläfchen, ein kleiner Spaziergang, noch ein Schläfchen und eine leichte Mahlzeit. Dann bei einsetzender Dämmerung zurück über die Grenze. Als er die Parkbucht Lehnin erreicht, ist es fast dunkel.

Er macht ein seltsames Spiel mit dem rechten Fenster: Scheibe runter, halbhoch, wieder ganz runter und dann ganz hoch. Dann steigt er aus und geht zum Pinkeln. Da sieht er zwischen den Baumstämmen die winkende Hand, die plötzlich zurückzuckt und verschwunden bleibt. Warum wohl?

Er pinkelt weit über seine Verhältnisse und dreht sich so langsam zurück, als solle er auf einer Opernbühne vier komplette Takte mit dieser Geste überbrücken. Scheiße!

Auf der anderen Seite der Autobahn, in Gegenrichtung, hat auf dem Randstreifen ein Wartburg der VOPO angehalten. Ein Staatsorgan leuchtet das Gebüsch dort drüben ab, ein anderes Organ läuft wildentschlossen herüber, was bei dem geringen Verkehrsaufkommen allerdings keine besondere Heldentat ist.

Nach Westberlin? – Ja, sagt Hans, Drewitz. – Irgendwas bemerkt, hier? Besondere Vorkommnisse? – Nein, sagt Hans, was meinen Sie denn?

Eine schwere Akku-Leuchte, wie sonst bei der Reichsbahn üblich, leuchtet auf, und mit dem satten Lichtkegel sucht das Organ den Waldrand ab. Nichts zu entdecken.

Hans muß die Papiere zeigen und erhält sie kommentarlos zurück: Stehen Sie hier nicht so rum, sehen Sie zu, daß Sie weiterkommen!

Der Mann springt durch den nichtvorhandenen Verkehr zurück auf die Gegenfahrbahn: remm, remm, remmtemmtemm ... Der Zweitakter setzt sich Richtung Westen in Bewegung.

Zufall oder gezielter Einsatz? Wenn gezielt, dann jedenfalls nicht gegen Hans gerichtet. Hans startet den Wagen und wiederholt das Spielchen mit der Scheibe, da kommt Albrecht aus dem Wald gelaufen. Beifahrertür auf, kopfüber rein in das Auto. Genau nach der zuvor übermittelten Anweisung.

Aber er trägt über Hemd und Pullover noch einen Trenchcoat, und in den schneiden sich die Reste der Reserveradaufhängung ein. Er fühlt das Eisen am Rücken, will sich tapfer weiter vorwärts quetschen, aber es geht nicht: Irgendeine Quernaht widersteht den scharfen Kanten. Er ruckt und zappelt und versucht, sich freizuhampeln.

Mach, mach, mach! sagt Hans, ebenso verantwortungsbewußt wie hektisch, da taucht im Rückspiegel ein Scheinwerferpaar auf, und Hans gibt Gas. Rauf auf die Autobahn.

Albrechts Füße strampeln noch immer auf dem Beifahrersitz, die Abdeckung liegt verquer, und Hans flucht, wie er es vor Leningrad gelernt hat. Konzentriere dich, ich halte gleich wieder an!

Hans läßt sich überholen, Albrecht nutzt die kurze Fahrstrecke für ein paar Rückwärtsbewegungen und kommt frei. Er schafft es sogar, ein Stück Fußmatte so in den Hohlraum einzubringen, daß die scharfen Kanten abgedeckt werden. Aber mit der verschobenen Abdeckplatte kommt er nicht zurecht.

Hans hält auf dem schmalen Randstreifen, der gerade mal einen Meter breit ist. Albrecht verschwindet hinter Büschen. Fluchtversuch abbrechen?

Kaum noch Sicht, aber Albrecht glaubt dennoch zu erkennen, daß Hans ihn mit dem Scheibenspiel zurückruft. Und jetzt klappt alles wie am Schnürchen.

Wir sind gleich in Drewitz, ab jetzt Funkstille.

Zu seiner Überraschung merkt Albrecht, daß er gar keine Angst hat. Er registriert die Geräusche des Goggos, die anderer Fahrzeuge, Schritte, Stimmen, Motor aus, Motor an, die Stimme von Hans, die eines sächsischen Grenzers. Langsame Vorwärtsfahrt im zweiten Gang, Hochschalten in den dritten, erneutes Abbremsen, Schrittempo, Frage eines Berliner Beamten in Weddinger Hochdeutsch.

Marienborn, antwortet Hans. Danke, sagt der Mann.

Bitte, sagt Hans und gibt Gas wie ein Verrückter. Nach ein paar hundert Metern schreit er: Geschafft!! Wir haben es geschafft!!

Albrecht verschwindet nun für drei Tage von der Bildfläche, übernachtet bei einer Tante in Steglitz, dann taucht er als Frischgetürmter im Schülerheim auf, mit dreckigen Schuhen und zerrissenem Trenchcoat, direkt von der Grenze. Ein Riesenbuheih: Mensch, wie hast du's geschafft?

Sagt er nicht, will er nicht und darf er nicht sagen, aber Hauptsache geschafft.

Alle gratulieren ihm.

Besonders herzlich der Heimleiter Reichel.

*

Die Idee mit der Datumsverschiebung ist sehr wichtig für Reichels Alibi. Auch im Notaufnahmelager Marienfelde gibt Albrecht als Fluchtdatum an: Montag, 6.11.

Das wird ihm gerade noch geglaubt. Aber daß er zu den Umständen der Flucht überhaupt keine Angaben machen will, das nimmt man ihm übel. Nicht nur bei der zuständigen Westberliner Behörde, auch beim BND und den alliierten Diensten, die jeden Flüchtling nach Informationen ausquetschen. Das Verfahren zieht sich in die Länge. Man habe dort viel Zeit, wird ihm bedeutet, und wenn er das Abitur ein bißchen später mache, sei es ja wohl auch nicht schlimm. Albrecht schweigt.

Dann müsse man doch wohl überprüfen, ob der Herr Oberprimaner nicht von der STASI eingeschleust worden sei. Die macht ja manchmal so häßliche Sachen. Ja, sagt Albrecht, die sollen sogar schon Leute im Bundesnachrichtendienst untergebracht haben. Das rundet den Ärger der Agenten ab.

Vor dem Fluchtunternehmen hatte Hans seine kirchlichen Dienstvorgesetzten informiert: Wenn Jungen aus eigenem Antrieb herüberkommen wollten, werde er ihnen dabei helfen. Keine Einzelheiten natürlich, und die Kirche bleibt in jedem Falle außen vor.

Bauchschmerzen beim clerus maior. Hans bietet an, seine Heimleiterstelle sofort aufzugeben. Nein nein, das auch nicht, aber um Himmels willen nicht noch mehr Komplikationen!

Jetzt muß Hans um allerhöchste Hilfe bitten, für Albrecht. – Haben Sie etwas mit dieser Flucht zu tun? – Ich bitte Sie, ich habe an diesem Tage meinen Dienst gemacht, wie immer.

Albrecht kann geholfen werden, nachdem der oberste Hirte Berlins sich persönlich für ihn eingesetzt hat.

Bei Hans revanchiert sich Albrecht durch eine besondere Art der Wagenpflege: Er entfernt durch liebevolle Feinarbeit die letzten Reste der Reserveradaufhängung und baut die Abdeckung des Fluchtraumes so um, daß sie von innen verriegelt und nur von innen geöffnet werden kann. Das würde im Falle der Entdeckung zwar nichts ändern, ist aber sehr wichtig fürs Gemüt.

Bei der nächsten Tour, am 27. November, hat Hans wieder ein Reserverad im Wagen. Albrecht Ehlers hat es hinter dem Fahrersitz befestigt.

An diesem Montag wird Hans Gebhard auf dem Parkplatz Lehnin eingesammelt: keinerlei Probleme mehr beim Einsteigen. Im April 62 springt Wilfried Schill sogar in den noch rollenden Wagen. Im Mai schlägt ein Hilfeversuch fehl, die Kandidatin ist nicht erschienen. Große Besorgnis und auch Selbstzweifel bei Hans, dann die Entwarnung: Die junge Frau war erkrankt und konnte keinen Kontakt mehr aufnehmen, sonst alles in Ordnung. Am 11. Juni wird Wolf Gebhard abgeholt, der wegen der Flucht seines Bruders in Falkensee dem sozialistischen Schulterror ausgesetzt ist. Und Anfang September wird auch die im Mai erkrankte Dame noch nachgeholt.

Bei all diesen Einsätzen keine einzige Fahrzeugkontrolle, obwohl inzwischen immer mehr durchsickert von abenteuerlichen Fluchtwegen und raffinierten Tricks, mit denen DDR-Bürger in den Westen verschleppt werden. Aber beim Goggo keine einzige ernsthafte Kontrolle!

Das Coupé sieht auch unter den Bedingungen der verschärften Wachsamkeit noch immer bescheuert klein aus. Nur ein Spinner kann glauben, da könnte ein zusätzlicher Mensch drin verborgen sein. Die Staatsorgane verhaften liebend gerne jeden, den sie an der Grenze kriegen können. Dafür bekommen sie Prämien, Orden, Urlaub, und befördert werden sie auch noch. Aber ihr verantwortungsvoller Dienst zum Schutze der DDR findet in der Öffentlichkeit statt, sie haben viele Zuschauer an den Grenzübergängen, Westdeutsche, Westberliner, Ausländer und natürlich auch die Genossen. Und da möchte man sich nicht lächerlich machen, indem man selbst ein Goggomobil noch filzt. Ein Versagen der Staatsorgane, aber wenigstens ein menschliches, Hans genießt in ungebremster Schadenfreude den Sieg seiner vorausschauenden Phantasie. Bis zum schmerzlichen Ende.

Werner Strunz – ehemaliger Heimschüler, Abitur, Beamtenanwärter beim Zoll, dann doch Geschichtsstudium an der FU, erster Wohnsitz Freiburg im Breisgau – hat legal einen westdeutschen Ausweis und illegal einen noch gültigen Ostausweis. Mit dem Westausweis besucht er offiziell seine Eltern in Magdeburg, von da aus fährt er mit dem Ostausweis weiter. Er wird der reitende Bote, der für Hans die Kontakte macht – fehlerfrei und zuverlässig. Daß im Zusammenhang mit der Fluchthilfe kein Geld genommen werden darf, auch nicht zur Erstattung von Auslagen, ist Bestandteil ihrer Vereinbarung.

Dann engagiert sich Werner auf eigene Kappe bei einer Flucht über die Ostblockstaaten: Ein Pärchen will über Ungarn nach Westdeutschland. Das Mädchen soll von Berlin nach Budapest fliegen, ihr Freund nimmt sicherheitshalber noch einen Umweg über Bulgarien in Kauf, eine recht verquaste Angelegenheit von hinten durch die Brust ins Auge. Und verraten wird sie auch noch.

Das Mädchen wird schon in Schönefeld verhaftet, ihr Freund in Budapest, bei beiden findet man Hinweise auf Werner Strunz. Der wird im September 62 in Probstzella aus dem Zug geholt, die üblichen Prozeduren, Psychoterror der Spitzenklasse, und dann das Geständnis: Kurier im Dienste des Menschenhändlers Reichel. Zwei Jahre Knast.

Von Anfang an war vereinbart, daß derjenige, der in Schwierigkeiten gerät, den anderen belastet, wenn er ihn in Sicherheit weiß. Insofern ist alles in Ordnung. Es entsteht eine Stasi-Akte von über tausend Blatt, und der Menschenhändler Reichel kann fortan die Landwege von und nach Berlin nicht mehr benutzen, wenn er nicht verhaftet werden will. Das heißt, er muß fliegen, und für den Urlaub braucht er einen freundlichen Menschen, der ihm den Wagen von Berlin nach Hannover fährt. Auch gute Werke können ein teurer Spaß werden.

Das Goggomobil verkauft er später zum Schätzpreis.

*

Seit dem Besuch bei Hans-Martin weiß Hans, daß die Traumkarriere nicht stattfinden wird. Nicht mehr. Und wahrscheinlich würde sie auch nicht stattfinden, wenn er jünger wäre. Ganz tief innen drin weiß er das.

Aber warum dem Schicksal nicht eine letzte Chance geben? Eine letzte Frist von sechs Monaten setzt er sich, dann muß das Wunder passiert sein. Solange bleibt er noch im Heim. Aber der liebe Gott mauert, der Vorsehung fällt offenbar auch nichts ein, und als die Frist abgelaufen ist, ist auch endgültig Schluß mit der Singerei.

Er verläßt das Schülerheim nach einem bewegenden Abschied und nimmt eine Stelle an, die ihm ein alter Studienfreund vermittelt hat: Er geht zum Fernsehen. Zunächst als Regie-Assistent, dann als Regisseur und später als Redakteur.

Er macht jetzt sozusagen Kunst aus der zweiten Reihe, bedient Berühmte, Erfolgreiche und Versager, die auf der Mattscheibe Gunst und Geld einsammeln, aber er bleibt bei seinem Leisten. Alles, was er gelernt hat, kann er im Beruf anwenden. Die erste Erfolgssendung, mit der er sich profiliert, findet öffentlich-rechtlich im Nachmittagsprogramm statt und heißt *Skat und Musik*. Für beides hätte man keinen besseren Fachmann finden können, das Glück hat ihn wieder eingeholt.

Er lernt Marianne kennen, sie heiraten, kriegen drei Kinder, bauen sich ein schönes Haus im Schatten des Lerchenbergs und werden und bleiben eine glückliche Familie.

*

Ich habe dich betrogen!

Ohne jede Vorankündigung fällt dieser Satz. Wie ein Guß kalten Wassers klatscht er hernieder auf den Ahnungslosen.

Das Stück heißt *Geliebte Verruchte* oder so ähnlich und ist im Theater ein Erfolg gewesen, nun soll es fürs Fernsehen aufgezeichnet werden. Bildregie Reichel.

Hans kennt sich aus mit der Problematik. Die ursprüngliche Inszenierung – Schauspielerführung, Ausstattung, Dynamik – war auf die Bühne eines mittelgroßen Theaters zugeschnitten, auf ein leibhaftig anwesendes Publikum und seine Reaktionen.

Nun muß die Inszenierung so transponiert werden, daß von ihrer Bühnenwirkung möglichst viel auf dem kleinen Bildschirm erhalten bleibt und ihre ursprüngliche Fassung dennoch nicht verändert oder gar beschädigt wird. Wem das in jedem Falle gelingt, der dürfte auch mit der Quadratur des Kreises kaum Probleme haben.

Im Parkett sitzt Hans mit der Bildmischerin am kleinen Regiepult: vier Monitore für die Vorschau, einer für das Ausgangsbild, drei Kameras auf Pumpstativen, eine auf dem Kran, links und rechts der Bühne die Ton-Galgen mit den Richtmikros, Präzision ist alles.

Ich habe dich betrogen! sagt also die Gattin zum Familienvorstand.

Sehr schön, sagt Hans, aber das sagen Sie jetzt bitte nicht zu Ihrem Mann, sondern zur Küchentür. – Zur Küchentür? – Ja, nach links. – Wir haben vierzig Vorstellungen hinter uns, und vierzigmal habe ich diesen Satz zu meinem Mann gesagt! – Richtig, da gehört er ja auch hin, deshalb stellen Sie sich einfach vor, die Küchentür wäre Ihr Mann. – Ich habe doch nicht die Küchentür betrogen! – Nein, natürlich nicht. Aber wir möchten diesen Satz in einer Großaufnahme haben, von der Vier – das ist die Kamera da hinten, und dadurch verändert sich die Perspektive, verstehen Sie? – Nein. Wieso ändert sich bei einem Satz die Perspektive, wenn ich ihn zu meinem Mann sage? – Weil wir Fernsehen machen! Wenn Sie dieses Geständnis Ihrem Mann machen würden, würde es im Fernsehen so aussehen, als ob Sie es zur Kuckucksuhr sagen, weil Sie dann – von der Vier aus gesehen – sooo über die Achse gucken. Und wenn Sie den Satz raus haben, dann kriegen Sie Angst, daß Ihnen die Küchentür gleich ins Gesicht schlägt. Dabei aber bitte nicht weiter vortreten, sonst kriegen Sie den Mikroschatten voll ins Gesicht. Wo viel Kunst ist, ist auch viel Schatten. Leider.

Hans hat zuviel Respekt vor Schauspielern, als daß er seine Anweisungen coram publico auf die Bühne schreien würde. Als er seinerzeit da oben stand, als Anfänger, da hat er sie gehaßt, diese regieführenden Brüllaffen, die fehlende Potenz und Kompetenz durch Lautstärke ersetzten. Nein, weise ist leise.

Zur Technik spricht er über den Lautsprecher, aber wenn er den Künstlern etwas zu erklären hat, wetzt er los, um es Aug' in Aug', höflich und nervenschonend zu vermitteln, kollegial. Bildregie ist für ihn eine laufende Tätigkeit. Mit seinen zweiundfünfzig Jahren fegt er wie ein Kugelblitz rauf auf die Bühne und wieder runter zum Regieplatz – ein wackeliges Treppchen hat man ihm dazu an die Rampe gestellt, bis das passiert, was alle im Team haben kommen sehen: Er tritt daneben, stürzt und verdreht sich den Fuß. Auftreten geht nicht mehr, das Knie schmerzt mörderisch, das Bein muß geschient werden.

Als er aus der Ambulanz zurück ist und die Probe fortsetzen will, findet er auf dem Regiepult einen Message-Zettel: Anruf Altersheim Scherzingen: Frau Rutishauser heute verstorben, Rückruf erbeten.

*

Die Aufzeichnung ist im Kasten, Martha inzwischen eingeäschert, Hans sitzt im Zug nach Konstanz. Mit dem Auto hätte er nicht fahren können, das Bein ist immer noch dick und geschient.

Die letzten Jahre waren schwierig für seine Mutter.

Die erste Katastrophe: Ernst Rutishauser, gerade von einem Arztbesuch heimgekehrt, fällt in der Diele um und ist sofort tot. Martha kollabiert und wird depressiv, in einer Nervenklinik muß sie monatelang stationär behandelt werden. Hans fährt zu ihr, so oft er kann.

Als sie endlich wieder zu Hause ist, will er sie vor allem aufheitern und ablenken. Er schreibt ihr möglichst lustiges Zeug, und bei seinen Besuchen überredet er sie zu Ausflügen. Zunächst nimmt sie es nur hin, dann macht es ihr offensichtlich Spaß. So kurven sie durch die Schweiz: Martha schwergewichtig neben Hans und Gaston auf der winzigen Rückbank des Goggomobils querliegend, mit der Nase an der Seitenscheibe. Eine seltsame Fuhre.

Als Hans den VW hat, können sie auch längere Strecken fahren. Jetzt tuckern sie schon durch Süddeutschland, dann bringt er seine Mutter nach Berlin, zeigt ihr die Rubensstraße, den Kurfürstendamm, das Brandenburger Tor und das Olympia-Stadion.

Eine Reise geht sogar nach Hamburg. Da besuchen sie die Familie von Marthas Bruder. Der war zur See gefahren, und sein Sohn ist ein leibhaftiger Vetter von Hans: Achim Reichel. Er spielt Gitarre und ist auch Sänger und seine Gruppe heißt The Rattles. Die treten an der Reeperbahn im Star-Club auf, zusammen mit ein paar Engländern, die sich The Beatles nennen. Alles Autodidakten natürlich, keiner von denen kann ein abgeschlossenes Musikstudium vorweisen, aber die Reeperbahn ist ja schließlich auch nicht Bayreuth. Wenig später werden die Beatles berühmter sein, als es die Wagners je geworden sind. Trotz Winifred mit ihrem geliebten Führer.

Und dann die zweite Katastrophe für Martha: Nach einem schweren Sturz in ihrer Wohnung bleibt sie hilflos liegen, kann sich nicht drehen und nicht wenden, der Schock und das Übergewicht! Gaston kommt erst Stunden später von der Arbeit.

Wieder Krankenhaus. Danach ist sie bereit, in ein Altersheim zu ziehen. Man findet eins in der Nachbarschaft, in dem sie sich geborgen fühlt. Sie freut sich, wenn Hans zu Besuch kommt, aber zu Ausflügen mag sie sich nicht mehr überreden lassen. Und nun ist sie friedlich gestorben, ohne Vorankündigung und ohne Schmerzen.

Die Urnenbestattung findet in Kreuzlingen statt, das Altersheim und Gastons Vormund haben die Beisetzung vorbereitet.

Hans betritt die Kirche mit schmerzverzerrtem Gesicht, dem Knie ist die Bahnfahrt überhaupt nicht bekommen, vielleicht hätte er das Bein doch lieber hochlegen sollen.

Zwei ältere Damen erkennen ihn wieder, zwei Freundinnen Marthas. Er begrüßt Gaston und den Vormund, beide ungerührt.

Gaston! In der einzigen Anwandlung von Schuldbewußtsein, die Martha ihrem Erstgeborenen je offenbart hatte, war die Rede von Gastons Behinderung. Die sei wohl die Strafe dafür, daß sie sich um Hans nie gekümmert habe. Das hatte Hans einerseits als Einsicht verstanden, andererseits aber auch als Rechtfertigung: Mit Gaston hatte sie ihre Strafe abgesessen, und damit war ihr Konto auch wieder in Ordnung.

Er setzt sich zwei Reihen hinter Gaston, will nicht neben der Strafe für sein Schicksal sitzen, wenn er von ihr Abschied nimmt. Aber es wird gar kein Abschied. Die Stimme des Blutes schweigt immer noch und verpaßt ihre letzte Chance.

Der Pastor – ohne Arg sicherlich – spricht dem hinterbliebenen Gaston Trost zu und richtet vom lieben Gott herzliche Grüße aus, Hans kommt in seiner Ansprache gar nicht vor.

Der fühlt sich verletzt und ärgert sich zugleich über sich selbst: Du bist doch nicht hierhergekommen, um dich von einem Pfarrer erwähnen zu lassen!

Nach der Urnenbeisetzung nehmen Gaston und sein Vormund die Beileidsbezeugungen entgegen, Hans wird nicht beachtet. Er bleibt der Unsohn. Wenn das Knie nicht so weh tun würde, könnte er darüber lachen. Hämisch natürlich.

Ein Leichenschmaus findet nicht statt, man hockt sich nicht einmal für eine Tasse Kaffee zusammen in dem Restaurant, das dem Grabsteinmetz gehört. Hans und Gaston fahren statt dessen mit dem Vormund ins Altersheim. Ein letzter Blick in Marthas Zimmer, ein paar persönliche Andenken werden aufgeteilt, und dann eine große Überraschung: Hans findet Marthas Tagebuch aus den Jahren 1920–22.

Er liest es während der Heimfahrt.

*

Hans erfährt von Hans, dem er offenbar seinen Namen verdankt, vom stürmischen Drängen leidenschaftlicher Herren, von Willy, dem Klavierliebhaber, von einem sehr klugen Siebzehnjährigen, von den Herren R. und Z., von Trauer und Einsamkeit und Träumen und Hoffnungen, die unerfüllt bleiben.

Martha war sicher nicht sehr belesen, in ihrem Nachlaß gab es keine Bücher, nur ein paar Illustrierte. Aber hier im Tagebuch zitiert sie, die Tochter eines Zirkusmusikanten, wortgetreu das *Frühlingslied* von Ludwig Uhland, und sie schreibt in einer Sprache, um die Hedwig Courths-Mahler sie beneidet hätte, von Freundschaften, von Ausflügen in Automobilen – zum Baden, zur Rennbahn, zu Konzerten, und von der Leidenschaft am Piano.

Dienstmädchen-Phantasie oder tatsächlich erlebt? Irgendwo abgeschrieben? Nein, so wie das Schriftbild aussieht, wahrscheinlich nicht.

Die letzten Eintragungen stammen vom September 22 und beziehen sich auf einen jungen Russen, der *sehr sehr reich* ist:

Ich wage kaum noch an mein großes Glück zu denken, es kommt mir vor wie ein Traum, der wieder in Nichts zerfließt. Aber nein, nein – es ist Wahrheit.

Baron Nikola von Maindorf ist mein Freund, er hat mich sehr sehr lieb.

Und ich, ich weiß mein Glück u. meine Liebe nicht in Worte zu fassen, so habe ich nicht einmal Hans geliebt u. er war meine erste Liebe.

Ich bin einfach wunschlos glücklich u. zufrieden, was will ich noch mehr.

Gute Nacht, Nikola, Deine Marti küßt Dir noch Deine lieben Hände, Deine treuen Augen. Deinen Mund, der so lieb u. gut zu mir spricht.

Gute Nacht.

Gute Nacht, denkt Hans: Vom Baron zum Bäcker, von v .Maindorf zu Rutishauser, vom jugendlichen Bonvivant zum alten Krüppel. Und Gaston als Zugabe. Und dann komme ich noch als lebender Vorwurf.

Ach, Mutter ...

1989–1994

Erst die Pensionierung, dann die Wiedervereinigung – unglaublich, daß man die auch noch erleben darf. Aber die DDR war wohl tatsächlich noch ärmer, als sie immer schon aussah. Kein Klassenfeind hat sie zu Fall gebracht, sondern die eigene Planwirtschaft, die allerhöchste Cerebralsklerose der ZK-Genossen und vor allem die Selbstbefreiung der Menschen: keine Angst mehr!

Hans denkt an die Flucht aus Dresden, die Fahndungsliste, den 17. Juni, den 13. August, die Goggomobil-Touristik, und jetzt: *Wir sind das Volk*, und dann auch noch: *Wir sind ein Volk*, Erich Mielke jammert vor der Volkskammer – das kann einem schon feuchte Augen machen vor dem Fernseher.

Man hat jetzt Zeit für alles, und sobald die Archive auch normalen Bürgern Auskunft geben wollen, bemüht sich Hans um einen Termin in Berlin. Mit Andacht liest er da in seiner Stasi-Akte, was der Menschenhändler Reichel für ein gefährlicher Hund war. Und nichts Belastendes über Dritte, kein Wort zuviel und kein Name zuviel: Werner Strunz hat wirklich fabelhaft ausgesagt, obwohl sie ihm bei den Verhören wohl kaum etwas erspart haben dürften.

Einige Zeit später ist Hans dann auch in Dresden. Zum ersten Mal im gewendeten, also im neuen, das endlich wieder das alte Dresden sein will. Die Vergangenheit treibt ihn unbarmherzig durch die Stadt, jagt ihn von Erinnerung zu Erinnerung, bis die Knie so wehtun wie damals. Marianne fotografiert ihn vor allen Stätten seiner Taten und Untaten – vor dem Neustädter Bahnhof, vor den Heimen, vor der alten Musikhochschule in Blasewitz, vor der Chemischen Reinigung und neben August dem Goldenen, dessen Gaul immer noch steigt. Statt König Mu regiert jetzt König Kurt in Sachsen – ohne König geht es eben nicht.

Aber dann zum Kaffee auf der Brühlschen Terrasse eine wunderbare Eierschecke hoch über der Elbe. In aller Ruhe. Nur Genuß. Keine verwundeten Offiziere, kein Kettenhund fragt nach dem Urlaubsschein, auch Juden dürfen hier wieder sitzen, Neger sogar, und kein Polizist kontrolliert sie. Keine Transparente mehr, die Trümmer sind abgeräumt, die Frauenkirche wird wieder aufgebaut, der Zwinger ist es längst, die Semper-Oper posiert als Reklame für Radeberger Bier, und vor dem Italienischen Dörfchen werden busweise Touristen ausgeladen. Unten die Weiße Flotte, drüben die Neustadt, da hinten das Albertinum, die Elbe fließt immer noch majestätisch hinauf zur Nordsee – schön, einfach schön, und die paar Plattenbauten kann man sich leicht wegdenken, wenn die Eierschecke wirklich gut ist. Und das ist sie. Sogar noch besser als vor dem Krieg.

Am Nebentisch zwei einheimische Senioren, die sich über Wessi-Sachsen aufregen: Damals sind se niebergemacht, drüben dicke Autos gefahren die ganzen Jahre lang, und jetzt mähren se hier rum, ham's große Geld und tun so, als ob *wir* se vertrieben hätten! Dabei hat in der DDR jeder anständige Mensch anständig leben können, wenn er gewollt hat, wir mußten's ja ooch! Aber dafür war'n die sich natürlich zu schade, damals, und jetzt woll'n se sogar ihre Grundstücke wiederha'm! – Der Mann würgt seine Eierschecke so angewidert herunter, als wäre sie ein Strafgericht.

Auch in Dresden kann Hans noch einmal nachforschen; bei den Behörden ist man inzwischen relativ höflich geworden. Das heißt, man war wohl immer schon höflich, eigentlich, aber in der DDR-Zeit durfte man 's ja öffentlich nicht zeigen: Was glauben Sie, wie wir hier beobachtet wurden! – Von wem? – Überhaupt, von allen, auch gegenseitig, 's war ferchterlich.

Hans durchforstet seine Akte aus dem Jugendamt, alles noch da nach fast sechzig Jahren! Statt der Abschriften kann er nun Fotokopien anfordern, auch vom Brief des Oberbürgermeisters, den Martha leider nie erhalten hat; das hat sie immer wieder gesagt, mit großem Bedauern und traurigen Augen. Das war ihr ernst, das hat sie gequält.

Und nun findet er ein Dokument von der Größe einer Postkarte mit folgendem Text:

Schweiz. Postverwaltung – Postes suisses – Poste svizerre
Meldung – Avis – Avviso
für die Poststelle Dresden.

Die einzig hier wohnende Frau Marie Rutishauser erklärt, daß der Brief sie nichts angehe, indem sie keine Angehörigen in Deutschland + einen Sohn überhaupt nicht habe.

Poststempel Scherzingen, 4.3.37, Unterschrift.

März 37, da war er zwölfeinhalb. Da hatte sie den Brief also doch, und dann hat sie den Knaben total verleugnet: Eine sehr späte Abtreibung, wenn auch auf dem Amtswege.

Er hatte immer geglaubt, daß sie von dem Schreiben wirklich nichts wußte, das hat er ihr immer geglaubt. Immer. Warum sollte es nicht so gewesen sein? Er hat so viele unwahrscheinliche Dinge erlebt, so viele verrückte Zufälle – warum sollte da nicht auch mal ein Behördenbrief verloren gehen?

Die Sachbearbeiterin spürt, daß der Mann ein Problem hat, und hilfsbereit nimmt sie Anteil: 's geht wohl um Ihre Mutti?

Nicht mehr, sagt Hans, es geht um etwas anderes. – Also wenn's um 'n Rückgabeanspruch geht, Immobilien oder so was, da könnt' ich Ihnen inoffiziell einen sehr guten Anwalt empfehlen: keinen von unseren, sondern der stammt von drüben, also einen von Ihren. Hier wäre die Visitenkarte. – Vielen Dank, sagt Hans.

Andere Dokumente geben Aufschluß über Marthas Wohnorte. Sie war zwar tatsächlich im Libanon, aber nicht für lange. 1928 ist Gaston dort geboren worden, unehelich. Zuvor hat sie in St. Gallen gelebt, gar nicht weit weg vom Kinderheim Tempelacker. Das macht ihm mehr zu schaffen, als er sich eingestehen möchte.

Ob sie ihn wohl mal gesehen hat, während seiner ersten vier Jahre? Auf der Straße vielleicht, wenn die Pflegerinnen mit den Kindern spazierengingen? Hat sie dann weggeschaut? Oder im Gegenteil sogar über den Zaun geguckt, wenn die Kinder im Garten spielten, um nachzusehen, wie groß ihr Kleiner inzwischen geworden ist?

Vielleicht hat er sie auch einmal gesehen, seine heimliche Mutter, die sich zeitweilig Marie nannte statt Martha. Um Nachforschungen zu erschweren?

Arme Frau. Wie paßt das alles nur zu der gefühlvollen Schreiberin des Tagebuchs?

Hans, Hans, warum kommst du nicht mich zu Dir empor zu ziehen? Ich liege zu Deinen Füßen, trete mich tot oder hebe mich auf, ich dürste nach Deiner Liebe. Beides würde mir Erlösung bringen.

Aber damit war natürlich der andere gemeint. Hans, der Geliebte.

*

Kantor Ellermann hat sich auf das Gespräch gut vorbereitet. Ein zweites Mal will er sich von dem Möchtegern-Dirigenten nicht überfahren lassen. Er wird dem Herrn Reichel freundlich aber bestimmt sagen, daß sich manche Wünsche einfach nicht erfüllen lassen.

Hans hat eine Partitur vom Requiem mitgebracht. Er bittet um Nachsicht dafür, daß er beim ersten Gespräch seine musikalische Vergangenheit gar nicht erwähnt habe. Der Kantor müsse ihn ja für einen Verrückten gehalten haben! – Naja, etwas ungewöhnlich ...

Hier das Abschlußzeugnis, und – wie schon neulich erwähnt: Eine Dirigentenklasse hat er nie absolviert. Aber das Requiem hat er einmal gesungen, in der Berliner Singakademie, im Chor unter Karl Forster, und gelernt hat er inzwischen, angefangen zu lernen, den Introitus und das Kyrie kann er schon auswendig. Fast. An zwei-drei Stellen kippelt es noch etwas, und immerhin sind das schon rund neun Minuten von knappen sechzig!

Eine unerwartete Wendung: Donnerwetter, Respekt. Dennoch gibt es Wünsche, die sich nicht erfüllen lassen ...

Das sieht Hans ganz anders. Besonders wichtig ist ihm, daß die Sache geheim bleibt – wegen der Überraschung für die Geburtstagsgäste. Das wiederum wäre Ellermanns geringste Sorge, aber irgendwie hat ihn Hans schon ins Boot geholt, ohne daß er es richtig gemerkt hat. Er testet das angeblich Gelernte an der Orgel und ist überrascht: Warum eigentlich nicht?

Der Geburtstag fällt auf den Buß- und Bettag, und der Chor von St. Johannis steht dem Vorhaben aufgeschlossen gegenüber. Ellermann gilt als besonders rührig und veranstaltet mit seiner Kantorei öfter Kirchenkonzerte in Mainz und im Lande.

Nach einer Reihe von Gesprächen und schwierigen Verhandlungen steht fest: Das Konzert findet statt, die gesamte Organisation übernimmt der Kantor, er gibt Hans auch noch ein paar Dirigierstunden. Hans übernimmt alle Kosten, bekommt dafür das Geld für die Eintrittskarten.

Orchester und Solisten der Böhmischen Kammerphilharmonie stammen aus der Nähe von Prag, sie planen ohnehin eine Tournee durch Deutschland, Ellermann gibt mit ihnen weitere Konzerte. Auf unglaubliche Weise fügt sich eins zum anderen. Der liebe Gott hat wieder einmal gute Laune.

Und Hans hat immer mehr Fracksausen, je näher der Termin heranrückt. Die Partitur hat er im Kopf, aber zu Hause ist er unleidlich, Weib und Kinder flüstern nur, der Hund traut sich nicht mehr zu bellen.

Auf den kleinen Plakaten steht: Leitung Hans Reichel, denn Leitung kann alles mögliche bedeuten. Eintritt 20 Mark.

Die fünfzig Geburtstagsgäste finden auf der Einladung den Hinweis, man werde um 17 Uhr gemeinsam ein Konzert besuchen. Nichts Aufregendes an sich, denn auf Reichels Geburtstagen ist immer musiziert worden.

Endlich Chor- und Orchesterproben, aber viel zu wenig und zu kurz. Die Musiker erfahren, daß der da vorne zum ersten Male pinselt. Unruhe, Ellermann stellt den Frieden wieder her. Verspricht, sich am Bußtag mit in den Chor zu setzen, als Erste Hilfe.

Dabei sind genug Mediziner unter den Geburtstagsgästen: Chefärzte, Professoren – was so aus Heimschülern eben alles werden kann.

Die Kirche ist bis auf den letzten Platz gefüllt, Stühle müssen in die Gänge gestellt werden. Nur Lenhard ahnt etwas, als er Hans in diesem komischen Gewand sieht, halb Smoking, halb Trachtenanzug, mit weißem Rollkragenpullover. Der Schreck fährt Lenhard in die Glieder, er kriegt steife Beine und seine Hände zittern.

Die des Dirigenten zittern nicht, er bekommt Auftrittsapplaus. Wahrscheinlich von Nachbarn und Bekannten.

Er gibt den Einsatz, und ehe er sich's versieht, hat er sich auch schon verhauen. Am Anfang des Adagios werden die vier Viertel gerne alla breve als zwei Halbe geschlagen, erst mit dem Choreinsatz erfolgt dann der Umstieg. Man kann es auch anders halten, es ist eine Frage der Vereinbarung. Bei der Probe hat alles wunderbar geklappt, jetzt – vielleicht irritiert durch den Begrüßungsapplaus, schlägt Hans die Viertel, erst im 6. Takt merkt er die Abweichung und wechselt auf die Halben. Aber das Orchester ist gnädig und spielt über den Dirigenten hinweg, der Konzertmeister blinzelt freundlich und Ellermann nickt beruhigend.

Und dann hat er sich wieder im Griff. Kein Fehler, kein Patzer, die Tempi stimmen und er spürt, wie auch Sänger und Musiker ihn mittragen. Ihn mittragen wollen, weil sie Spaß und Freude haben an diesem jugendlichen Senior und weil sie seine Ernsthaftigkeit respektieren.

Hans hat irgendwo einmal gelesen, daß ein Dirigent beim Dirigieren mit der dirigierten Musik eins geworden sei, und dann sei – von Fermate zu Fermate – sein ganzes Leben an ihm vorbeigerauscht.

An Hans rauscht nichts vorbei, vor seinem geistigen Auge rollt die gelernte Partitur ab, und als er nach der Lux aeterna abwinkt, hat er den Eindruck, das Requiem habe drei Stunden gedauert und er habe es heute, an seinem siebzigsten Geburtstag, zum ersten Mal richtig gehört. Für eine Gebühr von rund 30 000 Mark, wie er nicht ganz zu Unrecht vermutet.

Das Publikum leistet sich ein kurzes tacet. Dann folgt donnernder Beifall, der in einer evangelischen Kirche besonders schön klingt.

Daß der ihm gilt, kapiert der Heimleiter erst, als auch Chor und Orchester aufstehen und applaudieren.

Er schaut Marianne an und die Kinder, und alle strahlen. Auch die alten Jungs aus dem Heim und die aus dem Goggomobil.

Naja, sagt er zu Ellermann, nachdem er sich geschneuzt hat, besser so als umgekehrt.

Hans-Martin, Professor inzwischen, der als Hochschullehrer Dirigenten ausbildet – der Mann, der die Sängerkarriere des Hans Reichel in aller Freundschaft beendet hat – Hans-Martin sagt: Den Patzer am Anfang schenk ich dir zum Geburtstag, aber danach warst du gut, richtig gut.

Danke, sagt Hans.

Nur: warum das Requiem? Warum am eigenen siebzigsten Geburtstag ausgerechnet das Requiem? Für wen denn?

Das, mein Lieber, sagt Hans, das ist eigentlich eine wirklich gute Frage.